*Elogios para Carlos Ruiz Zafón y*

# El Laberinto de los Espíritus

"Cuando se dice que el autor barcelonés es un *fenómeno*, se apunta en una dirección acertada: *El Laberinto de los Espíritus* y sus más de novecientas páginas".

—*El Cultural* (España)

"Elevadas por la crítica internacional a la categoría de clásico contemporáneo, las novelas de El Cementerio de los Libros Olvidados se han convertido en uno de los universos literarios más apasionantes del nuevo siglo, y Carlos Ruiz Zafón en el escritor español más leído en todo el mundo después de Cervantes".

—*TodoLiteratura* (España)

"*El Laberinto de los Espíritus* es un relato electrizante de pasiones, intrigas y aventuras".

—*El Mundo* (España)

Carlos Ruiz Zafón

# El Laberinto de los Espíritus

Carlos Ruiz Zafón es uno de los autores más reconocidos de la literatura internacional de nuestros días y el escritor español más leído en todo el mundo después de Cervantes. Sus obras han sido traducidas a más de cincuenta idiomas. En 1993 se da a conocer con *El Príncipe de la Niebla*, que forma, con *El Palacio de la Medianoche* y *Las Luces de Septiembre*, la Trilogía de la Niebla. En 1998 llega *Marina*. En 2001 publica *La Sombra del Viento*, la primera novela de la saga de El Cementerio de los Libros Olvidados, que incluye *El Juego del Ángel*, *El Prisionero del Cielo* y *El Laberinto de los Espíritus*, un universo literario que se ha convertido en uno de los grandes fenómenos de las letras contemporáneas en los cinco continentes.

# El Laberinto de los Espíritus

EL
CEMENTERIO
DE LOS
LIBROS
OLVIDADOS

Este libro forma parte de un ciclo de novelas que se entrecruzan en el universo literario del Cementerio de los Libros Olvidados. Las novelas que forman este ciclo están unidas entre sí a través de personajes e hilos argumentales que tienden puentes narrativos y temáticos, aunque cada una de ellas ofrece una historia cerrada, independiente y contenida en sí misma.

Las diversas entregas de la serie del Cementerio de los Libros Olvidados pueden leerse en cualquier orden o por separado, permitiendo al lector explorar y acceder al laberinto de historias a través de diferentes puertas y caminos que, anudados, le conducirán al corazón de la narración.

Toda novela es una obra de ficción. Las cuatro entregas del Cementerio de los Libros Olvidados, aunque están inspiradas en la Barcelona del siglo xx, no son una excepción. En contadas ocasiones la fisonomía y cronología de algunos escenarios, marcas o circunstancias ha sido adaptada a la lógica narrativa para que, por ejemplo, Fermín pudiera degustar sus queridos Sugus unos años antes de que se hicieran populares o algunos de los personajes pudieran apearse bajo la gran bóveda de la Estación de Francia.

# Carlos Ruiz Zafón

# El Laberinto de los Espíritus

Vintage Español
Una división de Penguin Random House LLC
Nueva York

PRIMERA EDICIÓN VINTAGE ESPAÑOL, OCTUBRE 2017

Fotografías de las portadillas:
*Dies Irae*: Vista aérea de Barcelona, 17 de marzo de 1938, Archivio Storico dell'Aeronautica Militare Italiana
*Kyrie*: Contraluz en las aceras de la Gran Vía de Madrid, 1953 © Fons Fotogràfic F. Català-Roca—Arxiu Històric del Collegi d'Arquitectes de Catalunya
*La ciudad de los espejos*: "Día del libro, 1932", Barcelona © Gabriel Casas i Galobardes. Fons Gabriel Casas de l'Arxiu Nacional de Catalunya
*Los olvidados*: Tramvia de la línia 12 (en el cruce Avda. Diagonal con Avda. Sarrià), 1932–1934, Barcelona © Gabriel Casas i Galobardes. Fons Gabriel Casas de l'Arxiu Nacional de Catalunya © Núria Casas—ANC
*Agnus Dei*: Contraluz en la estación de Atocha, Madrid, 1953 © Fons Fotogràfic F. Català-Roca—Arxiu Històric del Collegi d'Arquitectes de Catalunya
*Libera Me*: Elegancia en la Gran Vía de Madrid, 1953 © Fons Fotogràfic F. Català-Roca—Arxiu Històric del Collegi d'Arquitectes de Catalunya
*23-4-1960*: Calle del Bisbe. Barcelona, 1973 © Fons Fotogràfic F. Català-Roca—Arxiu Històric del Collegi d'Arquitectes de Catalunya
*Colofón*: Escalera de la Sagrada Familia. Barcelona. © Fons Fotogràfic F. Català-Roca—Arxiu Històric del Collegi d'Arquitectes de Catalunya

Francesc Català-Roca (Valls, 1922–Barcelona, 1998) es uno de los grandes fotógrafos del siglo xx; las atmósferas que retrata mantienen una gran afinidad con el universo literario de Carlos Ruiz Zafón.

Gabriel Casas (Barcelona, 1892–1973) fue uno de los grandes fotoperiodistas del período de entreguerras, incorporando técnicas innovadoras.

Información de catalogación de publicaciones disponible en la Biblioteca del Congreso de los Estados Unidos.

**Vintage Español ISBN en tapa blanda: 978-0-525-56288-7**

*Para venta exclusiva en EE.UU., Canadá, Puerto Rico y Filipinas.*

www.vintageespanol.com

Impreso en México - *Printed in Mexico*

10 9 8 7 6

# EL LIBRO
# DE DANIEL

# 1

Aquella noche soñé que regresaba al Cementerio de los Libros Olvidados. Volvía a tener diez años y despertaba en mi antiguo dormitorio para sentir que la memoria del rostro de mi madre me había abandonado. Y del modo en que se saben las cosas en los sueños, sabía que la culpa era mía y solo mía porque no merecía recordarlo y porque no había sido capaz de hacerle justicia.

Al poco entraba mi padre, alertado por mis gritos de angustia. Mi padre, que en mi sueño todavía era joven y aún guardaba todas las respuestas del mundo, me abrazaba para consolarme. Luego, cuando las primeras luces pintaban una Barcelona de vapor, salíamos a la calle. Mi padre, por algún motivo que yo no acertaba a comprender, solo me acompañaba hasta el portal. Allí me soltaba la mano y me daba a entender que aquel era un viaje que debía hacer yo solo.

Echaba a caminar, pero recuerdo que me pesaban la ropa, los zapatos y hasta la piel. Cada paso que daba requería más esfuerzo que el anterior. Al llegar a las Ramblas advertía que la ciudad había quedado suspendida en un instante infinito. Las gentes habían detenido el paso y aparecían congeladas como figuras en una vieja fotografía. Una paloma que alzaba el vuelo dibujaba apenas el esbozo borroso de un batir de alas. Briznas de polen flotaban inmóviles en el aire como luz en polvo. El agua de la fuente de Canaletas brillaba en el vacío y parecía un collar de lágrimas de cristal.

Lentamente, como si intentara caminar bajo el agua, conseguía adentrarme en el conjuro de aquella Barcelona detenida en el tiempo hasta llegar al umbral del Cementerio de los Libros Olvidados. Una vez allí me detenía, exhausto. No acertaba a comprender qué era aquella carga invisible que arrastraba conmigo y que casi no me permitía moverme. Asía el aldabón y llamaba a la puerta, pero nadie acudía a abrirme. Golpeaba una y otra vez el gran portón de madera con los puños. Sin embargo, el guardián ignoraba mi súplica. Exánime, caía por fin de rodillas. Solo entonces, al contemplar el embrujo que había arrastrado a mi paso, me asaltaba la terrible certeza de que la ciudad y mi destino quedarían por siempre congelados en aquel sortilegio y que nunca podría recordar el rostro de mi madre.

Era entonces, al abandonar toda esperanza, cuando lo descubría. El pedazo de metal estaba oculto en el bolsillo interior de aquella chaqueta de colegial que llevaba mis iniciales bordadas en azul. Una llave. Me preguntaba cuánto tiempo llevaba allí sin yo saberlo. La llave estaba teñida de herrumbre y era casi tan pesada como mi conciencia. A duras penas lograba alzarla con ambas manos hasta la cerradura. Tenía que empeñar hasta el último aliento para conseguir hacerla girar. Cuando ya creía que nunca podría hacerlo, el cerrojo cedía y el portón se deslizaba hacia el interior.

Una galería curvada se adentraba en el viejo palacio, punteada con un rastro de velas prendidas que dibujaba el camino. Me sumergía en las tinieblas y oía la puerta sellándose a mi espalda. Reconocía entonces aquel corredor flanqueado por frescos de ángeles y criaturas fabulosas que escudriñaban desde la sombra y parecían moverse a mi paso. Recorría el corredor hasta llegar a un arco que se abría a una gran bóveda y me detenía en el umbral. El laberinto se alzaba frente a mí en un espejismo infinito. Una espiral de escalinatas, túneles, puentes y arcos tramados en una ciudad eterna construida con todos los libros del mundo ascendía hasta una inmensa cúpula de cristal.

Mi madre esperaba allí, al pie de la estructura. Estaba tendida en un sarcófago abierto con las manos cruzadas sobre el pecho, la piel tan pálida como el vestido blanco que enfundaba su cuerpo. Tenía los labios sellados y los ojos cerrados. Yacía inerte en el reposo ausente de las almas perdidas. Acercaba mi mano para acariciarle el rostro. Su piel estaba fría como el mármol. Entonces abría los ojos y su mirada embrujada de recuerdos se clavaba en la mía. Cuando desplegaba sus labios oscurecidos y hablaba, el sonido de su voz era tan atronador que me embestía como un tren de carga y me arrancaba del suelo, lanzándome en el aire y dejándome suspendido en una caída sin fin mientras el eco de sus palabras derretía el mundo.

*Tienes que contar la verdad, Daniel.*

Desperté de golpe en la penumbra del dormitorio, empapado en sudor frío, para encontrar el cuerpo de Bea tendido a mi lado. Ella me abrazó y acarició mi rostro.

—¿Otra vez? —murmuró.

Asentí y respiré hondo.

—Estabas hablando. En sueños.

—¿Qué decía?

—No se entendía —mintió Bea.

La miré y me sonrió con lo que me pareció lástima, o tal vez solo fuera paciencia.

—Duérmete otro rato más. Todavía falta una hora y media para que suene el despertador y hoy es martes.

Martes significaba que me tocaba a mí llevar a Julián al colegio. Cerré los ojos y fingí dormirme. Cuando los volví a abrir un par de minutos más tarde encontré el rostro de Bea, observándome.

—¿Qué? —pregunté.

Se inclinó sobre mí y me besó en los labios suavemente. Sabía a canela.

—Yo tampoco tengo sueño —insinuó.

Empecé a desnudarla sin prisa. Estaba por arrancar las sábanas y tirarlas al suelo cuando oí pasos ligeros tras la puerta del dormitorio. Bea detuvo el avance de mi mano izquierda entre sus muslos y se incorporó apoyándose sobre los codos.

—¿Qué pasa, cariño?

El pequeño Julián nos observaba desde la puerta con una sombra de pudor e inquietud.

—Hay alguien en mi habitación —musitó.

Bea exhaló un suspiro y le tendió los brazos. Julián se apresuró a refugiarse en el abrazo de su madre y yo renuncié a toda esperanza en pecado concebida.

—¿El Príncipe Escarlata? —preguntó Bea.

Julián asintió, compungido.

—Ahora mismo papá va a ir a tu habitación y le va a echar a patadas para que no vuelva nunca más.

Nuestro hijo me lanzó una mirada desesperada. ¿Para qué sirve un padre si no es para misiones heroicas de esta envergadura? Le sonreí y le guiñé el ojo.

—A patadas —repetí con el gesto más furioso que pude conjurar.

Julián se permitió un amago de sonrisa. Salté de la cama y recorrí el pasillo hasta su habitación. La estancia me recordaba tanto a la que yo había tenido a su edad algún piso más abajo que por un instante me pregunté si no estaría todavía atrapado en el sueño. Me senté a un lado de la cama y encendí la lamparilla de noche. Julián vivía rodeado de juguetes, algunos heredados de mí, pero sobre todo de libros. No tardé en encontrar al sospechoso escondido debajo del colchón. Tomé aquel pequeño libro encuadernado en negro y lo abrí por la primera página.

# El Laberinto de los Espíritus VII
## Ariadna y el Príncipe Escarlata

### Texto e ilustraciones de Víctor Mataix

Ya no sabía dónde ocultar aquellos libros. Por mucho que afinara el ingenio para encontrar nuevos escondites, el olfato de mi hijo los detectaba sin remedio. Pasé las hojas del volumen al vuelo y me asaltaron de nuevo los recuerdos.

Cuando regresé a la habitación tras confinar una vez más el libro en lo alto del armario de la cocina —donde sabía que, más temprano que tarde, mi hijo daría con él—, hallé a Julián en brazos de su madre. Ambos habían sucumbido al sueño. Me detuve a observarlos desde el umbral, amparado en la penumbra. Escuché su respiración profunda y me pregunté qué habría hecho el hombre más afortunado del mundo para merecer su suerte. Los contemplé dormir enlazados, ajenos al mundo, y no pude evitar recordar el miedo que había sentido la primera vez que los vi así abrazados.

## 2

Nunca se lo he contado a nadie, pero la noche en que nació mi hijo Julián y le observé por primera vez en brazos de su madre entregado a esa calma bendita de los que no saben bien todavía a qué clase de lugar han llegado, sentí deseos de echar a correr y no parar hasta que se me acabara el mundo. Yo era por entonces apenas un crío y seguramente la vida me venía aún muy grande, pero, por muchas excusas que sea capaz de pergeñar, todavía siento el amargo regusto a vergüenza ante el amago de cobardía que se apoderó de mí y que, incluso después de todos aquellos años, no había tenido el valor de confesarle a quien más se lo debía.

Los recuerdos que uno entierra en el silencio son los que nunca dejan de perseguirle. El mío es el de una habitación de techos infinitos y un soplo de luz ocre que destilaba una lámpara en lo alto para dibujar el contorno de un lecho sobre el que yacía una muchacha de apenas diecisiete años con un niño en los brazos. Cuando Bea, vagamente consciente, alzó la vista y me sonrió, se me llenaron los ojos de lágrimas. Me arrodillé junto a la cama y hundí el rostro en su regazo. Sentí que me tomaba la mano y la apretaba con las pocas fuerzas que le quedaban.

—No tengas miedo —susurró.

Pero lo tuve. Y por un instante, cuya vergüenza me ha perseguido desde entonces, quise estar en cualquier lugar menos en aquella habitación y en aquella piel. Fermín había presenciado la escena desde la puerta y, como era su costumbre, debió de leerme el pensamiento antes de que yo pudiera formularlo. Sin darme tiempo a abrir la boca me tomó del brazo y, dejando a Bea y al niño en la buena compañía de su prometida, la Bernarda, me condujo hasta el pasillo, una larga galería de perfil afilado que se perdía en la penumbra.

—¿Sigue usted vivo, Daniel? —preguntó.

Asentí levemente mientras intentaba recuperar un aliento que se me había caído por el camino. Cuando hice ademán de regresar a la habitación, Fermín me retuvo.

—Mire, la próxima vez que entre usted ahí tiene que ser con algo más de temple. Por suerte la señora Bea está todavía medio ida y no se debe de haber dado cuenta de la misa la mitad. Ahora bien, si me permite la sugerencia, creo que nos iría de perlas un golpecillo de aire fresco con que desatascarnos el susto y emprender la segunda oportunidad con más brío.

Sin esperar respuesta, Fermín me asió del brazo y me guio a lo largo del corredor hasta una escalinata que nos condujo a una balaustrada suspendida entre Barcelona y el cielo. Una brisa fría que mordía con ganas me acarició el rostro.

—Cierre los ojos y respire hondo tres veces. Sin prisa, como si los pulmones le llegasen a los zapatos —aconsejó Fermín—.

Es un truco que me explicó un monje tibetano la mar de golfo al que conocí cuando oficiaba como recepcionista y contable en un burdelillo portuario. No sabía nada el sinvergüenza...

Inhalé profundamente las tres veces prescritas, y otras tres más de propina, aspirando los beneficios del aire puro que prometían Fermín y su gurú tibetano. Sentí que se me iba un poco la cabeza, pero Fermín me sostuvo.

—Tampoco se me vaya a quedar catatónico ahora. Espabile un poco, que la situación demanda calma pero no pasmo.

Abrí los ojos para encontrar las calles desiertas y la ciudad dormida a mis pies. Rondaban las tres de la madrugada y el hospital de San Pablo yacía sumido en un letargo de tinieblas, su ciudadela de cúpulas, torreones y arcos tramando arabescos entre la neblina que se derramaba desde lo alto del monte Carmelo. Contemplé en silencio aquella Barcelona indiferente que solo se ve desde los hospitales, ajena a los temores y esperanzas del observador, y dejé que el frío fuera calando hasta aclararme la mente.

—Pensará usted que soy un cobarde —dije.

Fermín me sostuvo la mirada y se encogió de hombros.

—No dramatice. Más bien pienso que anda bajo de presión y alto de congoja, que viene a ser lo mismo pero exime de responsabilidad y escarnio. Afortunadamente, aquí llevo la solución.

Se desabrochó la gabardina, un insondable bazar de prodigios que hacía las veces de herbolario móvil, museo de curiosidades y repositorio de artefactos y reliquias rescatados de mil mercadillos y subastas de medio pelo.

—No sé cómo puede usted llevar tanta quincalla encima, Fermín.

—Física avanzada. Al computar mi magra anatomía mayormente en fibras musculares y cartilaginosas, este pequeño arsenal me refuerza el campo gravitatorio y proporciona un sólido anclaje contra vientos y mareas. Y no se crea que me va a despistar con tanta facilidad con apostillas que orinan fuera de tiesto, que aquí no hemos subido ni a cambiar cromos ni a pelar la pava.

Hecha esta advertencia, Fermín extrajo de uno de sus múltiples bolsillos una petaca de hojalata y procedió a desenroscar el tapón. Olfateó el contenido como si se tratase de los efluvios del paraíso y sonrió su aprobación. Entonces me tendió el botellín y, mirándome a los ojos con solemnidad, asintió.

—Beba ahora o arrepiéntase para siempre.

Acepté la petaca a regañadientes.

—¿Qué es esto? Huele a dinamita...

—Tonterías. Es solo un cóctel formulado para resucitar difuntos y muchachillos amilanados ante las responsabilidades del destino. Se trata de una fórmula maestra de mi cosecha elaborada a base de Anís del Mono y otros aguardientes batidos con un brandy peleón que le compro al gitano tuerto del quiosco de la cazalla, todo ello rematado con unas gotas de ratafía y Aromas de Montserrat para darle ese *bouquet* inconfundible de la huerta catalana.

—Madre de Dios.

—Venga, que aquí es donde se demuestra quién es un valiente y quién no da la talla. De un trago, como si fuera un legionario infiltrado en un banquete nupcial.

Obedecí y engullí aquel mejunje infernal que sabía a gasolina picada con azúcar. El licor me incendió las entrañas y, antes de que pudiera recuperar el sentido común, Fermín hizo un gesto indicándome que repitiera la operación. Protestas y terremoto intestinal aparte, apuré la segunda dosis agradeciendo el sopor y el temple que aquel brebaje me habían conferido.

—¿Qué tal? —preguntó Fermín—. Mejor, ¿verdad? Esto es el tentempié de los campeones.

Asentí convencido, resoplando y aflojándome los botones del cuello. Fermín aprovechó la ocasión para tomar un sorbo de su brebaje y guardó de nuevo la petaca en su gabardina.

—Nada como la química para domar la lírica. Pero no se

me vaya a aficionar al truco, que el licor es como el matarratas o la generosidad: cuanto más se usa, menos efecto tiene.

—Descuide.

Fermín señaló el par de puros habanos que asomaban de otro bolsillo de su gabardina, aunque negó guiñándome el ojo.

—Tenía reservados para hoy este par de Cohíbas sustraídos *in extremis* del humidificador de mi futuro suegro en funciones, don Gustavo Barceló, pero creo que casi los dejamos para otro día porque no le veo en forma y tampoco es cuestión de dejar a la criatura huérfana en su día de estreno.

Fermín me palmeó cariñosamente la espalda y dejó transcurrir unos segundos, dando tiempo a que los efluvios de su cóctel se me esparcieran por la sangre y una nebulosa de tranquilidad etílica enmascarase la sensación de pánico sordo que me embargaba. Tan pronto como Fermín reconoció el tono vidrioso en mi mirada y la dilatación de pupilas que precedían al embobamiento general de los sentidos, se lanzó al discurso que sin duda llevaba tramando toda la noche.

—Amigo Daniel, ha querido Dios, o quien en su ausencia el cargo ostente, que sea más fácil ser padre y traer una criatura al mundo que obtener el carnet de conducir. Tan infausta circunstancia se traduce en que un desorbitado número de cretinos, soplazurullos y botarates se consideren a sí mismos licenciados para procrear y, luciendo la medalla de la paternidad, desgracien para siempre a las infortunadas criaturas que con sus vergüenzas van engendrando. Por ello, hablando con la autoridad que me confiere el encontrarme yo también en la empresa de dejar preñada a mi amada Bernarda tan pronto como la gónada y el santo matrimonio que ella me exige *sine qua non* lo permitan, y de este modo pueda seguirle a usted en este viaje a la gran responsabilidad del hecho paternal, debo afirmar y afirmo que usted, Daniel Sempere Gispert, pipiolo en estado de adultez incipiente, pese a la magra fe que en este momento tiene en sí mismo y en su viabilidad como *paterfamilias*, es y será un progenitor ejemplar, si bien novicio y algo pardillo en general.

A media perorata ya me había quedado en blanco, bien por efecto de la fórmula explosiva o por la pirotecnia gramatical desplegada por mi buen amigo.

—Fermín, no estoy seguro de lo que ha dicho.

Él suspiró.

—Quería decir que ya sé que en estos momentos está usted a punto de perder el control de los esfínteres y que todo esto le desborda, Daniel, pero como le ha comunicado la santa de su señora esposa, no debe usted tener miedo. Que los niños, al menos el suyo, vienen con un pan y un plan debajo del brazo, y que si uno tiene en el alma un mínimo de decencia y decoro, y algún seso en la cabeza, encuentra la manera de no arruinarles la vida y de ser un padre del que nunca tengan que avergonzarse.

Miré de reojo a aquel hombrecillo que hubiera dado la vida por mí y que siempre tenía una palabra, o diez mil, con que solventar todos los dilemas y mi ocasional tendencia a la flojera existencial.

—Ojalá sea tan fácil como usted lo pinta, Fermín.

—Nada que valga la pena en esta vida es fácil, Daniel. Cuando yo era joven pensaba que para navegar por el mundo bastaba con aprender a hacer bien tres cosas. Una: atarse los cordones de los zapatos. Dos: desnudar a una mujer a conciencia. Y tres: leer para saborear cada día unas páginas compuestas con luz y destreza. Me parecía que un hombre que pisa firme, sabe acariciar y aprende a escuchar la música de las palabras vive más y, sobre todo, vive mejor. Pero los años me han enseñado que con eso no basta y que a veces la vida nos ofrece la oportunidad de aspirar a ser algo más que un bípedo que come, excreta y ocupa espacio temporal en el planeta. Y hoy el destino, en su infinita inconsciencia, ha querido ofrecerle a usted esa oportunidad.

Asentí con poco convencimiento.

—¿Y si no estoy a la altura?

—Daniel, si en algo nos parecemos es en que usted y yo

hemos sido bendecidos con la fortuna de encontrar mujeres que no nos merecemos. Es claro y meridiano que en este viaje las alforjas y la altura las pondrán ellas y que nosotros simplemente debemos intentar no fallarles. ¿Qué me dice?

—Que me encantaría creerle a pies juntillas, pero me cuesta.

Fermín negó, quitándole importancia al asunto.

—No tema. Es el mestizaje espirituoso con que le he empapuzado, que le nubla la poca aptitud que tiene usted para mi retórica de fino vuelo. Pero usted sabe que en estas lides tengo bastante más kilometraje que usted y por lo general llevo más razón que un carromato de santos.

—Eso no se lo discutiré.

—Y hará bien, porque perdería al primer asalto. ¿Se fía usted de mí?

—Claro, Fermín. Yo con usted hasta el fin del mundo, ya lo sabe.

—Pues hágame caso y fíese usted también de sí mismo, como yo lo hago.

Le miré a los ojos y asentí lentamente.

—¿Recuperado ya el sentido común? —preguntó.

—Creo que sí.

—Pues entonces recomponga esa triste figura, asegúrese de que tiene la masa testicular sujeta en el lugar que corresponde y vuelva a la habitación a abrazar a la señora Bea y al retoño como el hombre que ambos acaban de hacerle. Porque no le quepa duda de que aquel muchacho que tuve el honor de conocer años ha una noche bajo los arcos de la Plaza Real, y que tantos sustos me ha dado desde entonces, se tiene que quedar en el preludio de esta aventura. Que nos queda mucha historia por vivir, Daniel, y la que nos espera ya no es cosa de niños. ¿Está usted conmigo? ¿Hasta ese fin del mundo, que quién no nos dice que pueda estar a la vuelta de la esquina?

No se me ocurrió otra cosa que envolverle en un abrazo.

—¿Qué haría yo sin usted, Fermín?

—Equivocarse a menudo. Y ya en esa línea de cautela, tenga en cuenta que uno de los efectos secundarios más habituales derivados de la ingesta de la mescolanza que acaba usted de embeber es el reblandecimiento temporal del pudor y cierta exuberancia en el músculo sentimental. Por ello, cuando la señora Bea le vea entrar ahora en la habitación, mírela a los ojos para que ella sepa que la quiere de verdad.

—Ya lo sabe.

Fermín negó pacientemente.

—Hágame caso —precisó—. No hace falta que lo diga si le da vergüenza, porque los varones somos así y la testosterona no alienta al verso. Pero que ella lo sienta. Porque estas cosas más que decirlas hay que demostrarlas. Y no de Pascuas a Ramos, sino todos los días.

—Lo intentaré.

—Haga algo mejor que intentarlo, Daniel.

Y así, despojado por obra y gracia de Fermín del eterno y frágil refugio de mi adolescencia, me encaminé de vuelta a la habitación donde esperaba mi destino.


Muchos años después, el recuerdo de aquella noche habría de volver a mi memoria cuando, refugiado de madrugada en la trastienda de la vieja librería de la calle Santa Ana, procuraba una vez más enfrentarme a la página en blanco sin saber ni por dónde empezar a explicarme a mí mismo la verdadera historia de mi familia, empresa a la que llevaba meses o años dedicado pero a la que había sido incapaz de aportar una sola línea salvable.

Fermín, aprovechando un brote de insomnio que atribuyó a la digestión de medio kilo de chicharrones, había decidido hacerme una visita de madrugada. Al verme agonizar frente a una página en blanco armado de una estilográfica que goteaba como un coche usado, se sentó a mi lado y sopesó la marea de folios arrugados que se esparcían a mis pies.

—No se ofenda, Daniel, pero ¿tiene usted la más mínima idea de lo que está haciendo?

—No —admití—. A lo mejor, si probase con una máquina de escribir cambiaría todo. Dicen en los anuncios que la Underwood es la elección del profesional.

Fermín consideró la promesa publicitaria, pero negó con vehemencia.

—Entre mecanografiar y escribir median años luz.

—Gracias por los ánimos. Y usted ¿qué hace por aquí a estas horas?

Fermín se palpó la tripa.

—La ingesta de un gorrino entero en estado de fritura me ha dejado el estómago revuelto.

—¿Quiere un poco de bicarbonato?

—Mejor no, que me da *trempera* nocturna, con perdón, y entonces sí que no hay manera de pegar ojo.

Abandoné la pluma y mi enésimo intento de redactar una sola frase utilizable, y busqué la mirada de mi amigo.

—¿Todo bien por aquí, Daniel? Aparte de su infructuoso asalto al castillo de la narrativa, quiero decir...

Me encogí de hombros. Como siempre, Fermín había aparecido en un momento providencial haciendo honor a su condición de *picarus ex machina*.

—No sé muy bien cómo preguntarle algo que hace tiempo que me ronda por la cabeza —aventuré.

Él se cubrió la boca y administró un eructo breve pero sentido.

—Si está relacionado con algún truquillo de alcoba, dispare sin pudor, que le recuerdo que yo en estas lides soy como un facultativo diplomado.

—No, no es un tema de alcoba.

—Lástima, porque tengo información fresca sobre un par de nuevos ardides que...

—Fermín —le corté—, ¿cree usted que he vivido la vida que tenía que vivir, que he estado a la altura?

Mi amigo se quedó con la palabra en la boca. Bajó la mirada y suspiró.

—No me diga que es eso de lo que va en realidad esta fase suya del Balzac embarrancado. Búsqueda espiritual y todo eso...

—¿No escribe uno acaso para entenderse mejor a sí mismo y al mundo?

—No, si uno sabe lo que se hace, cosa que usted...

—Es usted un pésimo confesor, Fermín. Ayúdeme un poco.

—Creí que estaba intentando convertirse en novelista, no en beato.

—Dígame la verdad. Usted que me conoce desde que era niño, ¿le he decepcionado? ¿He sido el Daniel que usted esperaba? ¿El que mi madre habría querido que fuera? Dígame la verdad.

Fermín puso los ojos en blanco.

—La verdad son las tonterías que dice la gente cuando se cree que sabe algo, Daniel. Yo sé tanto de la verdad como de la talla de *brassière* que gasta aquella formidable fémina de nombre y busto puntiagudos que vimos en el cine Capitol el otro día.

—Kim Novak —precisé.

—A la que Dios y la ley de la gravedad tengan en su gloria. Y no, no me ha decepcionado, Daniel. Nunca. Es usted un buen hombre y un buen amigo. Y si quiere saber mi opinión, sí, creo que su difunta madre Isabella habría estado orgullosa de usted y hubiera pensado que era usted un buen hijo.

—Pero no un buen novelista. —Sonreí.

—Mire, Daniel, usted de novelista tiene lo que yo de monje dominico. Y lo sabe. Eso no hay pluma o Underwood bajo el sol que lo cambie.

Suspiré y me abandoné a un largo silencio. Fermín me observaba, pensativo.

—¿Sabe una cosa, Daniel? Lo que pienso de verdad es que después de todo lo que usted y yo hemos pasado, aún soy aquel pobre infeliz que se encontró tirado en la calle y al que se llevó a casa por caridad, y que usted todavía es aquel crío desvalido que iba por el mundo perdido y tropezando con misterios sin cuento creyendo que si los resolvía, tal vez, de puro milagro, recuperaría el rostro de su madre y la memoria de la verdad que el mundo le había robado.

Sopesé sus palabras, que habían tocado hueso.

—¿Tan terrible sería si así fuera?

—Podría ser peor. Podría ser usted un novelista, como su amigo Carax.

—A lo mejor lo que tendría que hacer es encontrarlo y convencerle para que fuese él quien escribiera esta historia —apunté—. Nuestra historia.

—Eso dice a veces su hijo Julián.

Miré de reojo a Fermín.

—¿Que Julián dice qué? ¿Qué sabe Julián de Carax? ¿Le ha hablado usted a mi hijo de Carax?

Fermín adoptó su semblante oficial de corderillo degollado.

—¿Yo?

—¿Qué le ha contado usted?

Fermín resopló, restando importancia al tema.

—Minucias. A lo sumo notas a pie de página del todo inofensivas. Lo que ocurre es que el niño es de disposición inquisitiva y luces largas y, claro, lo pilla todo y va atando cabos. Yo no tengo la culpa si la criatura es espabilada. Es evidente que a usted no ha salido.

—Madre de Dios... ¿Y ya sabe Bea que ha estado usted hablando de Carax con el niño?

—Yo en su vida conyugal no me meto. Pero dudo que haya mucho que la señora Bea no sepa o intuya.

—Le prohíbo terminantemente que le hable a mi hijo sobre Carax, Fermín.

Él se llevó la mano al pecho y asintió con solemnidad.

—Mis labios están sellados. Caiga sobre mí la más negra ignominia si en un momento de obnubilación quebrantare así este solemne voto de silencio.

—Y ya puestos tampoco mencione a Kim Novak, que le conozco.

—Ahí soy inocente como el becerrillo que quita el pecado del mundo porque ese tema lo saca el niño, que de tonto no tiene un pelo.

—Es usted imposible.

—Acepto con abnegación sus injustas pullas porque sé que las provoca la frustración ante lo escuálido de su propio ingenio. ¿Tiene vuecencia algún nombre más que añadir a la lista negra de los no mencionables aparte de Carax? ¿Bakunin? ¿Estrellita Castro?

—¿Por qué no se va a dormir y me deja en paz, Fermín?

—¿Y dejarle aquí a usted solo frente al peligro? Quite, que al menos hace falta un adulto cuerdo entre el público.

Fermín examinó la estilográfica y la pila de folios en blanco que aguardaban sobre el escritorio, calibrándolo todo fascinado como si se tratase de un juego de instrumentos quirúrgicos.

—¿Ya se le ha ocurrido cómo arrancar esta empresa?

—No. Estaba en ello cuando ha venido usted y ha empezado a decir sandeces.

—Tonterías. Sin mí usted no escribe ni la lista de la compra.

Convencido al fin, y arremangándose ante la titánica tarea que nos aguardaba, se plantó en una silla a mi lado y me miró fijamente con esa intensidad de quienes apenas necesitan palabras para entenderse.

—Hablando de listas: mire, yo de este negocio del novelón sé menos que de la manufactura y uso del cilicio, pero se me ocurre que antes de empezar a contar nada habrá que hacer una lista de lo que uno quiere contar. Un inventario, digamos.

—¿Una hoja de ruta? —sugerí.

—Una hoja de ruta es lo que pergeña uno cuando no sabe bien adónde va y así se convence a sí mismo y a algún que otro bobo de que se dirige a algún sitio.

—No es tan mala idea. El autoengaño es el secreto de toda empresa imposible.

—¿Lo ve? Formamos un tándem imbatible. Usted anota y yo pienso.

—Pues vaya pensando en voz alta.

—¿Ya hay suficiente tinta en ese chisme para el viaje de ida y vuelta a los infiernos?

—Suficiente para echar a andar.

—Ahora solo falta decidir por dónde empezamos a hacer la lista.

—¿Qué tal si empezamos por la historia de cómo la conoció usted? —pregunté.

—¿A quién?

—¿A quién va a ser, Fermín? A nuestra Alicia en la Barcelona de las Maravillas.

Una sombra cruzó su rostro.

—Esa historia no creo que se la haya contado a nadie, Daniel. Ni a usted.

—¿Qué mejor puerta entonces para adentrarse en el laberinto?

—Un hombre debería poder morir llevándose algún que otro secreto por delante —objetó Fermín.

—Demasiados secretos son los que llevan a un hombre a la tumba antes de hora.

Fermín alzó las cejas, sorprendido.

—¿Quién dijo eso? ¿Sócrates? ¿Yo?

—No. Por una vez lo dijo Daniel Sempere Gispert, el *Homo pardicus*, hace tan solo unos segundos.

Fermín sonrió complacido y peló un Sugus de limón que procedió a llevarse a los labios.

—Le ha costado años, pero ya va aprendiendo del maestro, granujilla. ¿Quiere uno?

Acepté el Sugus porque sabía que era la posesión más preciada de todo el patrimonio de mi amigo Fermín y que me honraba compartiendo su tesoro.

—¿Ha oído decir usted alguna vez aquello tan socorrido de que en el amor y en la guerra está todo permitido, Daniel?

—Alguna vez. Normalmente en boca de los que están más por la guerra que por el amor.

—Así es, porque en el fondo es mentira podrida.

—¿Es esta entonces una historia de amor o de guerra?

Fermín se encogió de hombros.

—¿Cuál es la diferencia?

Y así, al amparo de la medianoche, un par de Sugus y un embrujo de recuerdos que amenazaba con desvanecerse en la niebla del tiempo, Fermín empezó a hilvanar los hilos que habrían de tejer el final, y el principio, de nuestra historia...

Fragmento de
*El Laberinto de los Espíritus*
(*El Cementerio de los Libros Olvidados*, Volumen IV),
de Julián Carax.
Éditions de la Lumière, París, 1992. Edición a cargo de
Émile de Rosiers Castellaine

# DIES IRAE

Barcelona
Marzo de 1938

# 1

Le despertó el envite del mar. Al abrir los ojos, el polizón vislumbró una tiniebla que se perdía en el infinito. El vaivén de la nave, el hedor a salitre y los arañazos del agua contra el casco le recordaron que no estaba en tierra firme. Apartó los sacos que le habían servido de lecho y se incorporó lentamente, auscultando la fuga de columnas y arcos que formaba la bodega del buque.

La visión se le antojó de ensueño, una catedral sumergida, poblada por lo que parecía el botín robado de cien museos y palacios. La silueta de una escudería de coches de lujo cubiertos con lienzos semitransparentes se perfilaba entre una batería de esculturas y cuadros. Junto a un gran reloj de carrillón se distinguía una jaula desde la que un loro de espléndido plumaje le observaba con severidad y cuestionaba su condición de polizón.

Poco más allá avistó una réplica del *David* de Miguel Ángel, a la que algún espontáneo había coronado con un tricornio de la Guardia Civil. Tras ella, un ejército espectral de maniquís enfundados en vestidos de época parecían congelados en un perpetuo vals vienés. A un lado, apoyados contra el armazón de una lujosa carroza funeraria de paredes acristaladas con sarcófago incluido, había una pila de viejos carteles enmarcados. Uno de ellos anunciaba una corrida en la plaza de las Arenas de los tiempos de antes de la guerra.

El nombre de un tal Fermín Romero de Torres aparecía entre la lista de rejoneadores. Sus ojos acariciaron las letras, y el pasajero secreto, a quien por entonces aún se le conocía por otro nombre que pronto habría de abandonar en las cenizas de aquella guerra, formó en silencio las palabras en sus labios.

## Fermín
## Romero de Torres

Un buen nombre, se dijo. Musical. Operístico. A la altura de una existencia épica y desgarrada de eterno polizón por la vida. Fermín Romero de Torres, o el hombrecillo enjuto a una mayúscula nariz unido que algún día no muy lejano adoptaría aquel apelativo, había pasado los dos últimos días oculto en las entrañas de aquel buque mercante que había partido de Valencia dos noches atrás. Se había podido colar a bordo de milagro, escondido en un arcón repleto de fusiles viejos camuflado entre toda suerte de mercancías. Una parte de los fusiles estaban envueltos en bolsas selladas con un nudo que los protegía de la humedad, pero el resto viajaban a pelo, apilados unos sobre otros, y le habían parecido más propensos a explotarle en la cara a algún infortunado miliciano, o a él mismo si se hubiera apoyado donde no debía, que a derribar al enemigo.

Para estirar las piernas y combatir el entumecimiento causado por el frío y la humedad que supuraban las paredes del casco, Fermín se aventuraba cada media hora entre el entramado de contenedores y suministros en busca de algo comestible o, en su defecto, algo con lo que matar el tiempo. En una de sus idas y venidas había entablado amistad con un ratoncillo veterano en aquellos lances que, pasado el período de desconfianza inicial, se le aproximaba tímidamente y, al calor de su regazo, compartía con él unos ásperos trozos de queso que Fermín había encontrado en una de las cajas de alimentos. El queso, o lo que fuera aquella sustancia correosa y grasienta, sabía a jabón, y hasta donde alcanzaba el discernimiento gastronómico de Fermín, no había indicio de que vaca o rumiante alguno hubiera tenido mano o pezuña en su elaboración.

34

Pero era de sabios reconocer que en cuestión de gustos no había nada escrito y, si lo había, la miseria de aquellos días alteraba el fraseado con aplomo, por lo que ambos disfrutaron del festín con el entusiasmo que solo otorgan meses de hambre acumulada.

—Amigo roedor, una de las ventajas que tiene esto de las contiendas bélicas es que, de un día para otro, la bazofia se le antoja a uno manjar de dioses, y hasta una mierda sabiamente pinchada en un palo empieza como a desprender un *bouquet* sensacional a *boulangerie* parisina. Esta dieta semicastrense de sopas a base de agua sucia y miga cortada con serrín curte el espíritu y desarrolla la sensibilidad del paladar hasta el punto que llega un día en que uno se percata de que incluso el corcho de las paredes puede saber a corteza de cerdo ibérico si la dicha no es buena.

El ratoncillo escuchaba a Fermín con paciencia mientras ambos departían de los víveres que el polizón sustraía. A veces, ahíto, el roedor se dormía a sus pies. Fermín lo observaba, intuyendo que habían hecho buenas migas porque en el fondo se parecían.

—Usted y yo somos tal para cual, compadre, sufriendo con filosofía la plaga del simio erecto y arañando lo que se puede para sobrevivirla. Dios quiera que algún día no muy lejano los primates se extingan de un soplamocos y pasen así a criar malvas junto con el diplodocus, el mamut y el pájaro dodo para que ustedes, criaturas hacendosas y pacíficas que se contentan con comer, fornicar y dormir, puedan heredar la tierra o, cuando menos, compartirla con la cucaracha y algún que otro coleóptero.

Si el ratoncillo estaba en desacuerdo, no daba muestras de ello. La suya era una convivencia amigable y sin protagonismos, una entente entre caballeros. Durante el día podían escuchar el eco de los pasos y voces de los marineros rebotando en la sentina. En las raras ocasiones en que algún miembro de la tripulación se aventuraba allí abajo, por lo general para robar alguna cosa, Fermín se ocultaba de nuevo en la caja de fusiles de la que había salido y así, mecido por el mar y el aroma a pólvora, se entregaba a una cabezadita. En su segundo día a bordo, explorando el bazar de maravillas que viajaba oculto en la panza de aquel Leviatán, Fermín, moderno Jonás y estudioso de las Sagradas Escrituras a tiempo parcial, encontró una caja repleta de biblias finamente encuadernadas. El hallazgo se le antojó, cuando menos, audaz y pintoresco, pero, a falta de otro menú literario, procedió a tomar prestado un ejemplar y, con la ayuda de una vela también sustraída del cargamento, leía en voz alta para él y para su compañero de travesía fragmentos seleccionados del Antiguo Testamento, que siempre le había parecido muchísimo más ameno y truculento que el Nuevo.

—Preste atención, maestre, que ahora viene una inefable parábola de hondo simbolismo aderezada con incestos y mutilaciones suficientes como para precipitar un cambio de gayumbos a los mismísimos hermanos Grimm.

Pasaban así las horas y los días al asilo del mar hasta que, al amanecer de un 17 de marzo de 1938, Fermín abrió los ojos y descubrió que su amigo el roedor se había ido. Tal vez fue la lectura de algunos episodios del Libro de las Revelaciones de San Juan durante la noche anterior lo que asustó al ratoncillo, o tal vez el presentimiento de que la travesía llegaba a su fin y convenía hacerse de menos. Fermín, entumecido por otra noche al amparo de aquel frío que taladraba los huesos, se tambaleó hasta el mirador que ofrecía uno de los ojos de buey por los que penetraba el aliento de un alba escarlata. El ventanuco circular quedaba a apenas un par de palmos por encima de la línea de flotación y Fermín pudo ver cómo el sol se alzaba sobre un mar de color vino. Cruzó la bodega sorteando cajas de munición y un enjambre de bicicletas herrumbrosas sujetas con cuerdas hasta el lado opuesto y echó un vistazo. El haz vaporoso del faro del puerto barrió el casco del buque proyectando momentáneamente una ráfaga de agujas de luz a través de todas las ventanas de la bodega. Más allá, en un espejismo de brumas reptando entre atalayas, cúpulas y torres, se esparcía la ciudad de Barcelona. Fermín sonrió para sí, olvidándose por un instante del frío y de las magulladuras que cubrían su cuerpo, fruto de las escaramuzas y desventuras acaecidas en su último puerto de paso.

—Lucía... —murmuró, evocando el dibujo de aquel rostro cuyo recuerdo le había mantenido vivo en los peores lances.

Extrajo el sobre que llevaba en el bolsillo interior de su chaqueta desde que había salido de Valencia y suspiró. El ensueño se esfumó casi al instante. El buque estaba mucho más cerca de puerto de lo que había supuesto. Cualquier polizón que se precie sabe que lo difícil no es colarse a bordo: lo difícil es salir sano y salvo del trance y abandonar el buque sin ser visto. Si albergaba la esperanza de pisar tierra por su propio pie y con todos los huesos en su sitio, más le valía empezar a preparar su estrategia de huida. Mientras escuchaba cómo los pasos y la actividad de la tripulación se duplicaban en la cubierta, Fermín sintió que el buque empezaba a virar y que los motores aminoraban la marcha al rebasar la bocana del puerto. Guardó de nuevo la carta y se apresuró a borrar los indicios de su presencia, ocultando los restos de las velas empleadas, los sacos que le habían servido de ajuar, la Biblia de sus lecturas contemplativas y las migajas de sucedáneo de queso y galleta rancia que habían quedado. Procedió entonces a cerrar como pudo las cajas que se había atrevido a abrir en busca de víveres martilleando de nuevo los clavos con el tacón pelado de sus botas exánimes. Observando tan parca calzadura, Fermín se dijo que tan pronto como hubiera ganado tierra firme y cumplido la promesa que había hecho, el siguiente objetivo sería hacerse con un par de zapatos que no pareciesen sustraídos de algún depósito de cadáveres. Mientras trajinaba en la bodega, el polizón podía ver a través de los ojos de buey cómo el buque se iba adentrando en las aguas del puerto de Barcelona. Pegó una vez más la nariz al cristal y sintió un escalofrío al avistar la silueta del castillo y prisión militar de Montjuic en lo alto de la montaña, presidiendo la ciudad como un ave de presa.

—Como te descuides, acabas ahí... —susurró.

A lo lejos se perfilaba la aguja del monumento a Cristóbal Colón, que como siempre apuntaba con el dedo en la dirección equivocada, confundiendo el continente americano con el archipiélago balear. Tras el descubridor desorientado se abría la boca de las Ramblas ascendiendo hacia el corazón de la ciudad vieja, donde esperaba Lucía. Por un instante la imaginó perfumada entre las sábanas. La culpa y la vergüenza apartaron aquella visión de su pensamiento. Había traicionado su promesa.

—Miserable —se dijo a sí mismo.

Trece meses y siete días habían pasado desde que la había visto por última vez, trece meses que le pesaban como trece años. La última imagen que pudo robar antes de regresar a su escondite fue la de la silueta de la Virgen de la Merced, patrona de la ciudad, aupada en la cúpula de su basílica frente al puerto y en perpetuo ademán de echar a volar sobre los tejados de Barcelona. A ella encomendó su alma y misérrima anatomía, porque si bien no pisaba una iglesia desde que había confundido la capilla de su pueblo natal con la biblioteca municipal a los nueve años, Fermín juró a quien pudiera y quisiera escucharle que si la Virgen —o cualquier delegado con potestad en materia celestial— intercedía por él y le ayudaba a llegar a buen puerto sin grave percance ni lesiones mortales de necesidad, reorientaría su vida hacia la contemplación espiritual y se haría cliente asiduo de la industria del misal. Concluida su promesa, se santiguó dos veces y se apresuró a ocultarse de nuevo en la caja de fusiles, tendido sobre el lecho de armas como un difunto en un ataúd. Justo antes de cerrar la tapa, Fermín atinó a ver a su compañero el ratoncillo observándole aupado en una pila de arcones que ascendía hasta el techo de la bodega.

—*Bonne chance, mon ami* —murmuró.

Un segundo más tarde se sumió en aquella oscuridad que

olía a pólvora, el metal frío de los fusiles contra la piel y su suerte ya echada sin remedio.

## 2

Al rato, Fermín advirtió que el rumor de los motores se extinguía y el buque se mecía al pairo en las aguas mansas del puerto. Según sus cálculos, era demasiado pronto para que hubiesen alcanzado los muelles. Tras dos o tres escalas durante la travesía, sus oídos habían aprendido a leer el protocolo y la cacofonía que destilaba una maniobra de atraque, desde el correr de las amarras y el martilleo de las cadenas del ancla hasta los quejidos del armazón bajo la tensión del casco al ser arrastrado contra el muelle. Más allá de una agitación inusual de pasos y voces en la cubierta, Fermín no pudo reconocer ninguno de aquellos signos. Por algún motivo, el capitán había decidido detener el buque antes de hora y Fermín, que había aprendido en los casi dos años previos de guerra que lo inesperado va a menudo de la mano de lo lamentable, apretó los dientes y procedió a santiguarse de nuevo.

—Virgencita, renuncio a mi agnosticismo irredento y a las maliciosas sugerencias de la física moderna —murmuró, confinado en aquella suerte de ataúd que compartía con fusiles de tercera mano.

Su súplica no tardó en obtener respuesta. Fermín oyó cómo lo que parecía otra nave, más pequeña, se aproximaba y rozaba el casco del buque. Instantes después, unos pasos casi marciales caían sobre la cubierta entre el alboroto de la tripulación. Fermín tragó saliva. Habían sido abordados.

## 3

«Treinta años en el mar y lo peor siempre llega al tocar tierra», pensó el capitán Arráez mientras contemplaba desde el puente al grupo de hombres que acababan de escalar la escalinata a babor. Blandían fusiles con gesto amenazador, empujaban a la tripulación a un lado y preparaban el paso a quien, supuso, era su líder. Arráez era uno de esos hombres de mar que tienen la tez y el pelo flambeados a sol y salitre, y cuya mirada líquida parecía siempre enturbiada por un velo de lágrimas. De joven había creído que uno se embarcaba en busca de la aventura, pero los años le habían enseñado que esta siempre le esperaba a uno en puerto, y con segundas intenciones. Nada había en el mar que temiese. En tierra firme, sin embargo, y más en aquellos días, le embargaba la náusea.

—Bermejo, coja la radio y avise a puerto de que nos han detenido momentáneamente y vamos a llegar con algo de retraso.

Junto a él, Bermejo, su primer oficial, palideció y empezó a mostrar aquel tembleque que había desarrollado en los últimos meses de bombardeos y trifulcas. Antiguo contramaestre en cruceros fluviales de placer por el Guadalquivir, el pobre Bermejo no tenía estómago para aquella labor.

—¿Quién digo que nos ha detenido, capitán?

Arráez posó la mirada sobre la silueta que acababa de pisar su cubierta. Enfundado en una gabardina negra y pertrechado de guantes y un sombrero de ala, era el único que no parecía armado. Arráez le observó recorrer poco a poco la cubierta. Su ademán denotaba una parsimonia y un desinterés calculados a la perfección. Sus ojos, ocultos tras unos lentes oscuros, se deslizaban por los rostros de la tripulación, el suyo carente de expresión alguna. Por último se detuvo en el centro de la cubierta y, al alzar la vista hacia el puente, se descubrió la cabeza articulando un saludo con el sombrero y ofreciendo una sonrisa de reptil.

—Fumero —murmuró el capitán.

Bermejo, que parecía haber encogido diez centímetros desde que aquel personaje había serpenteado a través de la cubierta, le miró, blanco como el yeso.

—¿Quién? —consiguió articular.

—Policía política. Baje y dígales a los hombres que nadie haga el tonto. Y luego dé aviso por radio a puerto, como le he dicho.

Bermejo asintió, pero no hizo ademán de moverse. Arráez le clavó los ojos.

—Bermejo, que baje. Y procure no mearse encima, por el amor de Dios.

—Sí, mi capitán.

Arráez permaneció unos instantes a solas en el puente. El día era claro, con cielos de cristal y pinceladas de nubes en fuga que habrían hecho las delicias de un acuarelista. Por un instante consideró coger el revólver que guardaba bajo llave en el armario de su camarote, pero la ingenuidad de aquella idea dibujó una sonrisa amarga en sus labios. Respiró hondo y, ajustando los botones de su chaqueta deshilachada, abandonó el puente y descendió escaleras abajo, donde le esperaba su viejo conocido acariciando un cigarrillo entre los dedos.

# 4

—Capitán Arráez, bienvenido a Barcelona.

—Gracias, teniente.

Fumero sonrió.

—Ahora comandante.

Arráez hizo un gesto afirmativo, sosteniendo la mirada a aquellos dos lentes oscuros tras los cuales era difícil adivinar hacia dónde miraban los ojos afilados de Fumero.

—Felicidades.

Fumero le tendió uno de sus cigarrillos.

—No, gracias.

—Es mercancía de calidad —invitó Fumero—. Rubio americano.

Arráez aceptó el cigarrillo y se lo guardó en el bolsillo.

—¿Desea inspeccionar los papeles y las licencias, mi comandante? Está todo al día, con los permisos y sellos del Gobierno de la Generalitat...

Fumero se encogió de hombros, exhalando una bocanada de humo con desinterés y observando la brasa de su cigarrillo con una leve sonrisa.

—Estoy seguro de que sus papeles están en regla. Dígame, ¿qué carga lleva usted a bordo?

—Suministros. Medicamentos, armas y munición. Y varios lotes de propiedad confiscada para subasta. El inventario con el sello gubernamental de la delegación en Valencia está a su disposición.

—No esperaba menos de usted, capitán. Pero eso queda entre usted y las autoridades portuarias y de aduanas. Yo soy un simple servidor del pueblo.

Arráez asintió serenamente, recordándose en todo momento que no debía apartar los ojos de aquellos dos lentes negros e impenetrables.

—Si mi comandante tiene a bien decirme qué busca, con mucho gusto...

Fumero hizo un ademán para que le acompañase y ambos deambularon a lo largo de la cubierta mientras la tripulación los observaba, expectante. Al cabo de unos minutos Fumero se detuvo y, apurando una última calada, arrojó su cigarrillo por la borda. Se apoyó sobre la barandilla y contempló Barcelona como si nunca la hubiese visto antes.

—¿Lo huele usted, capitán?

Arráez aguardó un instante antes de contestar.

—No sé bien a qué se refiere, comandante.

Fumero le palmeó el brazo con afecto.

—Respire hondo. Sin prisa. Ya verá cómo lo nota.

Arráez intercambió una mirada con Bermejo. Los miembros de la tripulación se miraban entre ellos, confundidos. Fumero se volvió, invitándolos a inspirar con un gesto.

—¿No? ¿Nadie?

El capitán intentó forzar una sonrisa que no llegó a sus labios.

—Pues yo sí puedo olerlo —dijo Fumero—. No me diga que no lo ha notado.

Arráez asintió vagamente.

—Claro que sí —apremió Fumero—. Claro que lo huele. Como yo y como todos los que están aquí. Es olor a rata. A esa rata asquerosa que oculta usted a bordo.

Arráez frunció el ceño, perplejo.

—Puedo asegurarle...

Fumero alzó la mano para silenciarle.

—Cuando una rata se te cuela no hay modo de librarse de ella. Le das veneno y se lo come. Le pones trampas y se caga en ellas. Una rata es lo más difícil de eliminar que existe. Porque es cobarde. Porque se esconde. Porque se cree más lista que tú.

Fumero se tomó unos segundos para saborear sus palabras.

—¿Y sabe usted cuál es el único modo de acabar con una rata, capitán? ¿Cómo se acaba de verdad y de una vez por todas con ella?

Arráez negó.

—No lo sé, comandante.

Fumero sonrió, mostrando los dientes.

—Claro que no. Porque usted es un hombre de mar y no tiene por qué saberlo. Ese es mi trabajo. Esa es la razón por la que la Revolución me ha puesto en el mundo. Observe, capitán. Observe y aprenda.

Antes de que Arráez pudiera decir nada, Fumero se alejó en dirección a proa y sus hombres le siguieron. El capitán vio entonces que se había equivocado. Fumero sí iba armado. Blandía un revólver reluciente en la mano, una pieza de coleccionista. Cruzó la cubierta empujando sin miramientos a cuantos miembros de la tripulación encontraba a su paso e ignoró la entrada a los camarotes. Sabía adónde iba. A una señal, sus hombres rodearon la compuerta que sellaba la bodega y esperaron la orden. Fumero se inclinó sobre la lámina del metal y golpeó con suavidad con los nudillos, como si llamase a la puerta de un viejo amigo.

—Sorpresa —entonó.

Cuando sus hombres prácticamente arrancaron la compuerta y las entrañas del buque quedaron expuestas a la luz del día, Arráez regresó para ocultarse en el puente. Ya había visto y aprendido suficiente en los dos años que llevaba de guerra. Lo último que acertó a ver fue cómo Fumero se relamía los labios como un gato un segundo antes de sumergirse, revólver en mano, en la bodega del buque.

# 5

Tras días confinado en la bodega respirando el mismo aire viciado, Fermín sintió cómo el aroma a brisa fresca que entraba por la compuerta se filtraba entre las comisuras de la caja de armamento en la que se había ocultado. Inclinó la cabeza a un lado y atinó a ver por el resquicio de abertura que quedaba entre la tapa y el reborde un abanico de haces de luz polvorienta barriendo la bodega. Linternas.

La luz blanca y vaporosa acariciaba los contornos del cargamento y descubría transparencias en los lienzos que tapaban automóviles y obras de arte. El sonido de los pasos y el eco metálico que reverberaba en la sentina se aproximaron con lentitud. Fermín apretó los dientes y repasó mentalmente todos los pasos que había seguido hasta regresar a su escondite. Los sacos, las velas, los restos de comida o las pisadas que hubiera podido dejar a través de la galería del cargamento. No creía haber descuidado nada. Nunca le encontrarían allí, se dijo. Nunca.

Fue entonces cuando oyó aquella voz agria y familiar pronunciar su nombre como si susurrase una melodía y las rodillas se le hicieron gelatina.

*Fumero.*

La voz, y los pasos, sonaban muy cercanos. Fermín cerró los ojos como los cierra un niño aterrorizado por un ruido extraño en la oscuridad de su habitación. No porque crea que eso le va a proteger, sino porque no se atreve a reconocer la silueta que se alza a un lado de la cama y se inclina sobre él. Pudo sentir en aquel instante cómo los pasos cruzaban apenas a unos centímetros, muy lentamente. Los dedos enguantados acariciaron la tapa de la caja cual serpiente deslizándose sobre la superficie. Fumero estaba silbando una melodía. Fermín contuvo la respiración y mantuvo los ojos cerrados. Gotas de sudor frío le caían por la frente y tuvo que apretar los puños para que las manos no le temblasen. No se atrevió ni a mover un músculo, temiendo que el roce de su cuerpo con las bolsas que contenían algunos de los fusiles pudiera hacer el más mínimo ruido.

Tal vez se había equivocado. Tal vez sí le encontrarían. Tal vez no había en el mundo un rincón en el que pudiera esconderse y vivir un día más para contarlo. Tal vez, al fin y al cabo, aquel era un día tan bueno como cualquier otro para abandonar la función. Y, ya puestos, nada le impedía abrir a patadas aquella caja y plantar cara blandiendo uno de aquellos fusiles sobre los que yacía tendido. Mejor morir acribillado a balazos en dos segundos que a manos de Fumero y sus juguetes tras permanecer dos semanas colgado del techo en una mazmorra del castillo de Montjuic.

Palpó el contorno de una de las armas buscando el gatillo

y la aferró con fuerza. No se le ocurrió hasta entonces que lo más posible era que no estuviese cargada. Tanto daba, pensó. Con su puntería, tenía todos los números para que se le pulverizase medio pie o para acabar por acertarle en el ojo al monumento a Colón. Sonrió ante la idea y agarró el fusil con ambas manos sobre el pecho, buscando el percutor. Nunca antes había disparado un arma, pero se dijo que la suerte siempre está del lado del novato y que el empeño valía cuando menos un voto de confianza. Tensó el percutor y se dispuso a volarle la cabeza a don Francisco Javier Fumero camino del paraíso o del infierno.

Un instante después, sin embargo, los pasos se alejaron llevándose su oportunidad de gloria y recordándole que los grandes amantes, en ejercicio o en vocación, no nacían para ser héroes de última hora. Se permitió respirar hondo y se llevó las manos al pecho. Tenía la ropa pegada al cuerpo como una segunda piel. Fumero y sus esbirros se alejaban. Fermín imaginó sus siluetas perdiéndose en las sombras de la bodega y sonrió aliviado. Tal vez no se había producido el chivatazo. Tal vez aquel era un control rutinario sin más.

Justo entonces, las pisadas se detuvieron. Se hizo un silencio sepulcral y durante unos instantes lo único que Fermín acertó a escuchar fueron los latidos de su corazón. Luego, en un suspiro casi imperceptible, le llegó el minúsculo punteo de algo diminuto y ligero deambulando sobre la tapa de la caja, a apenas unos centímetros de su rostro. Lo reconoció por el tenue olor, entre dulce y agrio. Su compañero de travesía, el ratoncillo, estaba olfateando entre los resquicios de las tablas, con toda probabilidad detectando el olor de su amigo. Fermín se dispuso a sisear levemente para alejarlo cuando un estruendo ensordecedor inundó la bodega.

La bala, de gran calibre, pulverizó al roedor en el acto y taladró de forma limpia un orificio de entrada sobre la tapa de la caja a unos cinco centímetros del rostro de Fermín. Un goteo de sangre se filtró entre las grietas y le salpicó los labios. Fermín sintió entonces un cosquilleo en la pierna derecha y al bajar la mirada comprobó cómo la trayectoria del proyectil casi le había alcanzado la pierna, abriéndole a fuego un corte en la pernera del pantalón antes de dejar un segundo orificio de salida en la madera. Una línea de luz vaporosa atravesaba la oscuridad del escondrijo trazando la trayectoria de la bala. Fermín escuchó cómo los pasos regresaban y se detenían junto a su escondite. Fumero se arrodilló junto a la caja. Fermín advirtió el brillo de sus ojos en la pequeña abertura que quedaba entre la cubierta y la caja.

—Como siempre, haciendo amigos de baja estofa, ¿eh? Tendrías que haber oído los gritos de tu colega Amancio cuando nos contó dónde te encontraríamos. Un par de cables en los huevos y los héroes cantáis como jilgueros.

Enfrentando aquella mirada, y todo lo que sabía de ella, Fermín sintió que de no haber sudado el poco valor que le quedaba atrapado en aquel sarcófago repleto de fusiles se habría orinado encima de pánico.

—Hueles peor que tu compañera la rata —susurró Fumero—. Creo que te hace falta un baño.

Escuchó el deambular de pisadas y el alboroto de los hombres removiendo cajas y derribando objetos por la bodega. Mientras esto ocurría, Fumero no se movió un centímetro de donde estaba. Sus ojos auscultaban la penumbra interior del arcón como los de una serpiente a la boca de un nido, paciente. Al poco, Fermín sintió un fuerte martilleo sobre la caja. En un principio creyó que la querían deshacer a golpes. Al ver asomar las puntas de unos clavos en el borde de la tapa comprendió que lo que estaban haciendo era sellarla rematando todo el reborde. En un segundo, los escasos milímetros de abertura que quedaban entre el contorno de la caja y la cubierta desaparecieron. Le habían sepultado en su propio escondite.

Fermín comprendió entonces que la caja empezaba a moverse a empujones y que, respondiendo a las órdenes de Fumero, varios miembros de la tripulación bajaban a la bodega. Pudo imaginarse el resto. Sintió cómo una docena de hombres levantaban la caja con palancas y oyó las correas de lona rodear la madera. Oyó también el correr de las cadenas y sintió el súbito tirón de la grúa hacia arriba.

# 6

Arráez y su tripulación contemplaron el arcón meciéndose en la brisa, suspendido seis metros sobre la cubierta. Fumero emergió de la bodega ajustándose de nuevo sus lentes oscuros y sonriendo complacido. Alzó la vista al puente e hizo el ademán de un saludo militar a modo de burla.

—Con su permiso, capitán, procederemos a exterminar la rata que llevaba usted a bordo del único modo realmente efectivo.

Fumero indicó al operario de la grúa que bajase el contenedor unos metros, hasta que quedó a la altura de su rostro.

—¿Una última voluntad o algunas palabras de contrición?

La tripulación observaba la caja, enmudecida. Lo único que parecía emerger del interior era un gemido que hacía pensar en un pequeño animal aterrorizado.

—Venga, no llores, que no es para tanto —dijo Fumero—. Además, no te voy a dejar solo. Vas a ver cómo un montón de tus amigos te están esperando en candeletas...

El arcón se elevó de nuevo en el aire y la grúa empezó a girar hacia la borda. Cuando quedó suspendido a unos diez metros por encima del agua, Fumero se volvió una vez más hacia el puente. Arráez le observaba con una mirada vidriosa, murmurando por lo bajo.

«Hijo de puta», alcanzó a descifrar.

Entonces asintió y el contenedor, con doscientos kilos de fusiles y unos cincuenta y pocos de Fermín Romero de Torres dentro, se precipitó sobre las aguas heladas y oscuras del puerto de Barcelona.

# 7

La caída al vacío apenas le dio tiempo de aferrarse a las paredes del arcón. Al impactar sobre el agua, la pila de fusiles se alzó en el aire y golpeó con fuerza la parte superior de la caja. Durante unos segundos el contenedor quedó a flote, meciéndose como una baliza. Fermín luchó por quitarse de encima las docenas de rifles bajo los que había quedado enterrado. Un intenso olor a salitre y gasóleo alcanzó su olfato. Oyó entonces el sonido del agua penetrando a borbotones por el orificio que había dejado la bala de Fumero. En apenas un segundo sintió el contacto frío del líquido inundando la base. Le invadió el pánico e intentó encogerse para alcanzar el extremo inferior del arcón. Al hacerlo, el peso de los fusiles se hizo a un lado y el contenedor se escoró. Fermín cayó de bruces sobre las armas. En una oscuridad absoluta, palpó la pila de armas bajo sus manos y empezó a apartarlas, buscando el orificio por el que entraba el agua. Tan pronto como conseguía desplazar una docena de fusiles a su espalda, estos volvían a caer sobre él y le empujaban hacia el fondo de la caja, que seguía escorándose. El agua le cubría los pies y corría entre sus dedos. Le llegaba ya a las rodillas cuando consiguió encontrar el orificio y lo tapó como pudo, apretando con ambas manos. Oyó entonces los disparos en la cubierta del barco y el impacto sobre la madera. Tres nuevos orificios se abrieron tras él y una claridad verdosa se filtró en el interior, permitiendo a Fermín vislumbrar cómo el agua empezaba a brotar con fuerza y, en apenas unos instantes, le cubría la cintura. Gritó de miedo y rabia, tratando de alcanzar uno de los orificios con la otra mano, pero una sacudida repentina le empujó hacia atrás. El sonido que inundó el interior del arcón le estremeció, como si una bestia le estuviese engullendo. El agua le trepó hasta el pecho, el frío cortándole la respiración. Se hizo de nuevo la oscuridad y Fermín comprendió que la caja se estaba hundiendo sin remedio. Su mano derecha cedió a la presión del líquido. El agua helada le barrió las lágrimas en la oscuridad. Fermín intentó atrapar una última bocanada de aire.

La corriente succionó la carcasa de madera y la arrastró hacia el fondo sin tregua. Una cámara de apenas un palmo de aire había quedado atrapada en la parte superior y Fermín luchó por auparse hasta allí para arrancar un suspiro de oxígeno. Al poco, la caja se posó en el fondo del puerto y, tras inclinarse a un lado, quedó varada en el fango. Fermín golpeó la tapa a puñetazos y patadas, pero la madera, fuertemente asegurada con los clavos, no cedió un ápice. Los últimos centímetros de aire que le quedaban se fueron escapando entre las grietas. Aquella oscuridad fría y absoluta le invitaba a abandonarse, pero sus pulmones ardían y creyó que la cabeza le iba a estallar bajo la presión por la falta de aire. Rendido al pánico ciego de la certeza de que le quedaban apenas unos segundos de vida, aferró uno de los fusiles y empezó a golpear el borde de la tapa con la culata. Al cuarto golpe el arma se le deshizo en las manos. Palpó en la oscuridad y los dedos rozaron una de las bolsas que protegía un rifle que flotaba a merced de la pequeña burbuja de aire atrapada en el interior. Fermín lo asió con ambas manos y volvió a golpear con las pocas fuerzas que le quedaban, suplicando aquel milagro que no llegaba.

La bala produjo una vibración sorda al explotar en el interior de la bolsa. El disparo, prácticamente a quemarropa, perforó un círculo del tamaño de un puño en la madera. Un soplo de claridad iluminó el interior. Sus manos reaccionaron antes que su cerebro. Apuntó el fusil hacia el mismo punto y accionó el gatillo una y otra vez. El agua había ya inundado la bolsa y ninguna de las balas llegó a explosionar. Fermín agarró otro de los rifles y pulsó el gatillo a través de la bolsa. Los dos primeros disparos no surtieron efecto, pero al tercero pudo sentir la sacudida en los brazos y ver cómo la abertura en la madera se iba ensanchando. Vació la munición del arma hasta que el orificio fue lo suficientemente grande para que su cuerpo enjuto y maltrecho pudiera colarse. Los rebordes de la madera astillada le mordieron la piel; sin embargo, la promesa de aquella claridad espectral y de la lámina de luz que se apreciaba en la superficie le hubiera permitido cruzar un campo de cuchillos.

El agua turbia del puerto le quemaba las pupilas, pero Fermín mantuvo los ojos abiertos. Un bosque submarino de luces y sombras se mecía en la tiniebla verdosa. Una red de escombros, esqueletos de botes hundidos y siglos de fango se abría a sus pies. Alzó la vista hacia las columnas de luz vaporosa que caían desde lo alto. El casco del buque mercante se recortaba en una gran sombra en la superficie. Estimó que aquella parte del puerto tenía por lo menos una quincena de metros de profundidad, tal vez más. Si conseguía ganar la superficie al otro lado del casco del buque tal vez nadie advertiría su presencia y podría sobrevivir. Se dio impulso apoyando las piernas contra la carcasa de la caja y echó a nadar. Solo entonces, mientras ascendía lentamente hacia la superficie, pudieron sus ojos captar por un instante la visión espectral que se ocultaba bajo las aguas. Comprendió que lo que había tomado por algas y redes abandonadas eran cuerpos meciéndose en la penumbra. Decenas de cadáveres esposados, las piernas atadas y encadenadas a piedras o bloques de cemento, formaban un cementerio submarino. Las anguilas que reptaban entre sus miembros habían ido limpiando sus rostros de carne y sus cabellos ondeaban en la corriente. Fermín reconoció las siluetas de hombres, mujeres y niños. A sus pies había maletas y fardos semienterrados en el fango. Algunos de los cadáveres estaban ya en tal estado de descomposición que apenas quedaban los huesos asomando entre jirones de ropa. Los cuerpos formaban una galería infinita que se perdía en la oscuridad. Fermín cerró los ojos y, un segundo después, emergió a la vida para comprobar que el simple acto de respirar era la experiencia más maravillosa que había conocido en toda su existencia.

# 8

Por unos instantes Fermín se mantuvo pegado como una lapa al casco del buque mientras recuperaba el aliento. A unos veinte metros flotaba una baliza de señalización. Semejaba una suerte de pequeño faro, un cilindro coronado por una linterna de luz apoyado sobre una base circular en la que había una cabina. La baliza estaba pintada de blanco con franjas rojas y se mecía suavemente, como si se tratara de un islote de metal a la deriva. Fermín se dijo que, si conseguía llegar a ella, podría esconderse en su interior y esperar al momento propicio para aventurarse hasta tierra firme sin ser visto. Nadie parecía haber advertido su presencia, pero no quiso tentar a la fortuna. Aspiró la mayor bocanada de aire que le permitieron sus maltrechos pulmones y se sumergió de nuevo, abriéndose camino hacia la baliza a brazadas desacompasadas. Mientras lo hacía evitó mirar hacia abajo y prefirió pensar que su mente había sido víctima de un delirio y que aquel macabro jardín de siluetas ondeando en la corriente a sus pies no era más que redes de pesca atrapadas entre los escombros. Emergió a pocos metros de la baliza y se apresuró a rodearla para ocultarse tras ella. Observó la cubierta del buque y se dijo que por el momento estaba a salvo y que todos a bordo, Fumero incluido, le daban ya por muerto. Estaba trepando a la plataforma cuando reparó en la figura que le observaba inmóvil desde el puente. Por un instante le sostuvo la mirada. No supo identificarla, aunque por su vestimenta Fermín supuso que se trataba del capitán del buque. Corrió a ocultarse en el interior de la diminuta cabina y se dejó caer, temblando de frío y suponiendo que en apenas unos segundos los oiría ir a por él. Hubiera sido mejor morir ahogado en el interior de aquella caja. Ahora Fumero le llevaría a una de sus celdas y se tomaría su tiempo.

Esperó eternamente aquel momento, pero cuando ya creía que su aventura había llegado a su fin oyó los motores del barco prender y el tronar de la bocina. Se asomó con timidez a la ventana de la cabina y vio que el buque se alejaba hacia los muelles. Se tendió exhausto al tibio abrazo del sol que se colaba por la ventana. Tal vez, después de todo, la virgen de los descreídos se había apiadado de él.

# 9

Fermín permaneció en su pequeño islote hasta que el crepúsculo tiñó el cielo y los faroles del puerto encendieron una red de destellos sobre las aguas. Escudriñando los muelles, decidió que la mejor alternativa era ganar a nado el enjambre de barcas que se anudaban frente a la lonja de pescadores y trepar a tierra firme por un cabo de amarre o por la polea de arrastre situada a popa de algún bajel anclado.

Avistó entonces una silueta dibujándose entre la bruma que barría la dársena. Se le estaba acercando un bote a remo con dos hombres a bordo. Uno de ellos remaba y el otro auscultaba las sombras sosteniendo un farol en alto que teñía la neblina de ámbar. Fermín tragó saliva. Hubiera podido lanzarse al agua y rezar para que le ocultase el manto del ocaso y escapar así una vez más, pero se le habían acabado las plegarias y ya no le quedaba un soplo de lucha en el cuerpo. Salió de su escondite con las manos en alto y encaró el bote que se aproximaba.

—Baje las manos —dijo la voz que portaba el farol.

Fermín apretó la mirada. El hombre al pie del bote era el mismo que había visto observándole desde el puente horas antes. Fermín le miró a los ojos y asintió. Aceptó la mano que le tendía y saltó al bote. El hombre a los remos le ofreció una manta y el maltrecho náufrago se rodeó con ella.

—Yo soy el capitán Arráez y este es mi primer oficial, Bermejo.

Fermín intentó balbucear, pero Arráez le detuvo.

—No nos diga su nombre. No es asunto nuestro.

El capitán alcanzó un termo y le escanció un vaso de vino caliente. Fermín aferró la taza de latón con ambas manos y apuró hasta la última gota. Arráez le rellenó la taza hasta tres veces y Fermín sintió el calor regresar a sus entrañas.

—¿Se encuentra mejor? —preguntó el capitán.

Fermín hizo un gesto afirmativo.

—No le voy a preguntar qué hacía usted en mi barco ni qué se lleva usted con esa alimaña de Fumero, pero más le vale andarse con ojo.

—Ya lo procuro, créame. Es el destino, que no ayuda.

Arráez le entregó una bolsa. Fermín echó un vistazo en el interior. Había un puñado de ropas secas, a todas luces seis tallas por encima de la suya, y algo de dinero.

—¿Por qué hace usted esto, capitán? No soy más que un polizón que le ha metido a usted en un lío de cuidado...

—Porque me sale de las narices —replicó Arráez, a lo que Bermejo aportó su asentimiento.

—No sé cómo pagarles el...

—Me basta con que no vuelva a colarse de polizón en mi barco. Venga, cámbiese de ropa.

Arráez y Bermejo le observaron desprenderse de aquellos

harapos empapados y le ayudaron a enfundarse sus nuevas galas, un viejo uniforme de marino. Antes de abandonar aquella chaqueta deshilachada para siempre, Fermín buscó en los bolsillos y extrajo la carta que había custodiado durante semanas. El agua del mar había borrado la tinta y el sobre había quedado reducido a un pedazo de papel mojado que se deshacía en los dedos. Fermín cerró los ojos y se echó a llorar. Arráez y Bermejo se miraron, azorados. El capitán posó la mano sobre el hombro de Fermín.

—No se ponga así, hombre, que ya ha pasado lo peor.

Fermín negó.

—No es eso..., no es eso.

Se vistió a cámara lenta y guardó lo que quedaba de la carta en el bolsillo de su nuevo chaquetón. Al ver que sus dos benefactores le observaban con consternación se secó las lágrimas y les sonrió.

—Ustedes disculpen.

—Está usted en los huesos —comentó Bermejo.

—Es este momentáneo lapsus bélico —se disculpó Fermín, intentando adoptar un tono animado y optimista—. Pero ahora que va cambiando mi suerte presiento un porvenir de abundante yantar y vida contemplativa en el que me voy a cebar a base de tocino mientras releo lo más granado de la poesía del Siglo de Oro. En dos días me pondré como una boya a base de morcilla y galletones de canela. Aquí donde me ven, yo, cuando la oportunidad se presenta, acumulo peso más rápido que una soprano.

—Si usted lo dice. ¿Tiene adonde ir? —preguntó Arráez.

Fermín, luciendo su nuevo traje de capitán sin nave y con la panza palpitando de vino tibio, asintió con entusiasmo.

—¿Le espera una mujer? —preguntó el marino.

Fermín sonrió con tristeza.

—Espera, pero no a mí —respondió.

—Ya. ¿Era para ella esa carta?

Fermín asintió.

—¿Y por eso se ha jugado la vida y ha vuelto a Barcelona? ¿Para entregar una carta?

El aludido se encogió de hombros.

—Ella lo vale. Y se lo prometí a un buen amigo.

—¿Muerto?

Fermín bajó la mirada.

—A veces hay noticias que es mejor no dar —aventuró Arráez.

—Una promesa es una promesa.

—¿Cuánto hace que no la ve?

—Algo más de un año.

El capitán le miró largamente.

—Un año es mucho para los tiempos que corren. Estos días la gente olvida rápido. Es como un virus, pero que ayuda a sobrevivir.

—Pues a ver si lo pillo, porque me vendría de perlas —dijo Fermín.

## 10

Anochecía ya cuando el bote le dejó al pie de la escalinata del muelle de Atarazanas. Fermín se evaporó en las brumas del puerto, una silueta más entre estibadores y marineros que se encaminaban hacia las calles del Raval, entonces Barrio Chino. Confundiéndose entre ellos, Fermín pudo colegir de sus conversaciones a media voz que el día anterior la ciudad había sufrido una visita de la aviación, una de tantas en lo que llevaba de año, y que aquella noche se esperaban nuevos bombardeos. Se olfateaba el miedo en las voces y miradas de aquellos hombres, pero tras haber sobrevivido a aquel día de perros Fermín tenía el convencimiento de que nada de lo que aquella noche pudiera depararle sería peor. Quiso la providencia que un mercachifle de antojos que se batía ya en retirada y empujaba un carrito de chucherías se cruzase en su camino. Fermín le dio el alto e inspeccionó la carga con suma atención.

—Tengo unas garrapiñadas como las de antes de la guerra —ofreció el mercader—. ¿Gusta el caballero?

—Mi reino por un Sugus —precisó Fermín.

—Pues me queda una bolsita de fresa.

Los ojos de Fermín se abrieron como platos y con la sola mención de tamaña delicia empezó a salivar. Merced a los fondos que le había donado el capitán Arráez pudo hacerse con la bolsa entera de caramelos, que procedió a abrir con la avidez de un condenado.

La luz vaporosa de las farolas de las Ramblas —como el primer chupetón a un caramelo Sugus— siempre le había parecido una de esas cosas por las que vale la pena vivir un día más. Aquel anochecer, sin embargo, al enfilar el paseo central de las Ramblas, Fermín advirtió que una brigada de serenos iba de farola en farola, escalera en mano, y apagaba las luces que aún se reflejaban sobre el empedrado. Se aproximó a uno de ellos y se dispuso a observar su trajín. Cuando el sereno empezó a descender de la escalera y reparó en su presencia, se detuvo y le miró de reojo.

—Buenas noches, jefe —entonó Fermín en tono amigable—. ¿No se ofenderá si le pregunto por qué razón están ustedes dejando la ciudad a oscuras?

El sereno se limitó a señalar al cielo con el índice y, recogiendo la escalera, partió al encuentro de la siguiente farola. Fermín permaneció allí un instante, contemplando el extraño espectáculo de unas Ramblas que se iban sumergiendo en la sombra. A su alrededor, cafés y comercios empezaban a cerrar sus puertas y las fachadas iban tiñéndose del tenue aliento de la luna. Reemprendió su camino con cierta aprensión y pronto reparó en lo que le pareció una procesión nocturna. Un nutrido grupo de gente portando fardos y mantas se dirigía a la entrada del metro. Algunos llevaban velas y candiles prendidos, otros avanzaban en penumbra. Al rebasar la escalinata que descendía al metro, Fermín posó los ojos en un niño que no debía de llegar a los cinco años. Estaba aferrado a la mano de su madre, o su abuela, porque en la penuria de luz todas aquellas almas parecían envejecidas antes de hora. Fermín quiso guiñarle un ojo, pero el niño tenía la vista prendida en el cielo. Contemplaba la telaraña de nubes negras que se tejía sobre el horizonte como si pudiera adivinar algo oculto en su interior. Fermín siguió su mirada y sintió la caricia de un viento frío que empezaba a barrer la ciudad y olía a fósforo y a madera quemada. Justo antes de que su madre le arrastrara escaleras abajo, hacia los túneles del metro, el niño lanzó una mirada a Fermín que le heló la sangre. Aquellos ojos de cinco años reflejaban el terror ciego y la desesperanza de un anciano. Fermín desvió la mirada y echó a andar, cruzándose con un guardia urbano que estaba custodiando la entrada al metro y que le señaló con el dedo.

—Si se va ahora, luego ya no tendrá sitio. Y los refugios están llenos.

Fermín asintió, pero apretó el paso. Fue así adentrándose en una Barcelona que se le antojó fantasmal, una penumbra perpetua cuyos contornos apenas se adivinaban al aliento parpadeante de candiles y velas en balcones y portales. Cuando por fin enfiló la Rambla de Santa Mónica pudo vislumbrar a lo lejos el arco de un portal sombrío y angosto. Suspiró apesadumbrado y puso rumbo hacia su encuentro con Lucía.

## 11

Ascendió lentamente por la angosta escalera sintiendo que a cada nuevo peldaño se evaporaban su determinación y el valor de enfrentarse a Lucía para anunciarle que el hombre al que amaba, el padre de su hija y el rostro que esperaba ver desde hacía más de un año había muerto en la celda de una prisión de Sevilla. Cuando alcanzó el rellano del tercer piso, Fermín se detuvo frente a la puerta sin atreverse a llamar. Se sentó en los peldaños de la escalera y hundió la cabeza entre las manos. Recordaba las palabras exactas que había pronunciado allí mismo trece meses atrás, cuando Lucía le tomó de las manos y, mirándole a los ojos, le dijo: «Si me quieres, no dejes que le pase nada y tráemelo». Sacó el sobre roto de su bolsillo y contempló los pedazos en la penumbra. Los estrujó entre los dedos y los lanzó hacia las sombras. Se había incorporado y enfilaba ya la escalera para huir de allí cuando oyó abrirse la puerta del piso a su espalda. Entonces se detuvo.

Una niña de siete u ocho años le observaba desde el umbral. Llevaba un libro en las manos y tenía un dedo entre las páginas a modo de punto de lectura. Fermín le sonrió y alzó la mano en un amago de saludo.

—Hola, Alicia —dijo—. ¿Te acuerdas de mí?

La niña le miró con un atisbo de desconfianza, dudando.

—¿Qué estás leyendo?

—*Alicia en el País de las Maravillas*.

—¡Anda! ¿A ver?

Ella se lo mostró, pero no le permitió tocarlo.

—Es de mis favoritos —comentó, sin desprenderse del todo de su recelo.

—De los míos también —replicó Fermín—. Todo lo que sea caerse por un agujero y tropezarse con chiflados y problemas matemáticos lo tomo a título autobiográfico.

La niña se mordió los labios para controlar la risa que le habían provocado las palabras de aquel peculiar visitante.

—Sí, pero este lo escribieron para mí —aventuró, pícara.

—Claro que sí. ¿Está tu madre en casa?

Ella no respondió, pero abrió la puerta un poco más. Fermín dio un paso al frente. La niña se volvió y se alejó hacia el interior del piso sin decir palabra. Fermín se detuvo en el umbral. El interior de la vivienda estaba a oscuras y apenas se apreciaba el parpadeo de lo que parecía un candil al final de un estrecho corredor.

—¿Lucía? —llamó Fermín.

Su voz se perdió en la sombra. Golpeó la puerta con los nudillos y esperó.

—¿Lucía? Soy yo... —llamó de nuevo.

Esperó unos segundos y al no obtener respuesta se adentró en el piso. Avanzó por el pasillo. Las puertas que flanqueaban el corredor estaban cerradas. Al llegar al fondo se encontró en una sala que hacía las veces de comedor. El candil descansaba sobre la mesa proyectando un suave halo amarillento que acariciaba las sombras. La silueta de una anciana estaba sentada en una silla frente a la ventana, dándole la espalda. Fermín se detuvo. Solo entonces la reconoció.

—Doña Leonor...

La mujer que le había parecido una anciana no debía de tener más de cuarenta y cinco años. Tenía el rostro ajado de amargura y los ojos vidriosos, cansados de odiar y de llorar a solas. Leonor le miraba sin decir nada. Fermín tomó una silla y se sentó junto a ella. Le cogió la mano y le sonrió débilmente.

—Se tendría que haber casado contigo —murmuró—. Eres feo, pero al menos tienes cabeza.

—¿Dónde está Lucía, doña Leonor?

La mujer apartó la mirada.

—Se la llevaron. Hará dos meses.

—¿Adónde?

Leonor no respondió.

—¿Quiénes eran?

—Ese hombre...

—¿Fumero?

—No preguntaron por Ernesto. La buscaban a ella.

Fermín la abrazó, pero Leonor permaneció inmóvil.

—Yo la encontraré, doña Leonor. La encontraré y la traeré a casa.

La mujer negó.

—Está muerto, ¿verdad? ¿Mi hijo?

Fermín guardó silencio.

—No lo sé, doña Leonor.

Ella le miró con rabia y le abofeteó.

—Vete.

—Doña Leonor...

—Vete —gimió.

Fermín se incorporó y se retiró unos pasos. La pequeña Alicia le observaba desde el pasillo. Él le sonrió y la niña se aproximó lentamente hacia él. Entonces tomó su mano y la apretó con fuerza. Fermín se arrodilló frente a ella. Iba a decirle que él había sido amigo de su madre, o cualquier otro cuento al uso con el que borrar aquella expresión de abandono que embrujaba su mirada, pero justo en ese instante, mientras Leonor ahogaba sus lágrimas en las manos, Fermín oyó un rumor lejano que goteaba del cielo. Al levantar la vista hacia la ventana, advirtió que el cristal empezaba a vibrar.

## 12

Fermín se aproximó a la ventana y apartó el visillo que la custodiaba. Alzó la vista hasta el resquicio de cielo atrapado entre las cornisas que cerraban la angosta calleja. El rumor era ahora más intenso y sonaba mucho más cercano. Su primer pensamiento fue que un temporal se adentraba desde el mar e imaginó nubes negras reptando sobre los muelles y arrancando velas y mástiles a su paso. Pero nunca había presenciado un temporal que sonara a metal y a fuego. La neblina se escindió en jirones y al abrirse un claro los vio. Emergían de la oscuridad como grandes insectos de acero, volando en formación. Tragó saliva y volvió la vista a Leonor y a Alicia, que estaba temblando; la pequeña aún llevaba su libro en las manos.

—Creo que sería mejor salir de aquí —murmuró Fermín. Leonor negó.

—Pasarán de largo —dijo con un hilo de voz—. Como anoche.

Fermín volvió a otear el cielo y acertó a ver que un grupo de seis o siete aviones se desprendían de la formación. Abrió la ventana y al asomar la cabeza le pareció que el estruendo de los motores enfilaba la boca de las Ramblas. Se oyó entonces un silbido agudo, como un taladro abriéndose camino desde el cielo. Alicia se cubrió los oídos con las manos y corrió a ocultarse bajo la mesa. Leonor alargó los brazos para retenerla, pero algo la detuvo. Segundos antes de que el obús alcanzase el edificio, el silbido se hizo tan intenso que pareció emanar de las mismas paredes. Fermín creyó que el ruido le iba a perforar los tímpanos.

Justo entonces se hizo el silencio.

Sintió un impacto súbito que sacudió el edificio como si un tren acabara de desplomarse de las nubes y estuviese atravesando el tejado y cada uno de los pisos como si fuera papel de fumar. Unas palabras se formaron en los labios de Leonor, pero no pudo oírlas. En apenas una fracción de segundo, aturdido por una muralla de ruido sólido que congeló el tiempo, Fermín vio cómo la pared a espaldas de Leonor se deshacía en una nube blanca y una lámina de fuego rodeaba la silla en la que estaba sentada y se la tragaba. La succión de la explosión arrancó la mitad de los muebles de cuajo, que quedaron suspendidos en el aire antes de prenderse en llamas. Le golpeó una bocanada de aire que quemaba como gasolina encendida y salió proyectado contra la ventana con tal fuerza que atravesó el cristal y fue a dar contra los barrotes metálicos del balcón. El chaquetón que le había donado el capitán Arráez humeaba y le quemaba la piel. Cuando quiso incorporarse para quitárselo sintió que el suelo se estremecía bajo sus pies. Segundos más tarde, la estructura central del edificio se desplomó en una tromba de escombros y brasas ante sus ojos.

Fermín se incorporó y se arrancó la chaqueta humeante. Se asomó al interior de la sala. Un sudario de humo negruzco y ácido lamía las paredes que quedaban en pie. La explosión había pulverizado el corazón del edificio, dejando en pie apenas la fachada y una primera línea de estancias que rodeaban un cráter por cuyo reborde ascendía lo que quedaba de la escalera. Más allá de lo que había sido el pasillo por el que había llegado no había nada.

—Hijos de puta —escupió.

No pudo oír su propia voz entre el chirrido que le quemaba los tímpanos, pero sintió en la piel la onda de una nueva explosión no lejos de allí. Un viento ácido que hedía a azufre, a electricidad y a carne quemada recorrió la calle y Fermín vio el resplandor de las llamas salpicando el cielo de Barcelona.

# 13

Un dolor atroz le mordía los músculos. Tambaleándose, se adentró en la sala. La explosión había lanzado a Alicia contra la pared y el cuerpo de la niña había quedado encajado entre un butacón derribado y la esquina de la habitación. Estaba cubierta de polvo y ceniza. Fermín se arrodilló frente a ella y la agarró por debajo de los hombros. Al sentir su contacto, Alicia abrió los ojos. Estaban enrojecidos y tenía las pupilas dilatadas. Fermín reconoció su maltrecho reflejo en ellas.

—¿Dónde está la abuela? —murmuró Alicia.

—La abuela se ha tenido que ir. Deberías venir conmigo. Tú y yo. Vamos a salir de aquí.

Alicia asintió. Fermín la tomó en sus brazos y palpó sobre su ropa, buscando heridas o fracturas.

—¿Te duele en algún sitio?

La niña se llevó una mano a la cabeza.

—Pasará —dijo Fermín—. ¿Lista?

—Mi libro...

Fermín buscó el libro entre los escombros. Lo encontró medio chamuscado pero razonablemente entero. Se lo ofreció, y Alicia lo aferró como si se tratara de un talismán.

—No lo pierdas, ¿eh? Que me tienes que contar cómo acaba...

Fermín se incorporó con la niña en brazos. O Alicia pesaba más de lo que esperaba o él tenía todavía menos fuerzas de las que había confiado reunir para salir de allí.

—Agárrate fuerte.

Se volvió entonces y, bordeando el enorme agujero que había dejado la explosión, enfiló la mitad embaldosada del pasillo, reducido ahora a una mera cornisa, hasta llegar a la escalera. Desde allí comprobó que el obús había penetrado hasta el sótano del edificio dejando una balsa de llamas que anegaba los dos primeros pisos. Oteando por el hueco de la escalera, advirtió que las llamas ascendían despacio, peldaño a peldaño. Aferró a Alicia con fuerza y se lanzó escaleras arriba diciéndose que, si conseguían ganar la azotea, una vez allí podrían saltar al terrado de la finca contigua y, tal vez, vivir para contarlo.

# 14

La puerta de la azotea era una lámina de roble sólido, pero la explosión la había desencajado de los goznes y Fermín pudo derribarla de una patada. Una vez en el terrado, posó a Alicia en el suelo y se dejó caer contra el borde de la fachada para recobrar el aliento. Respiró hondo. El aire olía a fósforo quemado. Por unos segundos, Fermín y Alicia permanecieron en silencio, incapaces de dar crédito a la visión que se desplegaba ante sus ojos.

Barcelona era un manto de oscuridad acribillado de columnas de fuego y plumas de humo negro que ondulaban en el cielo como tentáculos. A un par de calles de allí, las Ramblas dibujaban un río de llamaradas y humaredas que reptaba hasta el centro de la ciudad. Fermín agarró de la mano a la niña y tiró de ella.

—Venga, no hay que pararse.

Llevaban apenas unos pasos cuando un nuevo estruendo inundó el cielo y sacudió la estructura a sus pies. Fermín miró atrás y apreció un gran resplandor alzándose cerca de la plaza de Cataluña. El relámpago rojizo barrió los tejados de la ciudad en una fracción de segundo. La tormenta de luz se extinguió en una lluvia de cenizas de la que emergió de nuevo el rugido de los aviones. El escuadrón volaba muy bajo, atravesando el remolino de humo espeso que se extendía sobre la ciudad. El reflejo de las llamas brillaba en la panza del fuselaje. Fermín siguió su trayectoria con la mirada y vio llover los racimos de bombas sobre los tejados del Raval. A una cincuentena de metros de la azotea donde se encontraban, una hilera de edificios reventó ante sus ojos como si estuvieran prendidos de la mecha de una traca. La onda expansiva pulverizó cientos de ventanales en una lluvia de cristal y arrancó de cuajo cuanto encontró en los terrados colindantes. Un palomar situado en el edificio contiguo se precipitó sobre la cornisa y fue a dar al otro lado de la calle, derribando un tanque de agua que cayó al vacío y estalló con estrépito al impactar contra el empedrado. Fermín oyó los gritos de pánico en la calle.

Se quedaron paralizados, incapaces de dar un paso más. Permanecieron así durante varios segundos, la mirada prendida en aquel enjambre de aviones que seguían acribillando la ciudad. Fermín avistó la dársena del puerto sembrada de buques medio hundidos. Grandes láminas de gasóleo encendido se esparcían sobre la superficie y engullían a quienes se habían lanzado al agua y nadaban desesperadamente intentando alejarse. Los tinglados y hangares de los muelles ardían con furia. Una explosión en cadena de tanques de combustible derribó una hilera de enormes grúas de carga. Uno a uno, los gigantescos armazones de metal se precipitaron sobre los cargueros y barcos de pesca amarrados en el muelle, sepultándolos bajo el agua. A lo lejos, entre la niebla de azufre y gasóleo, los aviones daban la vuelta sobre el mar y se preparaban para una nueva pasada. Fermín cerró los ojos y dejó que aquel viento sucio y ardiente le arrancara el sudor del cuerpo. «Aquí me tenéis, malnacidos. A ver si acertáis de una puñetera vez.»

## 15

Cuando creía que solo podía oír el ruido de los aviones acercándose de nuevo, reparó en la voz de la niña a su lado. Abrió los ojos y encontró a Alicia. La pequeña trataba de tirar de él con todas sus fuerzas y gritaba con la voz llena de pánico. Fermín se volvió. Lo que quedaba en pie del edificio se estaba deshaciendo entre las llamas como un castillo de arena en la marea. Echaron a correr hasta el extremo de la azotea y desde allí consiguieron saltar el muro que la separaba del edificio contiguo. Fermín aterrizó rodando y sintió una súbita punzada de dolor en la pierna izquierda. Alicia seguía tirando de él y le ayudó a incorporarse. Él se palpó el muslo y notó la sangre tibia brotando entre los dedos. El fulgor de las llamas iluminó el muro que habían saltado y desveló una cresta sembrada de aristas de vidrio ensangrentado. La náusea le nubló la vista, pero respiró hondo y no se detuvo. Alicia seguía tirando de él.

Arrastrando la pierna, que dejaba un rastro oscuro y brillante sobre las baldosas, Fermín siguió a la niña a través del terrado hasta el muro que lo separaba de la finca que daba a la calle del Arco del Teatro. Se aupó como pudo a unas cajas de madera que estaban apoyadas contra la pared y se asomó a la azotea contigua. Allí se alzaba una estructura de aspecto ominoso, un viejo palacio que tenía los ventanales sellados y una fachada monumental que parecía llevar décadas sumergida en el fondo de un pantano. Una gran cúpula de cristal velado coronaba el edificio a modo de linterna, punteada por un pararrayos en cuya aguja ondeaba la silueta de un dragón.

La herida en la pierna le palpitaba con un dolor sordo y tuvo que aferrarse a la cornisa para no desplomarse. Sintió la sangre tibia dentro del zapato y le asaltó un nuevo envite de náusea. Supo que iba a perder la consciencia de un momento a otro. Alicia le miraba, aterrorizada. Fermín sonrió como pudo.

—No es nada —dijo—. Un rasguño.

A lo lejos, el escuadrón de aviones había dado la vuelta sobre el mar y rebasaba ya el espigón del puerto volando de nuevo hacia la ciudad. Fermín le tendió la mano a Alicia.

—Agárrate.

La niña negó con lentitud.

—Aquí no estamos seguros. Tenemos que cruzar a la azotea de al lado para encontrar la manera de bajar hasta la calle, y de ahí al metro —dijo con escasa convicción.

—No —murmuró la pequeña.

—Dame la mano, Alicia.

La niña dudó, aunque finalmente se la tendió. Fermín la elevó con fuerza, aupándola a lo alto de las cajas. Una vez allí la levantó hasta el borde de la cornisa.

—Salta —ordenó.

Alicia apretó el libro contra el pecho y negó. Fermín oyó el traqueteo de las ametralladoras acribillando los tejados a su espalda y empujó a la niña. Cuando Alicia aterrizó al otro lado del muro se volvió para alargar la mano hacia Fermín, pero su amigo no estaba allí. Seguía aferrado a la cornisa al otro lado del muro. Estaba pálido y tenía los párpados caídos, como si apenas pudiera mantenerse consciente.

—Corre —le espetó con su último aliento—. Corre.

Fermín se desplomó de rodillas y cayó de espaldas. Oyó el rumor de los aviones pasar justo por encima de ellos y antes de cerrar los ojos vio cómo un racimo de bombas se desprendía del cielo.

# 16

Alicia corrió con desesperación a través del terrado en dirección a la gran cúpula acristalada. Nunca supo dónde estalló el obús, si fue al rozar la fachada de uno de los edificios o en el aire. Lo único que pudo percibir fue la brutal embestida de una muralla de aire comprimido a su espalda, un vendaval ensordecedor que la levantó en el aire y la propulsó hacia adelante. Una ráfaga de pedazos de metal ardiendo le pasó rozando. Fue entonces cuando sintió cómo un objeto del tamaño de un puño le punzaba con fuerza la cadera. El impacto la hizo girar en el aire y la propulsó contra la cúpula de cristal. Alicia atravesó una cortina de vidrio astillado y se precipitó al vacío. El libro le resbaló de las manos.

La niña cayó en picado a través de la penumbra durante lo que le pareció una eternidad hasta dar sobre un tendido de lona que amortiguó su descenso. La lámina de tejido se dobló bajo su peso y la dejó tumbada boca arriba en lo que semejaba una plataforma de madera. En lo alto, a unos quince metros de donde se hallaba, pudo ver el agujero que su cuerpo había dejado en el cristal al atravesar la cúpula. Intentó inclinarse a un lado, pero descubrió que no sentía la pierna derecha y que apenas podía mover el cuerpo de cintura para abajo. Volvió la vista y advirtió que el libro que creía perdido había quedado al borde de la plataforma.

Ayudándose con los brazos, se arrastró hasta allí y rozó el lomo con los dedos. Una nueva explosión sacudió el edificio y la vibración precipitó el libro al vacío. Alicia se asomó al borde y lo vio caer, aleteando sus páginas hacia el abismo. El resplandor de las llamas que salpicaba las nubes proyectó un haz de luz que se derramó por la tiniebla. Alicia apretó la mirada, incrédula. Si la vista no le engañaba, había aterrizado en lo alto de una enorme espiral, una torre articulada en torno a un infinito laberinto de corredores, pasadizos, arcos y galerías que parecía una inmensa catedral. Pero a diferencia de las catedrales que conocía, aquella no estaba hecha de piedra.

Estaba hecha de libros.

Los soplos de luz que caían desde la cúpula desvelaron ante sus ojos nudos de escalinatas y puentes flanqueados de miles y miles de tomos que entraban y salían de aquella estructura. Al pie del abismo vislumbró una burbuja de luz que se desplazaba lentamente. La luz se detuvo y, al afinar la vista, Alicia vio que un hombre de cabello cano sostenía un farol y miraba hacia arriba. Un dolor intenso le acuchilló la cadera y sintió que se le nublaba la vista. Poco después cerró los ojos y perdió la noción del tiempo.

Despertó al notar que alguien la tomaba en brazos con delicadeza. Entreabrió los ojos y acertó a ver que descendían por un interminable corredor que se escindía en decenas de galerías que se abrían en todas direcciones, galerías formadas por paredes y paredes tramadas de libros. El hombre de pelo cano y rasgos de ave rapaz que había visto al pie del laberinto la sostenía en sus brazos. Al llegar al pie de la estructura, el guardián de aquel lugar la condujo a través de la gran bóveda hasta un rincón y la acomodó en un camastro.

—¿Cómo te llamas? —preguntó.

—Alicia —balbuceó ella.

—Yo soy Isaac.

El hombre procedió entonces a examinar con gesto grave la herida que palpitaba en la cadera de la pequeña. La cubrió con una manta y, sosteniéndole la cabeza con la mano, le acercó un vaso de agua fresca a los labios. Alicia sorbió con avidez. Las manos del guardián le acomodaron la cabeza sobre el cojín. Isaac le sonreía, pero sus ojos delataban consternación. Tras él, alzándose en lo que creyó que era una basílica esculpida con todas las bibliotecas del mundo, se levantaba el laberinto que había visto desde la cima. Isaac se sentó en una silla a su lado y le sostuvo la mano.

—Ahora descansa.

Apagó el farol y ambos quedaron sumidos en una penumbra azulada salpicada por destellos de fuego que se derramaban desde lo alto. La geometría imposible del laberinto de libros se perdía en la inmensidad y Alicia pensó que lo estaba soñando, que la bomba había explotado en el comedor de la abuela y que ella y su amigo nunca habían salido de aquel edificio en llamas.

Isaac la observaba con tristeza. El sonido de las bombas, de las sirenas y la muerte recorriendo a fuego Barcelona llegaba a través de los muros. Se oyó una explosión cercana que sacudió las paredes y el suelo bajo sus pies arrancando nubes de polvo. Alicia se estremeció en el camastro. El guardián encendió una vela y la dejó reposar en una mesita junto al lecho donde yacía Alicia. El resplandor de la llama dibujó el contorno de la estructura prodigiosa que se alzaba en el centro de la bóveda. Isaac advirtió que aquella visión prendía en la mirada de Alicia instantes antes de que la niña perdiera el conocimiento. Suspiró.

—Alicia —dijo por fin—. Bienvenida al Cementerio de los Libros Olvidados.

Fermín abrió los ojos a una inmensidad de blanco celestial. Un ángel uniformado le estaba vendando el muslo y una galería de camillas se perdía en una fuga infinita.

—¿Es esto el purgatorio? —preguntó.

La enfermera alzó la vista y le miró de reojo. No debía de tener más de dieciocho años, y lo primero que Fermín pensó fue que, para ser un ángel en nómina divina, estaba de bastante mejor ver de lo que invitaban a pensar las estampas que se repartían en bautizos y comuniones. La presencia de pensamientos impuros solo podía significar dos cosas: mejoría en el tono físico o inminente condena eterna.

—Vaya por delante que hago apostasía de mi descreimiento canalla y suscribo al pie de la letra los Testamentos, Nuevo y Viejo, en el orden que su angelical merced estime más oportuno.

Al ver que el paciente recobraba el sentido y el habla, la enfermera hizo un gesto y un médico que tenía aspecto de no haber dormido en una semana se aproximó a la camilla. El doctor le alzó los párpados con los dedos y le examinó los ojos.

—¿Estoy muerto? —preguntó Fermín.

—No exagere. Está un tanto cascado, pero en general bastante vivo.

—Entonces ¿esto no es el purgatorio?

—Qué más quisiera usted. Estamos en el hospital Clínico. O sea, en el infierno.

Mientras el médico le examinaba la herida, Fermín consideró el giro de los acontecimientos e intentó recordar cómo había llegado hasta allí.

—¿Cómo se encuentra? —preguntó el doctor.

—Algo preocupado, la verdad. He soñado que Jesucristo me visitaba y teníamos una larga y profunda conversación.

—¿Acerca de qué?

—Primordialmente de fútbol.

—Eso es por el calmante que le hemos dado.

Fermín asintió, aliviado.

—Ya me lo pareció cuando el Señor afirmó que era del Atleti de Madrid.

El médico mostró una leve sonrisa y murmuró unas instrucciones a la enfermera.

—¿Cuánto hace que estoy aquí?

—Unas ocho horas.

—¿Y la criatura?

—¿El niño Jesús?

—No. La niña que estaba conmigo.

La enfermera y el médico intercambiaron una mirada.

—Lo siento, pero no había ninguna niña con usted. Que yo sepa, le encontraron de milagro en una azotea del Raval, desangrándose.

—¿Y no trajeron a ninguna niña conmigo?

El médico bajó la mirada.

—Viva, no.

Fermín hizo amago de incorporarse. La enfermera y el doctor le sujetaron contra la camilla.

—Doctor, tengo que salir de aquí. Hay una criatura indefensa por ahí que necesita de mi ayuda...

El médico asintió a la enfermera, que rápidamente tomó un frasco del carrito de medicamentos y apósitos que la acompañaban en su periplo por las camillas y empezó a preparar una inyección. Fermín negó con la cabeza pero el médico le sujetó con fuerza.

—Me temo que no puedo dejarle ir todavía. Le voy a pedir un poco de paciencia. No quisiera que tuviésemos un susto.

—No se preocupe, que yo tengo más vidas que un gato.

—Y menos vergüenza que un ministro, motivo por el cual le voy a pedir también que deje de pellizcar en el culo a las enfermeras cuando le cambian las vendas. ¿Estamos?

Fermín sintió la punzada de la aguja en el hombro derecho y el frío esparciéndose por sus venas.

—¿Puede volver usted a preguntar, doctor, por favor? Se llama Alicia.

El doctor aflojó su presa y la dejó reposar en la camilla. Los músculos de Fermín se fundieron en gelatina y sus pupilas se dilataron, haciendo del mundo una acuarela que se deshacía bajo el agua. La voz lejana del médico se perdió en el eco de su descenso. Sintió que caía a través de nubes de algodón y que el blanco de la galería se desmenuzaba en un polvo de luz que se evaporaba en el bálsamo líquido que prometía el paraíso de la química.

## 18

Le dieron el alta a media tarde, porque el hospital ya no daba abasto y cualquiera que no estuviese moribundo pasaba por sano. Armado de una muleta de madera y una muda nueva que le había prestado un difunto, Fermín consiguió abordar un tranvía a las puertas del hospital Clínico, que le condujo de regreso a las calles del Raval. Allí empezó a visitar los cafés, colmados y comercios que quedaban abiertos, preguntando a voces si alguien había visto a una niña llamada Alicia. La gente, al ver a aquel hombrecillo enjuto y demacrado, negaba en silencio creyendo que el pobre infeliz buscaba en vano, como tantos otros, a su hija muerta, uno más de entre los novecientos cuerpos —un centenar de ellos niños— que se recogerían en las calles de Barcelona aquel 18 de marzo de 1938.

Al atardecer, Fermín recorrió de arriba abajo las Ramblas. Las bombas habían hecho descarrilar tranvías que yacían todavía humeantes con un pasaje de cadáveres a bordo. Cafés que horas antes estaban repletos de clientes ahora eran galerías espectrales de cuerpos inertes. Las aceras estaban cubiertas de sangre, y nadie, mientras intentaban llevarse a los heridos, cubrir a los muertos o sencillamente huir hacia ninguna parte, recordaba haber visto a una niña como la que describía.

Aun así, Fermín no perdió la esperanza ni cuando encontró una hilera de cadáveres tendidos sobre la acera frente al Gran Teatro del Liceo. Ninguno de ellos parecía mayor de ocho o nueve años. Fermín se arrodilló. A su lado, una mujer acariciaba los pies de un niño con un orificio negro del tamaño de un puño en el pecho.

—Está muerto —dijo la mujer sin necesidad de que Fermín le preguntase—. Están todos muertos.

Durante toda la noche, mientras la ciudad retiraba los escombros y las ruinas de decenas de edificios dejaban de arder, Fermín recorrió de puerta en puerta las calles del Raval preguntando por Alicia.

Por último, al amanecer, fue consciente de que no podía dar un paso más y se dejó caer en los peldaños de la iglesia de Belén. Al poco, un guardia con el rostro cubierto de carbonilla y el uniforme manchado de sangre se sentó a su lado. Cuando le preguntó por qué lloraba, Fermín se abrazó a él y le dijo que se quería morir porque el destino había puesto en sus manos la vida de una criatura y él la había traicionado y no la había sabido proteger. Si a Dios o al demonio les quedaba un soplo de decencia en el cuerpo, continuó, aquel mundo de mierda se acabaría para siempre al día siguiente o al otro porque no merecía seguir existiendo.

El guardia, que llevaba muchas horas sin descanso sacando cadáveres de entre los escombros, incluidos el de su esposa y su hijo de seis años, le escuchó con calma.

—Amigo mío —dijo al fin—. No pierda la esperanza. Si algo he aprendido en este perro mundo es que el destino siempre está a la vuelta de la esquina. Como si fuese un chorizo, una furcia o un vendedor de lotería, sus tres encarnaciones más socorridas. Y si algún día decide usted ir a por él (porque lo que el destino no hace son visitas a domicilio), ya verá cómo le concederá una segunda oportunidad.

# BAILE
# DE MÁSCARAS

Madrid

1959

El Excmo. Señor

# Don Mauricio Valls y Echevarría

y

# Doña Elena Sarmiento de Fontalva

se complacen en invitarle al

# Baile de Máscaras

que tendrá lugar en el

# Palacete Villa Mercedes

de Somosaguas
el día 24 de noviembre de 1959
a partir de las 7 de la tarde.

Se ruega confirmar la asistencia al servicio de protocolo
del Ministerio de Educación Nacional
antes del día 1 de noviembre.

# 1

La habitación existía en perpetua penumbra. Los cortinajes llevaban años corridos y estaban cosidos para impedir que se filtrase cualquier atisbo de claridad. La única fuente de luz que arañaba la tiniebla provenía de un aplique de cobre en la pared. Su halo ocre y mortecino dibujaba el contorno de un lecho coronado por un baldaquín del que pendía un velo diáfano. Tras él, se adivinaba su figura, estática. «Parece una carroza funeraria», pensó Valls.

Mauricio Valls observó la silueta de su esposa Elena. Yacía inmóvil, postrada en la cama que había sido su prisión durante la última década, una vez que ya no había sido posible sentarla en la silla de ruedas. Con los años, el mal que consumía sus huesos había retorcido el esqueleto de doña Elena hasta reducirla a un amasijo irreconocible de miembros en perpetua agonía. Un crucifijo de caoba la contemplaba desde la cabecera de la cama, pero el cielo, en su infinita crueldad, no le concedía la bendición de la muerte. «La culpa es mía —pensaba Valls—. Lo hace para castigarme a mí.»

Valls escuchó el sonido de su respiración torturada entre el eco de los acordes de la orquesta y las voces de los más de mil invitados que había abajo, en el jardín. La enfermera del turno de noche se incorporó de la silla que ocupaba junto al lecho y se aproximó a Valls con sigilo. Él no recordaba su nombre. Las enfermeras que velaban a su esposa nunca duraban más de dos o tres meses en el puesto, por muy alto que fuera el sueldo que se les ofreciese. No las culpaba.

—¿Duerme? —preguntó Valls.

La enfermera negó.

—No, señor ministro, pero el doctor ya le ha puesto la

inyección de la noche. Ha pasado la tarde inquieta. Ahora está mejor.

—Déjenos —indicó Valls.

La enfermera asintió y abandonó la habitación cerrando la puerta a su espalda. Valls se acercó al lecho. Apartó el velo de gasa y se sentó a un lado de la cama. Cerró los ojos un instante y escuchó su respiración rasgada, dejando que el hedor amargo que desprendía su cuerpo le impregnase. Oyó el sonido de sus uñas arañando la sábana. Cuando se volvió, la sonrisa impostada en los labios y la expresión serena de calma y afecto ya congelada en el rostro, Valls comprobó que su esposa le estaba mirando con ojos de fuego. Aquella enfermedad a la que los médicos más caros de Europa no habían conseguido poner remedio ni nombre había deformado sus manos hasta convertirlas en nudos de piel áspera que le recordaban a las garras de un reptil o un ave rapaz. Valls tomó lo que había sido la mano derecha de su esposa y enfrentó aquella mirada encendida de rabia y de dolor. Tal vez de odio, deseó Valls. La idea de que aquella criatura aún albergase un ápice de afecto hacia él o hacia el mundo se le antojaba demasiado cruel.

—Buenas noches, mi amor.

Elena había perdido prácticamente las cuerdas vocales hacía poco más de dos años y formar una palabra le requería un esfuerzo mayúsculo. Aun así, correspondió a su saludo con un gemido gutural que parecía arrancar de lo más profundo del cuerpo deformado que se intuía bajo las sábanas.

—Me dicen que has pasado mal día —continuó él—. La medicina pronto hará efecto y podrás descansar.

Valls no aflojó la sonrisa ni soltó aquella mano que le inspiraba repugnancia y temor. La escena se desarrollaría como todos los días. Él le hablaría en voz baja por espacio de unos minutos mientras le sostenía la mano y ella le observaría con aquella mirada que quemaba hasta que la morfina adormeciese el dolor y la furia y Valls pudiera abandonar así aquella habitación al fondo del corredor del tercer piso, para no regresar hasta la noche siguiente.

—Ha venido todo el mundo. Mercedes ha estrenado su vestido largo y me dicen que ha bailado con el hijo del embajador británico. Todos han preguntado por ti y te envían su cariño.

Mientras desgranaba el ritual de banalidades, su mirada se posó en la bandejita de instrumentos metálicos y jeringuillas que había sobre una mesa de metal recubierta de terciopelo rojo junto a la cama. Las ampollas de morfina relucían a la lumbre como piedras preciosas. Su voz quedó suspendida, las palabras huecas perdidas en el aire. Elena había seguido la dirección de su mirada y ahora sus ojos se clavaron en él en un acto de súplica, su rostro bañado en lágrimas. Valls observó a su esposa y suspiró. Se inclinó para besarla en la frente.

—Te quiero —murmuró.

Al oír estas palabras, Elena apartó el rostro y cerró los ojos. Valls le acarició la mejilla y se incorporó. Corrió el velo y atravesó la habitación abotonándose el chaqué y limpiándose los labios con un pañuelo que dejó caer al suelo antes de abandonar la estancia.

## 2

Pocos días antes, Mauricio Valls había citado a su hija Mercedes en su despacho, situado en lo alto de la torre, para preguntarle qué quería como regalo de cumpleaños. Había pasado ya la época de las exquisitas muñecas de porcelana y de los libros de cuentos. Mercedes, a la que lo único que le quedaba de niña era la risa y la devoción por su padre, declaró que su máximo, y único, deseo era poder asistir al baile de máscaras que tendría lugar en la finca que llevaba su nombre en un par de semanas.

—Tendré que consultarlo con tu madre —mintió Valls.

Mercedes le abrazó y le besó, sellando aquella promesa tácita que sabía ganada. Antes de hablar con su padre, Mercedes ya había elegido el vestido que iba a lucir, un deslumbrante atuendo color vino confeccionado en un taller de alta costura de París para su madre que doña Elena nunca había podido estrenar. El vestido, como los cientos de galas y joyas de una vida robada que su progenitora no había llegado a vivir, llevaba quince años confinado en los armarios del lujoso y solitario vestidor contiguo a la antigua *suite* matrimonial situada en el segundo piso, que ya no se utilizaba. Durante años, cuando todos la creían durmiendo en su habitación, Mercedes se colaba en el dormitorio de su madre y tomaba prestada la llave que había en el cuarto cajón de una cómoda junto a la entrada. La única enfermera de noche que había tenido la osadía de mencionar su presencia fue despedida sin ceremonia ni compensación cuando Mercedes la acusó de robar una pulsera del tocador de su madre que ella misma enterró en el jardín, detrás de la fuente de los ángeles. El resto nunca osó abrir la boca y fingía no verla en la penumbra perenne que velaba la estancia.

Llave en mano se deslizaba a media noche en el vestidor, una amplia cámara que quedaba aislada en el ala oeste de la casa y que olía a polvo, naftalina y abandono. Portando una vela en las manos, recorría los pasillos flanqueados por vitrinas de cristal repletas de zapatos, alhajas, vestidos y pelucas. Los rincones de aquel mausoleo de prendas y recuerdos estaban velados de telarañas y la pequeña Mercedes, que había crecido en la acomodada soledad de las princesas elegidas, imaginaba que todos aquellos objetos maravillosos pertenecían a una muñeca rota, maldita, que había sido confinada en una celda al final del pasillo del tercer piso y que nunca luciría aquellas telas ni aquellas joyas de relumbrón.

A veces, al abrigo de la medianoche, Mercedes dejaba la vela en el suelo y se enfundaba uno de aquellos vestidos para bailar a solas en la penumbra al compás de una vieja caja de música a la que daba cuerda y que desgranaba las notas del ensueño de Sherezade. Sintiendo una punzada de placer, imaginaba las manos de su padre llevándola de la cintura a través de un gran salón de baile mientras todos la miraban con envidia y admiración. Cuando las luces del alba se insinuaban en los resquicios de los cortinajes, Mercedes devolvía la llave a la cómoda y se apresuraba a regresar al lecho y a un sueño fingido del que una doncella la despertaría al filo de las siete de la mañana.

La noche del baile de máscaras a nadie se le ocurrió que aquel vestido que le dibujaba el talle a pincel pudiera haber sido confeccionado para otra que no fuera ella. Mientras se deslizaba por la pista al son de la orquesta en brazos de unos y otros, Mercedes sentía sobre ella los ojos de cientos de invitados acariciándola con lujuria y anhelo. Sabía que su nombre estaba en labios de todos y sonreía para sí al captar al vuelo conversaciones en las que ella era la protagonista.

Rondaban las nueve de la noche de aquella velada largamente imaginada cuando Mercedes, a su pesar, abandonó la pista de baile y se encaminó hacia las escalinatas de la casa principal. Había albergado la esperanza de poder al menos bailar un tema con su padre, pero éste no había hecho acto de presencia y nadie lo había visto todavía. Don Mauricio le había hecho prometer que a las nueve se retiraría a su habitación como condición para permitirle asistir y Mercedes no tenía intención de contrariarlo. «El año que viene.»

Por el camino oyó a un par de colegas de su padre en el Gobierno, dos patricios entrados en años que no habían dejado de mirarla con ojos vidriosos durante toda la noche. Murmuraban sobre cómo don Mauricio había podido comprarlo todo en la vida con la fortuna de su pobre esposa, incluyendo una noche extrañamente primaveral en pleno otoño madrileño en la que lucir a la pequeña putita de su hija ante lo más granado de la sociedad del momento. Embriagada por el champán y los giros del vals, Mercedes se volvió para replicarles, pero una figura le salió al paso y la sostuvo gentilmente del brazo.

Irene, la institutriz que había sido su sombra y consuelo durante los últimos diez años de su vida, le sonrió con calidez y la besó en la mejilla.

—No les hagas ni caso —dijo tomándola del brazo.

Mercedes sonrió y se encogió de hombros.

—Estás guapísima. Déjame que te vea bien.

La joven bajó los ojos.

—Este vestido es precioso y te queda que ni pintado.

—Era de mi madre.

—Después de esta noche va a ser siempre tuyo y de nadie más.

Mercedes asintió sonrojada al halago, que venía teñido con el regusto amargo de la culpa.

—¿Ha visto a mi padre, doña Irene?

La mujer negó.

—Es que todos preguntan por él...

—Tendrán que esperar.

—Le prometí que solo estaría hasta las nueve. Tres horas menos que Cenicienta.

—Entonces más vale que apretemos el paso antes de que yo me transforme en calabaza... —bromeó la institutriz sin ganas.

Recorrieron el sendero que cruzaba el jardín bajo una guirnalda de faroles que dibujaban el rostro de extraños que sonreían a su paso como si la conociesen y sostenían copas de champán que brillaban como puñales envenenados.

—¿Va a bajar mi padre al baile, doña Irene? —preguntó Mercedes.

La institutriz esperó a estar lejos del alcance de oídos indiscretos y miradas furtivas para responder.

—No lo sé. No le he visto en todo el día...

Mercedes iba a replicar cuando oyeron a su espalda un pequeño revuelo. Se volvieron para comprobar que la orquesta había dejado de tocar y que uno de los dos caballeros que había murmurado maliciosamente a su paso había tomado el podio y se disponía a dirigirse a la concurrencia. Antes de que Mercedes pudiera preguntar de quién se trataba, la institutriz le murmuró al oído:

—Es don José María Altea, el ministro de Gobernación...

Un subalterno tendió un micrófono al político y el murmullo de los invitados se ahogó en un sigilo respetuoso. Los músicos de la orquesta adoptaron un semblante solemne y alzaron la vista hacia el ministro, que sonreía contemplando a la audiencia mansa y expectante. Altea repasó con la mirada los cientos de rostros que le observaban, asintiendo para sí. Por último, sin prisa y con el temple pausado y autoritario de un predicador que sabe de la docilidad de su rebaño, se llevó el micrófono a los labios e inició su homilía.

# 3

—Queridos amigos, es para mí un placer y un honor poder pronunciar estas breves palabras ante tan distinguida concurrencia, reunida hoy aquí para rendir un sincero y merecido homenaje a uno de los grandes hombres de esta nueva España renacida de sus propias cenizas. Y me llena de satisfacción el poder hacerlo cuando ya se han cumplido veinte años del glorioso triunfo de la cruzada de liberación nacional que ha colocado a nuestro país en lo más alto del podio de las naciones del orbe. Una España guiada de la mano de Dios por el Generalísimo y forjada con el temple de hombres como el que hoy nos recibe en su hogar y a quien tanto debemos. Un hombre clave en el desarrollo de esta gran nación, de la que hoy nos sentimos orgullosos y que es la envidia de Occidente, y de su cultura inmortal. Un hombre al que me llena de orgullo y gratitud poder contar entre mis mejores amigos: don Mauricio Valls y Echevarría.

Una marea de aplausos recorrió el gentío de punta a punta de los jardines. A la ovación no faltaron ni los sirvientes, ni los guardaespaldas, ni los músicos de la orquesta. Altea capeó las ovaciones y los bravos con sonrisa benevolente, asintiendo con gesto paternal y apaciguando el entusiasmo de los allí congregados con gesto cardenalicio.

—¿Qué decir de don Mauricio Valls que no se haya dicho ya? Su trayectoria intachable y ejemplar data ya de los orígenes mismos del Movimiento y está grabada en nuestra historia con letras de oro. Pero ha sido quizá en ese campo, si se me permite la licencia, el de las Letras y las Artes, donde nuestro admirado y querido don Mauricio se ha distinguido de un modo excepcional y nos ha obsequiado con logros que han llevado la cultura de este país a nuevas cotas. No satisfecho con haber contribuido a edificar las sólidas bases de un régimen que ha traído paz, justicia y bienestar al pueblo español, don Mauricio ha sabido también que no solo de pan vive el hombre y se ha erigido como la más brillante de las luces de nuestras Letras. Autor de títulos inmortales y pluma insigne de nuestra literatura, fundador del Instituto Lope de Vega, que ha llevado a nuestras Letras y a nuestro idioma por todo el mundo y que solo este año ha abierto delegaciones en veintidós capitales mundiales, editor incansable y exquisito, descubridor y defensor de la gran literatura y de la más excelsa cultura de nuestro tiempo, arquitecto de una nueva forma de entender y practicar las artes y el pensamiento... Faltan palabras para poder empezar a describir la mayúscula contribución de nuestro anfitrión a la formación y educación de los españoles de hoy y de ma-

86

ñana. Su labor al frente del Ministerio de Educación Nacional ha propulsado las estructuras fundamentales de nuestro saber y nuestro crear. Es por tanto de justicia afirmar que sin don Mauricio Valls la cultura española no habría sido la misma. Su impronta y su genial visión nos acompañarán durante generaciones, y su obra inmortal se mantendrá en lo más alto del Parnaso español por los tiempos de los tiempos.

La pausa, emocionada, abrió paso a una nueva ovación en la que ya muchas eran las miradas que buscaban entre el gentío al homenajeado ausente, al hombre del momento, al que nadie había visto en toda la velada.

—No quiero extenderme más, porque sé que serán muchos los que desearán expresar personalmente a don Mauricio su gratitud y admiración, a los que me sumo. Tan solo quisiera compartir con ustedes el mensaje personal de afecto, agradecimiento y sentido homenaje hacia mi colega en el gabinete y queridísimo amigo don Mauricio Valls que hace apenas unos minutos me ha hecho llegar el Jefe del Estado, el Generalísimo Franco, desde el palacio de El Pardo, donde asuntos de Estado de última hora le han retenido...

Un suspiro de decepción, miradas entre los concurrentes y un silencio grave fueron el preámbulo de la lectura de la nota que Altea extrajo de su bolsillo.

—«Querido amigo Mauricio, español universal y colaborador indispensable que tanto has hecho por nuestro país y por nuestra cultura: Doña Carmen y yo mismo queremos hacerte llegar nuestro más afectuoso abrazo y nuestro agradecimiento en nombre de todos los españoles por veinte años de servicio ejemplar...»

Altea alzó la vista y la voz para rematar la faena con un «¡Viva Franco!» y «¡Arriba España!» que la audiencia coreó con ímpetu y que arrancó no pocos saludos de brazo en alto y lágrimas en flor. Al estruendoso aplauso que inundó el jardín se sumó también Altea. Antes de abandonar el escenario, el ministro asintió hacia el director de orquesta, quien no dejó naufragar la ovación en el murmullo y la rescató con un sonoro vals que pareció sostenerla en el aire durante el resto de la velada. Para entonces, cuando estaba claro que el Generalísimo no acudiría, ya eran muchos los que dejaron caer sus antifaces y máscaras al suelo y empezaron a desfilar hacia la salida.

# 4

Valls oyó el eco de la ovación que había cerrado el discurso de Altea desvanecerse entre los compases de la orquesta. Altea, «su gran amigo y estimado colega» que llevaba años intentando apuñalarle por la espalda y a quien aquel mensaje del Generalísimo disculpando su ausencia en el baile debía de haber sabido a gloria. Maldijo por lo bajo a Altea y a su hatajo de hienas, una jauría de nuevos centuriones a quien más de uno ya llamaba *las flores envenenadas,* que brotaban en las sombras del régimen y empezaban a copar puestos clave en la administración. La mayoría de ellos merodeaba por el jardín en aquellos momentos, bebiéndose su champán y mordisqueando sus canapés. Olfateando su sangre. Valls se llevó a los labios el cigarrillo que sostenía entre los dedos y advirtió que apenas quedaba un atisbo de ceniza. Vicente, el jefe de su escolta personal, le observaba desde el otro extremo del corredor y se aproximó para ofrecerle uno de los suyos.

—Gracias, Vicente.

—Enhorabuena, don Mauricio... —murmuró su fiel cancerbero.

Valls asintió, riendo por lo bajo con amargura. Vicente, siempre fiel y respetuoso, regresó a su puesto en el extremo del corredor donde, si uno no hacía un esfuerzo por mantener la vista en él, parecía fundirse con las paredes y desaparecer entre el papel pintado.

Valls inspiró una primera calada y contempló el amplio

corredor que se abría al frente a través de la cortina azulada que exhalaba su aliento. Mercedes la llamaba *la galería de los retratos*. El pasillo rodeaba todo el tercer piso y estaba sembrado de cuadros y esculturas que le conferían un aire de gran museo huérfano de público. Lerma, el conservador del Prado que mantenía su colección, siempre le recordaba que no debía fumar allí y que la luz del sol dañaba los lienzos. Valls saboreó otra calada a su salud. Le constaba que lo que Lerma quería decir, pero no tenía ni los arrestos ni el nervio de insinuar, era que aquellas piezas no merecían estar confinadas en un domicilio particular, por grandioso que fuera el escenario y poderoso su dueño, y que su hogar natural era un museo donde pudieran ser admiradas y disfrutadas por el público, esas almas minúsculas que aplaudían en los ceremoniales y hacían cola en los funerales.

A Valls le complacía sentarse a veces en una de las sillas obispales que punteaban la galería de los retratos y deleitarse en sus tesoros, muchos de ellos prestados o directamente alzados de colecciones privadas de ciudadanos que habían quedado en el lado equivocado de la contienda. Otros provenían de museos y palacios bajo la jurisdicción de su ministerio a título de préstamo por período indefinido. Le gustaba recordar aquellas tardes de verano cuando la pequeña Mercedes no tenía ni diez años y, sentada en sus rodillas, escuchaba las historias que escondían cada uno de aquellos prodigios. Valls se refugiaba en aquella memoria, en la mirada embrujada de su hija al oírle hablar de Sorolla y Zurbarán, de Goya y Velázquez.

Más de una vez había querido creer que, mientras permaneciera allí, al amparo de la luz y el ensueño de aquellos lienzos, los días compartidos con Mercedes, días de gloria y de plenitud, nunca se escaparían de sus manos. Hacía ya tiempo que su hija no acudía a pasar la tarde con él para escuchar sus relatos magistrales sobre la Edad de Oro de la pintura española, pero el mero acto de buscar refugio en aquella galería aún le reconfortaba y le hacía olvidar que Mercedes era ya una mujer a la que no reconocía en su vestido de gala bailando bajo miradas de codicia y deseo, de recelo y malicia. Pronto, muy pronto, ya no podría protegerla de aquel mundo de sombras que no la merecía y acechaba hambriento más allá de los muros de la casa.

Apuró su cigarrillo en silencio y se incorporó. El susurro de la orquesta y las voces en el jardín se intuían tras las cortinas entornadas. Se encaminó hacia la escalinata que conducía a la torre sin volver la vista. Vicente, desprendiéndose de la oscuridad, le siguió, sus pasos imperceptibles a su espalda.

# 5

Tan pronto como introdujo la llave en la cerradura de su despacho supo que la puerta estaba abierta. Valls se detuvo, los dedos todavía sujetando la llave, y se volvió. Vicente, que esperaba a pie de escalera, leyó su mirada y se aproximó con sigilo mientras extraía el revólver del interior de la chaqueta. Valls se apartó unos pasos y Vicente le indicó con un gesto que se apoyara contra la pared, lejos del umbral de la puerta. Una vez Valls estuvo a resguardo, Vicente tensó el percutor del revólver e hizo girar el pomo de la puerta muy lentamente. La lámina de roble labrado se desplazó con suavidad, impulsada por su propio peso, hacia un interior en penumbra.

Manteniendo el revólver en alto, Vicente escrutó las sombras unos instantes. Un halo azulado penetraba por las ventanas y dibujaba el contorno del despacho de Valls. Sus ojos perfilaron el gran escritorio, la butaca de coronel, la biblioteca oval y el sofá de piel sobre la alfombra persa que cubría el suelo. Nada se movía en la sombra. Vicente palpó la pared en busca del interruptor y prendió la luz. No había nadie allí. Vicente bajó el arma y se la enfundó bajo la americana, adentrándose unos pasos en la sala. Valls, a su espalda, observaba desde la entrada. El otro se volvió y negó.

—Quizá me he olvidado de cerrar al salir esta tarde —dijo Valls sin convicción.

Vicente se detuvo en el centro del despacho y miró alrededor con detenimiento. Valls se adentró en la estancia y se aproximó a su escritorio. Vicente estaba comprobando el cierre de las ventanas cuando el ministro lo advirtió. El escolta oyó los pasos de Valls detenerse en seco y se volvió.

La mirada del ministro estaba clavada en el escritorio. Un sobre de tamaño folio de color crema reposaba sobre la lámina de cuero que cubría la parte central de la mesa. Valls sintió que el vello de las manos se le erizaba y un soplo de aire helado le recorría las entrañas.

—¿Todo bien, don Mauricio? —preguntó Vicente.

—Déjame solo.

El guardaespaldas dudó unos segundos. Valls seguía con la mirada anclada en el sobre.

—Estaré fuera si me necesita.

Valls asintió. Vicente se retiró hacia la puerta a regañadientes. Cuando cerró la puerta del despacho, el ministro permanecía inmóvil frente al escritorio observando aquel sobre de pergamino como si fuese una víbora dispuesta a saltarle al cuello.

Rodeó la mesa y se sentó en su butaca cruzando los puños bajo el mentón. Esperó casi un minuto antes de posar la mano en el paquete. Palpó el contenido mientras sentía cómo se le aceleraba el pulso. Introdujo el dedo bajo el sello y lo abrió. El cierre aún estaba húmedo, por lo que cedió con facilidad. Tomó el sobre de un extremo y lo alzó. El contenido se deslizó encima del escritorio. Valls cerró los ojos exhalando un suspiro.

El libro estaba encuadernado en piel negra y no portaba título alguno en la cubierta, solo un grabado que sugería la imagen de unos peldaños que descendían en una escalera de caracol observada desde una perspectiva cenital.

Le temblaba la mano y la cerró en un puño, apretando con fuerza. Una nota asomaba entre las páginas del libro. Valls tiró de ella. Era una cuartilla amarillenta, arrancada de un cuaderno de contabilidad y reglamentada con líneas horizontales en rojo a dos columnas. En cada una de ellas había una lista de números. Al pie, en tinta roja, se leían estas palabras:

*Se te acaba el tiempo.*
*Tienes una última oportunidad.*
*En la entrada del laberinto.*

Valls sintió que le faltaba el aire. Antes de darse cuenta de lo que estaba haciendo, sus manos hurgaron en el cajón principal del escritorio y aferraron el revólver que guardaba allí. Se llevó el cañón a la boca y tensó el percutor. El arma sabía a aceite y a pólvora. Le invadió la náusea, pero sostuvo el revólver con ambas manos y mantuvo los ojos cerrados para contener las lágrimas que le caían por el rostro. Oyó entonces los pasos en la escalera y su voz. Mercedes hablaba con Vicente a la puerta de su despacho. Guardó el revólver en el cajón y se secó las lágrimas con la manga del chaqué. Vicente golpeó la puerta suavemente con los nudillos. Valls respiró hondo y esperó un instante. El guardaespaldas llamó de nuevo.

—¿Don Mauricio? Es su hija.

—Déjala pasar —dijo este con voz quebrada.

La puerta se abrió y Mercedes entró enfundada en su vestido de color vino, luciendo una sonrisa encantada que se evaporó tan pronto como posó la mirada en su padre. Vicente observaba desde el umbral con preocupación. Valls asintió y le hizo un gesto para que los dejase a solas.

—Papá, ¿estás bien?

Valls mostró una amplia sonrisa y se incorporó para abrazarla.

—Claro que estoy bien. Y más ahora que te veo.

Mercedes sintió el fuerte abrazo de su padre, que hundió el rostro en su cabello oliéndola como hacía cuando era una niña, como si creyese que inspirar el aroma de su piel pudiera protegerle de todos los males del mundo. Cuando por fin su padre la liberó del abrazo, Mercedes le miró a los ojos y reparó en su mirada enrojecida.

—¿Qué pasa, papá?

—Nada.

—Ya sabes que a mí no me puedes engañar. A los demás sí, pero a mí no...

Valls sonrió. El reloj de su escritorio marcaba las nueve y cinco.

—Ya ves que cumplo mis promesas —dijo ella, leyéndole el pensamiento.

—Eso no lo he dudado nunca.

Mercedes se puso de puntillas y echó un vistazo al escritorio.

—¿Qué lees?

—Nada. Tonterías.

—¿Puedo leerlas yo también?

—No es lectura indicada para jovencitas.

—Yo ya no soy una jovencita —replicó Mercedes sonriendo con malicia infantil y dando una vuelta sobre sí misma para mostrar su vestido y su porte.

—Ya lo veo. Eres toda una mujer.

Mercedes posó la mano sobre la mejilla de su padre.

—¿Y eso es lo que te pone triste?

Valls besó la mano de su hija y negó.

—Claro que no.

—¿Ni siquiera un poco?

—Bueno. Un poco.

Mercedes rio. Valls la imitó, con el sabor a pólvora aún en sus labios.

—Todos preguntaban por ti en la fiesta...

—Se me ha complicado la noche. Ya sabes cómo son estas cosas.

Mercedes asintió con picardía.

—Sí. Ya lo sé...

Deambuló por el despacho de su padre, un mundo secreto repleto de libros y armarios cerrados, acariciando los lomos de los tomos de la biblioteca con la yema de los dedos. Advirtió que su padre la miraba con ojos nublados y se detuvo.

—No me vas a decir qué te pasa, ¿a que no?

—Mercedes, tú sabes que yo te quiero más que a nada en el mundo y que estoy muy orgulloso de ti, ¿verdad?

Ella dudó. La voz de su padre parecía pender de un hilo, su aplomo y su arrogancia arrancados de cuajo.

—Claro, papá..., y yo te quiero a ti.

—Eso es lo único que importa. Pase lo que pase.

Su padre le sonreía, pero Mercedes pudo ver que estaba llorando. Nunca lo había visto llorar y sintió miedo, como si el mundo fuera a venírsele abajo. Su padre se secó las lágrimas y le dio la espalda.

—Dile a Vicente que pase.

Mercedes se retiró hacia la puerta pero se detuvo antes de abrirla. Su padre seguía de espaldas, mirando por la ventana hacia el jardín.

—Papá, ¿qué es lo que va a pasar?

—Nada, cielo. No va a pasar nada.

Entonces ella abrió la puerta. Vicente esperaba ya al otro lado con aquel gesto metálico e impenetrable que le ponía los pelos de punta.

—Buenas noches, papá —murmuró.

—Buenas noches, Mercedes.

Vicente le dedicó un asentimiento respetuoso y entró en

el despacho. Mercedes se volvió para mirar, pero el guardaespaldas, suavemente, le cerró la puerta en la cara. La muchacha pegó el oído a la puerta y escuchó.

—Ha estado aquí —oyó decir a su padre.

—No puede ser —dijo Vicente—. Todas las entradas estaban vigiladas. Solo el servicio de la casa tenía acceso a las plantas superiores. Tengo hombres apostados en todas las escaleras.

—Te digo que ha estado aquí. Y tiene una lista. No sé cómo la ha conseguido, pero tiene una lista... Dios mío.

Mercedes tragó saliva.

—Tiene que haber un error, señor.

—Mírala tú mismo...

Se hizo un largo silencio. Mercedes contuvo la respiración.

—Los números parecen correctos, señor. No lo entiendo...

—Ha llegado la hora, Vicente. Ya no me puedo esconder más. Es ahora o nunca. ¿Puedo contar contigo?

—Por supuesto, señor. ¿Cuándo?

—Al alba.

Se hizo el silencio y al poco Mercedes oyó pasos aproximándose hacia la puerta. Se apresuró escaleras abajo y no se detuvo hasta llegar a su habitación. Una vez allí, se apoyó contra la puerta y se dejó caer hasta el suelo sintiendo que una maldición había prendido el aire y que aquella noche sería la última de aquel turbio cuento de hadas que habían escenificado durante demasiados años.

# 6

Siempre la recordaría como un alba gris y fría, como si el invierno hubiera decidido desplomarse de golpe y sumergir Villa Mercedes en un lago de neblina emanada desde el umbral del bosque. Se despertó cuando apenas un hilo de claridad metálica arañaba las ventanas de su habitación. Se había quedado dormida sobre el lecho enfundada todavía en su vestido. Abrió la ventana y el frío húmedo de la mañana le lamió el rostro. Una alfombra de niebla espesa se deslizaba sobre el jardín, arrastrándose como una serpiente que reptaba entre los restos de la fiesta de la noche anterior. El cielo estaba cubierto de nubes negras que se desplazaban lentamente y parecían albergar una tormenta en su interior.

Mercedes salió al pasillo, descalza. La casa estaba sumida en un profundo silencio. Recorrió el corredor en sombras y rodeó el ala este hasta el dormitorio de su padre. Ni Vicente ni ninguno de sus hombres estaban apostados a la puerta, como iba siendo habitual en los últimos años, en que su padre había empezado a vivir a escondidas, siempre al amparo de sus pistoleros de confianza, como si temiera que algo fuese a salir de las paredes y a clavarle un puñal por la espalda. Nunca se había atrevido a preguntarle la razón de aquella práctica. Le bastaba descubrirle a veces con el gesto ausente y la mirada envenenada de resquemor.

Abrió la puerta del dormitorio de su padre sin llamar. La cama estaba sin deshacer. La taza de manzanilla que la doncella dejaba cada noche en la mesita junto a la cama de don Mauricio estaba intacta. A veces se preguntaba si su padre todavía dormía o si pasaba casi todas las noches en vela en su despacho, en lo alto de la torre. La alertó el aleteo de una bandada de pájaros alzando el vuelo en el jardín. Se acercó a la ventana y pudo ver dos siluetas que se dirigían hacia las cocheras. Mercedes pegó el rostro al cristal. Una de las figuras se detuvo y se volvió para mirar en su dirección, como si hubiera sentido sus ojos posarse en él. Mercedes sonrió a su padre, que la observaba sin expresión alguna, su rostro pálido y más viejo de lo que recordaba haberlo visto jamás.

Finalmente Mauricio Valls bajó la mirada y se adentró en el garaje en compañía de Vicente, que portaba una pequeña maleta. La invadió una sensación de pánico. Mercedes había soñado mil veces con aquel instante sin saber lo que significaba. Corrió escaleras abajo, tropezando con muebles y alfombras en la tiniebla acerada del alba. Cuando llegó al jardín la brisa fría y cortante le escupió en el rostro. Descendió la escalinata de mármol y corrió hacia las cocheras a través de una tierra baldía de máscaras caídas, sillas abatidas y guirnaldas de faroles que aún parpadeaban y ondeaban en la niebla. Oyó el motor del coche arrancar y las ruedas deslizarse sobre la pista de gravilla. Cuando Mercedes llegó al camino principal, que conducía al portón de la finca, el coche ya se alejaba a toda prisa. Corrió tras él, ignorando los cortes que las piedras afiladas que cubrían la pista le abrían en los pies. Justo antes de que la niebla se tragara el automóvil para siempre, acertó a ver cómo su padre se volvía por última vez y le entregaba una mirada desesperanzada a través del parabrisas. Siguió corriendo hasta que el ruido del motor se perdió en la distancia y la puerta de lanzas de la finca se alzó al frente.

Una hora después, Luisa, la doncella que acudía todas las mañanas a despertarla y vestirla, la encontró sentada al borde de la piscina. Tenía los pies colgando sobre el agua teñida con hilos de su sangre y cubierta por decenas de máscaras que flotaban como barcos de papel a la deriva.

—Señorita Mercedes, por el amor de Dios...

La joven estaba tiritando cuando Luisa la envolvió en una manta y la condujo hacia la casa. Cuando llegaron a la escalinata comenzó a caer aguanieve. Un viento hostil se agitaba entre los árboles, derribando guirnaldas, mesas y sillas. Mercedes, que también había soñado aquel instante, supo que la casa había empezado a morir.

# KYRIE

Madrid
Diciembre de 1959

# 1

Poco después de las diez de la mañana, un Packard negro enfilaba la Gran Vía bajo el aguacero para detenerse ante las puertas del antiguo hotel Hispania. La ventana de su habitación estaba velada por regueros de lluvia, pero Alicia pudo ver cómo los dos emisarios, grises y fríos como el día, descendían del coche enfundados en sus gabardinas y sombreros de reglamento. Alicia consultó su reloj. El bueno de Leandro no había esperado ni quince minutos antes de echarle los perros. Treinta segundos más tarde sonó el teléfono y Alicia levantó el auricular al primer timbrazo. Sabía perfectamente a quién encontraría al otro lado.

—Señorita Gris, buenos días y todo eso —recitó la voz ronca de Maura desde recepción—. Un par de marracos que huelen a la Social acaban de preguntar por usted con malas maneras y se han metido en el ascensor. Los he enviado al piso catorce para darle a usted un par de minutillos en caso de que le convenga escabullirse.

—Se agradece el detalle, Joaquín. ¿En qué anda hoy? ¿Algo bueno?

Poco después de la caída de Madrid, Joaquín Maura había ido a parar a Carabanchel. Cuando salió de la cárcel, dieciséis años después, descubrió que era un viejo, que ya no le quedaban pulmones y que su mujer, embarazada de seis meses cuando le detuvieron, había conseguido la nulidad y ahora estaba casada con un teniente coronel condecorado que le había hecho tres hijos y un modesto chalé en las afueras. De aquel primer y efímero matrimonio quedaba una hija, Raquel, que creció creyendo que él había muerto antes de que su madre diera a luz. El día que Maura acudió a escondidas para verla a la salida de una tienda de la calle Goya, donde despachaba telas, Raquel le tomó por un mendigo y le dio limosna. Desde entonces, Maura malvivía en un cuartucho junto a las calderas en el sótano del Hispania, haciendo el turno de noche, y todos los turnos que le dejaban hacer, releyendo novelas policíacas de duro y empalmando Celtas cortos en su garita a la espera de que la muerte pusiera las cosas en su sitio y le devolviese a 1939, de donde nunca debería haber salido.

—Estoy con un romance que no tiene ni pies ni cabeza titulado *La Túnica Carmesí*, de un tal Martín —explicó Maura—. Es de una colección vieja, *La Ciudad de los Malditos*. Me lo pasó el gordito Tudela, de la 426, que siempre encuentra cosas raras en El Rastro. Va de su tierra, Barcelona. A lo mejor le apetece.

—No le diré que no.

—A mandar. Y vigile con ese par, que ya sé que usted se apaña solita, pero esos dos no dejan buena sombra.

Alicia colgó el teléfono y se sentó tranquilamente a aguardar a que los chacales de Leandro olfatearan su rastro y asomaran el hocico. Entre dos y tres minutos a lo sumo, calculó. Dejó la puerta de la habitación abierta, encendió un cigarrillo y se dispuso a esperar en la butaca encarada hacia la entrada. El largo y oscuro corredor que conducía a los ascensores se abría al frente. El hedor a polvo, a madera envejecida y a la alfombra raída que cubría el pasillo inundó la estancia.

El Hispania era una exquisita ruina en estado de perpetua decadencia. Construido a principios de los años veinte, el hotel había vivido sus años de gloria entre los grandes establecimientos de lujo de Madrid para caer en desuso tras la guerra civil y sumergirse en dos décadas de declive hasta convertirse en una catacumba a la que iban a parar desheredados y malditos, gentes sin nada ni nadie en la vida que languidecían en estancias lúgubres que alquilaban semana a semana. De sus centenares de habitaciones, la mitad se encontraban desocupadas y lo habían estado durante muchos años. Varios pisos estaban cerrados, y corrían entre los huéspedes macabras leyendas respecto a lo que sucedía en aquellos largos pasillos oscuros donde a veces, sin que nadie hubiese apretado el botón, se detenía el ascensor y al proyectarse durante unos segundos el haz de luz amarillenta de la cabina se desvelaban las entrañas de lo que parecía un crucero hundido. Maura le había contado que a menudo la centralita sonaba de madrugada con llamadas que provenían de habitaciones que nadie había ocupado desde la guerra. Cuando contestaba nunca había nadie en la línea, excepto en una ocasión en que pudo oír a una mujer llorando; cuando le preguntó qué podía hacer por ella, otra voz, oscura y profunda, le dijo «Ven con nosotros».

—Desde entonces, mire, no me da la real gana de contestar llamadas que vengan de ninguna habitación pasadas las doce de la noche —le confesó Maura en una ocasión—. A veces pienso que este sitio es como una metáfora, ¿sabe usted? Del país entero, quiero decir. Que está embrujado por toda la sangre que se ha derramado y que tenemos en las manos, por mucho que nos empeñemos todos en señalar al de enfrente.

—Es usted un poeta, Maura. Ni todas esas novelas policíacas consiguen apagarle la vena lírica. Lo que necesita España son pensadores como usted, que resuciten el gran arte nacional de la tertulia.

—Eso, ríase. Cómo se nota que el régimen la tiene a usted a sueldo, señorita Gris. Aunque seguro que, con lo que le pagan, a una figura como usted le daría para mudarse a otro sitio y no pudrirse en esta mazmorra. Esto no es sitio para una señorita fina y con clase como usted. Aquí no se viene a vivir, se viene a morir.

—Lo dicho, un poeta.

—Váyase a paseo.

Maura no andaba del todo desencaminado en sus apuntes filosóficos, y con el tiempo se empezó a conocer el Hispania en determinados círculos con el apodo de *el hotel de los suicidios*. Décadas después, cuando el Hispania llevaba clausurado ya mucho tiempo y finalmente los ingenieros de demolición recorrieron el lugar planta a planta para colocar las cargas que lo derribarían para siempre, se difundió el rumor de que se habían encontrado en varias habitaciones cadáveres que llevaban momificados sobre las camas o en bañeras muchos años, el de su antiguo recepcionista nocturno entre ellos.

## 2

Los vio emerger de las sombras del pasillo como lo que eran, dos títeres pintados para asustar a quienes se tomaban la vida al pie de la letra. Los tenía vistos, pero nunca se había molestado en recordar sus nombres. Todos aquellos fantoches de la Brigada le parecían iguales. Se detuvieron en el umbral y dedicaron una estudiada mirada de desprecio al interior de la habitación antes de posar los ojos sobre Alicia y mostrar aquella sonrisa lobuna que Leandro debía de enseñarles en su primer día de escuela.

—No sé cómo puede usted vivir aquí.

Alicia se encogió de hombros y apuró su cigarrillo, haciendo un gesto hacia la ventana.

—Es por las vistas.

Uno de los hombres de Leandro rio sin ganas y el otro negó por lo bajo. Entraron en la habitación, echaron un vistazo al baño y repasaron el cuarto de arriba abajo, como si esperasen encontrar algo. El más joven de los dos, que aún olía a novato y lo compensaba a golpe de pose, se entretuvo en repasar la colección de libros apilados contra la pared que prácticamente ocupaba media habitación, deslizando el dedo índice por los lomos con una mueca de desdén.

—Me va a tener que prestar alguna de sus novelitas de amor.

—No sabía que supiese usted leer.

El novato se volvió y dio un paso al frente con gesto hostil, pero su compañero, y presumiblemente jefe, le detuvo y suspiró, aburrido.

—Ande, empólvese la nariz. La esperan desde las diez.

Alicia no hizo ademán de levantarse de la silla.

—Estoy de baja forzosa. Órdenes de Leandro.

El novato, que había sentido comprometida su hombría, plantó sus noventa y muchos kilos de músculo y bilis a un palmo de Alicia y mostró una sonrisa que se veía trabajada en calabozos y registros de medianoche.

—No me joda, que no tengo el día, guapa. No me haga levantarla de ahí a la fuerza.

Alicia le miró fijamente a los ojos.

—La cuestión no es si tiene el día, sino si tiene narices.

El esbirro de Leandro le sostuvo la mirada unos segundos, pero cuando su compañero le asió del brazo y tiró de él optó por disolverla en una sonrisa gentil y alzar las manos en señal de tregua. «Continuará», pensó Alicia.

El líder del dúo consultó su reloj y sacudió la cabeza.

—Venga, señorita Gris, que nosotros no tenemos la culpa. Ya sabe cómo va esto.

«Lo sé —pensó Alicia—. Lo sé muy bien.»

Alicia se apoyó con las dos manos en los brazos de la butaca y se incorporó. El par de sabuesos la observaron tambalearse hasta la silla donde descansaba lo que parecía un arnés articulado por finas tiras de fibra y cintas de piel.

—¿La ayudo? —preguntó el novato con malicia.

Alicia los ignoró. Tomó el artilugio y se metió con él en el baño, entornando la puerta. El más veterano desvió la mirada, pero el novicio no pudo evitar que sus ojos encontrasen un ángulo desde el cual se apreciaba el reflejo de Alicia en el espejo. Vio cómo esta se quitaba la falda y, agarrando el arnés, se lo enfundaba en torno a la cadera y la pierna derecha como si se tratase de una extraña pieza de corsetería. Al ajustar los cierres, el arnés se ceñía a su cuerpo como una segunda piel y le confería el aspecto de una muñeca mecánica. Fue entonces cuando Alicia alzó la vista y el matón encontró su mirada en el espejo, fría y carente de expresión alguna. Sonrió con deleite y, tras una larga pausa, se volvió hacia el interior de la habitación, no sin antes captar una visión fugaz de aquella mancha negra en el costado de Alicia, un remolino de cicatrices que parecía hundirse en su carne como si un taladro al rojo vivo le hubiese reconstruido la cadera. El agente advirtió que su superior le miraba con severidad.

—Cretino —le murmuró.

Instantes después Alicia salió del baño.

—¿No tiene otro vestido? —preguntó el líder.

—¿Qué tiene este de malo?

—No sé. Algo más discreto.

—¿Por qué? ¿Quién más está en la reunión?

Por toda respuesta, el hombre le tendió un bastón que había apoyado contra la pared y señaló hacia la puerta.

—Estoy sin pintar.

—Está usted perfecta. Maquíllese si quiere en el coche, que ya vamos tarde.

Alicia rechazó el bastón y se encaminó hacia el pasillo sin esperarlos, cojeando levemente.

Minutos más tarde, recorrían en silencio las calles de Madrid bajo la lluvia en el Packard negro. Alicia, sentada en el asiento de atrás, contempló el perfil de agujas, cúpulas y estatuas que formaban la cornisa de terrados de la Gran Vía. Cuadrigas de ángeles y centinelas de piedra ennegrecida vigilaban desde lo alto. Del cielo gris y plomizo se derramaba un arrecife serpenteante de edificios colosales y sombríos que a sus ojos semejaban criaturas petrificadas que se hubieran tragado ciudades enteras, apilados los unos contra los otros. A sus pies, las marquesinas de grandes teatros y los escaparates de cafés y bazares de alcurnia relucían bajo el lienzo de lluvia. Las gentes, apenas apuntes minúsculos con el aliento de vapor, desfilaban en un enjambre de paraguas a ras de suelo. En días como aquel, se le ocurrió, uno empezaba a pensar como el bueno de Maura y creía que las tinieblas del Hispania se extendían de punta a punta del país sin dejar un ápice de luz al descubierto.

# 3

—Hábleme de este nuevo operativo que me propone. ¿Gris, dice?

—Alicia Gris.

—¿Alicia? ¿Una mujer?

—¿Es eso un problema?

—No lo sé. ¿Lo es? He oído hablar de ella más de una vez, pero siempre como Gris. No tenía ni idea de que fuese una mujer. Podría haber quien cuestionase esa elección.

—¿Sus superiores?

—Nuestros superiores, Leandro. No podemos permitirnos otro error como el de Lomana. En El Pardo se están poniendo nerviosos.

—Con el debido respeto, el único error fue no explicarme claramente y desde el principio para qué necesitaban a alguien de mi unidad. De haber sabido de lo que se trataba habría elegido a otro candidato. Esta no era una tarea para Ricardo Lomana.

—En este asunto yo no dicto las reglas ni controlo la información. Todo viene de arriba.

—Me hago cargo.

—Hábleme de Gris.

—La señorita Gris tiene veintinueve años, de los cuales lleva doce trabajando para mí. Huérfana de guerra. Perdió a sus padres con ocho años. Se crio en el Patronato Ribas, un orfanato de Barcelona, hasta que la expulsaron a los quince años por motivos disciplinarios. Durante un par de años malvivió en la calle y trabajó para un estraperlista y criminal de medio pelo llamado Baltasar Ruano, que dirigía una banda de ladrones adolescentes hasta que la Guardia Civil le echó el guante y fue ejecutado como tantos otros en el Campo de la Bota.

—He oído decir que está...

—No es un problema. Puede valerse por sí sola y le aseguro que sabe defenderse. Es una herida sufrida durante la guerra, en los bombardeos de Barcelona. Nunca ha sido un impedimento para el desempeño de su labor. Alicia Gris es el mejor operativo que he reclutado en veinte años de servicio.

—Entonces ¿por qué no se ha presentado a la hora a la que se la ha citado?

—Entiendo su frustración y le pido de nuevo disculpas. Alicia puede ser un tanto díscola a veces, pero casi todos los operativos excepcionales en esta línea de trabajo lo son. Hace un mes tuvimos un desacuerdo rutinario respecto a un caso en el que estaba trabajando. La suspendí temporalmente de empleo y sueldo. No presentarse hoy a la cita es su manera de decirme que sigue enojada conmigo.

—Su relación suena más personal que profesional, si me permite la apreciación.

—En mi campo no hay una sin la otra.

—Me preocupa ese desprecio a la disciplina. En este asunto no puede haber más equivocaciones.

—No las habrá.

—Más nos vale. Nos va el cuello en ello. El suyo y el mío.

—Déjelo en mis manos.

—Cuénteme más cosas de Gris. ¿Qué la hace tan especial?

—Alicia Gris ve lo que los demás no ven. Su mente funciona diferente a la del resto. Donde todos ven una puerta cerrada, ella ve una llave. Donde los demás pierden la pista, ella encuentra el rastro. Es un don, por así decirlo. Y lo mejor es que nadie la ve venir.

—¿Es así como resolvió aquello que llamaron «el caso de las muñecas de Barcelona»?

—Las novias de cera. Ese fue el primer caso en el que Alicia trabajó para mí.

—Siempre me he preguntado si sería verdad lo del gobernador civil...

—Todo aquello fue hace años.

—Pero tenemos tiempo, ¿no? Mientras esperamos a la damisela.

—Por supuesto. Fue en el año cuarenta y siete. Yo estaba entonces destinado en Barcelona. Nos llegó aviso de que la policía había encontrado en los últimos tres años por lo menos siete cadáveres de mujeres jóvenes en diferentes lugares de la ciudad. Aparecían sentadas en un banco del parque, en una parada de tranvía, en un café del Paralelo... Incluso hubo una que fue descubierta arrodillada en un confesionario de la parroquia del Pino. Todas iban perfectamente maquilladas y vestidas de blanco. No tenían una sola gota de sangre en su cuerpo y olían a alcanfor. Parecían muñecas de cera. De ahí el nombre.

—¿Se sabía quiénes eran?

—Nadie había denunciado su desaparición, por lo que la policía intuyó que se trataba de prostitutas, extremo que se confirmaría más adelante. Pasaron meses sin que apareciese ningún otro cuerpo, y la policía de Barcelona dio el caso por cerrado.

—Y entonces apareció otra más.

—Correcto. Margarita Mallofré. La encontraron sentada en una butaca del vestíbulo del hotel Oriente.

—Y la tal Margarita ¿era la chiquita de...?

—Margarita Mallofré estaba empleada en una casa de citas de cierta categoría de la calle Elisabets que se especializaba en, digamos, inclinaciones peculiares a un precio elevado. Trascendió que el entonces gobernador civil frecuentaba aquel establecimiento y que la fallecida era su favorita.

—¿Por qué motivo?

—Al parecer Margarita Mallofré era la que conseguía mantenerse consciente más tiempo pese a las especiales atenciones del gobernador, y de ahí la predilección del caballero.

—Vaya con su excelencia.

—El caso es que a raíz de aquella conexión se reabrió el sumario y, habida cuenta de la delicada naturaleza del tema, llegó a mis manos. Alicia acababa de empezar a trabajar para mí y se lo asigné.

—¿No era un tema demasiado escabroso para una jovencita?

—Alicia era una jovencita muy poco al uso y escasamente impresionable.

—¿Y cómo acabó el tema?

—Acabó bastante rápido. Alicia pasó varias noches al raso vigilando las entradas y salidas de los principales prostíbulos del Raval. Descubrió que, a menudo, cuando se producía una redada rutinaria, los clientes se escabullían por alguna puerta oculta y que algunas de las chicas o chicos empleados allí hacían lo propio. Alicia decidió seguirlas. Se ocultaban de la policía en portales, en cafés o incluso en las alcantarillas. A la mayoría las aprehendían y las llevaban al calabozo a pasar la noche y algún que otro trance que no viene al caso. Pero otras conseguían burlar a la policía. Y las que lo hacían lo lograban siempre en el mismo lugar: una confluencia de la calle Joaquín Costa y la calle Peu de la Creu.

—¿Qué había allí?

—En apariencia nada especial. Un par de almacenes de grano. Un bazar de ultramarinos. Un garaje. Y un taller de telares cuyo dueño, un tal Rufat, había tenido al parecer varios roces con la policía por su propensión a extralimitarse en la aplicación de castigos corporales a varias de sus operarias, una de las cuales había perdido un ojo. Rufat además era cliente habitual del establecimiento donde trabajaba Margarita Mallofré hasta su desaparición.

—La nena trabaja rápido.

—Por eso, lo primero que hizo fue descartar a Rufat, que era un cafre pero no tenía relación con el caso más allá de la coincidencia de frecuentar un local que quedaba a pocas calles de su negocio.

—¿Y entonces? ¿Vuelta a empezar?

—Alicia siempre dice que las cosas no siguen la lógica aparente, sino la interna.

—¿Y qué lógica puede haber en un caso así, según ella?

—Lo que Alicia llama la lógica del simulacro.

—Ahí sí que me ha perdido usted, Leandro.

—La versión corta es que Alicia cree que todo lo que ocurre en la sociedad, en la vida pública, es una escenificación, un simulacro de aquello que intentamos hacer pasar por realidad pero no lo es.

—Suena marxista.

—No tema, Alicia es la criatura más escéptica que conozco. Según ella, todas las ideologías y los credos, sin distinción, son inflamaciones inducidas del pensamiento. Simulacros.

—Peor todavía. No sé por qué se sonríe, Leandro. No le veo yo la gracia al asunto. Cada vez me gusta menos esta señorita. Será guapa, al menos.

—No dirijo una agencia de azafatas.

—No se enfade, Leandro, que se lo decía en broma. ¿Cómo acaba la historia?

—Eliminado Rufat como sospechoso, Alicia empezó a pelar lo que ella llama las capas de la cebolla.

—¿Otra de sus teorías?

—Alicia dice que todo crimen es como una cebolla: hay que cortar a través de muchas capas para ver qué esconde y por el camino hay que derramar unas cuantas lágrimas.

—Leandro, a veces me maravillo de la fauna que recluta usted por ahí.

—Mi trabajo consiste en encontrar la herramienta adecuada a cada tarea. Y mantenerla afilada.

—Vigile que no se corte un día de estos. Pero siga con lo de la cebolla, que me ha gustado.

—Pelando las capas de cada uno de los negocios y establecimientos localizados en ese cruce donde se había visto por última vez a las desaparecidas, Alicia averiguó que el garaje era propiedad de la Casa de la Caridad.

—Otra vía muerta.

—En este caso, *muerta* es la palabra clave.

—Me ha vuelto a perder.

—En aquel garaje se guardaba parte de la flota de carruajes de los servicios funerarios de la ciudad, y había también un almacén de ataúdes y esculturas. En aquellos años, la gestión de la funeraria municipal estaba todavía en manos de la llamada Casa de la Caridad, y la mayoría de los empleados de bajo nivel, de enterradores a mozos, eran a menudo gentes dejadas de la mano de Dios: huérfanos, convictos, mendigos, etcétera. En resumen, almas infaustas que habían ido a parar allí al no tener a nadie más en el mundo. Alicia, usando sus artes, que son muchas, consiguió que la contratasen como mecanógrafa en el departamento de administración. Al poco, descubrió que en las noches en que había redada algunas chicas de los prostíbulos cercanos acudían a ocultarse en el garaje de la funeraria. Allí siempre resultaba fácil persuadir a cualquiera de aquellos infelices en nómina para que los dejasen esconderse en alguno de los carruajes a cambio de otorgarles sus favores. Pasado el peligro, y satisfechos los anhelos del benefactor, las chicas se reincorporaban a su puesto antes de que saliera el sol.

—Pero...

—Pero no todas lo hacían. Alicia averiguó que entre todos los que allí trabajaban había un personaje de diferente catadura. Huérfano de guerra, como ella. Quimet, le llamaban, porque tenía cara de niño y un trato tan dulce que las viudas le querían adoptar y llevárselo a casa. El caso es que el tal Quimet era un alumno aventajado y versado ya en las artes funerarias. Lo que le llamó la atención es que era un coleccionista y tenía un álbum de fotografías de muñecas de porcelana que guardaba en su escritorio. Decía que quería casarse y crear una familia, y para ello estaba buscando a la mujer adecuada, pura y limpia de espíritu y de carnes.

—¿El simulacro?

—Más bien el señuelo. Alicia empezó a vigilarle cada noche y no tardó en comprobar lo que sospechaba. Cuando una de aquellas mozas descarriadas llegaba hasta Quimet en busca de auxilio, si la muchacha reunía los requisitos de talla, tez, semblante y complexión, lejos de exigirles un pago carnal, rezaba con ellas una oración y les aseguraba que con su ayuda y la de la Virgen nunca nadie las encontraría. El mejor escondite, argumentaba, era un ataúd. Nadie, ni siquiera la policía, se atreve a abrir un ataúd para ver qué hay dentro. Las muchachas, embelesadas por el rostro infantil y las maneras gentiles de Quimet, se tendían en el lecho del sarcófago y le sonreían cuando cerraba la tapa y las sellaba en su interior. Allí las dejaba morir de asfixia. Luego las desnudaba, les afeitaba el pubis, las lavaba de pies a cabeza, las desangraba y les inyectaba en el corazón un líquido embalsamador que bombeaba por todo su cuerpo. Una vez renacidas en muñecas de cera, las maquillaba y las vestía de blanco. Alicia comprobó también que todas las ropas que se habían encontrado con los cuerpos provenían de un mismo establecimiento de moda nupcial de la ronda San Pedro, a doscientos metros de allí. Uno de los empleados recordaba haber atendido a Quimet en más de una ocasión.

—Menuda joya.

—Quimet pasaba con los cadáveres un par de noches, emulando, por así decirlo, algún tipo de vida conyugal hasta que los cuerpos empezaban a oler a flores muertas. Entonces, siempre antes del alba, cuando las calles estaban desiertas, las llevaba a su nueva vida eterna en uno de los carruajes de la funeraria y escenificaba su encuentro.

—Santa Madre de Dios... Cosas así solo pasan en Barcelona.

—Alicia pudo averiguar todo esto y más, justo a tiempo de rescatar de uno de los ataúdes de Quimet a la que hubiera sido su víctima número ocho.

—¿Y se supo por qué lo hacía?

—Alicia descubrió que, de niño, Quimet había pasado una semana entera encerrado con el cadáver de su madre en un piso de la calle de la Cadena antes de que el olor alertase a los vecinos. Al parecer, la madre se habría suicidado ingiriendo un veneno al saber que su marido la había abandonado. Todo esto no se pudo confirmar porque lamentablemente Quimet se quitó la vida en su primera noche en el penal del Campo de la Bota, no antes de haber dejado su última voluntad escrita en la pared de su celda. Que le afeitasen el cuerpo, lo lavasen, lo embalsamaran y luego, vestido de blanco, lo exhibieran a perpetuidad en un sarcófago de cristal junto a una de sus novias de cera en el escaparate de los grandes almacenes El Siglo. Al parecer, su madre había trabajado allí como dependienta. Pero, hablando del diablo, la señorita Gris debe de andar al caer. ¿Un poquito de brandy para quitarle el mal sabor de la anécdota?

—Una última cosa, Leandro. Quiero que uno de mis hombres trabaje con su operativo. No quiero otra desaparición sin anunciar como la de Lomana.

—Creo que eso es un error. Nosotros tenemos nuestros propios métodos.

—No es una condición negociable. Y Altea está de acuerdo conmigo.

—Con todo el respeto...

—Leandro, Altea ya quería poner a Hendaya en el asunto.

—Otro error.

—Estoy de acuerdo. Por eso le he convencido de que de momento me deje intentarlo a mi manera. Pero la condición es que uno de mis hombres supervise a su operativo. Es eso, o Hendaya.

—Entiendo. ¿En quién está pensando?

—Vargas.

—Creí que estaba retirado.

—Solo técnicamente.

—¿Es esto un castigo?

—¿Para su operativo?

—Para Vargas.

—Más bien una segunda oportunidad.

# 4

El Packard bordeó la plaza de Neptuno, más sumergido que nunca, y enfiló la carrera de San Jerónimo rumbo a la silueta blanca y afrancesada del Gran Hotel Palace. Se detuvieron frente a la entrada principal y, cuando el portero acudió a abrir la puerta trasera del coche portando un gran paraguas, los dos agentes de la Social se volvieron y le dedicaron una mirada a medio camino entre la amenaza y la súplica.

—¿La podemos dejar aquí sin montar un numerito o tenemos que llevarla a rastras para que no nos dé otra vez esquinazo?

—No se preocupen; les haré quedar bien.

—¿Palabra?

Alicia asintió. Entrar y salir de un coche en los días malos nunca era tarea fácil, pero no quería que aquel par la viesen más aplastada de lo que estaba, así que se tragó con una sonrisa la punzada en la cadera que sintió al incorporarse. El portero la acompañó hasta la entrada protegiéndola de la lluvia con el paraguas; un batallón de conserjes y ayudas de cámara parecían aguardarla, prestos a escoltarla a través del vestíbulo rumbo a su cita. Al avistar el par de escalinatas que la esperaban desde la entrada hasta el inmenso salón comedor se dijo que tendría que haber aceptado el bastón. Extrajo el pastillero que llevaba en el bolso y se tragó una píldora. Respiró hondo antes de lanzarse a la ascensión.

Un par de minutos y docenas de escalones más tarde se detuvo a recobrar el aliento a las puertas del salón comedor. El conserje que la había acompañado hasta allí reparó en la película de sudor que cubría su frente. Alicia se limitó a sonreírle sin ganas.

—A partir de aquí creo que puedo yo solita, si no le importa.

—Por supuesto. Como guste la señorita.

El conserje se retiró de forma discreta, pero no le hizo falta volverse para saber que seguía observándola y que hasta que se adentrase en el salón no iba a quitarle los ojos de encima. Se secó el sudor con un pañuelo y estudió la escena.

Apenas un suspiro de voces y el tintineo de una cucharilla girando lentamente en una taza de porcelana. El salón comedor del Palace se abría ante ella embrujado de reflejos danzantes que goteaban desde la gran cúpula bajo el envite de la lluvia. Aquella estructura siempre le había parecido un enorme sauce de cristal suspendido como una carpa de rosetones robados de cien catedrales en nombre de la *Belle Époque*. Nadie podría acusar nunca a Leandro de tener mal gusto.

Bajo la burbuja de cristal multicolor había una sola mesa ocupada entre muchas otras vacías. En ella, dos siluetas eran observadas con diligencia por media docena de camareros que se mantenían a la distancia justa para no poder oír su conversación pero poder leer el gesto. El Palace al fin y al cabo era, a diferencia de su domicilio temporal en el Hispania, un establecimiento de primera categoría. Criatura de hábitos aburguesados, Leandro vivía y trabajaba allí. Literalmente. Ocupaba la *suite* 814 desde hacía años y gustaba de despachar sus asuntos en aquel salón comedor que, como Alicia sospechaba, le permitía creer que vivía en el París de Proust y no en la España de Franco.

Afinó la mirada sobre los dos comensales. Leandro Montalvo, sentado como siempre de cara a la entrada. De mediana estatura y con esa complexión suave y redondeada de contable acomodado. Parapetado tras unas gafas de pasta que le iban grandes y que le servían para ocultar unos ojos afilados como cuchillas. Afectando aquel aire relajado y afable que le confería el aspecto de un notario de provincias aficionado a la zarzuela o un empleado de banca venido a más que gusta de pasearse por museos al acabar el turno. «El bueno de Leandro.»

Junto a él, enfundado en un traje de corte británico que desentonaba con su semblante agreste y mesetario, estaba sentado un individuo de cabellos y bigote engominados que sostenía una copa de brandy. Su rostro le resultaba familiar. Una de esas figuras habituales en los periódicos, veterano de fotografías posadas donde siempre había un aguilucho en la bandera y algún cuadro de inmarcesibles escenas ecuestres. Gil de algo, se dijo. Secretario General del Pan Frito o de lo que fuera.

Leandro alzó la vista y le sonrió de lejos. La invitó a que se aproximara con un gesto como el que se dedica a un niño o a un perrito. Alicia, suprimiendo la cojera a costa de sentir que la apuñalaban en el costado, cruzó el gran salón comedor lentamente. Mientras lo hacía registró dos hombres del ministerio al fondo, entre las sombras. Armados. Inmóviles como reptiles a la espera.

—Alicia, celebro que hayas podido encontrar un hueco en tu agenda para tomar un café con nosotros. Dime, ¿has desayunado?

Antes de que ella pudiera responder, Leandro alzó las cejas y dos de los camareros apostados junto a la pared procedieron a prepararle un servicio. Mientras le decantaban una copa de zumo de naranja recién exprimido, Alicia sintió la mirada del gerifalte horneándola a fuego lento. No le costó verse en sus ojos. La mayoría de los hombres, incluidos quienes observaban por profesión, confundían el ver con el mirar, y casi siempre se detenían en los detalles obvios, aquellos que velaban la lectura más allá de lo irrelevante. Leandro solía decir que desaparecer en la mirada del contrario era un arte cuyo aprendizaje podía llevar toda una vida.

El suyo era un rostro sin edad, afilado y maleable, con apenas unas líneas de sombra y color. Alicia se dibujaba todos los días en función del papel que le tocaba desempeñar en la fábula elegida por Leandro para escenificar sus manejos e intrigas. Podía ser sombra o luz, paisaje o figura, según el libreto. En días de tregua, se evaporaba en sí misma y se retiraba a lo que Leandro solía llamar la transparencia de su oscuridad. Tenía el cabello negro y una tez pálida hecha para soles fríos y salones de interior. Sus ojos verdosos brillaban en la penumbra y se clavaban como alfileres para hacer olvidar un talle frágil pero difícil de obviar, que cuando era necesario ahogaba en ropas holgadas para no despertar miradas furtivas en la calle. De cerca, sin embargo, su presencia entraba en foco y destilaba un aliento sombrío y, a juicio de Leandro, vagamente inquietante, que su mentor le había instruido en mantener en lo posible a cubierto. «Tú eres una criatura nocturna, Alicia, pero aquí nos escondemos todos a la luz del día.»

—Alicia, permíteme presentarte al muy honorable señor don Manuel Gil de Partera, director del Cuerpo General de Policía.

—Es un honor, excelencia —recitó Alicia ofreciéndole la mano, que el director no tomó, como si temiese que le fuera a morder.

Gil de Partera la observaba como si todavía no hubiese decidido si era una colegiala con un punto perverso que le descolocaba o un espécimen al que no sabía ni por dónde empezar a clasificar.

—El señor director ha tenido a bien recabar nuestros buenos oficios para solucionar un tema de cierta delicadeza que exige un grado extraordinario de discreción y diligencia.

—Por supuesto —convino Alicia en un tono tan dócil y angelical que le granjeó una patada suave de Leandro por debajo de la mesa—. Estamos a su disposición para ayudar en todo lo que nos sea posible.

Gil de Partera la seguía observando con aquella mezcla de recelo y codicia que su presencia solía conjurar en caballeros de cierta edad, sin saber todavía por qué lado decantarse. Aquello a lo que Leandro siempre se refería como el perfume de su aspecto, o los efectos secundarios de su semblante, constituía a juicio de su mentor un arma de doble filo que no había aprendido a controlar todavía con absoluta precisión. En este caso, y a tenor de la visible incomodidad que Gil de Partera parecía sentir en su proximidad, Alicia creyó que el filo cortaría hacia adentro. «Ahí viene la ofensiva», pensó.

—¿Sabe usted algo acerca de la caza, señorita Gris? —preguntó.

Ella dudó un instante, buscando la mirada de su mentor.

—Alicia es esencialmente un animal urbano —intervino Leandro.

—En la caza uno aprende muchas cosas —conferenció el director—. Yo he tenido el privilegio de compartir algunas cacerías con Su Excelencia el Generalísimo y fue él quien me desveló la regla fundamental que todo cazador debe hacer suya.

Alicia asintió repetidamente, como si todo aquello le resultase fascinante. Leandro, entretanto, le había embadurnado una tostada de mermelada y se la tendió. Alicia la aceptó sin apenas reparar en ella. El director seguía embarcado en su magisterio.

—Un cazador debe comprender que, en un momento crítico de la cacería, el papel de la presa y el del cazador se confunden. La caza, la caza de verdad, es un duelo entre iguales. Uno no sabe quién es de verdad hasta que derrama sangre.

Se hizo una pausa y, transcurridos los segundos de silencio escénico que requería la honda reflexión que le acababan de revelar, Alicia urdió una expresión reverencial.

—¿Es esa también una máxima del Generalísimo?

Alicia recibió un pisotón de advertencia por parte de Leandro por debajo de la mesa.

—Le seré franco, jovencita: no me gusta usted. No me gusta lo que he oído de usted y no me gusta ni su tono ni el que se crea que me puede tener esperándola aquí media mañana como si su tiempo de mierda valiese más que el mío. No me gusta cómo mira, y menos aún el retintín con el que se dirige a sus mejores. Porque si hay algo que me jode en esta vida es la gente que no sabe cuál es su sitio en el mundo. Y lo que me jode todavía más es tener que recordárselo.

Alicia bajó la mirada, sumisa. La temperatura del salón comedor parecía haber descendido diez grados de un plumazo.

—Ruego al señor director que me disculpe si...

—No me interrumpa. Si estoy aquí hablando con usted es por la confianza que tengo en su superior, que por algún motivo que se me escapa cree que es usted la persona adecuada para la tarea que debo encomendarle. Pero no se equivoque conmigo: desde este mismo momento responde usted ante mí. Y yo no tengo ni la paciencia ni la generosa disposición de aquí el señor Montalvo.

Gil de Partera la miró fijamente. Tenía los ojos negros y una telaraña de pequeños capilares rojos que parecían a punto de estallar le cubrían la córnea. Alicia le imaginó ataviado con un sombrero de plumas y botas de mariscal besando las reales nalgas del Jefe del Estado en una de esas cacerías en que los padres de la patria reventaban las presas que un escuadrón de criados les ponían a tiro y con las que luego se embadurnaban los genitales con el aroma a pólvora y a sangre de aves de corral para sentirse machos conquistadores, a mayor gloria de Dios y de la Patria.

—Estoy seguro de que Alicia no quería ofenderle, amigo mío —apuntó Leandro, que con toda probabilidad estaba disfrutando de lo lindo con la escena.

Alicia corroboró las palabras de su superior con un asentimiento grave y compungido.

—Huelga decir que el contenido de lo que voy a referir es estrictamente confidencial y que a todos los efectos esta conversación nunca habrá tenido lugar. ¿Alguna duda a ese o cualquier otro respecto, Gris?

—Absolutamente ninguna, señor director.

—Bien, entonces haga el favor de comerse esa tostada de una puñetera vez y entraremos en materia.

# 5

—¿Qué sabe usted de don Mauricio Valls?

—¿El ministro? —preguntó Alicia.

La joven se detuvo un instante a considerar el alud de imágenes que le venían a la mente de la larga y ampliamente publicitada carrera de don Mauricio Valls. Perfil soberbio y atildado, siempre situado en el mejor ángulo de cada fotografía y en la mejor compañía, recibiendo honores e impartiendo sabiduría indiscutida ante el aplauso y la admiración de la claca de la corte. Canonizado en vida, elevado a los altares por su propio pie y de la mano de la autoproclamada intelectualidad del país, Mauricio Valls era la encarnación entre los mortales del prototipo español del Hombre de Letras, Caballero de las Artes y el Pensamiento. Premiado y homenajeado hasta la infinidad. Definido sin ironía como la figura emblemática de las élites culturales y políticas del país, al ministro Valls le precedían sus recortes de prensa y todo el boato del régimen. Sus conferencias en los magnos escenarios de Madrid congregaban siempre a lo más granado. Sus artículos magistrales en la prensa sobre los temas del momento constituían dogma de fe. El pelotón de gacetilleros que comía de sus manos se desvivía de adoración. Sus ocasionales recitales de poesía y monólogos extraídos de sus celebradas obras teatrales interpretados a dúo con los grandes de la escena nacional agotaban localidades. Sus obras literarias eran consideradas el epítome de los logros y su nombre estaba ya inscrito en la pléyade de los maestros. Mauricio Valls, luz e intelecto de Celtiberia, iluminando al mundo.

—Sabemos lo que vemos en la prensa —intercedió Leandro—. Que, a decir verdad, de un tiempo a esta parte es más bien poco para lo que solía ser habitual.

—Más bien nada —corroboró Gil de Partera—. Dudo que se le haya escapado a usted, señorita, que desde noviembre de 1956, hace ya más de tres años, Mauricio Valls, ministro de Educación Nacional (o de Cultura, como a él mismo le gusta decir) y, si me permiten la licencia, niña de los ojos de la prensa española, prácticamente ha desaparecido de la luz pública y casi no se le ha visto en acto oficial alguno.

—Ahora que lo menciona el señor director... —convino Alicia.

Leandro se volvió hacia ella e, intercambiando una mirada de complicidad con Gil de Partera, la puso en antecedentes.

—Lo cierto, Alicia, es que no es por casualidad ni por propia voluntad que el señor ministro se haya visto privado de obsequiarnos con su fino intelecto y su impecable magisterio.

—Veo que ha tenido ocasión de tratarle, Leandro —intervino Gil de Partera.

—Tuve ese honor hace mucho tiempo, aunque de forma breve, durante mis años en Barcelona. Un gran hombre y quien mejor ha sabido ejemplificar los valores y el hondo calado de nuestra intelectualidad.

—Estoy seguro de que el ministro estaría del todo de acuerdo con usted.

Leandro sonrió cortés y volvió a concentrar su mirada en Alicia antes de tomar la palabra.

—Lamentablemente el asunto que nos trae hoy aquí no es la indiscutible valía de nuestro estimado ministro ni la envidiable salud de su ego. Con la venia de su señoría aquí presente, creo que no desvelo nada que no vayamos a tratar luego si digo que la razón de la prolongada ausencia de don Mauricio Valls de la escena pública en estos últimos tiempos se ha debido a la sospecha de que existe y ha existido durante años un complot para atentar contra su vida.

Alicia levantó las cejas e intercambió una mirada con Leandro.

—A fin de apoyar a la investigación abierta por el Cuerpo General de Policía, y a petición de nuestros amigos en el Ministerio de la Gobernación, nuestra unidad destacó a un operativo para que asistiese en la investigación, aunque oficialmente no estuviéramos involucrados y, de hecho, no estuviésemos al corriente de los particulares de la misma —explicó Leandro.

Alicia se mordió los labios. Los ojos de su superior dejaban claro que el turno de preguntas no se había abierto todavía.

—Este operativo, por motivos que todavía no hemos podido aclarar, ha roto el contacto y se encuentra ilocalizable desde hace un par de semanas —prosiguió Leandro—. Sirva esto para poner en contexto la misión para la que Su Excelencia ha tenido la amabilidad de solicitar nuestra colaboración.

Leandro miró al veterano policía e hizo un gesto de cesión de palabra. Gil de Partera carraspeó y adoptó un semblante sombrío.

—Lo que les voy a contar es estrictamente confidencial y no puede salir de esta mesa.

Alicia y Leandro asintieron al tiempo.

—Como adelantaba su superior, el 2 de noviembre de 1956, en el transcurso de un acto celebrado en su honor en el Círculo de Bellas Artes de Madrid, el ministro Valls fue objeto de un atentado frustrado contra su vida, al parecer no el primero que se producía. La noticia no trascendió, por estimarlo así conveniente tanto el gabinete como el propio ministro Valls, que no deseó alarmar a su familia y colaboradores. En ese momento se abrió una investigación que sigue en curso y, pese a todos los esfuerzos del Cuerpo General de Policía y de una unidad especial de la Guardia Civil, todavía no se han podido esclarecer las circunstancias que rodearon este suceso y otros similares que pudieran haberse producido con anterioridad a que la policía fuera alertada. Como es natural, desde aquel mismo momento se reforzaron la escolta y las medidas de seguridad en torno al ministro y se cancelaron sus apariciones públicas hasta nueva orden.

—¿Qué ha arrojado la investigación durante ese tiempo? —interrumpió Alicia.

—La investigación se centró en una serie de anónimos que don Mauricio habría estado recibiendo desde hace tiempo y a los que no había concedido importancia. Al poco del atentado frustrado, el ministro puso en conocimiento de la policía la existencia de esta serie de cartas de naturaleza amenazadora que había recibido a lo largo de los años. Una primera investigación desveló que lo más probable es que hubieran sido enviadas por un tal Sebastián Salgado, un ladrón y asesino que estaba cumpliendo condena en la prisión de Montjuic de Barcelona hasta hace cosa de dos años. Como sabrán ustedes, el ministro Valls había sido director de ese centro al inicio de su carrera de servicio al régimen, concretamente entre los años 1939 y 1944.

—¿Por qué no alertó el ministro antes a la policía de esos anónimos? —preguntó Alicia.

—Como decía, alegó que al principio no les había concedido importancia, aunque reconoció que tal vez debería haberlo hecho. En su momento nos dijo que la naturaleza de los mensajes era tan críptica que no supo interpretar bien cuál era su significado.

—¿Y cuál es la naturaleza de esas supuestas amenazas?

—En su mayoría, vaguedades. En las cartas el autor dice que «la verdad» no se puede ocultar, que se acerca «la hora de la justicia» para «los hijos de la muerte» y que «él», entendemos que el supuesto autor, le espera «en la entrada del laberinto».

—¿Laberinto?

—Como digo, los mensajes son crípticos. Es posible que hagan referencia a algo que solo Valls y quien los escribía conocerían, aunque a decir del ministro tampoco él era capaz de interpretarlos. Tal vez sean la obra de un lunático. No podemos eliminar esa posibilidad.

—¿Estaba Sebastián Salgado ya preso en el castillo cuando Valls era director de la prisión?

—Sí. Hemos comprobado el historial de Salgado. Ingresó en la cárcel en 1939, al poco de que don Mauricio Valls fuera nombrado director. El ministro indicó que le recordaba vagamente como un individuo conflictivo, lo cual dio credibilidad a nuestra teoría de que era muy probable que fuera él quien hubiera enviado las cartas.

—¿Cuándo salió en libertad?

—Hace poco más de dos años. Evidentemente las fechas no cuadran con el intento de asesinato en el Círculo de Bellas Artes ni con los anteriores. O bien Salgado trabajaba con alguien en el exterior o que solo se le estaba usando de señuelo para confundir la pista. Esta última posibilidad es la que ha ido cobrando más viabilidad a medida que avanzaba la investigación. Como verán en el dosier que les dejaré, las cartas estaban todas enviadas desde la estafeta del Pueblo Seco de Barcelona a la que se lleva toda la correspondencia de los internos del penal de Montjuic.

—¿Cómo saben qué cartas franqueadas en esa estafeta vienen de la prisión y cuáles no?

—Todas las originadas en el castillo llevan un sello en el sobre que se coloca a modo de identificación en la oficina de la cárcel antes de ser introducidas en la saca.

—¿No se revisa el correo de los presos? —preguntó Alicia.

—En teoría, sí. En la práctica, según nos confirmaron los propios responsables, solo en determinadas ocasiones. En cualquier caso, nadie tenía constancia de que se hubieran detectado mensajes amenazadores dirigidos al ministro. También es posible que, dada la oscura naturaleza del lenguaje empleado, los censores de la prisión no notasen nada relevante.

—Si Salgado tenía un cómplice o varios cómplices en el

exterior, ¿habría sido posible que estos le entregasen las cartas para que él las enviara desde la cárcel?

—Podría ser. Salgado tenía derecho a una visita personal por mes. De todos modos, no tendría sentido alguno que hubiera sido así. Era mucho más fácil enviar las cartas por conducto ordinario y no exponerse a que los censores de la prisión pudieran detectarlas —dijo Gil de Partera.

—No a menos que específicamente quisieran dejar constancia de que las cartas eran enviadas desde la prisión —intervino Alicia.

Gil de Partera consintió con un asentimiento.

—Hay algo que no entiendo —continuó Alicia—. Si Salgado llevaba todo este tiempo en Montjuic y no fue liberado hasta hace un par de años, imagino que eso significa que estaba condenado a la pena máxima de treinta años. ¿Qué hace en la calle?

—No lo entiende ni usted ni nadie. En efecto, se suponía que a Sebastián Salgado le quedaban por lo menos diez años más de condena cuando, de forma inesperada, se le concedió un indulto extraordinario firmado por el Jefe del Estado que conmutaba su pena. Y hay más. Dicho indulto se tramitó a petición y bajo los buenos auspicios del ministro Valls.

Alicia dejó escapar una risa de estupefacción. Gil de Partera la miró con severidad.

—¿Por qué motivo haría Valls una cosa así? —preguntó Leandro al rescate.

—En contra de nuestro consejo, y alegando que la investigación no estaba dando el fruto esperado, el ministro estimó que poner en libertad a Salgado podía conducir a desvelar la identidad y el paradero de la parte o partes implicadas en el envío de las amenazas y los supuestos atentados contra su vida.

—Su señoría se refiere a esos hechos como supuestos... —dejó caer Alicia.

—Nada en este asunto está claro —cortó Gil de Partera—. Eso no significa que ponga o debamos poner la palabra del ministro en cuestión.

—Por supuesto. Volviendo a la puesta en libertad de Salgado, ¿produjo los resultados que esperaba el ministro? —preguntó Alicia.

—No. Le tuvimos vigilado las veinticuatro horas desde que abandonó el penal. Lo primero que hizo fue alquilar una habitación en un hostal de baja estofa del Barrio Chino, donde dejó pagado un mes por adelantado. Fuera de eso, todo cuanto hizo fue acudir todos los días a la Estación del Norte, donde pasaba horas contemplando o vigilando las taquillas de consigna de equipajes del vestíbulo y, ocasionalmente, visitar una vieja librería de lance en la calle Santa Ana.

—Sempere e hijos —murmuró Alicia.

—Así es. ¿La conoce usted?

Alicia asintió.

—El amigo Salgado no parece encajar en el perfil del lector habitual —estimó Leandro—. ¿Sabemos qué esperaba encontrar en la consigna de la estación?

—Sospechamos que tenía allí oculto algún tipo de botín fruto de sus crímenes antes de ser aprehendido en 1939.

—¿Se confirmó la sospecha?

—En su segunda semana de libertad, Salgado visitó de nuevo la librería Sempere e hijos por última vez y luego se dirigió a la Estación del Norte, como hacía todos los días. Aquel día, sin embargo, en vez de sentarse en el vestíbulo a mirar las taquillas se acercó a una de ellas e introdujo una llave. Extrajo una maleta de la taquilla y la abrió.

—¿Qué contenía? —preguntó Alicia.

—Aire —sentenció Gil de Partera—. Nada. Su botín, o lo que fuera que había escondido allí, había desaparecido. La policía de Barcelona se disponía a detenerle al salir de la estación cuando Salgado se desplomó en la lluvia. Los agentes habían detectado que tan pronto como salió de la librería dos empleados le habían seguido hasta allí. Una vez que quedó tendido en el suelo, uno de ellos se arrodilló junto a Salgado unos segundos y luego abandonó el lugar. Cuando la policía llegó hasta él, Salgado ya estaba muerto. Podría tratarse de un caso de justicia divina, el ladrón robado y todo eso, pero la autopsia reveló marcas de punción en la espalda y en la ropa, y restos de estricnina en la sangre.

—¿Podrían haber sido los dos empleados de la librería? Los cómplices se desembarazan del señuelo una vez ya no les resulta útil o ven comprometida su seguridad al darse cuenta de que la policía los tiene vigilados.

—Esa fue una de las teorías, pero se descartó. De hecho, cualquiera que hubiese estado en la estación podría haberle asesinado sin que él se diera ni cuenta. La policía estaba vigilando con atención a los dos empleados de la librería y no observó contacto directo alguno entre ellos y Salgado hasta que este se desplomó, presumiblemente muerto.

—¿Podrían haberle administrado el veneno en la librería, antes de que Salgado se dirigiese a la estación? —preguntó Leandro.

Esta vez fue Alicia la que respondió a la pregunta.

—No. La estricnina actúa muy rápido, y más en un hombre de esa edad y presumible condición física tras haber pasado veinte años en una mazmorra. Entre la punción y el fallecimiento no podrían mediar más de uno o dos minutos.

Gil de Partera la miró reprimiendo un gesto de aprobación.

—Así es —corroboró—. Lo más probable es que alguien más estuviera en la estación aquel día, sin llamar la atención de los agentes, y tuviese decidido que era el momento de desembarazarse de Salgado.

—¿Qué sabemos de esos dos empleados de la librería?

—Uno es un tal Daniel Sempere, hijo del propietario. El otro responde al nombre de Fermín Romero de Torres, cuyo rastro en el registro es confuso y muestra indicios de suplantación documental. Quizá para establecer una identidad falsa.

—¿Qué relación tenían con el caso y qué hacían allí?

—No se pudo determinar.

—¿Y no se los interrogó?

Gil de Partera negó.

—De nuevo, instrucciones expresas del ministro Valls. Contra nuestro criterio.

—¿Y la pista del cómplice o cómplices de Salgado?

—En vía muerta.

—Quizá ahora el ministro cambie de idea y dé su permiso para...

Gil de Partera desenterró su sonrisa lobuna de policía veterano.

—Ahí es adonde quería ir a parar. Hace exactamente nueve días, al amanecer del día siguiente a la fiesta de máscaras organizada en su residencia de Somosaguas, don Mauricio Valls abandonó su domicilio a bordo de un automóvil en compañía del jefe de su escolta personal, Vicente Carmona.

—¿Abandonó? —preguntó Alicia.

—Nadie le ha visto ni ha tenido noticias suyas desde entonces. Desaparecido de la faz de la tierra sin dejar rastro alguno.

Un largo silencio se desplomó sobre la sala. Alicia buscó la mirada de Leandro.

—Mis hombres están trabajando sin descanso, pero hasta el momento no tenemos nada. Es como si Mauricio Valls se hubiera evaporado al subirse a ese coche...

—¿Dejó el ministro alguna nota, algún indicio de adónde podría dirigirse antes de salir de su domicilio?

—No. La teoría que barajamos es que el ministro, por algún motivo que no alcanzamos a determinar, habría averiguado por fin quién le estaba enviando esas amenazas y habría decidido ir a enfrentarse a él por su cuenta con la ayuda de su guardaespaldas de confianza.

—Y caer así tal vez en una trampa —completó Leandro—. «La entrada del laberinto.»

Gil de Partera asintió repetidamente.

—¿Cómo podemos estar seguros de que el ministro no sabía desde el principio quién enviaba esas notas y por qué? —intervino de nuevo Alicia.

Tanto Leandro como Gil de Partera le lanzaron una mirada de censura.

—El ministro es la víctima, no el sospechoso —atajó el segundo—. No se confunda.

—¿Cómo podemos ayudarle, amigo mío? —le preguntó Leandro.

Gil de Partera respiró hondo y se tomó unos instantes antes de responder.

—Mi departamento tiene procedimientos limitados. Se nos ha mantenido en la oscuridad respecto a este tema hasta que ha sido demasiado tarde. Reconozco que hemos podido cometer errores, pero estamos haciendo todo lo posible por resolver el asunto antes de que acabe haciéndose público. Algunos de mis superiores creen que su unidad, dada la naturaleza del caso, puede aportar alguna pieza adicional que nos ayude a resolver esta cuestión cuanto antes.

—¿Y usted también lo cree?

—Si quiere que le sea sincero, Leandro, yo ya no sé qué ni a quién creer. Pero de lo que no tengo duda alguna es de que si no encontramos al ministro Valls sano y salvo en un plazo breve, Altea abrirá la caja de los truenos y pondrá a su viejo amigo Hendaya en el asunto. Y ni usted ni yo queremos eso.

Alicia dirigió una mirada inquisitiva a Leandro, que negó levemente. Gil de Partera rio por lo bajo con amargura. Tenía los ojos inyectados en sangre, o en café negro, y aspecto de no haber dormido más de dos horas por noche en una semana.

—Les estoy contando hasta donde sé, pero lo que ignoro es si lo que me han contado a mí es toda la verdad. Más claro no puedo ser. Llevamos nueve días dando palos de ciego y cada hora que pasa es una hora perdida.

—¿Cree usted que el ministro sigue vivo? —preguntó Alicia.

Gil de Partera bajó la mirada y dejó transcurrir un largo silencio.

—Mi obligación es pensar que sí y que vamos a encontrarle sano y salvo antes de que nada de todo esto pueda trascender o nos quiten el caso de las manos.

—Y nosotros estamos con usted —convino Leandro—. No tenga la menor duda de que haremos cuanto sea posible para ayudarlos en su investigación.

Gil de Partera asintió, observando a Alicia con ambivalencia.

—Trabajará usted con Vargas, uno de mis hombres.

Alicia dudó un instante. Buscó la complicidad de Leandro con la mirada, pero su superior optó por perderse en su taza de café.

—Con el debido respeto, señor, yo siempre trabajo sola.

—Trabajará usted con Vargas. Sobre este punto no hay discusión posible.

—Por supuesto —convino Leandro ajeno a la mirada encendida de Alicia—. ¿Cuándo podemos empezar?

—Ayer.

A una señal del director, uno de sus agentes se aproximó a la mesa y le tendió un sobre abultado. Gil de Partera lo dejó sobre la mesa y se incorporó, sin ocultar sus prisas por estar en cualquier otro sitio que no fuese aquel salón comedor.

—Los detalles están todos en el dosier. Manténgame informado.

Estrechó la mano de Leandro y, sin dedicarle apenas una última mirada a Alicia, partió con paso firme.

Le vieron alejarse a través del gran salón comedor seguido de sus hombres y tomaron asiento de nuevo. Durante varios minutos permanecieron en silencio, Alicia mirando al vacío y Leandro rebanando meticulosamente un cruasán, untándolo de mantequilla y mermelada de fresa y luego degustándolo sin prisa, con los ojos cerrados.

—Gracias por el apoyo —dijo Alicia.

—No seas así. Tengo entendido que Vargas es un hombre de talento. Te gustará. Y a lo mejor aprendes algo.

—Qué suerte la mía. ¿Quién es?

—Un veterano del Cuerpo. Solía ser un peso pesado. Lleva un tiempo en la reserva, al parecer por diferencias de opinión con la Dirección General. Algo pasó, dicen.

—¿Un paria? ¿Tan poco valgo que no merezco ni una carabina de categoría?

—Categoría, la tiene, no lo dudes. Lo que ocurre es que su fidelidad y fe en el Movimiento se han puesto en cuestión más de una vez.

—No esperarán que yo le convierta.

—Lo único que esperan es que no hagamos ruido y les hagamos quedar bien.

—Delicioso.

—Podría ser peor —zanjó Leandro.

—¿Peor significa eso de invitar «a su viejo amigo», el tal Hendaya?

—Entre otras cosas.

—¿Quién es Hendaya?

Leandro desvió la mirada.

—Mejor que no lo tengas que averiguar.

Medió entre ambos un largo silencio, que Leandro aprovechó para servirse otra taza de café. Tenía la odiosa costumbre de beber el café sosteniendo el platillo de la taza con una mano bajo la barbilla y dando pequeños sorbos. En días como aquel, casi todas sus costumbres, que Alicia conocía de memoria, se le aparecían odiosas. Leandro reparó en su mirada y le dedicó una sonrisa paternal y benevolente.

—Si las miradas matasen —dijo.

—¿Por qué no le ha dicho al director que dimití hace dos semanas y que ya no estoy en el servicio?

Leandro dejó la taza sobre la mesa y se limpió los labios con la servilleta.

—No te quería avergonzar, Alicia. Me permito recordarte que no somos un club de juegos de mesa y que no se ingresa o cesa en el servicio presentando una simple solicitud. Hemos mantenido ya esta conversación varias veces y, si tengo que serte sincero, me duele tu actitud. Porque te conozco mejor de lo que te conoces a ti misma y por el gran aprecio que te tengo, te concedí un par de semanas de vacaciones para que descansaras y pudieses meditar sobre tu futuro. Entiendo que estés cansada. Yo también lo estoy. Entiendo que a veces lo que hacemos no es de tu agrado. Tampoco lo es del mío. Pero es nuestro trabajo y nuestro deber. Eso ya lo sabías cuando entraste.

—Cuando entré tenía diecisiete años. Y no fue por gusto.

Leandro sonrió como un maestro orgulloso ante el más brillante de sus discípulos.

—La tuya es un alma vieja, Alicia. Tú nunca has tenido diecisiete años.

—Quedamos en que lo dejaba. Ese fue el trato. Dos semanas no cambian nada.

La sonrisa de Leandro se enfriaba, como su café.

—Concédeme este último favor y luego podrás hacer lo que quieras.

—No.

—Te necesito en esto, Alicia. No me hagas suplicar. Ni obligarte.

—Páseselo a Lomana. Seguro que se muere de ganas de hacer puntos.

—Ya tardaba en salir el tema. Nunca he entendido bien cuál es el problema entre Ricardo y tú.

—Incompatibilidad de caracteres —sugirió Alicia.

—Lo cierto es que Ricardo Lomana es el operativo que ofrecí en préstamo a la policía hace unas semanas, y que todavía no me han devuelto. Ahora me dicen que ha desaparecido.

—No caerá esa breva. ¿Dónde se ha metido?

—Parte del acto de desaparecer implica el no desvelar ese detalle.

—Lomana no es de los que desaparecen. Tiene que haber una razón para que no dé señales de vida. Ha encontrado algo.

—Eso pienso yo también, pero en la medida en que no tengamos noticias suyas solo podemos especular. Y eso no es para lo que nos pagan.

—¿Para qué nos pagan?

—Para resolver problemas. Y este es un problema muy grave.

—¿Y no podría yo desaparecer también?

Leandro negó. La miró largamente afectando un semblante dolido.

—¿Por qué me odias, Alicia? ¿No he sido un padre para ti? ¿Un buen amigo?

Alicia contempló a su mentor. Tenía un nudo en el estómago y no le llegaban las palabras a los labios. Había pasado dos semanas intentando apartarlo de su mente y ahora, al enfrentarse de nuevo a él, comprendía que sentada allí, bajo la gran cúpula del Palace, volvía a ser aquella adolescente infeliz que habría tenido todos los números para no llegar nunca a los veinte si Leandro no la hubiera sacado del pozo.

—No le odio.

—A lo mejor te odias a ti misma, a lo que haces, a quien sirves y a toda esta basura que nos rodea y que nos pudre por dentro un poco más cada día que pasa. Te entiendo porque yo también he pasado por ahí.

Leandro sonrió de nuevo, aquella sonrisa cálida que todo lo perdonaba, que todo lo comprendía. Posó la mano sobre la de Alicia y la apretó con fuerza.

—Ayúdame a solucionar este último asunto y te prometo que después podrás marcharte. Desaparecer para siempre.

—¿Así de simple?

—Así de simple. Tienes mi palabra.

—¿Cuál es el truco?

—No hay truco.

—Siempre hay truco.

—Esta vez no. Ni yo puedo retenerte a mi lado para siempre si tú no quieres estar conmigo. Por mucho que me duela.

Leandro le ofreció la mano.

—¿Amigos?

Alicia dudó, pero finalmente le ofreció la suya. Él se la llevó a los labios y la besó.

—Te voy a echar de menos cuando todo esto se haya acabado —dijo Leandro—. Y tú también a mí, aunque ahora no lo veas así. Tú y yo formamos un buen equipo.

—Dios los cría y el diablo los junta.

—¿Has pensado en lo que vas a hacer luego?

—¿Cuándo?

—Cuando seas libre. Cuando desaparezcas, como tú dices.

Alicia se encogió de hombros.

—No lo he pensado.

—Creí que te había enseñado a mentir mejor, Alicia.

—A lo mejor no sirvo para nada más —apuntó ella.

—Siempre has querido escribir... —sugirió Leandro—. ¿Una nueva Laforet?

Alicia esbozó una mirada de desinterés. El hombre sonrió.

—¿Escribirás sobre nosotros?

—No. Claro que no.

Leandro hizo un gesto afirmativo.

—No sería una buena idea, ya lo sabes. Nosotros operamos en la sombra. Sin ser vistos. Es parte del servicio que ofrecemos.

—Claro que lo sé. No hace falta que me lo recuerde.

—Lástima, porque habría tantas historias que contar, ¿verdad?

—Ver mundo —murmuró Alicia.

—¿Perdona?

—Lo que me gustaría hacer es viajar y ver mundo. Encontrar mi sitio. Si es que existe.

—¿Tú sola?

—¿Necesito a alguien más?

—Supongo que no. Para las criaturas como nosotros la soledad puede ser la mejor de las compañías.

—A mí ya me va bien.

—Un día de estos te enamorarás.

—Qué bonito título para un bolero.

—Más vale que vayas tirando. O mucho me equivoco o imagino que Vargas debe de estar esperando ahí afuera.

—Es un error.

—Esta injerencia me molesta más que a ti, Alicia. Está claro que no se fían. Ni de ti, ni de mí. Sé diplomática y no le asustes. Hazlo por mí.

—Siempre lo soy. Y yo no asusto a nadie.

—Ya sabes lo que quiero decir. Además, no vamos a competir con la policía. Ni lo vamos a intentar. Ellos tienen su investigación, sus métodos y su procedimiento.

—¿Qué hago entonces? ¿Sonreír y repartir peladillas?

—Quiero que hagas lo que tú sabes hacer. Que te fijes en lo que la policía no se va a fijar. Que sigas tu instinto, no el procedimiento. Que hagas todo aquello que la policía no va a hacer porque es la policía y porque no es mi Alicia Gris.

—¿Es eso un cumplido?

—Sí, y también una orden.

Alicia recogió el sobre con el dosier de la mesa y se incorporó. Al hacerlo, Leandro advirtió que se llevaba la mano a la cadera y que apretaba los labios para ocultar el dolor.

—¿Cuánto estás tomando? —preguntó.

—Nada en las dos últimas semanas. Un par de pastillas de vez en cuando.

Leandro suspiró.

—Ya lo hemos hablado muchas veces, Alicia. Ya sabes que no puedes hacer eso.

—Lo estoy haciendo.

Su mentor negó por lo bajo.

—Haré que te entreguen cuatrocientos gramos esta tarde en tu hotel.

—No.

—Alicia...

Ella se volvió y se alejó de la mesa sin cojear, mordiéndose la lengua y tragándose el dolor y las lágrimas de rabia.

# 6

Cuando Alicia salió del Palace había dejado de diluviar y un velo de vapor se alzaba del pavimento. Grandes haces de luz acuchillaban el centro de Madrid desde la bóveda de nubes en tránsito como si fueran focos peinando el patio de una prisión. Uno de ellos barrió la plaza de las Cortes y desveló la carrocería de un Ford aparcado a pocos metros de la entrada del hotel. Apoyado en el capó había un hombre de cabello plateado enfundado en un abrigo negro que fumaba un cigarrillo y contemplaba a la gente deambular con parsimonia. Ella le calculó unos cincuenta años largos, aunque bien llevados y mejor musculados. Tenía el porte sólido de quien ha pasado por la milicia con aprovechamiento y hace pocas escalas en su escritorio. Como si la hubiera olfateado en el aire, volvió la mirada hacia Alicia y le sonrió con aire de galán de sesión de tarde.

—¿Puedo ayudarla en algo, señorita?

—Eso espero. Mi nombre es Gris.

—¿Gris? ¿Usted es Gris?

—Alicia Gris. De la unidad de Leandro Montalvo. Gris. Supongo que usted es Vargas.

El hombre asintió vagamente.

—No me habían dicho...

—Sorpresas de última hora —cortó ella—. ¿Necesita unos minutos para reponerse?

El policía apuró una última calada del cigarrillo y la observó con detenimiento a través de la cortina de humo que exhalaba de sus labios.

—No.

—Estupendo. ¿Por dónde quiere empezar?

—Nos esperan en la villa de Somosaguas. Si le parece bien.

Alicia asintió. Vargas tiró la colilla al arcén y rodeó el coche. Ella se acomodó en el asiento del pasajero. Él se sentó al volante, la mirada perdida al frente y las llaves del vehículo en el regazo.

—He oído muchas cosas de usted —profirió Vargas—. No la hacía tan... joven.

Alicia le miró con frialdad.

—Eso no va a ser un problema, ¿verdad? —preguntó el policía.

—¿Problema?

—Usted y yo —aclaró Vargas.

—No tiene por qué.

Él la miraba con más curiosidad que recelo. Alicia le ofreció una de esas sonrisas dulces y felinas que tanto irritaban a Leandro. Vargas chasqueó la lengua y puso el automóvil en marcha, negando por lo bajo.

—Bonito coche —comentó Alicia al rato.

—Cortesía de Jefatura. Acéptelo como un signo de que se toman en serio este asunto. ¿Conduce usted?

—A duras penas puedo abrir una cuenta de banco en este país sin permiso de un marido o un padre —replicó Alicia.

—Entiendo.

—Permítame dudarlo.

Circularon en silencio durante varios minutos. Vargas iba dispensando a Alicia miradas de refilón que ella fingía no advertir. La observación metódica e intermitente del policía le iba haciendo una radiografía por entregas, aprovechando semáforos y pasos de peatones. Cuando se tropezaron con un parón de tráfico a media Gran Vía, Vargas extrajo una fina pitillera de plata y se la tendió, abierta. Tabaco rubio, importado. Ella declinó. Vargas se llevó un cigarrillo a los labios y lo encendió con un mechero dorado que Alicia hubiera jurado que llevaba la marca Dupont. A Vargas le gustaban las cosas bonitas y caras. Mientras encendía el cigarrillo, Alicia advirtió que el policía le miraba las manos recogidas en el regazo, tal vez buscando un anillo de matrimonio. Vargas lucía uno de notable tamaño.

—¿Familia? —preguntó el policía.

Alicia negó.

—¿Usted?

—Casado con España —replicó.

—Muy ejemplar. ¿Y el anillo?

—Otros tiempos.

—¿No me va a preguntar qué hace alguien como yo trabajando para Leandro?

—¿Es asunto mío?

—No.

—Pues eso.

Regresaron al incómodo silencio mientras iban dejando atrás el tráfico del centro y se encaminaban hacia la Casa de Campo. Los ojos de Vargas seguían escrutándola por fascículos. Tenía la mirada fría y metálica, las pupilas grises brillantes como monedas recién acuñadas. Alicia se preguntó si, antes de caer en desgracia, su compañero a la fuerza habría sido un acólito o meramente un mercenario. Los primeros infestaban todos los estamentos del régimen y se multiplicaban como verrugas purulentas al abrigo de banderas y proclamas; los segundos guardaban silencio y se limitaban a hacer funcionar la máquina. Se preguntó a cuántas personas habría liquidado a lo largo de su carrera en el Cuerpo, si convivía con el remordimiento o si había perdido ya la cuenta. O tal vez, con las canas, le había crecido la conciencia y eso había arruinado sus proyectos.

—¿Qué está pensando? —preguntó Vargas.

—Me preguntaba si le gusta su trabajo.

Vargas rio entre dientes.

—¿No me va a preguntar si me gusta el mío? —sugirió Alicia.

—¿Es asunto mío?

—Supongo que no.

—Pues eso.

Visto que la conversación no tenía futuro, Alicia extrajo el dosier del sobre que le había proporcionado Gil de Partera y empezó a hojearlo. A simple vista no había gran cosa. Notas de los agentes. La declaración de la secretaria personal del ministro. Un par de páginas dedicadas al supuesto atentado frustrado contra Valls, generalidades de procedimiento por parte de los dos inspectores que habían abierto el caso y algunos extractos del expediente de Vicente Carmona, el guardaespaldas de Valls. O Gil de Partera confiaba en ellos menos todavía de lo que Leandro había sugerido o la crema de su departamento había estado tocándose las narices durante la última semana.

—¿Esperaba más? —preguntó Vargas, leyéndole el pensamiento.

Alicia fijó la vista en la arboleda de la Casa de Campo.

—No esperaba menos —murmuró—. ¿A quién vamos a ver?

—Mariana Sedó, la secretaria personal de Valls durante los últimos veinte años. Ella fue quien alertó de la desaparición del ministro.

—Muchos años son esos para una secretaria —apuntó Alicia.

—Las malas lenguas dicen que es mucho más que eso.

—¿Amante?

Vargas negó.

—Me parece que los gustos de doña Mariana tiran más a la otra orilla. Lo que se dice es que ella es quien realmente llevaba el barco y que nada se hacía o se decidía en el despacho de Valls sin su consentimiento.

—Detrás de cada hombre malvado siempre hay una mujer peor. Eso también se dice.

Vargas sonrió.

—Pues yo nunca lo había oído. Ya me habían advertido que era usted un tanto irreverente.

—¿De qué más le han advertido?

Vargas se volvió y le guiñó el ojo.

—¿Quién es Hendaya? —preguntó Alicia.

—¿Cómo dice?

—Hendaya. ¿Quién es?

—¿Rodrigo Hendaya?

—Supongo.

—¿Por qué quiere saberlo?

—El saber no ocupa lugar.

—¿Ha mencionado Montalvo a Hendaya en relación con este asunto?

—El nombre ha salido en la conversación, sí. ¿Quién es?

Vargas suspiró.

—Hendaya es un carnicero. Cuanto menos sepa de él, mejor.

—¿Le conoce?

Vargas ignoró su pregunta. El resto del camino lo hicieron sin cruzar palabra.

# 7

Llevaban casi quince minutos recorriendo avenidas pinceladas por un regimiento de jardineros uniformados cuando se abrió ante ellos un bulevar punteado de cipreses que conducía al portón de lanzas de Villa Mercedes. El cielo se había teñido de plomo y pequeñas gotas de lluvia salpicaban el parabrisas del coche. Un mozo esperaba a la puerta de la finca y abrió la verja para dejarlos pasar. A un lado había una garita con un guardia armado con un fusil que asintió al saludo de Vargas.

—¿Ha estado usted ya aquí? —preguntó Alicia.

—Un par de veces desde el lunes pasado. Le va a encantar.

El coche se deslizó a través de la carretera de grava fina que serpenteaba entre arboledas y lagunas. Alicia contempló los jardines de estatuas, los estanques y las fuentes y las rosaledas marchitas deshaciéndose al viento de otoño. Los raíles de un tren a escala se entreveían entre arbustos y flores muertas. La silueta de lo que semejaba una estación en miniatura se adivinaba en los confines de la finca. Una locomotora de vapor y dos vagones esperaban en el andén bajo la llovizna.

—Un juguete para la niña —explicó Vargas.

Al poco asomó al frente el perfil de la casa principal, un palacete de porte excesivo que parecía concebido para empequeñecer y amedrentar al visitante. Dos grandes caserones aparecían a ambos lados a un centenar de metros cada uno. Vargas detuvo el coche frente a la escalinata que ascendía a la entrada principal. Un mayordomo uniformado que portaba un paraguas aguardaba al pie y les indicó que se dirigieran a una estructura que quedaba a una cincuentena de metros de la casa. Vargas enfiló el camino que conducía a las cocheras y Alicia pudo contemplar el contorno de la vivienda principal.

—¿Quién paga todo esto? —inquirió.

Vargas se encogió de hombros.

—Usted y yo, supongo. Y tal vez la señora de Valls, que heredó la fortuna de su señor padre, Enrique Sarmiento.

—¿El banquero?

—Uno de los banqueros de la Cruzada, que decían los diarios —precisó Vargas.

Alicia recordaba haber oído a Leandro mencionar a Sarmiento y a un grupo de banqueros que habían financiado al bando nacional durante la guerra civil, prestándole en buena medida el dinero de los vencidos, en un acuerdo mutuamente beneficioso.

—Tengo entendido que la esposa del ministro está enferma —dijo Alicia.

—Enferma es un decir...

El guarda del garaje les abrió uno de los portones y les indicó que metiesen el coche en el interior. Vargas bajó la ventanilla y el guarda le reconoció.

—Déjelo donde quiera, jefe. Y las llaves en el contacto, por favor...

Vargas asintió y se adentró en el garaje, una estructura de bóvedas encadenadas sostenidas por columnas de hierro forjado que se extendía en una tiniebla sin fondo. Una sucesión de automóviles de lujo se alineaba en fuga, el brillo de sus cromados perdiéndose en la infinidad. Vargas encontró un hueco entre un Hispano Suiza y un Cadillac. El encargado del garaje los había seguido y les dedicó una señal de aprobación.

—Bonito coche trae hoy, jefe —comentó cuando descendieron del automóvil.

—Como hoy venía la señorita, los jefes me han dejado sacar el Ford —dijo Vargas.

El encargado era una especie de apunte entre homúnculo y ratoncillo que parecía sostenerse en pie dentro de su mono azul merced a un amasijo de trapos sucios que pendían de su cinturón y a una película de grasilla que lo preservaba de los elementos. Tras dedicarle un exhaustivo vistazo a Alicia de pies a cabeza, el encargado se rindió en una reverencia y, cuando creyó que ella no lo advertía, le lanzó un guiño cómplice a Vargas.

—Gran tipo, Luis —sentenció Vargas—. Creo que vive aquí, en el mismo garaje, en un cobertizo al fondo del taller.

Recorrieron la colección rodante de piezas de museo de Valls rumbo a la salida mientras, a su espalda, Luis se entretenía en sacarle lustre al Ford a golpe de trapo y saliva al tiempo que se deleitaba con el dulce vaivén de Alicia y el dibujo de sus tobillos.

El mayordomo acudió a recibirlos y Vargas cedió a Alicia el amparo del paraguas que les ofrecía.

—Espero que hayan tenido buen viaje desde Madrid —dijo el sirviente con solemnidad—. Doña Mariana los espera.

El mayordomo tenía aquella sonrisa fría y vagamente condescendiente de los criados de carrera que, con los años, empiezan a creer que la alcurnia de sus amos les ha salpicado la sangre de azul y otorgado también el privilegio de poder mirar a los demás por encima del hombro. Mientras recorrían la distancia que los separaba de la casa principal, Alicia advirtió que el mayordomo le iba lanzando miradas subrepticias, intentando leer en su ademán y su indumentaria qué pintaba aquel personaje en la función.

—¿La señorita es su secretaria? —preguntó el mayordomo sin desprender la mirada de Alicia.

—La señorita es mi superior —replicó Vargas.

El sirviente y su soberbio porte se rindieron, en un gesto amojamado digno de orla. Sus labios permanecieron sellados y la mirada pegada a sus zapatos durante el resto del camino. La puerta principal daba a un gran vestíbulo de suelos de mármol del que partían escalinatas, corredores y galerías. Siguieron al mayordomo hasta un salón de lectura en el que esperaba, de espaldas a la puerta y enfrentada a la visión dcl jardín principal bajo la lluvia, una mujer de mediana edad que se volvió tan pronto como los oyó entrar y les ofreció una sonrisa gélida. El mayordomo cerró la puerta a su paso y se retiró a disfrutar de su perplejidad transitoria.

—Yo soy Mariana Sedó, la secretaria personal de don Mauricio.

—Vargas, de Jefatura, y mi colaboradora, la señorita Gris.

Mariana se tomó su tiempo para hacerle la radiografía de rigor. Empezó por el rostro, arrastrando la mirada por su color de labios. Prosiguió por el corte de su vestido y finalizó con sus zapatos, a los que dedicó una sonrisa entre la tolerancia y el desprecio que rápidamente enterró en el semblante sereno y compungido que exigían las circunstancias. Les indicó que tomaran asiento. Se acomodaron en un sofá de piel y Mariana eligió una silla, que acercó a la mesita donde reposaba una bandeja con una tetera humeante y tres tazas, que procedió a llenar. Alicia calibró la sonrisa impostada tras la que se parapetaba doña Mariana y pensó que la eterna guardiana de Valls destilaba un aura maliciosa a medio camino entre hada madrina y mantis religiosa de voraz apetito.

—Ustedes dirán en qué puedo ayudarlos. He hablado con tantos de sus colegas en los últimos días que ya no sé si habrá algo que no les haya dicho ya.

—Le agradecemos su paciencia, doña Mariana. Somos conscientes de que son momentos difíciles para la familia y para usted —aventuró Alicia.

La aludida asintió con ademán paciente y sonrisa de escarcha, el aire de fiel servidora estudiado a la perfección. Sus ojos, sin embargo, traicionaban un gesto de irritación al tener que tratar con subalternos de medio pelo. El modo en que dirigía la mirada principalmente a Vargas y evitaba reparar en Alicia denotaba un punto adicional de desdén. Alicia decidió ceder la iniciativa a Vargas, a quien no se le había escapado el detalle, y escuchar.

—Doña Mariana, del atestado y su declaración a la policía se desprende que fue usted quien primero alertó de la ausencia de don Mauricio Valls...

La secretaria hizo un gesto afirmativo.

—El día del baile don Mauricio nos había concedido la jornada libre a varios miembros del personal fijo. Yo aproveché para ir a Madrid a visitar a mi ahijada y pasar el tiempo con ella. Al día siguiente, aunque don Mauricio no me había indicado que fuera a necesitarme, regresé a primera hora de la mañana, a eso de las ocho, y empecé a preparar la correspondencia y la agenda de don Mauricio como hago siempre. A las nueve subí al despacho y vi que el señor ministro no estaba. Poco después, una de las doncellas me dijo que su hija Mercedes le había comunicado que su padre había salido en coche muy temprano con el señor Vicente Carmona, el jefe de su escolta. Me pareció extraño, porque al revisar la agenda vi que don Mauricio había añadido de su puño y letra un encuentro informal aquella mañana a las diez aquí, en Villa Mercedes, con el director comercial de Ariadna, Pablo Cascos.

—¿Ariadna? —preguntó Vargas.

—Es el nombre de una editorial propiedad de don Mauricio —aclaró la secretaria.

—Ese detalle no figura en su declaración a la policía —dijo Alicia.

—¿Perdón?

—La reunión que el propio don Mauricio había programado por su cuenta para aquella mañana. No la mencionó usted a la policía. ¿Puedo preguntar por qué?

Doña Mariana le sonrió con cierta displicencia, como si la pregunta le pareciese trivial.

—Al no haber tenido nunca lugar la reunión no me pareció relevante. ¿Debería haberlo hecho?

—Lo ha hecho ahora, y eso es lo que cuenta —comentó Vargas, cordial—. Es imposible recordar todos los detalles, por eso abusamos de su amabilidad e insistimos tanto. Continúe, por favor, doña Mariana.

La secretaria de Valls dio por buena la disculpa y prosiguió, aunque ignorando a Alicia y dirigiendo la mirada solo a Vargas.

—Como decía, me pareció extraño que el ministro se hubiese ausentado sin avisarme previamente. Consulté con el servicio y me informaron de que al parecer el señor ministro no había dormido en su habitación aquella noche y que había pasado la velada en su despacho.

—¿Pasa usted las noches aquí, en la vivienda principal? —interrumpió Alicia.

Doña Mariana adoptó un semblante ofendido y negó, apretando los labios.

—Por supuesto que no.

—Disculpe. Prosiga, si es tan amable.

La secretaria de Valls resopló con impaciencia.

—Poco después, a eso de las nueve, el señor Revuelta, el jefe de seguridad de la casa, me indicó que no tenía constancia de que Vicente Carmona y el señor ministro tuvieran previsto ir a ningún sitio aquella mañana y de que, en cualquier caso, el que hubieran salido juntos sin más escolta era altamente irregular. El señor Revuelta, a petición mía, consultó primero con el personal del ministerio y luego habló con Gobernación.

Nadie sabía nada de don Mauricio, pero nos informaron de que nos llamarían tan pronto como se le localizara. Debió de pasar una media hora sin que tuviésemos noticias. Fue entonces cuando Mercedes, la hija de don Mauricio, vino a verme. Estaba llorando, y al preguntarle qué le sucedía me dijo que su padre se había ido y que no iba a volver jamás...

—¿Dijo Mercedes por qué creía eso? —preguntó Vargas.

Doña Mariana se encogió de hombros.

—¿Qué hizo usted entonces?

—Llamé a la secretaría general de Gobernación y hablé primero con don Jesús Moreno y más tarde con el director de la policía, el señor Gil de Partera. Lo demás ya lo saben ustedes.

—Fue en ese momento cuando mencionó usted las cartas anónimas que el ministro había estado recibiendo.

Doña Mariana se tomó un instante.

—Así es. El tema surgió durante la conversación con el señor Gil de Partera y su subalterno, un tal García...

—García Novales —completó Vargas.

La secretaria asintió.

—La policía, por supuesto, ya estaba al corriente de la existencia de esas cartas y tenía copia desde hacía meses. Se dio la circunstancia de que aquella mañana, mientras repasaba la agenda del señor ministro, encontré en su despacho la carpeta en la que él las había guardado.

—¿Sabía usted que las guardaba? —preguntó Alicia.

Doña Mariana negó.

—Creí que las había destruido tras mostrárselas a la policía a raíz de la investigación después del incidente en el Círculo de Bellas Artes, pero vi que me había equivocado y que don Mauricio las había estado consultando. Así lo mencioné a sus superiores.

—¿Por qué motivo cree usted que don Mauricio tardó tanto tiempo en alertar a la policía o a los cuerpos de seguridad de la existencia de aquellas cartas? —inquirió de nuevo Alicia.

Doña Mariana desvió por un momento la vista de Vargas y su mirada rapaz se posó en ella.

—Señorita, tiene usted que comprender que el volumen de correspondencia que recibe un hombre de la importancia de don Mauricio es ingente. Son numerosas las personas y asociaciones que deciden dirigirse al ministro y son frecuentes los casos de cartas extravagantes o sencillamente lunáticas que tiro todos los días y que don Mauricio ni siquiera ve.

—Sin embargo, no tiró usted esas cartas.

—No.

—¿Conocía usted a la persona que la policía identificó como el principal sospechoso de haberlas enviado, Sebastián Salgado?

—No, claro que no —atajó la secretaria.

—Pero ¿conocía su existencia? —insistió Alicia.

—Sí. Lo recordaba de cuando el ministro había tramitado su indulto y luego de cuando la policía informó del resultado de su investigación sobre las cartas.

—Claro, pero con anterioridad a eso, ¿recuerda en alguna ocasión haber oído a don Mauricio mencionar el nombre de Salgado? ¿Tal vez años atrás?

Doña Mariana dejó una larga pausa.

—Es posible. No estoy segura.

—¿Es posible que lo mencionara? —presionó Alicia.

—No lo sé. Tal vez sí. Creo que sí.

—¿Y eso habría sido en...?

—Marzo de 1948.

Alicia frunció el ceño, mostrando su extrañeza.

—¿Recuerda la fecha con claridad pero no está segura de si utilizó el nombre de Salgado? —presionó Alicia.

Doña Mariana enrojeció.

—En marzo de 1948, don Mauricio me pidió que organizase una reunión informal con su sucesor en el puesto como director de la prisión de Montjuic, Luis Bolea.

—¿Con qué objeto?

—Entendí que se trataba de una reunión informal, de cortesía.

—¿Y estuvo usted presente en el transcurso de esa reunión, como dice, de cortesía?

—Solo en algún momento. La conversación fue privada.

—Pero tal vez tuvo usted oportunidad de escuchar algún fragmento. Accidentalmente. Entrando y saliendo de la sala... Llevando los cafés... Quizá desde su escritorio a la entrada del despacho de don Mauricio...

—No me gusta lo que insinúa usted, señorita.

—Cuanto pueda decirnos nos ayudará a encontrar al ministro, doña Mariana —intervino Vargas—. Por favor.

La secretaria dudó.

—Don Mauricio preguntó al señor Bolea por algunos de los presos que habían estado bajo su mandato. Quería conocer detalles sobre si todavía estaban internados allí, si habían sido liberados, trasladados o si habían fallecido. No dijo por qué.

—¿Recuerda algunos nombres que se mencionaran?

—Hubo muchos nombres. Y hace muchos años de eso.

—¿Era el de Salgado uno de ellos?

—Sí, creo que sí.

—¿Algún otro nombre?

—El único que recuerdo con claridad es Martín. David Martín.

Alicia y Vargas intercambiaron una mirada. Este tomó nota en su libreta.

—¿Algún nombre más?

—Tal vez un apellido que sonaba francés o extranjero. No lo recuerdo. Ya le digo que han pasado muchos años. ¿Qué importancia puede tener eso ahora?

—No lo sabemos, doña Mariana. Nuestro deber es explorar todas las posibilidades. Volviendo al tema de las cartas... Cuando le mostró la primera, ¿recuerda su reacción? ¿Dijo el ministro algo que le llamara a usted la atención?

La secretaria negó.

—No dijo nada en especial. No pareció darle importancia. La guardó en un cajón y me indicó que si se recibían más cartas como aquella se las entregase a él personalmente.

—¿Sin abrir?

Doña Mariana asintió.

—¿Le pidió don Mauricio que no comentase con nadie la existencia de aquellas cartas?

—No hizo falta. No tengo por costumbre comentar los asuntos de don Mauricio con aquellos a quienes no les incumben.

—¿Acostumbra el ministro a pedirle que guarde secretos, doña Mariana? —preguntó Alicia.

La secretaria de Valls apretó los labios pero no respondió.

—¿Tiene usted alguna pregunta más, capitán? —espetó, dirigiéndose a Vargas con impaciencia.

Alicia hizo caso omiso del intento de fuga de doña Mariana. Se inclinó hacia adelante para colocarse directamente en su línea de visión.

—¿Sabía usted que don Mauricio pensaba solicitar el indulto para Sebastián Salgado al Jefe del Estado? —preguntó Alicia.

La secretaria la miró de arriba abajo, ya sin hacer esfuerzo alguno por disimular la antipatía y hostilidad que le inspiraba Alicia. Doña Mariana buscó la mirada cómplice de Vargas, pero este había pegado los ojos a su libreta de notas.

—Por supuesto que lo sabía.

—¿No le sorprendió?

—¿Por qué habría de sorprenderme?

—¿Le dijo por qué razón había decidido hacerlo?

—Por motivos humanitarios. Había tenido noticia de que Sebastián Salgado estaba muy enfermo y le quedaba poco tiempo de vida. Quiso que no falleciera en prisión, que pudiese visitar a sus allegados y morir en compañía de su familia.

—Según el informe de la policía, Sebastián Salgado no tenía ya familia conocida ni allegados después de haber pasado veinte años en prisión —aventuró Alicia.

—Don Mauricio es un ferviente defensor de la reconciliación nacional y de sanar las heridas del pasado. Tal vez a usted le cueste comprenderlo, pero hay personas que tienen caridad cristiana y generosidad de espíritu.

—Y siendo así, ¿le consta que don Mauricio haya solicitado otros indultos similares a lo largo de los años que usted ha trabajado para él? ¿Tal vez para alguno de los cientos o miles de presos políticos que pasaron por el penal que dirigió durante varios años?

Doña Mariana esgrimió una sonrisa gélida que cortaba como una cuchilla envenenada.

—No.

Alicia y Vargas se miraron brevemente. Este le dio a entender que lo dejara correr, estaba claro que por aquel camino no iban a llegar a lugar alguno. Alicia se inclinó de nuevo hacia adelante y captó una vez más la mirada de doña Mariana a regañadientes.

—Casi acabamos ya, doña Mariana. Gracias por su paciencia. La cita del ministro que mencionaba usted antes, con el comercial de la Editorial Ariadna...

—El señor Cascos.

—El señor Cascos, gracias. ¿Sabe usted a qué asuntos concernía?

Doña Mariana la observó como si quisiera obviar lo absurda que le parecía la pregunta.

—Asuntos de la editorial, como es de suponer.

—Claro. ¿Es habitual que el señor ministro se reúna con empleados de sus negocios particulares en la residencia?

—No entiendo a qué se refiere.

—¿Recuerda usted cuándo fue la última vez que eso sucedió?

—Pues no, la verdad.

—Y la reunión con el señor Cascos, ¿la concertó usted?

Doña Mariana negó.

—Como ya les he dicho, la anotó él mismo en su agenda de su puño y letra.

—¿Es habitual que don Mauricio programe encuentros o reuniones sin su conocimiento? ¿De su «puño y letra»?

La secretaria la miró fríamente.

—No.

—Y, sin embargo, en su declaración a la policía no mencionaba usted este hecho.

—Ya he dicho que no me pareció que tuviera relevancia. El señor Cascos es un empleado y colaborador de don Mauricio. No vi nada inusual en el hecho de que tuvieran previsto reunirse. No era la primera vez.

—¿Ah, no?

—No. Se habían reunido antes en varias ocasiones.

—¿En esta casa?

—Que yo sepa, no.

—¿Fue usted quien programó esas reuniones o el propio don Mauricio?

—No lo recuerdo. Tendría que revisar mis notas. ¿Qué más da una cosa o la otra?

—Disculpe la insistencia, pero ¿le dijo quizá el señor Cascos que el ministro quería hablar con él aquella mañana cuando se presentó a la reunión?

Doña Mariana lo pensó durante unos segundos.

—No. En ese momento la preocupación era localizar al ministro, y no se me ocurrió que los asuntos a despachar con un empleado de nivel medio fueran prioritarios.

—¿Es el señor Cascos un empleado de nivel medio? —preguntó Alicia.

—Sí.

—Para entendernos a modo de referencia, ¿cuál sería su nivel, doña Mariana?

Vargas propinó a Alicia un golpe discreto con el pie. La secretaria se incorporó con un severo gesto de cierre y despedida que daba a entender que la audiencia había terminado.

—Si me disculpan y no hay nada más en lo que pueda ayudarlos —dijo, señalando hacia la puerta en una cortés pero firme invitación a que abandonasen la finca—. Aun en su ausencia, los asuntos de don Mauricio requieren mi atención.

Vargas se incorporó del sofá y asintió, preparado para seguir a doña Mariana rumbo a la salida. Había iniciado ya su trayecto cuando advirtió que Alicia continuaba sentada en el sofá, saboreando la taza de té en la que no había reparado en toda la conversación. Vargas y la secretaria se volvieron hacia ella.

—De hecho, sí hay una última cosa en la que puede ayudarnos, doña Mariana —dijo Alicia.

Siguieron a doña Mariana a través de un laberinto de corredores hasta llegar a la escalinata que ascendía a la torre. La secretaria de Valls abría camino sin mirar atrás y sin pronunciar palabra, dejando a su paso un halo de hostilidad que casi podía palparse en el aire. Las láminas de lluvia que lamían la fachada proyectaban un aura lúgubre a través de los cortinajes y ventanales que creaba la sensación de que Villa Mercedes estaba sumergida bajo las aguas de un lago. Por el camino se cruzaron con un ejército de sirvientes y personal del pequeño imperio de Valls, que a la vista de doña Mariana bajaban la cabeza y, en más de una ocasión, se detenían y se hacían a un lado para rendirse en una especie de reverencia. Vargas y Alicia contemplaron aquel ritual de jerarquías y ceremoniales que se escenificaba entre el elenco de servidores y lacayos del ministro, intercambiando miradas ocasionales de perplejidad.

Al pie de la escalinata de caracol que conducía al despacho de la torre, doña Mariana tomó un farol de aceite que pendía de la pared y ajustó la intensidad de la llama. Ascendieron envueltos en aquella burbuja de luz ámbar que arrastraba sus sombras por los muros. Al llegar a la puerta del despacho, la secretaria se volvió y, por una vez, ignoró a Vargas y clavó sus ojos envenenados en Alicia. Esta le sonrió serenamente y le tendió la mano abierta. Doña Mariana le entregó la llave apretando los labios.

—No toquen nada. Déjenlo todo como lo hayan encontrado. Y cuando hayan terminado devuelvan la llave al mayordomo antes de irse.

—Muchas gracias, doña... —entonó Vargas.

Doña Mariana se volvió sin contestar y se fue escaleras abajo llevándose el farol, abandonándolos en la tiniebla del umbral.

—Mejor no podría haber ido —sentenció Vargas—. A ver lo que tarda la doña en ponerse al teléfono con García Novales y arrancarnos la piel a tiras, sobre todo a usted.

—Menos de un minuto —corroboró Alicia.

—Algo me dice que trabajar con usted va a ser una delicia.

—¿Luz?

Vargas extrajo el mechero y acercó la llama al cerrojo para que Alicia pudiera insertar la llave. Al girar, el pomo de la puerta dejó escapar un quejido metálico.

—Suena como una ratonera —sugirió Vargas.

Alicia le brindó una sonrisa maliciosa a la luz de la llama que Vargas hubiera preferido no ver.

—Abandone toda esperanza aquel que cruce esta puerta... —dijo.

Vargas sopló la llama y empujó la puerta hacia adentro.

# 8

Un halo de claridad grisácea flotaba en el aire. Cielos de plomo y lágrimas de lluvia sellaban los ventanales. Alicia y Vargas se adentraron en lo que se les antojó el camarote de popa de un yate de lujo. El despacho tenía forma oval. Un gran escritorio de madera noble presidía el centro de la sala. A su alrededor, una biblioteca armada en espiral cubría la mayor parte de las paredes y parecía anudarse en un lazo que ascendía hacia una linterna acristalada que apuntalaba la cúspide de la torre. Solo una sección de las paredes estaba limpia de libros, un mural enfrentado al escritorio repleto de pequeños marcos que custodiaban docenas de fotografías. Alicia y Vargas se aproximaron a examinarlo. Todas las imágenes eran de un mismo rostro y trazaban una suerte de biografía fotográfica desde la infancia hasta la adolescencia y la primera juventud. Una muchacha de tez pálida y cabellos claros crecía ante los ojos del observador dejando el rastro de una vida en cien instantáneas.

—Parece que el ministro quiere a alguien todavía más que a sí mismo —dijo Alicia.

Vargas se quedó un instante contemplando la galería de retratos mientras Alicia se aproximaba al escritorio de Valls. Apartó la butaca de almirante para tomar asiento a continuación. Posó las manos sobre la lámina de piel que recubría la mesa y contempló la sala.

—¿Qué tal se ve el mundo desde ahí? —preguntó Vargas.

—Pequeño.

Alicia encendió la lámpara del escritorio. Un brillo cálido de luz en polvo inundó la sala. Abrió el primer cajón del escritorio y encontró una caja de madera labrada en el interior. Vargas se aproximó y se sentó en la esquina de la mesa.

—Si es un humidificador de puros me pido el primer Montecristo —dijo el policía.

Alicia abrió el estuche. Estaba vacío. El interior estaba recubierto con terciopelo azul y mostraba el relieve de lo que parecía un revólver. Vargas se inclinó y acarició el borde de la caja. Olfateó sus dedos antes de asentir.

La joven abrió el segundo cajón. Una colección de estuches apareció nítidamente dispuesta, como si se tratase de una exposición.

—Parecen pequeños ataúdes —dijo Alicia.

—Enséñeme el muerto —la invitó Vargas.

Abrió uno de ellos. Contenía un émbolo lacado en negro y coronado por un capuchón que llevaba la marca de una estrella blanca en la punta. Alicia lo extrajo del estuche y lo sopesó sonriendo. Abrió el capuchón e hizo girar poco a poco uno de los extremos. Un plumín de oro y platino que parecía forjado por una cábala de sabios y orfebres relució en sus manos.

—¿La pluma embrujada de Fantomas? —preguntó Vargas.

—Casi. Esta es la primera estilográfica fabricada por la casa Montblanc —explicó Alicia—. De 1905. Una pieza carísima.

—Y eso ¿cómo lo sabe usted?

—Leandro tiene una igual.

—Pues le pega más a usted.

Alicia devolvió la pluma a su estuche y cerró el cajón.

—Ya lo sé. Leandro me prometió que me la regalaría el día que me retirase.

—¿Y eso será...?

—Pronto.

Se disponía a abrir el tercer y último cajón del escritorio cuando comprobó que estaba cerrado. Alicia miró a Vargas, que hizo un gesto negativo.

—Si quiere la llave baje a pedírsela a su amiga doña Mariana.

—No quisiera molestarla estando tan ocupada como está con «los asuntos de don Mauricio»...

—¿Entonces?

—Creí que en Jefatura les daban cursillos de fuerza bruta.

Vargas suspiró.

—Apártese —ordenó.

El policía se arrodilló frente a la cajonera y extrajo de la chaqueta un mango de marfil que desplegó en una cuchilla serrada de doble filo.

—No se vaya a pensar que es la única que entiende de piezas de coleccionista —dijo Vargas—. Acérqueme el abrecartas.

Alicia se lo tendió y el hombre empezó a forzar el cerrojo con la cuchilla, y el tope entre el cajón y el escritorio, con el abrecartas.

—Algo me dice que no es la primera vez que hace esto —apuntó Alicia.

—Hay quien va al fútbol y hay quien fuerza cerraduras. Alguna afición hay que tener...

La operación llevó algo más de dos minutos. Tras un chasquido metálico, la hoja del abrecartas se hundió en el cajón al ceder el cierre. Vargas extrajo el filo de su navaja de la cerradura. No tenía una sola marca o muesca en la hoja.

—¿Acero templado? —preguntó Alicia.

Vargas plegó la navaja con mano experta apoyando la punta del filo en el suelo y la guardó de vuelta en el bolsillo interior de la chaqueta.

—Algún día me tiene usted que dejar jugar con ese armatoste —dijo Alicia.

—Si se porta bien —replicó Vargas abriendo el cajón.

Ambos miraron en el interior, expectantes. El cajón estaba vacío.

—No me diga que he forzado el escritorio de un ministro para nada.

Ella no respondió. Se arrodilló junto a Vargas y palpó el interior del cajón, golpeando las láminas que lo formaban con los nudillos.

—Roble sólido —dijo el policía—. Ya no se hacen muebles así...

Alicia frunció el ceño, perpleja.

—Aquí no vamos a encontrar nada —aventuró Vargas, incorporándose—. Haríamos mejor yendo a Jefatura a inspeccionar las cartas de Salgado.

Alicia ignoró sus palabras. Siguió palpando el interior del cajón y la base del que quedaba justo encima. Había un margen de dos dedos entre la lámina que cubría el cajón superior y el final de sus paredes laterales.

—Ayúdeme a sacarlo —pidió.

—No contenta con cargarse el cerrojo, ahora quiere desmontar el escritorio entero —murmuró Vargas.

El policía le hizo una señal para que se hiciera a un lado y extrajo el cajón entero.

—¿Lo ve? Nada.

Alicia asió el cajón y le dio la vuelta. Adherido al fondo de la base y sujeto con dos tiras de cinta aislante en cruz encontró lo que parecía un libro. Retiró cuidadosamente las tiras y tomó el volumen. Vargas palpó la cara adhesiva de la cinta.

—Es reciente.

Alicia depositó el libro sobre el escritorio. Se sentó de nuevo en la butaca y lo acercó a la luz. Vargas se arrodilló a su lado y la miró con gesto inquisitivo.

El tomo debía de tener unas doscientas páginas y estaba encuadernado en piel negra. La portada y el lomo no mostraban título alguno. El único rasgo distintivo era una imagen grabada en dorado sobre la cubierta en forma de espiral. La inscripción creaba una suerte de ilusión óptica que hacía que el lector, al sostener el volumen entre las manos, creyese estar viendo una escalera de caracol que descendía hacia las entrañas del libro.

Al abrir había tres páginas en blanco con tres dibujos a plumilla de piezas de ajedrez: un alfil, un peón y una reina. Las piezas mostraban rasgos vagamente humanos. La reina tenía ojos negros y pupilas verticales, como las de un reptil. Alicia pasó la página para encontrar una lámina donde se anunciaba el título de la obra.

## El Laberinto de los Espíritus VII
### Ariadna y el Príncipe Escarlata

### Texto e ilustraciones de Víctor Mataix

Bajo el título se extendía una exquisita ilustración a doble página realizada a plumín negro. La imagen mostraba una ciudad de aire espectral donde los edificios tenían rostro y las nubes se deslizaban como serpientes entre los tejados. Hogueras y piras de humo se alzaban entre las calles y una gran cruz en llamas presidía la ciudad desde lo alto de una montaña. Alicia reconoció en el dibujo la fisonomía de Barcelona. Pero era una Barcelona diferente, una ciudad transformada en un amago de pesadilla vista a través de los ojos de un niño. Siguió pasando hojas y se detuvo en una ilustración en la que se podía ver el templo de la Sagrada Familia. En el dibujo, la estructura parecía haber cobrado vida y la catedral inconclusa se arrastraba como un dragón, las cuatro torres del portal de la Natividad ondulando contra cielos de azufre acabados en cabezas que escupían fuego.

—¿Había visto algo parecido antes? —preguntó Vargas.

Alicia negó despacio. Por espacio de un par de minutos se sumergió en el extraño universo que proyectaban aquellas páginas. Imágenes de un circo ambulante poblado de criaturas que rehuían la luz; de un cementerio infinito que se erguía en un enjambre de mausoleos y ánimas que ascendían al cielo y atravesaban las nubes; de un buque varado a orillas de una playa sembrada por los restos del naufragio y una marea de cadáveres atrapados bajo la superficie. Y reinando en aquella Barcelona fantasmagórica, contemplando las calles arremolinadas a sus pies desde lo alto del cimborrio de la catedral, una silueta enfundada en una túnica que ondeaba al viento, un rostro de ángel con ojos de lobo: el Príncipe Escarlata.

Alicia cerró el libro, embriagada por la extraña y perversa fuerza que las imágenes destilaban. Solo entonces comprendió que lo que sostenía entre las manos era, simplemente, un cuento para niños.

# 9

Cuando descendían por la escalinata de la torre, Vargas la asió con suavidad del brazo y la detuvo.

—Habrá que decirle a doña Mariana que hemos encontrado este libro y que nos lo llevamos.

Alicia clavó la mirada en la mano de Vargas y este la retiró con gesto de disculpa.

—Me ha parecido entender que prefería que no se la molestase más.

—Pues al menos habrá que incluirlo en el sumario...

Alicia le devolvió una mirada impenetrable. Vargas pensó que en la penumbra aquellos ojos verdes brillaban como monedas hundiéndose en un estanque y conferían a su dueña un aire vagamente espectral.

—Quiero decir como prueba —precisó el policía.

—¿De qué?

El tono de Alicia era frío, cortante.

—Lo que encuentra la policía en el curso de una investigación...

—Técnicamente no lo ha encontrado la policía. Lo he encontrado yo. Usted se ha limitado a hacer de cerrajero.

—Oiga...

Alicia se deslizó escaleras abajo, dejándolo con la palabra en la boca. Vargas la siguió a tientas.

—Alicia...

Al llegar al jardín los recibió una llovizna que prendía en la ropa como polvo de cristal. Una de las doncellas les había prestado un paraguas, pero, antes de que Vargas pudiera desplegarlo, Alicia se encaminó al garaje sin esperarle. El policía se apresuró y alcanzó a cubrirla con el paraguas.

—De nada —dijo.

Vargas advirtió que Alicia cojeaba un poco y que apretaba los labios.

—¿Qué le pasa?

—Nada. Es una vieja lesión. La humedad no ayuda. No tiene importancia.

—Si quiere, espere aquí y ya acerco yo el coche —ofreció él.

Una vez más, Alicia no pareció oír sus palabras. Sus ojos se habían perdido en la distancia y escrutaban el espejismo de una estructura velada por la lluvia entre los árboles.

—¿Qué? —preguntó Vargas.

Ella echó a andar, dejándolo con el paraguas en la mano.

—Madre de Dios —murmuró el policía, siguiéndola de nuevo.

Cuando la alcanzó, Alicia se limitó a hacer una seña en dirección a lo que parecía un invernadero sumergido en las profundidades del jardín.

—Había alguien ahí —dijo—. Observándonos.

—¿Quién podría ser?

Alicia se detuvo un instante y dudó.

—Adelántese usted hasta el garaje. Yo voy en un minuto.

—¿Está segura?

Ella asintió.

—Al menos coja el paraguas...

Vargas la contempló partir bajo la lluvia cojeando ligeramente hasta que se evaporó en la neblina, una más entre las sombras del jardín.

## 10

Un sendero de piedra blanquecina se abría a sus pies. Líneas de musgo anidaban entre los resquicios de la roca labrada. Alicia pensó que parecía un camino hecho con lápidas robadas de un cementerio. La senda se adentraba entre los sauces. Las ramas rezumaban gotas de lluvia y la acariciaban al pasar como brazos que quisieran retenerla. Al otro lado se entreveía la estructura de lo que en un principio había tomado por un invernadero pero que, de cerca, se le antojó una suerte de pabellón de aire neoclásico. Los raíles del ferrocarril en miniatura que recorría el perímetro de la finca bordeaban el edificio y había un andén a modo de estación construido justo frente a la entrada principal. Alicia sorteó los raíles y ascendió los peldaños que conducían a la puerta, que estaba entreabierta. El dolor le latía en la cadera y propinaba punzadas que le hacían pensar en un alambre de púas anudado en torno a sus huesos. Se detuvo unos instantes a recobrar el aliento y empujó la puerta hacia adentro; esta cedió con un leve quejido.

Lo primero que pensó fue que se encontraba en una sala de baile abandonada años atrás. Un rastro de huellas se dibujaba a través de la película de polvo que recubría un suelo de madera marcado con dibujos de rombos bajo dos lámparas de cuentas de cristal que pendían como flores de escarcha.

—¿Hola? —llamó.

El eco de su voz viajó a través de la sala sin obtener respuesta. El rastro de unas pisadas se perdía en la penumbra. Más allá se entreveía una vitrina de madera oscura fragmentada en pequeños habitáculos a modo de nichos funerarios que ocupaba toda la pared. Alicia avanzó unos pasos, siguiendo el rastro de huellas a sus pies, pero se detuvo al advertir que algo la observaba. Una mirada de cristal emergió de la sombra enmarcada en un rostro de marfil que sonreía con un gesto de malicia y desafío. La muñeca tenía el cabello rojo y vestía un atuendo de seda negra. Alicia se adelantó un par de metros y advirtió que la muñeca no estaba sola. Cada una de aquellas hornacinas albergaba una criatura ataviada con finas galas. Creyó vislumbrar más de un centenar de figuras, todas sonrientes, todas mirando sin pestañear. Las muñecas tenían el tamaño de un niño e, incluso en la penumbra, se podía apreciar su acabado meticuloso y preciosista, desde el brillo en las uñas o los pequeños dientes blancos asomando tras los labios pintados hasta el iris de sus pupilas.

—¿Quién es usted?

La voz provenía del fondo de la sala. Alicia distinguió una figura sentada en una silla en la esquina.

—Soy Alicia. Alicia Gris. No quería asustarte.

La figura se incorporó y se aproximó muy despacio. Emergió de la sombra hasta el umbral de luz mortecina que se filtraba desde la entrada y Alicia reconoció el rostro de la muchacha que aparecía en el conjunto de retratos del despacho de Valls.

—Tienes una bonita colección de muñecas.

—A casi nadie le gustan. Mi padre dice que parecen vampiros. A la mayoría de la gente le dan miedo.

—Por eso me gustan —dijo Alicia.

Mercedes observó con detenimiento aquella extraña presencia. Por un instante pensó que tenía algo en común con las piezas de su colección, como si una de ellas no hubiera quedado congelada en una infancia de marfil y hubiese crecido para convertirse en una mujer de carne, hueso y sombra. Alicia le sonrió y le tendió la mano.

—Mercedes, ¿verdad?

La muchacha asintió y le estrechó la mano. Algo en su mirada gélida y penetrante la tranquilizaba y le inspiraba confianza. Le calculó algo menos de treinta años, pero al igual que sus muñecas, cuanto más de cerca se la miraba más difícil era determinar qué edad representaba. Tenía el talle afilado y vestía del modo en que secretamente le habría gustado vestir a Mercedes de no tener la certeza de que su padre y doña Irene nunca se lo permitirían. Exhalaba aquel aliento indefinible que la hija de Valls sabía que embrujaba a los hombres y los hacía comportarse como niños, o como viejos, y relamerse a su paso. La había visto llegar en compañía de aquel policía y entrar en la casa. La idea de que alguien de las altas instancias hubiera pensado en aquella criatura como la ideal para encon-

trar a su padre le resultaba tan incomprensible como esperan-
zador.

—Ha venido usted por mi padre, ¿verdad?

Alicia asintió.

—No me hables de usted. No soy mucho mayor que tú.

Mercedes se encogió de hombros.

—Me han educado para que hable de usted a todo el mundo.

—A mí me educaron para que me comportase como una
señorita de buena casa y aquí me tienes.

Mercedes rio levemente, con una punta de pudor. Alicia
pensó que la muchacha tenía poca costumbre de reír y que lo
hacía del mismo modo en que miraba el mundo, como una
niña escondida en el cuerpo de una mujer o una mujer que
hubiera vivido atrapada casi toda su vida en un cuento para
niños poblado de criados y muñecas con las entrañas de vidrio.

—¿Es usted policía?

—Algo así.

—No lo parece.

—Nadie es lo que parece.

Mercedes sopesó aquellas palabras.

—Supongo que no.

—¿Podemos sentarnos? —preguntó Alicia.

—Claro...

Mercedes se apresuró a rescatar un par de sillas del rincón
y las colocó en el rastro de luz que caía de la entrada. Alicia se
sentó con cautela. La muchacha leyó con rapidez la agonía en
su rostro y la ayudó. Alicia le sonrió débilmente con una película de sudor frío en la frente. Mercedes dudó un instante,
pero procedió a secárselo con un pañuelo que llevaba en el
bolsillo. Al hacerlo, pudo apreciar que Alicia tenía la piel tan
fina y pálida que sintió deseos de acariciarla con los dedos. La
idea se le cayó del pensamiento y notó que se ruborizaba sin
saber muy bien por qué.

—¿Está mejor? —quiso saber.

Alicia hizo un gesto afirmativo.

—¿Qué le pasa?

—Es una vieja herida. De cuando era niña. A veces, si llueve o hay mucha humedad, me duele.

—¿Un accidente?

—Algo así.

—Lo siento.

—Cosas que pasan. ¿Te importa si te hago unas cuantas preguntas?

La mirada de la muchacha se llenó de inquietud.

—¿Sobre mi padre?

Alicia asintió.

—¿Va usted a encontrarle?

—Lo voy a intentar.

Mercedes la miró con anhelo.

—La policía no va a poder encontrarle. Va a tener que hacerlo usted.

—¿Por qué dices eso?

La hija de Valls bajó la mirada.

—Porque creo que él no quiere que le encuentren.

—¿Qué te hace pensar eso?

Mercedes siguió cabizbaja.

—No sé...

—Doña Mariana dice que la mañana en que tu padre se fue le dijiste que pensabas que se había marchado para siempre, que no iba a volver...

—Es cierto.

—¿Te dijo tu padre algo aquella noche que te hiciera pensar eso?

—No lo sé.

—¿Hablaste con él la noche del baile?

—Subí a verlo a su despacho. Él no bajó a la fiesta en ningún momento. Estaba con Vicente.

—¿Vicente Carmona, el guardaespaldas?

—Sí. Estaba triste. Raro.

—¿Te dijo por qué?

—No. Mi padre solo me dice lo que cree que quiero oír.

Alicia rio.

—Todos los padres hacen lo mismo.

—¿El suyo también?

Alicia se limitó a sonreír y Mercedes no insistió.

—Recuerdo que estaba mirando un libro cuando entré en su despacho.

—¿Te acuerdas de si era un libro con las tapas negras?

Mercedes adoptó un semblante de sorpresa.

—Creo que sí. Le pregunté qué era y dijo que no era lectura para jovencitas. Me pareció que no quería que lo viera. A lo mejor era un libro prohibido.

—¿Tiene tu padre libros prohibidos?

Alicia asintió, mostrando de nuevo aquella punta de pudor.

—En un armario cerrado de su despacho en el ministerio. Él no sabe que lo sé.

—Pues por mí no se enterará. Dime, ¿te lleva tu padre a menudo a su despacho del ministerio?

Mercedes negó.

—Solo he estado dos veces.

—¿Y en la ciudad?

—¿En Madrid?

—Sí, en Madrid.

—Aquí tengo todo lo que puedo necesitar —dijo con escaso convencimiento.

—A lo mejor alguna vez podemos ir a la ciudad juntas. A pasear. O al cine. ¿Te gusta el cine?

Mercedes se mordió los labios.

—No he ido nunca. Pero me gustaría. Ir con usted, quiero decir.

Alicia le palmeó las manos, ofreciendo su mejor sonrisa.

—Iremos a ver una de Cary Grant.

—No sé quién es.

—Es el hombre perfecto.

—¿Por qué?

—Porque no existe.

Mercedes rio de nuevo con aquella risa encarcelada y triste.

—¿Qué más dijo tu padre esa noche? ¿Te acuerdas?

—No mucho. Dijo que me quería. Y que me querría siempre, pasara lo que pase.

—¿Algo más?

—Estaba nervioso. Me dio las buenas noches y luego se quedó hablando con Vicente.

—¿Pudiste oír algo de lo que decían? —preguntó Alicia.

—No está bien escuchar a través de las puertas...

—Yo siempre he creído que es así como se oyen las mejores conversaciones —aventuró Alicia.

Mercedes sonrió con picardía.

—Mi padre creía que alguien había estado allí. En la fiesta. En su despacho.

—¿Dijo quién?

—No.

—¿Qué más? ¿Algo que te llamara la atención?

—Algo sobre una lista. Dijo que alguien tenía una lista. No sé quién.

—¿Sabes a qué tipo de lista se refería?

—No lo sé. De números, creo. Lo siento. Me gustaría poder ayudarla más, pero es todo lo que llegué a oír...

—Me ayudas mucho, Mercedes.

—¿De verdad?

Alicia asintió y le acarició la mejilla. Nadie había acariciado así a Mercedes desde que su madre quedó confinada en el lecho diez años atrás y los huesos de sus manos acabaron convertidos en anzuelos.

—¿A qué crees que se refería tu padre cuando dijo «pasara lo que pase»?

—No lo sé...

—¿Se lo habías oído decir antes alguna vez?

Mercedes guardó silencio y la miró fijamente.

—¿Mercedes?

—No me gusta hablar de eso.

—¿De qué?

—Mi padre me dijo que nunca hablara de eso con nadie.

Alicia se inclinó hacia ella y le tomó la mano. La muchacha estaba temblando.

—Pero yo no soy nadie. Conmigo sí puedes hablar...

—Si mi padre se enterase de que le había dicho...

—No se va a enterar.

—¿Me lo jura?

—Te lo juro. Y que me muera si miento.

—No diga eso.

—Cuéntame, Mercedes. Lo que me digas quedará entre tú y yo. Tienes mi palabra.

Mercedes la miró con los ojos velados de lágrimas. Alicia le apretó la mano.

—Yo debía de tener siete u ocho años, no lo sé. Fue en Madrid, en el colegio de las Damas Negras. Por la tarde la escolta de mi padre venía a buscarme al acabar las clases. Las niñas esperábamos en el patio de los cipreses a que los padres o los criados acudieran a recogernos. A las cinco y media. La señora venía muchas veces. Siempre se quedaba al otro lado de la verja, mirándome. A veces me sonreía. Yo no sabía quién era. Pero casi todas las tardes estaba allí. Me hacía señas para que me acercase, aunque a mí me daba miedo. Una tarde la escolta se retrasó. Algo había pasado en Madrid, en el centro. Me acuerdo de que los coches se fueron llevando a las otras niñas hasta que me quedé sola, esperando. No sé cómo ocurrió, pero cuando uno de los coches salía, la señora se coló por la verja. Se acercó y se arrodilló frente a mí. Entonces me abrazó y se puso a llorar. A darme besos. Yo me asusté y empecé a gritar. Las monjas salieron. Llegó la escolta y me acuerdo de que dos de los hombres la agarraron de los brazos y se la llevaron a rastras. La señora gritaba y lloraba. Recuerdo que uno de los guardaespaldas de mi padre le dio un puñetazo en la cara. Entonces ella sacó algo que llevaba escondido en el bolso. Era una pistola. Los guardaespaldas se apartaron y ella corrió hacia mí. Tenía la cara llena de sangre. Me abrazó y me dijo que me quería y que no la olvidase jamás.

—¿Qué pasó entonces?

Mercedes tragó saliva.

—Entonces Vicente se acercó y le disparó en la cabeza. La señora cayó a mis pies, en un charco de sangre. Me acuerdo porque una de las monjas me cogió en brazos y me quitó los zapatos, que estaban manchados con la sangre de la señora. Me entregó a uno de los guardaespaldas, el cual me acompañó al coche con Vicente. Este arrancó y nos fuimos a toda prisa, pero pude ver por la ventana cómo dos de los escoltas se llevaban a rastras el cuerpo de la señora...

Mercedes buscó la mirada de Alicia, que la abrazó.

—Aquella noche mi padre me dijo que esa señora era una loca. Que la policía la había detenido varias veces por intentar raptar a niños de las escuelas de Madrid. Me dijo que nunca jamás nadie me haría daño y que ya no tenía de qué preocuparme. Y me dijo que no le contase a nadie lo que había sucedido. Pasara lo que pasase. Nunca volví al colegio. Doña Irene se convirtió en mi tutora y el resto de mi educación lo recibí en esta casa...

Alicia la dejó llorar en sus brazos al tiempo que le acariciaba el pelo. Luego, mientras una calma desesperada descendía sobre la muchacha, oyó la bocina del coche de Vargas en la distancia y se incorporó.

—Ahora me tengo que ir, Mercedes. Pero volveré. Y nos daremos ese paseo por Madrid e iremos al cine. Eso sí, hasta entonces tienes que prometerme que estarás bien.

Mercedes la asió de las manos y asintió.

—¿Encontrará a mi padre?

—Te lo prometo.

La besó en la frente y se alejó cojeando hacia la salida. Mercedes se sentó en el suelo, abrazándose las rodillas y sumergida en las sombras de su mundo de muñecas, roto para siempre.


## 11


El camino de vuelta a Madrid estuvo teñido de lluvia y silencio. Alicia viajaba con los ojos cerrados y la cabeza apoyada en el cristal empañado, la mente a mil kilómetros de allí. Vargas la iba observando de reojo, lanzando pequeños anzuelos aquí y allá para ver si la implicaba en una conversación que rompiera el vacío que los había acompañado desde que habían salido de Villa Mercedes.

—Ha estado usted dura ahí con la secretaria de Valls —aventuró—. Por no decir otra cosa.

—Es una arpía —murmuró Alicia en tono poco amigable.

—Si lo prefiere podemos hablar del tiempo —propuso Vargas.

—Llueve —replicó Alicia—. ¿De qué más quiere hablar?

—Podría contarme lo que ha pasado allí dentro, en la casita del jardín.

—No ha pasado nada.

—Pues ha estado allí media hora. Espero que no le haya estado apretando las tuercas a nadie más. Estaría bien que no nos pusiéramos a todo el mundo en contra el primer día. Digo yo.

Alicia no respondió.

—Mire, esto solo funciona si trabajamos juntos —argumentó Vargas—. Compartiendo información. Porque yo no soy su chófer.

—Entonces a lo mejor no funciona. Puedo ir en taxi, si lo prefiere. Es lo que suelo hacer.

Vargas suspiró.

—No me haga caso, ¿de acuerdo? —replicó Alicia—. No me encuentro muy bien.

Vargas la observó con detenimiento. Ella mantenía los ojos cerrados y se aferraba la cadera en un gesto de agonía.

—¿Quiere que vayamos a una farmacia o algo?

—¿Para qué?

—No sé. No tiene usted muy buen aspecto.

—Gracias.

—¿Le puedo conseguir algo para el dolor?

Alicia negó. Respiraba de forma entrecortada.

—¿Podemos parar un momento? —dijo al fin.

Vargas avistó a un centenar de metros un restaurante de carretera junto a una estación de servicio donde anidaban una docena de camiones. Se salió de la ruta y detuvo el coche frente a la entrada del establecimiento. Bajó del automóvil y lo rodeó para abrirle la puerta. Le ofreció la mano.

—Puedo sola.

Tras dos intentos, Vargas la asió bajo los hombros y la sacó del coche. Recogió el bolso que había dejado en el asiento y se lo colgó del brazo.

—¿Puede andar?

Alicia asintió y se encaminaron hacia la puerta. Vargas la sujetó suavemente del brazo y ella, por una vez, no hizo nada por zafarse. Al entrar en el bar, el policía efectuó un repaso somero del lugar, como tenía por costumbre, localizando entradas, salidas y concurrencia. Un grupo de camioneros estaban departiendo en una mesa vestida con mantelería de papel, vino de la casa y sifones. Algunos se volvieron para echarles un vistazo, pero tan pronto como se encontraron con la mirada de Vargas, enterraron los ojos y el espíritu en los platos de cocido sin rechistar. El camarero, un tipo con aire de mesonero de zarzuela que pasó portando una bandeja repleta de cafés, procedió a ofrecerles, con un gesto, la que debía de ser la mesa de honor del local, separada de la plebe y con vistas a la carretera.

—En un segundo estoy con ustedes —dijo.

Vargas condujo a Alicia hasta la mesa y la acomodó en la silla que daba la espalda a los comensales. Se sentó frente a ella y la miró expectante.

—Me está usted empezando a asustar —dijo.

—No se haga ilusiones.

El camarero regresó raudo, todo sonrisas y prestancia para recibir a tan distinguidos e inesperados visitantes.

—Buenas tardes. ¿Se quedarán a comer los señores? Hoy tenemos un cocido buenísimo que prepara mi señora, pero les podemos hacer lo que quieran ustedes. Un filetito...

—Un poco de agua, por favor —pidió Alicia.

—Ahora mismo.

El camarero corrió a por una botella de agua mineral y regresó también armado de un par de menús en forma de cartón laminado anotado a mano. Sirvió dos vasos de agua e, intuyendo que su presencia, cuanto más breve mejor, se retiró con una reverencia.

—Les dejo la carta por si se la quieren ir mirando.

Vargas murmuró un agradecimiento y vio que Alicia bebía su vaso de agua como si acabara de cruzar el desierto.

—¿Tiene hambre?

Ella cogió el bolso y se incorporó.

—Voy un momento al baño. Pida por mí.

Al cruzar frente a Vargas le apoyó la mano en el hombro y le sonrió de forma débil.

—No se preocupe. Estaré bien...

El policía la vio cojear rumbo al aseo y desaparecer tras la puerta. El camarero la observaba desde la barra, probablemente preguntándose por la naturaleza de la relación de aquel hombre con semejante criatura.

Alicia cerró la puerta del baño y echó el pestillo. El aseo apestaba a Zotal y quedaba enclaustrado entre azulejos descoloridos sembrados de dibujos obscenos y frases poco afortunadas. Una ventana angosta enmarcaba un ventilador entre cuyas aspas se filtraban cuchillas de luz polvorienta. Alicia se acercó al lavamanos y se apoyó. Abrió el grifo y dejó fluir el agua, que hedía a óxido. Abrió el bolso y extrajo un estuche de metal. Lo hizo con manos temblorosas. Tomó la jeringuilla y el frasco de cristal con la tapa de goma. Hundió la aguja en el frasco y llenó el cilindro hasta la mitad. La golpeó con los dedos y presionó el émbolo hasta que una gota espesa y brillante se formó en la punta de la aguja. Se acercó hasta el inodoro, cerró la tapa, se sentó apoyándose contra la pared y con la mano izquierda se levantó el vestido hasta la cadera. Se palpó la cara interna del muslo y respiró hondo. Hundió la aguja a dos dedos de donde acababa la media y vació el contenido. Segundos más tarde sintió el envite. La jeringuilla se le cayó de las manos y la mente se le nubló mientras la sensación de frío se esparcía por sus venas. Se apoyó contra la pared y dejó pasar unos minutos sin pensar en nada más que en aquella serpiente de hielo reptando por su cuerpo. Por un momento creyó perder el sentido. Abrió los ojos a un cuartucho maloliente y lúgubre que no reconocía. Un sonido distante, de alguien golpeando en la puerta, la alertó.

—¿Alicia? ¿Está usted bien?

Era la voz de Vargas.

—Sí —se forzó a decir—. Ahora salgo.

Los pasos del policía tardaron unos segundos en alejarse. Alicia se limpió el reguero de sangre que le caía por el muslo y se bajó el vestido. Recogió la jeringuilla quebrada para guardarla en el estuche. Se lavó la cara en el lavabo y se secó con un retal de papel industrial que colgaba de un clavo en la pared. Antes de salir se enfrentó con su imagen en el espejo. Parecía una de las muñecas de Mercedes. Se pintó los labios y se arregló la ropa. Respiró hondo para disponerse a regresar al mundo de los vivos.

De vuelta a la mesa, se sentó frente a Vargas y le dedicó la más dulce de sus sonrisas. Él sostenía un vaso de cerveza que no parecía haber probado y la observaba con abierta preocupación.

—Le he pedido un filete —dijo al fin—. Poco hecho. Proteínas.

Alicia asintió dando a entender que la elección le parecía inmejorable.

—No sabía qué pedirle, pero se me ha ocurrido que es usted carnívora.

—Carne sanguinolenta es lo único que ingiero —comentó Alicia—. A ser posible de criaturas inocentes.

Él no le rio la gracia. Alicia leyó su reflejo en la mirada de Vargas.

—Puede decirlo.

—¿El qué?

—Lo que está pensando.

—¿Qué estoy pensando?

—Que parezco la novia de Drácula.

Vargas frunció el ceño.

—Es lo que dice siempre Leandro —dijo Alicia en tono amigable—. No me molesta. Estoy acostumbrada.

—No estaba pensando eso.

—Perdone por lo de antes.

—No hay nada que perdonar.

El camarero se aproximó portando dos platos y una mueca complaciente.

—Un filete para la señorita... y el cocido de la casa para el caballero. ¿Alguna cosita más? ¿Un poco más de pan? ¿Un vinito de la cooperativa?

Vargas negó. Alicia echó un vistazo al bistec flanqueado de patatas en su plato y suspiró.

—Si quiere se lo paso un poquito más... —ofreció el camarero.

—Está bien, gracias.

Empezaron a comer en silencio, intercambiando miradas ocasionales y sonrisas conciliadoras. Alicia no tenía apetito, pero hizo un esfuerzo y fingió disfrutar de su filete.

—Está bueno. ¿Y su cocido? ¿Como para casarse con la cocinera?

Vargas dejó reposar la cuchara y se reclinó en la silla. Alicia sabía que le estaba observando las pupilas dilatadas y el semblante somnoliento.

—¿Cuánto se ha metido?

—No es asunto suyo.

—¿Qué clase de herida es esa?

—De las que una señorita bien educada no comenta.

—Si vamos a trabajar juntos necesito saber a qué atenerme.

—No somos novios. Esto va a durar dos días. No hace falta que me presente a su madre.

Vargas no ofreció ni un asomo de sonrisa.

—Es de cuando era niña. Durante los bombardeos, en la guerra. El médico que me reconstruyó la cadera llevaba veinticuatro horas sin dormir e hizo lo que pudo. Creo que aún llevo ahí un par de *souvenirs* de la aviación italiana.

—¿En Barcelona?

Alicia hizo un gesto afirmativo.

—Tuve un compañero del Cuerpo que era de allí y vivió doce años con un trozo de metralla del tamaño de una oliva rellena pegado a la aorta —dijo Vargas.

—¿Murió al fin?

—Atropellado por un repartidor de periódicos enfrente de la estación de Atocha.

—No se puede fiar uno de la prensa. A la que pueden te la meten. ¿Y usted? ¿Dónde pasó la guerra?

—Aquí y allá. La mayor parte en Toledo.

—¿Dentro o fuera del Alcázar?

—¿Qué más da?

—¿Recuerdos?

Vargas se desabrochó la camisa y le mostró una cicatriz circular en el lado derecho del pecho.

—¿Puedo? —preguntó Alicia.

Vargas asintió. Alicia se inclinó y palpó la cicatriz con los dedos. Tras la barra, al camarero se le cayó al suelo el vaso que estaba secando.

—Es una de las buenas —dijo Alicia—. ¿Le duele?

Vargas se abrochó de nuevo la camisa.

—Solo cuando me río. En serio.

—Con este trabajo no debe de ganar usted para aspirinas.

Vargas sonrió al fin. Alicia alzó su vaso de agua.

—Un brindis por nuestras penas.

El policía tomó su vaso y brindaron. Comieron en silencio, Vargas rebañando el plato y Alicia picoteando la carne aquí y allá. Una vez que ella apartó el plato a un lado, él empezó a robarle las patatas restantes, que eran la mayoría.

—Entonces ¿cuál es el plan para esta tarde? —preguntó.

—Había pensado que podría usted acercarse a Jefatura a obtener una copia de las cartas de Salgado y ver si había algo nuevo en ese frente. Y si le daba tiempo, hacerle una visita al tal Cascos en la Editorial Ariadna. Hay algo ahí que no acaba de encajar.

—¿No quiere que vayamos a verlo juntos?

—Tengo otros planes. He pensado hacer una visita a un viejo amigo que a lo mejor nos puede echar una mano. Es mejor que lo vea sola. Es un personaje peculiar.

—Para ser amigo suyo, eso debe de ser un requisito *sine qua non*. ¿La consulta es sobre el libro?

—Sí.

Vargas hizo una seña al camarero para que les llevase la cuenta.

—¿No quiere un café, un postre o algo más?

—En el coche me puede invitar a uno de sus cigarrillos importados —dijo Alicia.

—Esto no será un ardid para librarse de mí a la primera de cambio, ¿verdad?

Alicia negó.

—A las siete nos vemos en el Gijón y «compartimos información».

Vargas la miró con severidad. Ella alzó la mano con solemnidad.

—Lo prometo.

—Más le vale. ¿Dónde la dejo?

—Recoletos. Le queda de camino.

## 12

El año en que Alicia Gris llegó a Madrid, su mentor y titirite-ro, Leandro Montalvo, le enseñó que cualquiera que aspire a conservar su sano juicio necesita de un lugar en el mundo en el que pueda y desee perderse. Ese lugar, el último refugio, es un pequeño anexo del alma al que, cuando el mundo nau-fraga en su absurda comedia, uno siempre puede correr a encerrarse y extraviar la llave. Uno de los hábitos más irritan-tes de Leandro era el de tener siempre la razón. Con el tiem-po, Alicia acabó por rendirse a la evidencia y decidió que quizá había llegado el momento de encontrar su propio re-fugio, porque el absurdo del mundo había dejado de pare-cerle una comedia ocasional para convertirse en una simple rutina. Por una vez el destino quiso darle una buena mano de cartas. Como todos los grandes encuentros, sucedió cuan-do menos lo esperaba.

Un lejano día de su primer otoño en Madrid, cuando un aguacero la sorprendió mientras deambulaba por el paseo de Recoletos, Alicia avistó entre la arboleda un palacio de corte clásico que tomó por un museo y en el que decidió buscar resguardo hasta que pasara el temporal. Empapada hasta los huesos, ascendió la escalinata flanqueada de estatuas regias y no reparó en el nombre que lucía en el dintel. Un individuo de porte flemático y mirada de búho se había asomado a con-templar el espectáculo de la lluvia desde la entrada y la vio llegar. La mirada rapaz se posó en ella como si se tratase de un roedorcillo menor.

—Buenas. ¿Qué exhiben aquí? —improvisó Alicia.

El individuo la absorbió con sus pupilas de lupa, claramente nada impresionado.

—Exhibimos paciencia, señorita, y en ocasiones, asombro ante la osadía de la ignorancia. Esto es la Biblioteca Nacional.

Fuera por compasión o aburrimiento, el caballero de la mirada de lechuza le informó de que había puesto los pies en una de las mayores bibliotecas del orbe, que más de veinticinco millones de volúmenes la esperaban en sus entrañas y que, si había acudido con la intención de utilizar los aseos o leer revistas de moda en la gran sala de lectura, ya podía darse la vuelta y entregarse a la caza de una pulmonía.

—¿Puedo preguntarle a su señoría quién es? —inquirió Alicia.

—Señorías hace muchos años que no he visto a ninguna, pero si se refiere usted a mi humilde persona, bastará con decirle que soy el director de esta casa y que uno de mis pasatiempos predilectos es poner a pardillos e intrusos de patitas en la calle.

—Pero es que yo quisiera hacerme socia.

—Y yo haber escrito *David Copperfield* y aquí me tiene, peinando canas y sin bibliografía notable. ¿Cómo se llama usted, monada?

—Alicia Gris, para servirle a usted y a España.

—El no haber firmado clásicos para la posteridad no me impide apreciar la ironía o la impertinencia. Por España no respondo porque está ya el patio repleto de voceros, pero en lo que a mí concierne no veo de qué podría servirme usted más que para recordarme lo viejo que soy. Sin embargo, no me tengo por un ogro, y si su deseo de hacerse socia es sincero no seré yo quien la mantenga en el analfabetismo estructural. Mi nombre es Bermeo Pumares.

—Es un honor. En sus manos me pongo para recibir la formación que me rescate de la ignorancia y me franquee las puertas de esta Arcadia a su mando.

Bermeo Pumares enarcó las cejas y reconsideró a su oponente.

—Empiezo a tener la vaga impresión de que se rescata usted solita sin necesidad de socorro alguno y que su ignorancia es de menor calado que su atrevimiento, señorita Gris. Soy consciente de que la gula enciclopédica ha acabado por deformar mi discurso hacia lo barroco, pero tampoco hace falta que se mofe usted de un viejo profesor.

—No se me ocurriría en la vida hacer tal cosa.

—Ya. Por su verbo los conoceréis. Alicia, me ha caído usted bien aunque no lo parezca. Pase adentro y vaya al mostrador. Dígale a Puri que Pumares le ha dicho que le haga el carnet.

—¿Cómo puedo agradecérselo?

—Viniendo por aquí y leyendo buenos libros, los que a usted le apetezcan, no los que yo o nadie más le diga que tiene que leer, que seré un tanto redicho pero no un pedante.

—No le quepa duda de que lo haré.

Aquella tarde, Alicia adquirió su carnet de lectora de la Biblioteca Nacional y pasó la que sería la primera de muchas tardes en el gran salón de lectura sacando a bailar a algunos de los tesoros que el cerebro acumulado de siglos de humanidad había conseguido conjurar. Más de una vez levantó la vista de la página para encontrarse con la mirada de búho de don Bermeo Pumares, que gustaba de pasearse a veces por la sala a ver qué leían los asistentes y a echar de malas maneras a quienes entraban a dormitar o a cuchichear, porque, como él decía, para mentes dormidas y tertulias de sandeces ya estaba disponible el mundo exterior entero.

En una ocasión, habiendo dado fe Alicia de su interés y condición de lectora de fondo a lo largo de un año, Bermeo Pumares la invitó a seguirle a la trastienda del gran palacio y le abrió las puertas de una sección cerrada al público. Allí, explicó, reposaban las piezas más valiosas de la biblioteca y solo podían acceder a ella quienes tenían la distinción de obtener un carnet especial que se concedía a ciertos académicos y estudiosos para que pudieran investigar.

—Nunca me ha dicho usted a qué se dedica en su faceta

terrenal, pero me da en la nariz que algo de investigadora tiene usted, y no hablo de inventar ni derivados de la penicilina ni de desempolvar versos perdidos del Arcipreste de Hita.

—No va usted del todo desencaminado.

—Yo no me he desencaminado en la vida. El problema en este querido país nuestro son los caminos, no el caminante.

—En mi caso, los caminos no son del Señor sino de lo que su eminencia llamaría el aparato de seguridad del Estado.

Bermeo Pumares asintió despacio.

—Es usted una caja de sorpresas, Alicia. De esas que uno mejor no abre, no vaya a ser que descubra la sorpresa que esconden.

—Sabia decisión.

Pumares le tendió un carnet con su nombre.

—En cualquier caso, quería asegurarme antes de irme de que tuviese usted también el carnet de investigadora para que, si le da por ahí algún día, pueda acceder a este lugar a voluntad.

—¿Antes de irse?

Pumares adoptó un semblante de circunstancias.

—El secretario del ministro don Mauricio Valls ha tenido a bien poner en mi conocimiento que he sido cesado del cargo con efecto retroactivo y que mi último día al frente de esta institución fue ayer miércoles. Por lo visto, la decisión del señor ministro responde a diversos factores, entre los que destacan, por un lado, el aparentemente escuálido fervor demostrado por mi persona hacia los sacrosantos principios del Movimiento, sean estos cuales fueren, y por otro, el interés formulado por el cuñado de algún prohombre de la patria en asumir la dirección de la Biblioteca Nacional, ya que algún botarate debe de creer que la sonoridad del cargo viste casi tanto en determinados círculos como una invitación al palco presidencial del Real Madrid.

—Lo siento mucho, don Bermeo. De verdad.

—No lo sienta. Rara vez en la historia de este país se ha encontrado al frente de una institución cultural a alguien cualificado, o al menos no incompetente sin remedio. Se aplican estrictos controles y hay numeroso personal especializado para impedir que eso suceda. La meritocracia y el clima mediterráneo son incompatibles por necesidad. Es el precio que pagamos por tener el mejor aceite de oliva del mundo, imagino. Que un bibliotecario experimentado llegara a dirigir la Biblioteca Nacional de España, aunque solo fuese durante catorce meses, ha sido un accidente no premeditado al que las mentes preclaras que rigen nuestros destinos han puesto remedio, más cuando hay un sinfín de amiguetes y parientes con que cubrir el puesto. Solo puedo decir que la echaré de menos, Alicia. A usted, a sus misterios y a sus pullas.

—Lo mismo digo.

—Me regreso a mi hermoso Toledo, o lo que hayan dejado de él, con la esperanza de poder alquilar una estancia en algún tranquilo cigarral en una colina con vistas a la ciudad donde pasar el resto de mi marchita existencia orinando a orillas del Tajo y releyendo a Cervantes y a todos sus enemigos, la mayoría de los cuales vivieron no muy lejos de este lugar y no consiguieron cambiar ni un ápice la deriva de este barco, pese a todo el oro y el verso de su siglo.

—¿Y no podría serle yo de ayuda? Lo mío no es el verso, pero le sorprendería la facilidad de recursos estilísticos que tengo para agitar lo inagitable.

Pumares la miró largamente.

—No me sorprendería; me daría miedo, y yo solo me atrevo con los necios. Además, aunque no se dé cuenta ya me ha ayudado usted suficiente. Buena suerte, Alicia.

—Buena suerte, maestro.

Bermeo Pumares sonrió, una sonrisa amplia y abierta. Era la primera y última vez que Alicia le vio hacerlo. Le estrechó la mano con fuerza y bajó la voz.

—Dígame una cosa, Alicia. Por curiosidad, amén de su devoción por el Parnaso, el saber y todas esas causas ejemplares, ¿qué es lo que realmente la trae a este lugar?

Ella se encogió de hombros.

—Un recuerdo —respondió.

El bibliotecario enarcó las cejas, curioso.

—Un recuerdo de la infancia. Algo que soñé en una ocasión en que estuve a punto de morir. Hace mucho tiempo de eso. Una catedral hecha de libros...

—¿Y dónde fue eso?

—En Barcelona. Durante la guerra.

El bibliotecario asintió lentamente, sonriendo para sí.

—¿Y dice que lo soñó? ¿Está segura?

—Casi segura.

—Las certezas reconfortan, pero solo se aprende dudando. Una cosa más. Llegará el día en que precise usted hurgar donde no debe y revolver el fondo de algún turbio estanque. Lo sé porque no es usted ni la primera ni la última que pasa por aquí con la misma sombra en los ojos. Y cuando llegue ese día, que llegará, sepa que esta casa oculta mucho más de lo que parece y que gentes como yo vamos y venimos, pero hay alguien aquí que tal vez podría serle alguna vez de utilidad.

Pumares señaló una puerta negra al fondo de la vasta galería de arcos y estanterías pobladas de libros.

—Tras esa puerta se encuentra la escalera que desciende a los sótanos de la Biblioteca Nacional. Pisos y pisos de corredores infinitos con millones de libros, muchos de ellos incunables. Solo durante la guerra se añadieron medio millón de volúmenes a la colección para salvarlos de la quema. Pero eso no es lo único que hay ahí abajo. Supongo que no ha oído hablar usted nunca de la leyenda del vampiro del palacio de Recoletos.

—No.

—Pero reconozca que le intriga la idea, al menos por lo folletinesco del enunciado.

—No lo niego. Pero ¿habla usted en serio?

Pumares le guiñó el ojo.

—Ya le dije en su día que, pese a las apariencias, sé apreciar la ironía. La dejo con ese pensamiento para que lo madure. Y espero que nunca deje usted de venir a este lugar, o a alguno parecido.

—Lo haré a su salud.

—Mejor a la del mundo, que está en horas bajas. Cuídese mucho, Alicia. Que encuentre usted el camino que a mí se me escapó.

Y fue así, sin mediar más palabra, como don Bermeo Pumares cruzó por última vez la galería de los investigadores y luego la gran sala de lectura de la Biblioteca Nacional y prosiguió hasta rebasar las puertas sin volver nunca la vista atrás hasta que atravesó el umbral del paseo de Recoletos y echó a andar rumbo al olvido, una gota más en la infinita marea de vidas naufragadas en el gris de aquella España de los tiempos.

Y fue así también como, meses más tarde, y llegado el día en que la curiosidad pudo más que la prudencia, Alicia decidió cruzar aquella puerta negra y sumergirse en las tinieblas de los sótanos que se ocultan bajo la Biblioteca Nacional para desentrañar sus secretos.

# 13

Una leyenda es una mentira pergeñada para explicar una verdad universal. Los lugares donde la mentira y el espejismo envenenan la tierra son particularmente fértiles para su cultivo. La primera vez que Alicia Gris se perdió por los tenebrosos corredores de los sótanos de la Biblioteca Nacional en busca del supuesto vampiro y su leyenda, no encontró más que una ciudad subterránea poblada por centenares de miles de libros que esperaban en silencio entre telarañas y ecos.

Pocas son las ocasiones en que la vida le permite a uno pasearse por sus propios sueños y acariciar un recuerdo perdido con las manos. En más de una ocasión, mientras recorría aquel lugar, se detuvo en la penumbra esperando oír de nuevo el estallido de las bombas y el rugido metálico de los aviones. Tras un par de horas deambulando piso tras piso, no se tropezó con más almas que las de un par de pequeños gusanos *gourmets* del papel que recorrían el lomo de un compendio de poemas de Schiller en busca de merienda. En su segunda incursión, pertrechada esta vez de una linterna que había comprado en una ferretería de Callao, no se encontró siquiera con sus colegas los gusanos, pero después de hora y media de exploración descubrió en la salida una nota clavada con un alfiler que decía así:

> *Bonita linterna.*
> *¿Nunca se cambia usted de chaqueta?*
> *En este país eso es casi una extravagancia.*
> *Suyo afectísimo,*
> *Virgilio*

Al día siguiente, Alicia pasó de nuevo por la ferretería para comprar otra linterna idéntica a la suya y un paquete de pilas. Luciendo la misma y castigada chaqueta, se adentró hasta lo más profundo del último piso y tomó asiento junto a una colección de novelas de las hermanas Brontë, sus predilectas desde los años del Patronato Ribas. Allí sacó el pepito de lomo adobado y la cerveza que le habían preparado en el Café Gijón y se puso a comer. Luego, con el estómago lleno, dio una cabezadita.

La despertaron unos pasos en la sombra, leves, como plumas arrastrándose por el polvo. Abrió los ojos y vislumbró las agujas de luz ámbar que se filtraban entre los libros desde el otro lado del corredor. La burbuja de luz se desplazaba lentamente, como una medusa. Alicia se incorporó y se limpió las migas de pan de las solapas. Segundos más tarde, la silueta dobló la esquina del pasillo y siguió avanzando en dirección a ella, ahora más deprisa. Lo primero en que Alicia reparó fue en los ojos, azules y criados en la tiniebla. La piel era pálida

186

como las páginas de un libro por estrenar y el cabello lacio y peinado hacia atrás.

—Le he traído una linterna —le dijo Alicia—. Y pilas.

—Todo un detalle.

La voz era ronca y extrañamente aguda.

—Mi nombre es Alicia Gris. Intuyo que usted es Virgilio.

—El mismo.

—Es una simple formalidad, pero tengo que preguntarle si es usted un vampiro.

Virgilio sonrió extrañado. Gris pensó que cuando lo hacía parecía una anguila morena.

—Si lo fuera, ya habría muerto por culpa del olor a ajo que desprende el bocadillo que se ha ventilado usted.

—Luego no bebe usted sangre humana.

—Prefiero el TriNaranjus. ¿Estas preguntas se las inventa usted o las trae escritas?

—Me temo que he sido objeto de una broma pesada —dijo Alicia.

—¿Y quién no? Esa es la esencia de la vida. Dígame, ¿qué se le ofrece?

—El señor Bermeo Pumares me habló de usted.

—Ya me lo imaginaba. Humor escolástico.

—Me comentó que tal vez usted podría ayudarme llegado el momento.

—¿Y ha llegado?

—No estoy segura.

—Entonces es que no ha llegado. ¿Puedo ver esa linterna?

—Suya es.

Virgilio aceptó el obsequio y lo inspeccionó.

—¿Cuántos años hace que trabaja usted aquí? —quiso saber Alicia.

—Unos treinta y cinco. Empecé con mi padre.

—¿Su padre también moraba en estas profundidades?

—Creo que nos confunde usted con una familia de crustáceos.

—¿Es así como empezó la leyenda del bibliotecario vampiro?

Virgilio rio con ganas. Tenía risa de papel de lija.

—Nunca ha habido tal leyenda —declaró.

—¿Se la inventó el señor Pumares para tomarme el pelo?

—Técnicamente no se la inventó él. La sacó de una novela de Julián Carax.

—Nunca he oído hablar de él.

—Como casi nadie. Lástima. Es entretenidísima. Va de un asesino diabólico que vive oculto en los sótanos de la Biblioteca Nacional de París y utiliza la sangre de sus víctimas para escribir un libro demoníaco con el que confía poder conjurar al mismísimo Satanás. Una delicia. Si consigo encontrarla se la presto. Dígame, ¿es usted policía o algo así?

—Más bien algo así.


Durante aquel año, entre los trapicheos y los trabajos sucios que le encargaba Leandro, Alicia buscó y halló la oportunidad de visitar a Virgilio en su dominio subterráneo siempre que podía. Con el tiempo el bibliotecario se convirtió en su único amigo de verdad en la ciudad. Virgilio siempre tenía preparados libros para prestárselos y siempre acertaba.

—Oiga, Alicia, no me malinterprete, pero alguna noche de estas ¿le apetecería ir al cine conmigo?

—Siempre y cuando no sea a ver una de santos o vidas ejemplares.

—Que el espíritu inmortal de don Miguel de Cervantes me fulmine ahora mismo si algún día se me ocurre sugerirle a usted que vayamos a ver alguna epopeya sobre el triunfo del espíritu humano.

—Amén —sentenció ella.

A veces, cuando Alicia no tenía ninguna asignación, se acercaban juntos a algún cine de la Gran Vía a ver la última sesión. A Virgilio le encantaban el technicolor y los relatos bíblicos y de romanos, porque así podía ver el sol y deleitarse sin reparo con los torsos musculados de los gladiadores. Una noche, cuando la acompañaba de vuelta al Hispania al salir de *Quo Vadis*, el bibliotecario se la quedó mirando en el momento en que ella se detuvo frente al escaparate de una librería de la Gran Vía.

—Alicia, si fuese usted un muchachito pediría su mano en ilícito concubinato.

La joven le ofreció la mano, que Virgilio besó.

—Qué cosas tan bonitas dice, Virgilio.

El hombre sonrió, toda la tristeza del mundo en la mirada.

—Es lo que tiene el estar bien leído, que uno ya se sabe todos los versos y los trucos del destino.

Algún sábado por la tarde Alicia compraba unos cuantos TriNaranjus y se acercaba a la biblioteca para escuchar las historias de Virgilio sobre oscuros autores de los que nunca nadie había oído hablar y cuyas biografías malditas permanecían selladas en la cripta bibliográfica del último sótano.

—Alicia, ya sé que no es asunto mío, pero eso suyo de la cadera... ¿Qué pasó?

—La guerra.

—Cuénteme.

—No me gusta hablar de eso.

—Ya me lo imagino. Por eso mismo. Cuénteme. Le irá bien.

Alicia nunca le había desvelado a nadie la historia de cómo un desconocido le salvó la vida la noche en que la aviación de Mussolini, reclutada al servicio del ejército nacional, había bombardeado la ciudad de Barcelona sin piedad. Le sorprendió escucharse a sí misma y comprobar que no había olvidado nada y que todavía podía percibir en el aire el olor a azufre y a carne quemada.

—¿Y nunca supo usted quién era aquel hombre?

—Un amigo de mis padres. Alguien que los quería de verdad.

No se dio cuenta hasta que Virgilio le tendió un pañuelo de que estaba llorando y que por mucho que sintiera vergüenza y rabia no podía dejar de hacerlo.

—Nunca la había visto llorar.

—Ni usted ni nadie. Y que no se repita.

Aquella tarde, después de visitar Villa Mercedes y enviar a Vargas a husmear por Jefatura, Alicia se acercó de nuevo a la Biblioteca Nacional. Como ya la conocían no tuvo ni que mostrar el carnet. Cruzó la sala de lectura y se dirigió al ala reservada a los investigadores. Un nutrido número de académicos soñaban despiertos sobre los escritorios cuando Alicia pasó discretamente y se dirigió a la puerta negra del fondo de la galería. Con los años había aprendido a descifrar los hábitos de Virgilio y calculó que siendo primera hora de la tarde con toda probabilidad estaría ordenando los incunables consultados por los estudiosos aquella mañana en el tercer nivel. Allí le encontró, pertrechado con la linterna que le había regalado y silbando una melodía de la radio al tiempo que meneaba, vagamente, su pálido esqueleto. La imagen se le antojó irrepetible y merecedora de su propia leyenda.

—Me fascina su ritmo tropical, Virgilio.

—El ritmo del clave cala hondo. ¿La han soltado muy pronto hoy o es que me he confundido de día?

—Vengo en visita semioficial.

—No me diga que estoy detenido.

—No, pero su sabiduría está secuestrada de manera temporal y al servicio del interés nacional.

—Siendo así, usted dirá lo que se le ofrece.

—Me gustaría que echara un vistazo a algo.

Alicia extrajo el libro que había encontrado oculto en el escritorio de Valls y se lo tendió. Virgilio lo tomó en sus manos y encendió la linterna. Tan pronto como vio el grabado de la escalera de caracol en la portada, contempló a Alicia fijamente.

—Pero ¿tiene usted la más remota idea de lo que es esto?

—Confiaba en que me lo pudiera aclarar usted.

Virgilio miró por encima del hombro, como si temiese que

hubiera alguien más en el corredor, y le hizo una seña con la cabeza.

—Mejor vayamos a mi oficina.

La oficina de Virgilio era un cubículo angosto encajado al fondo de uno de los corredores del nivel más profundo. La estancia parecía haber brotado de las paredes a consecuencia de la presión de millones y millones de libros apilados piso a piso. Formaba una suerte de cabina tramada de volúmenes, carpesanos y todo tipo de objetos peculiares, desde vasos con pinceles y agujas de coser hasta lentes, lupas y tubos de pigmentos. Alicia supuso que allí era donde Virgilio llevaba a cabo alguna que otra cirugía de emergencia para salvar y restaurar ejemplares exánimes. La pieza clave de la instalación era una pequeña nevera. Virgilio la abrió y Alicia pudo ver que estaba repleta de botellas de TriNaranjus. Su amigo sirvió un par y, armándose con sus gafas de lupa, colocó el libro sobre una lámina de terciopelo rojo y se enfundó las manos en finos guantes de seda.

—Deduzco de todo este ceremonial que se lleva que la pieza es una rareza...

—Shhh —la silenció Virgilio.

Por espacio de varios minutos, Alicia observó cómo el bibliotecario examinaba fascinado el libro de Víctor Mataix, relamiéndose con cada página, acariciando cada ilustración y saboreando cada grabado como si se tratase de un manjar diabólico.

—Virgilio, me está poniendo nerviosa. Diga algo de una puñetera vez.

El hombre se volvió, sus pupilas azul hielo ampliadas bajo la lupa de aquellas lentes de relojero.

—Supongo que no puede decirme de dónde lo ha sacado —empezó.

—Supone bien.

—Esto es una pieza de coleccionista. Si quiere le digo a quién se lo podría colocar a un muy buen precio, aunque hay que andarse con ojo porque este es un libro prohibido, no solo por el Gobierno sino también por la Santa Madre Iglesia.

—Este y centenares más. ¿Qué me puede decir de él que no me pueda imaginar?

Virgilio se quitó las gafas de aumento y se bebió medio TriNaranjus de un trago.

—Perdón, me he emocionado —confesó—. Hacía por lo menos veinte años que no veía uno de estos caramelos...

Virgilio se recostó en su butacón perforado. Le brillaban los ojos y Alicia supo que el día profetizado por Bermeo Pumares había llegado.

## 14

—Hasta donde yo sé —relataba Virgilio—, entre los años 1931 y 1938 se publicaron en Barcelona ocho libros de la serie *El Laberinto de los Espíritus*. De su autor, Víctor Mataix, no le puedo decir mucho. Sé que trabajaba de manera ocasional como ilustrador de libros infantiles, que había publicado algunas novelas con seudónimo en una editorial de tres al cuarto ya desaparecida llamada Barrido y Escobillas y que se rumoreaba que era el hijo ilegítimo de un indiano e industrial barcelonés que había renegado de él y de su madre, una actriz relativamente popular en su día en los teatros del Paralelo. Mataix había trabajado también como diseñador de escenografías y haciendo catálogos para un fabricante de juguetes de Igualada. En 1931 publicó la primera entrega de *El Laberinto de los Espíritus*, titulado *Ariadna y la Catedral Sumergida*. Ediciones Orbe lo publicó, si no me equivoco.

—¿Tiene algún sentido para usted la expresión «la entrada del laberinto»?

Virgilio ladeó la cabeza.

—Bueno, en este caso el laberinto es la ciudad.

—Barcelona.

—La otra Barcelona. La de los libros.

—Una especie de infierno.

—Lo que sea.

—¿Y cuál es la entrada?

Virgilio se encogió de hombros, pensativo.

—Una ciudad tiene muchas entradas. No lo sé. ¿Puedo pensarlo?

Alicia asintió.

—¿Y la tal Ariadna? ¿Quién es?

—Léase el libro. Vale la pena.

—Deme un avance.

—Ariadna es una niña, la protagonista de todas las novelas de la serie. Ariadna era el nombre de la hija mayor de Mataix, para la que supuestamente escribió los libros. El personaje es un reflejo de su hija. Mataix se inspiró también en parte en los libros de *Alicia en el País de las Maravillas,* que eran los favoritos de su hija. ¿No le parece fascinante?

—¿No ve cómo tiemblo de emoción?

—Cuando se pone usted así no hay quien la aguante.

—Usted me aguanta, Virgilio, y por eso le quiero tanto. Cuénteme más.

—Qué cruz la mía. Célibe y sin más esperanza que la Carmilla de LeFanu.

—El libro, Virgilio, el libro...

—Pues el caso es que Ariadna era su Alicia, y en vez de un País de las Maravillas Mataix inventó una Barcelona de los horrores, infernal, de pesadilla. Con cada libro, el escenario, que era tan o más protagonista que Ariadna y los extravagantes personajes que se va encontrando a lo largo de sus aventuras, de forma progresiva se hace más siniestro. En el último volumen conocido, publicado ya en plena guerra civil y titulado algo así como *Ariadna y las Máquinas del Averno,* la trama habla de cómo la ciudad asediada al final es invadida por el ejército enemigo y la carnicería resultante hace que la caída de Constantinopla parezca una comedia del Gordo y el Flaco.

—¿Dice último volumen conocido?

—Hay quien cree que cuando desapareció tras la guerra, Mataix estaba concluyendo el noveno y último libro de la serie. De hecho, hace muchos años se pagaba entre coleccionistas bien informados un buen precio a cualquiera que consiguiera ese manuscrito, pero que yo sepa no se ha encontrado nunca.

—¿Y cómo desapareció Mataix?

Virgilio se encogió de hombros.

—¿Barcelona después de la guerra? ¿Qué mejor sitio para desaparecer?

—¿Y sería posible encontrar más libros de la serie?

Virgilio apuró el resto de su TriNaranjus negando lentamente.

—Lo veo muy difícil. Hace unos diez o doce años oí que alguien había descubierto dos o tres ejemplares de *El Laberinto* en el fondo de una caja en el sótano de la librería Cervantes de Sevilla, y que se pagaron muy muy bien. Hoy por hoy, le diría que la única posibilidad de encontrar algo así es bien en la librería de anticuario Costa en Vic o bien en Barcelona. Gustavo Barceló, a lo mejor, y tal vez con mucha suerte Sempere, pero no me haría ilusiones.

—¿Sempere e hijos?

Virgilio la miró sorprendido.

—¿La conoce?

—De oídas —replicó Alicia.

—Yo probaría primero con Barceló, que es quien trabaja más piezas únicas y tiene contacto con coleccionistas de altura. Y si Costa lo tiene, Barceló lo sabrá.

—¿Y estaría el tal señor Barceló dispuesto a hablar conmigo?

—Tengo entendido que está medio retirado, pero siempre encuentra tiempo para una señorita de buena presencia. Ya me entiende.

—Me pondré guapa.

—Lástima no estar allí para verlo. No va a contarme de qué va todo esto, ¿verdad?

—Todavía no lo sé, Virgilio.

—¿Le puedo pedir un favor?

—Por supuesto.

—Cuando esta historia que se lleva entre manos acabe, si es que acaba y sale usted de una pieza y todavía conserva este libro, tráigamelo. Me gustaría pasar unas horas a solas con él.

—¿Y por qué no iba a salir entera?

—Quién sabe. Si algo tienen los libros de *El Laberinto* de Mataix es que todo aquel que los toca acaba mal.

—¿Otra leyenda de las suyas?

—No. Esta es de las de verdad.


A finales del siglo XIX, una isla en forma de café literario y de salón de aparecidos se desprendió del mundo. Desde entonces vaga congelada en el tiempo a merced de las corrientes de la historia por los grandes paseos del Madrid imaginario, donde suele encontrársela varada y luciendo la bandera del Café Gijón, a pocos pasos del palacio de la Biblioteca Nacional. Allí espera, dispuesta a salvar del naufragio a quien llega a ella sediento de espíritu o de paladar, como si fuese un gran reloj de arena a la deriva, donde por el precio de un café el más pintado puede mirarse en el espejo de la memoria y creer, por un instante, que vivirá para siempre.

Caía el atardecer cuando Alicia cruzó el paseo rumbo a las puertas del Gijón. Vargas aguardaba apostado en una mesa junto a la ventana saboreando uno de sus cigarrillos importados y contemplando a los transeúntes con ojos de policía. Al verla entrar, levantó la mirada y le hizo una seña. Alicia tomó asiento y cazó al vuelo a un camarero que pasaba para pedir un café con leche con el que sacudirse el frío que le había calado en los sótanos de la biblioteca.

—¿Hace mucho que me espera? —preguntó Alicia.

—Toda la vida —replicó Vargas—. ¿Tarde provechosa?

—Según se mire. ¿Y usted?

—No me puedo quejar. Después de dejarla me he acercado a la editorial de Valls a hacerle una visita al tal Pablo Cascos Buendía. Tenía usted razón. Algo ahí no acaba de encajar.

—¿Y entonces?

—Cascos en sí ha resultado ser poco más que un pardillo. Eso sí, con muchos aires.

—Cuanto más bobos, más gallardos —dijo Alicia.

—Primero el amigo Cascos me ha ofrecido el *tour* de lujo por las oficinas y luego ha glosado la figura y vida ejemplar de don Mauricio como si su vida dependiese de ello.

—Probablemente no anda errado. Personajes como Valls suelen arrastrar una corte interminable de paniaguados y lameculos.

—Allí desde luego no faltaban ni los unos ni los otros. A Cascos, con todo, le he visto inquieto. Algo se olía y no paraba de hacer preguntas.

—¿Ha dicho por qué le convocó Valls a su residencia?

—Le he tenido que apretar bastante las tuercas porque al principio no quería soltar prenda.

—Y luego dice usted de mí.

—Con los niñatos y los trepas tengo mano de santo, para qué mentir.

—Cuente.

—Deje que consulte la libreta porque la cosa tiene su miga —prosiguió Vargas—. Aquí lo tengo. Atención. Resulta que don Pablito fue, en sus años más mozos, prometido de una damisela llamada Beatriz Aguilar. Esta Beatriz le dejó plantado cuando el pobre estaba haciendo milicias para acabar casándose, como quien dice camino de la maternidad, con un tal Daniel Sempere, hijo del propietario de una librería de lance de Barcelona llamada Sempere e hijos, la favorita de Sebastián Salgado, que la visitó en varias ocasiones tan pronto como salió de la cárcel, seguramente para ponerse al día de las novedades literarias de los últimos veinte años. Si se acuerda usted del informe que viene en el dosier, dos empleados de dicha librería, uno de ellos Daniel Sempere, habían seguido a Salgado desde la librería hasta la Estación del Norte el día que murió.

La mirada de Alicia desprendía electricidad.

—Siga, por favor.

—Regresando a nuestro hombre, Cascos. El caso es que nuestro héroe despechado, Cascos Buendía, alférez y cornudo, perdió el contacto con su *paramour*, la deliciosa Beatriz, que Pablito jura que era y es una belleza que en un mundo justo habría acabado con él y no con un pelagatos como Daniel Sempere.

—No se hizo la miel para la boca del burro —sugirió Alicia.

—Sin conocerla, y después de media hora con Cascos, me alegré por doña Beatriz. Hasta ahí los antecedentes. Saltamos en el tiempo, hasta mediados de 1957, cuando tras llevar paseando su currículum y recomendaciones familiares por las empresas de media España, Pablo Cascos recibe una llamada inesperada de la Editorial Ariadna, fundada por don Mauricio Valls en el año 1947, de la que sigue siendo accionista mayoritario y presidente a día de hoy. Le convocan a una entrevista y allí le hacen una oferta para incorporarse al departamento comercial como representante para Aragón, Cataluña y Baleares. Buen sueldo, posibilidades de ascenso. Pablo Cascos acepta encantado y empieza a trabajar. Pasan los meses, y un día, sin que venga a cuento, aparece don Mauricio Valls en su despacho y le dice que le quiere invitar a comer en Horcher.

—Vaya. Altos vuelos.

—A Cascos ya le parece raro que el presidente de la editorial y personaje más celebrado de la cultura española invite a comer a un empleado de nivel medio, como diría doña Mariana, al que nunca había conocido en persona y le lleve al restaurante insignia del Fascio glorioso, en cuyo sótano posiblemente tienen enterrada a la momia del Duce. Entre aperitivos,

Valls le hace una glosa de lo bien que le han hablado de Cascos y de su labor en el departamento comercial.

—¿Y Cascos se lo traga?

—No. Es un cretino, pero a tan tonto no llega. Se huele que hay algo raro y empieza a preguntarse si la oferta de trabajo que aceptó era lo que imaginaba. Valls sigue el teatro hasta los cafés. Entonces, cuando los dos son ya grandes amigos y el ministro le ha pintado un futuro dorado en la empresa y le ha dicho que está pensando en él como director comercial de la editorial, salta la liebre.

—Un pequeño favor.

—Exacto. Valls se descuelga con su amor por las librerías de siempre, puntal y santuario del milagro de la literatura, particularmente la de los Sempere, a la que tiene un cariño especial.

—¿Dice Valls de dónde sale este cariño?

—No especifica. Donde es más concreto es en su interés por la familia Sempere, y en especial por un antiguo amigo de la fallecida esposa del propietario y madre de Daniel, Isabella.

—¿Había conocido Valls a esta Isabella Sempere?

—A entender de Cascos no solo a Isabella sino también a un buen amigo de ella. ¿A que no sabe quién? Un tal David Martín.

—Bingo.

—Curioso, ¿verdad? El misterioso nombre recordado, *in extremis*, por doña Mariana en aquella lejana conversación del ministro con su sucesor al frente de la prisión de Montjuic.

—Siga.

—El caso es que Valls le concretó entonces su petición. El ministro estaría eternamente agradecido si Cascos pudiera, tirando de su encanto, ingenio y antigua devoción por Beatriz, contactar de nuevo con ella y, digamos, rehacer los puentes quemados.

—¿Seducirla?

—Por así decirlo.

—¿Para qué?

—Para averiguar si el tal David Martín seguía vivo y había establecido contacto con la familia Sempere en algún momento de todos aquellos años.

—¿Y por qué no se lo preguntaba Valls directamente a los Sempere?

—De nuevo, eso mismo le planteó Cascos.

—¿Y el ministro respondió...?

—Que se trataba de un tema delicado, de índole personal, y que por motivos que no venían al caso prefería primero sondear las aguas para saber si había fundamento en su sospecha de que el tal Martín andaba entre bambalinas.

—¿Y qué pasó?

—Pues que Cascos, ni corto ni perezoso, empezó a escribir cartas con prosa florida a su antigua amada.

—¿Y obtuvo contestación?

—Ah, picarona, cómo le van las intrigas de alcoba...

—Vargas, céntrese.

—Disculpe. A lo que iba. Al principio, no. Beatriz, madre y esposa reciente, ignora los avances de ese don Juan de pacotilla. Pero Cascos no se rinde y empieza a pensar que tiene una oportunidad única de recuperar lo que se le arrebató.

—¿Nubarrones en el matrimonio de Daniel y Beatriz?

—Quién sabe. Pareja demasiado joven, casada a toda prisa y con criatura encargada antes de pasar por la vicaría... El cuadro perfecto de la fragilidad. El caso es que pasan las semanas y Bea no contesta a sus cartas. Y Valls va insistiendo. Cascos empieza a ponerse nervioso. Valls le insinúa un ultimátum. Cascos envía una carta final emplazando a Beatriz a un encuentro furtivo en una *suite* del hotel Ritz.

—¿Y Beatriz se presenta?

—No. Pero Daniel sí.

—¿El marido?

—El mismo.

—¿Le había contado Beatriz lo de las cartas?

—O se las había encontrado él... Tanto da. El caso es que Daniel Sempere se planta en el Ritz y, cuando Cascos lo recibe todo coqueto enfundado en un albornoz perfumado, pantuflas y copa de champán en mano, el bueno de Daniel le pega una somanta de hostias y le hace una cara nueva.

—Me cae bien este Daniel.

—No se precipite. Según Cascos, al que todavía le duele la cara, Daniel estuvo en un tris de cargárselo, y lo habría hecho de no haber sido interrumpida la golpiza por un policía de paisano que pasaba por allí.

—¿Cómo?

—Esto último es de dudosa solidez. Mi impresión es que el policía no era tal sino un asociado de Daniel Sempere.

—¿Y entonces?

—Y entonces Cascos regresó a Madrid con la cara hecha una torrija, el rabo entre las piernas y el miedo en el cuerpo pensando en lo que le iba a contar a Valls.

—¿Qué dijo Valls?

—Le escuchó en silencio y le hizo jurar que no diría a nadie lo que había sucedido ni lo que él le había pedido.

—¿Y ya está?

—Eso parecía, hasta que, pocos días antes de desaparecer, Valls le llamó de nuevo y le citó en su residencia particular para hablar de un tema que no especificó pero que quizá estuviera relacionado con los Sempere, Isabella y el misterioso David Martín.

—Cita a la que Valls nunca se presentó.

—Y hasta ahí el pescado vendido —concluyó Vargas.

—¿Qué sabemos de ese David Martín? ¿Le ha dado tiempo de recabar algo sobre él?

—Poca cosa. Pero lo que he podido encontrar promete. Escritor olvidado y, atención, prisionero en el castillo de Montjuic entre los años 1939 y 1941.

—Coincidiendo con Valls y con Salgado —apuntó Alicia.

—Compañeros de promoción, como quien dice.

—Y una vez sale de prisión, ¿qué pasa con David Martín a partir de 1941?

—No hay después. La ficha policial le declara desaparecido y muerto en un intento de fuga.

—¿Y eso traducido significaría...?

—Posiblemente ejecutado sin juicio y enterrado en alguna cuneta o fosa común.

—¿Por orden de Valls?

—Lo más probable. En ese momento solo él hubiera tenido la autoridad y la potestad para hacerlo.

Alicia sopesó todo aquello durante unos instantes.

—¿Por qué motivo intentaría Valls buscar a un muerto que él mismo habría hecho ejecutar?

—A veces hay muertos que no se quedan muertos del todo. Vea usted el Cid.

—Supongamos entonces que Valls piense que Martín sigue vivo... —dijo Alicia.

—Eso cuadraría.

—Vivo y con ánimo de venganza. Tal vez moviendo los hilos de Salgado en la sombra, esperando el momento de tomarse la revancha.

—Los viejos amigos que se hacen en la cárcel no se olvidan con facilidad —convino Vargas.

—Lo que no queda claro es qué relación puede haber entre Martín y los Sempere.

—Algo habrá, más si el propio Valls fue el que impidió que la policía tirara de ese hilo y prefirió tratar de usar a Cascos para indagar.

—A lo mejor ese algo es la clave de todo esto —especuló Alicia.

—¿Hacemos o no un buen equipo?

Ella reparó en la sonrisa gatuna que se le escapaba a Vargas por las comisuras de los labios.

—¿Qué más?

—¿Le parece poco?

—Desembuche.

Vargas encendió un cigarrillo y saboreó la calada, estudiando cómo las volutas de humo reptaban entre sus dedos.

—Pues más tarde, como usted seguía visitando a sus amistades, después de prácticamente resolver el caso por mi cuenta para que luego se lleve usted los laureles, me he pasado por Jefatura para recoger las cartas del preso Sebastián Salgado y me he tomado la libertad de consultar con mi amigo Ciges, que es el grafólogo de la casa. No se preocupe, que no le he dicho de qué iba el asunto y tampoco lo ha preguntado. Le he enseñado cuatro cuartillas al azar y tras mirárselas bien miradas me ha dicho que había numerosos signos en las tildes y en por lo menos catorce letras y las ligaduras que descartaban a un diestro. No sé qué del ángulo y de la tinta corrida en el papel y el ataque o algo así.

—Y eso ¿a qué nos lleva?

—A que la persona que escribió las cartas amenazando a Valls es zurda.

—¿Y?

—Y, si se entretiene en leerse el informe de la vigilancia a Sebastián Salgado efectuado por la policía de Barcelona tras su sorprendente liberación en enero de ese año, allí se especifica que el camarada perdió la mano izquierda durante sus años en prisión y que llevaba una postiza de porcelana. Parece que a alguien se le fue la mano en los interrogatorios, si me permite la licencia.

Le pareció que Alicia iba a decir algo, pero de pronto esta se quedó muda y con la mirada ida. En cuestión de un minuto había empezado a palidecer y Vargas detectó una película de gotas de sudor en su frente.

—En cualquier caso, Salgado, el manco pimienta, no pudo escribir esas cartas. Alicia, ¿me está escuchando? ¿Está bien?

La joven se incorporó de repente y se enfundó el abrigo.

—¿Alicia?

Alicia recogió la carpeta con las supuestas cartas de Salgado de la mesa e intercambió con Vargas una mirada ausente.

—¿Alicia?

Alicia se alejó hacia la salida, la mirada perpleja de Vargas clavada en su espalda.


# 15


El dolor empeoró tan pronto como salió a la calle. No quería que Vargas la viera así. No quería que nadie la viera así. El episodio que se avecinaba era de los malos. Maldito frío de Madrid. La dosis del mediodía no había hecho más que comprarle algo de tiempo. Trató de encajar las primeras punzadas en la cadera respirando lentamente y siguió andando, tanteando cada paso. No había llegado ni siquiera a Cibeles cuando tuvo que detenerse y aferrarse a una farola a esperar a que pasara el espasmo que le atenazaba como si una corriente eléctrica le corroyese los huesos. Sentía la gente pasar a su lado y mirarla de reojo.

—¿Se encuentra bien, señorita?

Asintió sin saber a quién. Cuando recuperó el aliento paró un taxi y le pidió que la llevase al Hispania. El conductor la observó con cierta inquietud, pero no dijo nada. Anochecía y las luces de la Gran Vía arrastraban ya a propios y a extraños en la marea gris de quienes abandonaban oficinas cavernosas para regresar a sus casas y de quienes no tenían adónde ir. Alicia pegó el rostro al cristal y cerró los ojos.

Al llegar al Hispania le pidió al taxista que la ayudase a salir. Le dejó una buena propina y se encaminó hacia el vestíbulo apoyándose en las paredes. Tan pronto como la vio entrar, Maura, el recepcionista, se levantó de un brinco y corrió a su lado con gesto de preocupación. La sujetó por la cintura y la ayudó a llegar hasta los ascensores.

—¿Otra vez? —preguntó.

—Se me va a pasar enseguida. Es este tiempo...

—Tiene muy mala cara. ¿Le llamo a un médico?

—No hace falta. Arriba tengo la medicina que necesito.

Maura asintió con escaso convencimiento. Alicia le palmeó el brazo.

—Es usted un buen amigo, Maura. Le echaré de menos.

—¿Es que se va usted a algún sitio?

Alicia le sonrió y tomó el ascensor con un saludo de buenas noches.

—Por cierto, creo que tiene compañía... —le comunicó Maura justo cuando se cerraban las puertas.

Recorrió el largo corredor en penumbra hasta su habitación cojeando y apoyándose contra la pared. Docenas de puertas cerradas que sellaban habitaciones vacías flanqueaban el paso. En noches como aquella, Alicia sospechaba que ella era la única ocupante viva que quedaba en la planta, aunque siempre tenía la sensación de que alguien la observaba. A veces, si se detenía en las sombras, casi podía sentir el aliento de los inquilinos permanentes en la nuca o el roce de unos dedos en el rostro. Cuando llegó frente a la puerta de su habitación, en el extremo del pasillo, se detuvo un instante jadeando.

Abrió la puerta de su pieza y no se molestó en encender la luz. Los carteles de neón de los cines y los teatros de la Gran Vía proyectaban un haz parpadeante que tendía una tiniebla de technicolor sobre la estancia. La silueta en la butaca estaba de espaldas a la puerta, el cigarrillo encendido en la mano y una espiral de humo azul tejiendo arabescos en el aire.

—Creí que me vendrías a ver al final de la tarde —dijo Leandro.

Alicia se tambaleó hasta la cama y se dejó caer, exhausta. Su mentor se volvió y suspiró, sacudiendo la cabeza.

—¿Te lo preparo?

—No quiero nada.

—¿Es una forma de expiación por tus pecados o disfrutas sufriendo sin necesidad?

Leandro se incorporó y se aproximó a ella.

—Déjame ver.

Se inclinó sobre ella y le palpó la cadera con frialdad clínica.

—¿Cuándo te has pinchado por última vez?

—Este mediodía. Diez miligramos.

—Con eso no tienes ni para empezar. Ya lo sabes.

—A lo mejor eran veinte.

Leandro negó por lo bajo. Se dirigió al baño y fue directamente al armario. Allí encontró el estuche metálico y regresó junto a Alicia. Se sentó en el borde de la cama, abrió el estuche y empezó a preparar la inyección.

—No me gusta cuando haces esto. Ya lo sabes.

—Es mi vida.

—Cuando te castigas así también es la mía. Vuélvete.

Alicia cerró los ojos y se ladeó. Leandro le levantó el vestido hasta la cintura. Deshizo los cierres del arnés y lo retiró. Alicia gemía de dolor, apretando los ojos y respirando de forma entrecortada.

—Esto me duele más que a ti —dijo Leandro.

Le agarró el muslo y la sujetó contra la cama. Alicia estaba temblando cuando le hundió la aguja en la herida de la cadera. Dejó escapar un aullido sordo y todo su cuerpo se tensó como un cable durante unos segundos. Leandro extrajo la aguja con lentitud y dejó la jeringuilla encima de la cama. Aflojó poco a poco la presión sobre la pierna de Alicia y ladeó su cuerpo hasta dejarla tendida boca arriba. Le bajó el vestido y le acomodó la cabeza en la almohada con suavidad. Alicia tenía la frente empapada de sudor. Él extrajo un pañuelo y se la secó. Ella le miraba con ojos vidriosos.

—¿Qué hora es? —balbuceó.

Leandro le acarició la mejilla.

—Pronto. Descansa.

# 16

Despertó a la penumbra de la habitación para descubrir la silueta de Leandro recortada en la butaca junto al lecho. Tenía el libro de Víctor Mataix en las manos y lo estaba leyendo. Alicia supuso que mientras dormía Leandro le había peinado los bolsillos, el bolso y posiblemente todos y cada uno de los cajones del cuarto.

—¿Mejor? —preguntó Leandro sin levantar los ojos del texto.

—Sí —dijo Alicia.

El despertar siempre iba acompañado de una rara lucidez y la sensación de gelatina helada deslizándose por sus venas. Leandro la había tapado con una manta. Se palpó el cuerpo y comprobó que todavía llevaba la ropa del día. Se enderezó y se apoyó sentada contra la cabecera de la cama. El dolor apenas era un latido débil y sordo enterrado en el frío. Leandro se inclinó y le tendió un vaso. Bebió dos sorbos. No sabía a agua.

—¿Qué es esto?

—Bébetelo.

Alicia sorbió el líquido. Leandro cerró el libro y lo dejó sobre la mesa.

—Nunca he acabado de entender tus gustos literarios, Alicia.

—Lo encontré oculto en el escritorio del despacho de Valls.

—¿Y te parece que puede tener alguna relación con nuestro asunto?

—De momento no descarto ninguna posibilidad.

Leandro asintió con gesto de aprobación.

—Empiezas a sonar como Gil de Partera. ¿Qué tal tu nuevo compañero?

—¿Vargas? Parece eficiente.

—¿De fiar?

Alicia se encogió de hombros.

—Viniendo de quien no se fía ni de su sombra, no sé si tomar tu duda como señal de que te estás convirtiendo a la fe en el régimen.

—Tómelo como quiera —replicó ella.

—¿Seguimos en guerra?

Alicia suspiró, negando.

—Esta no era una visita de cortesía, Alicia. Tengo cosas que hacer y gente que me espera en el Palace para cenar desde hace rato. ¿Qué tienes que contarme?

La joven resumió de forma sucinta los acontecimientos del día y dejó que Leandro digiriese en silencio el sumario de los hechos, tal como era su costumbre. El hombre se incorporó y se acercó hasta la ventana. Alicia observó la silueta inmóvil perfilada en las luces de la Gran Vía. Los brazos y las piernas endebles unidos a un torso desproporcionado le conferían el aire de una araña suspendida en su red. Alicia no interrumpió su meditación. Había aprendido que a Leandro le gustaba tomarse su tiempo para tramar y conjeturar, saboreando cada pieza de información y calculando cómo extraer de ella el mayor daño posible.

—Imagino que no le comentaste a la secretaria de Valls que habías encontrado ese libro y que ibas a llevártelo —señaló al fin.

—No. Solo Vargas sabe que lo tengo.

—Sería preferible que ahí quedase el tema. ¿Crees que puedes convencerle para que no se lo diga a sus superiores?

—Sí. Al menos durante unos días.

Leandro suspiró, ligeramente contrariado. Se apartó de la ventana y regresó con parsimonia a la butaca. Se acomodó, cruzó las piernas y dedicó unos segundos a examinar a Alicia con ojos de forense.

—Me gustaría que te viese el doctor Vallejo.

—Ya hemos hablado de eso.

—Es el mejor especialista del país.

—No.

—Déjame que te pida hora. Una consulta sin compromiso.

—No.

—Si vas a continuar hablando en monosílabos al menos introduce algo de variedad.

—Vale —replicó Alicia.

Leandro tomó de nuevo el libro de la mesa y lo hojeó, sonriendo para sí mismo.

—¿Le hace gracia?

Leandro negó lentamente.

—No. De hecho me pone los pelos de punta. Solo pensaba que parece estar hecho a medida para ti.

Leandro paseaba los ojos por las páginas del libro, deteniéndose aquí y allá con semblante escéptico. Al final le devolvió el libro y la observó. Tenía una mirada jesuítica, de aquellas que olfatean los pecados antes de que se formen en el pensamiento y administran la penitencia con un simple pestañeo.

—Esa cena tan importante en el Palace se le debe de estar enfriando —insinuó Alicia.

Leandro concedió su asentimiento ecuménico.

—No te levantes y descansa. Te he dejado diez frascos de cien en el botiquín del baño.

Alicia apretó los labios con rabia pero guardó silencio. Leandro asintió y se dirigió hacia la puerta. Antes de abandonar la habitación, se detuvo y la señaló con el índice.

—No hagas tonterías —advirtió.

Alicia juntó las manos en ademán de plegaria y sonrió.

# 17

Libre de la presencia de Leandro y de su aura de directorio que la seguía a todas partes, Alicia echó el cerrojo, se metió en la ducha y se abandonó al vapor y las agujas de agua caliente durante casi cuarenta minutos. No se molestó en encender la luz y permaneció en la tenue claridad que se filtraba por la ventana del baño, dejando que el agua le arrancase el día del cuerpo. Las calderas del Hispania probablemente estaban sepultadas en algún punto del infierno y el traqueteo metálico de las tuberías tras los muros destilaba una música hipnótica. Cuando creía que la piel iba a empezar a desprendérsele a jirones cortó el agua y se quedó allí un par de minutos más, escuchando el goteo de la ducha y el rumor del tráfico en la Gran Vía.

Más tarde, envuelta en una toalla y en compañía de una copa de vino blanco a rebosar, se tendió en la cama con el dosier que les había entregado aquella mañana Gil de Partera y con la carpeta con las supuestas cartas de Sebastián Salgado, o del incierto difunto David Martín, al ministro Valls.

Empezó con el dosier, cotejando lo que había averiguado durante el día con la versión oficial de Jefatura. Como muchos informes policiales, lo de menos era lo que decía; lo único que tenía interés era lo que dejaba fuera. El atestado sobre el supuesto atentado contra el ministro en el Círculo de Bellas Artes constituía una obra maestra del género de la conjetura inconsistente y extravagante. No había allí más que una refutación no contrastada de las palabras de Valls, que alegaba haber visto entre el público presente a alguien que tenía intenciones de atentar contra su vida. La nota de color la ponía la mención de uno de los presuntos testigos de la presunta trama con relación a un presunto individuo que presuntamente había sido visto entre bambalinas llevando una suerte de máscara o algo que le cubría parte del rostro. Alicia dejó escapar un suspiro de hastío.

—Solo nos faltaba el zorro —murmuró para sí.

Al rato, aburrida de sortear documentos que parecían pergeñados para dotar al dosier de un barniz expeditivo, abandonó la carpeta y se dispuso a echar un vistazo a las cartas.

Contó una docena de misivas, todas ellas en láminas de papel amarillento salpicado de una caligrafía caprichosa. La más extensa apenas ofrecía dos escuetos párrafos. El trazo se antojaba producto de un plumín gastado que hacía fluir la tinta de forma irregular y dejaba líneas saturadas junto a otras que a duras penas se limitaban a arañar la hoja. El pulso de su autor raramente conectaba una letra con la siguiente, produciendo así la impresión de que el texto estaba compuesto carácter a carácter. La temática era recurrente e insistía carta a carta en los mismos puntos. El autor mencionaba «la verdad» y «los hijos de la muerte» y la cita «en la entrada del laberinto» una y otra vez. Valls había estado recibiendo aquellos mensajes durante años, pero solo al final algo le había empujado a actuar al respecto.

—¿Qué? —susurró Alicia.

La respuesta casi siempre estaba en el pasado. Aquella había sido una de las primeras lecciones de Leandro. En cierta ocasión, al salir del entierro de uno de los principales mandos de la Brigada de Investigación Social en Barcelona al que Leandro la había obligado a acompañarle (como parte de su educación, había dictaminado), su mentor había pronunciado aquella frase. La tesis de Leandro era que a partir de cierto punto en la vida el futuro de un hombre está invariablemente en su pasado.

—¿No es eso una obviedad? —había dicho Alicia.

—Te sorprendería cómo uno siempre busca en el presente o en el futuro las respuestas que están en el pasado.

Leandro tenía cierta propensión a los aforismos didácticos. En aquella ocasión Alicia había pensado que hablaba del difunto, o incluso quizá de sí mismo y de aquella marea de sombra que parecía haberle dejado a orillas del poder, como a tantos honorables que habían escalado la lúgubre arquitectura del régimen. Los elegidos, había dado en llamarlos con el tiempo. Los que siempre flotaban en el agua turbia, como la escoria. Una pléyade de campeones que más que nacidos de madre se le antojaban engendrados por el manto de podredumbre que se arrastraba por las calles de aquella tierra baldía como un río de sangre que brotaba de las alcantarillas. Alicia se dio cuenta de que aquella imagen la había tomado prestada del libro encontrado en el despacho de Valls. Sangre que brotaba de las alcantarillas e inundaba lentamente las calles. *El laberinto*.

Alicia dejó caer las cartas al suelo y cerró los ojos. El frío en las venas de aquel veneno de medicamento siempre le abría la trastienda oscura de su mente. Era el precio que pagaba por acallar el dolor. Leandro lo sabía. Sabía que bajo aquel manto helado donde no había dolor ni conciencia, sus ojos eran capaces de ver a través de la oscuridad, de oír y sentir lo que otros ni siquiera podían imaginar, de rastrear los secretos que los demás creían haber enterrado a su paso. Leandro sabía que cada vez que Alicia se sumergía en aquellas aguas negras y regresaba con un trofeo en las manos se dejaba parte de la piel y del alma. Y que le odiaba por ello. Le odiaba con la rabia que solo una criatura que conoce a su creador y su inventario de miserias puede sentir.

La joven se levantó de golpe y se dirigió al baño. Abrió el pequeño armario tras el espejo y halló los frascos perfectamente alineados que Leandro le había dejado. Su premio. Los agarró con las dos manos y los dejó caer con fuerza en el lavabo. El líquido transparente se desvaneció entre los cristales rotos.

—Hijo de puta —murmuró.

Poco después sonó el teléfono en la habitación. Alicia contempló su reflejo en el espejo del baño unos instantes y lo dejó sonar. Esperaba la llamada. Regresó al dormitorio y levantó el auricular. Escuchó la línea sin decir nada.

—Han encontrado el coche de Valls —dijo Leandro al otro lado.

Ella guardó silencio.

—En Barcelona —dijo al fin.

—Sí —corroboró Leandro.

—Y sin rastro de Valls.

—Ni de su guardaespaldas.

Alicia se sentó en la cama, la mirada perdida en las luces que sangraban en la ventana.

—¿Alicia? ¿Estás ahí?

—Cogeré el primer tren de la mañana. Creo que sale de Atocha a las siete.

Oyó suspirar a Leandro y le imaginó recostado en la cama de su *suite* en el Palace.

—No sé si es una buena idea, Alicia.

—¿Prefiere dejarlo en manos de la policía?

—Me preocupa que estés sola en Barcelona, ya lo sabes. No es bueno para ti.

—No va a pasar nada.

—¿Dónde te vas a quedar?

—¿Dónde va a ser?

—El piso de Aviñón... —suspiró Leandro—. ¿Por qué no un buen hotel?

—Porque es mi casa.

—Tu casa está aquí.

Alicia echó un vistazo a la habitación que la rodeaba, su prisión de los últimos años. Solo a Leandro se le ocurriría que aquel sarcófago pudiera ser un hogar.

—¿Lo sabe Vargas?

—La noticia es de Jefatura. Si no lo sabe ya lo sabrá mañana a primera hora.

—¿Algo más?

Oyó a Leandro respirar hondo.

—Quiero que me llames todos los días sin falta.

—De acuerdo.

—Sin falta.

—He dicho que sí. Buenas noches.

Se disponía a colgar cuando la voz de Leandro le llegó desde el auricular. Se lo llevó de nuevo al oído.

—¿Alicia?

—Sí.

—Ten cuidado.

# 18

Siempre había sabido que algún día volvería a Barcelona. Que fuera a hacerlo en su último servicio para Leandro revestía la ocasión de un manto de ironía que no podía habérsele escapado a su mentor. Le imaginó dando vueltas por la *suite*, pensativo, contemplando el teléfono. Tentado de levantar el auricular y llamarla de nuevo para ordenarle que se quedase en Madrid. A Leandro no le gustaba que sus títeres intentasen cortar las cuerdas. Más de uno lo había intentado para descubrir que aquella no era una profesión para los amantes de los finales felices. Pero Alicia siempre había sido diferente. Ella era su preferida. Su obra maestra.

Se sirvió otra copa de vino blanco y se tendió a esperar la llamada. La tentación de desconectar el teléfono le pasó por la cabeza. La última vez que lo había hecho dos de sus fantoches se habían presentado en su puerta para escoltarla hasta el vestíbulo, donde la aguardaba un Leandro como no le había visto jamás, desprovisto de su semblante sereno y consumido por la ansiedad. En aquella ocasión la había mirado con una mezcla de recelo y anhelo, como si estuviese dudando entre abrazarla y ordenar a sus hombres que la destrozasen a golpes de culata allí mismo. «No vuelvas a hacerme una cosa así», había dicho entonces. De aquella noche hacía dos años.

Esperó la llamada de Leandro hasta bien entrada la noche, pero nunca llegó. Mucho debía de querer encontrar a Valls y complacer a las altas instancias del Estado para abrirle las puertas de la jaula. Segura de que aquella noche ninguno de los dos iba a pegar ojo, Alicia decidió refugiarse en el único lugar del mundo donde Leandro nunca había podido llegar hasta ella. Las páginas de un libro. Rescató de la mesa el tomo negro que había encontrado oculto en el despacho de Valls y lo abrió, dispuesta a adentrarse en la mente de Víctor Mataix.

Apenas había terminado el primer párrafo cuando se olvidó de que lo que sostenía entre las manos era una pieza de la investigación. Se dejó arrullar por el perfume de las palabras y al poco se había perdido en sus páginas, sumergiéndose en el caudal de imágenes y cadencias que destilaba el relato de las aventuras de Ariadna en su descenso a las profundidades de aquella Barcelona embrujada. Cada párrafo, cada frase, parecían compuestos en clave de métrica musical. La narración anudaba las palabras en lazos de orfebrería y arrastraba los ojos en una lectura de timbres y colores que dibujaba en la mente un teatro de sombras. Leyó sin interrupción durante dos horas, saboreando cada frase y temiendo que llegase el final. Cuando, al doblar la última página, se encontró con la ilustración de un telón que se abatía sobre un escenario donde el texto se evaporaba en polvo de sombra, Alicia cerró el libro sobre el pecho y se tendió en la oscuridad, la mirada todavía perdida en las aventuras de Ariadna en su laberinto.

Prendida del sortilegio de aquella historia, cerró los ojos e intentó conciliar el sueño. Imaginó a Valls en su despacho, ocultando aquel libro bajo el fondo de un cajón y echando la llave. De todo cuanto habría podido esconder, había elegido aquel libro antes de desaparecer. Lentamente la fatiga empezó a gotear sobre su cuerpo. Se desprendió de la toalla y se deslizó desnuda bajo las sábanas. Se tendió de lado, hecha un ovillo y con las manos entrelazadas entre los muslos. Se le ocurrió que con toda probabilidad esa sería la última noche que iba a pasar en aquella habitación que había sido su celda durante años. Permaneció allí, esperando, escuchando los rumores y lamentos del edificio que ya intuía su ausencia.

Se levantó poco antes del alba, justo a tiempo para meter lo imprescindible en una maleta y abandonar el resto a modo de donativo de despedida para los inquilinos invisibles del hotel. Contempló su pequeña ciudad de libros apilada contra los muros y sonrió con tristeza. Maura sabría qué hacer con sus amigos.

Apenas amanecía cuando cruzó el vestíbulo sin intención de despedirse de las almas perdidas del Hispania. Andaba camino de la puerta y oyó la voz de Maura a su espalda.

—Entonces era verdad —dijo el conserje—. Se marcha.

Alicia se detuvo y se volvió. Maura la contemplaba apoyado en una fregona que lucía casi tanto kilometraje como él. Sonreía para no llorar, su mirada perdida en una tristeza infinita.

—Me voy a casa, Maura.

El conserje asintió repetidamente.

—Y hace bien.

—He dejado mis libros arriba. Son para usted.

—Los cuidaré.

—Y la ropa, usted mismo. A alguien del edificio le irá bien.

—La llevaré a Cáritas, porque aquí hay mucho baboso y no quisiera encontrarme al listillo de Valenzuela olfateando donde no debe.

Alicia se acercó al hombrecillo y le abrazó.

—Gracias por todo, Maura —le susurró al oído—. Le voy a echar de menos.

Maura dejó caer el palo de la fregona al suelo y la rodeó con brazos temblorosos.

—Olvídese de nosotros tan pronto como llegue a casa —dijo con la voz quebrada.

Le iba a dar un beso de despedida, pero Maura, caballero de triste figura y vieja escuela, le tendió la mano. Alicia se la estrechó.

—Es posible que llame un tal Vargas preguntando por mí...

—Descuide. Se lo quitaré de encima. Ande, váyase ya.

Abordó un taxi que esperaba en la puerta y le pidió al conductor que la llevase a la estación de Atocha. Un manto plomizo cubría la ciudad y los cristales del coche estaban velados de escarcha. El taxista, que tenía aspecto de haber pasado la noche, o la semana entera, al volante, apenas asido al mundo por el amago de colilla que pendía de sus labios, la miraba por el retrovisor.

—¿Ida o vuelta? —preguntó.

—No lo sé —replicó Alicia.

Al llegar a la estación comprobó que Leandro se le había adelantado. Esperaba sentado a la mesa de uno de los cafés que había junto a las taquillas leyendo un periódico y jugueteando con la cucharilla del café. Dos de sus cancerberos estaban apostados en sendas columnas a pocos metros. Al verla, Leandro dobló el diario y sonrió con aire paternal.

—No por mucho madrugar amanece más temprano —dijo Alicia.

—El refranero no te va, Alicia. Siéntate. ¿Has desayunado?

Ella negó y se sentó a la mesa. Lo último que quería era contrariar a Leandro justo cuando estaba a punto de poner seiscientos kilómetros de distancia entre ambos.

—Hay hábitos comunes entre los mortales, como desayunar o tener amigos, que te harían bien, Alicia.

—¿Tiene usted muchos amigos, Leandro?

Alicia advirtió el brillo acerado en los ojos de su jefe, un asomo de advertencia, y bajó la mirada. Aceptó sumisa la pasta y la taza de café con leche que le sirvió el camarero a instancias de Leandro y sorbió unas gotas bajo su atenta mirada.

El hombre extrajo un sobre del abrigo y se lo tendió.

—Te he reservado un compartimento para ti sola en primera clase. Espero que no te parezca mal. Ahí tienes también algo de dinero. Hoy te ingreso el resto en la cuenta del Hispano. Si necesitas más, avísame.

—Gracias.

Alicia mordisqueó la pasta, seca y áspera al paladar. Le costó tragar. Leandro no le quitaba ojo. Ella oteó el reloj que pendía en lo alto con disimulo.

—Faltan diez minutos —dijo su mentor—. Tranquila.

Grupos de pasajeros empezaban a desfilar rumbo al andén. Alicia colocó las manos en torno al tazón por ponerlas en algún sitio. El silencio entre ambos dolía.

—Gracias por venir a despedirme —aventuró ella.

—¿Es eso lo que estamos haciendo? ¿Despedirnos?

Alicia negó. Permanecieron sentados sin cruzar palabra un par de minutos. Finalmente, cuando Alicia ya creía que iba a hacer añicos la taza que apretaba entre los dedos, Leandro se incorporó, se abotonó el abrigo y se anudó la bufanda con calma. Se enfundó unos guantes de piel y, sonriendo con benevolencia, se inclinó para besarla en la mejilla. Sus labios estaban fríos y su aliento olía a menta. Alicia se mantuvo inmóvil, casi sin atreverse a respirar.

—Quiero que me llames cada día. Sin falta. Empezando esta noche cuando llegues, para que sepa que todo ha ido bien.

Ella no dijo nada.

—¿Alicia?

—Cada día, sin falta —recitó.

—No es necesario el retintín.

—Perdón.

—¿Cómo llevas el dolor?

—Bien. Mejor. Mucho mejor.

Leandro extrajo un frasco del bolsillo del abrigo y se lo tendió.

—Ya sé que no te gusta tomar nada, pero me lo agradecerás. Es menos fuerte que el inyectable. Una píldora, no más. No la tomes con el estómago vacío y menos con alcohol.

Alicia aceptó el frasco y se lo introdujo en el bolso. No iba a empezar una discusión ahora.

—Gracias.

Leandro asintió y se alejó rumbo a la salida flanqueado por sus hombres.

El tren esperaba bajo la bóveda de la estación. Un mozo que no debía de tener ni veinte años le pidió el pasaje a pie de andén y la guio hasta el vagón de primera, que quedaba a la cabeza del tren e iba vacío. Al advertir que cojeaba ligeramente, el mozo la ayudó a subir y la condujo hasta el compartimento, donde aupó la maleta al portaequipajes y alzó la cortina de la ventana. El cristal estaba empañado y lo barrió con la manga de la chaqueta. Un ballet de pasajeros se deslizaba por el andén, convertido en un espejo por el aliento húmedo de la madrugada. Alicia le ofreció una propina y el mozo partió con una reverencia antes de cerrar las puertas del compartimento.

La joven se dejó caer en el asiento mientras contemplaba ausente las luces de la estación. Al poco, el tren empezó a arrastrarse y Alicia se abandonó al suave balanceo del vagón mientras imaginaba las primeras luces despuntando sobre un Madrid anclado en la niebla. Fue entonces cuando le vio. Vargas corría por el andén intentando alcanzar el tren. Su carrera en vano le llevó casi a rozar el vagón con los dedos y a encontrar la mirada impenetrable de Alicia, que le observaba desde la ventanilla sin expresión alguna. Vargas abandonó al fin, las manos apoyadas en las rodillas y la risa amarga, sin aliento, en los labios.

La ciudad fue desapareciendo en la distancia y al rato el tren se adentró en una llanura sin horizonte que se extendía infinita. Alicia sintió que tras aquel muro de oscuridad, Barcelona había olfateado ya su rastro en el viento. La imaginó abriéndose como una rosa negra y por un instante le invadió aquella serenidad de lo inevitable que consuela a los malditos, o tal vez, se dijo, fuera solo el cansancio. Poco importaba ya. Cerró los ojos y se rindió al sueño mientras el tren, abriendo las sombras, se deslizaba rumbo al laberinto de los espíritus.

# LA CIUDAD
# DE LOS ESPEJOS

### Barcelona

### Diciembre de 1959

# 1

Frío. Un frío que muerde la piel, corta la carne y taladra los huesos. Un frío húmedo que atenaza los músculos y quema las entrañas. Frío. Durante ese primer instante de consciencia es lo único en lo que puede pensar.

La oscuridad es casi absoluta. Apenas un resquicio de claridad se filtra desde lo alto. Es un soplo de luz mortecina que se adhiere a las sombras como un polvo brillante e insinúa los confines del espacio en que se encuentra. Sus pupilas se dilatan y puede entrever una cámara del tamaño de una pequeña habitación. Las paredes son de piedra desnuda. Destilan una humedad que reluce en la penumbra, como si un llanto oscuro se deslizase por ellas. El suelo es de roca y está encharcado con algo que no parece agua. El hedor que flota en el aire es intenso. Al frente se aprecia una hilera de gruesos barrotes herrumbrosos y, más allá, unos peldaños que ascienden en la oscuridad.

Está en una celda.

Valls intenta levantarse, pero las piernas le flaquean. Apenas acierta a dar un paso cuando se le quiebran las rodillas y cae de costado. Se golpea la cara contra el suelo y maldice. Intenta recuperar el aliento. Permanece abatido unos minutos, el rostro pegado a la película viscosa que recubre el suelo y desprende un olor metálico y dulzón. Tiene la boca seca, como si hubiera tragado tierra, y los labios cortados. Trata de palpárselos con la mano derecha, pero repara en que no la siente, como si no hubiera nada por debajo del codo.

Consigue sentarse aupándose con el brazo izquierdo. Alza la mano derecha frente al rostro y la observa al contraluz que proyecta el velo de claridad amarillenta que tiñe el aire. Le tiembla. La ve temblar, pero no la siente. Intenta abrir y cerrar el puño, pero los músculos no responden. Solo entonces advierte que le faltan dos dedos, el índice y el corazón. En su lugar hay dos manchas negruzcas de las que penden jirones de piel y carne. Valls quiere gritar, pero tiene la voz rota y tan solo consigue articular un gemido hueco. Se deja caer de espaldas y cierra los ojos. Valls empieza a respirar por la boca para eludir el intenso hedor que envenena el aire. Mientras lo hace, le viene a la memoria un recuerdo de infancia, de un lejano verano en la finca que sus padres tenían a las afueras de Segovia y de un perro viejo que se refugió en el sótano para morir. Valls recuerda que aquel hedor nauseabundo que se apoderó de la casa era similar al que ahora le quema la garganta. Pero este es mucho peor y apenas permite pensar. Al rato, minutos o tal vez horas, le vence la fatiga y cae en un sopor turbio entre la vigilia y el sueño.

Sueña que viaja en un tren donde no hay más pasajero que él. La locomotora cabalga furiosa sobre nubes de vapor negro rumbo a una laberíntica ciudadela de factorías catedralicias, torres afiladas y una maraña de puentes y tejados conjurados en un enjambre de ángulos imposibles bajo un cielo sangrante. Poco antes de penetrar en un túnel que parece no tener fin, Valls asoma la cabeza por la ventanilla y ve que la entrada está custodiada por las estatuas de dos grandes ángeles con alas desplegadas y dientes afilados que asoman entre los labios. Un cartel desvencijado sobre el dintel reza:

## Barcelona

El tren se sumerge en el túnel con un estruendo infernal y, cuando emerge al otro lado, la silueta de la montaña de Montjuic se alza al frente, el castillo perfilado en lo alto envuelto en un aura de luz carmesí. Valls siente que se le encogen las tripas. Un revisor retorcido sobre sí mismo como el tronco de un árbol viejo atizado por la tormenta se aproxima por el pasillo y se detiene frente a su compartimento. Lleva una placa en el uniforme que dice SALGADO.

—Su parada, señor director...

El tren escala la carretera serpenteante que tan bien recuerda y se adentra en el recinto de la prisión. Se detiene en un corredor oscuro y él se apea. El tren reemprende la marcha y se pierde en la oscuridad. Valls se vuelve y descubre que ha quedado atrapado en una de las celdas de la prisión. Una silueta oscura le observa desde el otro lado de los barrotes. Cuando Valls le quiere explicar que se trata de un error, que está en el lado equivocado y que él es el director de la prisión, la voz no le llega a los labios.

El dolor aparece más tarde y le arranca del sueño como si se tratase de una corriente eléctrica.


El olor a carroña, la oscuridad y el frío siguen allí, pero ahora apenas repara en ellos. Lo único en lo que puede pensar es en el dolor. Un dolor como no lo ha conocido nunca. Como nunca habría podido imaginar. Su mano derecha está ardiendo. La siente como si la hubiera sumergido en una hoguera y no la pudiese retirar. Se agarra el brazo derecho con la mano izquierda. Incluso en la sombra puede apreciar que las dos manchas oscuras que hay donde deberían estar sus dos dedos supuran lo que parece un líquido espeso y sanguinolento. Grita en silencio.

El dolor le ayuda a recordar.

Las imágenes de lo sucedido empiezan a dibujarse en su pensamiento. Rememora el instante en que la silueta de Barcelona se forma a lo lejos bajo el crepúsculo. Valls la observa alzarse como el gran decorado de una función de feria a través del parabrisas del coche y recuerda cuánto odia aquel lugar. Su fiel guardaespaldas Vicente conduce en silencio, concentrado en el tráfico. Si tiene miedo no lo muestra. Atraviesan avenidas y calles donde se puede ver a la gente abrigada apretando el paso bajo una cortina de nieve que flota en el aire como niebla de cristal. Enfilan un paseo rumbo a la parte alta de la ciudad y pronto se adentran por una carretera que asciende trazando mil curvas hacia la cornisa de Vallvidrera. Valls reconoce aquella extraña ciudadela de fachadas suspendidas del cielo. Barcelona va quedando a sus pies, una alfombra de tinieblas que se funde en el mar. El funicular trepa por la ladera trazando una serpiente de luz dorada que perfila las grandes villas modernistas que apuntalan la montaña. Allí, hundida entre los árboles, asoma la silueta del viejo caserón. Valls traga saliva. Vicente le mira y él hace un gesto afirmativo. Todo acabará muy pronto. Valls tensa el percutor del revólver en su mano. Ha anochecido ya cuando llegan a las puertas de la villa. La verja está abierta. El coche se interna en el jardín invadido por la maleza y rodea la fuente, seca y recubierta de hiedra. Vicente detiene el automóvil frente a la escalinata que sube hasta la entrada. Apaga el motor y extrae su revólver. Vicente nunca usa pistola, solo revólver. Un revólver, dice, nunca se encalla.

—¿Qué hora es? —pregunta Valls con un hilo de voz.

Vicente no llega a contestar. Todo sucede muy rápido. El guardaespaldas apenas ha extraído la llave del contacto cuando Valls advierte una silueta al otro lado de la ventanilla. No la ha visto acercarse. Vicente, sin mediar palabra, le hace a un lado y dispara. El cristal de la ventana estalla a pocos centímetros de su rostro. Valls siente un soplo de astillas de vidrio clavarse en su cara. El estruendo del disparo le deja sordo, sus oídos son apuñalados por un silbido atronador. Antes de que la nube de pólvora que flota en el coche se desvanezca, la puerta del conductor se abre de golpe. Vicente se vuelve, revólver en mano, pero sin tiempo para realizar un segundo disparo porque antes algo le atraviesa la garganta. Se agarra el cuello con ambas manos. La sangre, oscura, brota entre sus dedos. Por un instante sus miradas se encuentran, la de Vicente embrujada por la incredulidad. Un segundo después, el guardaespaldas cae sobre el volante y hace sonar el claxon. Valls intenta sujetarle, pero el otro se inclina a un lado y la mitad de su cuerpo queda colgando fuera del coche. Valls sostiene el revólver con ambas manos y apunta hacia la negrura más allá de la puerta abierta del conductor. Siente entonces la respiración tras él y cuando se vuelve para disparar lo único que percibe es un golpe seco y helado en la mano. Siente el metal sobre el hueso y le invade una náusea que le nubla la visión. El revólver se le cae al regazo y nota la sangre fluir por el brazo. La silueta se acerca, la hoja del cuchillo ensangrentado en la mano, goteando. Trata de abrir la puerta del coche, pero el primer disparo ha debido de dejar trabado el cierre. Las manos le agarran del cuello y tiran de él con rabia. Valls nota que le arrancan del vehículo a través del hueco de la ventanilla y le arrastran por el camino de gravilla hasta los peldaños de mármol quebrado. Oye pasos ligeros aproximándose. La luz de la luna dibuja lo que en su delirio cree que es un ángel y luego imagina que es la muerte. Valls enfrenta aquella mirada y comprende su error.

—¿De qué te ríes, malnacido? —pregunta la voz.

Valls sonríe.

—Te pareces tanto... —murmura.

Valls cierra los ojos y espera entonces el tiro de gracia, que no llega. Siente que su ángel le escupe en el rostro. Sus pasos se alejan. Dios, o el diablo, se apiadan de él y en algún momento pierde la consciencia.

No puede recordar si todo aquello sucedió hace horas, días o semanas. En esta celda el tiempo ha dejado de existir. Todo ahora es frío, dolor y oscuridad. Le invade una súbita sacudida de rabia. Se arrastra hasta los barrotes y golpea el metal helado hasta dejarse la piel. Está todavía agarrado al hierro cuando se abre una brecha de luz en lo alto que dibuja la escalera que desciende hasta la celda. Valls oye los pasos y alza la mirada esperanzado. Alarga la mano hacia el exterior, implorando. Su carcelero le observa desde la penumbra, in-

móvil. Algo cubre su rostro y le hace pensar en el gesto congelado de un maniquí en el escaparate de un bazar de la
Gran Vía.

—¿Martín? ¿Es usted? —pregunta Valls.

No obtiene respuesta. El carcelero se limita a contemplar-
lo sin decir nada. Valls asiente al fin, como si quisiera dar a
entender que comprende los términos del juego.

—Agua, por favor —gime.

Durante un largo rato su carcelero no hace ademán alguno.
Luego, cuando Valls cree que lo ha imaginado todo y que su
presencia no es más que una brizna del delirio del dolor y la
infección que le están comiendo vivo, el carcelero se adelanta
unos pasos. Valls sonríe, sumiso.

—Agua —suplica.

El chorro de orina le salpica el rostro y prende de escozor
los cortes que le cubren. Valls deja escapar un aullido y se hace
atrás. Se arrastra hasta que su espalda da con la pared y se
encoge allí, hecho un ovillo. El carcelero se pierde escaleras
arriba y la luz se desvanece de nuevo tras el eco de un portón
cerrándose.

Es entonces cuando se da cuenta de que no está solo en la
celda. Vicente, su fiel guardaespaldas, está sentado y apoyado
contra el muro en el rincón. No se mueve. Apenas el contorno
de sus piernas es visible. Y las manos. Las palmas y los dedos
están hinchados y tienen un tono púrpura.

—¿Vicente?

Valls se arrastra hacia él, pero se detiene al sentir la proximidad del hedor. Se refugia en el rincón opuesto y se dobla
sobre sí mismo, abrazándose las rodillas y enterrando el rostro
entre las piernas para escapar al olor. Intenta entonces conjurar la imagen de su hija Mercedes. La imagina jugando en el
jardín, en su casa de muñecas, viajando en su tren particular.
La imagina de niña, con aquella mirada prendida en la suya
que todo lo perdonaba y que llevaba luz a donde nunca la
había habido.

Al rato se rinde al frío, al dolor y a la fatiga, y siente que está perdiendo de nuevo la consciencia. Tal vez es la muerte, piensa esperanzado.

## 2

Fermín Romero de Torres despertó a traición. El corazón le bombeaba a ritmo de metralleta y le asaltó la sensación de que una soprano wagneriana se le había sentado en el pecho. Abrió los ojos a una penumbra de terciopelo e intentó recobrar el aliento. Las agujas del despertador confirmaron lo que sospechaba. No era ni siquiera medianoche. Apenas había conseguido mal dormir una hora antes de que el insomnio le embistiera de nuevo como un tranvía desbocado. A su lado, la Bernarda roncaba como un becerrillo, sonriendo bendita en brazos de Morfeo.

—*Fermín, creo que vas a ser padre.*

El embarazo la había dejado más apetecible que nunca, sus beldades en flor y toda ella un festín de curvas al que de buena gana se hubiera lanzado a dentelladas en aquel mismo instante. Estaba por rematar la faena con su característico «expreso de medianoche», pero no se atrevió a despertarla y quebrar aquella paz celestial que emanaba su rostro. Sabía que si lo hacía había dos alternativas: o la bomba H de hormonas que le rezumaban por los poros estallaría y la Bernarda se transformaría en una tigresa salvaje que le rebanaría en lonchas, o el chispazo saldría chamuscado y a su santa esposa le entrarían todos los miedos, incluido el de que cualquier intento de desembarco en sus bajos pusiera en peligro a la criatura. Fermín no la culpaba. La Bernarda había perdido el primer hijo que habían concebido poco antes de contraer matrimonio. Tal había sido la tristeza que la había invadido que Fermín había temido entonces perderla para siempre. Con el tiempo, tal y como les había prometido el médico, la Bernarda había regresado al estado de buena esperanza, y a la vida. Pero ahora vivía con el pavor constante de volver a perder a la criatura y a veces parecía que tenía miedo hasta de respirar.

—*Amor de mi vida, pero si el médico ha dicho que no pasa nada.*

—*Ese es un sinvergüenza. Como tú.*

El hombre sabio es aquel que no despierta volcanes, revoluciones o féminas preñadas. Fermín abandonó sigilosamente el lecho conyugal y se deslizó de puntillas hasta el comedor del modesto piso de la calle Joaquín Costa en el que se habían instalado al regresar de su viaje de novios. Había pensado ahogar las penas y la lujuria en un Sugus, pero un somero vistazo a la despensa desveló que estaba a cero de existencias. Fermín sintió que se le caía el alma a las pantuflas. Aquello era grave. Recordó entonces que en el vestíbulo de la Estación de Francia siempre había un vendedor ambulante de chucherías y cigarrillos de servicio hasta la medianoche, Diego el Ciego, que normalmente estaba surtidísimo de caramelos y de chistes procaces. La visión de un Sugus de limón le hizo salivar con anticipación y no perdió ni un segundo en desprenderse del pijama y envolverse en suficiente abrigo como para cortejar al sarampión en una noche siberiana. Así pertrechado, se echó a la calle para satisfacer los bajos instintos y patear el insomnio.

El Raval es la patria chica del insomne porque, aunque tampoco duerme, invita al olvido y, por muchos que sean los pesares que uno arrastre, bastan unos cuantos pasos para tropezarse con alguien o con algo que le recuerda que siempre hay quien ha recibido peores cartas que uno mismo en la partida de la vida. Aquella noche de destinos cruzados una miasma amarillenta prendida de orines, lámparas de gas y ecos en sepia flotaba por la madeja de callejas a modo de embrujo o advertencia, según el gusto personal.

Deambuló entre griteríos, hedores y demás goteos del lumpen que animaban unas callejas tan oscuras y retorcidas como las fantasías de un obispo. Emergió por fin a los pies de la estatua de Colón. Una conjura de gaviotas la había teñido de blanco guano, en un turbio homenaje a la dieta mediterránea. Fermín enfiló el paseo rumbo a la Estación de Francia, sin atreverse a volver la vista atrás y atisbar la siniestra silueta del castillo de Montjuic en lo alto de la montaña, acechando.

Hordas de marineros estadounidenses vagaban por las inmediaciones del puerto en busca de jarana y oportunidades de intercambio cultural con damas de virtud fácil dispuestas a enseñarles el vocabulario básico y tres o cuatro trucos al gusto del litoral. Le vino a la memoria la Rociito, solaz de tantas noches turbias de su juventud y alma blanca de pecho generoso que en más de una ocasión le había salvado de la soledad. La imaginó con su pretendiente, el próspero comerciante de Reus que la había retirado del servicio activo el año anterior, viajando por el mundo como la señora que siempre había sido y tal vez sintiendo, por una vez, que la vida le sonreía.

Pensando en la Rociito y en aquella especie en perpetuo peligro de extinción, la gente de buen corazón, Fermín llegó a la estación. Avistó a Diego el Ciego, que se disponía ya a plegar velas, y corrió hacia él.

—Hombre, Fermín, a estas horas te hacía yo dándole matraca a la parienta —dijo Diego—. ¿Corto de Sugus?

—Bajo mínimos.

—Tengo limón, piña y fresa.

—Que sea limón. Cinco paquetes.

—Y uno cortesía de la casa.

Fermín le pagó y dejó propina. Diego se metió las monedas sin contarlas en una bolsa de cuero que llevaba al cinto al modo de los cobradores de los tranvías. Fermín nunca había comprendido cómo sabía Diego el Ciego si le engañaban o no, pero lo sabía. Es más, las veía venir de canto. Había nacido sin ojos y con la mala suerte de un cadete de infantería. Vivía solo en una habitación sin ventanas de una pensión en la calle Princesa y su mejor amigo era un transistor en el que escuchaba el fútbol y las noticias que tanto le hacían reír.

—Has venido a ver los trenes, ¿eh?

—Viejas costumbres —dijo Fermín.

Vio partir a Diego el Ciego rumbo a su pensión, donde no le esperaban ni las chinches, y pensó en la Bernarda, dormida en su cama y oliendo a agua de rosas. Estaba por volver a casa pero decidió adentrarse en la gran nave de la estación, aquella catedral de vapor y hierro por la que había regresado a Barcelona una lejana noche de 1941. Siempre había creído que el destino, amén de su afición a embestir a los inocentes por la espalda y a ser posible a calzón quitado, gustaba de anidar en las estaciones de tren en sus pausas de refresco. Allí empezaban o terminaban tragedias y romances, huidas y retornos, traiciones y ausencias. La vida, se decía, es una estación de tren en la que uno casi siempre se sube, o le suben, al vagón equivocado.

Aquellos pensamientos con profundidad de taza de café le asaltaban normalmente al filo de la madrugada, cuando el cuerpo se le había cansado ya de dar vueltas pero la cabeza seguía rodando como una peonza. Decidido a cambiar la filosofía de baratillo por el austero confort de un banco de madera, Fermín se adentró en la bóveda curvada de la estación, una clara indicación por parte del astuto arquitecto de que el porvenir nace torcido en Barcelona.

Se acomodó en el banco, desenvolvió un Sugus y se lo llevó a los labios. Absorto en su nirvana de confitería, abandonó la mirada en la fuga de vías que se perdían en la noche. Al poco sintió que el suelo temblaba bajo sus pies y avistó la luz de una locomotora abriendo la medianoche. Un par de minutos después, el tren enfiló la entrada de la estación cabalgando en una nube de vapor.

Un velo de niebla que provenía del mar barría los andenes envolviendo en un espejismo a los pasajeros que se apeaban

de los vagones tras la larga travesía. Los rostros felices escasea-
ban. Fermín los observaba al pasar, escrutando sus gestos cansados y sus galas, fantaseando sobre los avatares y las circunstancias que los llevaban a la ciudad. Empezaba a cogerle gusto
a aquella nueva faceta de biógrafo apresurado del anónimo
ciudadano cuando la vio.

Descendió del vagón envuelta en uno de aquellos velos de
vapor blanco de los que Fermín había aprendido a esperar ver
salir a su querida Marlene Dietrich en una estación de Berlín,
París o cualquier otro lugar que nunca había existido en aquel
glorioso siglo xx en blanco y negro de las sesiones matinales
en el cine Capitol. La mujer —porque, aunque Fermín no le
estimó ni treinta años, nunca se le habría ocurrido describirla
como muchacha, jovencita o cualquier sucedáneo al uso—
caminaba con una muy ligera cojera que le confería una pin-
celada intrigante y vulnerable.

Poseía un rostro y una presencia afilados que destilaban
luz y sombra al tiempo. Si hubiera tenido que referir su aspecto a su amigo Daniel, le habría dicho que se parecía a
uno de aquellos espectrales ángeles de medianoche que asomaban a veces entre las páginas de las novelas de su antiguo
compañero de galería carcelaria en el castillo de Montjuic,
David Martín, particularmente a la inefable Chloe, que tantas historias de dudoso decoro había protagonizado en la
siniestra serie de *La Ciudad de los Malditos* y que tanto sueño
le había quitado en las largas sesiones de lectura febril durante las que había adquirido conocimientos enciclopédicos
sobre el arte del envenenamiento, las turbias pasiones de las
mentes criminales y la ciencia y el acervo de la confección y
el lucimiento de prendas interiores femeninas. Tal vez ya era
hora de releer aquellos calenturientos romances góticos, se
dijo, antes de que el espíritu y la gónada se le apergaminasen
sin remedio.

Fermín la observó al aproximarse e intercambió una mirada con ella. Fue apenas un instante fugaz, un gesto accidental

del que escapó con rapidez para bajar la testa y dejar que pasara de largo. Fermín hundió el rostro en el abrigo y apartó la cabeza. Los pasajeros se alejaban hacia la salida y la mujer, con ellos. Él permaneció allí clavado, casi temblando, hasta que el jefe de estación se le aproximó.

—Oiga, que esta noche ya no llegan más trenes y aquí no se puede quedar a dormir...

Fermín asintió y se marchó arrastrando los pies. Al llegar al vestíbulo echó un vistazo, pero no había señal de ella. Se apresuró hasta la calle, donde soplaba una brisa fría que le devolvió a la realidad del invierno.

—¿Alicia? —preguntó al viento—. ¿Eres tú?

Fermín suspiró y echó a andar a la sombra de las calles, diciéndose que no era posible, que aquellos ojos en los que se había caído no eran los mismos que había abandonado aquella lejana noche de fuego durante la guerra y que la niña a la que no había sabido salvar, Alicia, debía de haber fallecido aquella noche junto con tantos otros. Ni siquiera su némesis, el sino, podía tener un sentido del humor tan negro.

«A lo mejor es un espectro que ha retornado de entre los muertos para recordarte que alguien que deja morir a una criatura no merece traer descendencia a este mundo. Las indirectas del Altísimo son insondables, ya lo dicen los curas», especuló.

—Esto debe de tener una explicación científica —se dijo en voz alta—. Como la *trempera matinera*.

Fermín se aferró a aquel principio empírico e, hincando el diente a dos Sugus a un tiempo, echó a caminar de regreso al cálido lecho donde le esperaba la Bernarda en el convencimiento de que nada sucedía por casualidad y de que, tarde o temprano, desvelaría aquel misterio o aquel misterio le desvelaría a él para siempre.

# 3

Mientras Alicia se encaminaba hacia la salida reparó en aquella figura sentada en un banco a la entrada del andén que la observaba de reojo. Se trataba de un hombrecillo enjuto cuyo semblante gravitaba en torno a una nariz mayúscula. El suyo era un trazo ligeramente goyesco. Portaba un abrigo que le iba grande y hacía pensar en un caracol que cargara con su cáscara. Alicia hubiera jurado que llevaba papel de periódico doblado debajo de la prenda a modo de abrigo o a saber de qué, una práctica que no veía desde los primeros años de la posguerra.

Lo más sencillo habría sido olvidarle y decirse que no era más que otro apunte de tropa entre la marea de desheredados que seguía flotando en las partes sombrías de las grandes ciudades casi veinte años después del fin de la guerra, a la espera de que la historia se acordara de España y la rescatase del olvido. Lo más sencillo habría sido creer que Barcelona le iba a conceder al menos unas horas de tregua antes de enfrentarla a su destino. Alicia pasó de largo sin volver la vista atrás y se dirigió hacia la salida, rogando al infierno que él no la hubiera reconocido. Habían pasado veinte años desde aquella noche y ella apenas era una niña por entonces.

A pie de estación abordó un taxi y le pidió al conductor que la acercase hasta el número doce de la calle Aviñón. La voz le temblaba al pronunciar aquellas palabras. El coche enfiló el paseo de Isabel II rumbo a Vía Layetana sorteando un baile de tranvías que encendían la neblina con los latidos de electricidad azul que chispeaban en el cableado. Alicia escrutaba el perfil sombrío de Barcelona a través de la ventana, los arcos y las torres, los callejones que se adentraban en la ciudad vieja y las luces lejanas del castillo de Montjuic en lo alto. Hogar, oscuro hogar, se dijo.

A aquellas horas de la madrugada apenas había tráfico y

en cinco minutos llegaron a su destino. El taxista la dejó a las puertas del número doce de la calle Aviñón y, tras agradecerle una propina que doblaba el importe de la carrera, partió calle abajo rumbo al puerto. Alicia se dejó envolver en la brisa fría que portaba aquel olor a barrio, a Barcelona vieja que ni siquiera la lluvia conseguía arrancar. Se sorprendió a sí misma sonriendo. Con el tiempo, incluso los malos recuerdos se disfrazan de blanco.

Su antigua morada quedaba apenas a unos pasos por debajo del cruce con la calle Fernando, frente al antiguo Gran Café. Alicia estaba rebuscando las llaves en el bolsillo de su abrigo cuando oyó que se abría el portal. Alzó la vista y se encontró con el rostro risueño de Jesusa, la portera.

—Jesús, María y José —entonó visiblemente emocionada.

Antes de que Alicia pudiera responder, Jesusa la apresó en uno de sus abrazos de boa constrictor y le cosió la cara a besos que olían a anís.

—Déjeme que la mire bien —dijo la portera liberándola.

Alicia le sonrió.

—No me diga que estoy demasiado flaca.

—Eso se lo dirán los hombres, y por una vez en la vida tendrán razón.

—No sabe cuánto la he echado de menos, Jesusa.

—Zalamera, qué poca vergüenza tiene usted. Déjeme que le dé otro beso que no se merece, tanto tiempo por ahí sin venir ni llamar ni escribir ni nada de nada...

Jesusa Labordeta era una de aquellas viudas de guerra con espíritu y arrestos para nueve vidas que nunca habían podido, ni podrían, vivir. Llevaba quince años trabajando como portera en la finca, en la que ocupaba un diminuto piso de dos habitaciones al fondo del vestíbulo, que compartía con una radio atascada en un dial de seriales románticos y un chucho moribundo que había recogido de la calle y bautizado como

*Napoleón,* aunque a duras penas conseguía conquistar la esquina a tiempo para realizar sus oficios urinarios de primera hora de la mañana y la mitad de las veces acababa por soltar la carga bajo los buzones de la entrada. Complementaba su mísero sueldo haciendo apaños y cosiendo ropa vieja para medio barrio. Las malas lenguas, y en aquellos días casi todas lo eran, gustaban de decir que a Jesusa le iba más el anís que los marineros con pantalones prietos y que en algunas ocasiones, cuando se le iba la mano con la botella, se la oía llorar y gritar encerrada en su minúscula vivienda mientras el pobre *Napoleón* aullaba asustado.

—Ande, pase, que hace un frío de mil demonios.

Alicia la siguió hacia el interior.

—El señor Leandro ha llamado esta mañana para avisar de que volvía usted.

—Siempre tan atento, el señor Leandro.

—Es un caballero —afirmó Jesusa, que le tenía en un altar—. Habla tan bonito...

La finca no poseía ascensor y la escalera parecía haber sido interpuesta por el arquitecto como elemento disuasorio. Jesusa abrió camino y Alicia fue tras ella como pudo, arrastrando su maleta peldaño a peldaño.

—Le he ventilado el piso y le he puesto un poco la casa en solfa, que buena falta hacía. Fernandito me ha ayudado, espero que no le importe. En cuanto se ha enterado de que venía usted no ha parado hasta que le he dejado hacer alguna cosa...

Fernandito era el sobrino de la señora Jesusa. Alma blanca de la que podía aprovecharse hasta un santo, Fernandito sufría del mal del adolescente enamoradizo en estado crónico. Para rematar la faena, la madre naturaleza había querido regodearse en él dotándole con trazas de pardillo. Vivía con su madre en la finca de al lado y trabajaba repartiendo pedidos en un colmado, aunque el grueso de sus labores y talentos estaba consagrado a la composición de poemas de alto vuelo lírico dedicados a Alicia, en quien veía un irresistible cruce entre la Dama de las Camelias y la reina malvada de Blancanieves, pero subido de tono. Poco antes de que Alicia se hubiera marchado de Barcelona tres años atrás, Fernandito le había declarado su amor eterno, su disposición a engendrar una descendencia de no menos de cinco criaturas, Dios mediante, y la promesa de que su cuerpo, su alma y demás enseres serían siempre suyos, todo ello a cambio de un beso de despedida.

—Fernandito, nos llevamos diez años. No está bien que pienses estas cosas —le había dicho en su día Alicia, secándole las lágrimas.

—¿Por qué no me quiere, señorita Alicia? ¿No soy suficiente hombre para usted?

—Fernandito, tú eres hombre de sobra como para hundir a la Armada Invencible, pero lo que tienes que hacer es buscarte una novia de tu edad. En un par de años ya verás cómo tenía yo razón. Yo solo puedo ofrecerte mi amistad.

El orgullo de Fernandito era como un aspirante a púgil con más disposición que cualidades: no importaba cuánto recibiese, siempre volvía a por más.

—Nadie la querrá nunca como yo, Alicia. Nadie.

El día que ella tomaba el tren rumbo a Madrid, Fernandito, que a fuerza de escuchar boleros en la radio llevaba el melodrama en la sangre, la estaba esperando en la estación vestido con un traje de domingo, zapatos recién embetunados y un improbable aire de Carlitos Gardel en miniatura. Portaba un ramo de rosas rojas que posiblemente le había costado lo que ganaba en un mes y estaba determinado a hacerle entrega de una carta de amor y pasión que hubiera derretido de bochorno a lady Chatterley pero que a Alicia solo la hizo llorar, y no de la manera que ansiaba el pobre Fernandito. Antes de que Alicia pudiera subir al tren y ponerse a salvo del aspirante a Casanova, Fernandito se armó de todo el valor y el coraje que llevaba embotellado desde el asalto de la pubertad y le plantó un beso mayúsculo de los que solo se pueden dar con quince años y que le hacen creer a uno, aunque sea por un rato, que hay esperanza en el mundo.

—Me destroza usted la vida, señorita Alicia —afirmó sollozando—. Me moriré de llorar. He leído que a veces pasa. La sequedad de los lagrimales acaba por reventar la aorta. Lo dijeron el otro día por la radio. Ya le enviarán la esquela, para que le pese en la memoria.

—Fernandito, hay más vida en una lágrima tuya de la que yo nunca podría vivir aunque me muriese a los cien años.

—Eso me suena a que lo ha sacado de un libro.

—A ti no hay libro que te haga justicia, Fernandito, como no sea un tratado de biología.

—Váyase ya con su perfidia y su corazón de piedra. Un día, cuando esté más sola que la una, ya me echará de menos.

Alicia le dio un beso en la frente. Se lo habría dado en los labios, pero le hubiera matado.

—Ya te echo de menos. Cuídate, Fernandito. Y procura olvidarme.

Por fin alcanzaron el ático y Alicia, al volver a encontrarse a las puertas de su vieja morada, salió de su trance. Jesusa abrió la puerta y encendió la luz.

—No se preocupe —dijo la portera, como si hubiera leído sus pensamientos—, que el muchacho se ha echado una novia majísima y se ha espabilado un montón. Ande, pase.

Alicia dejó la maleta en el suelo y se adentró en la vivienda. Jesusa aguardó en el umbral. Había flores frescas en un jarrón a la entrada y la casa olía a limpio. Recorrió las habitaciones y los corredores lentamente, como si visitara el piso por primera vez.

Oyó a su espalda a Jesusa dejando las llaves sobre la mesa y volvió al comedor. La portera la miraba con una media sonrisa.

—Como si no hubieran pasado tres años, ¿verdad?

—Como si hubiesen pasado treinta —replicó Alicia.

—¿Cuánto tiempo se va a quedar?

—No lo sé todavía.

Jesusa asintió.

—Bueno, estará cansada. En la cocina encontrará algo de cenar. Fernandito le ha llenado la despensa. Cualquier cosa, ya sabe dónde estoy.

—Muchas gracias, Jesusa.

La portera desvió la mirada.

—Me alegro de que esté otra vez en casa.

—Yo también.

Jesusa cerró la puerta y Alicia oyó sus pasos perdiéndose escaleras abajo. Descorrió las cortinas y abrió las ventanas para asomarse a la calle. El océano de terrados de la Barcelona vieja se extendía a sus pies y las torres de la catedral y de Santa María del Mar se alzaban en la distancia. Escrutó el trazado de la calle Aviñón y detectó una figura que se retiraba en las sombras del portal de La Manual Alpargatera al otro lado de la calle. Quienquiera que fuese estaba fumando y el humo ascendía en volutas de plata que se arrastraban por la fachada del edificio. Alicia mantuvo la mirada fija en aquel punto unos instantes, pero finalmente abandonó. Era pronto para empezar a imaginarse sombras al acecho. Tiempo habría para hacerlo.

Cerró las ventanas y aunque no tenía apetito se sentó a la mesa de la cocina y cenó un poco de pan con queso y frutos secos. Luego descorchó una botella de vino blanco con un lazo rojo que había encontrado en la mesa. El detalle tenía todas las trazas de ser obra de Fernandito, que aún se acordaba de sus debilidades. Se escanció una copa y sorbió con los ojos cerrados.

—Esperemos que no esté envenenado —dijo—. A tu salud, Fernandito.

El vino era exquisito. Se sirvió una segunda copa y se refugió en la butaca del salón. Comprobó que la radio que tenía seguía funcionando. Degustó el vino, un Panadés de buena cosecha, sin prisa y, al rato, aburrida del boletín de noticias que recordaba a la audiencia, si por ventura se había olvidado, que España era la envidia y la luz entre las naciones del mundo, apagó la radio y se dispuso a deshacer la maleta que había llevado. La arrastró hasta el centro del comedor y la abrió en el suelo. Al contemplar el contenido se preguntó para qué se había molestado en cargar con ropa y restos de otra vida que en realidad no tenía intención de volver a utilizar. Tuvo la tentación de cerrarla y pedirle a Jesusa que la entregase al día siguiente en las Hermanas de la Caridad como donativo. Lo único que extrajo del equipaje fue un revólver y dos paquetes de balas. La pieza era un obsequio que le había hecho Leandro en su segundo año de servicio y Alicia sospechaba que tenía un historial previo que su mentor había preferido no desvelarle.

*«Y esto ¿qué es? ¿El cañón del gran capitán?»*

*«Si lo prefieres te consigo una pistola para señoritas, con el mango de marfil y dos cañones dorados.»*

*«¿Y qué hago con ella aparte de practicar el tiro al caniche?»*

*«Procurar que nadie practique contigo.»*

Al final, Alicia había aceptado aquel armatoste como había hecho con tantas cosas de Leandro, en un tácito acuerdo de sumisión y apariencias donde lo innombrable se sellaba con una fría sonrisa de cortesía y un velo de silencio que le permitía mirarse al espejo y mentirse un día más sobre el propósito de su vida. Tomó el arma en las manos y la sopesó. Abrió el tambor y comprobó que estaba descargado. Vació una de las cajas de munición en el suelo y fue introduciendo las seis balas con parsimonia. Se incorporó y se dirigió hacia la estantería repleta de libros que cubría una de las paredes. Jesusa y su ejército de plumeros habían pasado por allí y no quedaba mota de polvo ni huella de su ausencia de tres años en ningún sitio. Tomó el ejemplar de la Biblia encuadernado en piel que reposaba junto a una traducción al francés de *Doctor Faustus* y lo abrió. Las páginas habían sido vaciadas a cuchillo y ofrecían un perfecto estuche para su artillería particular. Escondió el arma en la Biblia y la devolvió al estante.

«Amén», entonó para sí.

Cerró la maleta de nuevo y se fue al dormitorio. Las sábanas recién planchadas y perfumadas la acogieron, y la fatiga del tren y el calor del vino en la sangre hicieron el resto. Cerró los ojos y escuchó el rumor de la ciudad susurrándole al oído.

Aquella noche Alicia volvió a soñar que llovía fuego. Saltaba sobre los tejados del Raval huyendo del estruendo de las bombas mientras los edificios se desplomaban a su alrededor en columnas de fuego y humo negro. Enjambres de aviones se arrastraban en vuelo rasante ametrallando a los que intentaban escapar por los callejones hacia los refugios. Al asomarse a la cornisa de la calle del Arco del Teatro pudo ver a una mujer y a cuatro niños escabulléndose hacia las Ramblas presos del pánico. Una ráfaga de proyectiles barrió el callejón y sus cuerpos estallaron en charcos de sangre y vísceras mientras corrían. Alicia cerró los ojos y fue entonces cuando se produjo la explosión. La sintió antes de oírla, como si un tren la hubiese embestido en la oscuridad. Una punzada de dolor le encendió el costado y las llamas la levantaron en el aire y la lanzaron contra una claraboya que atravesó envuelta en cuchillas de cristal candente. Se precipitó al vacío.

Apenas unos segundos después algo detuvo su caída. Había ido a parar junto a una balaustrada de madera suspendida en la cúspide de una gran estructura. Se arrastró hasta el extremo y al mirar hacia abajo adivinó en la tiniebla el contorno de un armazón forjado en espiral. Se frotó los ojos y escrutó la penumbra al aliento del resplandor rojizo que reflejaban las nubes. A sus pies se extendía una ciudadela hecha de libros y de arquitectura imposible. Al rato oyó pasos aproximándose por una de las escalinatas del laberinto y entrevió la silueta de un hombre de cabello ralo que se arrodilló a su lado y examinó las heridas que cubrían su cuerpo. La tomó en sus brazos y la condujo por túneles, escaleras y puentes hasta llegar a la base de la estructura. Allí la recostó en un lecho y atendió sus heridas, manteniéndola en el umbral de la muerte sin soltarla mientras las bombas seguían cayendo con furia. La luz de fuego se filtraba desde lo alto de la cúpula y le dejaba vislumbrar imágenes parpadeantes de aquel lugar, el más maravilloso que había visto jamás. Una basílica hecha de libros oculta en un palacio que no había existido nunca, un lugar al que solo podría volver en sueños. Porque algo así solo podía pertenecer al otro lado, al lugar donde esperaba su madre, Lucía, y donde había quedado prisionera su alma.

Al amanecer, el hombre de cabello ralo la tomaba de nuevo en sus brazos y juntos recorrían las calles de una Barcelona cubierta de sangre y llamas hasta llegar a un hospicio donde un médico cubierto de ceniza los miraba y negaba por lo bajo.

—Esa muñeca está rota —decía, dándoles la espalda.

Y era entonces cuando, como tantas veces había soñado, Alicia miraba su propio cuerpo y reconocía en él aquel títere de madera chamuscada y humeante del que pendían hilos cortados. Las enfermeras sin ojos se desprendían de las paredes, arrancaban la muñeca de las manos del buen samaritano y la arrastraban hasta un hangar infinito donde se levantaba una montaña colosal de piezas y restos de cientos, miles de muñecas como ella. La lanzaban a la pila y se alejaban, riéndose.

# 4

La despertó el sol acerado de invierno que despuntaba entre los tejados. Alicia abrió los ojos y pensó que aquel sería su primer y último día de libertad en Barcelona. Probablemente aquella misma noche Vargas asomaría la nariz por allí. Decidió que su primera parada del día sería la librería de Gustavo Barceló, que le quedaba muy cerca de allí, en la calle Fernando. Recordando los consejos de Virgilio sobre el librero y su predilección por las señoritas de presencia sugerente, Alicia optó por vestirse para la ocasión. Al enfrentarse a su antiguo armario comprobó que, anticipando su llegada, Jesusa había lavado y planchado todo su guardarropía, que olía a lavanda. Acarició con los dedos sus viejos colores de guerra, calibrando al tacto galas a la altura de su cometido. Aprovechando que en su ausencia habían instalado una nueva caldera en el edificio, se dio una ducha que inundó el piso de vapor.

Envuelta en una toalla que aún lucía el anagrama del hotel Windsor, fue al comedor para encender la radio y sintonizar el dial con la orquesta de Count Basie. Cualquier civilización capaz de producir un sonido así debería tener futuro. Ya en el dormitorio, se desprendió de la toalla y se enfundó unas medias de costura que había comprado en alguna de sus expediciones de autorrecompensa a La Perla Gris. Se calzó unos zapatos de medio tacón que sin duda hubieran merecido la desaprobación de Leandro y se deslizó en un vestido negro de lana que nunca había llegado a estrenar y que dibujaba su perfil al dedillo. Se maquilló sin prisa, acariciando los labios de carmín sangrante. La guinda la puso enfundándose su abrigo de color rojo. Luego, tal como lo había hecho casi todas las mañanas cuando vivía en la ciudad, bajó a desayunar al Gran Café.

Miquel, camarero veterano y fisonomista oficial del barrio, la reconoció tan pronto como cruzó la puerta y la saludó desde la barra como si no hubiesen pasado tres años desde su última visita. Alicia se sentó a una de las mesas junto al ventanal y contempló el viejo bar, desierto a aquellas horas de la mañana. Sin necesidad de que tuviera ni que pedir, Miquel se acercó con una bandeja y le sirvió lo de siempre: un café con leche, un par de tostadas con mermelada de fresa y mantequilla, y un ejemplar de *La Vanguardia* que aún olía a tinta fresca.

—Veo que no se ha olvidado, Miquel.

—Mucho hace que no se la veía por aquí, pero no tanto, doña Alicia. Bienvenida a casa.

Alicia desayunó pausadamente mientras hojeaba el diario. Había olvidado cuánto le gustaba empezar el día repasando los cambios de escenografía en el pesebre viviente de la vida pública de Barcelona reflejados en el espejo de *La Vanguardia* mientras se relamía en mermelada de fresa y derramaba media hora como si le sobrase el tiempo.

Consumado el ritual, se aproximó a la barra, donde Miquel estaba sacando brillo a las copas de vino bajo la luz tibia de la mañana.

—¿Qué se debe, Miquel?

—Se lo pongo en cuenta. ¿Hasta mañana a esta hora?

—Si Dios quiere.

—La veo muy elegante. ¿Visita de gala?

—Mejor aún. De libros.

# 5

La recibió una de esas mañanas invernales de Barcelona que amanecen goteando sol en polvo e invitan al arte del paseo. La librería de Gustavo Barceló quedaba frente a los arcos de la Plaza Real, a apenas unos minutos del Gran Café. Alicia se encaminó hacia allí escoltada por una brigada de barrenderos que sacaban lustre a la calle a golpe de escoba y manguera. Las aceras de la calle Fernando estaban flanqueadas por emporios que más que comercios parecían santuarios: confiterías con aire de orfebrería, sastrerías con escenografía de ópera y, en el caso de la librería de Barceló, un museo donde más que entrar a curiosear uno se sentía tentado de quedarse a vivir. Antes de cruzar el umbral, Alicia se detuvo un instante a saborear el espectáculo de vitrinas y estanterías pulcramente articuladas que se adivinaba tras el escaparate. Al entrar, se fijó en la silueta de un dependiente joven ataviado con una bata azul que estaba aupado en una escalera limpiando el polvo de las alturas. Alicia fingió no reparar en él y se adentró en el local.

—¡Buenos días! —saludó el dependiente.

Alicia se volvió y le obsequió con una sonrisa que habría abierto una caja fuerte.

El joven descendió raudo y se plantó tras el mostrador, colgándose el trapo al hombro.

—¿En qué puedo servir a la señora?

—Señorita —precisó Alicia quitándose los guantes con parsimonia.

El joven asintió embelesado. La simplicidad de estos lances nunca dejaba de sorprenderla. Bendita fuera la bobería de los hombres de buena voluntad en la tierra.

—¿Podría hablar con don Gustavo Barceló, por favor?

—El señor Barceló no se encuentra en este momento...

—¿Y sabría usted cuándo se le puede encontrar?

—A ver... Don Gustavo en realidad ya casi no pasa por la tienda a menos que tenga cita con un cliente. Don Felipe, el encargado, ha ido a Pedralbes para valorar una colección, pero estará de vuelta al mediodía.

—¿Cómo se llama usted?

—Benito, para servirla.

—Mire, Benito, le veo cara de espabilado y seguro que usted puede ayudarme.

—A mandar.

—Verá, es un tema delicado. Me urgiría hablar con el señor Barceló porque se da la circunstancia de que un pariente próximo, gran coleccionista, ha obtenido recientemente una pieza única que tendría interés en vender y le gustaría que don Gustavo actuase como intermediario y asesor en la operación para mantener el anonimato.

—Entiendo —balbuceó el joven.

—La pieza en cuestión es un ejemplar en perfecto estado de uno de los libros de *El Laberinto de los Espíritus,* de un tal Víctor Mataix.

El joven abrió unos ojos como platos.

—¿Mataix, dice?

Alicia asintió.

—¿Le suena a usted?

—Si la señorita es tan amable de esperar un minuto, voy a intentar localizar a don Gustavo ahora mismo.

Alicia sonrió dócilmente. El dependiente desapareció en la trastienda y a los pocos segundos la joven oyó la rueda de un teléfono marcando un número. La voz del dependiente le llegó acelerada y soterrada tras la cortinilla.

—Don Gustavo, disculpe que le... Sí, ya sé qué horas son... No, no me he vuelto... Sí, señor, sí, señor, le ruego... No, le ruego... Claro que me gusta mi trabajo... No, por favor... Un segundo, solo un segundo... Gracias.

El joven recuperó el aliento y regresó al debate con su patrón.

—Hay aquí una señorita que dice tener un Víctor Mataix en perfecto estado para vender.

Un largo silencio.

—No, no me lo invento. ¿Cómo? No. No sé quién es. No, no la había visto nunca. No sé. Joven, muy elegante... Hombre, pues bastante... No, no todas me parecen... Sí, señor, ahora mismo, señor...

El joven apareció en el umbral de la trastienda, todo sonrisas.

—Me pregunta don Gustavo cuándo le iría a usted bien verse con él.

—¿Esta tarde a primera hora? —propuso Alicia.

El joven asintió y desapareció de nuevo.

—Dice que esta tarde. Sí. No lo sé. Le pregunto... Entonces no le pregunto... Lo que usted diga, don Gustavo. Sí, señor. Ahora mismo. No tenga duda. Sí, señor. Usted también.

Cuando el dependiente reapareció parecía algo más aliviado.

—¿Todo bien, Benito? —inquirió Alicia.

—Inmejorable. Disculpe usted las maneras. Don Gustavo es un santo varón, pero tiene sus cosas.

—Me hago cargo.

—Me ha dicho que estará encantado de recibirla a usted esta tarde en el Círculo Ecuestre, si le va bien. Él come hoy allí y estará toda la tarde. ¿Sabe dónde es? ¿La Casa Pérez Samanillo, en Balmes con Diagonal?

—La conozco. Le diré a don Gustavo que ha sido usted de gran ayuda.

—Se agradece.

Alicia se disponía a marcharse cuando el joven, tal vez con ansias de prolongar su visita unos instantes, rodeó el mostrador y se ofreció solícito a acompañarla a la salida.

—Lo que son las cosas —improvisó nervioso—. Tantos años en que nadie ha visto un solo libro de *El Laberinto* y en lo que va de mes ya son dos las personas que vienen a la librería con el tema de Mataix...

Alicia se detuvo.

—¿Ah, sí? Y ¿quién era la otra persona?

Benito adoptó un semblante serio, como si hubiera hablado más de la cuenta. Alicia posó la mano sobre el brazo del joven y apretó de modo afectuoso.

—No se preocupe, que quedará entre nosotros. Es simple curiosidad.

El dependiente dudó. Alicia se inclinó ligeramente hacia él.

—Era un señor de Madrid, con pinta de policía. Me enseñó un carnet de algo —dijo Benito.

—¿Le dijo tal vez cómo se llamaba?

Benito se encogió de hombros.

—Ahora mismo no sé... Me acuerdo de él porque tenía un corte en la cara.

Alicia sonrió de un modo que desconcertó a Benito más de lo que ya lo estaba.

—¿En la mejilla derecha? ¿La cicatriz?

El chico palideció.

—¿Era quizá el nombre Lomana? —preguntó Alicia—. ¿Ricardo Lomana?

—Puede... No estoy seguro, pero...

—Gracias, Benito. Es usted un sol.

Alicia se alejaba ya calle arriba cuando el dependiente se asomó a la puerta y la llamó.

—¿Señorita? No me ha dicho cómo se llama usted...

Alicia se volvió y le sopló a Benito una sonrisa que le duró todo el día y parte de la noche.

# 6

Tras su visita a la librería de Barceló, Alicia se dejó tentar por antiguas rutas y navegó por los meandros del Barrio Gótico sin prisa, rumbo a la segunda parada de la jornada. Caminaba poco a poco, con el pensamiento prendido en Ricardo Lomana y su extraña desaparición. En el fondo no le sorprendía haber tropezado ya con su rastro. Los años le habían enseñado que a menudo Lomana y ella se pisaban los talones siguiendo una misma pista. Nueve de cada diez veces, era ella la que llegaba primero. Lo único notable en este caso era que Lomana, que según les había explicado Gil de Partera al encomendarles la misión, había empezado investigando el caso de las cartas anónimas a Valls, hubiera estado haciendo preguntas apenas unas semanas atrás sobre los libros de Víctor Mataix. Lomana podía ser muchas cosas, pero no era un necio. La buena noticia en todo aquello era que si Lomana había llegado a los libros de El Laberinto por su cuenta, Alicia podía tomarlo como confirmación de que su instinto no la engañaba. La mala era que, tarde o temprano, se iba a tropezar con él. Y sus encuentros raramente acababan bien.

Ricardo Lomana había sido, según se rumoreaba en la unidad, antiguo discípulo del infausto inspector Fumero en la Brigada Social de Barcelona y el más siniestro de cuantos fantoches Leandro había reclutado a lo largo de los años, que eran unos cuantos. En sus años al servicio de Leandro, Alicia había tenido más de un roce con Ricardo Lomana. El más reciente había transcurrido un par de años atrás cuando Lomana, ebrio de licor y rencor al haber resuelto Alicia un caso en el que él llevaba meses enrocado sin remedio, la había seguido una noche hasta su habitación en el Hispania y le había prometido que algún día, cuando Leandro no estuviese allí para protegerla, daría con el momento y el lugar para colgarla del techo y tomarse su tiempo con ella con una caja de herramientas.

—*No eres la primera ni la última zorra de lujo que se busca Leandro, bonita, y cuando él se canse de ti estaré esperando. Y te prometo que lo vamos a pasar de miedo, sobre todo tú, que tienes la carne hecha para el hierro...*

De aquel encuentro Lomana había obtenido un rodillazo en el orgullo que le dejó dos semanas de baja, un brazo con doble fractura y un corte en la mejilla que requirió dieciocho puntos de sutura. Alicia, por su parte, saldó la cita con un par de semanas de insomnio contemplando la puerta de su habitación a oscuras con el revólver en la mesita de noche y un oscuro presentimiento de que lo peor la esperaba en el partido de vuelta.

Decidió apartar a Lomana de su pensamiento y disfrutar de aquella primera mañana en las calles de Barcelona. Prosiguió su paseo al sol sin prisa, midiendo cada paso y deteniéndose frente a un escaparate al mínimo asomo de presión en la cadera. Con los años había aprendido a leer los signos y a hallar el modo de eludir, o cuando menos retrasar, lo inevitable. El dolor y ella eran ya viejos adversarios, veteranos que se conocen bien, se exploran mutuamente y se atienen a las reglas del juego. Y aun así, aquel primer paseo sin el arnés prendido al cuerpo bien valía el precio que sabía que iba a pagar. Tiempo habría para arrepentirse.

No eran todavía las diez de la mañana cuando enfiló Puerta

del Ángel y, al doblar la esquina de la calle Santa Ana, avistó el escaparate de la vieja librería Sempere e hijos. Al otro lado de la calle había un pequeño café. Alicia decidió entrar y sentarse a una de las mesas junto a la ventana. El descanso le iría bien.

—¿Qué pondremos, señorita? —dijo un camarero con aspecto de no haber abandonado el local en por lo menos veinte años.

—Un café solo. Y un vaso de agua.

—¿Grifo de la casa o mineral embotellada?

—¿Qué recomienda?

—Depende de cómo esté de calcio en sangre.

—Que sea de botella. Y natural, por favor.

—Marchando.

Un par de cafés y media hora más tarde, Alicia pudo constatar que ni una sola persona se había detenido siquiera a contemplar el escaparate de la librería. Los libros de contabilidad de Sempere e hijos debían de criar telarañas a la velocidad del olvido. La tentación de cruzar la calle, internarse en aquel bazar encantado y gastarse una fortuna la consumía por dentro, pero Alicia sabía que aquel no era el momento propicio. Lo que ahora procedía era observar. Transcurrió otra media hora y, a falta de acontecimientos, Alicia empezaba a debatir si levar anclas cuando le vio. Andaba distraído, con la cabeza en las nubes, media sonrisa en los labios y ese aire sereno de quienes tienen el lujo de no saber cómo funciona el mundo. Nunca había visto una fotografía suya, pero supo quién era antes de verle aproximarse a la puerta de la librería.

*Daniel.*

Alicia sonrió sin darse cuenta. Cuando Daniel Sempere se disponía a entrar en el establecimiento, la puerta se abrió hacia afuera y una mujer joven, que apenas debía de tener veinte años, salió a su encuentro. La suya era una de esas bellezas limpias, de las que los autores de radionovelas dirían que parecen salir de dentro y hacen suspirar a los bobos enamoradizos adictos a las fábulas de angelitos con corazón de oro. Tenía aquel punto de inocencia, o de pudor, de las niñas de buena familia y vestía como si sospechase la clase de chasis que llevaba bajo las prendas pero no se atreviese a reconocerlo. La famosa Beatriz, se dijo, una Blancanieves perfumada de inocencia en el país de los enanitos.

Beatriz se alzó de puntillas y besó en los labios a su marido. Fue un beso casto, de labios unidos y breve roce. Alicia no pudo dejar de advertir que Beatriz era de las que cerraban los ojos al besar, aunque fuera a su legítimo maridito, y se dejaba rodear el talle. Daniel, por su parte, tenía todavía besar de colegial y un matrimonio temprano no le había enseñado aún cómo se agarraba a una mujer, dónde se ponían las manos y qué se le hacía con los labios. Claramente, nadie le había enseñado. Alicia sintió que se le borraba la sonrisa y que un poso de malicia le invadía las entrañas.

—¿Me pondrá una copa de vino blanco? —pidió al camarero.

Al otro lado de la calle, Daniel Sempere se despidió de su esposa y entró en la librería. Beatriz, vestida con gusto pero escaso presupuesto, partió entre el gentío en dirección a Puerta del Ángel. Alicia estudió su talle y el dibujo que dejaban sus caderas.

—Ay, si yo te vistiera, princesa mía —murmuró.

—¿Decía la señorita?

Alicia se volvió para encontrarse con el camarero, que sostenía su copa de vino blanco y la miraba entre el embobamiento y la aprensión.

—¿Cómo se llamaba usted? —le preguntó ella.

—¿Yo?

Alicia miró a lo largo y ancho del bar, confirmando que estaban a solas.

—¿Ve usted a alguien más?

—Marcelino.

—¿Por qué no se sienta conmigo, Marcelino? No me gusta beber sola. Bueno, miento. Pero me gusta menos.

El camarero tragó saliva.

—Si quiere le invito a algo —le ofreció Alicia—. ¿Una cervecita?

Marcelino la miraba, envarado.

—Siéntese, Marcelino, que no muerdo.

El joven asintió y se sentó al otro lado de la mesa. Alicia le sonrió con dulzura.

—¿Tiene usted novia, Marcelino?

El camarero negó.

—Algunas no saben lo que se pierden. Dígame una cosa. Este bar, ¿tiene alguna otra salida que no sea la entrada principal?

—¿Perdón?

—Que si tiene usted una salida trasera que dé a un callejón, o a la escalera de al lado...

—Hay una que da al patio que va a parar a Bertrellans. ¿Por qué?

—Se lo pregunto porque alguien me está siguiendo.

Marcelino echó un vistazo a la calle, alarmado.

—¿Quiere que llame a la policía?

Alicia posó la mano sobre la del camarero, que estuvo en un tris de transformarse en estatua de sal.

—No hace falta. No es nada serio. Pero preferiría utilizar una salida más discreta, si a usted no le supone un problema.

Marcelino negó.

—Es usted un cielo. Dígame, ¿qué le debo?

—Invita la casa.

—¿Seguro?

Marcelino hizo un gesto afirmativo.

—Lo que digo. Es que las hay que no saben lo bueno que hay por ahí... Dígame, ¿tiene usted teléfono?

—Detrás de la barra.

—¿Le importa si hago una llamada? Es conferencia, pero esa sí que se la pago, ¿eh?

—Las que usted quiera...

Alicia se dirigió a la barra y encontró un viejo teléfono sujeto a la pared. Marcelino, que se había quedado clavado en la mesa, la miraba. Ella le envió un saludo mientras marcaba el número.

—Póngame con Vargas, por favor.

—Es usted Gris, ¿verdad? —preguntó una voz no exenta de retintín al otro lado de la línea—. El capitán esperaba su llamada. Le paso.

Oyó cómo dejaban el auricular en la mesa y llamaban a su compañero.

—Vargas, es doña Inés... —oyó decir a uno de los agentes mientras otro entonaba el estribillo de *Aquellos ojos verdes*.

—Aquí Vargas. ¿Cómo le va? ¿Ya está bailando sardanas?

—¿Quién es doña Inés?

—Usted. Por aquí ya nos han puesto apodo. Yo soy don Juan...

—Qué ingenio el de sus compañeros.

—No se hace usted idea. Aquí sobra talento. ¿Qué tiene que contarme?

—He pensado que me echaría usted de menos.

—Me han plantado mejores partidos y he sobrevivido.

—Me alegro de que lo lleve tan bien. Pensaba que estaría ya de camino hacia aquí.

—Si por mí fuera se quedaba usted allí solita hasta que se jubilase.

—Y sus superiores ¿qué dicen?

—Que me meta en un coche y conduzca el día y parte de la noche para estar mañana ahí con usted.

—Hablando de coches, ¿algo nuevo sobre el de Valls?

—Nada nuevo. Lo encontraron abandonado en..., deje que mire la nota, la carretera de las Aguas, en Vallvidrera. ¿Está eso en Barcelona?

—Más bien encima.

—¿Encima? ¿Como el cielo?

—Algo así. ¿Algún rastro de Valls o de su chófer Vicente?

—Gotas de sangre en el asiento del pasajero. Señales de violencia. Ni rastro de ambos.

—¿Qué más?

—Eso es todo. Y usted ¿qué tiene que decirme a mí?

—Que yo sí que le echo de menos —dijo Alicia.

—Esto de volver a Barcelona la está atontando. ¿Dónde está usted ahora? ¿En peregrinación a la Moreneta?

—Casi. Ahora mismo estoy contemplando el escaparate de Sempere e hijos.

—Muy productivo. ¿Ha hablado por casualidad con Leandro?

—No. ¿Por qué?

—Porque lleva persiguiéndome toda la mañana preguntándome por usted. Haga el favor de llamarle y felicitarle las fiestas o no me va a dejar respirar.

Alicia suspiró.

—Lo haré. Por cierto, necesito que haga algo por mí.

—Ese es mi nuevo propósito en la vida, aparentemente.

—Es un tema delicado —precisó Alicia.

—Mi especialidad.

—Necesito que tire de sus contactos en Jefatura y averigüe de forma discreta en qué andaba un tal Ricardo Lomana antes de hacer mutis por el foro.

—¿Lomana? ¿El desaparecido? Mal bicho.

—¿Le conoce?

—De referencias. Ninguna buena. Veré lo que puedo hacer.

—No le pido más.

Vargas suspiró al otro lado de la línea.

—Calculo que estaré allí mañana por la mañana. Si quiere desayunamos juntos y le cuento lo que he averiguado de su amigo Lomana, si es que averiguo algo. ¿Se comportará usted y no se meterá en líos hasta que llegue?

—Se lo prometo.

# 7

Marcelino continuaba observándola de lejos, alternando su mórbida fascinación con vistazos furtivos a la calle en busca del misterioso perseguidor. Alicia le guiñó el ojo y le hizo una seña con el índice.

—Una llamadita más y ya está...

Marcó el número directo de la *suite* y esperó. El timbre no llegó a sonar ni una vez. Debía de estar sentado junto al teléfono, aguardando, pensó Alicia.

—Soy yo —murmuró.

—Alicia, Alicia, Alicia... —entonó con dulzura la voz de Leandro—. No me gusta que me rehúyas. Ya lo sabes.

—Iba a llamarle ahora mismo. No hacía falta que me pusiera carabina.

—No te entiendo.

—¿No ha puesto a alguien para que me siga?

—Si lo hubiera hecho no sería alguien tan incapaz como para que le detectaras la primera mañana. ¿Quién es?

—Todavía no lo sé. Confiaba en que fuera suyo.

—Pues no. Que no hayan sido los amigos de la comisaría central.

—Debe entonces de andar la cantera local muy seca de talento para que me hayan puesto a este figura.

—No es sencillo encontrar gente capaz. Dímelo a mí. ¿Quieres que haga una llamada y te lo quite de encima?

Alicia pensó.

—Casi que no. Se me ha ocurrido una idea.

—No seas mala con él. No sé a quién te habrán asignado, pero probablemente sea el más novato que han encontrado.

—¿Tan fácil soy?

—Al contrario. Más bien se me ocurre que nadie habrá querido el encargo.

—¿Insinúa que no dejé buen recuerdo?

256

—Siempre te he dicho que es importante guardar las formas. Luego ya ves lo que pasa. ¿Has hablado con Vargas?

—Sí.

—Entonces ya estás al tanto de lo del coche. ¿Todo bien en tu casa?

—Sí. La señora Jesusa lo tenía todo como una patena y me ha planchado hasta el vestido de la primera comunión. Gracias por la gestión.

—No quiero que te falte de nada.

—¿Por eso me envía a Vargas?

—Eso habrá sido iniciativa propia. O de Gil de Partera. Ya te dije que no se fiaban de nosotros.

—¿Por qué será?

—¿Qué planes tienes para hoy?

—He estado de librerías y esta tarde tengo una cita con alguien que podrá aclararme cosas sobre Víctor Mataix.

—Entonces sigues con lo del libro aquel...

—Aunque solo sea para descartarlo.

—¿Le conozco? ¿Al de la cita?

—No lo sé. Es un librero. ¿Gustavo Barceló?

La pausa fue casi imperceptible, pero Alicia la registró.

—No me suena. Llámame si averiguas algo. Y si no, llámame también.

Alicia estaba cavilando alguna réplica punzante cuando oyó que Leandro colgaba. Dejó unas monedas en la barra para cubrir la consumición y las dos llamadas y se despidió de Marcelino con un beso soplado al aire.

—Todo esto entre nosotros, ¿eh, Marcelino?

El camarero asintió con convicción y guio a Alicia hasta una puerta trasera que daba a un patio abierto. Allí se abría una madeja de pasillos entre las fincas del bloque que conducía hasta una salida a una de esas vías lúgubres que tan solo se encuentran en la Barcelona vieja, y que son tan estrechas y prietas como el canalillo entre las nalgas de un seminarista.

La calleja ascendía desde Canuda hasta Santa Ana. Alicia rodeó la manzana y al doblar la esquina se detuvo a observar la escena. Una señora empujaba un carrito con una mano e intentaba arrastrar con la otra a un niño que parecía llevar zapatos encolados al suelo. Un señorito de traje y bufanda tonteaba frente al escaparate de una zapatería mientras contemplaba de refilón a un par de damiselas finas pertrechadas con medias de costura que pasaban de largo, riéndose. Un guardia urbano se paseaba por el centro de la calle sembrando miradas de sospecha. Y allí, casi adherido a la pared de un portal, como si fuese un cartel, Alicia distinguió la silueta de un hombre de estatura breve y una apariencia tan anodina que bordeaba la invisibilidad. El espécimen estaba fumando un cigarro y escrutaba la puerta del café con nerviosismo, mientras consultaba su reloj. No estaba mal elegido, pensó. Era tan insignificante su aspecto que ni el aburrimiento hubiera reparado en él al pasar. Alicia se acercó y se detuvo a escasos centímetros de su pálido cogote. Entonces dibujó una O con los labios y sopló.

El individuo pegó un salto y estuvo a punto de perder el equilibrio. Se volvió y al ver a Alicia perdió el poco color que le quedaba.

—¿Cómo te llamas, corazón? —preguntó ella.

Si el hombrecillo tenía voz no la encontró. Su mirada dio cien vueltas antes de regresar a Alicia.

—Si echas a correr te clavo un punzón en las tripas. ¿Me has entendido?

—Sí —dijo el tipo.

—Era broma. —Alicia sonrió—. Yo no hago esas cosas.

El pobre vestía un abrigo que parecía prestado y tenía las trazas de un roedor acorralado. Valiente espía le habían asignado. Alicia le agarró de la solapa y firme pero amablemente le condujo hasta la esquina.

—¿Cómo te llamas?

—Rovira —musitó.

—¿Eras tú el de anoche a las puertas de La Manual Alpargatera?

—¿Cómo lo sabe?

—Nunca fumes a contraluz de una farola.

Rovira asintió, maldiciéndose por lo bajo.

—Dime, Rovira, ¿cuánto hace que estás en el Cuerpo?

—Mañana iba a hacer dos meses, pero si se enteran en comisaría de que me ha reconocido...

—No tienen por qué enterarse.

—¿No?

—No. Porque tú y yo, Rovira, nos vamos a ayudar el uno al otro. ¿Sabes cómo?

—No la sigo, señorita.

—Por ahí van los tiros, pero llámame Alicia, que estamos en el mismo bando.

Alicia buscó en los bolsillos del abrigo de Rovira y encontró una cajetilla de cigarros de los que se vendían en bares de batalla y hacían matrimonio con el carajillo. Encendió uno y se lo puso en la boca al hombre. Le dejó dar un par de caladas y le sonrió de forma amigable.

—¿Un poco más tranquilo?

Él asintió.

—Dime, Rovira, ¿cómo es que te han puesto precisamente a ti a seguirme?

El tipo dudó.

—No se ofenda, pero nadie más quería el encargo.

—¿Y eso?

Rovira se encogió de hombros.

—No seas tímido, hombre. Desahógate.

—Dicen que lía usted a la gente de mala manera y que trae mala suerte.

—Ya veo. Está claro que eso a ti no te ha amedrentado.

—Peor suerte que la mía ya es difícil. Y tampoco es que tuviese mucha elección.

—¿Y en qué consiste exactamente tu misión?

—Seguirla de lejos y dar parte de dónde está y lo que hace sin que se dé usted cuenta. Y ya ve lo bien que me está saliendo. Ya les dije que esto no era lo mío.

—¿Y por qué te has metido a policía?

—Yo iba para artes gráficas, pero mi suegro es capitán en la central.

—Ya. Y a la señora le van los uniformes, ¿no?

Alicia posó la mano en el hombro de Rovira con gesto maternal.

—Rovira, hay momentos en que un hombre tiene que encontrarse los redaños y, mal que me esté decirlo, enseñarle al mundo que ha nacido para orinar de pie. Y para que veas que eres mucho más capaz de lo que crees, te voy a dar una oportunidad de demostrarlo. A mí, al Cuerpo General de Policía, al suegro y a tu señora esposa, que cuando vea el macho que tiene en casa va a necesitar Aromas de Montserrat para salir del sofoco.

Rovira la contemplaba al borde del vértigo.

—A partir de ahora me seguirás como te han ordenado, pero nunca a menos de cien metros y procurando que no te vea. Y cuando te pregunten dónde he estado y qué he hecho, dirás lo que yo te pida que digas.

—Pero... ¿eso es legal?

—Rovira, tú eres la policía. Es legal lo que tú digas que es legal.

—No sé...

—Claro que sabes. Latín sabes tú. Lo que te falta es confianza en ti mismo.

Rovira pestañeó varias veces, aturdido.

—¿Y si le digo que no?

—No seas así, hombre, ahora que empezábamos a ser amigos. Porque si me dices que no, voy a tener que ir a ver a tu suegro el capitán y contarle que te he encontrado subido a un muro del colegio de las Teresianas meneándotela durante la hora del patio.

—No será usted capaz de hacer eso.

Alicia le miró fijamente a los ojos.

—Rovira, no tienes ni puñetera idea de lo que yo soy capaz de hacer.

El hombre dejó escapar un gemido.

—Es usted mala.

Alicia apretó los labios en un amago de puchero.

—Cuando decida ser mala contigo, lo notarás enseguida. Mañana a primera hora estarás esperando frente al Gran Café y te diré cuál es tu plan del día. ¿Nos entendemos?

Rovira parecía haber encogido varios centímetros durante la conversación y le dirigió una mirada de súplica.

—Todo esto es broma, ¿verdad? Se está usted riendo de mí porque soy novato...

Alicia adoptó su mejor imitación de Leandro y tomó prestada su mirada gélida. Negó despacio.

—No es broma; es una orden. No me falles. España y yo contamos contigo.

# 8

En los albores del siglo XX, cuando el dinero aún olía a perfume y las grandes fortunas, más que heredarse, se escenificaban, un palacio modernista nacido del turbio romance entre el ensueño de grandes artesanos y la vanidad de un potentado se precipitó del cielo y quedó encajado para siempre en el más improbable enclave de la *Belle Époque* barcelonesa.

La llamada Casa Pérez Samanillo llevaba ocupando por espacio de medio siglo el chaflán de Balmes y Diagonal a modo de espejismo, o tal vez de advertencia. Construida originalmente como vivienda familiar en unos tiempos en los que ya casi todas las familias de alcurnia se desprendían de sus palacetes, aquel poema a la abundancia mantenía sus trazas de arrecife parisino iluminando de cobre las calles desde sus ventanales y exhibiendo a los mortales sus escalinatas, salones y arañas de cristal sin pudor alguno. A Alicia siempre le había parecido una suerte de acuario en el que poder contemplar a través de láminas de cristal organismos y formas de vida exóticos e insospechados.

Hacía años ya que aquel opulento fósil no albergaba a familia alguna y en tiempos recientes había pasado a ser la sede del Círculo Ecuestre de Barcelona, una de esas inexpugnables y elegantes instituciones que fermentan en toda gran urbe para que las gentes de buen nombre puedan protegerse del olor a sudor que desprenden aquellos sobre cuyas espaldas sus ilustres ancestros edificaron su fortuna. Leandro, fino observador de estos lances, solía decir que, solucionados el tema de la alimentación y la vivienda, la primera necesidad que se plantea el ser humano es la búsqueda de motivos y recursos con los que sentirse diferente y superior a sus semejantes. La sede del Círculo Ecuestre parecía formulada expresamente a tal fin, y Alicia sospechaba que, de no haberse trasladado Leandro a Madrid años ha, aquellos salones de maderas nobles y exquisita disposición habrían sido el escenario perfecto para que su mentor se aposentara y despachase sus oscuros asuntos con guante blanco.

Un lacayo uniformado hasta las orejas custodiaba la entrada y le abrió el solemne portón de hierro. En el interior del vestíbulo se alzaba un atril iluminado tras el cual encontró a un individuo trajeado y de semblante amojamado que le miró de arriba abajo un par de veces antes de esbozar una mueca dócil.

—Buenas tardes —dijo Alicia—. He quedado aquí con el señor Gustavo Barceló.

El empleado bajó la mirada hasta el cuaderno que tenía en el atril y fingió estudiarlo unos instantes, dándole empaque al ritual.

—¿Y su nombre es...?

—Verónica Larraz.

—Si la señora es tan amable de seguirme...

El recepcionista la condujo a través del suntuoso interior del palacete. A su paso, los socios de la entidad interrumpían sus conversaciones para lanzar miradas de sorpresa y en algún caso casi de escándalo. A todas luces aquel no era un lugar habituado a recibir visitas del género femenino, y más de un patricio parecía interpretar su presencia como una afrenta a su rancia masculinidad. Alicia se limitó a corresponder a sus atenciones con una sonrisa cortés. Por fin llegaron a una sala de lectura dispuesta frente a un gran ventanal que daba a la avenida Diagonal. Allí, sentado en un butacón imperial y saboreando una copa de brandy del tamaño de una pecera, reposaba un caballero de rasgos y bigotes mayestáticos enfundado en un traje de tres piezas rematado por zapatos de dandi. El recepcionista se detuvo a un par de metros y se deshizo en una sonrisa pusilánime.

—¿Don Gustavo? La visita que esperaba...

Don Gustavo Barceló, decano honorario del gremio de libreros de Barcelona y estudioso de todo lo relativo al eterno femenino y su más fino atrezo, se levantó para recibirla con una cálida y deferente reverencia.

—Gustavo Barceló, a sus pies.

Alicia le tendió una mano, que el librero procedió a besar como si fuese la de un pontífice, tomándose su tiempo y aprovechando el trance para hacerle un repaso general que probablemente le desveló hasta la talla de guantes que utilizaba.

—Verónica Larraz —se presentó Alicia—. Es un placer.

—¿Es Larraz el apellido de su pariente coleccionista?

Alicia supuso que el empleado, Benito, había llamado a Barceló tan pronto como ella había abandonado la librería y le había dado el parte del encuentro con pelos y señales.

—No. Larraz es mi apellido de casada.

—Entiendo. Discreción ante todo. Me hago cargo. Por favor, tome asiento.

Alicia se acomodó en la butaca enfrentada a Barceló y saboreó el aire aristocrático y excluyente que destilaba el decorado.

—Bienvenida al rancio abolengo de los nuevos ricos y de los venidos a menos que casan a su descendencia con ellos para perpetuar la casta —comentó Barceló, siguiendo su mirada.

—¿No es usted socio numerario de la casa?

—Me resistí durante muchos años a serlo por motivos de higiene, pero con el tiempo las circunstancias me llevaron a sucumbir a las realidades de la ciudad y a nadar con la corriente.

—Seguro que tiene sus ventajas.

—No lo dude. Se conoce a gente necesitada de gastar su heredado patrimonio en cosas que ni comprende ni le hacen falta, se cura uno de cualquier ensoñación romántica sobre las autoproclamadas élites del país y el brandy es inmejorable. Además, este es un magnífico lugar para hacer arqueología social. En Barcelona habitan más de un millón de personas, pero a la hora de la verdad apenas unas cuatrocientas son las que guardan las llaves de todas las puertas. Y esta es una ciudad de puertas cerradas donde todo depende de quién tiene la llave, a quién se le abre y en qué lado del umbral queda uno. Pero dudo que esto sea noticia para usted, señora Larraz. ¿Puedo ofrecerle algo, amén de discursos y moralinas de viejo librero?

Alicia negó.

—Por supuesto. Al grano, ¿verdad?

—Si no es mucha molestia.

—Muy al contrario. ¿Ha traído el libro?

Alicia extrajo de su bolso el ejemplar de *Ariadna y el Príncipe Escarlata* envuelto en un pañuelo de seda y se lo ofreció. Barceló lo tomó con ambas manos y tan pronto como sus dedos rozaron la cubierta se le iluminaron los ojos y una sonrisa de gozo se esparció en sus labios.

—*El Laberinto de los Espíritus...* —murmuró—. Imagino que no me va a decir cómo lo ha conseguido.

—El propietario preferiría mantener el secreto al respecto.

—Me hago cargo. Con su permiso...

Don Gustavo abrió el libro y fue pasando las hojas lentamente, saboreando el encuentro con la expresión de un *gourmet* que se deleita con una dádiva única e irrepetible. Alicia empezó a sospechar que el veterano librero la había olvidado y se había perdido en las páginas del volumen cuando este detuvo su examen y le lanzó una mirada inquisitiva.

—Perdone la osadía, señora Larraz, pero tengo que confesarle que no acabo de entender por qué alguien, en este caso el coleccionista a quien usted representa, querría desprenderse de una pieza así...

—¿Cree que le sería difícil encontrar un comprador?

—En absoluto. Deme un teléfono y en veinte minutos le presento como mínimo cinco ofertas al alza, menos mi comisión del diez por ciento. Esa no es la cuestión.

—¿Y cuál es la cuestión, don Gustavo, si no es mucho preguntar?

Barceló apuró su copa de brandy.

—La cuestión es si realmente quiere usted vender esta pieza, señora *Larraz*... —replicó Barceló, arrastrando el apellido ficticio con ironía.

Alicia se limitó a sonreír tímidamente. Barceló asintió.

—No hace falta que me responda, ni tampoco que me diga su verdadero nombre.

—Mi nombre es Alicia.

—¿Sabía usted que el personaje central de la serie de *El Laberinto de los Espíritus,* Ariadna, es un homenaje a otra Alicia, la de Lewis Carroll y su País, en este caso Barcelona, de las Maravillas?

Alicia fingió sorpresa, negando con suavidad.

—En el primer libro de la serie, Ariadna encuentra un libro de encantamientos en el desván del caserón de Vallvidrera en el que vive con sus padres hasta que ellos desaparecen de forma misteriosa una noche de tormenta. Creyendo que si conjura a un espíritu de las sombras tal vez pueda encontrarlos, Ariadna abre sin darse cuenta un pórtico entre la Barcelona real y su reverso, un reflejo maldito de la ciudad. La Ciudad de los Espejos... El suelo se quiebra a sus pies y Ariadna cae por una escalera de caracol interminable rumbo a las tinieblas hasta llegar a esa otra Barcelona, el laberinto de los espíritus, donde queda condenada a vagar por los círculos del infierno que ha construido el Príncipe Escarlata y por los que va hallando almas malditas a las que intenta salvar mientras busca a sus padres desaparecidos...

—¿Y consigue Ariadna encontrar a sus padres y salvar a alguna de esas almas?

—Por desgracia, no. Pero le pone empeño. A su manera es una heroína, aunque sus devaneos con el Príncipe Escarlata la van convirtiendo poco a poco también en un reflejo oscuro y perverso de sí misma, un ángel caído, por así decirlo...

—Parece una historia ejemplar.

—Lo es. Dígame, *Alicia,* ¿es eso a lo que se dedica usted, a descender a los infiernos en busca de problemas?

—¿Por qué habría de querer buscar problemas?

—Porque, como imagino que ya le habrá contado el bobo de Benito, no hace mucho se presentó en la librería un individuo con pinta de carnicero de la Brigada Social haciendo preguntas parecidas a las suyas y algo me dice que ustedes dos se conocen...

—El individuo al que se refiere se llama Ricardo Lomana y no anda usted desencaminado.

—Yo nunca ando desencaminado, señorita. El problema son los caminos en los que a veces me encuentro.

—¿Qué le preguntó con exactitud Lomana?

—Quería saber si alguien había adquirido recientemente algún libro de Víctor Mataix, ya fuera en subastas, en compras privadas o en el mercado internacional.

—¿No le preguntó nada acerca de Víctor Mataix?

—El señor Lomana no daba mucho el pego como letraherido, pero tuve la impresión de que sabía sobre Mataix todo lo que necesitaba saber.

—¿Y qué le dijo usted?

—Le di las señas del coleccionista que desde hace siete años ha estado comprando todos los ejemplares de *El Laberinto de los Espíritus* que no fueron destruidos en 1939.

—¿Todos los libros de Mataix que había en el mercado los ha comprado la misma persona?

Barceló asintió.

—Todos menos el suyo.

—¿Y quién es ese coleccionista?

—No lo sé.

—Me acaba de decir que le dio sus señas a Lomana.

—Le di las señas del abogado que le representa y que realiza todas las transacciones en su nombre, un tal Brians. Fernando Brians.

—¿Ha tratado usted con el abogado Brians, don Gustavo?

—Habré hablado con él una o dos veces a lo sumo. Por teléfono. Un hombre serio.

—¿Por asuntos relacionados con los libros de Mataix?

Barceló hizo un gesto afirmativo.

—¿Qué puede decirme de Víctor Mataix, Don Gustavo?

—Muy poco. Sé que trabajaba a menudo como ilustrador, que había publicado varias novelas con aquel par de sinvergüenzas de Barrido y Escobillas antes de empezar a trabajar en los libros de *El Laberinto* y que vivía recluido en una casa en la carretera de las Aguas, entre Vallvidrera y el observatorio Fabra, porque su esposa sufría alguna enfermedad rara y él no podía, o no quería, dejarla sola. Poco más. Eso y que desapareció en 1939, después de que los nacionales entraran en Barcelona.

—¿Y dónde podría averiguar algo más acerca de él?

—Está difícil. La única persona que se me ocurre que podría ayudarla es Vilajuana, Sergio Vilajuana, un periodista y escritor que conoció a Mataix. Es un cliente habitual de la librería y quien más sabe de estos temas. Recuerdo haber oído decir que andaba trabajando en un libro sobre Mataix y toda la generación de escritores malditos de la Barcelona que se esfumó después de la guerra...

—¿Es que hay más?

—¿Escritores malditos? Es una especialidad local, como el *allioli.*

—¿Y dónde puedo encontrar al señor Vilajuana?

—Pruebe en la redacción de *La Vanguardia.* Pero si me permite un consejo, más vale que tenga preparada una historia mejor que la de su coleccionista secreto. Vilajuana no se chupa el dedo.

—¿Qué me aconseja?

—Tiéntele.

Alicia sonrió con picardía.

—Con el libro. Si sigue interesado en Mataix no creo que se resista a echarle un vistazo a este ejemplar. En estos tiempos encontrar un Mataix es casi tan difícil como encontrar a una persona decente en una posición de prestigio.

—Gracias, don Gustavo. Ha sido usted una gran ayuda. ¿Puedo pedirle que guarde el secreto de esta conversación?

—Descuide. Guardar secretos es lo que me mantiene joven. Eso y el brandy caro.

Alicia volvió a envolver el libro en el pañuelo y lo guardó en su bolso. Aprovechó para tomar su lápiz de labios y perfilarse la sonrisa como si estuviese a solas, espectáculo que Barceló contempló con fascinación y vaga inquietud.

—¿Qué tal? —preguntó Alicia.

—De nota.

Ella se incorporó y se enfundó el abrigo.

—¿Quién es usted, Alicia?

—Un ángel caído —respondió, ofreciendo la mano y guiñándole un ojo.

—Pues ha venido usted al lugar idóneo.

Don Gustavo Barceló estrechó su mano y la observó al alejarse rumbo a la salida. Regresó al refugio de su butacón y se perdió en su copa de brandy casi vacía, pensativo. Al poco la vio pasar de largo a través del ventanal. El atardecer había tendido un manto de nubes rojizas sobre Barcelona y el sol de poniente perfilaba las siluetas de los transeúntes que recorrían las aceras de la Diagonal y de los coches que brillaban como lágrimas de metal candente. Barceló fijo la mirada en aquel abrigo rojo que se alejaba hasta que Alicia pareció evaporarse entre las sombras de la ciudad.

# 9

Aquella tarde, tras dejar a Barceló al amparo del brandy y de sus sospechas, Alicia enfiló la Rambla de Cataluña de regreso a casa revisitando el desfile de tiendas de postín que prendían ya las luces de sus escaparates. Recordó los días en que había aprendido a observar aquellos emporios y a las gentes respetables y peripuestas que los frecuentaban con codicia y recelo.

Recordó aquellos en los que había entrado a robar y lo que se había llevado, los gritos del encargado y los clientes a su espalda, el fuego en las venas al saberse perseguida y el dulce sabor a venganza, a justicia, al sentir que les había arrancado algo de las manos que creían poseer por derecho divino. Recordó el día en que su carrera de pillaje terminó en un cuarto húmedo y oscuro en los sótanos de la comisaría central de Vía Layetana. Era un sótano sin ventanas, con apenas una mesa de metal clavada al suelo y dos sillas. En el centro de la habitación había un desagüe y el suelo todavía estaba húmedo. Olía a mierda, sangre y lejía. Los dos policías que la habían detenido la esposaron de pies y manos a la silla y la dejaron allí encerrada durante horas para que tuviese la oportunidad de imaginar todo lo que le iban a hacer.

—Lo contento que se va a poner Fumero cuando sepa que tiene aquí una zorra bien jovencita. Te va a dejar nueva.

Alicia había oído hablar de Fumero. En la calle se contaban historias sobre él y sobre lo que les sucedía a los infelices que acababan en una mazmorra como aquella en los sótanos de la comisaría. No sabía si temblaba de frío o de miedo, y cuando horas más tarde se abrió la puerta metálica y oyó voces y pasos, cerró los ojos y sintió cómo la orina se le escurría entre los muslos y le resbalaba por las piernas.

—Abre los ojos —dijo la voz.

El rostro de un hombre de mediana estatura con aspecto de notario de provincias le sonrió de modo afable a través de las lágrimas. No había nadie más en la habitación. El tipo, pulcramente trajeado y tocado de un aroma a colonia alimonada, la contempló en silencio durante unos instantes y luego rodeó la mesa despacio y se situó a su espalda. Alicia apretó los labios para ahogar el gemido de terror que le encendió la garganta cuando sintió aquellas manos sobre sus hombros y la boca rozándole el oído izquierdo.

—No tengas miedo, Alicia.

Ella empezó a agitarse con fuerza, tambaleándose en la silla a la que estaba sujeta. Notó que las manos del hombre descendían por su espalda y cuando comprobó que la presión que le atenazaba las muñecas cedía, tardó unos segundos en comprender que su captor le había quitado las esposas. La circulación regresó poco a poco a sus extremidades, y con ella el dolor. El hombre le tomó los brazos y los posó con delicadeza en la mesa. Se sentó junto a ella y empezó a masajearle las muñecas.

—Mi nombre es Leandro —dijo—. ¿Mejor?

Alicia asintió. Leandro sonrió y liberó sus manos.

—Ahora voy a quitarte los grilletes de los tobillos. También te va a doler un poco. Pero antes necesito saber que no vas a hacer ninguna tontería.

Ella negó.

—Nadie va hacerte daño —dijo Leandro mientras le retiraba las esposas.

Cuando estuvo libre, Alicia se levantó de la silla y buscó el cobijo de un rincón de la habitación. Los ojos del hombre repararon en el charco de orina a los pies de la silla.

—Lo siento, Alicia.

—¿Qué quiere?

—Quiero que hablemos. Nada más.

—¿De qué?

—Del hombre para el que has estado trabajando estos dos últimos años, Baltasar Ruano.

—No le debo nada.

—Lo sé. Quiero que sepas que Ruano ha sido detenido, junto con la mayoría de tus compañeros.

Alicia le miró con recelo.

—¿Qué le van a hacer?

Leandro se encogió de hombros.

—Ruano está acabado. Ha confesado después de un largo interrogatorio. Ahora le espera el garrote. Es cuestión de días. Es una buena noticia para ti.

Alicia tragó saliva.

—¿Y a los demás?

—Son apenas unos críos. Reformatorio o prisión. Eso los que tengan suerte. Los que vuelvan a la calle tendrán los días contados.

—¿Y a mí?

—Eso depende.

—¿De qué?

—De ti.

—No entiendo.

—Me gustaría que trabajases para mí.

Alicia le observó en silencio. Leandro se acomodó en la silla y la contempló sonriente.

—Hace tiempo que te vengo observando, Alicia. Creo que tienes condiciones.

—¿Para qué?

—Para aprender.

—¿Aprender a qué?

—A sobrevivir. Y también a utilizar tu talento para algo más que llenarle los bolsillos a un chorizo de poca monta como Ruano.

—¿Y quién es usted?

—Yo soy Leandro.

—¿Es usted de la policía?

—Algo así. Piensa en mí como en un amigo.

—Yo no tengo amigos.

—Todos tenemos amigos. Es cuestión de saber encontrarlos. Lo que te propongo es que durante los próximos doce meses trabajes conmigo. Tendrás un alojamiento digno y un sueldo. Serás libre de marcharte cuando quieras.

—¿Y si me quiero marchar ahora?

Leandro señaló la puerta.

—Si eso es lo que quieres, puedes irte. Volver a la calle.

Alicia clavó los ojos en la puerta. Leandro se incorporó y la abrió. Luego regresó a la silla y le dejó el camino libre.

—Nadie va a detenerte si decides salir por esa puerta, Alicia. Pero la oportunidad que te ofrezco se quedará aquí.

Ella dio unos pasos hacia la salida. Leandro no hizo ademán alguno de detenerla.

—¿Y si me quedo con usted?

—Si decides darme un voto de confianza lo primero será buscarte un baño caliente, ropa nueva y una cena en Las Siete Puertas. ¿Has estado allí alguna vez?

—No.

—Hacen un arroz negro buenísimo.

Alicia sintió que le crujían las tripas de hambre.

—¿Y después?

—Después irás a tu nuevo hogar, donde tendrás una habitación y un baño para ti sola, a descansar y a dormir en tu propia cama con sábanas limpias por estrenar. Y mañana, sin prisa, iré a buscarte y pasaremos por mi despacho para que te empiece a explicar lo que hago.

—¿Y por qué no me lo dice ahora?

—Digamos que me dedico a solucionar problemas y a poner a criminales como Baltasar Ruano, y otros mucho mucho peores, fuera de la circulación para que no puedan causarle daño a nadie. Pero lo más importante que hago es encontrar a personas excepcionales que, como tú, no saben que lo son y les enseño a desarrollar su talento para que puedan hacer el bien.

—Hacer el bien —repitió Alicia con frialdad.

—El mundo no es el lugar amoral que has conocido hasta ahora, Alicia. El mundo es simplemente un espejo de quienes lo formamos y no es ni más ni menos que lo que hacemos de él entre todos. Por eso las personas que, como tú y como yo, nacemos con un don tenemos la responsabilidad de utilizarlo por el bien de los demás. El mío es saber reconocer el talento en otros y guiarlos para que llegado el momento puedan tomar la decisión adecuada.

—Yo no tengo ningún talento. Ningún don...

—Claro que lo tienes. Confía en mí. Y sobre todo, confía en ti misma, Alicia. Porque hoy, si tú quieres, puede ser el primer día de la vida que te robaron y que, si me das la oportunidad, voy a devolverte.

Leandro sonrió con calidez y Alicia sintió un turbio y doloroso deseo de abrazarle. El hombre le tendió la mano. Paso a paso, Alicia cruzó la habitación hasta él. Posó la mano en la de aquel extraño y se perdió en su mirada.

—Gracias, Alicia. Te juro que no te arrepentirás.


El eco de aquellas palabras tan lejanas en el tiempo se desvaneció poco a poco. El dolor empezaba a enseñar las uñas y Alicia optó por caminar con más lentitud. Sabía que desde que había salido del Círculo Ecuestre alguien la estaba siguiendo.

Podía sentir su presencia y sus ojos acariciando su silueta desde la distancia, esperando. Al llegar al semáforo de la calle Rosellón se detuvo y se volvió un poco, peinando la calle a su espalda con una mirada casual y escrutando a las decenas de paseantes que habían salido a ramblear, a lucir el uniforme para ver y ser vistos allí donde correspondía. Deseó que se tratase del pobre Rovira, pero no podía dejar de preguntarse si entre ellos, hábilmente escondido a una treintena de metros en algún portal o tras un grupo de transeúntes que pudieran velar su presencia, estaría Lomana. Observándola, pisándole los talones y acariciando con anhelo en el bolsillo de su abrigo la cuchilla que hacía tiempo que le tenía reservada. Una manzana más abajo avistó las cristaleras de la confitería Mauri, repletas de delicias presentadas con maestría para endulzar la melancolía otoñal de señoras de buena cuna. Volvió a escudriñar a su espalda y decidió refugiarse allí unos instantes.

Una joven de semblante adusto y virginal la condujo a una mesa junto a la ventana. La confitería Mauri siempre le había parecido un opulento fumadero de azúcar refinado al que se retiraban a conspirar damas de cierta edad y posición al amparo de exquisitas manzanillas y repostería al borde del pecado. Aquella tarde la parroquia congregada confirmaba su diagnóstico y Alicia, tentada a sentirse una más entre las elegidas, procedió a pedir un café con leche y un massini de nata que había avistado al entrar y que llevaba escrito su nombre. Mientras esperaba, encajó con sonrisa ausente las miradas que las matronas enjoyadas y blindadas en galas de Modas Santa Eulalia le lanzaban desde las otras mesas, leyendo en sus labios los comentarios *soto voce* que su presencia había conseguido inspirar. «Si me pudieran arrancar la piel a tiras y hacerse una máscara con ella lo harían», pensó.

Tan pronto como llegó el dulce a la mesa, Alicia engulló la mitad con avidez y en pocos segundos sintió el azúcar en la sangre. Extrajo del bolso el frasco que le había entregado Leandro al despedirse en la estación de Atocha y lo abrió. Tomó una de las pastillas y la examinó en la palma de la mano unos segundos antes de llevársela a los labios. Una nueva punzada de dolor en la cadera acabó por convencerla. Se tragó la pastilla con un largo sorbo de café con leche y se comió el resto del dulce, más para vestir el estómago que otra cosa. Permaneció allí por espacio de media hora, observando a la gente pasar y esperando a que el medicamento hiciese efecto. Tan pronto como sintió que el dolor se ahogaba en aquel velo turbio de somnolencia que se esparcía por su cuerpo, se incorporó y abonó la consumición en la caja.

Al pie de la confitería detuvo un taxi y le dio su dirección. El taxista tenía ganas de conversación y le dedicó un largo monólogo, al que Alicia se limitó a asentir vagamente. A medida que el narcótico le helaba la sangre, las luces de la ciudad parecían desvanecerse en un manto acuoso como si fuesen manchas de acuarela resbalando sobre un lienzo. Los sonidos del tráfico le llegaban lejanos.

—¿Se encuentra bien? —preguntó el taxista al detenerse frente al portal del piso de la calle Aviñón.

Ella asintió y le pagó la carrera sin esperar cambio. El taxista, no del todo convencido de su buena condición, esperó a que atinase a meter la llave del portal en la cerradura. Alicia deseó no encontrarse con Jesusa o con algún vecino ávido de reencuentros y conversaciones de rellano. Tanteó la escalera con paso ligero y, tras un ascenso entre sombras y vértigos que se le hizo interminable, alcanzó la puerta de su piso y consiguió de milagro dar con la llave y ganar el interior.

Una vez dentro, tomó de nuevo el frasco y extrajo dos píldoras más con dedos temblorosos. Dejó caer el bolso a sus pies y se dirigió hasta la mesa del comedor. La botella de vino blanco con la que le había obsequiado Fernandito seguía allí. Llenó la copa hasta desbordarla y, sosteniéndose con una mano aferrada a la mesa, se tragó las dos pastillas y apuró el contenido en un solo sorbo, alzando la copa vacía en honor a Leandro y su *Y sobre todo nunca con alcohol.*

Se tambaleó por el corredor que conducía al dormitorio abandonando la ropa a su paso. Sin molestarse en encender la luz, se desplomó sobre la cama. A duras penas consiguió tirar del cobertor para taparse. Las campanas de la catedral resonaron en la distancia y Alicia, rendida, cerró los ojos.

## 10

En el sueño, el extraño no tenía rostro. Describía una silueta negra que parecía haberse desprendido de las sombras líquidas que goteaban del techo de la habitación. Al principio creyó haberle visto observándola inmóvil al pie del lecho, pero luego se dio cuenta de que se había sentado en el borde de la cama y estaba retirando las sábanas que la cubrían. Sintió frío. El extraño se desenfundaba los guantes negros sin prisa. Sus dedos estaban helados cuando Alicia notó cómo le tocaban el vientre desnudo y buscaban la cicatriz que se esparcía sobre su cadera derecha. Las manos del extraño exploraron los pliegues de la herida y sus labios se posaron sobre su cuerpo. El contacto cálido de la lengua acariciando la cresta de aquella marca le produjo náuseas. Solo cuando oyó pasos alejándose por el corredor comprendió que no estaba sola en el piso.

Palpó en la penumbra hasta encontrar el interruptor y prendió la lamparilla de noche. La luz la cegó y se tapó los ojos. Oyó pasos en el comedor y el sonido de una puerta al cerrarse. Abrió de nuevo los ojos para encontrar su cuerpo desnudo tendido sobre el lecho. Las sábanas estaban apiladas en el suelo. Se incorporó lentamente, sujetándose la cabeza.

La embargó una sensación de vértigo y por un instante creyó que se desvanecía.

—¿Jesusa? —llamó con voz quebrada.

Recogió una sábana del suelo y se envolvió en ella. Consiguió recorrer el pasillo buscando las paredes con las manos, palpando a ciegas. El rastro de ropa que había ido dejando por el corredor horas antes había desaparecido. El comedor estaba sumido en una penumbra acerada, el contorno de muebles y estanterías insinuado en la trama de azul que se filtraba desde la ventana. Encontró el interruptor y encendió la lámpara que pendía del techo. Sus ojos se ajustaron poco a poco a la claridad. Tan pronto como comprendió lo que estaba viendo, el miedo le aclaró el pensamiento y la escena entró en su campo visual como si hasta entonces hubiese estado contemplándolo todo a través de una lente desenfocada.

Su ropa estaba recogida sobre la mesa del comedor. El abrigo rojo descansaba en una de las sillas. Su vestido estaba dispuesto con pulcritud encima de la mesa y doblado con la pericia de un profesional. Las medias habían sido delicadamente extendidas con la costura a un lado. La ropa interior, alisada sobre la mesa, parecía preparada para el mostrador de una tienda de lencería. Alicia sintió de nuevo el brote de náusea. Se acercó a la estantería y sacó la Biblia. Abrió el tomo y extrajo el arma que guardaba allí. Al hacerlo, el libro, hueco, le resbaló de las manos y cayó a sus pies. No hizo amago de recogerlo. Tensó el percutor y sostuvo el revólver con las dos manos.

Solo entonces reparó en su bolso, colgado del respaldo de una silla. Recordaba haberlo dejado caer al suelo al entrar. Se aproximó a él. Estaba cerrado. Lo abrió y la invadió una sensación de frío. Dejó caer el bolso de nuevo, maldiciéndose a sí misma. El libro de Mataix ya no estaba allí.

Pasó el resto de la noche en penumbra, hecha un ovillo en un rincón del sofá, con el arma en las manos y los ojos clavados en la puerta, escuchando los mil y un quejidos que la estructura del viejo edificio destilaba como si se tratase de un buque a la deriva. El alba la sorprendió cuando empezaban a desplomársele los párpados. Se incorporó y contempló su reflejo en la ventana. Más allá, un manto púrpura se esparcía sobre el cielo y dibujaba un desfile de sombras entre los terrados y las torres de la ciudad. Alicia se asomó a la ventana y comprobó que las luces del Gran Café ya salpicaban el empedrado de la calle. Barcelona apenas le había concedido un día de tregua.

«Bienvenida de vuelta», se dijo.

## 11

Vargas la esperaba en el comedor del Gran Café acariciando una taza humeante y ensayando una sonrisa de armisticio con que recibirla. Alicia le avistó tan pronto como salió al portal, su silueta dibujando un doble reflejo en la cristalera del café. El policía se había instalado en la misma mesa que había ocupado ella la mañana anterior y aparecía rodeado por los restos de lo que debía de haber sido un opíparo desayuno, y por un par de periódicos. Alicia cruzó la calle hasta la entrada y respiró hondo antes de abrir la puerta. Al verla entrar, Vargas se incorporó y la saludó nerviosamente con la mano. Ella le devolvió el saludo y se aproximó a la mesa haciendo un gesto a Miquel para que le sirviera su desayuno habitual. El camarero asintió.

—¿Qué tal su viaje? —dijo Alicia.

—Largo.

Vargas esperó a que ella se sentara para hacer lo propio. Se miraron a los ojos en silencio. Él la contemplaba con el ceño fruncido, confundido.

—¿Qué? —preguntó Alicia.

—Esperaba una maldición o algún recibimiento más en su línea —improvisó Vargas.

Alicia se encogió de hombros.

—Si fuera un poco más tonto casi diría que se alegra de verme —añadió Vargas.

Ella sonrió débilmente.

—No exagere.

—Me asusta usted, Alicia. ¿Ha pasado algo?

Miquel se aproximó con cautela a la mesa portando las tostadas de Alicia y su tazón de café con leche. Ella le dedicó un asentimiento y el camarero se retiró raudo para desaparecer de forma discreta tras la barra. Alicia tomó una de las tostadas y la mordió sin ganas. Vargas la miraba con cierta preocupación.

—¿Entonces? —preguntó al fin, impaciente.

Alicia procedió a resumir sus andanzas del día, y la noche, anterior. A medida que iba desgranando el relato, el rostro de Vargas adquiría un gesto sombrío. Cuando ella hubo terminado de explicarle cómo había pasado las horas hasta el amanecer con el revólver en la mano esperando a que la puerta del piso volviese a abrirse, Vargas negó por lo bajo.

—Hay algo que no entiendo. Dice que un hombre ha entrado mientras usted estaba dormida y se ha llevado el libro.

—¿Y qué parte es la que no entiende?

—¿Cómo sabe que era un hombre?

—Porque lo sé.

—Entonces no estaba dormida.

—Estaba bajo los efectos de la medicación. Ya se lo he dicho.

—¿Qué parte es la que no me ha contado?

—La que no le concierne.

—¿Le ha hecho algo?

—No.

Vargas la miraba con incredulidad.

—Mientras la esperaba, aquí su amigo Miquel me ha ofrecido una buhardilla que tienen arriba, prácticamente con vistas a su casa. Le voy a decir que me suba la maleta y le abonaré un par de semanas por adelantado.

—No hace falta que se quede aquí, Vargas. Váyase a un buen hotel. Invita Leandro.

—Es eso o me instalo en su sofá. Usted elige.

Alicia suspiró, sin ánimos para empezar otra batalla.

—No me había dicho que tenía un arma —dijo Vargas.

—No me lo había preguntado.

—¿Y sabe utilizarla?

Alicia le clavó los ojos.

—Y yo que la hacía más de corte y confección —dijo el policía—. ¿Me hará el favor de llevarla siempre encima? Dentro y fuera de casa.

—Sí, señor. ¿Pudo averiguar algo sobre Lomana?

—En Gobernación nadie suelta prenda. La impresión que me dio es de que no sabían nada. En el Cuerpo la versión es la que ya debe usted de haber oído. Le transfirieron de su unidad hará cosa de un año para que asistiera en el caso de los anónimos a Valls. Estuvo investigando por su cuenta. Se suponía que debía reportar a Gil de Partera. En algún momento dejó de hacerlo. Desapareció del mapa. ¿Qué historia se lleva usted con él?

—Ninguna.

Vargas frunció el ceño.

—¿No estará pensando que fue él quien entró anoche en su casa para robarle el libro y hacer lo que sea que no me quiere usted contar?

—Usted se lo dice todo.

Vargas la observaba de reojo.

—Esa medicación, ¿es para la herida que sufrió?

—No, la tomo para divertirme. ¿Qué edad tiene usted, Vargas?

Él alzó las cejas, sorprendido.

—Probablemente el doble que usted, aunque prefiero no pensarlo. ¿Por qué?

—No irá a creerse que es usted mi padre o algo así, ¿verdad?

—No se haga ilusiones.

—Lástima —dijo Alicia.

—No se enternezca. No le va.

—Eso dice Leandro.

—Por algo será. Si ya hemos terminado el interludio sentimental, ¿por qué no me cuenta qué planes tenemos para hoy?

Alicia apuró el resto del tazón y le hizo una seña a Miquel para que le sirviese otro.

—¿Ya sabe usted que amén de cafeína y cigarrillos el cuerpo necesita hidratos de carbono, proteínas y todo eso?

—Hoy le prometo que iremos a comer a Casa Leopoldo y que invitará usted.

—Qué alivio. ¿Y antes?

—Antes vamos a reunirnos con mi espía particular, el bueno de Rovira.

—¿Rovira?

Alicia le ofreció un sucinto resumen de su encuentro con Rovira el día anterior.

—Debe de andar por ahí fuera, muerto de frío.

—Que se joda —dijo Vargas—. ¿Y después de pasarle las órdenes del día a su aprendiz?

—Había pensado que podíamos ir a visitar a un abogado. Fernando Brians.

Vargas asintió sin ganas.

—¿Quién es?

—Brians representa a un coleccionista que lleva años comprando todos los ejemplares de las novelas de Víctor Mataix.

—Sigue usted con lo del libro. No se lo tome a mal, pero ¿no cree que lo sensato sería ver qué tienen que contar en comisaría sobre el coche que usó Valls para salir de Madrid? Por poner un ejemplo de algo realmente relacionado con el caso que nos ocupa.

—Tiempo habrá para eso.

—Disculpe, Alicia, pero ¿estamos todavía intentando encontrar al ministro Valls mientras aún hay posibilidades de que esté con vida?

—El coche es una pérdida de tiempo —sentenció Alicia.

—¿El mío o el suyo?

—El de Valls. Pero si así se queda más tranquilo, de acuerdo. Usted gana. Vamos a ver el suyo.

—Gracias.


## 12


Fiel a su promesa, Rovira esperaba en la calle tiritando y con aspecto de estar maldiciendo el día en que había nacido y todos los que lo habían seguido. El aprendiz de espía parecía haber encogido unos diez centímetros desde la jornada anterior. Su semblante delataba un rictus angustiado que sugería un principio incipiente de úlcera. Vargas lo identificó sin necesidad de que Alicia se lo señalase.

—¿Es ese el as de intrigas?

—El mismo.

Rovira alzó la vista al oír pasos aproximándose. Al registrar a Vargas tragó saliva y buscó su cajetilla de cigarros con mano temblorosa. Alicia y Vargas se colocaron cada uno a un lado de Rovira.

—Creía que vendría usted sola —balbuceó Rovira.

—Eres un romántico, Rovira.

Este exhaló un amago de risa nerviosa. Alicia le arrancó el cigarrillo de los labios y lo lanzó lejos.

—Oiga... —protestó Rovira.

Vargas se inclinó levemente sobre él y Rovira se encogió, si cabe, un poco más.

—A la señorita le hablas solo cuando ella te pregunte. ¿Estamos?

El otro asintió.

—Rovira, hoy va a ser tu día de suerte —dijo Alicia—. Se

acabó pasar frío. Te vas a ir al cine. El Capitol empieza las matinales a las diez y ponen un ciclo de películas de la mona Chita que te van a encantar.

—De Oscar —corroboró Vargas.

—Perdone usted, doña Alicia, pero antes de que aquí su compañero me rompa el pescuezo quisiera pedirle, si no es mucha molestia y agradeciendo de antemano su generosidad, que me ayude usted un poco a mí. Lo que pido es poco. No me diga que me vaya al cine. Ya me gustaría, pero si me pillan en Jefatura se me va a caer el poco pelo que me queda. Déjeme que la siga. Muy de lejos. Si quiere me dice por adelantado adónde va a ir y así casi ni la molestaré. Le aseguro que ni me verá. Pero al final del día tengo que pasar un informe de dónde ha estado y lo que ha hecho o me pondrán en pepitoria. Usted no sabe cómo es esa gente. Que se lo diga su compañero...

Vargas contempló a aquel pobre diablo con cierta simpatía. En cada comisaría parecía haber un infeliz como ese, el felpudo en el que todos se limpiaban el lodo de los zapatos y con el que se atrevían hasta las fregonas.

—Usted me dice qué sitios puedo reportar y cuáles no. Y todos ganamos. Se lo pido de rodillas...

Antes de que Alicia pudiera decir nada, Vargas señaló a Rovira con el índice y tomó la palabra.

—Mire, pollo, me recuerda usted a Charlot y me ha caído bien. Le propongo lo siguiente: nos va a seguir de lejos, pero muy de lejos. Como de la Rioja al Peñón. Como le vea, le huela o le imagine a menos de doscientos metros, usted y yo vamos a tener una conversación cuerpo a cuerpo, y no creo que en Jefatura se tomen a bien verle entrar con la jeta rehecha a base de hostias benditas.

Rovira pareció perder la respiración unos segundos.

—¿Le vale así o quiere un anticipo? —remató Vargas.

—Doscientos metros. Faltaría. Échele doscientos cincuenta, cortesía de la casa. Muchísimas gracias por su generosidad y comprensión. No se arrepentirá. Que no quede dicho que Rovira no cumple lo...

—Lárguese ya, que me caliento solo de verle —sentenció Vargas en su tono más funesto.

Rovira ofreció un fugaz amago de reverencia y partió a escape. Vargas le vio escurrirse entre el gentío y sonrió.

—Es usted un sentimental —murmuró Alicia.

—Y usted un angelito. Permítame hacer una llamada a Linares para saber si nos dejan ir a ver el coche esta mañana.

—¿Quién es Linares?

—Uno de los buenos. Empezamos juntos y sigue siendo un buen amigo. ¿De cuánta gente se puede decir lo mismo después de veinte años en la policía?

Volvieron a entrar en el café y Miquel les cedió el teléfono. Vargas llamó a la comisaría central de Vía Layetana y se entregó a un vals conversacional de camaradería viril, bromas de dudoso gusto y estudiado compadreo con su compañero Linares a fin de ganarse la licencia para acercarse a curiosear y a echarle un vistazo al coche que presumiblemente habían utilizado Mauricio Valls y su chófer, pistolero y correveidile para viajar de Madrid a Barcelona. Alicia había seguido la conversación como si escuchase una comedia de salón, saboreando la métrica experta y el duende de Vargas para camelarse a sus colegas y trazar grandilocuentes párrafos desprovistos de contenido alguno.

—Todo resuelto —concluyó al colgar el teléfono.

—¿Está seguro? ¿No ha pensado que el tal Linares habría querido saber que va usted conmigo?

—Por supuesto que lo he pensado. Por eso no lo he mencionado.

—¿Y qué va a decir cuando me vean?

—Que somos novios. No sé. Algo se me ocurrirá.

Tomaron un taxi frente al ayuntamiento y partieron justo cuando el tráfico de Vía Layetana empezaba a espesarse en el ralentí tortuoso de primera hora de la mañana. Vargas contemplaba pensativo el desfile de fachadas monumentales que emergían como buques en la bruma matinal. El taxista les dedicaba ocasionales miradas furtivas por el espejo, probablemente especulando sobre la extraña pareja que dibujaban, pero sus inquietudes y cavilaciones quedaron amansadas por la llegada de una vigorosa tertulia radiofónica de ámbito deportivo en la que se debatía con vehemencia si la liga de fútbol estaba ya perdida o si, por el contrario, quedaban todavía razones para seguir viviendo.

## 13

Lo llamaban *El Museo de las Lágrimas*. El inmenso pabellón se alzaba en una tierra de nadie varada entre el parque zoológico y la playa. A su alrededor se extendía una ciudadela de fábricas y hangares tramada a espaldas del mar y presidida por la gran Torre de las Aguas, una suerte de castillo circular suspendido en el cielo. El Museo de las Lágrimas era una reliquia, una ruina salvada del derribo que se había llevado por delante casi todas las estructuras construidas para la Gran Exposición Universal de 1888. Tras años de abandono, el pabellón había sido adjudicado por el ayuntamiento a la Jefatura Superior de Policía, que lo había adoptado como almacén y catacumba al uso. Allí se apilaban en un infinito depósito forense décadas de sumarios, pruebas, botines, objetos confiscados, armas y toda suerte de artilugios, memorandos y tesoros resultantes de más de setenta años de polvo, crimen y castigo en la ciudad de Barcelona.

El edificio levantaba una bóveda similar a la cercana Estación de Francia. Su techumbre laminada filtraba cuchillas de luz que atravesaban la tiniebla y se derramaban sobre una madeja de corredores de centenares de metros que superaban en altura a la mayoría de los edificios del Ensanche. Un complejo sistema de escaleras y pasarelas pendía de las alturas a modo de tramoya fantasmal para permitir el acceso a las zonas superiores, donde anidaban los documentos y objetos que daban cuenta de la historia secreta de Barcelona desde el ocaso del siglo XIX. En sus ya siete décadas en ejercicio, toda suerte de artefactos habían quedado atrapados en aquel limbo. Desde carrozas y automóviles antediluvianos utilizados en crímenes hasta un enciclopédico arsenal de armas y venenos. El edificio contenía suficientes obras de arte comprometidas en el inventario de sumarios insolubles como para abrir varios museos. Particular fama entre los estudiosos tenía una macabra colección de cadáveres disecados que había sido hallada en los sótanos de la mansión de un magnate indiano en el barrio de San Gervasio que, en sus años de fortuna y gloria en Cuba, había adquirido la afición por la cacería y el martirio de esclavos y que, a su regreso, había dejado un rastro de desapariciones nunca resueltas entre el lumpen que frecuentaba los salones y cafés del Paralelo.

Había una galería completa dedicada a almacenar frascos de cristal con una variada fauna de inquilinos permanentes flotando en formol amarillento. El palacio contaba con una formidable armería de puñales, punzones y un sinfín de ingenios cortantes que hubieran puesto los pelos de punta al más experimentado carnicero. Una de las secciones más célebres era el pabellón cerrado a cal y canto al que solo se accedía con permisos de las más altas instancias y que albergaba materiales y documentación requisados en las investigaciones de crímenes y los casos de ámbito religioso y ocultista. Se decía que aquel archivo contenía jugosos dosieres sobre miembros de la alta sociedad barcelonesa con relación al caso de la llamada Vampira de la calle Poniente, así como correspondencia y minutas del caso de los exorcismos de Mossèn Cinto Verdaguer en un piso cercano a la calle Princesa que nunca habían visto, ni verían, la luz.

Los lugares que sirven de morada perpetua a tamaña galería de calamidades acostumbran a destilar una trama de oscuridades que inspira en el visitante el deseo de salir de allí a toda prisa, so pena de quedar atrapado en su interior y pasar a formar parte de la colección permanente. El Museo de las Lágrimas no era una excepción, y aunque los expedientes policiales se referían a él por su verdadero nombre, Sección Trece, su reputación y el acumulativo espectral de desgracias que atesoraba en su interior le habían valido el apodo por el que todos lo conocían.

Cuando el taxi los dejó a las puertas de la Sección Trece, el que parecía haber sido designado como cancerbero del lugar esperaba ya en el umbral portando un manojo de llaves prendido del cinto y con un semblante que hubiera cosechado premios en un concurso de enterradores.

—Este debe de ser Florencio —comentó Vargas en voz baja antes de abrir la puerta del coche—. Déjeme hablar a mí.

—Todo suyo —dijo Alicia.

Se apearon del taxi y Vargas tendió la mano al vigilante.

—Buenos días, Juan Manuel Vargas, de Jefatura Central. He hablado con Linares hará unos minutos. Me ha dicho que le iba a llamar y avisarle de que venía para aquí.

Florencio asintió.

—El capitán Linares no me ha avisado de que iba acompañado.

—La señorita es mi sobrina Margarita, que ha tenido la amabilidad de hacerme de guía y secretaria estos días en la Ciudad Condal. ¿No se lo han comentado?

Florencio negó, buscando a Alicia con la mirada.

—Margarita, saluda a don Florencio; es Florencio, ¿verdad?, autoridad absoluta de la Sección Trece.

Alicia se adelantó unos pasos y le tendió tímidamente la mano. Florencio frunció el ceño pero optó por no decir nada.

—Pasen ustedes.

El vigilante los guio hasta el portón principal y los invitó a pasar.

—¿Hace mucho que está usted aquí, Florencio? —preguntó Vargas.

—Un par de años. Antes estuve diez años en el depósito.

Vargas le miró, confundido.

—De cadáveres —aclaró el otro—. Si son tan amables de seguirme, lo que buscan está en el pabellón nueve. Se lo he dejado ya preparado.

Lo que visto desde fuera se antojaba una gran estación de tren abandonada, en el interior se desvelaba una vasta basílica que se perdía en la infinidad. Un sistema de alumbrado eléctrico tendía guirnaldas de bombillas suspendidas que le conferían a la penumbra un tinte dorado. Florencio los guio a través de incontables galerías pobladas de toda suerte de artilugios, cajas y arcones. Alicia pudo vislumbrar al vuelo desde una colección de animales disecados hasta un batallón de maniquís. Muebles, bicicletas, armas, cuadros, estatuas religiosas e incluso un recinto espectral poblado exclusivamente por lo que parecían autómatas de feria.

Florencio debió de advertir la mirada de asombro con que Alicia iba absorbiendo la atmósfera de aquel lugar. Se aproximó a ella y señaló hacia lo que parecía una carpa de feria.

—No se creerían ustedes lo que llegamos a tener aquí. Hay días que no me lo creo ni yo.

A medida que se adentraban en la retícula de corredores advirtieron que flotaba en el aire una extraña letanía de lo que parecían ruidos animales. Por un instante, Alicia creyó que se estaban aventurando a través de una jungla poblada por aves tropicales y felinos al acecho. Florencio se deleitó con la perplejidad que leía en sus rostros y dejó escapar una risotada infantil.

—No, no se han vueltos ustedes locos, aunque este sitio haga puntos para que uno vaya perdiendo el oremus sin darse ni cuenta —explicó—. Es por el zoo, que está justo ahí detrás. Aquí se oye de todo. Elefantes, leones y cacatúas. Por la noche, las panteras empiezan a gemir y le ponen a uno los pelos de punta. Pero las peores son las monas. Como la gente, pero sin todo el teatrillo. Por aquí, por favor. Ya casi estamos...

El automóvil estaba cubierto con una lona fina que dibujaba su contorno. Florencio la retiró con mano experta y la dobló. Tenía dispuestos ya un par de focos sujetos a trípodes que había colocado a ambos lados del coche. Una vez conectados a un alargo que pendía del entramado del alumbrado, proyectaron dos intensos haces amarillentos que convirtieron el automóvil en una escultura de metal reluciente. Complacido con el resultado de su escenografía, Florencio procedió a abrir las cuatro puertas del vehículo y se alejó unos pasos con una reverencia.

—Ahí está —entonó.

—¿Tiene usted a mano el informe pericial? —preguntó Vargas.

Florencio asintió.

—Lo tengo en la oficina. Ahora mismo se lo traigo.

El vigilante partió raudo en busca del informe casi levitando a un palmo del suelo.

—Usted el lado del pasajero —ordenó Vargas.

—Sí, querido tío.

Lo primero que advirtió Alicia fue el olor. Alzó la vista hacia Vargas, que asintió.

—Pólvora —dijo.

El policía señaló las manchas oscuras de sangre seca que salpicaban el asiento del pasajero.

—Es poca sangre para una herida de bala —estimó Alicia—. Posiblemente un rasguño...

Vargas negó con lentitud.

—Un disparo dentro del coche habría dejado una herida de salida y el proyectil estaría alojado en la carrocería, en los asientos. Tan poca sangre es probable que venga de otra herida, tal vez de arma blanca. O de un golpe.

Vargas palpó el halo de pequeñas marcas horadadas en el respaldo del asiento.

—Quemado —murmuró—. El disparo fue de dentro a fuera.

Alicia se retiró del asiento y buscó la manivela de la ventanilla. Al accionarla, apenas un cerco de aristas de cristal asomó por el borde. Al pie de la ventanilla se apreciaban fragmentos de cristal pulverizado.

—¿Lo ve?

Por espacio de unos minutos procedieron a registrar el coche de arriba abajo, en silencio. La policía local había peinado el vehículo a conciencia y no había dejado para ellos nada de interés más que un fajo de viejos mapas de carretera en la guantera y una libreta de espiral sin cubiertas. Alicia pasó las páginas.

—¿Hay algo? —preguntó Vargas.

—En blanco.

Florencio, que había regresado sigilosamente con el informe pericial, los observaba desde la penumbra.

—Limpio como una patena, ¿verdad? —les dijo.

—¿Había algo en el coche cuando lo trajeron?

Florencio les tendió el informe pericial.

—Ya estaba así cuando lo trajeron.

Vargas tomó el informe y empezó a repasar el inventario de artículos reseñados.

—¿Es eso normal? —inquirió Alicia.

—¿Disculpe? —replicó Florencio, solícito.

—Preguntaba si es normal que el coche no fuera registrado aquí.

—Eso depende. Lo habitual es que haya una primera inspección en el lugar de los hechos y luego una más en profundidad aquí.

—¿Y la hubo?

—No, que yo sepa.

—Aquí en el informe dice que el coche fue encontrado en la carretera de las Aguas. ¿Es una vía muy transitada? —quiso saber Vargas.

—No. Es más bien un camino sin asfaltar de varios kilómetros que bordea la ladera de la montaña —dijo Florencio—. No hay ni aguas ni carretera propiamente dicha.

La explicación iba dirigida a Vargas, pero Florencio guiñó un ojo a Alicia mientras la formulaba. Ella le sonrió la gracia.

—Los investigadores creen que el coche fue abandonado allí *a posteriori*, pero que el incidente sucedió en otro lugar —añadió Florencio.

—¿Alguna idea?

—Encontraron restos de una gravilla fina entre los surcos de los neumáticos. Piedra caliza. No del mismo tipo que recubre la carretera de las Aguas.

—¿Y eso?

—Si les pregunta a los investigadores, le dirán que hay docenas de sitios donde se encuentra.

—¿Y si le preguntamos a usted, Florencio? —dijo Alicia.

—Un recinto ajardinado. Tal vez un parque. Es posible que el patio de una vivienda particular.

Vargas señaló el informe.

—Ya veo que han resuelto ustedes dos el caso —interrumpió Vargas—, pero si no es mucho pedir, ¿podría obtener una copia?

—Esa es una copia. Puede quedársela. ¿Alguna cosa más que pueda hacer por ustedes?

—Si fuera tan amable de llamarnos un taxi...

# 14

Ya en el coche, Vargas no despegó los labios y mantuvo la mirada fija en la ventana, su malhumor esparciéndose como veneno en el aire. Alicia le golpeó suavemente con la rodilla.

—Anime esa cara, hombre, que vamos a Casa Leopoldo.

—Nos están haciendo perder el tiempo —murmuró Vargas.

—¿Y eso le sorprende?

Él la miró enfurecido. Alicia sonreía plácidamente.

—Bienvenido a Barcelona.

—No sé qué le hace tanta gracia.

Alicia abrió su bolso y extrajo el cuaderno de notas que había encontrado en el coche de Valls. Vargas suspiró.

—Dígame que eso no es lo que creo que es.

—¿Ya se le va despertando el apetito?

—Sin entrar en que sustraer pruebas de un sumario es en sí una falta grave, todo lo que veo ahí es una libreta de páginas en blanco.

Alicia introdujo la uña entre los aros de la espiral metálica que sujetaba el lomo del cuaderno y extrajo un par de tiras de papel que habían quedado atrapadas en el interior.

—¿Y?

—Páginas arrancadas —dijo ella.

—De gran utilidad, sin duda.

Alicia extendió la primera página del cuaderno sobre la ventanilla del taxi. El trasluz del sol perfiló el relieve de los trazos marcado en el papel. Vargas se inclinó y forzó la vista.

—¿Números?

Alicia asintió.

—Hay dos columnas. La primera está formada por secuencias de números y letras. La segunda, solo de números. Secuencias de entre cinco y siete cifras. Fíjese bien.

—Ya lo veo. ¿Y?

—Que los números son consecutivos. Empiezan en el cuarenta mil trescientos algo y acaban en el cuarenta mil cuatrocientos siete u ocho.

La mirada de Vargas se iluminó, aunque una sombra de duda todavía planeaba sobre su rostro.

—Podría ser cualquier cosa —dijo.

—Mercedes, la hija de Valls, recordaba que su padre había mencionado algo de una lista a su guardaespaldas la noche antes de desaparecer. Una lista con números...

—No sé, Alicia. Lo más probable es que no sea nada.

—Tal vez —convino ella—. ¿Qué tal ese apetito?

Vargas sonrió al fin, vencido.

—Si invita usted, algo haremos.

La visita al Museo de las Lágrimas y la promesa —que posiblemente quedaría apenas en anhelo— de que aquel improbable indicio encontrado en el relieve de una página en blanco pudiera conducirlos a alguna parte había encendido el ánimo de Alicia. Olfatear un rastro nuevo era siempre un placer secreto: el perfume del porvenir, como gustaba llamarlo Leandro. Confundiendo el buen humor con el apetito, Alicia encaró el menú de Casa Leopoldo con impronta de cosaco y pidió por los dos, y por dos más. Vargas la dejó hacer sin rechistar y cuando el desfile de ricas viandas empezó a fluir sin cesar y Alicia a duras penas pudo hacerle frente, el veterano policía se limitó a negar por lo bajo mientras daba buena cuenta de su ración y de unas cuantas más.

—En esto de la mesa también hacemos un gran equipo —comentó repelando un rabo de toro de aroma prodigioso—. Usted pide y yo devoro.

Alicia mordisqueaba su plato como si fuera un pajarillo, sonriente.

—No quiero ser un aguafiestas, pero no se haga demasiadas ilusiones —dijo Vargas—. Esos números quizá no sean más que referencias de recambios que tenía el chófer o vaya usted a saber el qué.

—Muchos recambios son esos. ¿Qué tal el rabo?

—De catálogo. Como uno que me comí en Córdoba en la primavera de 1949 y con el que todavía sueño.

—¿Solo o acompañado?

—¿Me está usted investigando, Alicia?

—Es simple curiosidad. ¿Tiene usted familia?

—Todo el mundo tiene familia.

—Yo no —cortó ella.

—Perdone, no...

—No hay nada que perdonar. ¿Qué le ha contado Leandro de mí?

Vargas pareció sorprendido por la pregunta.

—Algo le diría. O algo preguntaría usted.

—Yo no pregunté. Y él apenas dijo gran cosa.

Alicia sonrió fríamente.

—Entre nosotros. Ande. ¿Qué le contó de mí?

—Mire, Alicia, el juego que se lleven entre ustedes no es asunto mío.

—Vaya, entonces es que le contó más de lo que admite.

Vargas la encaró, irritado.

—Me dijo que es usted huérfana. Que perdió a sus padres en la guerra.

—¿Qué más?

—Que tiene una herida que le produce un dolor crónico. Y que eso afecta a su carácter.

—Mi carácter.

—Dejémoslo.

—¿Qué más?

—Que es usted una persona solitaria y que tiene problemas estableciendo lazos afectivos.

Alicia rio sin ganas.

—¿Eso dijo? ¿Con esas palabras?

—No me acuerdo con exactitud. ¿Podemos cambiar de tema?

—Vale. Hablemos de mis lazos afectivos.

Vargas puso los ojos en blanco.

—¿Cree usted que tengo problemas estableciendo lazos afectivos?

—Ni lo sé ni me concierne.

—Leandro nunca pronunciaría una frase así, plagada de tópicos. Diría que parece sacada del consultorio sentimental de una revista de patrones de moda.

—Debí de ser yo entonces, que estoy suscrito a varias.

—¿Qué dijo exactamente?

—¿Por qué se hace usted esto, Alicia?

—¿Hago el qué?

—Martirizarse.

—¿Así me ve usted? ¿Como una mártir?

Vargas la miró en silencio, negando al fin.

—¿Qué dijo Leandro? Le prometo que si me dice la verdad no le preguntaré más.

Vargas calibró la alternativa.

—Dijo que usted no cree que nadie la pueda querer porque no se quiere a sí misma y que piensa que nunca nadie la ha querido. Y que no se lo perdona al mundo.

Alicia bajó la mirada y forzó una risa leve. Vargas advirtió que tenía los ojos vidriosos y carraspeó.

—Creía que quería que le hablase de mi familia —comentó.

Alicia se encogió de hombros.

—Mis padres eran de un pueblecito de...

—Quería decir si tenía mujer e hijos —atajó ella.

Vargas la miró, sus ojos vacíos de expresión alguna.

—No —dijo tras una pausa.

—No quería molestarle. Disculpe.

Vargas sonrió sin ganas.

—No me molesta. ¿Y usted?

—¿Si tengo mujer e hijos? —preguntó Alicia.

—O lo que sea.

—Me temo que no —replicó ella.

Vargas alzó su vaso de vino a modo de brindis.

—Por las almas solitarias.

Alicia tomó su copa y rozó la de Vargas, evitando su mirada.

—Leandro es un necio —opinó el policía al rato.

Alicia negó despacio.

—No. Es simplemente cruel.

El resto de la comida transcurrió en silencio.

Valls despierta en la oscuridad. El cuerpo de Vicente ya no está allí. Martín se lo debe de haber llevado mientras dormía. Solo a ese malnacido se le podría haber ocurrido encerrarle con un cadáver. Una mancha viscosa dibuja en el suelo el contorno que había ocupado el cuerpo. En su lugar hay una pila de ropa vieja pero seca y un cubo pequeño lleno de agua. Sabe a metal y huele a sucio, aunque tan pronto como Valls humedece los labios y consigue tragar un sorbo le parece que es el manjar más delicioso que ha probado en toda su vida. Bebe hasta saciar una sed que creía insaciable, hasta que le duelen el estómago y la garganta. Luego se desprende de los harapos ensangrentados y mugrientos que le cubren y se enfunda algunas de las prendas que encuentra en el montón. Huelen a polvo y a desinfectante. El dolor de la mano derecha se ha adormecido y en su lugar siente un palpitar sordo. Al principio no se atreve a mirarse la mano, pero cuando lo hace observa que la mancha negra se ha extendido y le llega a la muñeca, como si la hubiera sumergido en un cubo de alquitrán. Puede oler la infección y sentir cómo su propio cuerpo se está pudriendo en vida.

—Es la gangrena —dice la voz en la oscuridad.

El corazón le da un vuelco y Valls se vuelve para descubrir a su carcelero sentado a los pies de la escalera, observándole. Valls se pregunta cuánto rato lleva allí.

—Vas a perder la mano. O la vida. De ti depende.

—Ayúdeme, por favor. Le daré lo que pida.

El carcelero le contempla, impasible.

—¿Cuánto tiempo llevo aquí?

—Poco.

—¿Trabaja usted para Martín? ¿Dónde está él? ¿Por qué no viene a verme?

El carcelero se incorpora. El soplo de luz que se filtra desde lo alto de la escalera le roza el rostro. Valls puede ver ahora la máscara con claridad, una pieza de porcelana que le cubre media cara. Está pintada de color carne. El ojo está siempre abierto y no pestañea. El carcelero se acerca a los barrotes para que le pueda ver bien.

—No te acuerdas, ¿verdad?

Valls niega despacio.

—Ya te acordarás. Hay tiempo.

Se vuelve y se dispone a ascender de nuevo la escalera cuando Valls extiende la mano izquierda a través de los barrotes en señal de súplica. El carcelero se detiene.

—Por favor —implora Valls—. Necesito un médico.

El carcelero extrae un paquete del bolsillo del abrigo y lo lanza al interior de la celda.

—Decide tú si quieres vivir o pudrirte poco a poco como tú has dejado pudrirse a tantos inocentes.

Antes de irse, enciende una vela y la deja en un pequeño hueco escarbado en la pared en forma de hornacina.

—Por favor, no se vaya...

Valls oye cómo los pasos se pierden y la puerta se cierra. Entonces se arrodilla para recoger el paquete envuelto en papel de estraza. Lo abre con la mano izquierda. Al principio no acierta a dilucidar qué es. Solo cuando toma el objeto y lo contempla a la lumbre de la vela lo reconoce.

Una sierra de ebanistería.

# 16

Barcelona, madre de laberintos, alberga en lo más sombrío de su corazón una madeja de callejones anudados en un arrecife de ruinas presentes y futuras en el que viajeros intrépidos y espíritus extraviados de toda condición quedan atrapados para siempre en un distrito al que, a falta de más certera advertencia, algún bendito cartógrafo tuvo a bien bautizar como el Raval. Al salir de Casa Leopoldo, una retícula de callejas pobladas de tugurios, prostíbulos y un arsenal de bazares donde toda suerte de mercachifles ofertaban artículos bajo el radar de la legalidad los recibió en todo su tenebroso esplendor.

La comilona había dejado a Vargas afectado de un ligero hipo que intentaba domar resoplando y golpeándose el pecho con los nudillos.

—Eso le pasa por *golafre* —sentenció Alicia.

—Ya tiene narices. Primero me empapuza y luego se pitorrea.

Una moza de la vida de rotundos encantos y disposición rapaz los observaba con interés estrictamente comercial desde un portal tras el cual oficiaba un transistor que estaba dando a luz a la rumba catalana en toda su mestiza gloria.

—¿Hace una siestecita a dúo con tu flaca y una mujer de verdad, mi *arma*? —invitó la dama del atardecer.

Vargas negó, vagamente azorado, y apretó el paso. Alicia sonrió y le siguió, intercambiando una mirada con la mujerona del portal, que viendo a la presa alejarse se encogió de hombros y le dedicó un repaso de pies a cabeza como si se preguntara si aquello que contemplaba era lo que se llevaba ahora entre los caballeros bien calzados.

—Este barrio es una calamidad social —dijo Vargas.

—¿Quiere que le deje solo un rato a ver si lo resuelve? —preguntó Alicia—. Creo que acaba de hacer una amiga que le quitará ese hipo en un santiamén.

—No me pinche, que estoy a punto de reventar.

—¿Quiere algo de postre?

—Una lupa. A ser posible de escala industrial.

—Creía que no tenía usted fe en los números.

—Uno cree en lo que puede, no en lo que quiere. A menos que sea un cretino, en cuyo caso invierte esos términos.

—No sabía que el empacho le ponía a usted filosófico.

—Hay muchas cosas que usted no sabe, Alicia.

—Por eso aprendo algo nuevo cada día.

Alicia le tomó del brazo.

—No se haga ilusiones —advirtió Vargas.

—Eso ya me lo ha dicho antes.

—Es el mejor consejo que se le puede dar a nadie en esta vida.

—Qué pensamiento más triste, Vargas.

El policía la miró y Alicia pudo ver en sus ojos que hablaba en serio. Se le borró la sonrisa de los labios y, sin pensarlo, se alzó de puntillas y le plantó un beso en la mejilla. Era un beso casto, de cariño y amistad, un beso que no esperaba nada y pedía menos aún.

—No haga eso —dijo Vargas echando a caminar.

Alicia advirtió que la buscona del portal la seguía observando y había presenciado aquella escena. Se miraron brevemente y la veterana negó por lo bajo, sonriendo con amargura.


# 17


La tarde había quedado velada de nubes bajas que filtraban un halo verdoso y conferían al Raval el aspecto de una aldea sumergida en las aguas de un pantano. Enfilaron la calle Hospital rumbo a las Ramblas y una vez allí Alicia guio a Vargas entre el gentío que desfilaba hasta la Plaza Real.

—¿Adónde vamos? —preguntó él.

—En busca de la lupa que decía usted.

Cruzaron la plaza y se dirigieron al corredor que la rodeaba bajo los arcos. Allí, Alicia se detuvo frente al escaparate de un bazar acristalado en cuyo interior se entreveía una pequeña jungla de animales salvajes congelados en un instante de furia que contemplaban la eternidad con ojos de cristal. Vargas alzó la vista hacia el cartel sobre la puerta y, más abajo, hacia las letras grabadas sobre la puerta acristalada:

# MUSEO
## Vda. de L. Soler Pujol
### Teléfono 404451

—¿Y esto?

—La gente lo llama el museo de las bestias, pero en realidad es un establecimiento de taxidermia.

Tan pronto como entraron en la tienda, Vargas pudo apreciar la riqueza de la colección de animales disecados que contenía el local. Tigres, aves, lobos, simios y toda una regalía de especies exóticas poblaban aquel improvisado museo de ciencias naturales que hubiera hecho las delicias, o las pesadillas, de más de un estudioso de la fauna exótica de los cinco continentes. Vargas se paseó por las vitrinas, admirando la maestría que evidenciaban aquellas piezas de taxidermia.

—Ahora sí que se le ha quitado el hipo —comentó Alicia.

Oyeron unos pasos aproximándose a su espalda y se volvieron, para encontrar a una señorita delgada como un lápiz que los observaba con las manos unidas sobre el pecho. Vargas pensó que tenía el aspecto y la mirada de una mantis religiosa.

—Buenas tardes. ¿Qué se les ofrece?

—Buenas tardes. Quisiera hablar con Matías, si es posible —dijo Alicia.

La mantis redobló la dosis de recelo que teñía su mirada.

—¿En relación con...?

—Una consulta técnica.

—¿Y puedo preguntar de parte de quién?

—Alicia Gris.

La mantis les dedicó un repaso ocular a conciencia y, tras arrugar el morro con desaprobación, partió sin prisa hacia la trastienda.

—Me está usted descubriendo una Barcelona de lo más acogedora —murmuró Vargas—. Estoy por mudarme.

—¿No tiene suficientes glorias disecadas en la capital?

—Ojalá. Mucho vivo es lo que hay por allí. ¿Quién es el tal Matías? ¿Un antiguo novio?

—Más bien aspirante.

—¿Peso pesado?

—Más tirando a peso pluma. Matías es uno de los técnicos de la casa. Aquí tienen las mejores lupas de la ciudad y Matías los mejores ojos.

—¿Y la lamia?

—Creo que se llama Serafina. Era su prometida años ha. Ahora debe de ser su mujer.

—Un día de estos a lo mejor la diseca y la puede poner en ese estante, junto a los leones, para rematar el museo del terror...

—¡Alicia! —La voz de Matías llegó eufórica.

El taxidermista los recibió con una cálida sonrisa. Matías era un hombre menudo y de gesto nervioso enfundado en una bata blanca y tocado con unos lentes circulares que le agrandaban los ojos y le conferían un aspecto algo cómico.

—Cuánto tiempo —dijo, visiblemente excitado por el reencuentro—. Pensaba que ya no vivías en Barcelona. ¿Cuándo has vuelto?

Serafina vigilaba medio escondida desde la cortina de la trastienda con ojos negros como alquitrán y un gesto poco amigable.

—Matías, este es mi colega, don Juan Manuel Vargas.

Matías estrechó su mano al tiempo que le estudiaba.

—Tiene usted aquí una colección impresionante, don Matías.

—Oh, la mayoría de las piezas son del señor Soler, fundador de la casa. Mi maestro.

—Matías es muy modesto —intervino Alicia—. Cuéntale lo del toro.

El aludido negó con modestia.

—¿No me diga que diseca usted también toros bravos? —preguntó Vargas.

—No hay encargo imposible para él —intervino Alicia—. Hace unos años se presentó aquí un célebre matador y le encargó a Matías que le disecase una bestia de más de quinientos kilos que había toreado aquella tarde en la Monumental para regalársela a una estrella de cine de la que estaba perdidamente enamorado... ¿No era Ava Gardner, Matías?

—Las cosas que hacemos por las mujeres, ¿verdad? —añadió Matías, que era obvio que prefería no entrar en el tema.

Serafina tosió amenazadora desde su puesto de vigilancia, y Matías se cuadró y perdió la sonrisa.

—¿Y qué puedo hacer por ustedes? ¿Tienen alguna mascota que inmortalizar? ¿Animales de compañía o alguna pieza de caza memorable?

—La verdad es que tenemos una petición un tanto inusual —empezó Alicia.

—Inusual es lo usual aquí. Hace unos meses el mismísimo don Salvador Dalí cruzó esa puerta para preguntar si le podíamos disecar doscientas mil hormigas. No es coña. Cuando le dije que no lo veía factible se ofreció a retratar a mi Serafina en un retablo de insectos y cardenales. Cosas del genio. Ya ven que aquí no nos aburrimos...

Alicia extrajo de su bolso la página del cuaderno y la desplegó.

—Lo que queríamos pedirte es si nos podías ayudar con tus lentes a descifrar el texto que aparece en relieve en esta página.

Matías tomó el papel con delicadeza y lo estudió al trasluz.

—Alicia, siempre con sus misterios, ¿eh? Pasen al taller. A ver qué se puede hacer.

El taller y laboratorio del taxidermista era una pequeña cueva de alquimia y prodigios. Un complejo alambique de lentes y lámparas pendía del techo sostenido por cables de metal.

Las paredes estaban rematadas de armarios acristalados donde se podían ver infinidad de frascos y soluciones químicas. Grandes láminas de atlas anatómicos de color ocre flanqueaban la sala, brindando vistas de vísceras, esqueletos y musculaturas de criaturas de todo pelaje. Dos amplias tablas de mármol presidían el centro del taller, que tenía el aspecto de una sala de cirugía concebida para especímenes de otro mundo, acompañadas de mesillas metálicas cubiertas de un paño carmesí que recogía la colección de instrumentos quirúrgicos más extravagante que Vargas había visto jamás.

—No hagan caso al olor —advirtió el taxidermista—. Después de unos minutos, se acostumbra uno y ni lo nota.

Dudando de tal extremo, pero sin ánimo de contradecir a Matías, Alicia aceptó la silla que le ofrecía junto a una de las mesas y le sonrió cálidamente, consciente del anhelo que destilaba la mirada de su antiguo pretendiente.

—Serafina nunca entra aquí. Dice que huele a muerto. Pero a mí me resulta relajante. Aquí uno ve las cosas como son, sin ilusiones ni tapujos.

Matías tomó la nota y la extendió sobre una lámina de vidrio. Con un regulador que había junto al tablón de mármol, rebajó la luz ambiente a un mero soplo de claridad y prendió un par de focos que pendían del techo. Tiró de una barra sostenida por poleas y acercó a la mesa un juego de lentes articulado en brazos metálicos.

—Nunca te despediste —dijo sin levantar la vista de su labor—. Me tuve que enterar por la portera. Jesusa.

—Fue todo un poco de hoy para mañana.

—Me hago cargo.

Matías colocó la lámina de cristal entre uno de los focos y una lente de ampliación. El haz de luz perfiló el contorno del trazo marcado sobre la página.

—Números —comentó.

El taxidermista ajustó el ángulo de la lente y reexaminó la página con esmero.

—Podría aplicarle un contraste al papel, pero eso seguramente lo dañaría y tal vez se perdería parte de las cifras... —comentó.

Vargas se aproximó a un escritorio que había en una esquina de la sala y tomó un par de folios y un lápiz.

—¿Me permite? —preguntó.

—Por supuesto. Está usted en su casa.

El policía se acercó a la mesa y, fijando la mirada en la lente, empezó a copiar las secuencias de números.

—Parecen números de serie —opinó Matías.

—¿Por qué dices eso? —quiso saber Alicia.

—Están correlacionados. Si observas las tres primeras cifras de la columna de la izquierda, da la impresión de que van en serie. El resto también está en secuencia. Las últimas dos cifras solo cambian cada tres o cuatro números.

Matías los miró, irónico.

—Supongo que no vale la pena que pregunte a qué se dedican ustedes, ¿verdad?

—Yo soy un mandado —respondió Vargas, que seguía copiando cifras.

Matías asintió y contempló a Alicia.

—Me habría gustado enviarte una invitación para la boda, pero no sabía adónde.

—Lo siento, Matías.

—No tiene importancia. El tiempo lo cura todo, ¿verdad?

—Eso dicen.

—Y tú, ¿estás bien? ¿Contenta?

—Como unas castañuelas.

Matías rio.

—La Alicia de siempre.

—Lamentablemente. Espero que a Serafina no le importe que haya venido aquí.

Matías suspiró.

—Bueno. Me imagino que tiene una idea de quién eres. La cosa me costará un pequeño disgusto hoy a la hora de cenar, pero nada más. Serafina parece un poco arisca cuando se la conoce poco, aunque tiene buen corazón.

—Me alegro de que hayas encontrado a alguien que te merezca.

Matías la miró a los ojos sin decir nada. Vargas había intentado mantenerse al margen de aquella conversación a media voz, desempeñando el papel de invitado de piedra que copiaba números en un papel sin apenas atreverse a respirar. El taxidermista se volvió hacia él y le palmeó la espalda.

—¿Lo tiene todo? —preguntó.

—En ello estoy.

—A lo mejor podríamos montar la página en una lámina y ponerla en el proyector.

—Creo que ya lo tengo —dijo Vargas.

Alicia se levantó de la silla y vagó por la sala, examinando los instrumentos como si se paseara por los corredores de un museo. Matías la observaba de lejos, con la mirada baja.

—¿Y se conocen ustedes hace tiempo? —preguntó el taxidermista.

—Hace apenas unos días. Estamos trabajando juntos en un tema administrativo, nada más —respondió Vargas.

—Todo un personaje, ¿verdad?

—¿Perdón?

—Alicia.

—Tiene sus cosas, sí.

—¿Todavía usa el arnés?

—¿Arnés?

—Se lo hice yo, ¿sabe? A medida. Una obra maestra, mal que me esté el decirlo. Utilicé hueso de ballena y cintas de wolframio. Es lo que llamamos un exoesqueleto. Tan fino, ligero y articulado que es casi como una segunda piel. Hoy no lo lleva. Lo sé por cómo se mueve. Recuérdele que lo tiene que usar. Por su bien.

Vargas asintió, como si comprendiese de qué le hablaba el taxidermista, y terminó de anotar las últimas cifras.

—Gracias, Matías. Ha sido usted de gran ayuda.

—Para eso estamos.

El policía se incorporó y carraspeó. Alicia se volvió y ambos intercambiaron una mirada. Vargas asintió. Ella se aproximó a Matías y le ofreció una sonrisa que Vargas pensó que debía de doler como una puñalada.

—Bueno —dijo Matías, tenso—. Espero que no tengan que pasar otra vez años para que nos veamos de nuevo.

—Espero que no.

Alicia le abrazó y le susurró unas palabras al oído. Matías asintió, aunque mantuvo los brazos caídos y no rodeó el talle de Alicia. Al poco, ella se alejó hacia la salida sin decir nada más. Matías aguardó a oírla salir y solo entonces se volvió. Vargas le ofreció la mano y el taxidermista se la estrechó.

—Cuídela bien, Vargas, porque ella no lo va a hacer.

—Lo intentaré.

Matías sonrió sin fuerza y asintió; era un hombre que parecía joven hasta que uno le miraba a los ojos y veía en ellos un alma envejecida por la tristeza y el remordimiento.

Al cruzar la sala de exposición con los animales posando en la tiniebla, Serafina le salió al encuentro. Tenía los ojos encendidos de rabia y le temblaban los labios.

—No vuelva a traerla por aquí —le advirtió.

Vargas salió a la calle y avistó a Alicia apoyada al borde de la fuente de la plaza, frotándose la cadera derecha con un rictus de dolor en el rostro. Se aproximó a ella y tomó asiento a su lado.

—¿Por qué no se va a casa a descansar? Mañana será otro día.

Le bastó una mirada para ofrecerle un cigarrillo, que compartieron en silencio.

—¿Usted cree que soy una mala persona? —preguntó ella al fin.

Vargas se incorporó y le tendió el brazo.

—Venga, apóyese en mí.

Alicia se sujetó a Vargas y así, cojeando y deteniéndose cada diez o quince metros para morder el dolor, consiguieron llegar hasta el portal de su casa. Cuando ella intentó extraer las llaves del bolso, estas se le cayeron al suelo. Vargas las recogió, abrió la puerta y la ayudó a entrar. Alicia se apoyó contra la pared, gimiendo. El policía inspeccionó la escalera y, sin mediar palabra, tomó a Alicia en brazos y se encaminó escaleras arriba.

Cuando llegaron al ático, la joven tenía el rostro cubierto de lágrimas de dolor y de rabia. Vargas la condujo hasta el dormitorio y la tendió sobre el lecho con delicadeza. Le quitó los zapatos y la cubrió con una manta. El frasco con las píldoras descansaba sobre la mesita.

—¿Una o dos? —preguntó.

—Dos.

—¿Seguro?

Le dio dos píldoras y le sirvió un vaso de agua de la jarra que había sobre la cómoda. Alicia tragó las pastillas y respiró entrecortadamente. Vargas le tomó la mano y esperó a que se tranquilizase. Ella le miró con los ojos enrojecidos y la cara surcada de lágrimas.

—No me deje sola, por favor.

—No me voy a ninguna parte.

Alicia intentó sonreír. Él apagó la luz.

—Descanse.

Le sostuvo la mano en la penumbra, oyendo cómo se tragaba las lágrimas y temblaba de dolor, hasta que media hora más tarde sintió que Alicia aflojaba el tacto y se deslizaba hacia un estado entre el delirio y el sueño. La escuchó murmurar palabras a las que no encontró sentido hasta que lentamente cayó dormida o perdió la consciencia. La tiniebla del crepúsculo se filtraba desde la ventana, dibujando el rostro de Alicia sobre la almohada. Vargas pensó por un instante que parecía muerta y le tomó el pulso. Se preguntó si aquellas lágrimas se las arrancaba la herida en su costado o si el dolor provenía de más adentro.

Al rato, la fatiga empezó a rondarle también a él y se retiró al comedor para tenderse en el sofá. Cerró los ojos y respiró el perfume de Alicia en el aire.

—No creo que sea usted una mala persona —se sorprendió a sí mismo murmurando en voz baja—. Pero a veces me da miedo.

# 18

Pasaba la medianoche cuando Vargas abrió los ojos y se encontró a Alicia envuelta en una manta, sentada en una silla a su lado y observándole fijamente en la penumbra.

—Parece usted un vampiro —consiguió articular Vargas—. ¿Cuánto hace que está ahí?

—Un rato.

—Le tendría que haber advertido que ronco.

—No me importa. Con las pastillas no oiría ni un terremoto.

Vargas se incorporó y se frotó la cara.

—Permítame decirle que este sofá es una porquería.

—No tengo buen ojo para el mobiliario. Compraré cojines nuevos. ¿Preferencias de color?

—Siendo usted, negros y con dibujitos de arañas o calaveras.

—¿Ha cenado algo?

—Comí, cené y merendé para una semana entera. ¿Cómo se encuentra?

Alicia se encogió de hombros.

—Avergonzada.

—No sé de qué. ¿Y el dolor?

—Mejor. Mucho mejor.

—¿Por qué no se vuelve a la cama y duerme otro rato?

—Tengo que llamar a Leandro.

—¿A estas horas?

—Leandro no duerme.

—Hablando de vampiros...

—Si no lo llamo será peor.

—¿Quiere que me salga al pasillo?

—No —dijo Alicia un poco tarde.

Vargas asintió.

—Mire, me acerco a mi lujosa residencia al otro lado de la calle a darme una ducha y a cambiarme de muda y luego vuelvo.

—No hace falta, Vargas. Ya ha hecho suficiente por mí esta noche. Vaya y descanse un rato, que vamos a tener un día largo. Nos vemos por la mañana para desayunar.

Él la observaba con escasa convicción. Alicia le sonrió.

—Estaré bien. Se lo prometo.

—¿Tiene el revólver a mano?

—Dormiré con él como si fuese mi nuevo osito de peluche.

—Usted nunca ha tenido un osito de peluche. Si acaso un diablillo...

Alicia le obsequió con una de aquellas sonrisas que abrían puertas y derretían voluntades. Vargas bajó la mirada.

—Muy bien. Venga, llame entonces al príncipe de las tinieblas y cuéntense sus secretitos —dijo él de camino a la puerta—. Y cierre a cal y canto.

—¿Vargas?

El policía se detuvo en el umbral.

—Gracias.

—Deje de agradecerme tonterías.

Esperó a oír cómo los pasos del policía se perdían escaleras abajo y tomó el teléfono. Antes de marcar respiró hondo y cerró los ojos. La línea directa a la *suite* no contestaba. Alicia sabía que Leandro disponía de otras habitaciones en el hotel Palace, aunque nunca había querido preguntarle para qué las utilizaba. Llamó a recepción. La telefonista nocturna ya conocía la voz de Alicia y no fue necesario ni decirle a quién llamaba.

—Un momentito, señorita Gris. Le paso con el señor Montalvo —dijo sin perder el tintineo musical pese a lo avanzado de la hora.

Alicia oyó un solo tono de timbre en la línea y luego el auricular levantándose al otro lado. Imaginó a Leandro sentado a oscuras en algún lugar del Palace, contemplando la plaza de Neptuno a sus pies y el cielo de Madrid prendido de nubes negras a la espera del alba.

—Alicia —enunció él despacio, sin matiz alguno en la voz—. Creí que ya no me llamarías.

—Disculpe. Tuve un episodio.

—Siento oírlo. ¿Estás mejor?

—Perfectamente.

—¿Está Vargas contigo?

—Estoy sola.

—¿Todo bien con él?

—Sí. No hay problema.

—Si quieres que te lo quite de encima, podría...

—No hará falta. Casi prefiero tenerlo a mano, por si las moscas.

Una pausa. En las pausas de Leandro no había respiración ni sonido alguno.

—Estás desconocida, si me permites la observación. En cualquier caso me alegro de que hagáis buenas migas. Pensé que a lo mejor no acababais de encajar, teniendo en cuenta su historia personal...

—¿Qué historia?

—Nada. No tiene importancia.

—Cuando dice eso es cuando me preocupo de verdad.

—¿No te ha contado él lo de su familia?

—No hablamos de temas personales.

—Entonces no quisiera ser yo quien...

—¿Qué pasa con su familia?

Cayó otra de las pausas de Leandro. Casi podía imaginarle sonriendo y relamiéndose los labios.

—Vargas perdió a su esposa y a su hija en un accidente de tráfico hace unos tres años. Iba bebido al volante. Su hija tenía tu edad. Ha pasado momentos muy difíciles. Casi fue expulsado del Cuerpo.

Alicia no dijo nada. Oyó el aliento de Leandro susurrando en la línea.

—¿No te lo había contado él?

—No.

—Imagino que prefiere no remover el pasado. En todo caso, confío en que no vaya a haber un problema.

—¿Qué problema tendría que haber?

—Alicia, ya sabes que nunca me meto en tu vida sentimental, aunque vive Dios que a veces me cuesta comprender tus gustos y tus particulares inclinaciones.

—No entiendo a qué se refiere.

—Sabes perfectamente a qué me refiero, Alicia.

Ella se mordió los labios y se tragó las palabras que le quemaban en la boca.

—No va a haber ningún problema —dijo al fin.

—Excelente. Ahora, dime, ¿qué tienes para mí?

Alicia respiró hondo y apretó el puño hasta clavarse las uñas. Cuando inició el relato, su voz había regresado al registro dócil y melódico que había aprendido a cultivar en su trato con Leandro.


Por espacio de varios minutos procedió a resumir los acontecimientos transcurridos desde su última conversación. Su relato no tenía ni color ni detalles, y se limitó a enumerar los pasos seguidos sin ofrecer ni los motivos ni las intuiciones que le habían llevado a tomarlos. En el capítulo de ausencias, la más notable fue el episodio de la sustracción del ejemplar del libro de Víctor Mataix de su domicilio la noche anterior. Leandro, como era habitual en él, escuchaba con paciencia y sin interrumpir. Concluido el relato, Alicia guardó silencio y saboreó la larga pausa que indicaba que Leandro estaba digiriendo sus palabras.

—¿Por qué tengo la sensación de que no me lo estás contando todo?

—No lo sé. No he dejado fuera nada relevante, creo yo.

—En conclusión, el registro del automóvil presuntamente utilizado para la, digámoslo así, fuga, no arroja evidencia final alguna más allá de indicios de violencia no fatal y una supuesta lista de números que no podemos casar con nada y que es posible que no guarde ninguna relación con el caso. Por otro lado, seguimos con tu insistencia en el tema del libro del tal Mataix, línea que me preocupa que pueda derivar en una serie de misterios bibliográficos de sumo interés pero de nula utilidad en nuestro empeño por encontrar a Mauricio Valls.

—¿Alguna noticia de la investigación oficial de la policía? —preguntó Alicia, confiando en desplazar el eje de la conversación.

—No hay noticia alguna relevante y no se la espera. Baste decir que hay quien no ve con buenos ojos que se nos haya invitado a la fiesta, aunque sea por la puerta de atrás.

—¿Por eso me tienen vigilada?

—Por eso y porque con toda probabilidad no acaban de creerse que, como es natural, nos complacerá que nuestros amigos de la policía se lleven todo el reconocimiento y las medallas el día que encontremos al señor ministro sano y salvo y se lo entreguemos envuelto en un lazo de colores.

—Si es que le encontramos.

—¿Es la falta de fe una simple afectación o te has dejado algo en el tintero?

—Solo quería decir que es difícil localizar a alguien que a lo mejor no quiere ser localizado.

—Vamos a concedernos el beneficio de la duda y a obviar los posibles deseos del señor ministro. O de nuestros colegas en Jefatura. Por eso te recomiendo cierta prudencia con Vargas. La lealtad es un hábito que no se cambia en un día.

—Vargas es de fiar.

—Dijo la mujer que no se fía ni de sí misma. No te estoy diciendo nada que no sepas ya.

—Descuide. Me andaré con ojo. ¿Algo más?

—Llámame.

Alicia iba a desearle buenas noches cuando comprobó que Leandro, una vez más, ya había colgado.

## 19

La luz de la vela se extingue sobre un charco de cera en el que flota una pequeña llama azul pálido. Valls acerca la mano que ya no siente al aura de la claridad. La piel tiene un color violáceo, negruzco. Los dedos están hinchados y las uñas empiezan a desprenderse de la piel, por las que fluye un líquido gelatinoso de hedor indescriptible. Valls intenta mover los dedos pero la mano no responde. Apenas es un pedazo de carne muerta asida a su cuerpo que comienza a tender lazos negros que ascienden por su brazo. Siente la sangre podrida en las venas, nublándole el pensamiento y arrastrándole a un sueño turbio y febril. Sabe que si espera unas horas más perderá definitivamente el sentido. Morirá en el sueño narcótico de la gangrena, su cuerpo es apenas un amasijo de carroña que nunca verá de nuevo la luz del sol.

La sierra que su carcelero dejó en la celda sigue allí. La ha considerado varias veces. Ha probado a presionar con ella sobre los dedos que ya no le pertenecen. Al principio sentía cierto dolor. Ahora no siente nada, solo náuseas. Tiene la garganta rasgada de gritar, de gemir, de implorar misericordia. Sabe que a veces viene alguien a verle. Cuando duerme. Cuando delira. Suele ser el hombre de la máscara, su carcelero. En otras ocasiones es el ángel que recuerda junto a la puerta del coche antes de que un cuchillo le atravesara la mano y perdiera el conocimiento.

Algo ha salido mal. En algún lugar sus cálculos y suposiciones han errado. Martín no está allí, o no ha querido dar la cara. Valls sabe, necesita creer, que todo esto es obra de David Martín, porque solo a su mente enferma podría ocurrírsele hacerle esto a alguien.

—Dígale a Martín que lo siento, que le pido perdón... —ha suplicado mil veces en presencia del carcelero.

Nunca obtiene respuesta. Martín va a dejarlo morir allí, a pudrirse centímetro a centímetro sin dignarse a bajar a la celda una sola vez y escupirle en la cara.

En algún momento pierde de nuevo el sentido.


Despierta empapado en su propia orina y convencido de que es 1942 y se encuentra en el castillo de Montjuic. La sangre envenenada le ha arrebatado lo poco que le queda de razón. Ríe. «Estaba visitando las celdas y me he quedado dormido en una», piensa. Es entonces cuando advierte que una mano que no es suya está unida a su brazo. Le asalta el pánico. Ha visto muchos cadáveres, en la guerra y en sus años como director de la prisión, y sabe sin necesidad de que nadie se lo diga que aquella es la mano de un muerto. Se arrastra por el suelo de la celda, creyendo que la mano se desprenderá, pero le sigue. La golpea contra la pared y la mano no se desprende. No se da cuenta de que está gritando cuando agarra aquella sierra y empieza a cortar por encima de la muñeca. La carne cede como si fuera arcilla mojada, pero cuando el filo topa con el hueso le invade una profunda náusea. No se detiene. Se aplica con todas sus fuerzas. Sus aullidos ahogan el ruido que produce el hueso al quebrarse bajo el metal. Un charco de sangre negra se esparce a sus pies. Valls puede ver que lo único que une la mano a su cuerpo es un jirón de piel. El dolor llega después, como un golpe de mar. Le recuerda a una vez cuando, de niño, tocó el cable desnudo del que pendía una bombilla en el sótano de la casa de sus padres. Se desploma hacia atrás y siente que algo le asciende por la garganta. No puede respirar. Se está ahogando en su propio vómito. Será cuestión de un minuto, se dice. Piensa en Mercedes, y pone toda la fuerza de su ser en fijar la imagen de su rostro en el pensamiento.

Apenas se da cuenta cuando la celda se abre y el carcelero se arrodilla junto a él. Porta un cubo de brea ardiente. Le agarra el brazo y lo sumerge en él. Valls siente el fuego. El carcelero le está mirando a los ojos.

—¿Te acuerdas ahora? —pregunta.

Valls asiente.

El carcelero le clava una aguja en el brazo. El líquido que inunda sus venas es frío y hace pensar a Valls en un azul limpio. La segunda inyección es la que le provoca la paz y un sueño sin fondo ni conciencia.

## 20

La despertó el viento que silbaba entre los resquicios de las ventanas y hacía vibrar los cristales. El reloj en la mesita de noche marcaba un par de minutos para las cinco de la madrugada. Alicia dejó escapar un suspiro. Solo entonces reparó en ello. La penumbra.

Recordaba haber dejado la luz del comedor y la del pasillo encendidas antes de arañar unas horas de sueño tras su conversación con Leandro, pero ahora el piso estaba sumido en una tiniebla azulada. Buscó el interruptor de la lámpara de noche y lo presionó. La lámpara no se encendió. Le pareció entonces oír pasos en el comedor y el ruido de una puerta moviéndose despacio. La invadió un frío intenso. Asió el revólver que había pasado la noche con ella bajo las sábanas y desbloqueó el seguro.

—¿Vargas? —llamó con voz quebrada—. ¿Es usted?

El eco de su voz vagó por el piso sin obtener respuesta. Apartó las sábanas y se incorporó. Salió al pasillo, el suelo helado bajo sus pies descalzos. El corredor dibujaba un marco de sombra en torno a un halo de claridad en el umbral del comedor. Recorrió poco a poco el pasillo sosteniendo el arma en alto. Le temblaba la mano. Al llegar al comedor palpó la pared con la mano izquierda en busca del interruptor y lo pulsó. Nada. No había electricidad en la casa. Escrutó las sombras, el contorno de los muebles y los rincones de negrura que cubrían la sala. Un olor agrio flotaba en el aire. Aliento de tabaco, pensó. O tal vez fuesen las flores que le había dejado Jesusa en el jarrón de la mesa, de las que empezaban a desprenderse pétalos secos. Al no apreciar movimiento, se acercó a la cómoda del comedor y buscó en el primer cajón. Encontró un paquete de velas y una caja de cerillas que debían de llevar allí desde antes de que Leandro la destinase a Madrid. Encendió una de las velas y la sostuvo en alto. Avanzó por el piso lentamente, la vela en una mano y el revólver en la otra. Se aproximó a la puerta y comprobó que estuviese cerrada. Intentó apartar del pensamiento la imagen de Lomana, sonriente e inmóvil como una figura de cera con un cuchillo de carnicero en las manos esperándola en el interior de un armario o tras una puerta.

Una vez hubo recorrido todos los rincones y recovecos de la casa y se hubo asegurado de que no había nadie allí, Alicia tomó una de las sillas del comedor y la trabó contra la cerradura de la entrada. Dejó la vela sobre la mesa y se aproximó al ventanal que daba a la calle. El barrio entero estaba sumido en la oscuridad. El perfil serrado de tejados y palomares se dibujaba contra el azul turbio que presagiaba el amanecer.

Pegó el rostro al cristal y escrutó las sombras a pie de calle. Una brizna de luz se apreciaba bajo los arcos del portal de La Manual Alpargatera. La brasa de un cigarrillo prendido. Alicia quiso creer que se trataba simplemente del infeliz de Rovira, ya en su turno de vigilancia a aquellas horas de la madrugada. Se retiró hacia el interior del comedor y cogió un par de velas más de la cómoda. Faltaba todavía un buen rato hasta que pudiera bajar al Gran Café para encontrarse con Vargas y sabía que no sería capaz de volver a conciliar el sueño.

Se acercó a la estantería en la que guardaba algunos de sus libros más queridos, la mayoría leídos y releídos varias veces. Hacía cuatro años que Alicia no revisitaba su favorito entre todos ellos, *Jane Eyre*. Lo tomó del estante y acarició la portada. Abrió la cubierta y sonrió al encontrar el sello con un pequeño diablillo aupado a una pila de libros, un antiguo exlibris que le habían regalado dos compañeros de la unidad en su primer año a las órdenes de Leandro, cuando todavía la veían como una jovencita misteriosa pero inofensiva, un capricho del jefe que aún no había despertado celos, envidias y rencores entre los más veteranos.

Aquellos habían sido días de vino y rosas envenenadas, cuando Ricardo Lomana había decidido *motu proprio* considerarla su aprendiza personal y le regalaba flores todos los viernes antes de invitarla a sesiones de cine o bailes de salón para los que Alicia siempre encontraba excusa. Días en que Lomana la miraba de reojo cuando creía que ella no lo advertía para luego dedicarle indirectas y piropos que hacían sonrojar hasta a los más viejos del lugar. «Peor acaba lo que mal empieza», había pensado entonces. Se había quedado corta.

Intentó borrar de su mente el rostro de Lomana y se llevó el libro al baño. Allí se recogió el pelo y dejó correr el agua caliente hasta llenar la bañera. Prendió las dos velas sobre la repisa en la cabecera de la bañera y se sumergió en la balsa humeante de vapor. Dejó que el calor del agua deshiciera el frío que había anidado en sus huesos y cerró los ojos. Al poco creyó oír lo que parecían pasos en la escalera. Se preguntó si sería Vargas, que acudía a ver si seguía viva, o si estaba otra vez imaginando cosas. El oscuro letargo al que le inducían las pastillas para el dolor siempre dejaba una estela de pequeños espejismos al despertar, como si los sueños que no había podido soñar intentasen hacerse camino luego entre las comisuras de la consciencia. Abrió los ojos y se sentó apoyando el mentón sobre el borde de la bañera. Un par de voces flotaban en el aire. Ninguna era la de Vargas. Alargó el brazo hasta acariciar con la mano el revólver, que había dejado encima del taburete junto a la bañera, y escuchó el eco de las gotas de agua que caían del grifo cerrado. Esperó varios segundos. Las voces se habían silenciado. O tal vez nunca habían estado allí. Instantes después, los pasos se alejaban escaleras abajo. Probablemente un vecino que salía de su casa rumbo al trabajo, pensó.

Dejó de nuevo el revólver sobre el taburete y encendió un cigarrillo. Observó el humo dibujando arabescos entre sus dedos. Se tendió otra vez en la bañera y contempló el manto azulado de nubes que resbalaba sobre la ciudad a través de la ventana. Tomó el libro y regresó al primer párrafo. A medida que pasaba páginas la inquietud que se había apoderado de ella se fue deshaciendo poco a poco. Al rato Alicia perdió la noción del tiempo. Ni siquiera Leandro podía seguirla y encontrarla en el bosque de palabras que aquel libro siempre abría ante sus ojos. Alicia sonrió y regresó a la novela sintiendo que volvía a casa. Hubiera podido quedarse allí todo el día. O toda la vida.

Al salir de la bañera se enfrentó al espejo y contempló los hilos de vapor que ascendían por su cuerpo. La mancha negra de su vieja herida en la cadera derecha dibujaba una flor envenenada que extendía sus raíces bajo la piel. Se la palpó con los dedos y sintió una punzada leve, avisándola. Se desanudó el pelo y se untó brazos, piernas y vientre con una crema de agua de rosas que en su día le había regalado Fernandito en un arrebato de celo adolescente y que llevaba el peculiar nombre de *Péché Originel*. Estaba volviendo al dormitorio cuando la luz retornó de repente y todas las lámparas que había estado probando se encendieron a la vez. Alicia se llevó las manos al pecho y sintió que el corazón se le había disparado del susto. Las fue apagando una a una, maldiciendo.

Luego, desnuda frente al armario, se tomó su tiempo para elegir. Barcelona perdonaba muchas cosas, pero nunca el mal gusto. Se enfundó la ropa interior que le había lavado y perfumado la señora Jesusa y sonrió al imaginar a la portera doblando aquellas prendas mientras se santiguaba y se preguntaba si aquello era lo que ahora llevaban las jovencitas modernas de la capital. Siguieron unas medias de cristal que le había hecho comprar a Leandro para cuando tenía que oficiar de señorita fina en la calle Príncipe de Vergara o entregarse a alguna de las intrigas urdidas por su jefe en los salones del Ritz.

—¿No te basta con una marca normal? —había protestado Leandro al ver el precio.

—Si quiere normal, envíe a otro a hacer el trabajo.

Hacer que Leandro gastase fortunas en comprarle galas y libros era uno de los pocos placeres que le deparaba aquel empleo. Dispuesta a no tentar de nuevo a su suerte, Alicia optó por ceñirse aquel día el arnés. Ajustó el cierre un punto más de lo habitual y giró sobre sí misma frente al espejo, calibrando el encaje de aquella pieza que a sus ojos le confería un aire de muñeca perversa, de marioneta de oscura belleza a la que nunca había llegado a acostumbrarse porque parecía insinuar que, en el fondo, Leandro tenía razón y el espejo decía la verdad.

—Solo te faltan los hilos —se dijo.

Como uniforme del día se decidió por un vestido morado de corte formal y unos zapatos italianos que en su día habían costado el equivalente al sueldo de un mes en una zapatería fina de la Rambla de Cataluña donde la dependienta la había llamado *nena*. Se maquilló a conciencia, dibujando el personaje, y terminó por perfilarse los labios de un borgoña oscuro y brillante que estaba segura de que se hubiera ganado la desaprobación de Leandro. No quería que Vargas atisbase un ápice de debilidad en su semblante cuando la viera aparecer. Años de oficio le habían enseñado que la modestia invitaba al escrutinio. Antes de salir se dio un último repaso en el espejo del recibidor y se concedió el visto bueno. «Te romperías el corazón a ti misma —pensó—. Si lo tuvieras.»

El día apenas empezaba a despuntar cuando Alicia cruzó la calle hasta las puertas del Gran Café. Antes de entrar avistó a Rovira, ya instalado en la esquina. Llevaba una bufanda que le cubría hasta la nariz y se frotaba las manos. Dudó en acercarse y amargarle el día, pero lo dejó estar. Rovira la saludó de lejos y corrió a esconderse. Al entrar en el café comprobó que Vargas esperaba ya instalado en la que parecía haberse convertido en su mesa oficial. El policía devoraba un sustancial pepito de lomo en pan con tomate acompañado de un tazón de café mientras repasaba la lista con los números que habían conseguido arañar con la ayuda del taxidermista. Al oírla llegar, el policía alzó la vista y la miró de arriba abajo. Alicia se sentó a la mesa sin decir palabra.

—Huele usted muy bien —la saludó Vargas—. Como un pastelito.

Y enseguida regresó a las delicias de su desayuno y a la lista.

—¿Cómo puede comerse eso a estas horas de la mañana? —preguntó Alicia.

El policía se encogió de hombros y se limitó a ofrecerle un bocado del formidable bocadillo. Alicia volvió la cara y Vargas atacó de nuevo con una dentellada maestra.

—¿Sabía usted que aquí a los bocadillos los llaman *entrepanes?* —comentó Vargas—. ¿No le parece gracioso?

—Para desternillarse.

—Y a las botellas, atención, las llaman *ampollas.* Como si fuera una pupa de las que salen en los pies.

—Un par de días en Barcelona y ya se ha convertido usted en un políglota.

Vargas ofreció una sonrisa de tiburón.

—Me alegra ver que ha perdido la dulzura de anoche. Señal de que se encuentra mejor. ¿Ha visto a Pepito Grillo cagándose de frío ahí fuera?

—Se llama Rovira.

—Olvidaba que le tiene usted tanto aprecio.

Miquel se había acercado con timidez a la mesa portando una bandeja con unas tostadas, mantequilla y una cafetera humeante. Eran las siete y media de la mañana y no había nadie más en el local que ellos dos. Miquel, sibarita de la discreción, se había retirado como siempre al extremo más alejado de la barra, a fingir que hacía algo. Alicia se sirvió una taza de café y Vargas regresó una vez más a su lista de números, repasándolos uno a uno como si esperase que su sentido se le revelara por generación espontánea. Los minutos se arrastraban en un espeso silencio.

—Se ha puesto usted muy elegante —dijo por fin Vargas—. ¿Vamos a algún sitio fino?

Alicia tragó saliva y carraspeó. Él alzó la mirada.

—Respecto a lo de anoche... —empezó ella.

—¿Sí?

—Quería pedirle perdón. Y darle las gracias.

—No hay nada que perdonar, y menos aún que agradecer —replicó Vargas.

Una sombra de pudor velaba su expresión severa. Alicia le sonrió débilmente.

—Es usted una buena persona.

Vargas bajó los ojos.

—No diga eso.

Ella mordisqueó una de sus tostadas sin ganas. Vargas la observaba.

—¿Qué?

—Nada. Me gusta verla comer.

Alicia dio una dentellada a la tostada y sonrió.

—¿Cuál es su plan para hoy?

—Ayer lo dedicamos al tema del coche. Déjeme que hoy le hagamos una visita al abogado Brians.

—Como guste. ¿Cómo lo quiere enfocar?

—Estaba pensando que podría ser una joven e ingenua heredera a cuyas manos ha llegado un ejemplar de Víctor Mataix y que desea venderlo. Don Gustavo Barceló me ha dicho que él representa a un coleccionista interesado en comprar todos los libros del autor que haya en el mercado, etcétera.

—Usted de ingenua. Prometedor. Y yo ¿quién se supone que soy? ¿El escudero?

—Había pensado que podría usted ser mi fiel, maduro y amante esposo.

—Fabuloso. La mujer gato y el viejo capitán, pareja del año. No creo que el abogado se lo trague, ni que hubiera sido el último de la promoción.

—No espero que lo haga. La idea es más bien que se le ponga la mosca detrás de la oreja y dé un paso en falso.

—Ya veo. Y entonces ¿qué? ¿Le seguimos?

—Lo suyo es telepatía, Vargas.


Un sol de anuncio había logrado abrirse camino y peinaba los tejados cuando emprendieron la marcha calle abajo. Vargas contemplaba las fachadas y los recovecos que flanqueaban la calle Aviñón con el semblante plácido de un seminarista de provincias en excursión de fin de semana. Al poco advirtió que Alicia se volvía para mirar por encima del hombro a cada pocos metros. Iba a preguntarle si pasaba algo cuando siguió la línea de su mirada y le avistó. Rovira intentaba disimular con nulo acierto su presencia en el portal de un edificio a una cincuentena de metros.

—A este le voy a poner los puntos sobre las íes bien rápido —murmuró Vargas.

Alicia le sujetó del brazo.

—No, mejor déjelo.

La joven saludó de lejos con la mano, sonriendo. Rovira, mirando a ambos lados, dudó un instante y al verse descubierto devolvió tímidamente el saludo.

—Menudo inútil —escupió Vargas.

—Mejor él que otro. Al menos a este le tenemos de nuestra parte, por la cuenta que le trae.

—Si usted lo dice.

Vargas le hizo señas con las manos de que se retirase más atrás y dejara la distancia pactada. Rovira asintió y alzó la mano con el pulgar en alto en señal de acuerdo.

—Mírelo. Eso lo debe de haber visto en el cine —dijo Vargas.

—¿No es ahí donde la gente aprende hoy a vivir, en el cine?

—Así va el mundo.

Dejaron atrás a Rovira y reemprendieron el camino.

—No me gusta llevar a ese cretino de coletilla —insistió Vargas—. No sé por qué se fía usted de él. A saber lo que estará contando en comisaría.

—La verdad es que me da un poco de pena.

—Yo creo que un par de hostias bien dadas no estarían de más. No hace falta que usted lo presencie si no quiere. Ya le pillaré yo a solas y le pondré en remojo.

—Come usted demasiada proteína, Vargas. Le altera el carácter.

## 21

Si el hábito hace al monje, el despacho y una buena dirección hacen, o deshacen, al letrado. En una ciudad bien nutrida de abogados aposentados en suntuosos gabinetes en fincas regias y señoriales del paseo de Gracia y otras vías nobles, don Fernando Brians había optado por una dirección mucho más modesta, casi insólita en el protocolo del ramo.

Alicia y Vargas avistaron la finca desde lejos, un edificio centenario y vagamente escorado a la deriva en el cruce de las calles Mercé y Aviñón. Un bar de tapas y copeo con aires de refugio para toreros olvidados y pescadores en día de paga ocupaba los bajos. El mesonero, un corpúsculo con forma de peonza y rotundo bigote, había salido armado de un mocho y un cubo humeante que hedía a lejía. Silbaba una tonadilla y hacía malabarismos con un palillo entre los labios mientras pincelaba el empedrado y se deshacía con parsimonia de charcos de meados, vómitos etílicos y demás miscelánea propia de las callejas que daban al puerto.

Pilas de cajas y piezas de mobiliario polvoriento flanqueaban el portal del edificio. Un trío de mozos sudando la gota gorda se había detenido a recobrar el aliento y a dar cuenta de unos bocadillos aflautados de los que asomaban tiras de mortadela.

—¿Es aquí el despacho del abogado Brians? —preguntó Vargas al mesonero, que había interrumpido su fregado matutino para echarles un buen vistazo.

—El ático —dijo señalando con el índice hacia arriba—. Pero están de mudanza.

Cuando Alicia pasó a su lado, el mesonero sonrió luciendo su dentadura amarillenta.

—¿Cafetito con leche y magdalena, guapa? Invita la casa.

—Otro día. En cuanto se haya afeitado usted ese matojo —replicó Alicia sin detenerse.

El trío de mozos aplaudió la pulla, que el mesonero encajó con deportividad. Vargas la siguió al interior de la escalera, una suerte de espiral que tenía más de tracto intestinal que de trazado arquitectónico.

—¿Hay ascensor? —preguntó Vargas a uno de los mozos.

—Si lo hay, no lo hemos visto.

Ascendieron los cinco pisos que levantaba la finca hasta alcanzar un rellano anegado de cajas, archivadores, perchas, sillas y cuadros de escenas pastorales que parecían comprados en el mercado de los Encantes a pocos céntimos la pieza. Alicia se asomó al interior del despacho, un piso en pie de guerra donde nada parecía en su sitio y casi todo estaba en cajas desbordadas o en tránsito. Vargas probó el timbre, que no funcionaba, y luego golpeó con los nudillos en la puerta.

—¡Buenas!

Una cabellera rubia de bote amasada en una sólida permanente salió por el pasillo. La señorita que llevaba tamaño portento a modo de casco lucía un vestido de flores y colorete a juego.

—Buenos días —dijo Alicia—. ¿Es este el despacho del abogado Brians?

La señorita se aproximó unos pasos y les dedicó una mirada de sorpresa.

—Es. O era. Estamos de mudanza. ¿Qué se les ofrece?

—Queríamos hablar con el abogado.

—¿Tenían ustedes hora?

—Me temo que no. ¿Está el señor Brians?

—No suele llegar hasta un poco más tarde. Él es así de señorito. Si quieren esperar en el bar de abajo...

—Si no le importa, casi preferimos esperar aquí. Son muchos pisos.

La secretaria suspiró, asintiendo.

—Como gusten. Ya ven que esto está manga por hombro.

—Nos hacemos cargo —intervino Vargas—. Intentaremos estorbar lo menos posible.

La sonrisa dulce de Alicia y particularmente la planta de Vargas parecían haber ablandado su recelo.

—Síganme, por favor.

La secretaria los guio por un largo corredor que atravesaba el piso. A ambos lados se abrían estancias repletas de cajas preparadas para la mudanza. La polvareda levantada por el trajín había dejado una neblina de partículas brillantes que cosquilleaba al olfato. El periplo por los restos del naufragio concluyó en una amplia sala esquinera que parecía el último bastión en pie de todo el despacho.

—Si son tan amables... —indicó la secretaria.

La sala en sí era lo poco que quedaba de la oficina de Brians y presentaba un amasijo de estantes y carpetas dispuestas en pilas de equilibrio imposible apuntalando las paredes. La pieza maestra era un escritorio de madera noble que parecía rescatado de un incendio y, tras él, un mueble acristalado donde descansaba la colección entera del Aranzadi amontonada al tuntún.

Alicia y Vargas tomaron asiento en un par de taburetes improvisados junto a un ventanal que daba a un balcón desde el cual se podía ver la estatua de la Virgen de la Mercé aupada en la cúpula de la basílica, al otro lado de la calle.

—Pídanle ustedes a la Virgen a ver si se apiada de nosotros, que a mí no me hace ni caso —comentó la secretaria—. ¿A quiénes debo anunciar?

—Jaime Valcárcel y señora —dijo Alicia antes de que Vargas pudiera apenas pestañear.

La mujer asintió con diligencia, aunque su mirada rozó a Vargas con cierta picardía, como si quisiera celebrarle la diferencia de edad y dando a entender que a un machote así le perdonaba el pecadillo por su cara bonita.

—Yo soy Puri, para servirlos. No creo que el abogado tarde mucho. ¿Puedo ofrecerles algo mientras esperan? Mariano, el del bar, me sube unas magdalenas y un termo con café y leche cada mañana, por si les apetece...

—No le diría que no —lanzó Vargas.

Puri sonrió complacida.

—Ahora mismo se lo traigo.

La vieron partir marcando un coqueto batir de caderas que no escapó al ojo de Vargas.

—Vaya con Mariano y las magdalenas —dijo Alicia por lo bajo.

—Cada cuál conquista con lo que tiene.

—¿Cómo es posible que usted todavía tenga hambre si acaba de comerse un gorrino entero?

—Hay quienes aún tenemos sangre en las venas.

—A ver si será la señorita Puri, que le ha despertado el indio.

Antes de que Vargas pudiera replicar, la susodicha regresó portando un plato repleto de magdalenas y un tazón humeante de café con leche que el policía aceptó de buen grado.

—Disculpe que se lo sirva así, pero es que lo tenemos todo en cajas...

—No se preocupe. Mil gracias.

—¿Y cómo es que se mudan ustedes? —preguntó Alicia.

—El dueño de la finca, que nos quiere subir el alquiler... Pesetero. Así se le vacíe el edificio y se lo coman las musarañas.

—Amén —convino Vargas—. ¿Y adónde irán ahora?

—Eso quisiera saber yo. Teníamos oficinas apalabradas aquí cerca, detrás de Correos, pero se ha retrasado la obra que estaban haciendo para acondicionarlas y habrá que esperar por lo menos un mes más. De momento todo esto se va a un guardamuebles en el Pueblo Nuevo que tiene la familia del abogado.

—¿Y desde dónde trabajarán ustedes mientras tanto?

Puri suspiró.

—Una tía del abogado, que falleció hace poco, tenía un piso en el pasaje Mallofré, en Sarriá, y por ahora parece que nos vamos para allí. Ya lo ven, a salto de mata...

Alicia y Vargas repasaron de nuevo el fenecido despacho de Brians con la mirada, absorbiendo el aire de bancarrota que respiraba. Los ojos de Alicia se detuvieron en un marco que albergaba lo que se le antojó una parodia de orla universitaria en la que aparecía el retrato de quien imaginó que era el letrado Brians en sus años jóvenes, rodeado de gentes harapientas y de famélicos presos engrilletados hasta el cuello. Bajo la ilustración aparecía la siguiente leyenda:

*Fernando Brians*
*Abogado de las Causas Perdidas*

Alicia se incorporó y se aproximó a contemplar el retablo. Puri se unió a ella, sonriendo y negando por lo bajo.

—Ahí lo tiene usted, el santo varón de los juzgados de Barcelona... Esto es una broma que le hicieron sus compañeros de promoción hace ya muchos años, cuando era joven. Y así sigue. Y fíjese que hasta le parece que la cosa tiene gracia como para colgar esto donde puedan verlo los clientes...

—¿No tiene el abogado clientes más...?

—¿Boyantes?

—Solventes.

—Alguno hay, pero basta con que don Fernando se encuentre con cualquier pobre diablo dejado de la mano de Dios por la calle para que se lo traiga al despacho... Y es que el hombre es un buenazo. Así nos va.

—No se preocupe, que nosotros somos de buen pagar —intervino Vargas.

—Dios los bendiga. ¿Qué tal las magdalenas?

—Antológicas.

Mientras Vargas ofrecía una demostración práctica de su saque y paladar, para deleite de Puri, se oyó un estruendo que sonó a tropezón en la entrada del despacho seguido de un elaborado traspié que terminó en ruidosa maldición. Puri puso los ojos en blanco.

—El abogado los verá enseguida.

Fernando Brians tenía aspecto de maestro de escuela pública y vestía un traje de segunda mano. Lucía una corbata descolorida a la que probablemente no le había rehecho el nudo en semanas y las suelas de sus zapatos estaban pulidas como piedras de río. Dibujaba una figura esbelta y nerviosa que pese a la veteranía conservaba una buena melena de cabello gris y unos ojos penetrantes parapetados en lentes de pasta negra al uso de los que se habían llevado antes de la guerra. Tenía tanta pinta de abogado barcelonés como su secretaria Puri de novicia de clausura, y Alicia pensó que, pese a la modestia de toda la escenografía que enmarcaba su vida profesional, Fernando Brians había preservado ese aire juvenil y vivaz de quien no envejece porque nadie le ha dicho que han pasado los años y ya toca comportarse con cierto porte respetable y aposentado.

—Ustedes dirán —invitó Brians.

Se había sentado en la esquina de su escritorio y los observaba con una mezcla de curiosidad y escepticismo. Brians mostraría debilidad por las causas perdidas, pero no parecía tener un pelo de tonto. Vargas se adelantó y señaló a Alicia.

—Si no le importa, dejaré que sea mi señora quien le exponga nuestro caso, que ella es la que manda en casa.

—Como guste.

—¿Quiere que tome notas, don Fernando? —preguntó Puri, que observaba la escena desde el marco de la puerta.

—No hará falta. Mejor vaya a vigilar a los de la mudanza, que están bloqueando la calle con las cajas y no va a poder entrar la camioneta.

Puri asintió, decepcionada, y partió a cumplir su misión.

—¿Decía usted...? —retomó Brians—. O su señora esposa, que es la que manda en casa...

El tono vagamente acerado de Brians hizo que Alicia se preguntase si Gustavo Barceló, el librero con quien se había entrevistado en el Círculo Ecuestre, habría avisado a Brians de su posible visita.

—Señor Brians —empezó ella—, una tía de mi esposo Jaime ha fallecido hace poco y nos ha dejado en herencia una colección de obras de arte así como una biblioteca que contiene ejemplares de gran valor.

—Los acompaño en el sentimiento. ¿Precisan quizá asistencia con la ejecución del testamento o...?

—La razón de que acudamos a usted es que entre los ejemplares de dicha colección se encuentra un libro de un autor llamado Víctor Mataix. Se trata de una de las entregas de una serie de novelas publicadas en Barcelona en los años treinta.

—*El Laberinto de los Espíritus* —completó Brians.

—Exacto. Hemos tenido noticia de que usted representa a un coleccionista muy interesado en adquirir las obras en existencia de este autor y por ese motivo hemos creído oportuno...

—Entiendo —dijo Brians, abandonando la esquina de su escritorio y buscando refugio en la butaca.

—Tal vez pudiera ser usted tan amable de ponernos en contacto con su cliente, o si lo prefiere facilitarnos sus señas para que seamos nosotros quienes...

Brians asentía, más para sí mismo que a las sugerencias de Alicia.

—Por desgracia no puedo hacerlo.

—¿Perdón?

—No puedo facilitarles esa información ni ponerlos en contacto con mi cliente.

Alicia sonrió, conciliadora.

—¿Y podría preguntarle por qué?

—Porque no le conozco.

—Disculpe, pero no entiendo.

Brians se inclinó en el respaldo del butacón y entrelazó las manos sobre el pecho frotándose los pulgares.

—Mi relación con el cliente se ha desarrollado estrictamente por correspondencia a través de una secretaria. Nunca le he visto en persona y tampoco conozco su nombre. Como suele suceder con algunos coleccionistas, prefiere mantener el anonimato.

—¿Incluso con su propio abogado?

Brians sonrió con frialdad y se encogió de hombros.

—Mientras pague las facturas, ¿no? —aventuró Vargas.

—Bueno, si se comunica por correo con su secretaria tendrá usted al menos un nombre y una dirección a la que dirigirse —sugirió Alicia.

—Es un apartado de correos cuyo número, huelga decir, no puedo darle por motivos de confidencialidad. Como tampoco puedo facilitarles el nombre de su secretaria puesto que no estoy autorizado a divulgar información sobre mis clientes que ellos no quieran hacer pública. Es una simple formalidad, pero entenderán que debo respetarla.

—Nos hacemos cargo. Aun así, ¿cómo entonces puede usted adquirir o procurar los libros para la colección de su cliente si no hay modo de contactar con él directamente para ofrecerle la posibilidad de adquirirlos?

—Créame, señora ¿*Valcárcel*?, si mi cliente tiene interés en obtener un ejemplar que esté en su poder será él quien me lo notifique a mí. Yo soy un mero intermediario.

Alicia y Vargas se miraron.

—Vaya —improvisó el policía—. Está claro que estábamos equivocados, cariño.

Brians se incorporó y rodeó el escritorio, ofreciendo la mano y una sonrisa cordial con claros colores de despedida.

—Lamento mucho no poder ayudarlos en este tema, y debo pedirles disculpas por el aspecto y el estado del despacho. Estamos en plena mudanza y no esperaba recibir clientes durante el día de hoy...

Estrecharon su mano y se dejaron guiar de camino a la salida por Brians, que avanzaba entre saltitos sorteando los obstáculos y allanando el camino.

—Si me permiten un consejo desinteresado, yo en su lugar recabaría los servicios de un buen librero de lance que hiciera correr la voz. Si están ustedes en posesión de un Mataix genuino, no les faltarán compradores.

—¿Alguna sugerencia?

—Barceló, junto a la Plaza Real, o Sempere e hijos, en la calle Santa Ana. O Costa, en Vic. Esas son las tres mejores opciones.

—Así lo haremos. Muy agradecidos.

—No hay de qué.

Alicia no despegó los labios hasta llegar al vestíbulo del edificio. Vargas la seguía a una distancia prudencial. Una vez en el portal, Alicia se detuvo a observar uno de los montones de cajas depositadas por los mozos de la mudanza.

—¿Y ahora qué? —comentó Vargas.

—Ahora esperamos —dijo ella.

—¿A qué?

—A que Brians mueva ficha.

Alicia se arrodilló junto a una de las cajas cerradas. Lanzó una mirada al portal y al no ver moros en la costa arrancó una etiqueta del cartón, que guardó en el bolsillo.

—¿Se puede saber qué hace? —preguntó Vargas.

Alicia salió a la calle sin responder. Para su sorpresa, tan pronto como Vargas salió del portal vio que ella entraba en el bar que hacía esquina. Mariano, el mesonero y bardo de las magdalenas matutinas, que continuaba sacando lustre al empedrado, mocho en ristre, pareció todavía más sorprendido que el propio Vargas al verla adentrarse en su establecimiento y rápidamente abandonó la fregona contra la pared y la siguió solícito frotándose las manos en el trapo que pendía de su cinto. Vargas los siguió, suspirando.

—¿Cafetito con leche y magdalenas para la señorita? —le ofreció Mariano.

—Una copa de vino blanco.

—¿A estas horas?

—¿A partir de qué hora sirve usted vino blanco?

—Para usted las veinticuatro horas al día. ¿Un Panadés suave?

Alicia asintió. Vargas ocupó el taburete contiguo.

—¿Realmente cree que su plan va a funcionar? —preguntó este.

—No se pierde nada por intentarlo.

Mariano regresó con una copa de vino y un plato con olivas cortesía de la casa.

—¿Cervecita para el caballero?

Vargas negó. Contempló a Alicia paladear su copa de vino con delectación. Había algo en la geometría de sus labios acariciando el cristal y el talle de su garganta pálida palpitando al paso del líquido que iluminaba el día. Ella reparó en su expresión y enarcó una ceja.

—¿Qué?

—Nada.

Alicia alzó la copa.

—¿Lo desaprueba usted?

—Dios me libre.

Estaba apurando Alicia el último sorbo de vino cuando la silueta del abogado Brians cruzó a toda prisa tras las cristaleras del bar. Alicia y Vargas intercambiaron una mirada y, después de dejar unas monedas en la barra, abandonaron el establecimiento sin mediar palabra.

## 22

Sabido era por todos en el Cuerpo que en lo relativo al arte de seguir y, en ocasiones, perseguir a ciudadanos libres o no de sospecha, Vargas no tenía rival. Cuando le preguntaban por su secreto, él acostumbraba a decir que lo importante no era tanto la discreción como la aplicación de los principios de la óptica. El quid de la cuestión, argumentaba, no era lo que podía ver o intuir el vigilante sino lo que estaba al alcance de la visión del vigilado. Eso y unas buenas piernas. Tan pronto como iniciaron el seguimiento del abogado Brians, Vargas pudo comprobar que Alicia no solo dominaba la disciplina al dedillo sino que incluso la había elevado a un fino encaje de bolillos por el que no pudo sentir más que admiración. Su patente conocimiento de cada rincón de la madeja de callejas, callejones y brechas que articulaban el armazón de la ciudad vieja le permitía trazar recorridos paralelos e ir tras los pasos de Brians sin que este pudiera advertir que estaba siendo cazado.

Alicia caminaba con más aplomo que el día anterior, lo cual llevó a Vargas a suponer que aquella mañana se había enfundado el arnés que había mencionado el taxidermista. El juego de su cadera era diferente, y se la veía más erguida. Alicia le guio por aquel entramado marcando pausas, buscando el abrigo de ángulos ciegos y trazando la ruta que Brians seguía antes de que este supiera que lo estaba haciendo. Por espacio de casi veinte minutos, rastrearon los pasos del abogado por la densa retícula de pasajes y callejones que ascendía desde el puerto hasta el centro de la ciudad. En más de una ocasión le avistaron deteniéndose en una intersección para mirar atrás y asegurarse de que nadie le seguía. Su único error era mirar en la dirección equivocada. Al final le vieron doblar la calle Canuda en dirección a las Ramblas y perderse entre el gentío que ya inundaba el paseo. Solo entonces Alicia se detuvo unos segundos y retuvo a Vargas con el brazo.

—Va al metro —murmuró.

Confundiéndose entre la marea de gente que surcaba las Ramblas, separados una decena de metros el uno del otro, Alicia y Vargas siguieron a Brians hasta la entrada del metro que quedaba junto a la fuente de Canaletas. El abogado se lanzó escaleras abajo y se introdujo en la red de túneles que desembocaban en la llamada Avenida de la Luz.

Más vía de tinieblas y miserias que avenida propiamente dicha, aquel extravagante bulevar de aire fantasmal había sido proyectado por algún iluminado que había imaginado con escasa fortuna una Barcelona subterránea a la luz de gas. El proyecto, empero, nunca había rozado la gloria soñada. Catacumba en ciernes por la que soplaba el aire perfumado de carbón y electricidad que escupían los túneles del metro, la Avenida de la Luz se había quedado en albergue y escondite para quienes rehuían la superficie y el sol. Vargas escrutó aquella sombría fuga de columnas de falso mármol flanqueando bazares de medio pelo y cafés con luz de morgue, y se volvió hacia Alicia.

—¿La ciudad de los vampiros? —preguntó.

—Algo así.

Brians se adentró por el paseo central. Alicia y Vargas le

siguieron, quedando ocultos gracias a las columnas alineadas en los laterales. El abogado recorrió la práctica totalidad del bulevar sin mostrar interés por ninguno de los establecimientos que lo flanqueaban.

—A lo mejor es alérgico al sol —sugirió Vargas.

Brians pasó de largo frente a las taquillas de los Ferrocarriles Catalanes y se encaminó hacia el fondo de la gran galería subterránea. Solo entonces se evidenció cuál era su destino.

El cine Avenida de la Luz trazaba un lúgubre espejismo varado en aquella Barcelona subterránea y extraña. Sus luces de atracción de feria y sus viejos carteles de reestreno llevaban tentando a las criaturas de los túneles, oficinistas defenestrados, colegiales de novillos y proxenetas de vuelo bajo a sus sesiones matinales desde poco después de la guerra civil. Brians se aproximó a la taquilla y compró una entrada.

—No me diga que el señor abogado se va al cine a media mañana —dijo Vargas.

El acomodador que custodiaba la entrada le abrió la puerta y Brians cruzó el umbral bajo la marquesina que anunciaba el programa de aquella semana: sesión doble con *El tercer hombre* y *El extraño*. La sonrisa enigmática de un Orson Welles de tinte diabólico observaba desde el cartel enmarcado por bombillas parpadeantes.

—Al menos tiene buen gusto —replicó Alicia.

Al pasar por los cortinajes aterciopelados que sellaban la entrada los envolvió un perfume a cine viejo y a miserias inconfesables. El haz del proyector atravesaba una nube espesa que parecía llevar décadas atrapada sobre la platea. Hileras de butacas vacías descendían hasta la pantalla, donde el pérfido Harry Lime huía a través de la fantasmagoría de túneles del alcantarillado de Viena. El tono espectral de aquellas imágenes le recordó a Alicia las escenas que había leído en el libro de Víctor Mataix.

—¿Dónde está? —le murmuró Vargas al oído.

Ella señaló hacia el fondo de la sala. Brians había ocupado una butaca en la fila cuatro. No se apreciaban más de tres o cuatro espectadores en todo el cine. Tomaron el pasillo lateral que descendía por la platea, punteado por una hilera de butacas dispuestas de lado contra la pared como si se tratase de un vagón de metro. Al llegar a media sala, Alicia se adentró en una de las filas y se sentó en el centro. Vargas se acomodó a su lado.

—¿Ya ha visto esta película?

Alicia hizo un gesto afirmativo. La había visto por lo menos seis veces y se la sabía de memoria.

—¿De qué va?

—De penicilina. Cállese.

La espera resultó más breve de lo previsto. No había terminado todavía la película cuando Alicia avistó por encima del hombro una silueta oscura que avanzaba por el pasillo lateral. Vargas parecía ya por entonces embobado por la cinta y ella le propinó un codazo. El extraño vestía un abrigo oscuro y portaba un sombrero en la mano. Alicia apretó los puños. El visitante se detuvo frente a la fila en la que estaba instalado el abogado. Observó la pantalla con parsimonia y un instante después se adentró en la fila de detrás para tomar asiento en una butaca situada en diagonal a la ocupada por Brians.

—Salto de caballo —murmuró Vargas.

Por espacio de un par de minutos, el abogado no dio señal de haber reparado en la presencia del extraño ni este de comunicarse con él en modo alguno. Vargas miró a Alicia, escéptico, y esta empezó a pensar que tal vez todo iba a quedar reducido a una casualidad. Dos extraños en un cine sin más conexión que una posible miopía que les hacía preferir sentarse en las primeras filas. Solo cuando el sonido de los disparos que habían de acabar con las mil vidas del malvado Harry Lime inundaron el cine, el extraño se inclinó hacia la butaca delantera y Brians se volvió levemente. La banda sonora se llevó sus palabras y Alicia apenas pudo colegir que el abogado pronunciaba un par de frases y tendía un pedazo de papel al extraño. Luego, ignorándose mutuamente, se reclinaron de nuevo en sus butacas y siguieron viendo la película.

—En mis tiempos los hubieran detenido por maricones —apuntó Vargas.

—Qué gran era dorada del paleolítico español la suya —replicó Alicia.

Cuando el proyector inundó la pantalla con el monumental plano final de la cinta, el extraño se levantó. Se retiró despacio hacia el pasillo lateral y, mientras la heroína desengañada recorría el paseo desolado del viejo cementerio de Viena, se enfundó su sombrero y se deslizó hacia la salida. Alicia y Vargas no hicieron asomo de volver el rostro ni de haber advertido su presencia, pero sus miradas estaban clavadas en aquella silueta salpicada por el halo vaporoso del proyector. El ala del sombrero le ensombrecía la cara, pero no lo suficiente para ocultar una extraña textura marfileña y brillante, como el rostro de un maniquí. Alicia sintió un escalofrío. Vargas esperó a que el extraño desapareciese tras el umbral de los cortinajes y se inclinó hacia ella.

—¿Soy yo o ese individuo lleva una máscara?

—Algo así —confirmó Alicia—. Venga, vámonos antes de que se nos escurra...

En aquel instante, sin darles tiempo ni a incorporarse, se encendieron las luces de la sala y el título final de la película se desvaneció en la pantalla. Brians se había levantado y se dirigía hacia el pasillo lateral. En apenas unos segundos cruzaría frente a ellos camino a la salida y los vería allí sentados.

—Y ahora ¿qué? —murmuró Vargas bajando la cabeza.

Alicia le agarró de la nuca y llevó el rostro del policía al suyo.

—Abráceme —susurró.

Vargas la rodeó en sus brazos con la convicción de un colegial en prácticas. Alicia tiró de él y ambos quedaron enlazados en un amago de beso furtivo de aquellos que por entonces solo se podían ver en las filas de atrás de los cines de barrio y en los portales oscuros a medianoche, sus labios a apenas un centímetro. Vargas cerró los ojos. Cuando Brians ya hubo abandonado la sala, Alicia le empujó suavemente.

—Andando.

Al salir del cine avistaron la silueta de Brians alejándose por el centro del paseo subterráneo en la misma dirección por la que había llegado. No había ni rastro del extraño con el rostro de maniquí. Alicia reparó en la escalera que quedaba a una veintena de metros y que ascendía hasta el cruce de la calle Balmes con Pelayo. Se apresuraron en aquella dirección. Una punzada de dolor le recorrió la pierna derecha y contuvo la respiración. Vargas la sostuvo del brazo.

—No puedo ir más deprisa —sentenció Alicia—. Adelántese usted. Rápido.

Vargas se lanzó escaleras arriba a toda velocidad mientras ella se quedaba apoyada contra la pared y recuperaba el aliento. Cuando emergió a la luz del día, el policía se encontró con la gran fuga de la calle Balmes. Miró a su alrededor, confundido. No conocía bien la ciudad y estaba desubicado. El tráfico a aquellas horas era ya intenso y el centro de Barcelona estaba inundado por una marea de automóviles, autobuses y tranvías. Cortinas de transeúntes peinaban las aceras bajo una luz polvorienta que caía de lo alto. Vargas se llevó una mano a la frente para protegerse del sol y barrió el cruce con la mirada, ajeno a los empujones que le propinaba el gentío. Por un instante creyó que mil abrigos negros tocados de sombrero desfilaban en todas direcciones y que nunca le encontraría.

La peculiar textura de su rostro le delató. El extraño había pasado ya al otro lado de la calle y se encaminaba hacia un automóvil aparcado en la esquina con la calle Vergara. Vargas intentó cruzar entre el tráfico pero la jauría de vehículos y una tormenta de bocinas le devolvieron a la acera. Al otro lado el extraño se introducía en el coche. El policía lo identificó como

338

un Mercedes Benz, un modelo de hacía por lo menos quince o veinte años. Cuando el semáforo cambió a verde, el coche empezaba ya a alejarse. Vargas corrió tras él y consiguió echarle un buen vistazo antes de que desapareciera entre el río de tráfico. De regreso hacia la boca del metro se cruzó con un guardia urbano que le observaba con reprobación. Vargas supuso que le había visto intentar atravesar la calle en rojo y luego lanzarse a la carrera entre los vehículos. Entonces asintió, dócil, y alzó la mano en señal de disculpa. Alicia le esperaba en la acera con la mirada expectante.

—¿Cómo se encuentra? —preguntó Vargas.

Ella ignoró la pregunta y agitó la cabeza con impaciencia.

—He llegado a verle subirse a un coche. Un Mercedes negro —dijo Vargas.

—¿Matrícula?

Él asintió.

## 23

Buscaron refugio en el bar Nuria y ocuparon una mesa junto a la ventana. Alicia pidió una copa de vino blanco, su segunda del día. Encendió un cigarrillo y abandonó la mirada entre el gentío que fluía Ramblas abajo como si se tratara del mayor acuario del mundo. Vargas la observó elevar la copa con dedos temblorosos y llevársela a los labios.

—¿Discurso admonitorio? —preguntó Alicia sin apartar la vista de la ventana.

—Salud.

—No ha dicho usted nada del individuo de la máscara. ¿Está pensando lo mismo que yo?

Él se encogió de hombros, escéptico.

—El informe sobre el supuesto atentado contra Valls en el

Círculo de Bellas Artes hablaba de un hombre con la cara cubierta... —dijo Alicia.

—Podría ser —concedió Vargas—. Voy a hacer unas llamadas.

Una vez a solas, Alicia dejó escapar un suspiro de dolor y se llevó la mano a la cadera. Consideró la posibilidad de tomarse media pastilla, pero la descartó. Aprovechando que Vargas estaba al teléfono al fondo de la cafetería, hizo señas al camarero para que le sirviera otra copa y retirase la primera, que apuró de un trago. Vargas regresó al cuarto de hora con su pequeño cuaderno de notas en la mano y un brillo en la mirada que presagiaba noticias.

—Ha habido suerte. El coche está a nombre de Metrobarna, S. L. Es una sociedad de capital inmobiliario, o al menos así consta en el registro. La oficina central está aquí en Barcelona. Paseo de Gracia, número seis.

—Eso está aquí al lado. Deme un par de minutos para que me recupere y vamos hacia allí.

—¿Por qué no deja que me encargue yo de esto y se va un rato a casa a descansar, Alicia? Luego me paso por allí y le cuento lo que haya averiguado.

—¿Está seguro?

—Segurísimo. Ande.

Cuando salieron a las Ramblas el cielo por fin había clareado y brillaba ese azul eléctrico que embruja a veces los inviernos de Barcelona para persuadir al incauto de que nada puede salir mal.

—Directa a casa, ¿eh? Sin paradas técnicas, que la conozco —advirtió Vargas.

—A sus órdenes. No resuelva el caso sin mí —dijo Alicia.

—Descuide.

Le contempló partir rumbo a la plaza de Cataluña y esperó un par de minutos. Hacía años que había comprobado que exagerar los síntomas del dolor y esbozar un lánguido semblante a lo Dama de las Camelias le permitía manipular la dúctil e infantiloide disposición de cualquier varón necesitado de pensar que precisaba de su protección y guía, lo cual incluía a prácticamente la totalidad del género masculino en el censo con la excepción de Leandro Montalvo, que le había enseñado la mayoría de los trucos de su repertorio y olfateaba sin remedio los que ella había aprendido por su cuenta. Tan pronto como Alicia tuvo la certeza de que se había librado de Vargas, cambió de rumbo. Irse a casa podía esperar. Necesitaba tiempo para pensar y observar desde la sombra. Y, sobre todo, había algo que quería hacer sola y a su manera.

Las oficinas de Metrobarna estaban ubicadas en el último piso de un monumental bloque modernista con trazas de castillo de ensueño. La finca, remozada en piedra ocre y coronada con mansardas y mayúsculos torreones, era conocida como Casa Rocamora y ejemplificaba esas piezas de orfebrería matemática y gran melodrama que solo se pueden encontrar en las calles de Barcelona. Vargas se detuvo un instante a contemplar el espectáculo de tribunas, galerías y geometrías bizantinas desde la esquina. Un acuarelista callejero había plantado su caballete en la esquina y estaba finalizando un retrato de trazo impresionista del edificio. Al reparar en la presencia de Vargas a su lado le dedicó una sonrisa cortés.

—Bonita estampa —elogió Vargas.

—Se hace lo que se puede. ¿Policía?

—¿Tanto se nota?

El pintor le ofreció una sonrisa agria. Entonces Vargas señaló el cuadro.

—¿Está a la venta?

—Lo estará en algo menos de media hora. ¿Interesado en el edificio?

—Por momentos. ¿Cobran por entrar? —preguntó Vargas.

—No les dé ideas.

Un ascensor escapado de los sueños de Julio Verne le condujo hasta las puertas de un despacho donde lucía una placa dorada de considerable gramaje que rezaba:

> ## METROBARNA
> ### Sociedad Limitada de Capital Inmobiliario

Vargas pulsó el timbre. Un eco de carillón prendió en el aire y al poco la puerta se abrió desvelando la figura de una recepcionista de talle exquisito y atuendo más que formal enmarcada en un recibidor suntuoso. En algunas firmas, la opulencia se transmitía con antelación y alevosía.

—Buenos días —lanzó Vargas en tono oficial al tiempo que mostraba su acreditación—. Vargas, Jefatura Superior de Policía. Quisiera hablar con el gerente, por favor.

La recepcionista le examinó, sorprendida. Presumiblemente el tenor de las visitas que acostumbraban a recibir en aquel despacho era de mayor caché.

—¿Quiere decir usted el señor Sanchís?

Vargas se limitó a asentir y se adentró unos pasos en el vestíbulo, una sala con paredes tapizadas de terciopelo azul sembrada de exquisitas acuarelas de fachadas y edificios emblemáticos de Barcelona. Vargas reprimió una sonrisa al reconocer el estilo del pintor de la esquina.

—¿Puedo preguntarle de qué se trata, agente? —inquirió la recepcionista a su espalda.

—Capitán —corrigió Vargas sin volverse.

La recepcionista carraspeó y, al no obtener más respuesta, suspiró.

—El señor Sanchís está en estos momentos en una reunión. Si lo desea...

Vargas se dio la vuelta y la miró con frialdad.

—Ahora mismo le aviso, capitán.

Vargas asintió con escaso entusiasmo. La recepcionista partió rauda en busca de refuerzos. Siguió un rápido desfile de voces apagadas, ruidos de puertas que se abrían y cerraban y pasos en carrerilla por los corredores del despacho. Al minuto había vuelto, esta vez con una sonrisa mansa, para invitarle a seguirla al interior.

—Si es tan amable, el señor director le recibirá en la sala de juntas.

Cruzó un largo pasillo flanqueado por despachos ampulosos donde una brigada de atildados abogados enfundados en trajes de tres piezas despachaban sus menesteres con la solemnidad del comisionista experto. Estatuas, cuadros y alfombras de alto vuelo perfilaban el recorrido, que le llevó a una amplia sala suspendida frente a una tribuna acristalada desde la que se contemplaba todo el paseo de Gracia a vista de ángel. Una imponente mesa de juntas presidía un conjunto de butacones, vitrinas y molduras de maderas nobles.

—El señor Sanchís estará con usted en un instante. ¿Puedo ofrecerle algo mientras tanto? ¿Un café?

Vargas negó. La recepcionista se evaporó tan pronto como pudo y le dejó a solas.

El policía evaluó el escenario. Las oficinas de Metrobarna olían, si no apestaban, a dinero. Probablemente solo el precio de la alfombra a sus pies superaba con creces su sueldo de varios años. Vargas rodeó la mesa de juntas acariciando el roble lacado con los dedos y absorbiendo el perfume de lujo y pompa del lugar. El escenario y la prosodia de las formas desprendían aquel aire opresivo y excluyente de las instituciones dedicadas a la alquimia monetaria, recordando al visitante en todo momento que aunque creyese estar dentro, en realidad siempre estaría fuera y al otro lado de la proverbial ventanilla.

La sala estaba decorada con numerosos retratos de diferente tamaño. La mayoría eran fotografías, pero también había óleos y apuntes al carbón firmados por una selección de retratistas oficiales y de prestigio de las últimas décadas. Vargas repasó la colección. En todas las imágenes aparecía la misma persona, un caballero de cabellos plateados y semblante patricio que observaba la cámara, o el caballete, con sonrisa serena y ojos gélidos. El protagonista de aquellas estampas claramente sabía posar y elegir compañías. Vargas se inclinó para examinar de cerca una fotografía donde el caballero de la fría mirada aparecía en compañía de un grupo de prohombres ataviados con galas de cacería sonriendo como amigos de toda la vida al tiempo que flanqueaban a un general Franco más joven. Vargas repasó el reparto de figuras presentes en la función y reparó en uno de los participantes en la cacería. Estaba apostado en la segunda fila y sonreía entusiasmado, como si estuviese esforzándose por destacar en la escena.

—Valls —murmuró.

La puerta de la sala se abrió a su espalda y al volverse se encontró con un hombre de mediana edad de una esbeltez rayana en la fragilidad y tocado de un escaso cabello rubio tan fino como el de un bebé. Vestía un traje de alpaca de corte impecable y lucía ojos grises a juego, templados y penetrantes. El director le sonrió de modo afable y le tendió la mano.

—Buenos días. Mi nombre es Ignacio Sanchís, director general de esta casa. Tengo entendido, por lo que me dice María Luisa, que desea usted hablar conmigo. Disculpe que le haya hecho esperar. Estamos preparando la junta anual de accionistas y vamos un poco de cabeza. ¿En qué le puedo ayudar, capitán?

Sanchís destilaba un aire de cordialidad cultivada y profesionalidad de *bouquet* superior. Su mirada transmitía calidez y autoridad al tiempo que le catalogaba con minuciosidad. Vargas no tuvo la menor duda de que antes de finalizar su frase de presentación Sanchís ya sabría la marca de zapatos que calzaba y los años que tenía su traje de medio pelo.

—Este rostro me resulta familiar —dijo el policía señalando uno de los óleos que decoraban la sala.

—Es don Miguel Ángel Ubach —apuntó Sanchís, sonriendo con benevolencia ante la ignorancia o ingenuidad de su interlocutor—. Nuestro fundador.

—¿De la Banca Ubach? —preguntó Vargas—. ¿El Banquero de la Pólvora?

Sanchís le ofreció una sonrisa leve y diplomática, pero su mirada se enfrió.

—A don Miguel Ángel nunca le gustó ese apelativo, que si me permite no hace justicia al personaje.

—Oí decir que se lo había puesto el propio Generalísimo, por los servicios prestados —aventuró Vargas.

—Me temo que no es así —corrigió Sanchís—. El apodo se lo atribuyó cierta prensa roja a don Miguel Ángel durante la guerra. La Banca Ubach, junto a otras instituciones, ayudó a financiar la campaña de liberación nacional. Un gran hombre al que España debe mucho.

—Que sin duda se ha cobrado... —murmuró Vargas.

Sanchís ignoró sus palabras sin perder un ápice de cordialidad.

—¿Y cuál es la relación de don Miguel Ángel con esta compañía? —quiso saber Vargas.

Sanchís carraspeó y adoptó un semblante paciente y didáctico.

—A la muerte de don Miguel Ángel, en 1948, la Banca Ubach se dividió en tres sociedades. Una de ellas fue el Banco Hipotecario e Industrial de Cataluña, que hace ahora ocho años fue absorbido por la Banca Hispanoamericana de Crédito. Metrobarna fue creada en esa época para administrar la cartera de valores inmobiliarios que había en el balance del banco.

Sanchís pronunció aquellas palabras como si las hubiese recitado muchas veces, con el aire experto y ausente de un guía de museo que alecciona a un grupo de turistas mientras mira el reloj de reojo.

—Pero estoy seguro de que la historia de la compañía no es materia de gran interés para usted —remató—. ¿En qué puedo ayudarle, capitán?

—Es un tema menor, probablemente sin importancia, señor

Sanchís, pero ya sabe usted cómo es la rutina de estas cosas. Hay que comprobarlo todo.

—Por supuesto. Usted dirá.

Vargas extrajo su cuaderno y fingió repasar unas líneas.

—¿Podría usted confirmar si un automóvil con matrícula B-74325 pertenece a Metrobarna?

Sanchís le miró con perplejidad.

—La verdad, no lo sé... Tendría que preguntar a...

—Imagino que la compañía tiene una flota de automóviles. ¿Me equivoco?

—No, está usted en lo cierto. Disponemos de cuatro o cinco coches, si...

—¿Uno de ellos es un Mercedes Benz? ¿Negro? ¿Un modelo de hará unos quince o veinte años?

Una sombra de inquietud cruzó el rostro de Sanchís.

—Sí... Es el vehículo que conduce Valentín. ¿Ha ocurrido algo?

—¿Valentín, dice usted?

—Valentín Morgado, un chófer que trabaja para esta casa.

—¿El suyo particular?

—Sí. Desde hace ya años... ¿Puedo preguntar qué...?

—¿Se encuentra el señor Morgado en la oficina en este momento?

—Creo que no. Esta mañana a primera hora tenía que llevar a Victoria al médico...

—¿Victoria?

—Victoria es mi esposa.

—¿Y el apellido de su esposa es...?

—Ubach. Victoria Ubach.

Vargas alzó las cejas en señal de sorpresa. Sanchís asintió, vagamente irritado.

—Hija de don Miguel Ángel, sí.

El policía le guiñó el ojo, como si quisiera darle a entender que admiraba el braguetazo que le había llevado a la cúspide de la compañía.

—Capitán, le ruego que me explique de qué se trata este asunto...

Vargas sonrió afable y relajado.

—Como le decía, nada de importancia. Estamos investigando un atropello que ha tenido lugar esta mañana en la calle Balmes. El vehículo del sospechoso se ha dado a la fuga. No se preocupe, que no es el suyo. Pero dos testigos del suceso han declarado haber visto aparcado justo en el cruce un automóvil que coincide con la descripción y matrícula del Mercedes negro que conduce...

—Valentín.

—Exacto. De hecho ambos han declarado que en el momento en que se ha producido el atropello el conductor del Mercedes estaba en el interior. De ahí que tengamos interés en localizarle, para ver si tal vez él hubiera podido ver algo que nos ayudase a identificar al conductor que se ha dado a la fuga...

Sanchís hizo un gesto compungido ante su relato, aunque parecía visiblemente aliviado de que su coche y su chófer no hubiesen estado implicados en el accidente.

—Es terrible. ¿Se ha producido alguna víctima mortal?

—Por desgracia tenemos que hablar de una. Una señora mayor que ha sido llevada al hospital Clínico, donde ya ha ingresado cadáver.

—Lo siento muchísimo. Por supuesto, todo lo que podamos hacer por ayudar a...

—Bastaría con hablar con su empleado, Valentín.

—Claro, por supuesto.

—¿Sabe usted si tal vez esta mañana el señor Morgado ha llevado a su esposa a algún otro sitio después de su visita al médico?

—No estoy seguro. Creo que no. Victoria me comentó ayer que este mediodía recibía unas visitas en casa... Es posible que Valentín haya salido a hacer unos recados. A veces entrega documentos o correos del despacho si mi esposa o yo no le necesitamos por las mañanas.

Vargas extrajo una tarjeta y se la tendió.

—¿Será tan amable de decirle al señor Morgado que se ponga en contacto conmigo tan pronto como pueda?

—No se preocupe. Ahora mismo daré orden de que le localicen y le avisen.

—Probablemente no pueda ayudarnos, pero hay que cumplir con la formalidad.

—Por supuesto.

—Una cosa más. ¿Tiene por casualidad el señor Morgado alguna característica física distintiva?

Sanchís asintió.

—Sí, Valentín sufrió una herida durante la guerra. Tiene parte del rostro desfigurado a consecuencia de una explosión de mortero.

—¿Lleva muchos años a su servicio?

—Por lo menos diez. Valentín ya trabajaba para la familia de mi esposa y es un hombre de confianza de esta casa. Doy fe de ello.

—Uno de los testigos mencionó algo de una máscara que le cubría parte de la cara, ¿puede ser? Solo quiero asegurarme de que se trata de la persona correcta.

—Así es. Valentín lleva una prótesis que le cubre la mandíbula inferior y el ojo izquierdo.

—No quisiera robarle más tiempo, señor Sanchís. Muchas gracias por su ayuda. Lamento haber interrumpido su reunión.

—No tiene importancia. Faltaría más. Es un deber y un honor para todo español colaborar con las fuerzas de seguridad del Estado.

Sanchís le acompañaba ya hacia la salida cuando cruzaron frente a un portón de madera labrada tras el cual se abría una monumental biblioteca con vistas al paseo de Gracia. Vargas se detuvo un instante y se asomó al interior. La biblioteca se extendía en una galería versallesca que parecía ocupar todo el lateral del edificio. El suelo y el techo estaban cubiertos de madera pulida tan brillante que parecían dos espejos enfrentados en los que las columnas de libros se multiplicaban hasta el infinito.

—Impresionante —dijo Vargas—. ¿Es usted coleccionista?

—Modesto —contestó Sanchís—. La mayor parte proviene del fondo de la Fundación Ubach, aunque tengo que admitir que los libros son mi debilidad y mi refugio del mundo de las finanzas.

—Le entiendo. Yo, a mi modesta escala, hago lo mismo —aventuró Vargas—. Lo mío es la búsqueda y captura de ejemplares raros y únicos. Mi mujer dice que es deformación profesional.

Sanchís asintió, manteniendo el semblante cortés y paciente aunque sus ojos traicionaban ya cierto hartazgo y la voluntad de quitarse de encima al policía en cuanto fuese posible.

—¿Está usted interesado en volúmenes raros, señor Sanchís?

—La mayoría de la colección son textos del siglo XVIII y XIX, españoles, franceses e italianos, aunque tenemos también una excelente selección de literatura y filosofía alemanas y de poesía inglesa —explicó el director—. Supongo que en ciertos círculos eso ya constituiría rareza suficiente.

Sanchís le tomó del brazo delicada pero firmemente y le guio de nuevo al pasillo rumbo a la salida.

—Le envidio, señor Sanchís. Quién pudiera... Mis medios son limitados y me tengo que conformar con piezas modestas.

—No hay libros modestos sino ignorancias soberbias.

—Por supuesto. Eso mismo le decía yo a un librero de viejo al que tengo buscándome una serie de novelas de un autor olvidado. A lo mejor le suena a usted el nombre. Mataix. Víctor Mataix.

Sanchís le sostuvo la mirada, impasible, y negó despacio.

—Lo lamento, nunca he oído hablar de él.

—Es lo que me dice todo el mundo. Un hombre se deja la vida escribiendo y al poco nadie recuerda sus palabras...

—La literatura es una amante cruel que olvida con facilidad —dijo Sanchís, abriendo la puerta del rellano.

—Como la justicia. Suerte que siempre hay alguien como usted y como yo dispuestos a refrescarles a ambas la memoria...

—Así es la vida, que nos olvida a todos antes de hora. Ahora, si no hay nada más que pueda hacer por usted...

—No, muchas gracias de nuevo por su ayuda, señor Sanchís.


# 24


Al salir del edificio Vargas avistó al pintor de acuarelas, que recogía ya sus enseres y encendía una pipa de marinero veterano. Le sonrió de lejos y se aproximó.

—Hombre, si es el comisario Maigret —exclamó el artista.

—El nombre es Vargas.

—Dalmau —se presentó el pintor.

—¿Qué hay, maestro Dalmau? ¿Ha terminado ya la obra?

—Las obras nunca se terminan. El truco está en saber dónde hay que dejarlas inacabadas. ¿Está interesado todavía?

El artista alzó el trapo que cubría el lienzo y le mostró la acuarela.

—Parece como salido de un sueño —dijo Vargas.

—El sueño es suyo por diez duros y la voluntad.

El policía extrajo la cartera. Los ojos del artista le brillaron como la brasa de su pipa. Vargas le tendió un billete de cien pesetas.

—Es demasiado.

Vargas negó.

—Considéreme su mecenas del día.

El pintor procedió a envolverle la acuarela en papel de estraza y cordel.

—¿Se puede vivir de esto? —preguntó Vargas.

—La industria de la postal ha hecho mucho daño, pero aún queda gente con gusto.

—¿Como el señor Sanchís?

El artista enarcó una ceja y le miró con aire de sospecha.

—Ya me olía esto a gato encerrado. A ver si me mete ahora usted en un lío.

—¿Hace mucho que Sanchís es cliente suyo?

—Varios años.

—¿Le ha vendido muchos cuadros?

—Bastantes.

—¿Tanto le gusta su estilo?

—Me los compra por lástima, creo yo. Es un hombre muy generoso, al menos para ser banquero.

—A lo mejor tiene mala conciencia.

—No será el único. En este país de eso hay para dar y vender.

—¿Lo dice por mí?

Dalmau renegó por lo bajo y dobló el caballete.

—¿Se marcha ya? Creí que iba a poder contarme algo del señor Sanchís.

—Mire, si quiere le devuelvo el dinero. Y el cuadro se lo puede quedar. Póngalo en alguna mazmorra de comisaría.

—El dinero es suyo, que se lo ha ganado.

El artista dudó.

—¿Qué quiere usted con Sanchís? —preguntó.

—Nada. Es simple curiosidad.

—Eso mismo dijo el otro policía. Son todos ustedes iguales.

—¿El otro policía?

—Sí, eso. Hágase el que no sabe de qué va la cosa.

—¿Puede describirme a mi colega? A lo mejor hay un billete más para usted si me echa una mano.

—Poco que describir. Otro matón, como usted. Aunque ese tenía la cara cortada.

—¿Le dijo cómo se llamaba?

—No llegamos a intimar.

—¿Cuándo fue eso?

—Quizá hace dos o tres semanas.

—¿Aquí?

—Sí, aquí. En mi oficina. ¿Puedo irme ya?

—No tiene nada que temer de mí, maestro.

—No le tengo miedo. De ustedes ya estoy curado de espantos. Pero prefiero respirar otros aires, si no le importa.

—¿Ha estado dentro?

El artista rio por lo bajo con desprecio.

—¿La Modelo?

—Montjuic. De 1939 a 1943. No pueden ustedes hacerme nada que no me hayan hecho ya.

Vargas sacó la cartera, dispuesto a desembolsar un segundo pago, pero el pintor lo rechazó. Extrajo el dinero que le había entregado Vargas con anterioridad y lo dejó caer al suelo. Luego, recogió el caballete plegado y su maletín de pinturas y se alejó cojeando. Vargas le contempló perderse paseo de Gracia arriba. Se arrodilló para coger el dinero del suelo y echó a caminar en dirección contraria con el cuadro bajo el brazo.

Ignacio Sanchís se aproximó a la ventana de la sala de juntas y observó al policía hablando con el acuarelista de la esquina. Al par de minutos, el policía se alejó hacia la plaza de Cataluña portando lo que parecía el cuadro que le había comprado. Sanchís esperó a perderle de vista entre el gentío. Salió al pasillo y se encaminó a la recepción.

—Estaré fuera unos minutos, María Luisa. Si llama Lorca, de la oficina de Madrid, páseselo a Juanjo.

—Sí, señor Sanchís.

No esperó al ascensor. Bajó a pie por la escalera y al llegar a la calle sintió el roce de una brisa que le hizo advertir que tenía la frente cubierta de sudor. Se aproximó al café que quedaba junto a la emisora de Radio Barcelona, en la calle Caspe, y pidió un cortado. Mientras se lo preparaban, se acercó al teléfono público que había en el fondo y marcó el número de memoria.

—Brians —respondió la voz al otro lado de la línea.

—Un policía que dice llamarse Vargas acaba de hacerme una visita.

Un largo silencio.

—¿Es esta la línea del despacho? —preguntó Brians.

—Claro que no —dijo Sanchís.

—También han estado aquí esta mañana. Él y una chica. Decían tener un Mataix para vender.

—¿Sabe quiénes eran?

—Él era obviamente de la policía. Ella no me ha gustado nada. Tan pronto como se han ido he hecho lo que me dijo. He telefoneado al número que me dio y he colgado para avisar a Morgado y encontrarnos donde siempre. Le he visto hace apenas una hora. Creí que ya le había advertido.

—Ha ocurrido un imprevisto. Morgado ha tenido que volver a la casa —dijo Sanchís.

—¿Qué le ha preguntado el policía?

—Quería saber de Morgado. No sé qué tontería de un accidente. Deben de haberle seguido a usted.

Sanchís oyó al abogado suspirar.

—¿Cree que tienen la lista?

—No lo sé. Pero no podemos correr riesgos.

—¿Qué quiere que haga? —preguntó Brians.

—Ningún encuentro con Morgado y ninguna llamada hasta nuevo aviso. Si hace falta, yo contactaré con usted. Vuelva al despacho y haga como si nada —ordenó Sanchís—. Yo que usted desaparecería de la ciudad una temporada.

El banquero colgó el teléfono. Pasó de largo frente a la barra, pálido.

—Jefe. Su cortado —le dijo el camarero.

Sanchís lo miró como si no supiera qué hacía allí y salió del café.

# 25

Mauricio Valls ha visto a demasiada gente morir como para creer que hay algo más allá. Resucita del purgatorio de antibióticos, narcóticos y pesadillas sin esperanzas. Abre los ojos a la penuria de su celda y siente que la ropa que vestía ha desaparecido. Está desnudo y envuelto en una manta. Se lleva la mano que no tiene al rostro y descubre el muñón cauterizado con alquitrán. Lo contempla largamente, como si quisiera averiguar a quién pertenece aquel cuerpo en el que ha despertado. La memoria va regresando poco a poco, goteando imágenes y sonidos. Al rato lo recuerda todo menos el dolor. Tal vez sí que haya un Dios misericordioso después de todo, se dice.

—¿De qué te ríes? —pregunta la voz.

La mujer que en su delirio había tomado por un ángel le observa tras los barrotes. No hay compasión ni emoción alguna en su mirada.

—¿Por qué no me han dejado morir?

—La muerte es demasiado buena para ti.

Valls asiente. No está seguro de con quién está hablando, aunque hay algo en esa mujer que le resulta enormemente familiar.

—¿Dónde está Martín? ¿Por qué no ha venido?

La mujer le mira con lo que se le antoja una suerte de desprecio y tristeza.

—David Martín te espera.

—¿Dónde?

—En el infierno.

—No creo en el infierno.

—Paciencia. Creerás.

La mujer se retira a las sombras y empieza a ascender la escalera.

—Espere. No se vaya. Por favor.

Ella se detiene.

—No se vaya. No me deje aquí solo otra vez.

—Ahí tienes ropa limpia. Vístete —dice ella antes de perderse escaleras arriba.

Valls oye cerrarse una compuerta. Encuentra la ropa en una bolsa, en un rincón de la celda. Es ropa vieja, que le va grande, pero está moderadamente limpia aunque huela a polvo. Se desprende de la manta y observa su cuerpo desnudo en la penumbra. Puede leer huesos y tendones bajo la piel donde antes había un dedo de grasa. Se viste. No es fácil vestirse con una sola mano, ni abrochar un pantalón o una camisa con solo cinco dedos. Lo que más agradece son los calcetines y unos zapatos con los que esconder sus pies del frío. En el fondo de la bolsa hay algo más. Un libro. Reconoce al instante la cubierta de piel negra y el perfil de una escalera de caracol grabada en escarlata en la portada. Apoya el libro en el regazo y lo abre.

## El Laberinto de los Espíritus III
### Ariadna y el Teatro de las Sombras

#### Texto e ilustraciones de Víctor Mataix

Valls deja pasar las páginas hasta detenerse en la primera ilustración. En ella se aprecia la carcasa de un viejo teatro en ruinas sobre cuyo escenario hay una niña vestida de blanco, de mirada frágil. Incluso a la luz de la vela la reconoce.

—Ariadna... —murmura.

Cierra los ojos y se aferra a los barrotes de la celda con una mano.

Tal vez el infierno sí existe.

## 26

Un sol de terciopelo pintaba las calles de inocencia. Alicia paseaba entre el gentío que recorría el centro de la ciudad mientras le iba dando vueltas a una escena que había leído en las últimas páginas de *Ariadna y el Príncipe Escarlata*. En ella, Ariadna se encontraba con un vendedor ambulante de máscaras y flores marchitas a la puerta de la ciudad de los muertos, la gran necrópolis del sur. Hasta allí la había llevado un tranvía fantasmal sin conductor ni pasaje que portaba al frente un cartel que rezaba:

### Destino

El vendedor estaba ciego pero oía a Ariadna acercarse y le preguntaba si deseaba adquirir una máscara. Las máscaras que vendía en su carromato, explicaba, estaban hechas con restos de almas malditas que habitaban el cementerio y servían para burlar a los hados y sobrevivir, tal vez, un día más. Ariadna le confesaba que no sabía cuál era su destino y que creía que lo había perdido al caer en aquella Barcelona espectral bajo el dominio del Príncipe Escarlata. El vendedor de máscaras sonreía y respondía con estas palabras:

*La mayoría de los mortales nunca llegamos a conocer nuestro verdadero destino; simplemente somos atropellados por él. Para cuando levantamos la cabeza y lo vemos alejarse por la carretera ya es tarde, y el resto del camino lo tenemos que hacer por la cuneta de aquello que los soñadores llaman la madurez. La esperanza no es más que la fe de que ese momento no haya llegado todavía, de que acertemos a ver nuestro verdadero destino cuando se acerque y podamos saltar a bordo antes de que la oportunidad de ser nosotros mismos se desvanezca para siempre y nos condene a vivir de vacío, añorando lo que debió ser y nunca fue.*

Alicia recordaba aquellas palabras como si las llevase grabadas en la piel. Nada sorprende y asusta más que lo que uno ya sabe. Aquel mediodía, al posar la mano en la puerta de la vieja librería Sempere e hijos, Alicia sintió el roce de aquella vida por vivir y se preguntó si no sería ya demasiado tarde.

La recibió el tintineo de la campanilla al entrar, el perfume a libros que desprendían miles de páginas esperando su oportunidad y una claridad nebulosa que tejía la escena con la textura de un sueño. Todo era como lo recordaba, desde el sinfín de estantes de madera clara hasta la última brizna de polvo atrapada en los haces de luz que se filtraban por el escaparate. Todo menos ella.

Se adentró en aquella estancia como si regresara a un recuerdo perdido. Por un instante, se dijo que aquel lugar hubiera podido ser su destino de no haber estallado una guerra que le había arrancado todo cuanto tenía, que la había mutilado y abandonado en las calles de una tierra maldita. Una guerra que había acabado haciendo de ella un títere más en una función de la que sabía que nunca iba a poder escapar. Aquel espejismo que presentía entre las cuatro paredes de la librería Sempere e hijos, comprendió, era la vida que le habían robado.

La mirada de un niño la arrancó de su ensueño. No debía de tener más de dos o tres años y estaba instalado en un pequeño parque de madera blanca junto al mostrador de la librería. El niño, coronado por una mata de pelo rubio tan fino y brillante que parecía de orfebrería, se había aupado aferrándose al borde y la observaba fijamente, estudiándola como si fuese un espécimen exótico. Alicia se rindió en una de esas sonrisas sinceras que se dibujan sin darse uno ni cuenta. El pequeño pareció calibrar el gesto mientras jugueteaba con un cocodrilo de goma. Luego, en un notable acto de acrobacia aeronáutica, procedió a disparar el muñeco en una trayectoria parabólica que lo dejó a sus pies. Alicia se arrodilló a recoger el cocodrilo y entonces oyó su voz.

—¡Julián, por el amor de Dios! Es que no hay manera...

Alicia escuchó cómo los pasos rodeaban el mostrador y al levantarse la encontró. Beatriz. De cerca le pareció tan hermosa como la pintaban los informes de bobos y fisgones, que como era previsible poco más habían atinado a decir de ella. Estaba tocada de esa feminidad bendita y apresurada de quien ha sido madre antes de los veinte años pero tenía la mirada de una mujer que doblase esa edad, penetrante e inquisitiva. Nadie sabe leer a una mujer como otra mujer, y en aquel breve instante en que sus manos se rozaron, cuando Alicia le entregó el juguete del pequeño Julián y sus ojos se encontraron, ambas sintieron que enfrentaban una suerte de espejo a través del tiempo.

Alicia observó a aquella criatura y se dijo que, en otra vida, bien hubiera podido ser la mujercita de aire sereno y angelical que debía de levantar anhelos y suspiros en el vecindario, la estampa viva de la esposa perfecta de los anuncios de moda. Beatriz, sin pecado concebida, contempló a su vez a aquella extraña que parecía un reflejo oscuro de sí misma, una Bea que nunca podría o se atrevería a ser.

—Disculpe usted al niño —improvisó Bea—. Está empeñado en que a todo el mundo le tienen que gustar los cocodrilos tanto como a él. No le podían gustar los perritos o los osos igual que a los demás críos, no...

—Señal de buen gusto —dijo Alicia—. Los demás críos son todos unos cursis, ¿verdad?

El pequeño asintió varias veces, como si por fin hubiera encontrado un alma cuerda en el universo. Bea frunció el ceño. Las trazas de aquella mujer le recordaron a las brujas estilizadas y exquisitamente malvadas de los cuentos que tanto agradaban a Julián. Su hijo debía de haber pensado lo mismo, porque había extendido las manos hacia ella como si quisiera que le tomase en brazos.

—Parece que ha hecho usted una conquista —dijo Bea—. Y no crea que Julián se va con cualquiera...

Alicia miró al niño. Nunca en su vida había sostenido a un

bebé. No tenía ni idea de cómo se hacía tal cosa. Bea debió de olfatear su perplejidad porque tomó a Julián en sus brazos.

—¿No tiene usted niños? —preguntó.

La visitante negó.

«Probablemente se los come», pensó Bea en un desliz de malicia. Julián la seguía contemplando cautivado.

—¿Julián, se llama?

—Sí.

Alicia se aproximó al niño y se inclinó para que su mirada estuviese a su altura. Julián sonrió, encantado. Bea, sorprendida ante la reacción de su hijo, le permitió extender la mano hasta el rostro de aquella mujer. Julián le tocó la mejilla y los labios. Al recibir su caricia, Bea creyó que a la clienta se le formaban lágrimas en los ojos, o quizá fuera el reflejo de la luz del mediodía. La mujer se apartó rápidamente y se volvió.

Vestía ropas exquisitas y, hasta donde ella podía determinar, muy caras. El tipo de ropa que a veces se detenía a mirar en los escaparates más selectos de Barcelona para luego pasar de largo, soñando despierta. Tenía un talle afilado y un gesto vagamente teatral. Llevaba los labios pintados de un color y un brillo que ella nunca se habría atrevido a lucir en público y que en contadas ocasiones había llevado solo para Daniel, cuando él la atontaba con moscatel y le pedía que le hiciera lo que él llamaba *un desfile*.

—Me encantan sus zapatos —dijo Bea.

La mujer se volvió de nuevo y le sonrió, mostrando los dientes entre el carmín. Julián estaba dando amagos de palmas, indicando con claridad que a él le gustaba todo, de los zapatos de precio impreguntable a los ojos de terciopelo que parecían hipnotizar como los de una serpiente.

—¿Buscaba algo en concreto?

—Pues no lo sé. Tuve que abandonar casi todos mis libros al mudarme y ahora, al regresar a Barcelona, me encuentro como si hubiese naufragado.

—¿Es usted de aquí?

—Sí, pero he estado viviendo unos años fuera.

—¿En París?

—¿París? No.

—Lo decía por la ropa. Y el aire. Tiene usted aire de parisina.

Alicia intercambió una mirada con el pequeño Julián, que seguía prendado de ella, y asintió como si lo de su ascendencia parisina hubiera sido idea suya, no de su madre.

—¿Conoce usted París? —preguntó Alicia.

—No. Bueno, solo por los libros. Pero el año que viene iremos a celebrar nuestro aniversario de bodas allí.

—Eso es un marido.

—Oh, él no lo sabe todavía.

Bea rio, nerviosa. Algo en la mirada de aquella mujer le soltaba la lengua.

Alicia le ofreció un guiño cómplice.

—Mejor todavía. Hay cosas demasiado importantes como para dejarlas en manos de los hombres.

—¿Es su primera vez en la librería? —preguntó una Bea deseosa de cambiar de tema.

—No. De hecho, de niña solía venir aquí con mis padres. Aquí me compró mi madre mi primer libro... Aunque de eso hace ya muchos años. Antes de la guerra. Pero guardo muy buen recuerdo y me he dicho que este era el sitio para empezar a rehacer mi biblioteca perdida.

Bea sintió un profundo cosquilleo ante la promesa implícita de negocio inminente. Llevaban ya una larga temporada de sequía de ventas y aquellas palabras le sonaban a música celestial.

—Aquí estamos entonces para todo lo que guste, porque lo que no tengamos aquí se lo encontramos en cuestión de días u horas.

—Me alegra oírlo. ¿Es usted la propietaria?

—Yo soy Bea. Esta es la librería de mi suegro, pero aquí estamos toda la familia...

—¿Su esposo también trabaja con usted? Qué suerte...

—No sé si estaría yo de acuerdo —bromeó Bea—. ¿Está usted casada?

—No.

Bea tragó saliva. Otra vez le resbalaba la lengua. Ya eran dos las preguntas personales que le hacía a aquella prometedora clienta sin que viniese a cuento. Alicia le leyó la mirada y sonrió.

—No se preocupe, Bea. Me llamo Alicia.

Le ofreció la mano y Bea la estrechó. Julián, que no perdía una, alzó también la suya a ver lo que caía. Alicia se la estrechó también. Bea rio.

—Pues con la mano que tiene, debería usted tener niños.

Tan pronto como hubo pronunciado esas palabras se mordió la lengua.

«Bea, por favor, cállate.»

La tal Alicia no parecía haberla oído y se había perdido en la contemplación de los estantes repletos de libros, alzando la mano y casi acariciándolos sin tocarlos. Bea aprovechó que estaba de espalda para examinarla de nuevo a conciencia.

—Sepa que hacemos precios especiales para colecciones...

—¿Puedo quedarme a vivir aquí? —preguntó Alicia.

Bea rio de nuevo, esta vez con escasa convicción, y miró a su hijo, que claramente le hubiera dado ya las llaves a aquella extraña.

—Steinbeck... —la oyó murmurar.

—Tenemos ahí una recopilación nueva con varias de sus novelas. Nos acaba de llegar...

Alicia tomó uno de los ejemplares, lo abrió y leyó unas líneas al azar.

—Es como leer música en un pentagrama —musitó Alicia.

Bea pensó que hablaba sola y que se había perdido en los libros, olvidándose de ella y del niño. La dejó en paz y permitió que recorriera la librería a sus anchas. Alicia elegía un volumen aquí y allá y los dejaba sobre el mostrador. Un cuarto de hora después una respetable torre de tomos había cobrado forma.

—También hacemos entrega a domicilio...

—No se preocupe, Bea. Enviaré a alguien esta misma tarde a recogerlos. Pero me voy a llevar este. Me ha convencido esta tarjeta que dice *Recomendación de Fermín:* Las Uvas de la Ira, *del picarón Juanito Steinbeck, es una sinfonía de letras indicada para aliviar los casos de cazurrismo contumaz y favorecer la profilaxis de la meninge en casos de estreñimiento cerebral provocados por un exceso de adhesión al canon de la papanatería oficial.*

Bea puso los ojos en blanco y despegó la tarjeta de la portada.

—Disculpe usted, esto de las tarjetas prescriptoras es una de las últimas ocurrencias de Fermín. Yo intento localizarlas todas y quitarlas antes de que los clientes se las encuentren, pero me las sigue escondiendo por ahí...

Alicia rio. Tenía la risa fría, de cristal.

—¿Este Fermín es uno de sus empleados?

Bea asintió.

—Algo así. Él se define como asesor literario y detective bibliográfico de Sempere e hijos.

—Parece todo un personaje.

—No se hace usted idea. ¿Verdad, Julián, que el tío Fermín es de lo que no hay?

El pequeño batió palmas.

—Son tal para cual —explicó Bea—. No sé quién tiene menos conocimiento de los dos...

Bea empezó a mirar los precios de los diferentes volúmenes y a anotarlos en el libro de cuentas. Alicia observó que cuando lo hacía desplegaba un garbo que no despertaba dudas de quién llevaba los números en aquella casa.

—Con el descuento de la casa, le sale...

—Sin descuento, por favor. Gastar dinero en libros es un placer que no quiero que me recorten.

—¿Está segura?

—Segurísima.

Alicia le abonó el importe de la compra, que Bea procedió a dejar preparada para su recogida aquella tarde.

—Se lleva usted unos cuantos tesoros —dijo Bea.

—Espero que sean los primeros de una larga lista.

—Aquí nos tendrá, ya lo sabe.

Alicia le tendió de nuevo la mano. Bea se la estrechó.

—Ha sido un placer. Volveré pronto.

Bea asintió complacida, pero pensó que aquello sonaba a vaga amenaza.

—Esta es su casa. Aquí estaremos para lo que necesite...

Alicia le sopló un beso a Julián, que se quedó en trance. Ambos la observaron enfundarse los guantes con aire felino y dirigirse hacia la salida marcando el paso con aquellos tacones que apuñalaban el suelo. Justo entonces, cuando Alicia salía, llegó Daniel. Bea observó cómo su marido, embobado, le sostenía la puerta y se deshacía en una sonrisa que merecía al menos una bofetada. Bea puso los ojos en blanco y suspiró. Julián, a su lado, soltaba los ruidos que solía hacer cuando estaba encantado con algo, bien fuera una de las historias de su tío Fermín o un baño caliente.

—Sois todos iguales —murmuró.

Daniel entró en la librería y se tropezó con la mirada de Bea, que le taladraba con frialdad.

—Y esa ¿quién era? —preguntó.

## 27

No se detuvo hasta llegar a la esquina con Puerta del Ángel. Solo entonces, escondiéndose entre el gentío, Alicia se paró frente a uno de los escaparates de Casa Jorba y se secó las lágrimas que le caían por el rostro. «Esa es mi vida.» Enfrentó su reflejo en el cristal y dejó que la rabia la quemase por dentro.

—Estúpida —se dijo.

De regreso, se abandonó a la que había sido su ruta favorita años atrás y recorrió veinte siglos en veinte minutos. Bajó por Puerta del Ángel hasta la catedral y de allí se perdió por la curva de la calle de la Paja que bordeaba los restos de la muralla romana y enfilaba el descenso hasta la calle Aviñón a través del barrio judío del Call. Siempre había preferido las calles que no tenía que compartir con tranvías y automóviles. Allí, en el corazón de la Barcelona antigua donde ni las máquinas y ni sus discípulos conseguían penetrar, Alicia quiso creer que el tiempo discurría en círculos y que, si no se aventuraba más allá del laberinto de callejas donde el sol apenas se atrevía a pasar de puntillas, tal vez no envejecería jamás y podría volver a un tiempo oculto para reencontrarse con el camino que nunca debió abandonar. Quizá su momento aún no había pasado. Quizá le quedaba todavía una razón para seguir viviendo.

Antes de la guerra, de niña, Alicia había hecho aquel mismo camino muchas veces de la mano de sus padres. Recordaba haber cruzado frente al escaparate de Sempere e hijos con su madre y haberse detenido un instante para devolver la mirada a un niño con semblante desvalido que la observaba desde el otro lado del cristal. ¿Daniel tal vez? Recordaba el día en que su madre le compró el primer libro que había leído en su vida, una colección de poemas y leyendas de Gustavo Adolfo Bécquer. Recordaba las muchas noches que pasó en vela creyendo que Maese Pérez, el organista, rondaba a medianoche en el umbral de la puerta de su habitación, y que deseaba volver al bazar encantado de los libros donde la esperaban mil y una historias por vivir. Quizá en aquella otra vida perdida Alicia hubiera estado ahora al otro lado de aquel mostrador, poniendo libros en manos de unos y otros, anotando su título y su precio en el cuaderno de contabilidad y soñando con aquel viaje a París con Daniel.

A medida que se acercaba a su casa empezó a alumbrar de nuevo el turbio sentimiento de rencor que la arrastraba hacia aquella estancia oscura de su alma sin espejos ni ventanas en la que vivía. Se imaginó por un instante dando la vuelta y regresando a la librería para reencontrarse con aquella mujercita de cuento y su querubín de sonrisa regalada, Beatriz *la pura*. Se vio a sí misma sujetándola de la garganta contra la pared, clavándole las uñas en su piel de terciopelo y acercando su rostro al de aquella alma blanca para que Bea pudiera asomarse al abismo que se escondía en sus ojos mientras le lamía los labios para adivinar a qué sabían las mieles de la felicidad que bendecían las vidas de aquellos entre los que Leandro siempre le había dicho que nunca podría contarse, *la gente normal*.

Se detuvo en el cruce de Aviñón y la calle Fernando, apenas a unos metros del portal de su casa, y bajó la mirada. La invadió una sensación de vergüenza. Casi podía oír a Leandro riéndose de ella en algún rincón de su mente. «Mi querida Alicia, criatura de las tinieblas, no te hagas daño soñando con ser la princesita de su casa que espera el regreso del campeón y cuida de los adorables retoños dando saltitos de alegría. Tú y yo somos lo que somos, y cuanto menos nos miremos en el espejo, mejor.»

—¿Se encuentra bien, señorita Alicia?

Abrió los ojos para descubrir un rostro familiar, un retazo del pasado.

—¿Fernandito?

Una sonrisa bendita se extendió en los labios de su antiguo y fiel admirador. Los años habían tomado a un pobre muchacho de mente calenturienta y corazón acelerado y habían devuelto a un hombrecito con cierta presencia. Pese al tiempo transcurrido, sin embargo, su mirada seguía tan embelesada como el día que había acudido a despedirla a la Estación de Francia.

—Es una alegría volver a verla, señorita Alicia. Está usted igual. Qué digo, está usted mejor.

—Tú que me miras con buenos ojos, Fernandito. El que ha cambiado eres tú.

—Eso me dicen —corroboró el muchacho, que parecía satisfecho con la mejora.

—Has echado un montón de músculo —dijo Alicia—. Ya

no sé si te puedo llamar Fernandito. Ahora me pareces don Fernando.

Fernandito se sonrojó y bajó los ojos.

—Usted me puede llamar como quiera, señorita Alicia.

Ella se inclinó y le besó en la mejilla, que ya empezaba a raspar. Fernandito, pasmado, se quedó congelado y luego, en un arrebato, la abrazó con fuerza.

—Me alegro de que haya vuelto a casa. Se la había echado mucho de menos.

—¿Te puedo invitar a un...? —improvisó Alicia—. ¿Todavía te gusta tanto la leche merengada?

—Me he pasado al carajillo de ron.

—Lo que no pueda la testosterona...

Fernandito rio. Pese a sus músculos recién estrenados, su incipiente barba y su nueva voz grave, seguía riéndose como un niño. Alicia le tomó del brazo y le arrastró hasta el Gran Café, donde pidió un carajillo con el mejor ron cubano de la casa y una copa de Alella. Brindaron por los años de ausencia y Fernandito, embriagado por el ron y por la presencia de Alicia, le contó que trabajaba a ratos haciendo entregas para un colmado del barrio y que se había echado una novia, una muchacha llamada Candela a la que había conocido en la catequesis de la parroquia.

—Prometedor —aventuró Alicia—. ¿Cuándo te casas?

—¿Casarme? Eso son imaginaciones de mi tía Jesusa. A duras penas he conseguido que Candela me dé un beso. Cree que si no hay un cura presente es pecado.

—Si hay un cura presente no tiene gracia.

—Eso es lo que digo yo. Además, con lo poco que gano en el colmado no hay manera de ahorrar ni un duro para la boda. Fíjese que firmé cuarenta y ocho letras para la Vespa...

—¿Tienes una Vespa?

—Una preciosidad. Es de tercera mano, pero la he hecho pintar y da gusto verla. Un día tengo que llevarla de paseo. Lo que me ha costado, y me costará. Vamos toda la familia un poco justos desde que mi padre se puso enfermo y tuvo que dejar el empleo en La Seda. Los vapores esos del ácido. Al pobre se le han comido los pulmones.

—Lo siento mucho, Fernandito.

—Así es la vida. Pero de momento mi sueldo es lo único que entra en casa y voy a tener que encontrar algo mejor...

—¿Qué te gustaría hacer?

Él la miró con una sonrisa enigmática.

—¿Sabe lo que siempre me hubiera gustado hacer? Trabajar con usted.

—Pero si no sabes lo que hago, Fernandito.

—No soy tan tonto como parezco, señorita Alicia.

—Nunca he pensado que lo fueras.

—Iluso sí, y un poco pardillo, qué le voy a contar que no haya vivido usted en su propia carne, pero me llegan las luces para saber que usted está en el negocio de los misterios y las intrigas.

Ella sonrió.

—Supongo que es una manera de decirlo.

—Y no es que yo diga nada, ¿eh? Yo, chitón.

Alicia le miró a los ojos. Fernandito tragó saliva. Asomarse a aquel abismo siempre le aceleraba el pulso.

—¿De verdad te gustaría trabajar conmigo? —preguntó ella al fin.

Fernandito abrió unos ojos como platos.

—Nada me haría más feliz en este mundo.

—¿Ni casarte con Candelita?

—No sea mala, que a veces es usted muy mala, señorita Alicia...

Alicia asintió, concediendo la acusación.

—Mire, no quiero que piense que me hago ilusiones. Yo sé que nunca voy a querer a nadie como la he querido a usted, pero ese es mi problema. Hace tiempo que entendí que usted nunca me iba a querer a mí.

—Fernandito...

—Déjeme terminar, que por una vez que me atrevo a hablarle con franqueza no me gustaría dejar nada en el tintero, porque creo que nunca más volveré a tener el valor de decirle lo que siento.

Ella hizo un gesto afirmativo.

—Lo que pretendo decir, y sé que no es asunto mío, y no se enfade conmigo por explicárselo, es que está bien que no me quiera a mí porque soy un pobre bobo, pero algún día tendrá que querer a alguien, que la vida es muy corta y muy perra para vivirla así... Sola.

Alicia bajó la mirada.

—No elegimos a quién queremos, Fernandito. A lo mejor es que yo no sé querer a nadie y no sé dejar que nadie me quiera a mí.

—No me lo creo. ¿No es su novio ese policía grandote que va por ahí con usted?

—¿Vargas? No. Es solo un compañero de trabajo. Y un buen amigo, creo.

—A lo mejor también yo puedo serlo.

—¿Amigo o compañero de trabajo?

—Las dos cosas. Si usted me deja.

Alicia guardó silencio un largo rato. Fernandito esperaba callado, observándola con devoción religiosa.

—¿Y si fuera peligroso? —preguntó Alicia.

—¿Más peligroso que subir cajas llenas de botellas por las escaleras de este barrio?

Ella asintió.

—Desde que la conocí, yo ya sabía que era usted un peligro, señorita Alicia. Solo le pido que me dé una oportunidad. Si ve que no valgo, me despide. Sin contemplaciones. ¿Qué me dice?

Fernandito tendió la mano. Alicia se la tomó y en vez de estrechársela se la besó como si fuese una damisela y se la llevó a la mejilla. El muchacho adquirió la tez de un melocotón maduro.

—Vale. Una semana de prueba. Si después de unos días ves que esto no es para ti, disolvemos el contrato.

—¿De verdad?

Alicia asintió.

—Mil gracias. No le fallaré. Se lo juro.

—Ya lo sé, Fernandito. De eso no me cabe duda.

—¿Hará falta que vaya armado? Lo digo porque mi padre aún guarda el fusil de miliciano...

—Con que vayas armado de prudencia bastará.

—¿Y en qué consiste la misión?

—En que seas mis ojos.

—Lo que usted diga.

—¿Qué te pagan en el colmado al mes?

—Miseria y compañía.

—Multiplícalo por cuatro y tendrás tu salario base por semana. Más incentivos y bonificaciones. Y te pago la letra mensual de la Vespa. Eso para empezar. ¿Te parece justo?

Fernandito asintió, hipnotizado.

—Ya sabe que por usted yo trabajaría gratis. Pagando, incluso.

Alicia negó.

—Se acabó lo de gratis, Fernandito. Bienvenido al capitalismo.

—¿No dicen que eso es malísimo?

—Peor. Y te va a encantar.

—¿Cuándo empiezo?

—Ahora mismo.

## 28

Vargas se agarró el estómago como si se le acabase de abrir una úlcera por ensalmo.

—¿Que le ha dicho al niñato ese el qué?

—Se llama Fernandito. Y de niñato ya tiene poco. Hace casi tanto bulto como usted. Y además tiene una Vespa.

—Madre de Dios. ¿No le basta con complicarme la vida a mí que ahora tiene que meter a inocentes en sus maquinaciones?

—De eso se trata. Lo que necesitamos en esta empresa es algún inocente.

—Creí que para eso estaba el idiota de Rovira, que por cierto ha estado siguiéndome toda la mañana. ¿No le habían encargado seguirla a usted?

—A lo mejor no es tan idiota como parece.

—Y este Fernandito ¿qué es? ¿Sangre fresca para su baño de la condesa Báthory?

—Cada vez está usted mejor leído, Vargas. Pero no, Fernandito no va a derramar ni gota de sangre. Si acaso de sudor.

—Y lágrimas. No se crea que no he visto con qué ojillos de cordero degollado la mira.

—¿Cuándo lo ha visto?

—Cuando estaba usted hipnotizándole abajo en el café. Parecían una reina cobra y un conejito.

—Creí que era solo Rovira el que me espiaba.

—Los he visto al pasar cuando volvía de Metrobarna.

Alicia negó por lo bajo, quitando importancia al asunto mientras se servía una copa de vino blanco en una de sus piezas de cristalería fina. Degustó un primer sorbo y se apoyó contra la mesa.

—Cuénteme cómo le ha ido y olvídese de Fernandito por el momento.

Vargas resopló y se dejó caer en el sofá.

—¿Por dónde empiezo?

—Pruebe por el principio.

Vargas resumió su visita a Metrobarna y las impresiones resultantes. Alicia le escuchó en silencio, paseándose por el piso con la copa en la mano y asintiendo de vez en cuando. Al término del informe, se aproximó a la ventana y, tras apurar la copa, se volvió hacia el policía con un gesto que llenó a este de inquietud.

—He estado pensando, Vargas.

—Dios nos coja confesados.

—Con todo esto que usted ha averiguado hoy sobre el bien casado señor Sanchís y su chófer, la pista de los libros de Mataix, el abogado Brians y los Sempere...

—No se olvide del hombre invisible, su excolega Lomana.

—No me olvido. El caso es que usted y yo no damos abasto para seguir todos estos hilos. Y el nudo se está estrechando.

—¿En torno a nuestro pescuezo?

—Ya sabe a lo que me refiero. Todos estos hilos están conectados de alguna manera. Cuanto más tiremos de ellos, más cerca estaremos de encontrar una puerta de entrada.

—Cuando se pone usted metafórica me pierde.

—Estamos esperando un paso en falso, eso es todo.

—¿Es así como resuelve usted los casos? ¿Por los pasos en falso?

—Es más eficiente dejar que los demás cometan errores que confiar en acertar uno a la primera.

—¿Y si el paso en falso lo damos nosotros?

—Si tiene un sistema mejor, soy toda oídos.

Vargas alzó las manos en señal de tregua.

—Y este Fernandito ¿qué va a hacer?

—Será nuestros ojos allí donde no podamos estar presentes. Nadie sabe quién es y nadie le espera.

—Se está usted transformando en Leandro.

—Fingiré que no le he oído decir eso, Vargas.

—Finja lo que quiera. ¿Cómo planea sacrificar al pichón?

—Fernandito empezará por seguir a Sanchís. La división de tareas aumenta la productividad.

—Eso me huele a encerrona. Y yo ¿qué hago?

—Lo estoy meditando.

—Lo que está usted intentando es librarse de mí otra vez.

—No diga tonterías. ¿Cuándo he hecho yo algo así?

Vargas dejó escapar un gruñido.

—Y mientras medita ¿qué más piensa hacer? —preguntó.

—Dedicarle tiempo y atención a la familia Sempere —replicó Alicia.

En aquel momento se oyó un ruido tras la puerta del piso, como el de un peso al caer al suelo, y al poco sonó el timbre.

—¿Espera visita? —preguntó el policía.

—¿Abre usted?

Vargas se levantó a regañadientes y se acercó a abrir la puerta. Un Fernandito acalorado se alzaba en el umbral, resoplando.

—Buenas tardes —dijo—. Traigo los libros de la señorita Alicia.

Fernandito ofreció una mano en gesto conciliatorio, que Vargas ignoró.

—Alicia, el niño de los recados para usted.

—No sea cenizo y déjele pasar.

Alicia se incorporó y se aproximó a la puerta.

—Pasa, Fernandito, no le hagas caso.

Al verla, al chico se le iluminó el rostro. Levantó la caja con los libros y se adentró en el piso.

—Permiso. ¿Dónde se los dejo?

—Aquí mismo, frente a la estantería.

Fernandito hizo lo que le indicaba y respiró hondo, secándose el sudor que le caía por la frente.

—¿Los has traído así, a peso?

Él se encogió de hombros.

—Bueno, en la moto. Aunque como la finca no tiene ascensor...

—Qué entrega la tuya, *Fernandito* —dijo Vargas—. Porque no tengo a mano una medalla al valor, que si no...

Fernandito ignoró el sarcasmo de Vargas y concentró la atención en Alicia.

—No ha sido nada, señorita Alicia. Estoy acostumbrado a los repartos en el colmado.

—Así te has puesto tú de fuerte. Ande, Vargas. Páguele.

—¿Cómo?

—Un adelanto por servicios prestados. Y dele para gasolina.

—¿Y lo tengo que pagar yo?

—Del fondo de gastos. Usted es el tesorero. No ponga esa cara.

—¿Qué cara?

—Como si tuviese una infección de orina. Ande, saque la cartera.

—Oiga, si es un problema ya... —intervino Fernandito, que no las tenía todas consigo a la vista del semblante funesto de Vargas.

—No es ningún problema —atajó Alicia—. ¿Capitán?

Vargas resopló y extrajo la cartera. Contó un par de billetes y se los tendió a Fernandito.

—Más —susurró Alicia.

—¿Cómo?

—Dele por lo menos el doble.

Vargas extrajo dos billetes más y se los ofreció. Fernandito, que no debía de haber visto todo aquel dinero junto en su vida, lo aceptó maravillado.

—No te lo gastes todo en chucherías —murmuró Vargas.

—No se arrepentirá usted, señorita Alicia. Muchísimas gracias.

—Oye, chaval, que el que te paga soy yo —dijo el policía.

—¿Te puedo pedir un favor, Fernandito? —preguntó Alicia.

—Lo que usted mande.

—Bájame a buscar un paquete de cigarrillos.

—¿Rubio americano?

—Eres un cielo.

Fernandito se perdió escaleras abajo. A juzgar por el sonido de sus pasos, bajaba dando saltos.

—Vaya con el monaguillo —comentó Vargas.

—Está usted celoso —dijo Alicia.

—Sobre todo eso.

—¿Y el cuadro? —preguntó Alicia señalando el lienzo que había llevado Vargas.

—He pensado que quedaría que ni pintado encima de su sofá.

—¿Es de su nuevo amigo, el pintor favorito del señor Sanchís?

El policía asintió.

—¿Cree usted que Sanchís es nuestro coleccionista? —planteó Alicia.

Vargas se encogió de hombros.

—¿Y el chófer...?

—Morgado. Ya he llamado a la central para que me informen sobre él. Mañana tendré noticias.

—¿En qué está pensando, Vargas?

—En que a lo mejor está usted en lo cierto, mal que me pese. El nudo, o lo que sea, se estrecha.

—No le veo del todo convencido.

—No lo estoy. Hay algo que no encaja.

—¿El qué?

—Lo sabré cuando lo vea. Pero tengo la impresión de que estamos mirando desde el ángulo equivocado. No me pida que le diga por qué. Me lo dicen las tripas.

—Yo también lo creo —convino Alicia.

—¿Se lo va a contar a Leandro?

—Algo le voy a tener que contar.

—Si me permite una sugerencia, deje a Fernandito fuera del No-Do.

—No planeaba incluirlo.

Al poco se oyeron los pasos del mentado ascendiendo la escalera a toda prisa.

—Ande, ábrale. Y sea algo más simpático con él. Necesita ejemplos masculinos sólidos si quiere ser un hombre de provecho.

Vargas sacudió la cabeza y abrió la puerta. Fernandito esperaba ya, ansioso, paquete de tabaco en mano.

—Pase, pollo. Cleopatra espera.

Fernandito corrió a entregar el paquete, que Alicia abrió

sonriente para llevarse un cigarrillo a los labios. El chico se apresuró a extraer un mechero con el que prendérselo.

—¿Fumas, Fernandito?

—No, no... Lo llevo de linterna, que la mitad de las escaleras del barrio son más oscuras que la boca de un lobo.

—¿Ve, Vargas? ¿Tiene o no Fernandito madera de detective?

—Está hecho un Marlowe pubescente.

—No le hagas caso, Fernandito. Cuando se hacen mayores se les va agriando el carácter. Es la quinina de las canas.

—Queratina —cortó Vargas.

Alicia hizo un gesto a Fernandito para que ignorase a Vargas.

—¿Te puedo pedir otro favor, Fernandito?

—Para eso estamos.

—Este es más delicado. Tu primera misión.

—Soy todo oídos.

—Tienes que acercarte hasta el paseo de Gracia, número seis.

Vargas la miró con súbita alarma. Alicia le hizo señas de que no dijese nada.

—Allí están las oficinas de una compañía que se llama Metrobarna.

—Ya la conozco.

—¿Ah, sí?

—Son los dueños de las fincas de medio barrio. Las compran, echan a los viejos que viven dándoles dos céntimos y las revenden a diez veces el precio.

—Mira qué listos. Pues resulta que el director general es un tal Ignacio Sanchís. Quiero que le sigas desde que salga del despacho y que te conviertas en su sombra. Me cuentas adónde va, lo que hace, con quién habla... Todo. ¿Te apañarás con la Vespa?

—Es la reina de la carretera. Con ella no se me escapa ni Nuvolari.

—Mañana, a esta hora, te vienes y me cuentas lo que hayas averiguado. ¿Dudas?

Vargas levantó la mano.

—Me refiero a Fernandito.

—Todo clarísimo, señorita Alicia.

—Pues andando. Y bienvenido al mundo de la intriga.

—No le fallaré. A usted tampoco, capitán.

Fernandito partió raudo rumbo a una prometedora carrera en el mundo de la detección y el misterio. Vargas, boquiabierto, se quedó observando a Alicia, que saboreaba su cigarrillo con aire gatuno.

—¿Se ha vuelto usted loca?

Ella ignoró la pregunta. Alzó la mirada hacia la ventana y contempló el manto de nubes que reptaba desde el mar. El sol de poniente lo teñía de rojo, pero una red de lazos negros se arremolinaba en su interior, turbia y espesa. Avistó un chispazo eléctrico pulsando entre las nubes, como si una gran bengala hubiera prendido en ellas.

—Se acerca tormenta —murmuró Vargas a su espalda.

—Tengo hambre —declaró Alicia, volviéndose.

Él se mostró más que sorprendido.

—Nunca pensé que le oiría decir eso.

—Para todo hay una primera vez. ¿Me invita a cenar?

—No sé con qué. Le he entregado a su admirador casi todo lo que llevaba. Mañana tendré que ir a la caja a sacar más dinero.

—Aunque sea unas tapas.

—Usted dirá dónde.

—¿Conoce la Barceloneta?

—Empiezo a tener suficiente con la Barcelona normal.

—¿Le apetece una buena bomba?

—¿Perdón?

—Picante. No de pólvora.

—¿Y por qué me parece que esta es otra de sus artimañas?

376

## 29

Bajaron caminando hasta el puerto bajo un cielo tejido de relámpagos. Un perfil de mástiles se batía al viento que soplaba desde el mar y olía a electricidad.

—Va a caer una buena —presagió Vargas.

Bordearon los hangares que se alineaban frente a la dársena del puerto, grandes edificios cavernosos que semejaban los mercados de antaño.

—Mi padre solía trabajar aquí, en los tinglados —señaló Alicia.

Vargas guardó silencio, esperando a que ella tal vez añadiera algo más.

—Creí que era usted huérfana —dijo al fin.

—No nací huérfana.

—¿A qué edad los perdió? A sus padres.

Alicia se abrochó el cuello del abrigo y apretó el paso.

—Más vale que nos demos prisa o nos mojaremos —atajó.

Empezaban a caer las primeras gotas de lluvia cuando llegaron a la Barceloneta. Eran gotas gruesas y aisladas, como balas de agua que se estrellaban contra los adoquines y ametrallaban a los tranvías que se deslizaban por el paseo que bordeaba los muelles. Vargas avistó al frente un barrio abigarrado de calles estrechas que dibujaban una retícula sobre una península que se adentraba en el mar y emulaba el trazado de un gran cementerio.

—Parece una isla —comentó.

—No va muy desencaminado. Ahora es el barrio de los pescadores.

—¿Y antes?

—¿Quiere una lección de historia?

—Para ir haciendo boca a sus bombas...

—Siglos atrás todo esto que ve era mar —explicó Alicia—.

Con el tiempo, se construyó el principio del rompeolas y se fue formando una ínsula de sedimentos arrastrados por el mar contra el dique.

—Y ¿cómo sabe usted todas estas cosas?

—Porque leo. Tendría que probarlo alguna vez. Durante la guerra de Sucesión, las tropas de Felipe V derribaron buena parte del barrio de la Ribera para construir la fortaleza de la Ciudadela. Después de la guerra, mucha de la gente que había perdido su casa se trasladó a vivir aquí.

—¿Por eso ustedes, los barceloneses, son tan monárquicos?

—Por eso y por llevar la contraria, que favorece el riego.

La primera andanada de lluvia los persiguió con furia hasta una calleja angosta. Allí se alzaba el frontón de lo que a primera vista parecía un cruce de taberna portuaria y bar de carretera que no hubiera ganado ningún concurso de bellas artes pero que desprendía un olor que despertaba las entrañas. La Bombeta, rezaba el cartel.

Un grupo de parroquianos que se batían en una timba de cartas alzó levemente la vista al verlos entrar. Vargas se percató de que lo habían identificado como policía tan pronto como había puesto los pies en el bar. Un camarero de maneras hoscas los miró desde la barra y les señaló una mesa en un rincón, alejada de la clientela habitual.

—No parece un sitio de los suyos, Alicia.

—No se viene aquí por las vistas, sino por las bombas.

—Y sospecho que por algo más.

—Bueno, queda cerca.

—¿De dónde?

Alicia extrajo un pedazo de papel del bolsillo y lo colocó encima de la mesa. Vargas reconoció la etiqueta que Alicia había arrancado de una de las cajas de mudanza del despacho del abogado Brians aquella misma mañana.

—Del guardamuebles donde Brians ha almacenado temporalmente todos sus papeles y su archivo.

Él puso los ojos en blanco.

—No se haga el estrecho, Vargas. No esperará que nos lo den todo hecho.

—Esperaba no tener que quebrantar la ley.

El camarero de los rudos modales se plantó frente a ellos y los contempló con aire inquisitivo.

—Pónganos cuatro bombas y dos cervezas —instruyó Alicia, sin desprender la mirada de Vargas.

—¿Estrella o de barril?

—Estrella.

—¿Pan con tomate?

—Un par de rebanadas. Tostadas.

El camarero asintió y partió sin más ceremonial.

—Siempre me he preguntado por qué le ponen ustedes tomate al pan —dijo Vargas.

—Y yo por qué nadie más lo hace.

—¿Qué más sorpresas me tiene reservadas, amén del allanamiento de morada?

—Técnicamente es un almacén. No creo que moren allí más que ratas y arañas.

—¿Cómo negarse entonces? ¿Qué más le ronda por esa cabecita infernal?

—Estaba pensando en el cretino aquel que fue usted a ver, Cascos. El empleado de Valls en la Editorial Ariadna.

—El amante despechado.

—Pablo Cascos Buendía —recitó Alicia—. Antiguo prometido de Beatriz Aguilar. No me lo quito de la cabeza. ¿No le parece raro?

—¿Qué no es raro en este asunto?

—El todopoderoso ministro hurgando en secreto en la historia familiar de unos libreros de Barcelona...

—Habíamos determinado que su interés derivaba del hecho de que sospechaba que ellos pudieran saber algo de David Martín, de quien a su vez sospechaba que pudiera estar detrás de las amenazas y los atentados contra él —formuló Vargas.

—Sí, pero ¿qué tiene que ver David Martín con los Sempere? ¿Qué pintan ellos en toda esta historia? —inquirió Alicia, que se quedó pensativa antes de proseguir—. Hay algo ahí. En ese lugar. En esa familia.

—¿Por eso ha decidido usted hacer visitas a domicilio a Sempere e hijos sin avisarme?

—Necesitaba algo nuevo para leer.

—Haberse comprado el TBO. Acercarse a los Sempere antes de hora puede ser peligroso.

—¿Teme usted a una familia de libreros?

—Temo que levantemos la liebre antes de saber dónde estamos pisando.

—Creo que vale la pena arriesgarse.

—Cosa que ha decidido usted unilateralmente.

—Beatriz Aguilar y yo hemos hecho muy buenas migas —dijo Alicia—. Es un encanto de chica. Se enamoraría usted a primera vista.

—Alicia...

Ella sonrió con malicia. Las cervezas y el plato con las bombas llegaron justo a tiempo para romper la conversación. Vargas miró aquella curiosa invención, una suerte de gran bola de patata rebozada y rellena de carne picante.

—Y esto ¿cómo se come?

Alicia ensartó una bomba con el tenedor y le hincó una dentellada feroz. En la calle la tormenta golpeaba con fuerza y el camarero se había asomado a la puerta para contemplar el aguacero. Vargas observó a Alicia devorar el festín. Había algo en ella que no había advertido antes.

—Esto del anochecer la hace a usted revivir...

Alicia apuró un trago de cerveza y le miró a los ojos.

—Soy una criatura nocturna.

—No lo jure.

## 30

El temporal había dejado a su paso una niebla que barría las calles de la Barceloneta y brillaba a la lumbre de las farolas. Caían ya apenas gotas sueltas cuando salieron a la calle, el eco de la tormenta alejándose en la distancia. La dirección que Alicia había sustraído aquella mañana de las cajas de la mudanza del despacho de Fernando Brians indicaba que el guardamuebles elegido por el abogado para almacenar su mobiliario, archivos y el remanente de trastos acumulados durante décadas estaba en los terrenos del Vapor Barcino, una antigua factoría de calderas y locomotoras que había quedado abandonada durante la guerra civil. En apenas un par de minutos de paseo a través de callejas heladas y desiertas llegaron a las puertas de la vieja fábrica. Los raíles de una línea ferroviaria se desvanecían a sus pies y se adentraban en el recinto. Un gran portón de piedra con la leyenda VAPOR BARCINO presidía la entrada. Más allá se abría una tierra baldía de hangares y talleres dilapidados que dibujaban un cementerio para prodigios de la era del vapor.

—¿Seguro que es aquí? —preguntó Vargas.

Alicia asintió y se adelantó. Bordearon una locomotora varada en un vasto charco en el que afloraban carretillas, tuberías y la carcasa de una caldera abatida en la que había anidado una bandada de gaviotas. Las aves, inmóviles, los observaron pasar con ojos que brillaban en la penumbra. Una hilera de postes sostenía un enjambre de cableado del que pendían unos faroles que proyectaban una claridad mortecina. Las naves de la factoría habían sido numeradas y marcadas con carteles de madera.

—El nuestro es el tres —indicó Alicia.

Vargas miró a su alrededor. Un par de gatos famélicos maullaban desde las sombras. El aire olía a carbón y a azufre. Cruzaron frente a una garita desierta.

—¿No debería haber un vigilante por aquí?

—Creo que el abogado Brians es de soluciones económicas —apuntó Alicia.

—Abogado de las causas perdidas —recordó Vargas—. Quien tuvo, retuvo...

Se acercaron a la entrada de la nave marcada con el número tres. Las huellas recientes de los neumáticos del camión de la mudanza se deshacían en el fango frente a un portón de madera trabado con barras de metal que sellaba el acceso. Una puerta más pequeña cortada sobre la lámina principal estaba cerrada con una cadena y un candado herrumbroso del tamaño de un puño.

—¿Cómo andamos de fuerza bruta? —preguntó Alicia.

—No esperará que lo abra a mordiscos —protestó Vargas.

—No sé. Haga algo.

El policía extrajo su revólver e insertó el cañón a bocajarro en el orificio del candado.

—Apártese —ordenó.

Alicia se llevó las manos a los oídos. El eco del disparo aleteó entre las estructuras del recinto. Vargas sacó el revólver del candado, que cayó a sus pies arrastrando la cadena, y empujó la puerta de una patada.

El interior se abrió en una telaraña de sombras entre las que asomaban las ruinas de mil y un palacios. Una red de cableado punteado de bombillas desnudas colgaba de la bóveda. Vargas rastreó el circuito por los muros hasta una caja eléctrica que asomaba en la pared y pulsó el interruptor central. Las bombillas, apenas briznas de luz amarillenta y parpadeante, se encendieron en lenta sucesión como si se tratase de una feria espectral. La corriente producía un zumbido leve, igual que el de una nube de insectos revoloteando en la oscuridad.

Se adentraron por el pasillo que cruzaba la nave. El corredor estaba flanqueado por diferentes recintos protegidos por una rejilla metálica. A la entrada de cada uno pendía un cartel donde estaba anotado el número de lote, el mes y año de vencimiento del depósito y un apellido o nombre de la empresa titular del lote almacenado. Cada una de aquellas subdivisiones albergaba un mundo en sí misma. En el primer recinto avistaron una ciudadela formada por cientos de viejas máquinas de escribir, sumadoras y cajas registradoras. El siguiente acogía un ingente repertorio de crucifijos, figuras de santos, confesionarios y púlpitos.

—Con eso se podría montar un convento —dijo Alicia.

—A lo mejor aún está usted a tiempo...

Más allá se tropezaron con un tiovivo desmontado tras el cual se adivinaban los restos del naufragio de una feria itinerante. Al otro lado del corredor había una colección de ataúdes y parafernalia funeraria de regusto decimonónico, incluido un baldaquín con paredes de cristal que contenía un lecho de seda en el que todavía se apreciaba la huella que había dejado algún difunto ilustre.

—Santo Dios... ¿De dónde proviene todo esto? —murmuró Vargas.

—La mayoría, de fortunas venidas a menos, familias que ya habían caído en desgracia antes de la guerra y empresas que se han perdido en el agujero de los tiempos...

—¿Seguro que hay alguien que se acuerda de que todo esto está aquí?

—Alguien sigue pagando los alquileres.

—Pone los pelos de punta, la verdad.

—Barcelona es una casa embrujada, Vargas. Lo que sucede es que a ustedes los turistas nunca se les ocurre mirar detrás de la cortina. Mire, aquí es.

Alicia se detuvo frente a una de las divisiones y señaló el cartel.

**FAMILIA**
## BRIANS-LLORAC
**Título 28887-BC-56. 9-62**

—¿Está segura de que quiere hacer esto?

—No le imaginaba tan remilgado, Vargas. Yo me hago responsable.

—Usted sabrá. ¿Qué estamos buscando exactamente?

—No lo sé. Hay algo que conecta a Valls, Salgado, David Martín, los Sempere, Brians, su lista con los números indescifrables, los libros de Mataix y ahora a Sanchís y a su chófer sin rostro. Si encontramos esa pieza, encontraremos a Valls.

—¿Y cree que está aquí?

—Hasta que demos con ella no lo sabremos.

El recinto estaba cerrado con un simple candado de ferretería de barrio que cedió al quinto culatazo. Alicia no dejó pasar ni un segundo y se coló en el interior.

—Huele a muerto —dijo Vargas.

—Es la brisa del mar. Tantos años en Madrid le han hecho perder el sentido del olfato.

Vargas soltó una maldición y la siguió. Una pila de cajas de madera cubiertas con lona formaban un pasillo que conducía a una suerte de patio donde un tornado parecía haber soltado en pleno vuelo las reliquias de varias generaciones de la dinastía Brians.

—El abogado debe de ser la oveja negra de la familia. No soy anticuario, pero aquí hay por lo menos una fortuna o dos —especuló Vargas.

—Espero entonces que su pudor legal le permita resistir la tentación de llevarse algún cenicero de plata de la *yaya* Brians...

Vargas señaló el carrusel de vajillas, espejos, sillas, libros, tallas, arcones, armarios, consolas, cajoneras, bicicletas, juguetes, esquís, zapatos, maletas, cuadros, jarrones y cien mil enseres apilados unos contra otros hasta formar un mosaico abigarrado que tenía más de catacumba que de otra cosa.

—¿Por qué siglo quiere empezar?

—Los archivos de Brians. Estamos buscando cajas de cartón de tamaño medio. No tendría que ser muy difícil. Los mozos de la mudanza con toda probabilidad habrán elegido el lugar disponible más próximo a la entrada para soltar la carga del abogado. Cualquier cosa que no esté cubierta por dos dedos de polvo es un posible candidato. ¿Prefiere derecha o izquierda? ¿O es una pregunta tonta?

Tras varios minutos vagando entre una jungla de cachivaches que seguramente llevaban allí desde antes de que ninguno de ellos hubiera nacido encontraron una pirámide de cajas que todavía lucían una etiqueta idéntica a la que había sustraído Alicia. Vargas se adelantó y empezó a colocarlas en fila una por una mientras ella las iba abriendo y repasando el contenido.

—¿Es esto lo que buscaba? —preguntó Vargas.

—No lo sé todavía.

—Un plan perfecto —murmuró el policía.

Les llevó cerca de media hora separar las cajas que contenían documentos de las que estaban llenas de libros y enseres de oficina. La claridad anémica que ofrecían las bombillas en lo alto no bastaba para examinar los documentos a conciencia y Vargas partió en busca de algo con que iluminar. Regresó al poco con un viejo candelabro de cobre y un puñado de velas gruesas que parecían por estrenar.

—¿Seguro que no son cartuchos de dinamita? —preguntó Alicia.

Vargas detuvo la llama del mechero a un centímetro de la primera vela y se lo tendió.

—¿Quiere hacer usted los honores?

Las velas abrieron una burbuja de claridad y Alicia empezó a repasar uno por uno los lomos de las carpetas que asomaban en lo alto de las cajas. Vargas la observaba, nervioso.

—¿Qué hago?

—Está ordenado por fechas. Empezando por enero de 1934. Yo buscaré por fecha y usted por nombre. Comience por los más recientes y nos encontramos en el centro.

—¿Que busque el qué?

—Sanchís, Metrobarna... Cualquier cosa que nos permita relacionar a Brians con...

—Vale —cortó Vargas.

Por espacio de casi veinte minutos examinaron las cajas en silencio, intercambiando ocasionalmente miradas y negativas.

—Aquí no hay nada de Sanchís ni de Metrobarna —dijo el policía—. He mirado ya cinco años y no hay nada.

—Siga buscando. A lo mejor está por el Banco Hipotecario.

—No hay nada de bancos. Todos estos clientes son pelagatos, por utilizar un tecnicismo legal...

—Siga buscando.

Vargas asintió y se sumergió de nuevo en el océano de papeles y dosieres mientras las velas iban sudando y dejando un racimo de lágrimas de cera que descendía por el candelabro. Al rato reparó en que Alicia estaba silenciosa y había detenido su búsqueda. Levantó la mirada y la encontró inmóvil, con los ojos clavados en una pila de carpetas que había extraído de una de las cajas.

—¿Qué? —preguntó Vargas.

Alicia le mostró una carpeta gruesa.

—Isabella Gispert... —dijo.

—¿De los Sempere e...?

Ella asintió. Le enseñó otra carpeta en cuya cubierta se leía MONTJUIC 39-45. Vargas se aproximó a ella y se arrodilló junto a la caja. Empezó a repasar dosieres y sacó varios.

—Valentín Morgado...

—El chófer de Sanchís.

—Sempere/Martín...

—Déjeme ver.

Alicia abrió la carpeta.

—¿Este es nuestro David Martín?

—Eso parece...

Vargas se detuvo.

—¿Alicia?

Ella levantó la vista del dosier de David Martín.

—Mire esto —dijo Vargas.

La carpeta que le tendía tenía por lo menos dos dedos de

grosor. Al leer el nombre del expediente sintió un escalofrío y no pudo reprimir una sonrisa.

—Víctor Mataix...

—Yo diría que con esto tenemos suficiente —dijo Vargas.

Alicia se disponía a cerrar la caja cuando reparó en un sobre amarillento que había en el fondo. Lo tomó y lo inspeccionó a la luz de las velas. El sobre era de tamaño folio y estaba lacrado. Sopló la capa de polvo que lo recubría y leyó la palabra escrita con pluma, la única anotación que había en el sobre.

## Isabella

—Nos vamos a llevar todo esto —afirmó Alicia—. Cierre las cajas e intente dejarlas más o menos como las hemos encontrado. Pueden pasar días, si no semanas, hasta que Brians tenga nuevas oficinas y advierta que le faltan algunos dosieres...

Vargas asintió, pero antes de levantar la primera caja del suelo se detuvo en seco y se volvió. Alicia lo miró. Ella también lo había oído. Pasos. Un eco de pisadas en la capa de polvo que cubría el recinto. Alicia sopló las velas. Vargas extrajo el revólver. Una silueta se dibujó en el umbral. Un hombre enfundado en un uniforme deshilachado los observaba. Portaba un farol y una porra cuyo tembleque delataba que el pobre estaba más asustado que un ratoncillo de almacén.

—¿Qué hacen ustedes aquí? —balbuceó el vigilante—. No se puede entrar después de las siete...

Alicia se incorporó lentamente y le sonrió. Algo en su semblante debió de helarle las tripas porque el vigilante dio un paso atrás y blandió la porra con un gesto amenazador. Vargas le colocó el cañón del revólver en la sien.

—A menos que quiera usarla como supositorio, hágame el favor y suelte la porra.

El vigilante dejó caer la porra y se quedó petrificado.

—¿Quiénes son ustedes? —preguntó.

—Amigos de la familia —dijo Alicia—. Se nos habían olvidado unas cosas. ¿Hay aquí alguien más con usted?

—Estoy yo solo para todas las naves. No me irá a matar, ¿verdad? Tengo esposa e hijos. Llevo una foto en la cartera...

Vargas le sacó la cartera del bolsillo. Extrajo el dinero, que dejó caer al suelo, y se la guardó en el abrigo.

—¿Cómo se llama usted? —preguntó Alicia.

—Bartolomé.

—Me gusta su nombre. Es muy masculino.

El vigilante estaba temblando.

—Mire, Bartolomé, vamos a hacer una cosa. Nosotros nos vamos a ir a casa y usted va a hacer lo mismo. Mañana por la mañana, antes de venir, va a comprar un par de candados nuevos y va sustituir el de la entrada y el de esa reja. Y se va a olvidar de que nos ha visto. ¿Qué le parece el trato?

Vargas tensó el percutor del revólver. Bartolomé tragó saliva.

—Me parece bien.

—Y si por una de esas le coge un ataque de mala conciencia, o alguien le pregunta, acuérdese de que el sueldo que le pagan no vale esto y de que su familia le necesita.

Bartolomé asintió. Vargas aflojó el gatillo y retiró el arma. Alicia le sonrió como si fuesen viejos amigos.

—Venga, váyase a casa y tómese una copita de coñac bien calentito. Y recoja su dinero.

—Sí, señora...

Bartolomé se arrodilló y recogió el poco montante que llevaba en la cartera.

—No se olvide la porra.

El hombre la agarró y se la ató al cinto.

—¿Puedo irme ya?

—Nadie le retiene.

Bartolomé dudó unos instantes, pero luego empezó a retroceder hacia la salida. Antes de que su silueta se perdiera en la sombra, Alicia le llamó.

—¿Bartolomé?

Los pasos del vigilante se detuvieron.

—Acuérdese de que tenemos su cartera y sabemos dónde vive. No nos haga tener que hacerle una visita. Aquí mi compañero tiene un pronto muy malo. Buenas noches.

Escucharon sus pasos atropellados alejándose a escape.

## 31

Miquel les subió al piso un par de termos de café recién hecho y, tirando de sus influencias, una bandeja de buñuelos que acababan de salir del horno de la esquina y olían a gloria. Repartieron las carpetas y se sentaron en el suelo uno frente al otro. Alicia se tragó tres buñuelos seguidos y llenó un tazón de café que empezó a sorber, su mirada absorta en la primera de las carpetas sustraídas de los archivos de Brians. Al poco levantó los ojos y advirtió que Vargas la observaba con gesto embarazoso.

—¿Qué? —preguntó.

Él señaló la falda, que Alicia se había subido para poder sentarse apoyada contra el sofá.

—No sea crío. No será nada que no haya visto usted antes, espero. Esté por lo que tiene que estar.

Vargas no replicó, pero alteró el ángulo de su postura para eludir la visión de aquella línea en la costura de las medias que le impedía centrar la atención en la apasionante prosa de los legajos legales y las notas de sumario del abogado de las causas perdidas.

Se adentraron en silencio en la madrugada a riendas de la cafeína, el azúcar y el paisaje con figuras que empezaban a emerger de la documentación. Alicia había tomado un bloc de dibujo de amplias dimensiones e iba trazando una suerte de mapa con anotaciones, fechas, nombres, flechas y círculos. De vez en cuando Vargas encontraba algo relevante y se lo tendía. No hacía falta que dijera nada. Ella le echaba un vistazo y asentía en silencio. Parecía tener una habilidad sobrenatural para establecer conexiones y lazos, como si el cerebro le girase cien veces más rápido que al resto de los mortales. Vargas empezaba a intuir cuál era el proceso que gobernaba la mente de su compañera y, lejos de cuestionarlo o de intentar entender su lógica interna, se limitaba a ejercer de filtro y a irle suministrando nuevos datos con los que ella iba construyendo su mapa, pieza a pieza.

—Yo no sé usted, pero no me tengo en pie —dijo Vargas a las dos horas y media.

Había procesado todas las carpetas que le habían tocado en la división de tareas y sentía como si la cafeína con la que había sustituido su sangre estuviera ya perdiendo fuelle y los ojos no le diesen para más.

—Váyase a dormir —sugirió Alicia—. Es tarde.

—¿Y usted?

—No tengo sueño.

—¿Cómo es posible eso?

—La noche y yo, ya lo sabe.

—¿Le importa si me echo un rato en el sofá?

—Todo suyo, aunque no le prometo que no haga algo de ruido.

—No me despertaría ni la banda municipal.


Le despertaron las campanas de la catedral. Abrió los ojos a una niebla espesa que flotaba en el aire y que olía a café y a tabaco rubio. El cielo que asomaba sobre los tejados era del color del vino temprano. Alicia seguía sentada en el suelo. Tenía un cigarrillo en los labios y se había desprendido de la falda y la blusa, y vestía apenas una suerte de combinación o salto de cama negro que invitaba a todo menos al sosiego.

Vargas se arrastró como pudo hasta el baño, metió la cabeza debajo del grifo y luego se miró en el espejo. Encontró una bata de seda azul colgando de la puerta del baño y se la echó a Alicia.

—Tápese.

Ella la agarró al vuelo. Se incorporó, desperezándose, y se enfundó en la bata.

—Voy a abrir la ventana antes de que tengan que venir a sacarnos los bomberos —advirtió Vargas.

Una bocanada de aire fresco penetró en la sala y el remolino de humo se escurrió como un espectro atrapado en un maleficio. Vargas observó los restos de los dos termos de café, la bandeja de buñuelos reducida a polvo de azúcar y los dos ceniceros rebosantes de colillas apuradas con ahínco.

—Dígame que todo esto ha valido la pena —pidió.

Amén de los restos de la batalla, Alicia había construido una madeja con una docena de hojas de dibujo. Las recogió y empezó a colgarlas de la pared con celo hasta formar una suerte de círculo. Vargas se aproximó. Ella se relamía los labios como un gato satisfecho.

El policía agitó los termos para ver si quedaba algo y consiguió llenar media taza. Colocó una silla frente al diagrama de Alicia y asintió.

—Impresióneme.

Ella se ató la bata de seda y se sujetó el pelo en un nudo.

—¿Quiere la versión larga o la corta?

—Empiece por el índice y luego ya veremos.

Alicia se plantó frente a su mural como si fuera una maestra de escuela, una maestra de escuela con aspecto de *geisha* victoriana de sospechosos hábitos nocturnos.

—Castillo de Montjuic, entre los años 1939 y 1944 —comenzó—. Mauricio Valls es director de la prisión tras contraer matrimonio con Elena Sarmiento, hija y heredera de un próspero industrial próximo al régimen y perteneciente a una especie de cábala de banqueros, empresarios y nobles que alguien bautiza como los Cruzados de Franco y que en buena medida financian las arcas del bando nacional. Entre ellos se encuentra don Miguel Ángel Ubach, fundador y accionista principal del Banco Hipotecario, de cuya matriz emerge la sociedad de capital Metrobarna que visitó usted ayer.

—¿Eso está ahí?

—En las notas del abogado Brians, sí.

—Continúe.

—Durante los años en los que Valls es director de la prisión de Montjuic, coinciden como prisioneros y como clientes representados por Fernando Brians, en un momento u otro, los siguientes individuos: primero, Sebastián Salgado, presunto autor de las amenazas enviadas por correo a Valls durante años y flamante beneficiario de un perdón gestionado por el ministro, que le saca de la cárcel. Sobrevive en el mundo exterior aproximadamente seis semanas. Segundo, Valentín Morgado, exsargento del ejército republicano incluido en una amnistía de 1945 gracias a un acto heroico en prisión, cuando, según las notas de Brians, salva a un capitán del regimiento del castillo de perecer en un accidente durante la reconstrucción de una de las murallas. Al salir de la cárcel, y acogiéndose a un programa de perdón y reconciliación auspiciado por una sociedad de patricios con mala conciencia, Morgado es contratado como mozo en los garajes de la familia Ubach, donde con los años asciende a chófer. A la muerte del banquero Ubach, pasa al servicio de su hija Victoria, que contrae matrimonio con su amigo Sanchís, director general de Metrobarna.

—¿Hay más?

—Apenas estoy empezando. Tercero, David Martín. Escritor maldito acusado de una serie de extraños crímenes cometidos antes de la guerra civil. Martín había conseguido escapar de la policía en el año 1930, por lo que parece cruzando a Francia.

»Por motivos no aclarados regresa de incógnito a Barcelona, pero es detenido en la localidad de Puigcerdá, en el Pirineo, al poco de haber cruzado la frontera con España en 1939.

—¿Qué relación tiene David Martín con este asunto, aparte de haber estado preso durante esos años?

—Ahí es donde la cosa se pone interesante. Martín es el único de estos presos que no es cliente directo de Brians. El abogado se hace cargo de su defensa a petición de Isabella Gispert.

—¿De Sempere e hijos?

—Madre de Daniel Sempere, sí. Gispert era su nombre de soltera. Fallecida de cólera, supuestamente, poco después del final de la guerra en 1939.

—¿Supuestamente?

—Según las notas personales de Brians, hay elementos para creer que Isabella Sempere fue asesinada. Envenenada, en concreto.

—No me diga...

—Exacto, por Mauricio Valls. Fruto de una malsana obsesión y un deseo no correspondido, o así lo supone Brians, que como es obvio no puede, o no se atreve, a probar nada.

—¿Y Martín?

—David Martín es objeto de otra de las malsanas obsesiones de Valls, según las mismas notas.

—¿Las tiene de otro tipo el ministro?

—Al parecer, Valls pretendía forzar a Martín a que escribiese desde la prisión obras que el futuro ministro luego publicaría con su nombre para satisfacer su vanidad y sus ansias de gloria literaria, o lo que fuera. Por desgracia David Martín, según Brians, es un hombre enfermo que ha ido perdiendo la razón, que oye voces y cree estar en contacto con un diabólico personaje de su invención, un tal Corelli. En la prisión, sus delirios, y el hecho de que durante el último año de su vida Valls decida encerrarle en una celda en solitario en lo alto de una torre del castillo, le granjean el apodo entre los internos de Prisionero del Cielo.

—Esto empieza a sonar muy suyo, Alicia.

—En 1941, viendo que su plan de manipular al escritor no funciona, Valls habría ordenado a dos de sus lacayos que se llevasen a David Martín a un caserón junto al parque Güell y le asesinaran. Algo inesperado sucede allí y Martín consigue escapar con vida.

—Entonces ¿David Martín está vivo?

—No lo sabemos. O Brians no lo sabe.

—Pero lo sospecha.

—Y probablemente también Valls...

—... que cree que es él quien ha estado enviando las amenazas e intentando asesinarle. Para vengarse.

—Esa es mi hipótesis —corroboró Alicia—. Pero es una simple conjetura.

—¿Aún hay más?

—He dejado lo mejor para el final —sonrió ella.

—Dispare.

—Cuarto: Víctor Mataix, autor de la serie de libros *El Laberinto de los Espíritus,* un ejemplar de los cuales encontramos usted y yo escondido en el escritorio de Valls que, a tenor de lo que recuerda su hija Mercedes de la noche de su desaparición, sería el último documento consultado por el ministro antes de evaporarse de la faz de la tierra.

—¿Qué relación hay entre Mataix y los otros tres?

—Mataix había sido al parecer amigo de David Martín y antiguo compañero en los años treinta, cuando ambos escribían novelas por entregas bajo seudónimo a sueldo de una editorial llamada Barrido y Escobillas. Las notas de Brians apuntan a que Mataix podría haber sido también víctima de un plan similar al de Martín por parte de Valls. Quién sabe, a lo mejor Valls estaba intentando reclutar plumas fantasma con las que acumular una obra que le permitiera hacer nombre y ganar reputación en el mundo de las letras. Está claro que Valls detestaba verse relegado al papel de carcelero del régimen que su braguetazo le había conseguido y aspiraba a mucho más.

—Tiene que haber algo más. ¿Qué fue de Mataix?

—Mataix ingresa en la prisión en 1941, trasladado desde la cárcel Modelo. Un año después, si quiere usted creerse el informe oficial, se habría suicidado en su celda. Lo más probable es que le fusilaran y tirasen el cuerpo a una fosa común sin dejar registro alguno de ello.

—¿Y la obsesión malsana en este caso es...?

Alicia se encogió de hombros.

—En este caso Brians no anota suposiciones, pero me permito llamar su atención sobre el hecho de que cuando Mauricio Valls crea su propia editorial en el año 1947 la bautiza como Ariadna, el nombre de la protagonista de los libros de la serie de *El Laberinto de los Espíritus*...

Vargas suspiró y se frotó los ojos, intentando procesar todo lo que Alicia acababa de referirle.

—Demasiadas coincidencias —dijo al fin.

—Estoy de acuerdo —convino Alicia.

—A ver si lo entiendo. Si todas esas conexiones existen y nosotros, o mejor dicho usted, las ha podido establecer en tres días, ¿cómo es posible entonces que la policía y las altas jerarquías del Estado, tras varias semanas de investigación, estén en blanco?

Alicia se mordió el labio inferior.

—Eso es lo que me preocupa.

—¿Cree que no quieren encontrar a Valls?

Ella calibró la pregunta.

—No creo que se puedan permitir ese lujo. Valls no es alguien que pueda desaparecer sin más.

—¿Entonces?

—Tal vez solo quieren saber dónde está. Y tal vez no les interese que salgan a relucir los verdaderos motivos de su desaparición.

Vargas sacudió la cabeza y se frotó los ojos.

—¿Cree usted de verdad que Morgado, Salgado y Martín, tres antiguos prisioneros bajo el yugo de Valls, habrían ideado un plan para vengarse de él y de paso vengar a su compañero caído, Víctor Mataix? ¿Es eso lo que está pensando?

Alicia se encogió de hombros.

—A lo mejor no es Morgado, el chófer. A lo mejor está implicado su jefe. Sanchís.

—¿Por qué iba Sanchís a hacer algo así? Es un hombre del régimen, casado con la heredera de una de las grandes fortunas del país... Un pequeño Valls en potencia. ¿Por qué habría de meterse en semejante lío alguien así?

—No lo sé.

—¿Y la lista de los números que encontramos en el coche de Valls?

—Podría ser cualquier cosa. O no tener relación alguna con esto. Una coincidencia. Usted mismo lo dijo, ¿se acuerda?

—¿Otra más? En veinte años en la policía me he encontrado con menos coincidencias reales que gente que dijera la verdad.

—No lo sé, Vargas. No sé qué significan esos números.

—¿Sabe lo que realmente no me cuadra en todo esto?

Alicia asintió de nuevo, como si le leyese el pensamiento.

—Valls —dijo.

—Valls —corroboró Vargas—. Sin entrar en los tejemanejes de sus años en Montjuic y lo que fuera que hiciese, ya sea envenenar a Isabella Gispert y asesinar o intentar asesinar a David Martín, a Mataix y sabe Dios a quién más..., en el fondo estamos hablando de un carnicero de baja estofa, un carcelero enchufado a los escalafones medios del régimen. Como él los hay a miles. Se los cruza usted por la calle cada día. Conectados, con amigos y conocidos en las butacas que cuentan, sí, pero lameculos al fin y al cabo. Lacayos y aspirantes. ¿Cómo logra un individuo así ascender en tan pocos años desde las alcantarillas del régimen hasta lo más alto?

—Buena pregunta, ¿verdad? —dijo Alicia.

—Consiga usted que su cabecita privilegiada la responda y encontrará la pieza que nos falta para que todo este galimatías cobre algún sentido.

—¿Y usted no va a ayudarme?

—Empiezo a dudar de que me convenga. Algo me dice que dar con la clave de su rompecabezas puede resultar mucho más peligroso que no hacerlo, y yo aspiraba a retirarme con pensión completa en unos pocos años y dedicarme a leer las comedias de Lope de Vega de la primera a la última.

Alicia se dejó caer en el sofá, su entusiasmo en retirada. Vargas apuró el café frío y suspiró. Se acercó a la ventana y respiró hondo. Las campanas de la catedral repicaron de nuevo en la distancia y el policía contempló cómo el sol empezaba a tender hilos de luz entre palomares y campanarios.

—Hágame un favor —dijo—. De momento, de todo esto ni palabra a Leandro ni a nadie.

—No estoy loca —atajó Alicia.

Vargas cerró el ventanal y se aproximó a ella, que comenzaba a evidenciar muestras de fatiga.

—¿No es hora de que se vaya usted introduciendo en su ataúd? —preguntó él—. Venga.

La tomó de la mano y la condujo hasta el dormitorio. Apartó la manta y le indicó que se metiera dentro. Alicia dejó caer la bata a sus pies y se deslizó entre las sábanas. Él la tapó hasta la barbilla y la miró sonriendo.

—¿No me va a leer un cuento?

—Váyase a paseo.

Vargas se agachó para recoger la bata del suelo y se dirigió hacia la puerta.

—¿Cree usted que nos han tendido una trampa? —preguntó Alicia.

Él sopesó sus palabras.

—¿Por qué dice eso?

—No lo sé.

—Las trampas se las tiende uno mismo. Y lo único que sé es que usted tiene que descansar.

Vargas empezó a entornar la puerta.

—¿Estará usted ahí fuera?

Él hizo un gesto afirmativo.

—Buenos días, Alicia —dijo al cerrar la puerta del dormitorio.

# 32

Valls ha perdido la noción del tiempo. No sabe si lleva días o semanas en esa celda. No ha visto la luz del sol desde un lejano atardecer, cuando ascendía en el coche por la carretera de Vallvidrera con Vicente a su lado. La mano le duele y cuando la busca para frotarla no la encuentra. Siente pinchazos en dedos que ya no existen y un dolor agudo en los nudillos, como si le estuviesen clavando púas de hierro en los huesos. Hace días, u horas, que le molesta el costado. No acierta a ver el color de la orina que cae en el cubo de latón, pero cree que es más oscura de lo normal y que está tintada de sangre. Ella no ha vuelto y Martín sigue sin aparecer. No lo entiende. ¿No es esto lo que quería? ¿Verle pudrirse en vida en una celda?

El carcelero sin nombre ni rostro asoma una vez al día, o eso cree. Ha empezado a medir los días por sus visitas. Le lleva agua y comida. La comida es siempre la misma: pan, leche rancia y a veces una suerte de carne reseca como mojama que le cuesta masticar porque tiene algunos dientes sueltos. Se le han caído ya dos. A veces pasea la lengua por las encías y saborea su propia sangre, sintiendo que los dientes ceden a la presión.

—Necesito un médico —dice cuando el carcelero llega con la comida.

Este no habla casi nunca. Apenas le mira.

—¿Cuánto llevo aquí? —pregunta Valls.

El carcelero ignora sus preguntas.

—Dile que quiero hablar con ella. Contarle la verdad.

En una ocasión se despierta para descubrir que hay alguien

más en la celda. Es el carcelero, que sostiene algo que brilla en la mano. Quizá sea un cuchillo. Valls no hace ademán de protegerse. Nota el pinchazo en la nalga y el frío. Es solo otra inyección.

—¿Cuánto tiempo me vais a mantener vivo?

El carcelero se incorpora y se dirige a la salida de la celda. Valls le agarra de la pierna. Una patada en el estómago le deja sin aliento. Pasa horas hecho un ovillo, gimiendo de dolor.

Esa noche vuelve a soñar con su hija Mercedes, cuando era apenas una niña. Están en la casa de Somosaguas, en el jardín. Valls se entretiene hablando con uno de sus sirvientes y la pierde de vista. Al buscarla encuentra el rastro de sus pasos camino de la casa de las muñecas. Valls se adentra en la penumbra y llama a su hija. Halla la ropa y un rastro de sangre.

Las muñecas, que se están relamiendo como gatos, la han devorado.

# 33

Cuando Vargas abrió de nuevo los ojos la luz de mediodía resbalaba por las ventanas. El reloj de pared, un artilugio de aire decimonónico que Alicia debía de haber rescatado de algún bazar de antigüedades, rozaba casi las doce. Oyó los pasos femeninos repiqueteando por el salón y se frotó los párpados.

—¿Por qué no me ha despertado antes?

—Me gusta oírle roncar. Es como tener un osito.

Vargas se incorporó y se quedó sentado al borde del sofá. Se llevó las manos a los riñones y se masajeó las lumbares. Sentía como si le hubiesen pasado la columna por una máquina de hacer caramelo.

—Si quiere un consejo, no se haga mayor. No conlleva ninguna ventaja.

—Ya lo había pensado —replicó Alicia.

El policía se levantó, combatiendo crujidos y pinchazos. Alicia estaba frente al espejo de la cómoda, perfilándose los labios de carmín con alevosía. Iba vestida con un abrigo de lana negra ceñido con un cinturón, medias negras de costura y tacones de vértigo.

—¿Va a algún sitio?

Ella dio una vuelta completa sobre sí misma, como si estuviese en un desfile, y le miró sonriente.

—¿Estoy guapa?

—¿A quién piensa matar?

—Tengo una cita con Sergio Vilajuana, el periodista de *La Vanguardia* del que me habló el librero Barceló.

—¿El experto en Víctor Mataix?

—Y en otras cosas, espero.

—¿Y puedo preguntar cómo le ha enredado?

—Le he dicho que tenía un libro de Mataix y que quería mostrárselo.

—*Tenía* es el tiempo verbal correcto. Le recuerdo que el libro se lo han robado y no tiene usted nada.

—Tecnicismos. Quien tuvo retuvo, como usted dice. Y además, me tengo a mí.

—Santa Madre de Dios...

Alicia remató su atuendo con un sombrero del que pendía una rejilla que le cubría parte del rostro y se dio un último vistazo en el espejo.

—¿Se puede saber de qué va vestida?

—De Balenciaga.

—No me refería a eso.

—Ya lo sé. Volveré pronto —dijo camino de la puerta.

—¿Puedo usar su cuarto de baño?

—Siempre y cuando no me deje pelos en la bañera.

Cerrar el encuentro con Vilajuana no había sido tan fácil como se lo había pintado a Vargas. De hecho, Alicia había tenido que lidiar previamente con una secretaria de redacción en el periódico que no se chupaba el dedo y que estuvo en un tris de enviarla a paseo. Varios subterfugios más tarde, consiguió que la conectasen con Vilajuana, que por teléfono sonaba más escéptico que un matemático en una merienda de obispos.

—¿Y dice usted que tiene un libro de Mataix? ¿De la serie de *El Laberinto*?

—*Ariadna y el Príncipe Escarlata*.

—Creí que no quedaban más que tres copias.

—La mía debe de ser la cuarta.

—¿Y dice que la envía Gustavo Barceló?

—Sí. Me dijo que era un gran amigo suyo.

Vilajuana se rio. Alicia podía oír el ajetreo de la redacción al otro lado de la línea.

—A partir de las doce estaré en la biblioteca de la Real Academia de Buenas Letras de Barcelona —dijo al fin—. ¿La conoce?

—De oídas.

—Pregunte por mí en secretaría. Y lleve el libro.

# 34

Perdido en una plaza oculta a la sombra de la catedral se levanta un pórtico de piedra sobre cuyo arco reza la leyenda:

## REAL ACADEMIA DE BUENAS LETRAS DE BARCELONA

Alicia había oído hablar alguna vez de aquel lugar pero, como la mayoría de sus conciudadanos, apenas sabía nada de la institución a la que daban cobijo los muros de aquel palacio, reliquia de la Barcelona medieval. Sabía, o intuía, que la academia la integraba una pléyade de sabios, escribas y letraheridos conjurados en la protección del conocimiento y la palabra escrita que llevaban reuniéndose desde finales del siglo XVIII, empeñados en ignorar que el mundo exterior refuerza año tras año su resistencia y desapego a semejantes extravagancias. El suyo parecía un ritual a medio camino entre el saber arcano y el cenáculo literario, una ilustración a puerta cerrada de la que solo unos pocos elegidos participaban y podían dar fe.

El perfume de las piedras y una obligada aura de misterio la acompañaron al cruzar el umbral que conducía al patio interior donde una escalinata ascendía hasta una estancia que hacía las veces de recepción. La interceptó un individuo de aire incunable y trazas de llevar allí desde los albores del siglo anterior que le dedicó una mirada de sospecha y le preguntó si era la *señorita* Gris.

—La misma.

—Ya me lo parecía. El señor Vilajuana está en la biblioteca —dijo señalando hacia dentro—. Pedimos a los visitantes que guarden silencio.

—Pierda cuidado, he hecho voto esta misma mañana —contestó Alicia.

El cancerbero no mostró intención de sonreírle la broma y ella optó por mostrar su agradecimiento y partir en busca de la biblioteca como si supiera dónde se encontraba. Ese era siempre el método más eficaz para colarse en cualquier lugar de acceso restringido: comportarse como quien sabe adónde va y no requiere permiso ni orientación. El juego de la infiltración es similar al de la seducción: el que pide permiso ha perdido antes de empezar.

Alicia deambuló a su aire, curioseando por salones plagados de estatuas y corredores palaciegos hasta tropezar con una criatura de perfil bibliófilo y amable disposición que se identificó como Polonio y se ofreció a guiarla hasta la biblioteca.

—Nunca la había visto por aquí —comentó Polonio, que lucía aspecto de no haber tenido ninguna experiencia con el género femenino más allá de los versos de Petrarca.

—Es su día de suerte.

Encontró a Sergio Vilajuana en compañía de las musas y los cerca de cincuenta mil libros que formaban el fondo editorial de la biblioteca de la academia. El periodista se había instalado en una de las mesas y enfrentaba una pequeña ciudadela de folios repletos de anotaciones y tachaduras mientras mordisqueaba el capuchón de una estilográfica y murmuraba por lo bajo, domando la métrica de una frase que no acababa de aterrizar en la página a su gusto. Vilajuana tenía el donaire meditativo y flemático de un erudito británico mudado a la bonanza mediterránea. Vestía un traje de lana gris, corbata con dibujos de plumines dorados y una bufanda de color azafrán en los hombros. Alicia se adentró en la sala y dejó que el eco de sus pasos anunciara su presencia. Vilajuana emergió de su ensueño y alzó una mirada a medio camino entre lo diplomático y lo punzante.

—La señorita Gris, supongo —dijo, enfundando el capuchón de su estilográfica e incorporándose gentilmente.

—Llámeme Alicia, por favor.

Alicia le ofreció la mano, que Vilajuana estrechó con una sonrisa cortés y cierta reserva. Le indicó que tomase asiento. Sus ojos, pequeños y penetrantes, la observaban con una mezcla de recelo y curiosidad. Alicia señaló las páginas que salpicaban la mesa, algunas con la tinta aún fresca.

—¿Le he interrumpido?

—Más bien me ha rescatado —replicó Vilajuana.

—¿Una investigación bibliográfica?

—Mi discurso de ingreso en esta casa.

—Felicidades.

—Gracias. No quisiera parecerle brusco, señorita Gris, Alicia, pero hace ya unos días que la esperaba y creo que podemos ahorrarnos el capítulo de generalidades y cortesías.

—¿Entiendo entonces que don Gustavo Barceló le ha hablado de mí?

—Con cierto detalle, me atrevería a decir. Digamos que le causó usted una honda impresión.

—Es una de mis especialidades.

—Eso he podido comprobar. De hecho algunos de sus antiguos amigos en la comisaría central también le envían muchos recuerdos. No se extrañe. Los periodistas somos así. Hacemos preguntas. Es un vicio que se adquiere con los años.

Vilajuana había abandonado todo amago de sonrisa y la miraba ahora fijamente.

—¿Quién es usted? —preguntó sin ambages.

Alicia consideró la posibilidad de mentir, un poco o por los codos, pero algo en aquella mirada decía que sería un grave error táctico.

—Alguien que quiere averiguar la verdad sobre Víctor Mataix.

—Un club que últimamente parece no parar de ganar adeptos. ¿Puedo preguntarle por qué?

—Me temo que no puedo responder a su pregunta.

—Sin mentir, quiere decir.

Alicia asintió.

—Algo que por respeto no voy a hacer.

La sonrisa de Vilajuana afloró de nuevo, esta vez rebosante de ironía.

—¿Y cree que el hacerme la pelota le resultará más rentable que mentirme?

Ella batió las pestañas y adoptó el más dulce de sus semblantes.

—No podrá reprocharme que al menos lo intente.

—Veo que Barceló no se había quedado corto. Si no puede decirme la verdad, dígame al menos la razón por la que no puede hacerlo.

—Porque si lo hiciera le pondría a usted en peligro.

—O sea, que me está protegiendo.

—En cierto modo, sí.

—Y por ello debería estar agradecido y ayudarla. ¿Es esa la idea?

—Me alegro de que empiece a ver las cosas a mi manera.

—Me temo que voy a necesitar algo más de motivación. Y

no cosmética. La carne es débil, pero tras el ingreso en la mediana edad el sentido común recupera terreno.

—Eso dicen. ¿Qué tal una sociedad de mutua conveniencia? Barceló me dijo que estaba usted trabajando en un libro sobre Mataix y la generación perdida de aquellos años.

—Lo de generación quizá sea un tanto exagerado y lo de perdida es una licencia poética por confirmar.

—Hablo de Mataix, David Martín y otros...

Vilajuana alzó las cejas.

—¿Qué sabe usted de David Martín?

—Cosas que estoy segura de que le podrían interesar.

—¿Como por ejemplo?

—Como por ejemplo los detalles de los sumarios de Martín, Mataix y otros prisioneros supuestamente desaparecidos en la prisión de Montjuic entre 1940 y 1945.

Vilajuana le sostuvo la mirada. Le brillaban los ojos.

—¿Ha hablado usted con el abogado Brians?

Alicia se limitó a asentir.

—Me consta que él no suelta prenda —dijo Vilajuana.

—Hay otros modos de averiguar la verdad —insinuó Alicia.

—En comisaría dicen que esa es otra de sus habilidades.

—Qué mala es la envidia —replicó ella.

—El deporte nacional —corroboró Vilajuana, que parecía estar disfrutando a su pesar del pequeño duelo dialéctico.

—Aun así, no creo que llamar a comisaría preguntando por mí sea una buena idea, y menos ahora. Se lo digo por su bien.

—No soy tan torpe, señorita. Yo no he hecho la llamada y mi nombre no ha salido a relucir. Ya ve que yo también hago lo posible por protegerme.

—Me alegro de oírlo. En estos tiempos toda precaución es poca.

—En lo que todos parecen estar de acuerdo es en que no es usted de fiar.

—En ciertos lugares y ciertos momentos esa es la mejor de las recomendaciones.

—No le diré que no. Dígame, Alicia, ¿no tendrá esto que ver por casualidad con nuestro inefable ministro don Mauricio Valls y su pulcramente olvidado pasado como carcelero? —preguntó.

—¿Qué le hace pensar eso?

—La cara que ha puesto cuando le he mencionado.

Ella dudó un instante y Vilajuana asintió para sí, confirmando su propia sospecha.

—¿Y si ese fuera el caso? —inquirió Alicia.

—Digamos que contribuiría a que estuviese un poco interesado. ¿Qué tipo de intercambio tenía usted en mente?

—Estrictamente de buenas letras —replicó Alicia—. Usted me dice lo que sabe de Mataix y yo le prometo acceso a toda la información de la que disponga una vez que haya solucionado el asunto que me ocupa.

—¿Y hasta entonces?

—Mi eterno agradecimiento y la satisfacción de saber que ha hecho usted lo correcto ayudando a una pobre damisela en apuros.

—Ya. Tengo que reconocer que al menos es usted más convincente que su, me atrevo a suponer, compañero —adujo Vilajuana.

—¿Perdón?

—Me refiero al que me vino a visitar hará un par de semanas y a quien por cierto no he vuelto a ver —dijo el periodista—. ¿No intercambian ustedes información a la hora del recreo? ¿O se trata de un competidor?

—¿Recuerda su nombre? ¿Lomana?

—Podría ser. No se me quedó. La edad, como le decía.

—¿Qué aspecto tenía? —preguntó Alicia.

—Mucho menos tentador que el suyo.

—¿Tenía una cicatriz en la cara?

Vilajuana asintió y afiló la mirada.

—¿Se la hizo usted, tal vez?

—Se cortó al afeitarse. Siempre ha sido un manazas. ¿Qué le dijo usted a Lomana?

—Nada que no supiese ya —replicó Vilajuana.

—¿Mencionó él a Valls?

—No explícitamente, pero se notaba que le interesaban los años de Mataix en el castillo de Montjuic y su amistad con David Martín. No hace falta ser un lince para atar cabos.

—¿Y no le ha vuelto a ver o a hablar con él?

Vilajuana negó.

—Lomana puede ser muy insistente —dijo Alicia—. ¿Cómo se lo quitó de encima?

—Le dije lo que quería oír. O lo que creía querer oír.

—¿Que era...?

—Parecía muy interesado en la casa en la que Víctor Mataix y su familia vivieron hasta su arresto en 1941 en la carretera de las Aguas, al pie de Vallvidrera.

—¿Por qué la casa?

—Me preguntó qué sentido tenía la frase «la entrada del laberinto». Quería saber si se refería a un lugar concreto —dijo Vilajuana.

—¿Y...?

—Le dije que en las novelas del laberinto la «entrada», el lugar por el cual Ariadna «cae» al mundo subterráneo de esa otra Barcelona, es la casa en la que vive con sus padres, que no es otra que la misma casa donde vivían los Mataix. Le proporcioné la dirección y cómo llegar hasta allí. No es nada que no pudiera haber encontrado perdiendo una hora en el Registro de la Propiedad. Quizá esperaba hallar allí un tesoro, o algo mejor. ¿Voy bien?

—¿Le dijo Lomana para quién trabajaba? —preguntó Alicia.

—Me enseñó una placa. Como en las películas. No soy experto, pero parecía legítima. ¿Tiene usted también una de esas placas?

Ella negó.

—Lástima. Una mujer fatal al servicio del régimen es algo que pensaba que solo podía suceder en una novela de Julián Carax.

—¿Es usted lector de Carax?

—¡Cómo no! El santo patrón de todos los novelistas malditos de Barcelona. Deberían conocerse. Prácticamente parece usted una criatura suya.

Alicia suspiró.

—Esto es importante, señor Vilajuana. La vida de varias personas está en juego.

—Mencione una. Con nombre y apellidos, a ser posible. Así a lo mejor me lo puedo tomar todo un poco más en serio.

—No puedo hacer eso —dijo Alicia.

—Claro. Por mi propia seguridad, supongo.

Ella asintió.

—Aunque no se lo crea.

A continuación el periodista cruzó las manos sobre el regazo y se reclinó en el asiento, pensativo. Alicia sintió que le estaba perdiendo. Había llegado el momento de echarle más carnaza al cebo.

—¿Cuánto hace que no ve al ministro Valls en público? —lanzó.

Vilajuana despegó las manos, su interés resucitado y coleando.

—Prosiga.

—No tan rápido. El trato es que usted me dice lo que sabe de Mataix y de Martín, y yo le digo lo que pueda tan pronto como pueda. Que es mucho. Tiene mi palabra.

Vilajuana rio por lo bajo pero asintió despacio.

—¿Valls incluido?

—Valls incluido —mintió Alicia.

—Supongo que es inútil que le pida que me enseñe el libro.

Alicia deslizó la más dulce de todas sus sonrisas.

—¿También me ha mentido sobre eso?

—Solo en parte. Tenía el libro hasta hace dos días, pero lo he perdido.

—Intuyo que no por habérselo olvidado en el tranvía.

Alicia negó.

—El trato, si me permite la *enmendalla*, es el siguiente —dijo Vilajuana—: usted me indica dónde encontró el libro y yo le cuento lo que quiere saber.

Alicia iba a despegar los labios cuando el periodista alzó el índice en señal de advertencia.

—Una mención más a mi seguridad personal y tendré que desearle buena suerte y buenos días. Dando por supuesto que lo que me diga quedará entre nosotros...

Ella meditó largamente.

—¿Tengo su palabra?

Vilajuana puso la mano sobre los folios en los que estaba trabajando.

—Lo juro sobre mi discurso de ingreso en la Real Academia de Buenas Letras de Barcelona.

Alicia asintió entonces. Miró a su alrededor y se aseguró de que estuviesen a solas en la biblioteca. El periodista la observaba, expectante.

—Lo descubrí oculto en el escritorio personal de Mauricio Valls en el despacho de su residencia particular, hace una semana.

—¿Y puedo saber qué hacía usted allí?

Alicia se inclinó hacia adelante.

—Investigar su desaparición.

La mirada de Vilajuana prendió como una bengala.

—Júreme que la exclusiva de este tema y lo que derive de él es mía.

—Se lo juro sobre su discurso de ingreso en esta casa.

Vilajuana la miraba fijamente a los ojos. Alicia ni siquiera pestañeó. El periodista cogió un manojo de folios en blanco de la mesa y se los tendió, junto con su estilográfica.

—Tenga —dijo—. Creo que le va a interesar tomar algunas notas...

# 35

—Conocí a Víctor Mataix hará unos treinta años, concretamente en el otoño de 1928. Por entonces yo empezaba en el oficio y trabajaba en la redacción de *La Voz de la Industria* tapando agujeros y haciendo un poco de todo. En aquella época Víctor Mataix escribía novelas por entregas bajo diferentes seudónimos para una editorial propiedad de un par de sinvergüenzas, Barrido y Escobillas, que tenían fama de estafar a todo el mundo, desde a sus autores hasta a los proveedores de papel y tinta. Allí publicaban también a David Martín, a Ladislao Bayona, a Enrique Marqués y a toda aquella generación de autores jóvenes y hambrientos de la Barcelona de antes de la guerra. Cuando los adelantos de Barrido y Escobillas no le llegaban para cerrar el mes, que era a menudo, Mataix escribía piezas por encargo para varios diarios, incluida *La Voz de la Industria*, desde relatos cortos hasta unas magníficas crónicas de viajes a lugares en los que no había estado nunca. Me acuerdo de una titulada «Los Misterios de Bizancio» que en su día me pareció una obra maestra y que Mataix se inventó de cabo a rabo sin más documentación que una lámina de postales antiguas de Estambul.

—Y yo que me creo todo lo que leo en los diarios —suspiró Alicia.

—Ya tiene usted cara, ya. Pero aquellos eran otros tiempos, cuando las plumas que mentían en la prensa lo hacían con gracia. El caso es que más de una vez me había tocado recortar los textos de Mataix al cierre para que entraran en caja cuando había que hacer sitio para algún anuncio de última hora o para las columnas intempestivas de cualquier amigo del editor. Un día que Mataix había ido a la redacción a cobrar sus colaboraciones se me acercó. Creí que me iba a pegar una bronca pero se limitó a darme la mano, a presentarse como si yo no supiera quién era y a agradecerme que fuese yo y no otro el que les pasara la tijera a sus textos cuando no había más remedio. «Tiene usted buen ojo, Vilajuana. Que no se lo echen a perder por aquí», me dijo.

»Mataix tenía el don de la elegancia. No hablo de indumentaria, aunque siempre vestía impecable su traje de tres piezas y llevaba unos lentes redondos de alambre fino que le daban un aire proustiano pero sin las magdalenas, sino de sus modales, el modo en que se dirigía a la gente, cómo hablaba. Era eso que los redactores jefe cursis llaman una *rara avis*. Además era un hombre generoso, que hacía favores sin que se los pidieran y sin esperar nada a cambio. De hecho fue él quien, poco después, me recomendó para un puesto en la redacción de *La Vanguardia*; gracias a su ayuda conseguí escaparme de *La Voz de la Industria*. Para entonces Mataix ya casi no escribía para los periódicos. Nunca le había gustado hacerlo y para él era solo un modo de levantar sus ingresos en los tiempos de vacas flacas. Una de las series que escribía para Barrido y Escobillas, *La Ciudad de los Espejos*, era en aquellos años bastante popular. Yo creo que entre David Martín y él mantenían a flote la escudería entera de Barrido y Escobillas, y trabajaban sin cesar. Martín, en especial, se dejó la poca salud y cordura que le quedaban quemándose el cerebro frente a la máquina de escribir. Mataix, por cuestiones de familia, tenía una situación más holgada.

—¿Venía de buena familia?

—No exactamente, pero tuvo un golpe de suerte, o no, según se mire, al heredar una propiedad de un tío suyo, un personaje un tanto extravagante llamado Ernesto al que apodaban el Emperador del Terrón. Mataix era su sobrino favorito, o al menos el único miembro de la familia al que no detestaba. Así, al poco de casarse, Víctor Mataix pudo mudarse a un caserón imponente junto a la carretera de las Aguas, en la ladera de Vallvidrera, que le dejó el tío Ernesto junto con algunas acciones de la compañía de importación de ultramarinos que había fundado al volver de Cuba.

—¿Era el tío Ernesto un indiano?

—De los de libro de texto. Se había marchado de Barcelona con diecisiete años con una mano delante, una detrás y otra en el bolsillo del prójimo. Le buscaba la Guardia Civil para romperle las piernas y de puro milagro consiguió colarse de polizón en un barco mercante rumbo a La Habana.

—¿Y qué tal le trataron las Américas?

—Mucho mejor que él a ellas. Cuando el tío Ernesto volvió a Barcelona en su propio navío, vestido de blanco y con una esposa escandinava treinta años más joven que él recién adquirida por correo, habían pasado más de cuatro décadas. En todo aquel tiempo el Emperador del Terrón había ganado y perdido fortunas, propias y ajenas, en el negocio del azúcar y de las armas. Gracias a un surtido batallón de amantes y queridas había engendrado suficientes bastardos como para poblar todas las islas del Caribe, y había cometido tropelías que, de haber habido un Dios de guardia y algo de justicia, le habrían garantizado parada y fonda en el infierno por diez mil años.

—De haberlo habido —dijo Alicia.

—En su defecto, cabe decir que, si no justicia, sí hubo al menos una punta de ironía. El cielo es así. Cuentan que al poco de regresar de Cuba, el Emperador del Terrón empezó a perder la razón a causa de un veneno que le había suministrado en su última cena tropical una cocinera mulata despechada y preñada de malicia y sabe Dios de qué más. El indiano acabaría volándose la tapa de los sesos en el desván de su recién estrenada mansión convencido de que había algo que habitaba en la casa, algo que se arrastraba por las paredes y por el techo y olía como el nido de una serpiente... Algo que cada noche se le colaba en el dormitorio y se acurrucaba con él en la cama para succionarle el alma.

—Impresionante —replicó Alicia—. ¿La dramaturgia es suya?

—La tomé prestada de Mataix, que incluyó la anécdota, con algún retoque operístico, en una de las novelas de *El Laberinto.*

—Lástima.

—La realidad nunca supera a la ficción, al menos no a la de calidad.

—¿Y la realidad en este caso era...?

—Con toda probabilidad más mundana. La teoría más fiable ya se apuntó el día del funeral del indiano Ernesto, un evento multitudinario que tuvo lugar en la catedral con la presencia del obispo, el alcalde y todo el pesebre viviente del consistorio ciudadano. Por no hablar de todos aquellos a los que el tío Ernesto les había prestado dinero y se hallaban allí para asegurarse de que estaba muerto de verdad y que no tendrían que devolvérselo. Pero a lo que iba, el rumor del día fue que lo único que de verdad se le colaba entre las sábanas al difunto magnate del azúcar era la hija del ama de llaves, una muchacha de diecisiete años de armas tomar que tiempo después hizo fama y fortuna como cabaretera en el Paralelo con el nombre artístico de Doris Laplace, y que lo que le succionaba cada noche no era precisamente el alma.

—Y entonces ¿el suicidio...?

—Por lo visto, asistido. Todo parece indicar que a la sufrida nueva esposa del indiano, para que luego digan que las nórdicas son frías, se le hincharon las narices tras haberle aguantado años de matrimonio y cornamenta, y una noche de San Juan decidió descerrajarle un tiro en la cara con la escopeta de caza que el hombre guardaba junto a la cama por si llegaban los anarquistas.

—Una historia ejemplar.

—Vidas de santos y pecadores, un género muy barcelonés. Sea cual fuere la versión fidedigna de los hechos, el caso es que el caserón quedó abandonado durante años y la fama de embrujos y maldiciones que lo habían acompañado desde que el indiano hizo poner la primera piedra no cesó ni cuando Mataix y su esposa Susana, recién casados, se instalaron allí. Hay que decir que la casa tenía tela marinera. Una vez que estuve allí Mataix me ofreció el *tour deluxe* y el sitio ponía los pelos de punta, al menos a mí, que lo que me gusta son las comedias musicales y los romances ligeros. Había escaleras que no conducían a ninguna parte, un pasillo de espejos dispuestos de una manera tal que cuando lo cruzabas parecía que tenías a alguien siguiéndote y un sótano en el que el indiano hizo construir una piscina con un fondo de mosaico que dibujaba la cara de la que había sido su primera esposa en Cuba, Leonor, una muchacha de diecinueve primaveras que se suicidó clavándose una pinza del pelo en el corazón porque tenía el convencimiento de que estaba embarazada de una serpiente.

—Entrañable. ¿Y es ahí adonde envió usted a Lomana?

Vilajuana asintió con una sonrisa maliciosa.

—¿Le contó todo eso de los pérfidos espíritus del más allá y de las rarezas de la casa? Lomana puede ser muy supersticioso y aprensivo para esas cosas...

—Me está mal decirlo, pero esa es la impresión que me dio y, dada la escasa simpatía que me despertó el personaje, preferí no adelantarle información no solicitada a fin de no estropearle la sorpresa.

—¿Cree usted en esas cosas? ¿Embrujos y maldiciones?

—Creo en la literatura. Y a ratos en el arte de la gastronomía, sobre todo si hay un buen arroz de por medio. Lo demás son embustes o paños calientes, según se mire. Algo me dice que en eso nos parecemos usted y yo. En lo de la literatura, quiero decir, no en lo de la gastronomía.

—¿Y qué pasó entonces? —preguntó Alicia, deseosa de volver al relato de Mataix.

—La verdad es que nunca oí a Mataix quejarse de interferencias del más allá ni nada parecido. Yo diría que él creía en todas esas paparruchas aún menos que en las arengas políticas que ya por entonces habían convertido este país en un hervidero de gallináceas. Se acababa de casar con Susana, de la que estaba perdidamente enamorado, y trabajaba sin parar en un despacho con vistas de toda Barcelona a sus pies. Susana era una criatura frágil y de salud delicada. Tenía la piel casi transparente y cuando uno la abrazaba tenía la sensación de que se iba a romper. Se cansaba con mucha facilidad y a veces debía pasar el día entero en cama porque se sentía demasiado débil para levantarse. Mataix siempre estaba preocupado por ella, pero la quería con locura y ella creo que le correspondía. Los visité allí un par de veces y aunque tengo que admitir que como le digo la casa era un pelín siniestra para mi gusto, me pareció que pese a todo eran felices. Al menos al principio. Cuando Mataix bajaba a la ciudad, como él solía decir, a menudo se acercaba a la sede de *La Vanguardia* y salíamos a comer juntos o a tomar una taza de café. Siempre me hablaba de la novela en la que andaba trabajando y me daba unas páginas a leer para conocer mi opinión, aunque luego no hiciese mucho caso de mis comentarios. Me usaba de conejillo de Indias, por así decirlo. En aquellos días Mataix todavía era un mercenario. Escribía bajo no sé cuántos seudónimos a precio fijo por palabra. La salud de Susana requería de una continua atención médica y de medicinas, y Mataix solo permitía que la visitaran los mejores especialistas. Si para ello tenía él que dejarse su salud trabajando a destajo, poco le importaba. Susana soñaba con quedarse embarazada. Los médicos ya le habían dicho que aquello iba a ser complicado. Y costoso.

—Pero se produjo el milagro.

—Sí. Tras varios abortos y años de penurias, Susana se quedó en estado en 1931. Mataix no vivía temiendo que ella fuera a perder de nuevo al bebé y quizá la vida. Pero por una vez todo salió bien. Susana siempre había querido tener una hija y ponerle el nombre de una hermana que había perdido en la infancia.

—Ariadna.

—Durante los años en que intentaron concebir una criatura, Susana le pidió a Mataix que empezase a escribir un libro nuevo, diferente a todos los que había creado hasta entonces. Un libro que no sería para nadie más que para esa niña con la que soñaba. Literalmente. Susana decía que la había visto en sueños y le había hablado.

—¿Fue ese el origen de los libros de *El Laberinto*?

—Sí. Mataix empezó a escribir la primera entrega de la serie con las aventuras de Ariadna en una Barcelona mágica. Yo creo que los escribía también para sí mismo, no solo para Ariadna. Siempre me pareció que los libros de *El Laberinto*, de algún modo, eran una advertencia.

—¿Sobre qué?

—Sobre la que se venía encima. Usted debía de ser muy joven por entonces, apenas una niña, pero en los años de antes de la guerra esto ya pintaba muy mal. Se podía oler. Estaba en el aire...

—Ahí tiene un buen título para su libro.

Vilajuana sonrió.

—¿Cree que Mataix imaginaba lo que iba a pasar?

—Él y muchos otros. Había que estar ciego para no verlo. Hablaba de ello a menudo. Alguna vez le oí decir que estaba pensando irse fuera del país, pero Susana, su mujer, no quería dejar Barcelona. Creía que si lo hacían nunca se quedaría embarazada. Luego ya fue tarde.

—Hábleme de David Martín. ¿Le conocía usted?

Vilajuana puso los ojos en blanco.

—¿A Martín? Un poco. Coincidí con él dos o tres veces. Mataix me lo presentó un día que habíamos quedado en el Bar Canaletas. Habían sido buenos amigos desde muy jóvenes, antes de que a Martín le saltase la espoleta, pero Mataix le seguía teniendo mucho aprecio. A mí, la verdad, me pareció la persona más extraña que había conocido en toda mi vida.

—¿En qué sentido?

Vilajuana dudó unos instantes antes de responder.

—David Martín era un hombre brillante, probablemente demasiado para su propio bien. Pero en mi modesta opinión estaba ido por completo.

—¿Ido?

—Loco. Como un cencerro.

—¿Qué le hace decir eso?

—Llámele intuición. Martín oía voces... Y no me refiero a las de las musas.

—¿Quiere decir que era esquizofrénico?

—A saber. Lo que sé es que Mataix estaba preocupado por él. Y mucho. Mataix era así, se preocupaba por todo el mundo menos por él mismo. Al parecer Martín se había metido en no sé qué lío y apenas se veían ya. Martín rehuía a la gente.

—¿No tenía familia que le pudiera ayudar?

—No tenía a nadie. Y si tenía a alguien, acababa por alejarlo. Su única conexión con el mundo real era una jovencita que había tomado como aprendiza, una tal Isabella. Mataix creía que Isabella era la única que le mantenía vivo y procuraba protegerlo de sí mismo. Mataix solía decir que el único demonio de verdad era su cerebro, que se lo estaba comiendo vivo.

—¿El único demonio? ¿Había más?

Vilajuana se encogió de hombros.

—No sabría cómo explicárselo sin que se ría.

—Inténtelo.

—Pues el caso es que Mataix me contó una vez que David Martín creía que había firmado un contrato con un misterioso editor para escribir una especie de texto sagrado, como si se tratase de la biblia de una nueva religión. No ponga esa cara. Según Mataix, Martín se reunía de vez en cuando con ese personaje, un tal Andreas Corelli, para recibir sus instrucciones de ultratumba o algo así.

—Y Mataix, por supuesto, dudaba de la existencia del tal Corelli.

—Dudar es poco. Le tenía bien situado en su lista de improbables entre el ratoncito Pérez y el país de las hadas. Mataix me pidió que hiciese algunas averiguaciones en ambientes editoriales para ver si dábamos con el supuesto editor. Y las hice. Removí cielo, tierra y todo lo que había entre medio.

—¿Y?

—El único Corelli que encontré fue un compositor barroco llamado Arcangelo Corelli, que tal vez le suene.

—¿Y quién era entonces el Corelli para el que Martín trabajaba, o imaginaba estar trabajando?

—Martín creía que era otra clase de *arcangelo*, uno caído.

El periodista se llevó dos dedos a la frente a modo de cuernos y sonrió con sorna.

—¿El diablo?

—Con rabo y pezuñas. Un Mefistófeles con sastre caro que había llegado desde los infiernos para tentarle en un pacto fáustico para crear un libro maldito que sería la base de una religión que habría de prenderle fuego al mundo. Lo que le decía, como un cencerro. Así acabó.

—¿Se refiere en la prisión de Montjuic?

—Eso fue algo después. A principios de los años treinta David Martín, fruto de sus delirios y esa extraña alianza con su diablillo cojuelo, tuvo que huir por piernas de Barcelona cuando la policía le acusó de haber cometido una serie de crímenes que nunca se llegaron a resolver. Parece ser que consiguió salir del país de puro milagro. Pero imagínese lo loco que estaría que no se le ocurrió nada mejor que volver a España en tiempos de guerra. Le detuvieron en Puigcerdá, al poco de cruzar los Pirineos, y acabó en el castillo de Montjuic. Como tantos otros. Y como Mataix algo después. Allí se reencontraron tras varios años sin verse... Triste final donde los haya.

—¿Sabe por qué regresó? Aunque Martín no estuviese del todo cuerdo bien sabría que si regresaba a Barcelona iba a ser capturado tarde o temprano...

Vilajuana se encogió de hombros.

—¿Por qué hacemos las más grandes tonterías en esta vida?

—Por amor, por dinero, por despecho...

—En el fondo es usted una romántica, ya lo sabía yo.

—¿Por amor, entonces?

—Quién sabe. No sé qué otra cosa esperaba hallar en un

sitio donde medio país estaba asesinando a la otra mitad en nombre de unos trapos de colores...

—¿La tal Isabella?

—No lo sé... Esa parte del rompecabezas no la he encontrado todavía.

—¿Era Isabella la misma que poco más tarde se casó con el librero Sempere?

Vilajuana la miró con cierta sorpresa.

—¿Cómo sabe usted eso?

—Digamos que tengo mis fuentes.

—Que estaría bien que compartiera conmigo.

—Tan pronto como pueda. Tiene mi palabra. ¿Era entonces Isabella la misma persona?

—Sí. Era la misma. Isabella Gispert, hija de los dueños del colmado Gispert que aún está detrás de Santa María del Mar, destinada a convertirse en Isabella de Sempere.

—¿Cree usted que Isabella estaba enamorada de David Martín?

—Le recuerdo que se casó con el librero Sempere, no con él.

—Eso no prueba nada —replicó Alicia.

—Supongo que no.

—¿La conoció usted? A Isabella.

Vilajuana asintió.

—Estuve en la boda.

—¿Le pareció que era feliz?

—Todas las novias son felices el día de su boda.

Esta vez fue ella la que sonrió con malicia.

—¿Y cómo era?

El hombre bajó la mirada.

—Solo hablé con ella una o dos veces.

—Pero le causaría una impresión.

—Sí. Isabella causaba impresión.

—¿Y?

—Y me pareció una de esas contadísimas personas que hacen de este perro mundo un sitio que vale la pena visitar.

—¿Fue usted al entierro?

Vilajuana asintió lentamente.

—¿Es verdad que murió de cólera?

Una sombra se extendió por la mirada del periodista.

—Eso dijeron.

—Pero usted no lo cree.

El periodista negó.

—Entonces ¿por qué no me cuenta el resto de la historia?

—A decir verdad es una historia muy triste que me gustaría olvidar.

—¿Por eso lleva usted tantos años escribiendo un libro sobre ella? Un libro que supongo que sabe que nunca podrá publicar, al menos en este país...

Vilajuana sonrió con tristeza.

—¿Sabe lo que me dijo David Martín la última vez que le vi? Fue una noche en que los tres, Mataix, él y yo, habíamos tomado alguna copa de más en El Xampanyet para celebrar que Víctor había acabado el primer libro de *El Laberinto*.

Alicia negó.

—No sé por qué la conversación derivó hacia el viejo tópico de los escritores y el alcohol. Martín, que podía beberse una bañera de licor y no perder la lucidez, me dijo aquella noche una cosa que nunca he olvidado. «Se bebe para recordar y se escribe para olvidar.»

—A lo mejor no estaba tan loco como parecía.

Vilajuana asintió en silencio, su rostro embargado por los recuerdos.

—Cuénteme entonces lo que lleva tantos años intentando olvidar —dijo Alicia.

—No me diga luego que no la he avisado —advirtió.

# LOS OLVIDADOS:

## VÍCTOR MATAIX Y EL FIN DE LA GENERACIÓN PERDIDA DE BARCELONA

### de Sergio Vilajuana
### (Ediciones Destino, Barcelona, 1989)

Así reza el primer párrafo de un divertimento rebosante de ironía titulado *Tinta y Azufre* escrito por Víctor Mataix en 1933, presumiblemente inspirado en las desventuras de su amigo y colega David Martín:

> *No hace falta ser Goethe para saber que tarde o temprano cualquier escritor que merezca ese título se tropieza con su Mefistófeles. Los de buen corazón, si es que los hay, le entregan su alma. El resto le venden la de los incautos que se ponen en su camino.*

Víctor Mataix, que merecía el título y se lo había ganado a pulso, se encontró con su Mefistófeles un día de otoño de 1937.

Si vivir de la literatura ya había sido un acto de equilibrismo hasta aquel momento, el estallido de la guerra se llevó por delante lo que quedaba de la precaria maquinaria editorial en la que Mataix había hallado su propósito y sustento. Se seguía escribiendo, y publicando, pero el nuevo género rey era la propaganda, el panfleto y el panegírico al servicio de causas grandiosas empapadas de ruido y sangre. En cuestión de meses, Mataix se encontró, como tantos otros, sin otro modo de ganarse la vida que la caridad ajena y el azar, que por entonces solían apostar a la baja.

Sus últimos editores, a los que había confiado la serie de novelas de *El Laberinto de los Espíritus,* eran un dúo de sagaces caballeros llamados Revells y Badens. Badens, notable *gourmand* y *connaisseur* de las finas viandas y los productos de la tierra, se había retirado temporalmente a su masía del Ampurdán a criar tomates y a contemplar los secretos de la trufa a la espera de que la locura de los tiempos encontrase su momento de templanza. Badens era un optimista nato al que las trifulcas le causaban náuseas y que quería creer que el conflicto no se extendería más allá de dos o tres meses, tras los cuales España regresaría a su estado natural de caos y esperpento en el que siempre había lugar para la literatura, el buen yantar y el negocio. Revells, fino estudioso de los malabarismos del poder y el teatro político, había optado por quedarse en Barcelona y mantener abiertas sus oficinas, aunque fuera bajo mínimos. La edición de literatura había pasado a un limbo incierto y el grueso del negocio se concentraba ahora en la impresión de arengas, panfletos y epopeyas ejemplares a mayor gloria de los héroes del momento, que cambiaban de semana en semana merced a las luchas internas y el amago de soterrada guerra civil dentro de la declarada guerra civil que afectaba al bando republicano. Menos optimista que su socio, que seguía enviándole cajas de espléndidos tomates y hortalizas, Revells se olía que aquello iba para largo y que acabaría peor que mal.

Revells y Badens, no obstante, seguían pagando de sus ahorros un pequeño sueldo a Mataix a modo de anticipo por obras futuras. Mataix, pese a sus reservas, lo aceptaba de mala gana. Revells ignoraba sus reparos e insistía. Cuando la discusión inevitablemente derivaba en escrúpulos o en lo que el editor denominaba *mariconadas de quien todavía no ha empezado a pasar hambre de verdad*, le ofrecía su sonrisa socarrona y le aseguraba: «Víctor, por nosotros no llore usted que ya me encargaré de que todo esto que le estamos adelantando nos lo compense usted algún día».

Gracias a la ayuda de sus editores, Mataix conseguía que su familia tuviese algo que llevarse a la boca, situación que comenzaba a ser privilegiada. La mayoría de sus colegas se encontraban en una situación bastante más precaria y de pronóstico vertiginoso. Algunos se habían unido a la milicia en un arrebato de pasión y romanticismo. «Exterminaremos a la rata del fascismo en su putrefacta madriguera», entonaban. Más de uno le recriminó que no se uniera. Era una época en que mucha gente tenía por credo y conciencia los carteles de propaganda que cubrían las paredes de la ciudad. «El que no está dispuesto a luchar por su libertad no la merece», le decían. A Mataix, que sospechaba que tenían razón, le carcomía el remordimiento. ¿Debía abandonar a Susana y a su hija Ariadna en el caserón de la colina y partir al encuentro de las tropas del llamado *bando nacional*? «No sé de qué nación hablan, pero no es la mía —le dijo un amigo al que acudió a despedir a la estación—, y tampoco la tuya, aunque no tengas el valor de salir a defenderla.» Mataix regresó a su casa avergonzado de sí mismo. Al llegar, Susana le abrazó y se echó a llorar, temblando. «No nos dejes —le imploró—. Tu patria somos Ariadna y yo.»

A medida que avanzaba la contienda, Mataix descubrió que no podía escribir. Se sentaba frente la máquina durante horas con la mirada perdida en el horizonte tras los ventanales. Con el tiempo empezó a bajar casi todos los días a la ciudad, a buscar oportunidades, se decía, o a huir de sí mismo. La mayoría de sus conocidos mendigaban por entonces favores en el turbio mercado negro de vasallajes y servidumbres que se extendía a la sombra de la guerra. Había corrido el rumor entre los letraheridos famélicos de que Mataix recibía un sueldo a fondo perdido de Revells y Badens. Su viejo amigo Martín ya se lo había advertido: «La envidia es la gangrena de los escritores, nos pudre en vida hasta que el olvido nos siega sin contemplaciones». En cuestión de meses sus conocidos ya no le conocían. Cuando le veían de lejos, cambiaban de acera y murmuraban entre ellos, riendo su desprecio. Otros pasaban a su lado y bajaban la mirada.

Los meses iniciales de la contienda habían dejado Barcelona sumida en un extraño letargo de temores y escaramuzas internas. La rebelión fascista había fracasado en la ciudad en los primeros días tras el golpe y alguno quiso creer que la guerra se había quedado lejos, que aquello no pasaría de ser otra bravata más de generales breves de estatura y de vergüenzas, y que en cuestión de semanas la cosa volvería a la anormalidad calenturienta que caracterizaba la vida pública del país.

Mataix ya no lo creía. Y tenía miedo. Sabía que una guerra civil nunca es una, sino un amasijo de pequeñas o grandes luchas enquistadas entre sí. Su memoria oficial siempre es la de los cronistas atrincherados en el bando ganador o en el perdedor, pero nunca la de aquellos que se ven atrapados entre ambos y que raramente han encendido la mecha de la hoguera. Martín solía decir que en España se desprecia al adversario pero se odia al que va por libre y no comulga con las ruedas de ningún molino. Mataix no le había creído en su momento, pero empezaba a pensar que el único pecado que no se perdona en España es el de no tomar bando y resistirse a unirse a un rebaño u otro. Y donde hay rebaños de borregos siempre aparecen lobos hambrientos. Mataix, a su pesar, había aprendido todo eso y empezaba a oler la sangre en el aire. Tiempo habría luego para esconder los muertos y darse a la fábula. Ahora era el momento de sacar los cuchillos y coronar mezquindades. Las guerras lo ensucian todo, pero limpian la memoria.

Aquel fatídico día de 1937 en que habría de cambiar su destino, Mataix había bajado a la ciudad para reunirse con Revells. Siempre que se veían, el editor le invitaba a comer en el Bar Velódromo, que quedaba cerca de las oficinas de Ediciones Orbe en la Diagonal, y le ofrecía bajo mano un sobre con algunos dineros con los que sostener a su familia durante un par de semanas más. Aquel día Mataix, por primera vez, se negó a aceptarlo. Así describe la escena en su *Memoria de Tinieblas*, una suerte de crónica novelada de la guerra y de los años que le llevaron a prisión, que nunca llegó a ser publicada y en la que él es un personaje más, visto por un narrador omnisciente que podría o no ser la parca:

El frontón acristalado del gran Bar Velódromo se alzaba donde la calle Muntaner pierde su ladera noble, a apenas unos pasos de la Diagonal. Allí una luz de acuario y unos techos de catedral civil ofrecían asilo y salón de achicorias a quienes aún pretendían creer que la vida seguía, y mañana, o el otro, sería otro día. Revells siempre elegía una mesa esquinera desde la que podía ver todo el local y detectar quién entraba y salía.

—No, señor Revells. No puedo aceptar ya más su limosna.

—No es limosna, es una inversión. Sepa que Badens y yo estamos convencidos de que en diez o veinte años será usted uno de los autores más leídos de toda Europa. Y si no, me meto a cura y Badens sustituye la trufa por la mortadela. Lo juro sobre este plato de caracoles *a la llauna*.

—Usted y sus ocurrencias.

—Coja el dinero, hágame el favor.

—No.

—Millones de españoles y he ido a dar con el único que no coge dinero bajo la mesa.

—¿Qué le dice de eso su bola de cristal?

—Mire, Víctor, yo de buena gana le aceptaría un libro a cambio de un adelanto, pero ahora no se lo podemos publicar. Ya lo sabe usted.

—Entonces tendré que esperar.

—Pueden pasar años. En este país hay gente que no va a parar hasta que se hayan masacrado los unos a los otros. Aquí, cuando las personas pierden el juicio, que es a menudo, son capaces de pegarse un tiro en el pie si creen que así dejarán cojo al vecino. Esto va para largo. Hágame caso.

—Entonces mejor morirse de hambre que quedar en pie para verlo.

—Muy heroico. Perdone si no se me saltan las lágrimas de emoción. ¿Eso es lo que quiere para su mujer y su hija?

Mataix cerraba los ojos y se hundía en su miseria.

—No diga eso.

—Pues entonces no diga usted tonterías. Coja el dinero.

—Se lo devolveré todo. Hasta el último céntimo.

—Eso no lo he dudado nunca. Ande, coma algo, que no ha probado bocado. Y llévese ese pan a casa. Y, por cierto, pase por la editorial, que hay una caja de hortalizas finas del Ampurdán que le envía Badens. Hágame el favor de llevarse algo, que está el despacho que parece una verdulería.

—¿Se va usted ya?

—Tengo cosas que atender. Cuídese, Víctor. Y escriba, que algún día volveremos a publicar, ya lo verá, y nos tiene usted que hacer ricos.

El editor partió y le dejó a solas en la mesa. Mataix sabía que había acudido solo a entregarle el dinero y que, una vez cumplida su misión, había preferido retirarse para evitarle la vergüenza y la humillación de sentirse incapaz de mantener a su familia de no ser por la caridad. Mataix apuraba su plato y empezaba a meterse los trozos de pan sobrantes en los bolsillos cuando una sombra se extendió sobre la mesa. Levantó la mirada y se encontró con un hombre joven que vestía los restos de un traje deshilachado y portaba un cartapacio al uso de los que se apilaban en tribunales y oficinas del registro. El individuo tenía un aire demasiado frágil y desvalido para ser un comisario político que fuera a por él.

—¿Le importa si me siento?

Mataix negó.

—Mi nombre es Brians. Fernando Brians. Soy abogado, aunque no lo parezca.

—Víctor Mataix, escritor, aunque tampoco lo parezca.

—Qué tiempos, ¿verdad? El que es alguien no parece nadie y el que hasta hace dos días no era nadie ahora se parece demasiado a sí mismo.

—Abogado y filósofo, por lo que veo.

—Y todo a un precio muy competitivo —convino Brians.

—Me encantaría contratarle para que defendiese usted a mi amor propio, pero me temo que ando escaso de fondos.

—No tema. El cliente ya lo tengo.

—Y entonces ¿quién soy yo en esta historia? —preguntó Mataix.

—Un afortunado artista que ha sido seleccionado para una labor muy lucrativa.

—¿Ah, sí? ¿Y quién es su cliente, si puedo preguntarlo?

—Un hombre celoso de su intimidad.

—¿Y quién no lo es?

—Quien no la tiene.

—Olvide un momento al filósofo y convoque al abogado —atajó Mataix—. ¿En qué puedo servirle, a usted o a su cliente?

—Mi cliente es un hombre de gran relevancia y mayor fortuna. Es uno de esos hombres de los que se suele decir que lo tienen todo.

—Esos son los que siempre quieren más.

—En este caso ese *más* incluye sus servicios —precisó Brians.

—¿Qué servicios puede prestar un novelista en tiempos de guerra? Mis lectores no desean leer, desean matarse entre ellos.

—¿Ha pensado alguna vez en escribir una biografía? —preguntó el abogado.

—No. Escribo ficción.

—Hay quien argumentaría que no hay género más ficticio que la biografía.

—Con la posible excepción de la autobiografía —convino Mataix.

—Precisamente. Como novelista, admitirá que a la hora de la verdad una historia es una historia.

—Como novelista solo admito anticipos. A ser posible en metálico.

—A eso llegaremos. Pero, aunque solo sea por discutir en teoría, una crónica está hecha de palabras, de lenguaje. ¿No?

Mataix suspiró.

—Todo está hecho de palabras y de lenguaje —replicó—. Incluso los sofismas de un abogado.

—¿Y qué es un escritor si no un trabajador del lenguaje? —planteó Brians.

—Alguien sin perspectivas profesionales cuando la gente deja de emplear el cerebro y piensa con el intestino bajo, por no decir otra cosa.

—¿Lo ve? Incluso para el sarcasmo tiene usted un toque elegante.

—¿Por qué no va usted al grano, señor Brians?

—Mi cliente no lo hubiera podido decir mejor.

—Ya en vena sarcástica, si su cliente es tan importante y poderoso, ¿no es usted un abogado un tanto austero para representarle? No se ofenda.

—No me ofendo. De hecho tiene usted muchísima razón. Mi representado lo es por vía indirecta.

—Explíquese —dijo Mataix.

—Mis servicios han sido solicitados por un bufete de prestigio que es el que representa al cliente.

—Qué suerte la suya. ¿Y por qué no aparece por aquí un miembro de este bufete de tanto copete?

—Porque está en zona nacional. Técnicamente hablando, claro está. Personalmente el cliente está en Suiza, creo.

—¿Perdón?

—Mi cliente y sus abogados se encuentran bajo los auspicios y la protección del general Franco —explicó Brians.

Mataix miró con recelo hacia las mesas a su alrededor. Nadie parecía escucharlos o prestar atención, pero aquellos eran tiempos de sospecha y hasta las tapias afinaban el oído.

—Esto debe de ser una broma —dijo Mataix bajando la voz.

—Le aseguro que no.

—Haga el favor de levantarse y largarse de aquí. Haré como que no le he visto y no le he escuchado.

—Créame que le entiendo a la perfección, señor Mataix. Pero no puedo hacer eso.

—¿Por qué no?

—Porque si salgo por esa puerta sin haber contratado sus

servicios no creo que mañana siga con vida. Y usted y su familia tampoco.

Medió un largo silencio. Mataix agarró por la solapa al abogado Brians, que le contemplaba con infinita tristeza.

—Está usted diciendo la verdad... —murmuró, más para sí mismo que dirigiéndose a su interlocutor.

Brians asintió. Mataix lo soltó.

—¿Por qué yo?

—La esposa del cliente es lectora asidua suya. Dice que le gusta cómo escribe usted. Sobre todo las historias de amor. Las otras, no tanto.

El escritor se llevó las manos al rostro.

—Si le sirve de consuelo, el sueldo es inmejorable —añadió Brians.

Mataix miró a Brians entre sus dedos.

—Y a usted ¿qué le pagan?

—Me dejan seguir respirando y asumen mis deudas, que no son pocas. Siempre y cuando usted diga que sí.

—¿Y si digo que no?

Brians se encogió de hombros.

—En estos tiempos me cuentan que los asesinos a sueldo van muy baratos en Barcelona.

—¿Cómo sé..., cómo sabe *usted* que esas amenazas son creíbles?

Brians bajó la mirada.

—Cuando hice esa pregunta me mandaron un paquete con la oreja izquierda de mi socio en el despacho, Jusid. Me han dicho que cada día que pase sin obtener respuesta me irán enviando otros paquetes. Ya le he explicado que la mano de obra siniestra está barata en la ciudad.

—¿Cómo se llama su cliente? —inquirió Mataix.

—No lo sé.

—Y entonces ¿qué es lo que sabe?

—Que la gente que trabaja para él no se anda con bromas.

—¿Y él?

—Sé que es un banquero. Importante. Sé, o intuyo, que es uno de los dos o tres banqueros que están financiando el ejército del general Franco. Sé, o me han dado a entender, que es un hombre vanidoso y muy sensible al juicio que la historia pueda hacer de él y que su esposa, como le digo gran lectora y seguidora de su obra, ha convencido a su esposo de que necesita una biografía que plasme sus logros, su grandeza y su prodigiosa aportación al bien de España y del mundo.

—Todo hijo de puta precisa de una biografía, el género más mentiroso de todo el catálogo —sentenció Mataix.

—No seré yo quien se lo discuta, señor Mataix. ¿Quiere oír la parte buena?

—¿Se refiere a la de continuar vivo?

—Cien mil pesetas depositadas en una cuenta a su nombre en la Banca Nacional Suiza a la aceptación del trabajo y cien mil más a la publicación de la obra.

Mataix le miró atónito.

—Mientras digiere esa cifra, permítame explicarle el procedimiento. A la aceptación y firma del contrato empezará usted a recibir un emolumento quincenal a través de mi oficina que durará mientras se desarrolle el trabajo, sin menoscabo del montante global de sus honorarios. Posteriormente le llegará a usted, también a través de mí, un documento al parecer ya existente que contiene una primera versión de la biografía de mi cliente.

—Entonces ¿yo no soy el primero?

Brians se encogió de hombros una vez más.

—¿Qué se hizo de mi predecesor? —preguntó Mataix—. ¿También se lo han enviado en paquetes?

—No lo sé. Me pareció entender que la esposa del cliente estimó que su trabajo no tenía estilo, clase ni *savoir faire*.

—No sé cómo puede hacer bromas sobre algo así.

—Es preferible a tirarme a las ruedas del metro. En cualquier caso, este documento, que por lo que me han contado se encuentra en estado muy rudimentario, le servirá de documentación y base. Su cometido es escribir una biografía ejemplar del personaje a partir de los datos que en esas páginas se le entreguen. Para ello dispone del plazo de un año. Después de la revisión de las notas del cliente, dispondrá usted de seis meses más para incorporar los cambios requeridos, pulir el texto y preparar un manuscrito editable. Y si me permite el comentario, lo mejor es que no tiene por qué firmar el libro y que nadie tiene por qué saber nunca que lo escribió usted. De hecho, su silencio y el mío son requisitos ineludibles para la transacción.

—¿Y eso?

—Quizá debería haber dicho desde el principio que el libro es en realidad una autobiografía. La redactará usted en primera persona y la firmará mi cliente.

—Imagino que ya tiene título.

—Tentativo. *Yo, XXXXXX. Memorias de un financiero español.* Creo que se admiten sugerencias alternativas.

Mataix hizo entonces lo que ni él ni Brians esperaban. Se echó a reír. Rio hasta que se le saltaron las lágrimas y la concurrencia del local se volvió para mirarlos de reojo y preguntarse cómo podía tener alguien todavía ganas de carcajearse así con la que estaba arreciando. Cuando recuperó la compostura, Mataix respiró hondo y miró a Brians.

—¿Entiendo que eso es un sí? —preguntó el abogado, esperanzado.

—¿Hay alternativa?

—Que a usted y a mí nos peguen un tiro en la cabeza por la calle mañana o pasado y que hagan lo mismo con su familia y con la mía más pronto que tarde.

—¿Dónde firmo?

Días después, tras un catálogo de insomnios, pesares y cábalas, Mataix no pudo más y acudió a ver a su editor en Ediciones Orbe. Revells no había mentido: las instalaciones desprendían un perfume a la fina huerta del Ampurdán. Cajas enteras del santuario de hortalizas de Badens se alineaban en los pasillos entre pilas de libros y pliegos de facturas por pagar.

Revells escuchó su relato de los hechos con atención al tiempo que olfateaba un esplendoroso tomate con el que iba jugueteando entre las manos.

—¿Qué le parece? —preguntó Mataix al término de su recuento.

—Divino. Solo de olerlo me entra apetito —dijo Revells.

—Me refiero a mi dilema —insistió Mataix.

Revells dejó el tomate sobre la mesa.

—Que no tenía usted otra alternativa que aceptar —declaró.

—Me dice eso porque sabe que es lo que quiero oír.

—Se lo digo porque me gusta verle vivo y porque nos debe un dinero que confiamos recuperar algún día. ¿Ha recibido ya el amasijo de papeles?

—Parte.

—¿Y...?

—Son para vomitar.

—¿Esperaba los sonetos de Shakespeare?

—No sé lo que esperaba.

—Al menos habrá empezado a hacer conjeturas y ya sabrá de quién se trata.

—Me he hecho una idea —dijo Mataix.

Los ojos de Revells brillaban de anticipación.

—Cuente...

—Por lo que he leído sospecho que se trata de Ubach.

—¿Miguel Ángel Ubach? Hostia bendita. ¿El Banquero de la Pólvora?

—Parece que no le gusta que le llamen así.

—Que se joda. Si no le gusta, que financie obra social y no una guerra.

—¿Qué sabe de él, usted que sabe todo de todo el mundo? —inquirió Mataix.

—Solo de los que cuentan —precisó Revells.

—Ya sé que el mundo del pelagatos y el perdulario no tiene romance para usted.

Revells ignoró la pulla, fascinado como estaba con aquella intriga de alto vuelo. Se asomó a la puerta de su despacho y llamó a una de sus personas de confianza, Laura Franconi.

—Laura, venga un momentín si puede...

Mientras esperaban, Revells deambulaba inquieto por el despacho. Al poco, sorteando un par de cajas de cebollas y puerros, apareció por la puerta Laura Franconi, que al ver a Mataix sonrió y se acercó a darle un beso. Menuda y vivaracha, Laura era uno de los cerebros en activo que hacían funcionar aquella casa con mano de seda.

—¿Qué le parece la parada de frutas y verduras? —preguntó—. ¿Le pongo unos calabacines?

—Aquí el amigo Mataix acaba de hacer un pacto con los dioses de la guerra —dijo el editor.

El aludido suspiró.

—¿Por qué no se asoma a la ventana y lo grita con un megáfono? —inquirió Mataix.

Laura Franconi entornó la puerta del despacho y le miró preocupada.

—Cuénteselo —dijo Revells.

Mataix ofreció la versión resumida de los hechos, pero Laura se bastaba para rellenar el resto entre líneas. Al término se limitó a posar la mano en el hombro del escritor, consternada.

—Y a todo esto, ¿ese hijo de puta de Ubach ya tiene editor que le publique el adefesio? —preguntó Revells.

Laura le lanzó una mirada cáustica.

—Solo apunto una oportunidad de negocio —adujo Revells—. No sé a qué viene tanto remilgo con los tiempos que corren.

—Agradecería su ayuda y consejo —recordó Mataix.

Laura le tomó una mano y le miró a los ojos.

—Acepte el dinero. Escríbale a ese fantoche lo que quiera y lárguese de este país para siempre. Mi recomendación es Argentina. Terreno de sobra y filetes para morirse.

Mataix observó a Revells.

—Amén —dijo el editor—. Yo no lo hubiera podido explicar mejor.

—¿Alguna sugerencia que no implique cruzar el mundo y exiliar a mi familia?

—Mire, Mataix. Haga lo que haga, se la juega. Si gana el bando de Ubach, que tiene puntos de sobra, me dice la nariz que una vez ofrecidos sus servicios su existencia resultará incómoda y habrá quien prefiera verle desaparecido. Y si gana la República y alguien se entera de que ha colaborado usted con uno de los usureros de Franco, le veo en una checa con todos los gastos pagados.

—Fabuloso.

—Nosotros le podemos ayudar a volar. Badens tiene contactos con una compañía de flota mercante y les podríamos tener a usted y a su familia en Marsella en cuestión de días. Y de ahí, usted mismo. Yo haría caso a la señorita Laura y me iría a las Américas. Norte o sur, tanto da. El caso es poner tierra y océano de por medio.

—Iremos a visitarle —afirmó Laura—. Eso si no tiene que acabar teniéndonos a todos de huéspedes al ritmo que va este país...

—Y le llevaremos tomates y verduras de guarnición para esas parrilladas que se va a pegar usted con las doscientas mil pesetas del botín —sentenció Revells.

Mataix resopló.

—Mi mujer no quiere irse de Barcelona.

—Intuyo que no le ha contado nada de esto —dijo Revells.

Mataix negó. Revells y Laura Franconi intercambiaron una mirada.

—Y yo tampoco quiero irme a ningún sitio —dijo el escritor—. Esta es mi casa, para bien o para mal. La llevo en la sangre.

—Con la malaria pasa lo mismo y no siempre es saludable —apuntó Revells.

—¿Tiene alguna vacuna para Barcelona?

—En el fondo le entiendo. A mí me pasaría lo mismo. Aunque a ver mundo, y con el bolsillo bien revestido, no le diría que no. Tampoco tiene que decidirlo ahora. De momento dispone de un año o año y medio para ir pensándolo. Mientras no entregue el libro y dure la guerra, todo estará en suspenso. Haga como hace con nosotros, que nunca cumple los plazos y nos tiene *in albis*...

Laura le dio una palmadita en la espalda en señal de apoyo. Revells tomó el formidable ejemplar de la flora silvestre ampurdanesa y se lo tendió.

—¿Un tomatito?


Solo parte del manuscrito de *Memoria de Tinieblas* ha sobrevivido, pero todo parece indicar que Mataix optó por rendirse a las circunstancias. No hay indicios de que entregase una primera versión de la autobiografía de Miguel Ángel Ubach hasta bien entrado el año 1939. Para cuando la guerra llegó a su fin y las tropas franquistas entraron victoriosas en Barcelona, Mataix aún estaba trabajando en las revisiones y los cambios que se le habían pedido, presumiblemente la mayor parte de ellos provenientes de Federica, esposa de Ubach, que unía su devoción por el fascismo a una gran sensibilidad para las artes y las letras. Entregada la versión final del libro, Mataix, que era posible que estuviera contemplando seguir el consejo de sus editores y marcharse del país con su familia y sus honorarios, desoyó la advertencia y decidió quedarse. El motivo más probable de aquella decisión que iba postergando era que su esposa se quedó de nuevo embarazada de la que tendría que ser su segunda hija.

Para entonces Ubach ya había regresado a España, triunfante y gozando de los más elevados niveles de gloria y gratitud en los altos escalones del régimen merced a su labor como banquero de la cruzada nacional. Eran tiempos de venganza pero también de recompensa. Se reordenaban todos los ámbitos de la vida española y caían tantos al olvido, al exilio interior y a la miseria como ascendían otros acólitos a los puestos de poder y prestigio. No había un solo rincón de la vida pública donde aquella depuración no se llevase a cabo con celo implacable. Los cambios de chaqueta, tradición muy arraigada en suelo peninsular, rozaban la filigrana. La guerra había dejado cientos de miles de muertos, pero aún más olvidados y malditos. Buena parte de los antiguos conocidos y colegas de Mataix que tanto le habían despreciado aparecían ahora desesperados suplicando su ayuda, su recomendación y su misericordia. La mayoría acabaría pronto en prisión, donde pasarían años hasta que lo poco que quedaba de ellos se extinguiese para siempre. A unos cuantos los ejecutaron sin miramientos. Otros se quitaron la vida o murieron de enfermedad o de tristeza.

Algunos, previsiblemente los más pretenciosos y carentes de talento, cambiaron de bando y progresaron como paniaguados y cortesanos del régimen lo que no habían podido avanzar por méritos propios. La política es a menudo refugio de artistas mediocres y fracasados. Allí pueden medrar, adquirir poder con que darse aires y sobre todo vengarse de todos aquellos que han logrado con su trabajo y su talento lo que ellos nunca han conseguido ni siquiera rozar al tiempo que declaran, con aire de santidad y sacrificio, que todo lo hacen por el servicio a la patria.

En el verano de 1941, a las dos semanas del nacimiento de Sonia, la segunda hija de Susana y Víctor Mataix, se produjo un hecho insólito. La familia disfrutaba de un domingo soleado y tranquilo en su casa de la carretera de las Aguas cuando oyeron que se acercaba un cortejo de automóviles. Del primero se bajaron cuatro hombres armados y trajeados. Mataix temió lo peor, pero entonces advirtió que del segundo coche, un Mercedes casi idéntico al que transportaba al Generalísimo Franco, se apeó un caballero de maneras y modos exquisitos en compañía de una dama rubia enjoyada y vestida como si acudiese a la coronación de una reina. Eran Miguel Ángel Ubach y su esposa, Federica.

Mataix, que nunca le había revelado a su esposa la verdad acerca del libro en el que había enterrado más de año y medio de su vida —el libro que había salvado la suya—, sintió que el suelo se hundía bajo sus pies. Susana, confundida, preguntó quiénes eran aquellos visitantes tan ilustres que cruzaban el jardín. Fue doña Federica quien a lo largo de aquella larga tarde hablaría por él. Mientras don Miguel Ángel se retiraba al estudio de Mataix para departir de asuntos de hombres entre brandy y habanos (que había llevado él, a modo de obsequio), doña Federica se convirtió en la mejor amiga de aquella pobre plebeya que a duras penas se tenía en pie, débil todavía tras el parto de su segunda hija. Aun así, doña Federica la dejó levantarse y acudir a la cocina para preparar un té que no se dignó a tocar, unas pastas resecas que ella no les hubiera dado ni a los perros, y la observó cojear mientras permanecía en compañía de aquellas dos niñas, Ariadna y la pequeña Sonia, que inexplicablemente eran lo más hermoso que había visto en toda su existencia. ¿Cómo era posible que dos criaturas tan dulces, tan llenas de luz y vida, pudieran haber nacido de aquel par de muertos de hambre? Sí, tal vez Mataix tenía algo de talento, pero no dejaba de ser como todos los artistas, un criado, y además el único libro bueno de verdad que había escrito era *La Casa de los Cipreses*. Todos los demás no eran nada del otro mundo y la habían decepcionado con sus tramas ininteligibles y macabras. Ya se lo comentó al estrechar su mano, decepcionada también por su presencia distante, como si no estuviera contento de verla. «El verdaderamente bueno solo era el primero», le dijo. El casarse con aquella palurda que no sabía ni vestirse ni hablar confirmaba sus sospechas. Mataix le había servido para matar el rato, pero nunca estaría entre los grandes.

Pese a ello, doña Federica soportó con la mejor de las sonrisas la compañía de aquella infeliz que se desvivía por complacerla y no cesaba de hacer preguntas sobre su vida, como si pudiera aspirar a comprenderla. Apenas la escuchaba. Solo tenía ojos para aquellas dos criaturas. Ariadna la miraba con recelo, como hacían todos los niños, y cuando le preguntó «¿Dime, cielo, quién te parece más guapa, tu mamá o yo?» corrió a ocultarse tras su madre.

Atardecía ya cuando Ubach y Mataix salieron del estudio y don Miguel Ángel dio por terminada la visita *in promptu*. Don Miguel Ángel abrazó a Mataix y besó la mano de Susana. «Son ustedes una pareja encantadora», declaró. Los Mataix acompañaron al ilustre matrimonio hasta su Mercedes Benz y los vieron partir junto con el cortejo de los otros dos vehículos de escolta bajo un cielo encendido de estrellas que prometía un horizonte de paz y, tal vez, de esperanza.

Una semana más tarde, poco antes del amanecer, dos coches más regresaban a casa de los Mataix. Esta vez eran coches negros, sin matrícula. Del primero descendió un hombre enfundado en una gabardina oscura que se identificó como el inspector Javier Fumero, de la Brigada Social. Con él iba un hombre muy pulcramente vestido, con gafas y un corte de pelo que le confería el aire de un burócrata de nivel medio, que no se bajó del automóvil y observó la escena sentado en el asiento del pasajero.

Mataix había salido a recibirlos. Fumero le propinó un golpe en la cara con el revólver que le partió la mandíbula y le derribó al suelo, de donde le recogieron sus hombres y le arrastraron hasta uno de los coches mientras gritaba. Fumero, limpiándose las manos de sangre en la gabardina, entró entonces en la casa y empezó a buscar a Susana y a las niñas. Las encontró temblando y llorando escondidas en el fondo de un armario. Cuando Susana se negó a entregarle a sus hijas, Fumero le propinó una patada en el estómago. Cogió a la pequeña Sonia en brazos y agarró de la mano a Ariadna, que lloraba aterrorizada. Fumero se disponía a abandonar la habitación cuando Susana se le lanzó a la espalda y le clavó las uñas en la cara. Fumero, sin inmutarse, tendió las niñas a uno de sus hombres, que observaba desde el umbral, y se volvió. Agarró a Susana del cuello y la lanzó contra el suelo. Se arrodilló sobre ella aplastándole el tórax y la miró a los ojos. Susana, sin poder respirar, observó a aquel extraño que la contemplaba sonriendo. Le vio extraer una navaja de afeitar del bolsillo y desplegarla. «Te voy a abrir las tripas y te las voy a poner por collar, puta de mierda», le dijo con serenidad.

Fumero le había arrancado la ropa y empezaba a jugar con la cuchilla cuando el hombre que había permanecido en el coche, el burócrata de aire gélido, le colocó la mano en el hombro y le detuvo.

«No hay tiempo», le advirtió.

Los hombres la dejaron allí y partieron. Susana se arrastró sangrando escaleras abajo y escuchó el rumor de los vehículos alejándose entre los árboles hasta perder el sentido.

# LOS OLVIDADOS

# 1

Cuando Vilajuana terminó su relato tenía los ojos vidriosos y la voz seca. Alicia bajó la mirada y guardó silencio. Al rato, el periodista carraspeó y ella le dedicó una sonrisa débil.

—Susana nunca volvió a ver a su marido ni a sus hijas. Pasó dos meses visitando comisarías, hospitales y casas de caridad preguntando por ellos. Nadie sabía nada. Un día, desesperada, decidió llamar a doña Federica Ubach. Le contestó un criado que pasó su llamada a un secretario. Susana le contó lo que había sucedido y le dijo que la señora era la única que podía ayudarla. «Es amiga mía», dijo.

—Pobrecita —murmuró Alicia.

—Días después la recogieron en la calle y la llevaron al manicomio de mujeres. Allí permaneció varios años. Dijeron que se había escapado tiempo después. A saber. Susana se perdió para siempre.

Medió un largo silencio.

—¿Y Víctor Mataix? —preguntó Alicia.

—El abogado Brians, que tiempo atrás había sido contratado por Isabella Gispert para intentar ayudar a David Martín, supo por este último que Mataix había acabado también en el castillo de Montjuic. Le tenían incomunicado en una celda aparte por orden expresa del director de la prisión, don Mauricio Valls, y no se le permitía salir al patio con los demás presos o recibir visitas o mantener comunicación alguna. Martín, al que más de una vez habían enviado también a una de las celdas de aislamiento, había sido el único que había podido hablar con él, cruzando palabras a través del pasillo. De este modo Brians supo lo que había sucedido. Imagino que por entonces al abogado le carcomía la conciencia y se sentía en parte culpable, y decidió ayudar a todos aquellos pobres diablos allí atrapados. Martín, Mataix...

—El abogado de las causas perdidas... —dijo Alicia.

—Nunca pudo salvarlos, por supuesto. A Martín le asesinaron por orden de Valls, o eso dijeron. De Mataix no se volvió a saber nada más. Su muerte sigue siendo un misterio. E Isabella, de la que creo que el pobre Brians se había enamorado, como se enamoraban todos los que la conocían, los había precedido, también en circunstancias más que sospechosas. Brians no volvió a levantar cabeza después de todo aquello. Es un buen hombre, pero está asustado y en el fondo tampoco puede hacer nada.

—¿Cree usted que Mataix continúa allí?

—¿En el castillo? Espero que Dios no sea tan cruel y se lo llevara a tiempo.

Alicia asintió, intentando asimilar todo aquello.

—¿Y usted? —preguntó Vilajuana—. ¿Qué piensa hacer?

—¿Qué quiere decir?

—¿Piensa quedarse tan ancha después de todo lo que le he contado?

—Mis manos están tan atadas como las de Brians —respondió Alicia—. Si no más.

—Qué conveniente.

—Con el debido respeto, usted no sabe nada de mí.

—Cuénteme, entonces. Ayúdeme a completar la historia. Dígame qué puedo hacer.

—¿Tiene usted familia, Vilajuana?

—Mujer y cuatro hijos.

—¿Y los quiere?

—Más que a nada en el mundo. ¿A qué viene eso?

—¿Desea que le diga lo que tiene que hacer? ¿De verdad?

Vilajuana asintió.

—Acabe su discurso. Olvídese de Mataix. De Martín. De Valls y de todo lo que me ha contado. Y olvídese de mí, nunca he estado aquí.

—Ese no era el trato —protestó Vilajuana—. Me ha engañado...

—Bienvenido al club —dijo Alicia, de camino hacia la salida.


**2**


Al poco de abandonar la Academia en el Palacio Recasens, Alicia tuvo que detenerse a la vuelta de un callejón a vomitar. Se aferró a la piedra fría del muro y cerró los ojos, sintiendo la bilis en los labios. Intentó respirar hondo y recobrar la compostura, pero la náusea la golpeó de nuevo y casi cayó de rodillas al suelo. Si no lo hizo fue porque alguien la sostuvo. Cuando Alicia se volvió se encontró con el rostro solícito y angustiado de Rovira, el aprendiz de espía, que la observaba compungido.

—¿Está usted bien, señorita Gris?

Ella trató de recuperar el aliento.

—¿Se puede saber qué haces aquí, Rovira?

—Bueno..., la he visto que se tambaleaba de lejos y... Usted perdone.

—Estoy bien. Vete.

—Está usted llorando, señorita.

Alicia levantó la voz y le empujó con fuerza con las dos manos.

—Lárgate de aquí, imbécil —le increpó.

Rovira se encogió y se alejó a toda prisa con la mirada herida. Alicia se apoyó contra la pared. Se secó las lágrimas con las manos y, apretando los labios con rabia, echó a andar.

De camino a casa encontró a un vendedor ambulante y le compró unos caramelos de eucalipto con que acallar el sabor ácido que tenía en la boca. Ascendió la escalera despacio y al llegar a su puerta oyó voces en el interior. Pensó que Fernandito habría acudido en busca de órdenes o a dar cuentas de su misión y habría hecho las paces con Vargas. Abrió la puerta y vio que Vargas estaba de pie junto a la ventana. Sentado en el sofá, sosteniendo una taza de té y sonriendo tranquilamente, estaba Leandro Montalvo. Alicia se quedó lívida en el umbral.

—Y yo que creía que te alegrarías de verme, Alicia —dijo Leandro incorporándose.

Alicia se adelantó unos pasos, deshaciéndose del abrigo e intercambiando una mirada con Vargas.

—No... no sabía que venía —musitó—. De haberlo sabido...

—Ha sido un poco todo cosa de última hora —continuó Leandro—. Llegué anoche, muy tarde, pero la verdad es que no podría haber elegido mejor momento.

—¿Puedo ofrecerle algo? —improvisó Alicia.

Leandro mostró su taza de té.

—Aquí el capitán Vargas ha sido muy amable y me ha preparado una estupenda taza de té.

—El señor Montalvo y yo hemos estado comentando los particulares del caso —dijo Vargas.

—Qué bien...

—Anda, dame un beso, Alicia, que hace días que no te veo.

Ella se acercó y le rozó las mejillas con los labios. Un brillo en los ojos de Leandro le indicó que había detectado la bilis en su aliento.

—¿Todo bien? —preguntó Leandro.

—Sí. El estómago un poco revuelto. Nada más.

—Tienes que cuidarte más. Si no estoy yo para vigilarte, te dejas ir.

Alicia asintió y sonrió sumisa.

—Anda, siéntate. Cuéntame. Me dice el capitán que has tenido una mañana ocupada. Una visita a un periodista, creo.

—Al final me ha dado plantón. Probablemente no tenía nada que decirme.

—En este país no hay formalidad.

—Eso dice Vargas —comentó Alicia.

—Por suerte aún hay quien trabaja y bien. Como vosotros, que prácticamente tenéis este asunto resuelto.

—¿Ah, sí?

Alicia miró a Vargas, que bajó los ojos.

—Bueno, todo esto de Metrobarna, el chófer y el tal Sanchís. Yo diría que esto está casi en el bote, como suele decirse. La pista es muy sólida.

—Es solo circunstancial. Nada más.

Leandro rio, benevolente.

—¿Ve lo que le decía, Vargas? Alicia nunca está satisfecha consigo misma. Es una perfeccionista.

—De tal palo... —apuntó Vargas.

Alicia iba a preguntarle qué hacía en Barcelona cuando la puerta del piso se abrió de golpe y Fernandito, resoplando tras su carrera por la escalera, se plantó en el salón.

—¡Señorita Alicia, noticias frescas! ¡No se va a creer lo que he averiguado!

—Espero que sea que entregasteis mi pedido enfrente por error —cortó Alicia, clavando los ojos en Fernandito.

—Hombre —dijo Leandro—. ¿Y este caballero tan solícito? ¿No me lo vas a presentar?

—Es Fernandito. El chico del colmado.

El chico tragó saliva y asintió.

—¿Entonces? ¿No me lo has traído? —preguntó Alicia en tono agrio.

Fernandito la miró, mudo.

—Te dije huevos, leche, pan y dos botellas de Peralada blanco. Y también aceite de oliva. ¿Qué parte es la que no has entendido?

Fernandito leyó la urgencia en la mirada de Alicia y volvió a asentir compungido.

—Disculpe, señorita Alicia. Ha sido todo un error. Manolo dice que ya lo tiene listo y que le perdone. No volverá a suceder.

Alicia chasqueó los dedos varias veces.

—Pues venga. ¿A qué estás esperando?

Fernandito asintió de nuevo e hizo mutis por el foro.

—Es que no hay manera de que den una —espetó Alicia.

—Por eso vivo en un hotel de lujo —dijo Leandro—. Todo queda a una llamada de teléfono.

Alicia se enfundó una sonrisa serena y regresó al lado de Leandro.

—¿Y a qué debemos el honor de que haya dejado las comodidades del Palace por mi humilde morada?

—Diría que echaba de menos tu sarcasmo, pero la verdad es que tengo buenas y malas noticias.

Alicia cruzó una mirada con Vargas, que se limitó a asentir.

—Toma asiento, haz el favor. Esto no te va a gustar, Alicia, pero quiero que sepas que no ha sido idea mía y que no he podido hacer nada para evitarlo.

Ella advirtió que Vargas se encogía sobre sí mismo.

—¿Evitar el qué? —preguntó.

Leandro dejó la taza sobre la mesa e hizo una pausa, como si estuviera armándose de ánimos para comunicar las noticias que debía referir.

—Hace tres días la investigación de la policía desveló que don Mauricio Valls había estado en contacto telefónico en tres ocasiones distintas durante el mes pasado con el señor Ignacio Sanchís, director general de Metrobarna. Esa misma madrugada, en el curso de un registro de las oficinas de la sociedad en Madrid, se encontraron documentos que indicaban que se habían realizado varias operaciones de compra-venta de acciones del Banco Hipotecario, compañía matriz de Metrobarna, entre su gerente, el señor Ignacio Sanchís, y don Mauricio Valls. Dichas operaciones, a juicio de la brigada técnica de la policía, presentaban notables irregularidades de procedimiento y no había constancia de que hubieran sido debidamente reportadas al Banco de España. Cuando se cuestionó a uno de los actuarios de la oficina central este negó tener conocimiento o registro alguno de tales transacciones.

—¿Por qué no se nos tuvo al corriente de eso? —preguntó Alicia—. Creía que formábamos parte de la investigación.

—No culpes a Gil de Partera ni a la policía. La decisión fue mía. En aquel momento no sabía que vuestra investigación os iba a llevar hasta Sanchís por otro camino. No me mires así. Cuando Gil de Partera me informó del asunto estimé preferible esperar a que la policía confirmase si estábamos frente a un hecho relevante para el caso o a una simple irregularidad mercantil, que quedaría fuera de nuestra competencia. Si en algún momento las líneas se hubieran cruzado, por supuesto que te lo habría dicho. Pero vosotros os adelantasteis.

—No acabo de entender el fondo de este asunto... ¿Unas acciones? —preguntó Alicia.

Leandro hizo un gesto demandando paciencia y continuó su relato.

—La policía siguió con la investigación y encontró más indicios de transacciones cuestionables entre Sanchís y Mauricio Valls. La mayoría incluía compra-venta de participaciones y pagarés del Banco Hipotecario realizadas a lo largo de casi quince años a espaldas del consejo y de los órganos de administración de la entidad. Estamos hablando de sumas muy importantes. Millones de pesetas. A petición, o mejor dicho por orden, de Gil de Partera, salí anoche para Barcelona, donde la policía estaba preparada para detener e interrogar a Sanchís entre hoy o mañana, a la espera de confirmación de que los fondos obtenidos en una venta fraudulenta de emisiones de deuda del Banco Hipotecario hubieran sido utilizados por Valls para cancelar un préstamo que este había suscrito para sufragar la adquisición de los terrenos y la construcción de Villa Mercedes, su vivienda particular en Somosaguas. El informe técnico de la policía apunta a que Valls habría estado haciendo chantaje a Sanchís durante años para obtener fondos ilícitos sustraídos del balance del banco y sus sociedades. Fondos que Sanchís habría maquillado con transacciones ficticias entre sociedades opacas para ocultar la identidad de los verdaderos destinatarios de estos pagos.

—Dice que Valls habría chantajeado a Sanchís. ¿Con qué?

—Eso es lo que estamos intentando determinar en este momento.

—¿Me está diciendo que todo esto es un asunto de dinero?

—¿No lo es casi siempre? —replicó Leandro—. Por supuesto, todo se ha precipitado esta misma mañana cuando el capitán Vargas me ha comunicado el resultado de vuestras investigaciones.

Alicia lanzó otra mirada a Vargas.

—En ese mismo momento he hablado con Gil de Partera y hemos contrastado vuestras averiguaciones con las de la policía. Al instante se han tomado las acciones oportunas. Lamento que eso sucediese mientras tú estabas ausente, pero no había tiempo para esperar.

Alicia alternaba miradas de furia entre Leandro y Vargas.

—Vargas ha hecho lo que tenía que hacer, Alicia —dijo Leandro—. Es más, me duele que no me mantuvieses al corriente de vuestra investigación como habíamos quedado, pero te conozco y sé que no fue por mala fe y que no te gusta levantar la liebre hasta que estás segura. A mí tampoco. Por eso no te comenté nada de este tema hasta tener claro que estaba relacionado con nuestra investigación. Francamente, a mí también me sorprendió tener noticia de todo esto. No sabía que vosotros ibais tras el rastro de Sanchís. Como tú, esperaba otra cosa. En otras circunstancias me hubiera gustado disponer de un par de días más para llegar al fondo del asunto antes de actuar. Por desgracia, este es un caso en el que no nos podemos permitir tomarnos el tiempo que desearíamos.

—¿Qué han hecho con Sanchís?

—En estos momentos Ignacio Sanchís está siendo interrogado en comisaría, donde se encuentra prestando declaración desde hace un par de horas.

Alicia se llevó las manos a las sienes y cerró los ojos. Vargas se levantó y procedió a servir una copa de vino blanco que tendió a una Alicia pálida como una lápida.

—Gil de Partera y todo su equipo me han trasladado su gratitud y me han pedido expresamente que os felicite a ambos por el excelente trabajo y servicio prestados a la patria —comentó Leandro.

—Pero...

—Alicia, te lo ruego. No.

Ella apuró su copa de vino blanco y apoyó la cabeza contra la pared.

—Decía que tenía también buenas noticias —dijo al fin.

—Esas eran las buenas noticias —matizó Leandro—. Las malas son que tú y Vargas habéis sido relevados del caso y que la investigación estará ahora de forma exclusiva en manos de un nuevo responsable designado por el Ministerio de Gobernación.

—¿Quién?

Leandro apretó los labios. Vargas, que había permanecido en silencio hasta entonces, se sirvió su propia copa de vino y miró a Alicia con tristeza.

—Hendaya —dijo.

Alicia los miró a ambos, perpleja.

—¿Quién demonios es Hendaya?

# 3

La celda hedía a orina y a electricidad. Sanchís nunca había advertido que la electricidad tenía olor. Un olor dulzón y metálico, como el de la sangre derramada. El aire viciado de la celda estaba empapado de aquel aroma que le revolvía las tripas. El zumbido del generador ubicado en un rincón hacía vibrar la bombilla que se balanceaba en el techo y proyectaba una claridad lechosa en los muros húmedos y cubiertos de lo que parecían arañazos. Sanchís se esforzó por mantener los ojos abiertos. Apenas sentía ya los brazos ni las piernas, sujetos a la silla de metal con un alambre tan prieto que le cortaba la piel.

—¿Qué han hecho con mi mujer?

—Su mujer está en casa. En perfecto estado. ¿Quiénes cree que somos?

—No sé quiénes son ustedes.

La voz adquirió rostro y Sanchís enfrentó por primera vez aquella mirada cristalina y acerada, de pupilas tan azules que parecían líquidas. El rostro era anguloso pero de facciones amables. Su interlocutor tenía los rasgos de un galán de sesión de tarde, uno de aquellos hombres apuestos que hacían a las señoras de casa buena mirar de reojo por la calle y sentir un rubor entre las piernas. Vestía con extraordinaria elegancia. Los puños de su camisa, recién salida de la tintorería, estaban tocados con dos gemelos de oro con el águila del escudo nacional.

—Nosotros somos la ley —dijo su interlocutor, sonriendo como si fuesen buenos amigos.

—Entonces suéltenme. Yo no he hecho nada.

El hombre, que había acercado una silla y tomado asiento frente a Sanchís, asintió con gesto comprensivo. Sanchís comprobó que había por lo menos dos personas más en la celda, apostadas contra la pared en la sombra.

—Mi nombre es Hendaya. Lamento que nos hayamos tenido que conocer en estas circunstancias, pero quiero creer que usted y yo vamos a ser buenos amigos, porque los amigos se respetan y no tienen secretos el uno con el otro.

Hendaya asintió y un par de sus hombres se acercaron a la silla y empezaron a cortar la ropa de Sanchís a tirones con unas tijeras.

—Casi todo lo que sé me lo enseñó un gran hombre. El inspector Francisco Javier Fumero, en cuya memoria hay una placa en este edificio. Fumero era de esa clase de hombres que a veces no se valoran en su justa medida. Creo que usted, amigo Sanchís, lo puede comprender mejor que nadie, porque a usted también le ha pasado, ¿no es así?

Sanchís, que había empezado a temblar al ver cómo lo desnudaban a tijeretazos, balbuceó:

—No sé lo que...

Hendaya alzó la mano, como si no precisara de explicaciones.

—Estamos entre amigos, Sanchís. Como le digo. No tenemos por qué guardarnos secretos. El buen español no tiene secretos. Y usted es un buen español. Lo que pasa es que a veces la gente es maliciosa. Hay que reconocerlo. Somos el mejor país del mundo, eso no lo pone nadie en duda, pero en ocasiones nos pierde la envidia. Y eso usted lo sabe. Que si se casó con la hija del jefe, que si el braguetazo, que si no se merecía la dirección general, que si tal, que si cual... Ya le digo que le entiendo. Y entiendo que cuando a un hombre se le ponen en duda su honra y su valía se enfade. Porque un hombre que tiene huevos se enfada. Y usted los tiene. Mire, ahí están. Un buen par de huevos.

—Por favor, no me hagan daño, no...

La voz de Sanchís se ahogó en un aullido cuando el operario del generador le cerró las pinzas sobre los testículos.

—No llore, hombre, que no le hemos hecho nada todavía. Ande, míreme. A los ojos. Míreme.

Sanchís, llorando como un niño, alzó la mirada. Hendaya le sonreía.

—Veamos, Sanchís. Yo soy su amigo. Esto es solo entre usted y yo. Sin secretos. Usted me ayuda y yo le llevo a casa para que esté con su mujer, que es donde debe estar. Que no llore, hombre. No me gusta ver a un español llorar, joder. Aquí solo llora la gente que tiene cosas que ocultar. Pero aquí no tenemos nada que ocultar, ¿verdad? Aquí no hay secretos. Porque estamos entre amigos. Y yo sé que usted tiene a Mauricio Valls. Y le comprendo. Valls es un cabrón. Sí, sí. No tengo reparo en decirlo. He visto los papeles. Sé que Valls le estaba forzando a usted a quebrantar la ley. A vender acciones que no existían. Yo no sé de esas cosas. Esto de las finanzas se me escapa. Pero hasta un ignorante como yo puede captar que Valls le estaba obligando a robar en su nombre. Se lo diré claro: ese individuo, ministro o no, es un sinvergüenza. Se lo digo yo, que de eso sí entiendo y que debo verlo todos los días. Pero ya sabe cómo es este país. Vales lo que los amigos que tienes. Si es que es así. Y Valls cuenta con muchos amigos. Amigos de los que mandan. Pero todo tiene un límite. Llega un momento en que hay que decir basta. Usted ha querido tomarse la justicia por su mano. Mire, le entiendo. Pero es un error. Para eso estamos nosotros. Ese es nuestro trabajo. Ahora mismo lo único que deseamos es encontrar a ese granuja de Valls para que todo quede aclarado. Para que usted se pueda ir a su casa, con su señora. Para que a Valls le metamos ya en la cárcel y responda por lo que ha hecho. Y para que yo me pueda ir de vacaciones, que ya me toca. Y aquí no ha pasado nada. Me comprende, ¿verdad?

Sanchís intentó decir algo, pero los dientes le chasqueaban con tal fuerza que no se podían distinguir sus palabras.

—¿Qué dice, Sanchís? Si no para el tembleque no oigo lo que dice.

—¿Qué acciones? —consiguió articular.

Hendaya suspiró.

—Me decepciona usted, Sanchís. Yo creí que éramos amigos. Y a los amigos no se los insulta. No vamos bien. Se lo estoy poniendo fácil porque en el fondo entiendo lo que ha hecho. Otros a lo mejor no lo entenderían, pero yo sí. Porque yo sé lo que es tener que lidiar con esta gentuza que se cree por encima de todo. Así que le voy a dar otra oportunidad. Porque me cae bien. Eso sí, un consejo de amigo: a veces hay que saber cuándo no le conviene a uno hacerse el gallito.

—No sé de qué acciones me habla usted —balbuceó Sanchís.

—No me lloriquee, joder. ¿No ve en qué posición más incómoda me pone? Yo tengo que salir de esta sala con resultados.

Es así de simple. Usted lo entiende. Esto en el fondo es muy sencillo. Cuando la vida te da por el culo, es de sabios hacerse maricón. Y a usted, amigo mío, la vida está a punto de darle por el culo a base de bien. No se lo ponga difícil. En esta silla han estado sentados hombres cien veces más duros que usted y han aguantado un cuarto de hora. Usted es un señorito. No me fuerce a hacer lo que no quiero hacer. Por última vez: dígame dónde le tiene y aquí no habrá pasado nada. Esta noche estará de vuelta en casa con su esposa, intacto.

—Por favor... No le hagan nada... Ella no está bien —imploró Sanchís.

Hendaya suspiró y se le aproximó poco a poco hasta que su rostro estuvo a apenas unos centímetros del de Sanchís.

—Mira, desgraciado —dijo, con una voz infinitamente más fría que la que había empleado hasta entonces—. Si no me dices dónde se encuentra Valls, te voy a freír los huevos hasta que te cagues en la madre que te parió, y luego voy a coger a tu mujercita y le voy arrancar la carne de los huesos con unos alicates calientes, sin prisa, para que sepa que la culpa de lo que le está sucediendo la tiene la nenaza llorona con la que se casó.

Sanchís cerró los ojos y gimió. Hendaya se encogió de hombros y se aproximó al generador.

—Tú sabrás.

El banquero respiró de nuevo aquel olor metálico y sintió la vibración en el suelo bajo las plantas de los pies. La bombilla parpadeó un par de veces. Después, todo fue fuego.

# 4

Leandro sostenía el teléfono y asentía. Llevaba tres cuartos de hora al aparato. Vargas y Alicia le observaban. Entre los dos se habían pulido la botella de vino. Cuando Alicia se levantó en busca de otra, Vargas la retuvo, negando por lo bajo. Ella empezó a encadenar un cigarrillo con otro, la mirada clavada en Leandro, que escuchaba y asentía con parsimonia.

—Entiendo. No, claro que no. Me hago cargo. Sí, señor. Se lo diré. A usted.

Leandro colgó el teléfono y les dedicó una mirada lánguida que transmitía alivio y consternación a partes iguales.

—Era Gil de Partera. Sanchís ha confesado —dijo al fin.

—¿Confesado? ¿El qué? —preguntó Alicia.

—Todas las piezas empiezan a encajar. Se confirma que la historia venía de largo. Al parecer Valls y Miguel Ángel Ubach, el financiero, se habían conocido poco después de la guerra. Valls era por entonces una estrella en alza en el régimen, después de haber demostrado su lealtad y fiabilidad al mando de la prisión de Montjuic, una tarea poco grata. Por lo visto, Ubach, a través de un consorcio creado para recompensar a individuos cuya contribución a la causa nacional había sido excepcional, entregó a Valls un paquete de acciones del reconstituido Banco Hipotecario, que agrupaba a diversas entidades financieras disueltas tras la guerra.

—Está hablando de expolio y reparto de botín de guerra —cortó Alicia.

Leandro suspiró, paciente.

—Cuidado, Alicia. No todo el mundo es tan amplio de miras y tolerante como yo.

Ella se mordió la lengua. Leandro esperó a ver su mirada sumisa antes de proseguir.

—En enero de 1949 Valls debía recibir otro paquete de acciones. Ese había sido el acuerdo, de naturaleza verbal. Pero al morir Ubach inesperadamente en un accidente el año anterior...

—¿Qué accidente? —cortó Alicia.

—Un incendio en su casa en el que falleció junto a su esposa mientras dormían. No me interrumpas, Alicia, por favor. Como decía, al morir Ubach se produjeron ciertas discrepancias con el testamento, que al parecer no hacía referencia a los acuerdos aludidos. El asunto se complicó al haber nombrado Ubach como albacea testamentario a un joven abogado del bufete que le representaba.

—Ignacio Sanchís —dijo Alicia.

Leandro le lanzó una mirada de advertencia.

—Sí, Ignacio Sanchís. Sanchís, como albacea testamentario también pasó a ser tutor legal de Victoria Ubach, la hija del matrimonio, hasta su mayoría de edad. Y sí, antes de que me interrumpas otra vez, al cumplir esta los diecinueve años se casó con ella, lo cual provocó no pocas murmuraciones y cierto escándalo. Parece que se decía que ya de adolescente, Victoria y su futuro marido mantenían una relación ilícita. Se decía también que Ignacio Sanchís no era más que un advenedizo ambicioso, ya que el testamento dejaba la mayor parte del patrimonio de los Ubach a Victoria, con quien se llevaba una diferencia de edad considerable. Victoria Ubach, además, tenía un historial de cierta inestabilidad emocional. Se dice que cuando era una adolescente se escapó de su casa y estuvo desaparecida seis meses. Pero todo esto son rumores. Lo esencial del caso es que al hacerse cargo de la gestión del accionariado de la Banca Ubach, Sanchís negó a Valls lo que él afirmaba que se le debía y se le había prometido por parte del difunto. En aquel momento Valls se la tuvo que, como se dice vulgarmente, envainar y tragar quina. No fue hasta años después cuando, al ser nombrado ministro y adquirir una cuota de poder considerable, decidió forzar a Sanchís a cederle lo que él consideraba que se le debía, y más. Le amenazó con acusarle de haber estado implicado en la *desaparición* de Victoria en 1948 para ocultar un embarazo de la menor y haberla mantenido escondida en un sanatorio de la Costa Brava, creo que cerca de la localidad de San Feliu de Guíxols, donde la Guardia Civil la encontró cinco o seis meses después vagando por la playa, desorientada y con signos de malnutrición. Todo parece indicar que Sanchís cedió. A través de una serie de

459

operaciones ilícitas, Sanchís entregó a Valls una suma muy importante en forma de acciones y pagarés negociables del Banco Hipotecario. Buena parte del patrimonio de Valls provendría de ahí y no de su suegro, como a veces se había rumoreado. Pero Valls quería más. Seguía presionando a Sanchís, que nunca le perdonó que metiese a su esposa Victoria de por medio o que jugase con su reputación y con el episodio de su escapada de adolescente para conseguir sus fines. Acudió a diferentes instancias para protestar, pero en todas partes se le cerraron las puertas y se le dijo que Valls era un hombre demasiado poderoso, muy próximo a la cúpula del régimen, y que no se le podía tocar. Hacerlo, además, hubiera implicado remover el asunto del consorcio y de las recompensas distribuidas al final de la guerra, cosa que nadie deseaba. Se le advirtió muy seriamente a Sanchís que olvidase el tema.

—Cosa que no hizo.

—Es evidente que no. No solo no lo olvidó, sino que además decidió vengarse. Y allí es donde se equivocó de verdad. Contrató a investigadores para hurgar en el pasado de Valls. Así fue como dieron con un granuja que seguía pudriéndose en la prisión de Montjuic, Sebastián Salgado, y con una serie de turbias incidencias y abusos cometidos por Valls durante sus años como director del penal contra diversos presos y sus familiares. Resultó que había una larga lista de candidatos a protagonizar una supuesta venganza contra Valls. Lo único que faltaba era una narrativa convincente. Sanchís ideó así una trama para vengarse del ministro y encubrir su maniobra bajo la apariencia de una *vendetta* política o personal derivada del oscuro pasado del ministro. Empezó a enviar cartas amenazadoras a través de Salgado, con quien había contactado y al cual había ofrecido una suma que debería recibir tras el indulto que le estaban tramitando a cambio de su complicidad por actuar, digamos, como anzuelo. Sanchís sabía que las cartas serían rastreadas y que el rastro acabaría en Salgado. Contrató también a un antiguo preso del castillo, un tal Valentín Morgado, a quien sobraban los motivos para no sentir aprecio alguno por Valls. Morgado había sido liberado en 1947, pero culpaba a Valls de la muerte de su mujer por enfermedad mientras él había estado preso. Morgado fue contratado como chófer de la familia. Fue él, con la ayuda de un antiguo guarda de la prisión, un tal Bebo, al que Sanchís pagó una suma considerable de dinero y proporcionó una vivienda con un alquiler muy ventajoso en el Pueblo Seco propiedad de Metrobarna, quien facilitó información a su benefactor acerca de varios presos más castigados por Valls durante sus años en Montjuic. Uno de ellos, David Martín, un escritor con serios problemas mentales que se había ganado el apodo de El Prisionero del Cielo entre los internos, resultó ser el candidato ideal para la trama que Sanchís estaba urdiendo. Martín habría desaparecido en extrañas circunstancias cuando Valls ordenó que dos de sus hombres se lo llevaran y le asesinaran en un caserón próximo al parque Güell. Martín habría conseguido escapar y Valls siempre tuvo el temor de que algún día ese hombre, que al parecer había terminado por perder la razón confinado en una celda de aislamiento en una de las torres del castillo, volviera para intentar vengarse de él porque le culpaba del asesinato de una mujer llamada Isabella Gispert. ¿Me sigues?

Alicia asintió.

—El plan de Sanchís era convencer a Valls de que existía una conspiración que amenazaba con hacer públicos sus abusos y crímenes cometidos contra presos bajo su mando. La mano negra detrás de todo ello sería la de Martín y la de otros antiguos prisioneros. Querían ponerle nervioso y forzarle a que saliera del cascarón de la seguridad que le confería su puesto y fuera a enfrentarse a ellos en persona. Ese sería el único modo de silenciarlos. Destruirlos antes de que le destruyeran a él.

—Pero no era más que un plan para hacerle caer en una trampa —apuntó Alicia.

—Un plan perfecto, porque cuando la policía investigase lo que encontraría serían los mimbres de una venganza personal y un asunto de dinero que el propio Valls se habría encargado de tapar por su cuenta. Salgado era el señuelo perfecto porque se le podía conectar fácilmente con otros presos y en especial con David Martín, la supuesta mano negra en la sombra. Aun así, Valls mantuvo la sangre fría durante años. Pero después del amago de atentado de 1956 en el Círculo de Bellas Artes de Madrid, perpetrado por Morgado, Valls empezó a perder los nervios. Permitió que Salgado fuera liberado para seguirle la pista, con la esperanza de que le condujese a Martín; pero Salgado fue eliminado cuando creía que iba a recuperar un antiguo botín que había dejado escondido en una taquilla de la Estación del Norte poco antes de su detención en 1939. Ya no resultaba útil y silenciarlo dejaría una pista muerta. Valls, además, cometió también errores y deslices importantes que crearon pistas falsas. Forzó al empleado de una de sus empresas, Editorial Ariadna, Pablo Cascos, a que contactase con miembros de la familia Sempere, con los que habría tenido alguna relación, concretamente con Beatriz Aguilar. Los Sempere son dueños de una librería de lance que Valls creía que Martín podría estar utilizando como refugio e incluso podrían haber sido cómplices al haber tenido él alguna relación con Isabella Gispert, esposa fallecida del dueño de la librería y madre del actual gerente y esposo de Beatriz, Daniel Sempere. Y sí, ahora puedes interrumpirme otra vez o te dará un patatús.

—¿Y los libros de Mataix? ¿Cómo se explica la presencia del libro que encontré oculto en su escritorio y que, como me dijo su hija Mercedes, había sido lo último que estuvo consultando antes de desaparecer?

—Parte de la misma estrategia. Mataix había sido amigo y colega de David Martín, y había estado preso en el castillo de Montjuic. Poco a poco la presión, las amenazas y la ilusión de una conspiración en la sombra pudieron con Valls, que decidió acudir en persona a Barcelona junto con su hombre de confianza, Vicente, a confrontar a quien creía que era su némesis, David Martín. La policía supone, y estoy de acuerdo, que Valls habría pensado que acudía a un encuentro clandestino con Martín con la idea de deshacerse de él definitivamente.

—Pero Martín estaba muerto hacía años, como Mataix.

—Exacto. Quienes le esperaban en realidad eran Sanchís y Morgado.

—¿No le habría resultado más fácil dejar que la policía fuera quien se encargase de David Martín?

—Sí, pero eso le habría expuesto a que Martín, a quien creía vivo, pudiera revelar al ser detenido información sobre la muerte de Isabella Gispert y sobre otros asuntos que habrían destruido la reputación de Valls.

—Tiene sentido, supongo. ¿Y entonces?

—Una vez capturado, Sanchís y Morgado trasladaron a Valls a la vieja fábrica Castells del Pueblo Nuevo, que lleva años cerrada pero es propiedad del consorcio inmobiliario de Metrobarna. Sanchís ha confesado que le torturaron durante horas y luego se deshicieron de su cuerpo en uno de los hornos de la fábrica. Mientras hablaba con Gil de Partera le ha llegado la confirmación de que la policía había hallado allí restos de huesos que creen que podrían ser los de Valls. Se han solicitado las radiografías dentales de Valls para comprobar si los restos en efecto son los del ministro, cosa que imagino que sabremos entre esta noche y mañana.

—¿El caso está cerrado entonces?

Leandro asintió.

—La parte que nos concierne, sí. Está por determinar si existían otros cómplices y hasta dónde llegaban las implicaciones de la trama urdida por Ignacio Sanchís.

—¿Y eso se va a comunicar a la prensa?

Leandro sonrió.

—Por supuesto que no. En estos momentos se celebra una reunión en Gobernación para determinar qué y cómo se anunciará. No conozco más detalles.

Reinó un largo silencio apenas interrumpido por los sorbos de té de Leandro, que no apartaba los ojos de Alicia.

—Todo esto es un error —murmuró ella por fin.

Leandro se encogió de hombros.

—Tal vez, pero ya no está en nuestra mano. La tarea para la cual se nos requirió, facilitar una pista que condujese al paradero de Valls, ha sido cumplida. Y ha dado fruto.

—No es verdad —protestó Alicia.

—Así lo entienden voces con mayor autoridad que la mía, y por supuesto que la tuya, Alicia. Lo que sería un error es no saber cuándo tiene uno que dejar estar las cosas. Ahora solo nos queda mantener la discreción y permitir que el asunto siga su curso natural.

—El señor Montalvo tiene razón, Alicia —dijo Vargas—. No hay nada más que podamos hacer.

—Parece que ya hemos hecho suficiente —contestó Alicia con frialdad.

Leandro sacudió la cabeza con desaprobación.

—Capitán, ¿le importaría concedernos unos minutos? —preguntó Leandro.

Vargas se levantó.

—Por supuesto. De hecho, voy a acercarme hasta mis habitaciones al otro lado de la calle para llamar a Jefatura y recibir mis órdenes.

—Creo que es una excelente idea.

Vargas evitó mirar a Alicia al cruzar frente a ella. Ofreció la mano a Leandro, que la estrechó afectuosamente.

—Muchísimas gracias por su ayuda, capitán. Y por cuidar tan bien de mi Alicia. Tengo una deuda de gratitud con usted. No dude en llamar a mi puerta para lo que sea.

Vargas asintió y se retiró con discreción. Una vez que estuvieron a solas, Leandro hizo un ademán a Alicia para que acudiese a sentarse a su lado en el sofá. Ella obedeció a regañadientes.

—Gran hombre, este Vargas.

—Y con una boca aún más grande.

—No seas injusta con él. Ha demostrado ser un buen policía. Me ha gustado.

—Creo que está soltero.

—Alicia, Alicia...

Leandro le rodeó los hombros con aire paternal y le dedicó un amago de abrazo.

—Anda, suéltalo antes de que revientes —la invitó—. Desahógate.

—Todo esto es una montaña de mierda.

Leandro la apretó contra sí con cariño.

—Estoy de acuerdo. Es una chapuza. No es la forma con que tú y yo hacemos las cosas, pero en Gobernación se estaban poniendo muy nerviosos. Y El Pardo dijo que hasta aquí habíamos llegado. Es mejor así. No me gustaría que hubieran empezado a pensar o a decir que éramos nosotros los que no estábamos obteniendo resultados.

—¿Y Lomana? ¿Ha reaparecido?

—Por el momento no.

—Es raro.

—Lo es. Pero ese es uno de los cabos sueltos que con toda probabilidad se irán resolviendo en los próximos días.

—Muchos cabos sueltos —apuntó Alicia.

—No tantos. Lo de Sanchís es sólido. Un asunto documentado, con mucho dinero y una traición personal de por medio. Tenemos una confesión y pruebas que la sostienen. Todo cuadra.

—Aparentemente.

—Gil de Partera, el ministro de Gobernación y El Pardo piensan que el caso está resuelto.

Alicia iba a decir algo pero se calló.

—Alicia, esto es lo que tú querías. ¿No lo ves?

—¿Lo que yo quería?

Leandro la miró a los ojos con tristeza.

—Tu libertad. Librarte de mí, del pérfido Leandro, para siempre. Desaparecer.

Ella le contempló fijamente.

—¿Lo dice de verdad?

—Te di mi palabra. Ese era el trato. Un último caso. Y luego, tu libertad. ¿Para qué crees que he querido venir a Barcelona? Todo esto lo habría podido resolver por teléfono sin salir del Palace. Ya sabes lo poco que me gusta viajar.

—¿Para qué ha venido entonces?

—Para vértelo en la cara. Y para decirte que soy tu amigo y siempre lo seré.

Leandro le tomó la mano y le sonrió.

—Eres libre, Alicia. Libre para siempre.

Los ojos de ella se llenaron de lágrimas. A su pesar, abrazó a Leandro.

—Pase lo que pase —dijo su mentor—, hagas lo que hagas, quiero que sepas que siempre estaré ahí. Para lo que necesites. Sin obligaciones ni compromisos. El ministerio me ha autorizado para que te haga una transferencia por importe de ciento cincuenta mil pesetas que tendrás en tu cuenta al final de esta semana. Sé que no me vas a necesitar ni a echar de menos, pero si no es mucho pedir, de vez en cuando, aunque solo sea por Navidad, llámame. ¿Lo harás?

Alicia asintió. Leandro la besó en la frente y se incorporó.

—Mi tren sale en una hora. Más vale que vaya tirando a la estación. No vengas a despedirme. De ninguna manera. No me gustan las escenas, ya lo sabes.

Ella le acompañó hasta la puerta. Justo cuando salía, Leandro se volvió y por primera vez en su vida le pareció que le acometían la timidez y el reparo.

—Nunca te he dicho lo que te voy a decir ahora, porque no sabía si tenía derecho, pero creo que ya puedo hacerlo. Te he querido y te quiero como a una hija, Alicia. Tal vez no he sabido ser el mejor de los padres, pero tú has sido la mayor alegría de mi vida. Deseo que seas feliz. Y esa, de verdad, es mi última orden.

# 5

Quería creerle. Quería creerle con esa ansia que confiere la sospecha de que la verdad hace daño y que los cobardes viven más y mejor, aunque sea en la prisión de sus propias mentiras. Se asomó a la ventana para contemplar cómo Leandro se dirigía hacia el coche que le esperaba en la esquina. Un chófer con gafas oscuras le sostenía la puerta abierta. Era uno de esos automóviles negros e imponentes, tanques de cristales sombreados y matrícula críptica que a veces se veían surcando el tráfico como carruajes funerarios y ante los que todo el mundo se apartaba porque sabían sin necesidad de preguntar que no llevaban a bordo a gente normal y que lo mejor era que pasaran de largo. Antes de subir al coche, Leandro se volvió un instante y alzó la vista hacia su ventana. La saludó con la mano, y cuando Alicia fue a tragar saliva se encontró con la boca seca. Quería creerle.

Pasó una hora encadenando un cigarrillo tras otro y deambulando por el piso como un animal enjaulado. Más de una vez y más de diez se aproximó a la ventana para otear al otro lado de la calle con la esperanza de ver a Vargas en sus habitaciones sobre el Gran Café. No había ni rastro de él. Había tenido tiempo de sobra para llamar a Madrid y recibir sus *órdenes*. Probablemente habría salido a caminar y a airear la cabeza por aquella Barcelona de la que pronto se iba a despedir. Lo último que debía de desear en aquel momento era estar en compañía de Alicia y exponerse a que le arrancase los ojos por habérselo contado todo a Leandro. *No tenía opción.* También le habría gustado creer eso.

Tan pronto como Leandro hubo partido empezó a sentir una punzada en la cadera. Al principio la había ignorado, pero ahora podía notar un dolor sordo batiendo con su pulso. La sensación era como si alguien estuviese intentando clavarle una alcayata en el costado golpeando con suavidad con un martillo. Podía imaginar la punta de metal arañando el esmalte del hueso y penetrando poco a poco. Se tragó media pastilla con otra copa de vino y se tendió en el sofá a esperar a que el fármaco surtiese efecto. Sabía que estaba bebiendo demasiado. No necesitaba la mirada de Vargas o de Leandro para recordárselo. Lo sentía en la sangre y en el aliento, pero era lo único que serenaba su ansiedad.

Cerró los ojos y empezó a desmenuzar el relato de Leandro. Él mismo le había enseñado cuando apenas era una cría a escuchar y a leer siempre con las luces puestas. «La elocuencia de una exposición es directamente proporcional a la inteligencia de quien la formula, del mismo modo que su credibilidad lo es a la estupidez de quien la recibe», le había dicho.

La confesión de Sanchís, en la versión referida por Gil de Partera a Leandro, era en apariencia perfecta, sobre todo porque no aparentaba serlo. Explicaba casi todo lo sucedido pero dejaba algunos cabos sueltos, como siempre ocurría con las explicaciones más verosímiles. La verdad nunca es perfecta y nunca cuadra con todas las expectativas. La verdad siempre plantea dudas y preguntas. Solo la mentira es creíble al cien por cien, porque no tiene que justificar la realidad sino sencillamente decirnos lo que queremos oír.

El compuesto empezó a hacer efecto a los quince minutos y el dolor disminuyó de forma paulatina hasta quedar reducido a un hormigueo punzante que estaba acostumbrada a ignorar. Alargó el brazo bajo el sofá y tiró de la caja que contenía la documentación que habían sustraído del guardamuebles del abogado Brians. No pudo evitar sonreír al pensar que Leandro había pasado la mañana reposando sus augustas posaderas sobre aquella información sin saberlo. Echó un vistazo a las carpetas que contenía la caja. Buena parte de todo aquello, o la parte que interesaba, ya había sido incorporada a la narrativa oficial del caso. Rebuscando en el fondo, sin embargo, recuperó el sobre que llevaba la palabra ISABELLA escrita a mano sin otra indicación. Lo abrió y extrajo del interior un cuaderno de apuntes. Desde la primera página se deslizó un pedazo de cartón fino. Era una fotografía antigua que empezaba a desvanecerse por los bordes. La imagen mostraba a una muchacha joven de cabello claro y mirada vivaz que sonreía a cámara con la vida por delante. Algo en aquel rostro le recordó al joven con el que se había cruzado al salir de la librería Sempere e hijos. Le dio la vuelta y reconoció la caligrafía del abogado Brians:

*Isabella*

Incluso el trazo y el modo en que Brians había obviado su apellido hablaban de una devoción íntima. Al abogado de las causas perdidas no solo le carcomía la conciencia, sino también el anhelo. Dejó la fotografía sobre la mesa y hojeó el cuaderno. Todas las páginas estaban escritas a mano, con un trazo pulcro y cristalino que era a todas luces femenino. Solo las mujeres escriben así de claro y sin ocultarse tras florituras absurdas. Al menos cuando lo hacen para sí mismas y para nadie más. Alicia regresó a la primera página y empezó a leer.

*Mi nombre es Isabella Gispert y nací en Barcelona en el año 1917. Tengo veintidós años y sé que nunca cumpliré los veintitrés. Escribo estas líneas en la certeza de que apenas me quedan unos días de vida y que pronto abandonaré a quienes más debo en este mundo: mi hijo Daniel y mi esposo Juan Sempere, el hombre más bondadoso que he conocido, quien me ha brindado una confianza, amor y devoción que moriré sin haber merecido. Escribo para mí misma, llevándome secretos que no me pertenecen y sabiendo que nunca nadie leerá estas páginas. Escribo para rememorar y aferrarme a la vida. Mi única ambición es poder recordar y comprender quién fui y por qué hice lo que hice mientras aún tenga la capacidad de hacerlo y antes de que la consciencia que ya siento debilitarse me abandone. Escribo aunque me duela porque la pérdida y el*

*dolor son lo único que me mantiene ya viva y me da miedo morir. Escri-*
*bo para contarles a estas páginas lo que no puedo contar a quienes más*
*quiero a riesgo de herirlos y poner su vida en peligro. Escribo porque*
*mientras sea capaz de recordar estaré con ellos un minuto más...*

Por espacio de una hora Alicia se perdió en las páginas de
aquel cuaderno, ajena al mundo, al dolor o a la incertidumbre
en que la había dejado la visita de Leandro. Por espacio de una
hora solo existió la historia que narraban aquellas palabras y
que, ya antes de pasar la última página, supo que no podría
olvidar jamás. Cuando llegó al final y cerró la confesión de
Isabella sobre el pecho tenía los ojos velados de lágrimas y no
acertó más que a ahogar un grito llevándose la mano a los labios.

Así la encontró Fernandito un rato después cuando, tras
llamar varias veces a su puerta y no obtener respuesta, abrió y
la vio hecha un ovillo en el suelo, llorando como nunca había
visto llorar a nadie. No supo qué hacer más que arrodillarse
junto a ella y abrazarla mientras Alicia gemía de dolor como
si alguien le hubiera prendido fuego por dentro.

# 6

Hay quien nace sin suerte, se dijo. Años soñando con poder
tenerla en sus brazos y cuando lo conseguía la escena era la más
triste de cuantas Fernandito hubiera podido imaginar. La sostuvo acariciándole suavemente la cabeza mientras se tranquilizaba. Fernandito no sabía qué más hacer o decir. Nunca la
había visto así. De hecho, nunca la había imaginado así. En
la fantasía que el chico había consagrado en el altar particular
de sus anhelos adolescentes, Alicia Gris era indestructible y dura

como un diamante que todo lo cortaba. Cuando al fin dejó de sollozar y alzó el rostro, Fernandito se encontró con una Alicia quebrada, los ojos enrojecidos y una sonrisa tan débil que parecía que iba a romperse en mil pedazos en un instante.

—¿Se encuentra mejor? —musitó.

Alicia le miró a los ojos y, sin aviso, le besó en los labios. Fernandito, que sintió fuegos y picores prendiendo en diversas áreas de su anatomía y un atontamiento general apoderándose de su cerebro, la detuvo.

—Señorita Alicia, creo que esto no es lo que quiere usted hacer ahora. Está confundida.

Ella bajó la cara y se relamió los labios. Fernandito supo que recordaría aquella imagen hasta el día de su funeral.

—Perdona, Fernandito —dijo incorporándose.

Él se levantó a su vez y entonces le ofreció una silla, que Alicia aceptó.

—Esto que quede entre nosotros, ¿vale?

—Claro —dijo él, pensando que de haberlo intentado tampoco hubiera sabido qué contar ni a quién.

Alicia miró a su alrededor y detuvo la mirada en una caja con botellas y comestibles anclada en mitad del comedor.

—Es el pedido —explicó Fernandito—. Se me ha ocurrido que era mejor volver con la compra por si estaba el señor de antes.

Alicia sonrió y asintió.

—¿Qué te debo?

—Invita la casa. No tenían Peralada, pero le he traído un Priorato que Manolo dice que está buenísimo. Yo de vino no entiendo. Aunque si me permite la sugerencia...

—No debería beber tanto. Ya lo sé. Gracias, Fernandito.

—¿Puedo preguntarle qué ha pasado?

Alicia se encogió de hombros.

—No estoy segura.

—Pero está mejor, ¿verdad? Diga que sí.

—Mucho mejor. Gracias a ti.

Fernandito, que dudaba de aquellas palabras, se limitó a asentir.

—La verdad es que había venido a explicarle lo que he averiguado —dijo.

Alicia, confusa, le miró inquisitivamente.

—Sobre el tipo ese que al me dijo que siguiera —aclaró—. ¿Sanchís?

—Me había olvidado de eso. Por desgracia creo que llegamos tarde.

—¿Lo dice por lo de la detención?

—¿Has visto cómo le detenían?

Fernandito hizo un gesto afirmativo.

—Esta mañana, temprano, me he plantado frente a sus oficinas en el paseo de Gracia, como usted me dijo. Había por allí un abuelillo simpático, un pintor callejero, que al verme vigilar la entrada me ha dado recuerdos para el capitán Vargas. ¿Trabaja él también para usted?

—Es un operativo independiente. Artistas. ¿Y qué ha pasado?

—A Sanchís le he reconocido porque ha salido muy trajeado y el pintor me ha confirmado que en efecto se trataba del sujeto en cuestión. Se ha subido a un taxi y le he seguido con la Vespa hasta la Bonanova. Vive en una casa de la calle Iradier, de esas que tiran de espaldas. Debe de tener buen ojo para los negocios, porque el barrio es fino, fino y la casa...

—Tiene buen ojo para los casamientos —dijo Alicia.

—Ya. Quién lo pillara. El caso es que al poco de llegar se han presentado un coche y una furgoneta de la policía y se ha bajado una tropa. Lo menos eran siete u ocho. Primero han rodeado la casa y luego uno de ellos, que iba hecho un dandi, ha llamado a la puerta.

—Y a todo eso ¿tú dónde estabas?

—A cubierto. Al otro lado de la calle hay un caserón en obras donde es fácil esconderse. Ya ve que tomo precauciones.

—¿Y entonces?

—A los pocos minutos han sacado a Sanchís esposado y en mangas de camisa. Protestaba, pero uno de los policías le ha dado con una porra detrás de las rodillas y se lo han llevado a rastras hasta la furgoneta. Los iba a seguir, pero me ha dado la impresión de que uno de los agentes, el que iba tan bien vestido, miraba hacia el caserón y me veía. La furgoneta se ha ido a toda prisa, pero el coche se ha quedado, aunque lo han movido a unos veinte metros, hasta la otra esquina de la calle Margenat, para que no se pudiera ver desde la casa. Por si las moscas, he decidido quedarme allí, escondido.

—Bien hecho. En situaciones así, nunca te expongas. Si pierdes el rastro, lo pierdes. Mejor eso que el cuello.

—Eso he pensado. Mi padre siempre dice que se empieza perdiendo el trasero y se acaba perdiendo la cabeza.

—Sabias palabras.

—El caso es que empezaba a ponerme nervioso y me estaba planteando irme de allí cuando un segundo coche se ha acercado a la puerta de la casa. Un Mercedes imponente. Se ha bajado un tipo de lo más raro.

—¿Raro?

—Llevaba una especie de máscara, como si le faltara media cara o algo así.

—Morgado.

—¿Le conoce?

—Es el chófer de Sanchís.

Fernandito asintió, entusiasmado de nuevo por los misterios de su adorada Alicia.

—Ya me ha parecido. La indumentaria era de alguien así. El caso es que ha descendido del coche y ha entrado en la casa. Un rato después ha salido otra vez, esta vez en compañía de una mujer.

—¿Cómo era la mujer?

—Joven. Como usted.

—¿Te parezco yo joven?

Fernandito tragó saliva.

473

—No me despiste. Era joven, como le digo. No más de treinta años, pero vestida como si fuera mayor. De señorona rica. Como no sabía quién era, le he puesto un apodo técnico: Mariona Rebull.

—No ibas desencaminado. Su nombre es Victoria Ubach, o Sanchís. Es la esposa del banquero detenido.

—Ya tenía pinta, ya. Estos facinerosos siempre se casan con una mucho más joven y mucho más rica.

—Ya sabes lo que tienes que hacer.

—Yo no valgo para eso. Volviendo a los hechos: los dos han subido al Mercedes. Ella iba delante, con el chófer, y eso me ha parecido raro. Tan pronto como han emprendido la marcha, el otro coche de la policía ha empezado a seguirlos.

—Y tú detrás.

—Por supuesto.

—¿Hasta dónde los has seguido?

—No muy lejos de allí. El Mercedes se ha metido por un montón de calles estrechas y señoriales, de esas que huelen a eucalipto y por las que solo se ven andando a chachas y jardineros, hasta llegar a la calle Cuatro Caminos y de allí a la avenida del Tibidabo, donde no se me ha tragado el tranvía azul porque Dios no lo ha querido.

—Tendrías que llevar casco.

—Tengo uno de soldado americano que compré en Los Encantes. Me queda que ni pintado. Le he puesto con rotulador gordo *Private Fernandito*, que en inglés no significa privado sino...

—Al grano, Fernandito.

—Disculpe. Los he seguido avenida del Tibidabo arriba, hasta donde acaba la ruta del tranvía.

—¿Iban a la parada del funicular?

—No. El chófer y la señora... Ubach han continuado por la calle que la rodea y se han metido con el coche en la casa que está en ese montículo justo encima de la avenida, la que parece un castillo de cuento de hadas y se ve desde casi todas partes. Debe de ser la casa más bonita de toda Barcelona.

—Lo es. El Pinar, se llama —dijo Alicia, que recordaba haberla visto mil veces de niña cuando salía del Patronato Ribas los domingos y se había imaginado viviendo en ella en compañía de una biblioteca infinita y una visión nocturna de la ciudad a sus pies como una alfombra de luces encantada—. ¿Y la policía?

—En el coche de la policía iban dos matones chusqueros que ponían cara de perro pachón. Uno de ellos se ha apostado a la puerta de la casa y el otro ha entrado en el restaurante La Venta a llamar por teléfono. He estado esperando allí cerca de una hora y no se ha producido movimiento alguno. Al final, cuando uno de los agentes me ha echado una mirada que no me ha gustado, me he venido para contarle lo que había pasado y aguardar sus órdenes.

—Has hecho un trabajo formidable, Fernandito. Tienes madera para esto.

—¿Usted cree?

—De *private* Fernandito te voy a ascender a *corporal*.

—Y eso ¿qué significa?

—Tira de diccionario, Fernandito. Al que no aprende idiomas el cerebro se le convierte en puré de coliflor.

—Lo que usted no sepa... ¿Cuáles son sus instrucciones entonces?

Alicia pensó unos segundos.

—Quiero que te cambies de ropa y te pongas una gorra. Luego regresas allí y vigilas. Pero deja la moto aparcada más lejos, no vaya a ser que el policía que te ha mirado la reconozca.

—La dejaré al lado de La Rotonda y me subiré en tranvía.

—Buena idea. Luego intenta ver qué pasa dentro de la casa, pero sin asumir ningún riesgo. Ninguno. A poco que te parezca que alguien te reconoce o se fija en ti más de la cuenta, te largas a escape. ¿Me has entendido?

—Perfectamente.

—En un par o tres de horas vuelve por aquí y me cuentas.

Fernandito se incorporó, listo para reintegrarse al deber.

—Y entretanto ¿usted qué va a hacer? —preguntó.

Alicia hizo un gesto que parecía dar a entender que iba a hacer un montón de cosas o ninguna.

—No irá a cometer una tontería, ¿verdad? —dijo Fernandito.

—¿Por qué dices eso?

El chico la miró con cierta consternación desde la puerta.

—No sé.

Esta vez Fernandito descendió la escalera a paso normal, como si cada peldaño le supiese a remordimiento. Ya a solas, Alicia guardó de nuevo el cuaderno de Isabella en la caja de debajo del sofá. Fue al baño y se lavó la cara con agua fría. Se desprendió de la ropa que llevaba y abrió el armario.

Seleccionó un vestido negro que, como Fernandito hubiera dicho, parecía salido del guardarropa de Mariona Rebull en una de sus noches de palco en el Liceo. Cuando Alicia cumplió los veintitrés, la edad a la que había muerto Isabella Gispert, Leandro le había dicho que le regalaría lo que quisiera. Ella le había pedido aquel vestido, que desde hacía dos meses admiraba en una *boutique* de la calle Rosellón, y unos zapatos franceses de ante a juego. Leandro se había gastado una fortuna sin rechistar. La vendedora, que no sabía ni se atrevía a preguntar si Alicia era la hija o la querida, le dijo que pocas mujeres podían vestir una pieza así. Al salir de la *boutique*, Leandro la llevó a cenar a La Puñalada, donde casi todas las mesas estaban ocupadas por aquello que caritativamente se denomina hombres de negocios, que se relamieron como gatos hambrientos al verla pasar para luego mirar con envidia a Leandro. «Te miran así porque creen que eres una furcia de lujo», dijo Leandro antes de brindar a su salud.

No se había vuelto a poner ese vestido hasta aquella tarde. Mientras dibujaba su personaje frente al espejo, perfilándose los ojos y acariciando su boca con el lápiz de labios, Alicia sonrió. «Eso es lo que eres, al fin y al cabo —se dijo—. Una furcia de lujo.»

Al salir a la calle decidió que iba a pasear sin rumbo, aunque en el fondo sabía que Fernandito tenía razón y que, tal vez, en realidad iba a cometer una tontería.

# 7

Aquella tarde, desoyendo al sentido común, Alicia bajó a la calle con la sospecha de adónde la llevarían sus pasos. Los comercios de la calle Fernando habían encendido ya sus luces y dibujaban trazos de colores sobre el empedrado. Un halo escarlata se desvanecía en el cielo y perfilaba las cornisas y los tejados en lo alto. La gente iba y venía de sus vidas en busca del metro, la compra o el olvido. Alicia se unió al flujo de caminantes y llegó hasta la plaza del Ayuntamiento, donde se cruzó con un escuadrón de monjas que desfilaban en perfecta formación como si se tratase de una migración de pingüinos. Alicia les sonrió y una de ellas, al verla, se santiguó. Siguió el río de caminantes por la calle del Obispo hasta dar con un grupo de turistas que iban, perplejos, tras un guía que les hablaba en un extraño vernáculo que tenía tantos puntos en común con el inglés como el canto de los murciélagos.

—Señor, *is this where they used to have the running of the bulls in times of the Romans?*

—*Lless, dis is de cazidral, mileidi, bat it is ounli oupeng after de flamenco xou.*

Alicia dejó atrás a los visitantes y cruzó bajo el venerable puente gótico de cartón piedra para dejarse envolver como ellos por el encanto de aquella ciudadela de porte medieval, buena parte de cuya escenografía tenía apenas diez años más que ella. ¡Qué piadosa era la ilusión y qué cálido el abrazo de la ignorancia! Pasado el puente, un fotógrafo cazador de sombras había dispuesto una formidable Hasselblad sobre un trípode y estudiaba el encuadre y la exposición perfectos para aquella estampa de cuento de hadas. Era un individuo de aspecto severo y mirada sagaz parapetada tras unas enormes gafas cuadradas que le conferían cierto aire a galápago sabio y paciente.

El fotógrafo reparó en su presencia y la observó con curiosidad.

—¿Le gustaría mirar por el objetivo, *mademoiselle?* —la invitó.

Alicia asintió tímidamente. El fotógrafo le mostró cómo debía hacerlo. Ella se asomó a los ojos del artista y rio ante la perfección del artificio de sombras y perspectiva que había tramado, reinventando un rincón por el que había pasado cientos o miles de veces en su vida.

—El ojo ve; la cámara observa —explicó el fotógrafo—. ¿Qué tal?

—Es una maravilla —admitió Alicia.

—Eso es solo la composición y la perspectiva. El secreto está en la luz. Tiene que mirar pensando que la luminosidad será líquida. La sombra aparecerá marcada con una ligera capa evanescente, como si hubiera llovido luz...

El fotógrafo tenía las trazas evidentes del profesional y Alicia se preguntó cuál sería el destino de aquella imagen. El galápago de la luz mágica le leyó el pensamiento.

—Es para un libro —explicó—. ¿Cómo se llama usted?

—Alicia.

—No se alarme, pero me gustaría fotografiarla, Alicia.

—¿A mí? ¿Por qué?

—Porque es usted una criatura de luz y sombra, como esta ciudad. ¿Qué me dice?

—¿Ahora? ¿Aquí?

—No. Ahora no. Hoy lleva algo encima que le pesa demasiado y que no la deja ser usted. Y eso la cámara lo capta. Al menos la mía. Quiero fotografiarla cuando se haya quitado usted ese peso de encima y la luz la pueda encontrar como es, no como la han hecho ser.

Alicia se sonrojó por primera y última vez en su vida. Nunca se había sentido tan desnuda como frente a la mirada de aquel peculiar personaje.

—Piénselo —dijo el fotógrafo.

Extrajo una tarjeta del bolsillo de la chaqueta y se la tendió sonriente.

---

**FRANCESC CATALÁ-ROCA**
Estudio Fotográfico desde 1947

Calle Provenza, 366. Bajos. Barcelona

---

Alicia se guardó la tarjeta y se alejó a toda prisa, dejando al maestro a solas con su arte y su ojo clínico. Se escondió entre el gentío que inundaba los alrededores de la catedral y apretó el paso. Enfiló Puerta del Ángel y no se detuvo hasta llegar a la esquina de Santa Ana y avistar el escaparate de la librería Sempere e hijos.

«Aún tienes tiempo de no estropearlo todo. Pasa de largo y sigue caminando.»

Se apostó al otro lado de la calle, al abrigo de un portal desde el cual podía ver el interior del establecimiento. Caía ese atardecer azul y sombrío del invierno en Barcelona que invita a desafiar al frío y echarse a callejear sin rumbo.

«Vete de aquí. ¿Qué crees que puedes hacer?»

Divisó a Bea atendiendo a un cliente. Junto a ella había un caballero ya maduro que Alicia intuyó que debía de ser su suegro, el señor Sempere. El pequeño Julián estaba sentado en el mostrador, apoyado en la caja registradora, absorto en un libro casi más grande que él que sostenía en las rodillas. Alicia sonrió. De repente emergió Daniel de la trastienda, portando una pila de libros que dejó sobre el mostrador. Julián levantó los ojos y miró a su padre, que le revolvió el pelo. El niño dijo algo y Daniel se rio. Se inclinó y plantó un beso en la frente del niño.

«No tienes derecho a estar aquí. Esta no es tu vida, ni esta tu familia. Lárgate y escóndete en el agujero del que has salido.»

Contempló a Daniel ordenando los libros que había dispuesto en el mostrador. Los estaba separando en tres montones, casi acariciándolos al sacarles el polvo y alinearlos nítidamente. Se preguntó cómo debía de ser el tacto de aquellas manos y aquellos labios en la piel. Se forzó a apartar la mirada y se alejó unos pasos. ¿Era acaso suyo el deber, o el derecho, de desvelar lo que sabía a quienes con seguridad vivirían más felices y seguros en la ignorancia? La felicidad, o lo más cercano a ella a que puede aspirar cualquier criatura pensante, la paz de espíritu, es aquello que se evapora por el camino que lleva del creer al saber.

«Una última mirada. Para decir adiós. Adiós para siempre.»

Antes de darse cuenta había regresado frente al escaparate de la librería. Casi estaba lista para marcharse cuando vio que el pequeño Julián, como si hubiera sentido su presencia, la estaba observando. Alicia se quedó inmóvil a media calle, la gente pasaba de largo esquivándola como si fuese una estatua. Julián, con una maña considerable, descendió del mostrador utilizando un taburete a modo de escalón. Sin que Daniel, que estaba preparando los paquetes con los libros, y Bea, que seguía atendiendo al cliente junto con su suegro, se percataran, Julián cruzó la librería hasta la puerta y la abrió. Se quedó mirándola desde el umbral y sonrió de oreja a oreja. Alicia negó. Julián echó a caminar hacia ella. Para entonces Daniel ya había reparado en lo que estaba sucediendo y sus labios dibujaron el nombre de su hijo. Bea se volvió y se lanzó a la calle. Julián había llegado a los pies de Alicia y se había abrazado a ella. Ella le tomó en brazos y así fue como los encontraron Bea y Daniel.

—¿Señorita Gris? —preguntó Bea, entre la sorpresa y la alarma.

Toda la amabilidad y bondad que había percibido en ella el día que la había conocido parecía haberse evaporado en ese momento al ver a aquella mujer extraña con su hijo en los brazos. Alicia le tendió al niño y tragó saliva. Bea abrazó a Julián con fuerza y respiró hondo. Daniel, que la miraba con una mezcla de fascinación y hostilidad, dio un paso al frente y se interpuso entre ella y su familia.

—¿Quién es usted?

—Es la señorita Alicia Gris —explicó Bea a su espalda—. Es clienta de la casa.

Daniel asintió, con una sombra de duda en su rostro.

—Lo siento mucho. No quería asustarlos así. El niño debe de haberme reconocido y...

Julián la seguía contemplando, encantado, ajeno a la inquietud de sus padres. Para acabar de complicarlo todo, se asomó a la puerta de la librería el señor Sempere.

—¿Me he perdido algo?

—Nada, papá, que Julián casi se nos escapa...

—La culpa es mía —dijo Alicia.

—¿Y usted es...?

—Alicia Gris.

—¿La señora del pedido? Pero, por favor, entre usted, que en la calle hace frío.

—Si en realidad ya me iba...

—De ninguna manera. Además ya veo que ha hecho buenas migas con mi nieto. No se crea que se va con cualquiera. Ni mucho menos.

El señor Sempere le sostuvo la puerta abierta y la invitó a pasar. Alicia intercambió una mirada con Daniel, que asintió, ya más tranquilo.

—Pase usted, Alicia —convino Bea.

Julián le tendió una mano.

—Ya ve que no tiene alternativa —dijo el abuelo Sempere.

Alicia hizo un gesto afirmativo y entró en la librería. El perfume a libros la envolvió. Bea había dejado a Julián en el suelo. El niño procedió a agarrarla de la mano y a guiarla hacia el mostrador.

—Enamorado le tiene usted —observó el abuelo—. ¿Dígame? ¿Nos conocemos?

—Solía venir aquí de niña, con mi padre.

Sempere la miró fijamente.

—¿Gris? ¿Juan Antonio Gris?

Alicia asintió.

—¡Santo Dios! No me lo puedo creer... ¿Cuántos años hace que no le veo, a él y a su esposa? Si pasaban por aquí casi todas las semanas... Dígame, ¿cómo están?

Alicia sintió la boca seca.

—Murieron. Durante la guerra.

El abuelo Sempere suspiró.

—Lo siento mucho. No lo sabía.

Alicia intentó sonreír.

—¿No le queda familia entonces?

Alicia negó. Daniel reparó en el brillo que inundaba los ojos de la joven.

—Papá, no interrogues a la señorita.

El abuelo Sempere estaba abatido.

—Su padre era un gran hombre. Y un buen amigo.

—Gracias —murmuró Alicia con un hilo de voz.

Se hizo un silencio demasiado largo y Daniel acudió al rescate.

—¿Le apetece una copita? Hoy es el cumpleaños de mi padre e invitamos a todos los clientes a un licor de la cosecha de nuestro Fermín.

—No se lo recomiendo —susurró Bea a su espalda.

—Por cierto, ¿dónde se ha metido Fermín? ¿No tendría que haber vuelto ya? —preguntó el abuelo.

—Tendría —intervino Bea—. Le he enviado a buscar champán para la cena, pero como no le da la real gana de ir al colmado de don Dionisio se ha ido a no sé qué tugurio al lado del Borne porque dice que Dionisio embotella vino de misa rancio con gaseosa y gotas de meados de gato para darle color. Y yo ya estoy harta de discutir con él.

—No se alarme —dijo el abuelo dirigiéndose a Alicia—. Nuestro Fermín es así. Dionisio era falangista de joven y Fermín no le deja pasar una. Antes se muere de sed que comprarle una botella de nada.

—Feliz cumpleaños. —Alicia sonrió.

—Oiga, ya sé que me dirá que no, pero... ¿por qué no se queda a cenar con nosotros? Vamos a ser un grupo grande, aunque... para mí sería un honor que la hija de Juan Antonio Gris estuviera con nosotros esta noche.

Alicia miró a Daniel, que le sonrió débilmente.

—Muchísimas gracias, pero...

Julián le agarró la mano con fuerza.

—Ya ve que mi nieto insiste. Ande, anímese. Estaremos en familia.

Alicia bajó la mirada, negando despacio. Sintió la mano de Bea en la espalda y la oyó murmurar:

—Quédese.

—No sé qué decir...

—No diga nada. Julián, ¿por qué no le enseñas a la señorita Alicia tu primer libro? Ya verá, ya verá...

El niño, ni corto ni perezoso, corrió a buscar un cuaderno que había emborronado con dibujos, garabatos e inscripciones incomprensibles. Se lo mostró entusiasmado.

—Su primera novela —dijo Daniel.

Julián la contemplaba expectante.

—Tiene muy buena pinta...

El pequeño batió palmas, contento con la acogida de la crítica. El abuelo Sempere, que debía de tener la edad que hubiera tenido su padre de seguir vivo, le dedicó a Alicia una mirada triste que parecía haberle acompañado durante toda su vida.

—Bienvenida a la familia Sempere, Alicia.

# 8

El tranvía azul ascendía despacio, una pequeña balsa de luz dorada abriéndose camino como un buque a través de la niebla nocturna. Fernandito viajaba en la plataforma trasera. Había dejado aparcada la Vespa junto al edificio de La Rotonda, tal como le había indicado Alicia. La vio desaparecer en la distancia y se asomó para enfrentar la larga avenida de palacios que flanqueaba el trayecto, castillos embrujados y desiertos amparados por arboledas, fuentes y jardines de estatuas en los que nunca se veía a nadie. Las grandes fortunas jamás están en casa.

En lo alto del paseo se avistaba la silueta de El Pinar. Su perfil catedralicio sobresalía entre jirones de nubes bajas. La casa dibujaba un sortilegio de torres, ángulos y mansardas serradas que reposaban sobre un montículo a modo de santuario desde el que podía contemplarse toda Barcelona y buena parte de la costa a norte y sur de la ciudad. Desde aquel promontorio, en días de cielo despejado probablemente se vislumbraba la silueta de la isla de Mallorca, pensó Fernandito. Aquella noche, empero, un manto de oscuridad densa rodeaba el edificio.

Fernandito tragó saliva. La misión que le había encomendado Alicia empezaba a inquietarle. Uno solo es un héroe cuando comienza a tener miedo, decía un tío suyo que se había dejado un brazo y un ojo en la guerra. El que se aventura al peligro sin miedo es solo un tontaina. No sabía si lo que Alicia esperaba de él era que fuese un héroe o un bobalicón. Puede que una sutil combinación de ambos, concluyó. El sueldo era inmejorable, cierto, pero la imagen de Alicia llorando desconsolada en sus brazos hubiera bastado para hacerle entrar de puntillas en el infierno, y pagando.

El tranvía lo dejó en lo alto de la avenida y se perdió de nuevo en la niebla, sus luces desvaneciéndose cuesta abajo en un espejismo de vapor. La plazoleta estaba desierta a aquellas horas. La luz de una farola solitaria dibujaba apenas las siluetas de dos coches negros apostados frente al restaurante La Venta. Policía, pensó Fernandito. Oyó entonces el rumor de un vehículo que se aproximaba y corrió a buscar un rincón oscuro junto a la estación del funicular. Al poco avistó las luces de un automóvil cortando la noche. El coche, que catalogó como un Ford, se detuvo a escasos metros del lugar en el que se ocultaba.

De él descendió uno de los individuos que había visto aquella misma mañana deteniendo al banquero Sanchís en su casa de la calle Iradier. Algo le hacía diferente de los demás. Respiraba un aire patricio, de buena cuna y gesto refinado. Vestía ropas de caballero de salón, el tipo de galas que se veían en los escaparates de Gales o Gonzalo Comella y que no cuadraban con el vestuario más modesto y utilitario de los otros agentes de paisano que le acompañaban. Los puños de su camisa estaban rematados por unos gemelos que relucían en la penumbra y llevaban el sello de plancha de alguna tintorería fina. Solo al cruzar bajo el halo de la farola pudo Fernandito apreciar que estaban salpicados de manchas oscuras. Sangre.

El policía se detuvo y se volvió hacia el coche. Por un instante, Fernandito creyó que había advertido su presencia y sintió que el estómago se le encogía al tamaño de una canica. El tipo se dirigió al chófer y le sonrió cortésmente.

—Luis, aquí tengo para un rato. Si quieres puedes irte ya. Acuérdate de limpiar el asiento de atrás. Ya te avisaré cuando te necesite.

—A sus órdenes, capitán Hendaya.

Hendaya extrajo un cigarrillo y lo encendió. Lo saboreó con calma y miró cómo el coche se alejaba avenida abajo. Parecía tocado de una extraña serenidad, como si no hubiera preocupación u obstáculo en el mundo que pudiese empañar aquel momento a solas consigo mismo. Fernandito le observaba enterrado en la sombra, temeroso hasta de respirar. El tal

Hendaya fumaba como un galán de película, haciendo de ello un ejercicio de estilo y presencia. Le dio la espalda y se aproximó al mirador desde el cual podía contemplarse la ciudad. Al rato, sin prisa, dejó caer la colilla al suelo, la extinguió de forma limpia con la punta de sus zapatos acharolados y se encaminó hacia la entrada de la casa.

Al ver que Hendaya rodeaba la calle que bordeaba El Pinar y se perdía de vista, Fernandito abandonó su escondite. Tenía la frente empapada de sudor frío. Valiente héroe se había buscado doña Alicia. Se apresuró tras los pasos de Hendaya, que había entrado en la finca a través de un arco abierto en el muro que limitaba el recinto. El portón, protegido por una verja metálica, exhibía la leyenda EL PINAR en el dintel y daba a lo que parecía un sendero de escalinatas que cruzaban el jardín hasta conducir a la casa. Fernandito se asomó y pudo apreciar la silueta de Hendaya ascendiendo sin prisa por la escalera y dejando un rastro de humo azul a su paso.

Esperó a verlo llegar a lo alto del camino. Un par de agentes habían salido a su encuentro y parecían estar dándole el parte de acontecimientos. Tras un breve intercambio, Hendaya entró en la casa seguido de uno de ellos. El otro se quedó apostado al pie de la escalinata, custodiando el acceso. Fernandito calibró sus opciones. No podía aproximarse por aquel camino sin ser visto. La imagen de la sangre en los puños de Hendaya no invitaba a exponerse un centímetro más de lo necesario. Se retiró unos pasos y estudió el muro que rodeaba el solar de la finca. La calle, una carretera estrecha que iba serpenteando por la ladera de la montaña, estaba desierta. Fernandito la recorrió hasta avistar lo que parecía la fachada posterior de la casa y se aupó al muro con cautela. Desde allí pudo asir una rama que sirvió de palanca para plantarse en la parte baja del jardín de la finca. Se le ocurrió entonces que tal vez hubiera perros que detectarían su rastro en cuestión de segundos, pero pasados unos instantes confirmó algo más inquietante. No había sonido alguno. No se movía una sola hoja entre los árboles ni se oía el susurro de pájaros o insectos. Aquel lugar estaba muerto.

La posición elevada del caserón sobre la colina proyectaba la ilusión de que la estructura quedaba más cerca de la calle de lo que estaba en realidad. Tuvo que escalar la ladera entre árboles y senderos anegados de arbustos hasta llegar al camino empedrado que ascendía desde la entrada principal. Una vez allí, siguió la senda hasta ganar la fachada posterior de la casa. Todas las ventanas estaban a oscuras excepto un par de pequeñas cristaleras en un recodo escondido entre la casa y la parte más elevada de la colina que daban a lo que intuyó que debían de ser las cocinas. Fernandito reptó hasta allí y, ocultando el rostro de la claridad que exhalaba la ventana, asomó la mirada al interior. La reconoció enseguida. Era la mujer que había visto salir de la casa del banquero Sanchís en compañía del chófer. Se hallaba postrada en una silla, extrañamente inmóvil, con el rostro ladeado, como si estuviese inconsciente. Sin embargo, sus ojos permanecían abiertos.

Solo entonces advirtió que estaba atada de pies y manos a la silla. Una sombra cruzó frente a ella y el chico comprobó que Hendaya y el otro policía habían entrado. Hendaya tomó una silla y se sentó frente a la que Fernandito supuso que era la esposa del banquero Sanchís. Le habló durante un par de minutos, pero la señora Sanchís no dio muestras de oírle. Mantenía la mirada apartada y se comportaba como si Hendaya no se encontrase allí. Al rato el policía se encogió de hombros. Posó los dedos con delicadeza en la barbilla de la esposa del banquero y orientó su rostro hacia el de él. Hendaya estaba hablándole de nuevo cuando la mujer le escupió en el rostro. Al instante el hombre le propinó una bofetada que la derribó al suelo, donde quedó abatida, sujeta a la silla. El agente que acompañaba a Hendaya, y otro en el que Fernandito no había reparado porque debía de haber estado apoyado en la pared donde se encontraba la ventana desde la que espiaba, se acercaron y colocaron de nuevo la silla. Hendaya se limpió la saliva de la cara con la mano y luego en la blusa de la señora de Sanchís.

A una señal de Hendaya, los dos agentes abandonaron las cocinas. Regresaron al poco portando esposado al chófer que Fernandito había visto aquella mañana recoger a la mujer del banquero. Hendaya asintió y los dos hombres le tendieron a la fuerza sobre una mesa de madera que ocupaba el centro de la cocina. Procedieron a atarle de pies y manos a las cuatro patas de la mesa. Hendaya, entretanto, se quitó la chaqueta y la dobló pulcramente sobre la silla. Se aproximó a la mesa y se inclinó sobre el chófer, al que arrancó la máscara que le cubría parte del rostro. Bajo la misma se ocultaba una terrible herida que había desfigurado la cara del hombre desde la barbilla hasta la frente y que evidenciaba que parte de la estructura ósea de su mandíbula y su pómulo había desaparecido. Una vez que el chófer estuvo inmovilizado, los dos agentes acercaron a la mesa la silla en la que estaba atada la esposa de Sanchís. Uno de ellos sujetó la cabeza de la mujer con las manos para que no pudiera desviar la mirada. Fernandito sintió que la náusea se apoderaba de él y notó el sabor de la bilis en los labios.

Hendaya se arrodilló junto a la mujer del banquero y le susurró algo al oído. Ella no despegó los labios, su rostro sellado en una máscara de rabia. El policía se incorporó. Extendió una mano abierta hacia uno de los agentes, que le tendió un arma. Entonces colocó una bala en la recámara y posó el cañón justo encima de la rodilla derecha del chófer. Miró por un instante a la mujer, expectante, y por último volvió a encogerse de hombros.

El estruendo del disparo y los alaridos del chófer atravesaron el cristal y los muros de piedra. Una neblina de sangre y hueso pulverizado salpicó la cara de la mujer, que empezó a gritar. El cuerpo del chófer se agitaba como si una corriente eléctrica lo estuviese sacudiendo. Hendaya rodeó la mesa, insertó otra bala en la recámara y apoyó de nuevo el cañón de la pistola sobre la rótula de la otra rodilla. Un charco de sangre y orina se extendía por la mesa, goteando sobre el suelo. Hendaya miró a la mujer por un segundo. Fernandito cerró los ojos y oyó el segundo disparo. Al oír los chillidos le venció la náusea y se encogió sobre sí mismo. El vómito le ascendió por la garganta y se le derramó por el pecho.

Estaba temblando cuando sonó el tercer disparo. El chófer ya no gritaba. La mujer en la silla tenía el rostro cubierto de lágrimas y sangre. Estaba balbuceando. Hendaya se arrodilló una vez más junto a ella y la escuchó mientras le acariciaba la cara y asentía. Cuando pareció haber oído lo que deseaba, se levantó y, sin apenas dedicarle una última mirada, disparó al chófer en la cabeza. Devolvió la pistola al agente y se dirigió a un fregadero que quedaba en un rincón para lavarse las manos. Luego se enfundó la chaqueta y el abrigo. Fernandito contuvo las arcadas y se retiró de la ventana, deslizándose hasta los arbustos. Intentó encontrar el camino de vuelta por la colina hasta el árbol que le había servido para saltar el muro. Estaba sudando como nunca lo había hecho, un sudor frío que le escocía en la piel. Le temblaban las manos y las piernas mientras ascendía el muro. Al saltar al otro lado cayó de bruces y vomitó de nuevo. Cuando creyó que ya no le quedaba nada en las entrañas, se tambaleó calle abajo. Cruzó frente al acceso por el que había visto entrar a Hendaya y oyó voces aproximándose. Apretó el paso y corrió hasta la plazoleta.


Un tranvía esperaba en la parada, un oasis de luz en la oscuridad. No había pasaje y tan solo estaban el revisor y el conductor, charlando y compartiendo un termo de café con que combatir el frío. Fernandito subió, ignorando la mirada del revisor.

—¿Joven?

Fernandito rebuscó en el bolsillo de la chaqueta y tendió unas monedas. El revisor le entregó el billete.

—Aquí no me irá a vomitar, ¿verdad?

El chico negó. Se sentó delante, junto a una ventana, y cerró los ojos. Intentó respirar hondo y conjurar la imagen de su Vespa blanca esperándole al pie de la avenida. Oyó una voz conversando con el revisor. El tranvía se balanceó levemente cuando un segundo pasajero le abordó. Fernandito escuchó sus pasos acercándose. Apretó los dientes. Entonces sintió su tacto. Una mano posándose en su rodilla. Abrió los ojos.

Hendaya le observaba con una sonrisa cordial.

—¿Te encuentras bien?

Fernandito se quedó mudo. Procuró mantener la mirada apartada de los puntos rojos que salpicaban el cuello de la camisa de Hendaya. Asintió.

—¿Estás seguro?

—Creo que he bebido de más.

Hendaya sonrió, comprensivo. El tranvía inició el descenso.

—Un poquito de bicarbonato con el zumo de medio limón. De joven, ese era mi secreto. Y luego a dormir.

—Gracias. Eso haré tan pronto como llegue a casa —dijo Fernandito.

El tranvía se deslizaba con infinita lentitud, acariciando la curva en forma de anzuelo que coronaba la avenida. Hendaya se reclinó en el asiento frente a Fernandito y le sostuvo la sonrisa.

—¿Vives lejos?

El chico negó.

—No. A veinte minutos en metro.

Hendaya se palpó el abrigo y extrajo lo que parecía un pequeño sobre de papel de un bolsillo interior.

—¿Un caramelo de eucalipto?

—No hace falta, gracias.

—Anda, coge uno —le animó Hendaya—. Te irá bien.

Fernandito aceptó un caramelo y empezó a pelarlo con dedos temblorosos.

—¿Cómo te llamas?

—Alberto. Alberto García.

Fernandito se metió el caramelo en la boca. No tenía saliva y se le pegó en la lengua. Forzó una sonrisa satisfecha.

—¿Qué tal? —preguntó Hendaya.

—Muy bueno, muchas gracias. Es verdad que va bien.

—Ya te lo decía. Dime, Alberto García, ¿puedo ver tu documentación?

—¿Perdón?

—La documentación.

Fernandito tragó la saliva que no tenía y empezó a rebuscar en sus bolsillos.

—No sé... Creo que me la debo de haber dejado en casa.

—¿Ya sabes que no se puede salir a la calle sin documentación?

—Sí, señor. Mi padre siempre me lo recuerda. Yo soy un poco desastre.

—No te preocupes. Me hago cargo. Pero que no se te olvide otra vez. Te lo digo por tu bien.

—No volverá a pasar.

El tranvía enfilaba ahora el tramo hasta la parada final. Fernandito avistó la cúpula del hotel de La Rotonda y un punto blanco que brillaba ante los faros del tranvía. La Vespa.

—Dime, Alberto. ¿Qué hacías por aquí a estas horas de la noche?

—He ido a visitar a un tío mío. El pobre está muy enfermo. Los médicos dicen que no va a durar nada.

—Lo siento mucho.

Hendaya extrajo otro de sus cigarrillos.

—No te molesta, ¿verdad?

Fernandito negó, ofreciendo su mejor sonrisa. Hendaya encendió el cigarrillo. La brasa de tabaco tiñó sus pupilas de cobre al prender. El muchacho sintió que aquellos ojos se le clavaban en la mente como agujas. «Di algo.»

—¿Y usted? —preguntó de repente—. ¿Qué hace por aquí a estas horas?

Hendaya dejó que el humo se filtrase entre sus labios. Tenía la sonrisa de un chacal.

—Trabajar —dijo.

Recorrieron los últimos metros del trayecto en silencio. Una vez que el tranvía se hubo detenido, Fernandito se incorporó y, tras ofrecer una cordial despedida a Hendaya, se encaminó hacia la parte de atrás. Descendió del tranvía y se dirigió hacia la Vespa sin prisa. Se arrodilló para abrir el candado. Hendaya le observaba con frialdad desde el estribo del tranvía.

—Creí que ibas a coger el metro para volver a casa —dijo.

—Bueno, quería decir que quedaba aquí cerca. A pocas paradas.

Fernandito se colocó el casco, como le había recomendado Alicia, y lo sujetó con la correa. Despacio, se dijo. La bajó del caballete con un empujoncito y recorrió sobre la acera el metro escaso que le separaba de la calzada. La sombra de Hendaya se dibujó frente a él y Fernandito sintió cómo la mano del policía se posaba en su hombro. Se volvió. Hendaya le sonreía con gesto paternal.

—Anda, bájate y dame las llaves.

Apenas se dio cuenta de que asentía y le tendía las llaves de la moto al policía con una mano temblorosa.

—Creo que es mejor que me acompañes a comisaría, *Alberto*.

# 9

El abuelo Sempere vivía en un pequeño piso justo encima de la librería que daba a la calle Santa Ana. Hasta donde la memoria de la familia alcanzaba, los Sempere siempre habían residido en aquel edificio. Daniel había nacido y crecido en aquel piso antes de mudarse al ático de la finca al casarse con Bea. Tal vez algún día Julián se instalaría en otro piso de la misma escalera. Los Sempere viajaban a través de los libros, no del mapa. La vivienda del abuelo Sempere dibujaba un hogar modesto y embrujado de recuerdos. Como tantas otras en la ciudad vieja, la casa resultaba vagamente lúgubre e insistía en mantener aquel mobiliario de aires decimonónicos tan barcelonés que protege a los inocentes de las ilusiones del presente.

Contemplando la escena, y con sus palabras todavía frescas en la memoria, Alicia no pudo evitar sentir la presencia de Isabella Gispert en esa misma estancia. Podía verla pisando las mismas baldosas y compartiendo lecho con el señor Sempere en aquel dormitorio diminuto que se entreveía al atravesar el pasillo. Alicia se detuvo un instante al pasar frente a la puerta entreabierta para imaginar a Isabella dando a luz a Daniel en aquella cama y muriendo envenenada en ella apenas cuatro años después.

—Ande, pase, Alicia, que le presento a los demás —la apremió Bea a su espalda al tiempo que entornaba la puerta del dormitorio.

Uniendo un par de mesas que cruzaban el comedor de punta a punta e invadían parte del pasillo, Bea había conseguido el milagro de acomodar a los once comensales convocados para celebrar el cumpleaños del patriarca. Daniel se había quedado abajo cerrando la librería mientras su padre, Julián y Bea acompañaban a Alicia escaleras arriba. Allí esperaba ya la Bernarda, esposa de Fermín, que había puesto la mesa y estaba dando los últimos golpes de cuchara a un guiso que olía a paraíso y medio.

—Bernarda, venga, que le presento a la señorita Alicia Gris.

La Bernarda se limpió las manos en el delantal y la envolvió en un abrazo.

—¿Sabe cuándo va a venir Fermín? —le preguntó Bea.

—Ay, señora Bea, frita me tiene el muy sinvergüenza con el cuento ese del vino espumoso de los meados que dice él. Usted disculpe, señorita Alicia, es que mi marido es más cabezón que un toro de lidia y no dice más que barbaridades. Usted no le haga ni caso.

—Pues como tarde mucho más ya me veo brindando con agua del grifo —dijo Bea.

—Nada de eso —proclamó una voz de dicción teatral desde el umbral del comedor.

El dueño de aquel sonoro instrumento resultó ser un vecino de la finca y amigo de la familia llamado don Anacleto, catedrático de instituto y, a decir de Bea, poeta a ratos libres. Don Anacleto procedió a besar la mano de Alicia con un ceremonial que se hubiera visto desfasado en la boda del káiser Guillermo.

—A sus pies, bella desconocida —saludó.

—Don Anacleto, no moleste a las visitas —cortó Bea—. ¿Dice que ha traído algo de beber?

Don Anacleto mostró dos botellas envueltas en papel de estraza.

—Hombre previsor vale por dos —dictaminó—. Habiéndome sensibilizado con la polémica suscitada entre Fermín y ese comerciante de ultramarinos devoto del fascio más rancio, he optado por venir pertrechado de sendos botellones de Anís del Simio a fin de solventar cualquier escasez momentánea de bebidas espirituosas.

—No es de cristianos brindar con anís —adujo la Bernarda.

Don Anacleto, que solo tenía ojos para Alicia, sonrió con aires de mundo dando a entender que semejantes consideraciones únicamente preocupaban a gentes de provincias.

—Bajo la influencia de Venus el brindis será entonces pagano —argumentó el catedrático guiñando el ojo a Alicia—. Y, dígame usted, damisela de formidable presencia, ¿me hará el honor de sentarse a mi lado?

Bea empujó al catedrático hasta la otra punta y rescató a Alicia del brete.

—Don Anacleto, vaya pasando y no me agobie a Alicia con la prosodia —advirtió—. Usted se me sienta allá al fondo. Y pórtese bien, que para criaturas ya tenemos a Julián.

Don Anacleto se encogió de hombros y procedió a dedicar sus parabienes al homenajeado mientras hacían entrada por la puerta dos invitados más. Uno era un caballero de buena planta, trajeado y perfilado como un figurín, que se presentó como don Federico Flaviá, relojero del barrio, y lució modales de precisión.

—Me encantan sus zapatos —le dijo—. Tiene que decirme de dónde son.

—Calzados Summun, en el paseo de Gracia —contestó Alicia.

—Claro. No podía ser de otra manera. Discúlpeme, que paso a felicitar al amigo Sempere.

A don Federico le acompañaba una joven de aire risueño llamada Merceditas que de forma clara y a todas luces ingenua, estaba prendada del elegante relojero. Cuando le presentaron a Alicia, la chica la miró de arriba abajo, calibrándola con alarma, y tras encomiarle su belleza, elegancia y estilo, corrió al lado de don Federico para mantenerle tan alejado de ella como fuese humanamente posible en aquel limitado espacio. Si el comedor parecía ya abarrotado, cuando Daniel entró por la puerta y tuvo que escurrirse entre los invitados la maniobrabilidad ya alcanzó visos de peligro. La última en llegar fue una muchacha que no debía de tener veinte años y que irradiaba la luminosidad y la belleza fácil de los muy jóvenes.

—Esta es Sofía, prima de Daniel —explicó Bea.

—*Piacere, signorina* —dijo la joven.

—En español, Sofía —la corrigió Bea.

Esta le contó que la chica era natural de Nápoles y estaba viviendo en casa de su tío mientras estudiaba en la Universidad de Barcelona.

—Sofía es sobrina de la madre de Daniel, que murió hace ya muchos años —murmuró Bea, que estaba claro que no quería mencionar a Isabella.

Alicia advirtió que el abuelo Sempere la abrazaba con una devoción y un aire de melancolía que dolían a la vista. No tardó en localizar una fotografía enmarcada en la vitrina del comedor donde reconoció a Isabella, vestida de novia, junto con un señor Sempere un millón de años más joven. Sofía era el vivo retrato de Isabella. Alicia observó de reojo que Sempere la contemplaba con tal adoración y tristeza que tuvo que apartar la mirada. Bea, a quien no se le había escapado que Alicia había establecido la conexión al ver el retrato nupcial de los Sempere, negó por lo bajo.

—No le hace ningún bien —dijo—. Es muy buena chica, pero no veo el momento de que se vuelva a Nápoles.

Alicia se limitó a asentir.

—¿Por qué no empiezan a sentarse? —ordenó la Bernarda desde la cocina—. Sofía, cariño, venga usted aquí y ayúdeme, que necesito un poco de juventud.

—Daniel, ¿y el pastel? —preguntó Bea.

Este resopló y puso los ojos en blanco.

—Me he olvidado... Ahora mismo bajo.

Alicia detectó que don Anacleto intentaba deslizarse procelosamente hacia su rincón del comedor y urdió una estrategia al instante. Al cruzar Daniel frente a ella rumbo a la puerta le siguió.

—Le acompaño. Al pastel invito yo.

—Pero...

—Insisto.

Bea los vio desaparecer por la puerta y se quedó con la mirada suspendida y el ceño fruncido.

—¿Todo bien? —preguntó la Bernarda a su lado.

—Sí, claro...

—Seguro que es una santa —murmuró la Bernarda—, pero yo no la quiero sentada al lado de mi Fermín. Y si me permite la observación, de Danielito, que es un trozo de pan bendito, tampoco.

—No diga tonterías, Bernarda. En algún sitio tendremos que sentarla.

—Quia, que yo sé lo que me digo.

Bajaron la escalera en silencio. Daniel abría camino. Al alcanzar el rellano, él se adelantó y le sostuvo la puerta de la calle.

—El horno está aquí mismo, casi en la esquina —dijo, como si no fuera obvio y el cartel luminoso de la pastelería no se alzase a escasos pasos de allí.

Al entrar en la pastelería la encargada alzó las manos al cielo en señal de alivio.

—Menos mal. Ya pensaba que no venías y que nos íbamos a tener que comer nosotras el pastel.

Su voz se desvaneció al detectar la presencia de Alicia.

—¿Qué le pongo, señorita?

—Vamos juntos, gracias —dijo Alicia.

La afirmación consiguió catapultar las cejas de la pastelera hasta medio frontispicio y arrancarle una mirada rebosante de malicia que corearon las dos asistentas asomadas tras el mostrador para la ocasión.

—Vaya con Danielito —murmuró una de ellas con aire zalamero—. Y parecía tonto.

—Gloria, cierra el pico y saca el pastel del señor Sempere —cortó la jefa, dando a entender que allí hasta el ejercicio de la maledicencia se atenía al orden jerárquico.

La otra asistenta, criatura de aire gatuno y consistencia rolliza que parecía el resultante de la ingesta del excedente de melindros y cremas del establecimiento, le observaba con deleite y saboreaba su azoramiento.

—Felisa, ¿no tienes nada mejor que hacer? —le preguntó la jefa.

—No.

Para entonces Daniel había alcanzado ya la coloración de la grosella madura y no veía el momento de salir de allí, con o sin pastel. El dúo de reposteras no dejaban de disparar miradas a Alicia y a Daniel que hubieran podido cocer buñuelos al vuelo. Gloria apareció finalmente con el pastel, una pieza de concurso a la que la trinidad de reposteras empezó a proteger con arquivoltas de cintas de cartón para luego consagrarlo a una gran caja de color rosado.

—Nata, fresa y mucho chocolate —dijo la pastelera—. Las velas te las pongo dentro.

—Mi padre adora el chocolate —explicó Daniel a Alicia como si hiciese falta la aclaración.

—Vigila con el chocolate, que saca los colores, Daniel —atizó Gloria la maliciosa.

—Y da brío —remató Felisa.

—¿Qué se debe?

Alicia se adelantó y colocó un billete de veinticinco pesetas en el mostrador.

—Y además invita... —murmuró Gloria.

La pastelera en jefe contó el cambio con parsimonia y se lo entregó a Alicia de moneda en moneda. Daniel asió la caja del pastel y se dirigió a la puerta.

—Recuerdos a Bea —lanzó Gloria.

Las risas de las pasteleras los acompañaron mientras salían a la calle, las miradas clavadas en ellos como fruta macerada en una coca de Pascua.

—Mañana será usted famosa en todo el barrio —pronosticó Daniel.

—Espero no haberle metido en un lío, Daniel.

—No se preocupe. Por lo general para meterme en líos ya me apaño yo solito. No haga caso a ese trío de medusas. Fermín dice que se les ha subido el merengue a la cabeza.

Esta vez Daniel le cedió el paso en la escalera y dejó que Alicia recorriera un vuelo entero de peldaños antes de seguirla. Claramente no tenía interés alguno en subir dos pisos con los ojos encallados en su juego de caderas.

La llegada del pastel fue celebrada con aplausos y vítores propios de una gran victoria deportiva. Daniel mostró la caja en alto al respetable como si se tratase de una medalla olímpica y lo llevó a la cocina. Alicia advirtió que Bea le había reservado silla entre Sofía y el pequeño Julián, que estaba sentado al lado de su abuelo. Ocupó su plaza, consciente de que la concurrencia la miraba de reojo. Cuando Daniel regresó de la cocina se sentó en la otra punta de la mesa, junto a Bea.

—¿Sirvo entonces ya la sopa o esperamos a Fermín? —preguntó la Bernarda.

—La sopa boba no espera a héroes —proclamó don Anacleto.

Empezaba la Bernarda a llenar platos soperos cuando se oyó un estruendo tras la puerta y el eco de varios envases de cristal aterrizando con contundencia. A los pocos segundos se materializó un Fermín triunfante portando dos botellas de champán en cada mano, que se habían salvado de milagro.

—Fermín, que nos tenía usted a moscatel rancio... —protestó don Anacleto.

—Vacíen vuesas mercedes ese vil brebaje que mancilla sus copas, pues acaba de llegar el manisero de la viña para facer justicia al paladar con unos caldos que les harán orinar flores —profirió Fermín.

—¡Fermín! —advirtió la Bernarda—. ¡Esa lengua!

—Pero, capullito de alhelí, si en esta vera el orinar a sotavento es tan natural y placentero como el...

La locuacidad y rapsodia de Fermín se congelaron al instante. Este, petrificado, contemplaba a Alicia como si acabase de ver un espectro regresado de ultratumba. Daniel le agarró del brazo e hizo que se sentara a la fuerza.

—Venga, a cenar se ha dicho —dictaminó el señor Sempere, a quien el lapsus de Fermín tampoco había pasado desapercibido.

El ballet de copas, risas y pullas fue apoderándose de la cena. Fermín, que sostenía la cuchara vacía en la mano y no cesaba de mirar a Alicia, estaba callado como una tumba. Alicia fingía no advertirlo, pero incluso Bea empezaba a mostrarse incómoda. Daniel le pegó un codazo a Fermín y le susurró algo con apremio. Este sorbió una cucharada de sopa, tenso. Afortunadamente, si bien el verbo del asesor bibliográfico de

Sempere e hijos había quedado acallado ante la presencia de Alicia, el de don Anacleto estaba viviendo una segunda juventud merced al champán y pronto recibieron todos el obsequio de su habitual análisis de la actualidad del país.

El catedrático, que se veía a sí mismo como heredero sentimental y portador de la llama eterna de don Miguel de Unamuno, con quien guardaba cierto parecido físico y amplio pedigrí salmantino, procedió a glosar como era su costumbre un panorama de corte apocalíptico que anunciaba el inminente hundimiento de la península Ibérica en los océanos de la más negra ignominia. Fermín, que por lo general le llevaba la contraria por deporte y gustaba de sabotear sus improvisadas tertulias y debates con dardos envenenados del tipo «el índice de tertulianismo de una sociedad es inversamente proporcional al de su solvencia intelectual: cuando solo se habla por hablar, poco se piensa y aún menos se hace», andaba tan taciturno que el catedrático, sin rivales ni contestatarios, intentó buscarle las cosquillas.

—Y es que los dirigentes de este país ya no saben qué hacer para lavarle el cerebro a la gente. ¿No le parece a usted, Fermín?

El aludido se encogió de hombros.

—No sé para qué se molestan. En la mayoría de los casos con un ligero enjuagado va que se mata.

—Ya salió el anarquista —saltó la Merceditas.

Don Anacleto sonrió complacido al ver que por fin había prendido la chispa del debate, su afición predilecta. Fermín resopló.

—Mire, Merceditas, porque me consta que empieza y termina usted la lectura del periódico por el horóscopo y hoy celebramos la efemérides del prócer de la casa...

—Fermín, ¿me pasa el pan, por favor? —cortó Bea para mantener la fiesta en paz.

Fermín asintió y se batió en retirada. Don Federico, el relojero, salió al rescate del tenso silencio.

—Y díganos, Alicia, ¿cuál es su profesión?

La Merceditas, que no acababa de ver de buen grado la deferencia y atención que todos concedían a la invitada sorpresa, se echó al ruedo.

—¿Y por qué debería una mujer tener una profesión? ¿Es que no resulta suficiente con cuidar de la casa, de su marido y sus hijos tal y como nos enseñaron nuestros padres que debe ser?

Fermín iba a decir algo pero la Bernarda le puso la mano sobre la muñeca y se mordió la lengua.

—Bueno, pero la señorita Alicia está soltera. ¿No es así? —insistió don Federico.

Alicia asintió decorosamente.

—¿Ni siquiera un novio? —preguntó don Anacleto, incrédulo.

Ella sonrió modesta, negando.

—¡Esto es el acabose! Prueba indeleble de que no hay ya mancebos en este país que valgan la pena. Si yo tuviera veinte años menos... —dijo don Anacleto.

—Échele mejor cincuenta menos —precisó Fermín.

—La hombría no tiene edad —replicó don Anacleto.

—No mezclemos la épica con la urología.

—Fermín, que hay menores en la mesa —advirtió el señor Sempere.

—Si lo dice por la Merceditas...

—Con lejía se tendría usted que lavar la boca y el pensamiento, o terminará en el infierno —condenó la Merceditas.

—Todo eso que me ahorraré en calefacción.

Don Federico alzó las manos para silenciar el debate.

—A ver..., que entre unos y otros no la están dejando hablar.

Se hizo la calma y todos miraron a Alicia.

—Entonces —invitó de nuevo don Federico—, nos iba usted a contar a qué se dedica...

Alicia observó a la audiencia, todos ellos pendientes de sus palabras.

—La verdad es que hoy era mi último día en el trabajo. Y no sé qué voy a hacer a partir de ahora.

—Algo tendrá pensado —apuntó el señor Sempere.

Ella bajó el rostro.

—Había pensado que me gustaría escribir. O al menos intentarlo.

—¡Bravo! —celebró el librero—. Será usted nuestra Laforet.

—Mejor diga nuestra Pardo Bazán —intervino don Anacleto, que era del extendido sentir nacional según el cual un literato vivo, a menos que estuviera en los últimos estertores y no se aguantara ni las pestañas, no merecía estima alguna—. ¿No concurre usted, Fermín?

Este los miró a todos y luego posó la mirada en Alicia.

—Concurriría, querido amigo, si no fuese porque me da a mí que la Pardo Bazán se veía en el espejo con cierto aire de perro pachón y aquí nuestra *señorita Gris* tiene más aspecto de heroína de las tinieblas y no acabo de ver claro que se refleje del todo en el espejo.

Se hizo un profundo silencio.

—¿Y eso qué se supone que significa, sabelotodo? —increpó la Merceditas.

Daniel agarró a Fermín del brazo y se lo llevó a rastras a la cocina.

—Significa que si los hombres tuviesen el cerebro la mitad de grande que la bocaza, por no decir otra cosa, este mundo funcionaría mucho mejor —dejó caer Sofía, que hasta entonces había parecido estar en Babia o en ese turbio país del pensamiento que solo habitan los muy jóvenes y los iluminados.

El señor Sempere volvió la mirada hacia aquella sobrina que la vida le había enviado para bendecirle o martirizarle sus años dorados y, como tantas veces, creyó estar viendo y oyendo por un instante a su Isabella a través del océano del tiempo.

—¿Es eso lo que enseñan ahora en la Facultad de Letras? —preguntó don Anacleto.

Sofía se encogió de hombros, regresando a su limbo.

—Válgame Dios qué mundo nos espera —vaticinó el catedrático.

—No se apure, don Anacleto. El mundo es siempre el mismo —le tranquilizó el señor Sempere—. Y la verdad es que no espera a nadie y pasa de largo a la primera de cambio. ¿Qué tal un brindis por el pasado, el futuro y los que estamos entre el uno y el otro?

El pequeño Julián alzó su vaso de leche con entusiasmo, secundando la propuesta.

Entretanto Daniel había acorralado a Fermín en un rincón de la cocina, lejos de la vista y los oídos de los comensales.

—¿Se puede saber qué mosca le ha picado, Fermín? Porque por lo menos es del tamaño de una sandía.

—Esa mujer no es lo que dice ser, Daniel. Aquí hay gato encerrado.

—¿Y qué es, si puede saberse?

—No lo sé, pero voy a averiguar qué turbio ardid se lleva entre manos. Lo huelo desde aquí, como el perfume ese de baratillo que se ha puesto la Merceditas para ver si aturde al relojero y le hace cruzar a la otra acera.

—¿Y cómo piensa averiguarlo?

—Con su ayuda.

—Ni hablar. A mí no me líe.

—No se deje atontar por esos efluvios de vampiresa. Esta es una lagarta como me llamo Fermín.

—Le recuerdo que la lagarta es la invitada de honor de mi señor padre.

—¡Aaaah...! ¿Y se ha preguntado usted cómo ha devenido esa conveniente casualidad?

—No lo sé. Ni me importa. Las casualidades no se cuestionan.

—¿Habla su parco intelecto o sus glándulas pospubescentes?

—Habla el sentido común, que a usted se lo debieron de extirpar el mismo día que la vergüenza.

Fermín rio con sarcasmo.

—Es para nota —sentenció—. Se ha camelado al padre y al hijo a la vez, y con su señora esposa de cuerpo serrano y presente.

—Deje de decir majaderías, que nos van a oír.

—Que me oigan —exclamó Fermín alzando el tono—. Alto y claro.

—Fermín, se lo suplico. Tengamos el cumpleaños de mi padre en paz.

Fermín apretó las cejas y los labios.

—Con una condición.

—De acuerdo. ¿Cuál?

—Que me ayude a desenmascararla.

Daniel puso los ojos en blanco y suspiró.

—¿Y cómo propone conseguirlo? ¿A golpe de más versos alejandrinos?

Fermín bajó la voz.

—Tengo un plan...

Fiel a su promesa, Fermín exhibió un comportamiento ejemplar durante el resto de la cena. Rio las gracias de don Anacleto, trató a la Merceditas como si fuera Madame Curie y de vez en cuando dedicó miradas de monaguillo a Alicia. Llegado el momento de los brindis y de cortar el pastel, Fermín lanzó una encendida perorata que tenía preparada a modo de glosa del personaje del día que arrancó un aplauso y un sentido abrazo del homenajeado.

—Mi nieto me va a ayudar a soplar las velas, ¿verdad, Julián? —anunció el librero.

Bea apagó las luces del salón y, por unos instantes, quedaron todos al amparo de la luz parpadeante de las velas.

—Formule un deseo, amigo mío —recordó don Anacleto—. A ser posible en forma de viuda rolliza y rebosante de vitalidad.

La Bernarda retiró sutilmente la copa de champán del catedrático y la sustituyó por un vaso de agua mineral, intercambiando una mirada con Bea, que asintió.

Alicia contemplaba aquel espectáculo casi en trance. Fingía

una serenidad amable, pero el corazón le latía con fuerza. Nunca había estado en una reunión como aquella. Casi todos los cumpleaños que recordaba los había pasado con Leandro o a solas, por lo general escondida en un cine, el mismo en que se encerraba todas las noches de fin de año para maldecir aquella manía que tenían de interrumpir la película y encender las luces durante diez minutos a medianoche antes de reanudar la proyección, como si no fuese suficiente escarnio pasar la noche allí, en un patio de butacas desierto con seis o siete almas solitarias a las que nadie esperaba en ningún sitio y tuvieran que escupírselo en la cara. Aquella sensación de camaradería, de pertenencia y de cariño que iba más allá de las bromas y las discusiones era algo que no sabía cómo digerir. Julián le había tomado la mano por debajo de la mesa y se la apretaba con fuerza, como si de todos los presentes solo un niño de pocos años pudiera comprender cómo se sentía. De no haber sido por él se hubiera echado a llorar.

Pasados los últimos brindis, cuando la Bernarda ofreció cafés o tés y don Anacleto empezó a repartir puros, Alicia se incorporó. Todos la contemplaron, sorprendidos.

—Quería agradecerles a todos su hospitalidad y su amabilidad. Y muy especialmente a usted, señor Sempere. Mi padre siempre le tuvo en gran aprecio y sé que sería muy feliz sabiendo que he podido compartir con ustedes esta noche tan especial. Muchas gracias.

La miraron todos con lo que le pareció lástima, o tal vez solo veía en los ojos de los demás lo que sentía ella por dentro. Le dio un beso al pequeño Julián y se encaminó hacia la puerta. Bea se levantó de la mesa y la siguió con la servilleta aún en la mano.

—La acompaño, Alicia...

—No, por favor. Quédese con su familia.

Antes de salir cruzó frente a la vitrina y echó un último vistazo a la fotografía de Isabella. Suspiró con alivio y desapareció escaleras abajo. Necesitaba salir de aquel lugar antes de empezar a creer que podía llegar a ser el suyo.

La marcha de Alicia propició una marea de murmuraciones entre los comensales. El abuelo Sempere había sentado a Julián en sus rodillas y le observaba.

—¿Ya te has enamorado? —le preguntó.

—Creo que es hora de que nuestro pequeño Casanova se vaya a dormir —dijo Bea.

—Y de que yo me aplique el cuento —añadió don Anacleto levantándose de la mesa—. Ustedes, los jóvenes, quédense de guateque, que la vida es breve...

Daniel iba a suspirar aliviado cuando Fermín le sujetó del brazo y se levantó.

—Ande, Daniel, si nos habíamos olvidado de subir aquellas cajas del sótano.

—¿Qué cajas?

—Aquellas cajas.

Los dos se escurrieron hacia la puerta ante la mirada entre somnolienta y sorprendida del librero Sempere.

—Cada vez entiendo menos a esta familia —dijo.

—Pensaba que yo era la única —murmuró Sofía.


Al salir del portal, Fermín echó un vistazo al pasaje azul que proyectaban las farolas sobre la calle Santa Ana e indicó a Daniel que le siguiera.

—¿Adónde cree que vamos a estas horas de la noche?

—A la caza de la vampiresa —contestó Fermín.

—Ni hablar.

—Venga, no se haga el longuis que se nos escabulle...

Sin esperar respuesta, Fermín partió raudo rumbo a la esquina de Puerta del Ángel. Allí se refugió bajo la marquesina de Casa Jorba y oteó la penumbra nocturna punteada de nubes bajas que reptaban entre los terrados. Daniel se unió a él.

—Hela ahí, cual serpiente del paraíso.

—Por Dios, Fermín, no me haga esto.

—Oiga, que yo me he portado. ¿Es usted un hombre de palabra o un calzonazos?

Daniel maldijo su suerte y ambos, regresando a sus tiempos perdidos de detectives de segunda, se echaron tras el rastro de Alicia Gris.

## 10

Fueron tras ella bordeando el perfil de portales y marquesinas que conducía a la avenida de la Catedral. Allí se abría un ágora en perspectiva que había quedado tendida frente al templo cuando los bombardeos de la guerra habían pulverizado la antigua barriada que la había ocupado. Una luna líquida salpicaba el empedrado y la silueta de Alicia dejaba una estela de sombra en el aire.

—¿Se ha dado cuenta? —preguntó Fermín mientras la observaban enfilar la calle de la Paja.

—¿De qué?

—De que nos están siguiendo.

Daniel se volvió para escrutar la penumbra plateada que pintaba las calles.

—Allí. Bajo el portal de la juguetería. ¿Lo ve?

—No veo nada.

—La brasa de un cigarro.

—¿Y...?

—Que nos lleva siguiendo desde que hemos salido.

—¿Y para qué nos iba a querer seguir?

—A lo mejor no nos sigue a nosotros. A lo mejor la sigue a ella.

—Esto cada vez tiene menos sentido, Fermín.

—Al contrario. Cada vez está más claro que aquí hay tela para dar y cortar.

Siguieron el rastro de Alicia por la calle Baños Nuevos, un angosto valle de edificios centenarios que parecían converger sobre el trazado serpenteante en un abrazo de tinieblas.

—¿Adónde irá? —murmuró Daniel.

No tardaron en obtener respuesta. Alicia se detuvo frente a un portal de la calle Aviñón, delante del Gran Café. La vieron entrar en la finca. Pasaron de largo y buscaron refugio un par de portales más abajo.

—Y ahora ¿qué?

Por toda respuesta Fermín señaló hacia los bajos de La Manual Alpargatera. Daniel se percató de que su amigo estaba en lo cierto. Los estaban siguiendo, a ellos o a Alicia. Oculto bajo los arcos de la entrada a la tienda de alpargatas se podía distinguir una silueta menuda envuelta en un abrigo y tocada con un bombín de mercadillo.

—Al menos parece poca cosa —estimó Fermín.

—Y eso ¿qué tiene que ver?

—Es una ventaja en el caso de que tenga usted que liarse a sopapos con él.

—Mira qué bien. Y ¿por qué tengo que ser yo?

—Porque usted es el más joven y para zurrarse lo que cuenta es la fuerza bruta. Yo ya aporto la visión estratégica.

—No tengo intención de zurrarme con nadie.

—No sé a qué vienen tantos remilgos, Daniel. Al fin y al cabo ya demostró usted en una ocasión su ardor guerrero al partirle la cara al soplanalgas de Cascos Buendía en el Ritz. No crea que me olvido.

—No fue mi mejor momento —admitió Daniel.

—No se disculpe. Le recuerdo que el muy gorrino estaba enviando cartas de amor a su señora esposa para camelársela por orden de la sabandija esa de Valls. Sí, sí, la misma sabandija que ha estado usted rastreando en la hemeroteca del Ateneo desde la primavera pasada aunque se crea que no me entero.

Daniel bajó la mirada, abatido.

—¿Algún secreto más que no sepa usted?

—¿No se ha preguntado por qué demonios hace tiempo que no se ve a Valls por ningún sitio?

—Todos los días —aceptó Daniel.

—¿O adónde fue a parar el botín que tenía escondido Salgado en la Estación del Norte?

Daniel asintió.

—¿Quién nos dice que esta pájara no trabaja también para Valls?

Daniel cerró los ojos.

—Usted gana, Fermín. ¿Qué hacemos?


Al llegar a su puerta, Alicia vio una línea de luz bajo el umbral y reconoció el aroma de los cigarrillos de Vargas en el aire. Entró sin decir nada y dejó el bolso y el abrigo sobre la mesa del comedor. Vargas, frente a la ventana y de espaldas a la puerta, fumaba en silencio. Ella se sirvió una copa de vino blanco y se sentó en el sofá. En su ausencia, Vargas había rescatado la caja con los documentos sustraídos del almacén del abogado Brians de debajo del sofá. El cuaderno de Isabella Gispert descansaba sobre la mesa.

—¿Dónde se ha metido todo el día? —preguntó Alicia al fin.

—Caminando por ahí —respondió Vargas—. Intentando aclarar la cabeza.

—¿Y lo ha conseguido?

Él se volvió y la contempló con expresión de recelo.

—¿Me va a perdonar por haberle contado todo a Leandro?

Alicia saboreó un trago de vino y se encogió de hombros.

—Si busca confesor hay una iglesia antes de llegar a las Ramblas. Creo que hacen turnos hasta medianoche.

Vargas bajó la mirada.

—Si le sirve de consuelo, me ha dado la impresión de que Leandro ya sabía la mayor parte de lo que le he dicho. Que solo necesitaba una confirmación.

—Eso siempre pasa con Leandro —dijo Alicia—. Uno no le desvela nada, simplemente le aclara algún detalle.

Vargas suspiró antes de proseguir.

—No tenía elección. Él ya se olía algo. Si no le hubiese dicho lo que habíamos averiguado la habría puesto a usted en evidencia.

—A mí no me tiene que dar explicaciones, Vargas. Lo hecho, hecho está.

El silencio se fue espesando.

—¿Y Fernandito? —preguntó Alicia—. ¿No ha vuelto?

—Pensaba que estaría con usted.

—¿Qué más no me está contando, Vargas?

—Sanchís...

—Suéltelo.

—Está muerto. Un paro cardíaco mientras le transportaban de Jefatura al hospital Clínico. Eso dice el parte.

—Hijos de puta... —murmuró Alicia.

El policía se desplomó en el sofá a su lado. Se miraron en silencio. Ella rellenó su copa de vino y se la tendió. Vargas la apuró de un sorbo.

—¿Cuándo tiene que volver a Madrid?

—Me han dado cinco días de permiso —dijo Vargas—. Y un bono de cinco mil pesetas.

—Felicidades. A lo mejor quiere que nos lo pateemos yendo de excursión a Montserrat. El que no ha tocado la Moreneta no sabe lo que se pierde.

Vargas sonrió con tristeza.

—La voy a echar de menos, Alicia. Aunque no se lo crea.

—Claro que me lo creo. Pero no se haga ilusiones, que yo a usted no.

Vargas sonrió para sí.

—Y usted ¿dónde ha estado?

—De visita en casa de los Sempere.

—¿Y eso?

—Una fiesta de cumpleaños. Una larga historia.

Vargas hizo un gesto afirmativo, como si aquello tuviese todo el sentido del mundo. Alicia señaló el cuaderno de Isabella.

—¿Ha estado leyendo mientras esperaba?

Vargas asintió.

—Isabella Gispert murió sabiendo que ese malnacido de Valls la había envenenado —dijo Alicia.

Él se llevó las manos a la cara y se estiró el pelo hacia atrás. Parecía que cada uno de los años que tenía le pesara en el alma.

—Estoy cansado —murmuró al fin—. Estoy cansado de esta mierda.

—¿Por qué no se vuelve a casa? —preguntó Alicia—. Deles el gusto. Cobre la pensión y retírese a su cigarral de Toledo a leer a Lope de Vega. ¿No era ese el plan?

—¿Y hacer como usted? ¿Vivir de la literatura?

—Medio país vive del cuento. No vendrá de dos más.

—¿Qué tal los Sempere? —quiso saber Vargas.

—Buena gente.

—Ya. Y usted no está acostumbrada, ¿cierto?

—No.

—A mí antes también me ocurría. Se le pasará. ¿Qué piensa hacer con el cuaderno de Isabella? ¿Se lo va a dar?

—No lo sé —admitió Alicia—. ¿Qué haría usted?

Vargas calibró la cuestión.

—Yo lo destruiría —sentenció—. La verdad no le va a hacer bien a nadie. Y los pondría en peligro.

Alicia asintió.

—A menos...

—Piénselo bien antes de decirlo, Alicia.

—Creo que ya lo he pensado.

—Yo creí que lo íbamos a dejar correr todo y a ser felices —dijo él.

—Usted y yo nunca vamos a ser felices, Vargas.

—Mujer, si lo pone así, cómo negarse.

—No tiene por qué ayudarme. Es mi problema.

Vargas le sonrió.

—Usted es mi problema, Alicia. O mi salvación, aunque la idea le haga reír.

—Nunca he salvado a nadie.

—Nunca es tarde para empezar.

Él se levantó, recogió su abrigo y se lo tendió.

—¿Qué me dice? ¿Nos jodemos la vida para siempre o prefiere que dejemos pasar los años para descubrir que no tiene usted talento para la literatura y para que yo me dé cuenta de que a Lope hay que verlo representado?

Alicia se enfundó el abrigo.

—¿Por dónde quiere comenzar? —preguntó Vargas.

—Por la entrada del laberinto...

Daniel estaba tiritando de frío en su escondite del portal cuando reparó en que Fermín, esqueleto serrano magro como un palo y esencia cartilaginosa destilada, parecía estar a las mil maravillas y se entretenía en tararear un son montuno al tiempo que meneaba ligeramente las caderas con aire tropical.

—No entiendo cómo no se congela usted, Fermín. Hace un frío de cagarse.

Fermín se abrió dos botones para mostrar el forro de papel de periódico que llevaba debajo de la ropa.

—Ciencia aplicada —explicó—. Esto y unos recuerdos bien escogidos de la mulatita que tenía yo en La Habana cuando era joven. Es lo que se conoce como la corriente del Golfo.

—Madre de Dios...

Daniel estaba por aventurarse hasta las puertas del Gran Café para pedir un tazón ardiente de café con leche con un buen chorro de coñac cuando se oyó un chirrido que provenía del portal de Alicia y la vieron salir en compañía de un hombre fornido y de planta castrense.

—Cate usted el Tarzán que se nos ha ido a buscar a la pájara —apuntó Fermín.

—Deje de llamarla así. Se llama Alicia.

—A ver si superamos un día de estos la pubertad, que ya es usted padre de familia. Andando.

—¿Y qué hacemos con el otro?

—¿El espía? No se apure. Estoy formulando un plan maestro en estos mismos momentos...

Alicia y el hombretón, que a todas luces era un integrante de las fuerzas del orden público, torcieron por la calle Fernando rumbo a las Ramblas. Fermín y Daniel, acorde al plan, cruzaron frente al espía, que se había enterrado en las sombras de la esquina sin acusar recibo de su presencia. A aquellas horas la calle estaba más animada que de costumbre gracias a un contingente de marineros británicos en busca de intercambios culturales y algún que otro calavera de la zona alta que había bajado a los intestinos de la ciudad en busca de flora con que digerir sus inconfesables anhelos de alcoba. Fermín y Daniel utilizaron las capas de transeúntes a modo de cortinajes hasta llegar a los arcos que daban entrada a la Plaza Real.

—Mire, Daniel, aquí es donde nos conocimos usted y yo. ¿Se acuerda? Pasan los años pero sigue oliendo a meados. Es la Barcelona eterna, que no se desvanece...

—No se me ponga romántico.

Alicia y el policía estaban atravesando la plaza en dirección a la salida que daba a las Ramblas.

—Van a coger un taxi —dedujo Fermín—. Es el momento de aligerar el equipaje.

Se volvieron y avistaron al espía asomando entre los arcos de la plaza.

—¿Y qué sugiere hacer? —preguntó Daniel.

—Podría ir usted a su encuentro y propinarle un rodillazo en las partes blandas. Es pequeñín y seguro que se deja.

—¿Tiene un plan alternativo?

Fermín suspiró, exasperado. Reparó entonces en la presencia de un guardia que patrullaba la plaza con parsimonia y contemplaba con abandono el generoso escote de un par de fulanas apostadas a las puertas del hostal Ambos Mundos.

—Usted asegúrese de que no pierde de vista a su angelito del alma y al grandullón —indicó Fermín.

—Y usted ¿qué piensa hacer?

—Vea y aprenda del maestro.

Fermín partió raudo al encuentro del guardia, a quien saludó al modo militar con gran ceremonia.

—Mi comandante —le dijo—. Tengo el penoso deber de reportar un crimen contra el decoro y la decencia.

—¿Y qué crimen es ese?

—¿Repara su excelencia en ese perdulario escuchimizado y procelosamente oculto bajo un abrigo de liquidación del Sepu? Ese, el que hace como que la cosa no va con él.

—¿El chiquilín?

—De chiquilín nada. Me consterna confirmar que bajo el abrigo va en pelota picada y ha estado enseñándole el pito enhiesto a unas señoras y diciéndoles cochinadas que no me atrevería a repetir ni delante de un corro de busconas.

El guardia aferró la porra con fuerza.

—¿Qué me dice?

—Lo que oye. Helo ahí, un marrano a carta acabada en pos de nuevas oportunidades para delinquir.

—Pues se va a enterar de lo que vale un peine.

El guardia extrajo el silbato y apuntó al sospechoso con la porra.

—¡Usted! ¡Alto ahí!

El espía, al cerciorarse del brete en el que le habían puesto, echó a correr con el guardia a la zaga. Fermín, satisfecho con la maniobra de distracción, dejó al adalid de la seguridad y las buenas costumbres a la caza del ínclito fisgón y se apresuró a reunirse con Daniel, que esperaba en la parada de taxis.

—¿Dónde están?

—Acaban de meterse en un taxi. Ahí van.

Fermín empujó a Daniel en el siguiente taxi. El conductor, un artista malabar del palillo en la boca, los miró por el retrovisor.

—Al Pueblo Nuevo no voy —advirtió.

—Usted se lo pierde. ¿Ve el taxi ese que va por ahí?

—¿El del Cipriano?

—El mismo. Sígalo y que no se le pierda. Es cuestión de vida o muerte, y de una buena propina.

El taxista bajó la bandera y sonrió con sorna.

—Yo creía que estas cosas solo pasaban en las películas americanas.

—Sus plegarias han sido escuchadas. Písele, pero con discreción.


## 11


Los veinte minutos que tardaron en llegar hasta comisaría le parecieron veinte años. Fernandito viajaba en el asiento trasero, junto a Hendaya, que fumaba en silencio y de vez en cuando le dedicaba una sonrisa serena y un «Tranquilo, no te preocupes» que le helaba la sangre. Dos de los hombres de Hendaya iban delante. Ninguno de ellos despegó los labios en todo el trayecto. La noche era fría pero, aunque el interior del coche estaba congelado, Fernandito sentía el sudor deslizándose por su costado. Observaba desfilar la ciudad tras las ventanas como un espejismo lejano al que nunca iba a regresar. Transeúntes y vehículos cruzaban a apenas unos metros, inalcanzables. Al llegar al cruce de Balmes y Gran Vía, aprovechando el semáforo, sintió el impulso de abrir la puerta y ponerse a correr, pero el cuerpo no le respondió. Segundos después, cuando el coche reiniciaba la marcha, comprobó que las puertas llevaban el cierre echado. Hendaya le palmeó la rodilla amigablemente.

—Tranquilo, Alberto, que va a ser un minutito.

Cuando el vehículo se detuvo frente a la comisaría, un par de agentes de uniforme que custodiaban la entrada se acercaron y, tras abrirle la puerta a Hendaya y asentir al susurro de sus órdenes, procedieron a agarrar del brazo a Fernandito y a conducirlo hacia el interior. El agente que ocupaba el asiento del pasajero, que no descendió, le miró mientras se lo llevaban y el chico vio que le decía algo sonriendo a su compañero al volante.

Nunca había estado en la comisaría central de Vía Layetana. Fernandito era uno de los muchos barceloneses que, si por ventura se encontraban por el barrio y tenían que cruzar frente al ominoso edificio, cambiaban de acera y apretaban el paso. El interior de la comisaría se le antojó tan oscuro y cavernoso como había imaginado. Tan pronto como la luz de la calle se perdió a su espalda, percibió un vago aroma a amoníaco. Los dos agentes le llevaban de los brazos y sus pies respondían con una mezcla de paso lento y arrastre. Los pasillos y los corredores se multiplicaban, y Fernandito sintió que una bestia voraz le absorbía el tracto intestinal. Un eco de voces y pisadas flotaba en el aire, una penumbra gris y gélida lo permeaba todo. Miradas furtivas se posaban sobre él un instante para abandonarlo de inmediato con desinterés. Le arrastraron por unas escaleras que Fernandito no sabía si subían o bajaban. Las bombillas que pendían del techo parpadeaban ocasionalmente, como si la electricidad les llegase a cuentagotas. Cruzaron el umbral de una puerta en la que pudo leer Brigada de Investigación Social grabado sobre el cristal esmerilado.

—¿Adónde vamos? —balbuceó.

Los dos agentes ignoraron sus palabras del mismo modo que habían ignorado su persona a lo largo de todo el trayecto, como si lo que transportaran fuera un fardo. Le condujeron a través de una lúgubre sala poblada por mesas de metal sin más ocupante que una lámpara de flexo que extendía una burbuja de luz amarillenta sobre cada una de ellas. Un despacho de paredes acristaladas esperaba al fondo. En el interior había un escritorio de madera noble enfrentado a dos sillas. Uno de los agentes abrió la puerta y le indicó que entrase.

—Siéntate ahí —le dijo sin mirarle a los ojos—. Y estate quietecito.

Fernandito se aventuró unos pasos. La puerta se cerró a su espalda. Dócil, tomó asiento en una de las dos sillas y respiró hondo. Miró por encima del hombro y observó que los dos agentes se habían sentado a una de las mesas de la sala. Uno de ellos le ofreció un cigarrillo al otro. Sonreían. «Al menos no estás en una celda», se dijo.

Transcurrió una hora larga en la que el mayor alarde de valor que se permitió fue, a los cuarenta minutos de desesperación, cambiar de una silla a la otra. Incapaz de seguir un segundo más anclado en aquellos asientos que parecían encoger a cada minuto que permanecía en ellos, se levantó y, armándose de algo que no llegaba a ser valor y que estaba más próximo al pánico, se dispuso a golpear la pared acristalada para aclarar su inocencia y las circunstancias equívocas que le habían llevado allí y a exigir a los agentes que le custodiaban que le dejaran marchar cuando una puerta se abrió a su espalda y la figura de Hendaya se recortó al contraluz.

—Disculpa el retraso, Alberto. Un pequeño asunto de intendencia me ha retenido. ¿Te han ofrecido un café?

Fernandito, que de haber podido tragar saliva lo hubiera hecho hacía ya rato pero tenía la boca arenosa, tomó de nuevo asiento sin esperar a la orden.

—¿Por qué estoy aquí? —demandó—. No he hecho nada.

Hendaya sonrió con tranquilidad, como si el azoramiento del muchacho le inspirase cierta ternura.

—Nadie dice que hayas hecho nada malo, Alberto. ¿De verdad no quieres un café?

—Lo que quiero es que me deje irme a mi casa.

—Por supuesto. Enseguida.

Hendaya asió un teléfono que había sobre el escritorio y se lo acercó. Descolgó el auricular y se lo tendió.

—Anda, Alberto, llama a tu padre para que traiga tu documentación y venga a buscarte. Seguro que tu familia está preocupada por ti.

## 12

Una corona de nubes en tránsito resbalaba por la ladera de la montaña. Los faros del taxi descubrían las siluetas de caserones señoriales que asomaban entre la arboleda que flanqueaba la carretera de ascenso a Vallvidrera.

—Por la carretera de las Aguas ya no me puedo meter —advirtió el taxista—. Desde el año pasado han restringido el acceso a vecinos y vehículos municipales. Asoma uno el morro y le sale un guardia escondido detrás de los matojos con el cuaderno de multas listo para hacerle la receta. Pero los puedo dejar a la entrada...

Vargas le mostró un billete de cincuenta pesetas. Los ojos del taxista se posaron en la visión como moscas en la miel.

—Oiga, que no llevo cambio para eso...

—Si nos espera no le hará falta. Y al ayuntamiento que le den morcilla.

El taxista resopló, pero se avino a la lógica monetaria.

—Diga usted amén —concluyó.

Al llegar a la boca de la carretera, apenas una cinta sin asfaltar que bordeaba el anfiteatro de montañas que custodiaba Barcelona, el taxista se adentró con cautela.

—¿Están seguros de que es por aquí?

—Siga recto.

La antigua casa de los Mataix quedaba a unos trescientos metros de la entrada al camino. Al poco, los faros del taxi acariciaron una verja de lanzas entreabierta a un lado de la carretera. Más allá se adivinaba un perfil serrado de mansardas y torreones que asomaba entre las ruinas de un jardín abandonado a su suerte durante demasiado tiempo.

—Es aquí —dijo Alicia.

El taxista echó un vistazo somero al lugar y los miró por el espejo con escaso entusiasmo.

—Oiga, a mí me da que aquí no vive nadie...

Alicia ignoró sus palabras y descendió del coche.

—No tendrá una linterna, ¿verdad? —preguntó Vargas.

—Los extras no están incluidos en la bajada de bandera. ¿Estamos todavía hablando de diez duros?

Vargas extrajo de nuevo el billete de cincuenta y se lo mostró.

—¿Cómo se llama?

El efecto hipnótico del parné en estado puro encandiló la mirada del taxista.

—Cipriano Ridruejo Cabezas, para servirle a usted y al gremio del *tasis*.

—Cipriano, esta es su noche de suerte. ¿Habrá una linterna para la señorita, no se nos vaya a tropezar y a torcerse un tobillo?

El hombre se reclinó para bucear en la guantera y emergió con una linterna de barra de considerable envergadura. Vargas la agarró y se apeó del taxi, no sin antes partir en dos el billete de cincuenta y tenderle la mitad al taxista.

—La otra mitad a la vuelta.

Cipriano suspiró, examinando el medio billete como si se tratase de un décimo de lotería expirado.

—Eso si vuelven —murmuró.

Alicia ya se había colado por la angosta abertura de la verja. Su silueta se deslizaba bajo un sendero de luna entre la maleza. Vargas, que hacía dos o tres como ella, tuvo que forcejear con los barrotes herrumbrosos para poder ir tras Alicia. Al otro lado de la verja se extendía un camino empedrado que rodeaba la casa hasta la entrada principal, situada en la parte delantera. Los adoquines a sus pies estaban cubiertos de hojarasca. Vargas siguió sus pasos a través del jardín hasta alcanzar una balaustrada suspendida al borde de la ladera desde la cual se podía contemplar toda Barcelona. Más allá, el mar se encendía bajo la luz de la luna y dibujaba una balsa de plata candente.

Alicia observó la fachada del caserón. Las imágenes que había conjurado al escuchar el relato de Vilajuana se materializaron frente a sus ojos. Imaginó la casa en mejores tiempos, el sol acariciando la piedra ocre de los muros y salpicando el estanque de la fuente que ahora yacía seca y agrietada. Imaginó a las hijas de los Mataix jugando en aquel jardín y al escritor y a su esposa contemplándolas desde el ventanal del salón. El hogar de los Mataix había quedado reducido a un mausoleo abandonado, los postigos de las ventanas meciéndose en la brisa.

—Una caja del mejor vino blanco si lo dejamos para mañana y volvemos a la luz del día —propuso Vargas—. Dos, si me apura.

Ella le arrebató la linterna de las manos y se encaminó hacia la entrada. La puerta estaba abierta. Los restos de un candado oxidado descansaban en el umbral. Alicia apuntó el haz de la linterna a los pedazos de metal y se arrodilló para examinarlos. Tomó una pieza que parecía haber formado parte del cuerpo principal del cerrojo y la examinó de cerca. El metal se le antojó reventado por dentro.

—Un balazo en el émbolo —dictaminó Vargas a su espalda—. Rateros de alto calibre.

—Si es que eran rateros.

Alicia dejó caer el pedazo de metal y se incorporó.

—¿Huele usted a lo mismo que yo? —preguntó el policía.

Ella se limitó a asentir. Se adentró en el vestíbulo y se detuvo al pie de una escalinata de mármol blanquecino que ascendía en la tiniebla. El haz de luz acarició la penumbra que se perdía peldaños arriba. El esqueleto de una antigua lámpara de cristal se mecía desde lo alto.

—Yo no me fiaría de esa escalera —advirtió Vargas.

Ascendieron despacio, peldaño a peldaño. El alcance de la linterna abría las sombras a cuatro o cinco metros al frente antes de difuminarse en un halo pálido que se hundía en la oscuridad. El hedor que habían percibido al entrar seguía presente, pero a medida que subían la escalera una brisa fría y húmeda que parecía surgir del piso superior les acarició el rostro.

Al ganar el rellano del primer piso quedaron enfrentados a una galería de distribución de la que partía un amplio corredor rematado por una hilera de ventanas interiores por las que se filtraba la claridad de la luna. La mayoría de las puertas habían sido arrancadas, las habitaciones estaban desnudas de mobiliario o cortinajes. Recorrieron el pasillo inspeccionando aquellos espacios muertos. El suelo estaba cubierto de una película de polvo, una alfombra de cenizas que crujía a sus pies. Alicia apuntó la linterna a un rastro de pisadas que se perdía en la sombra.

—Es reciente —musitó.

—Probablemente un mendigo, o algún pillo que se coló a ver si quedaba algo que rapiñar —dijo Vargas.

Alicia hizo caso omiso de sus palabras y siguió el rastro. Rodearon la planta yendo tras aquellos pasos hasta alcanzar la esquina sureste del caserón. La pista se desvanecía allí. Alicia se detuvo frente al umbral de lo que a todas luces debía de haber sido la cámara principal, el dormitorio del matrimonio Mataix. Apenas quedaba un mueble y los rateros habían arrancado hasta el papel de las paredes. La techumbre había empezado a ceder y parte del viejo artesonado dibujaba un amago de fuelle distendido que trazaba una falsa perspectiva y creaba la ilusión de que la estancia resultaba más profunda de lo que era en realidad. Al fondo se apreciaba el agujero negro del armario donde la esposa de Mataix se había escondido en vano para proteger a sus hijas. Alicia sintió un principio de náusea.

—Aquí no queda nada —dijo Vargas.

Alicia se encaminó de regreso a la galería por la que habían accedido al piso en lo alto de la escalera. El hedor que había notado al entrar se percibía con más claridad allí, un perfume putrefacto que parecía ascender desde las mismas entrañas de la casa. Bajó despacio la escalera, los pasos de Vargas a su espalda. Se dirigía hacia la salida cuando registró un movimiento a su derecha y se detuvo. Se aproximó al umbral de un salón de amplios ventanales. Parte de los listones de madera del suelo habían sido arrancados y los restos de una hoguera improvisada delataban pedazos carbonizados de sillas y lomos ennegrecidos de libros.

Al fondo de la estancia se mecía una lámina de madera tras la cual se abría un pozo de negrura. Vargas se paró a su lado y extrajo el revólver. Se acercaron a la puerta muy despacio, cada uno por un lado. Al llegar a la pared, Vargas abrió la compuerta encajada en la marquetería y asintió. Alicia apuntó el haz de la linterna hacia el interior. Una larga escalinata bajaba hacia el sótano de la casa. La joven notó una corriente de aire que ascendía del fondo impregnada del hedor a carroña. Se llevó la mano a la boca y la nariz. Vargas asintió de nuevo y abrió camino. Descendieron pausadamente, palpando las paredes y probando cada peldaño para evitar dar un paso en falso y precipitarse al vacío.

Al llegar a la base de la escalinata se encontraron con lo que a primera vista parecía una gran bóveda que ocupaba toda la planta de la estructura. La bóveda estaba flanqueada por una hilera de ventanales horizontales por los que penetraban agujas de luz mortecina que quedaban atrapadas en una miasma vaporosa que subía del suelo. Alicia iba a dar un paso al frente cuando Vargas la detuvo. Solo entonces comprendió que lo que había tomado por un suelo de baldosas era en realidad agua. La piscina subterránea del indiano había perdido su verde esmeralda y era ahora un espejo negro. Se aproximaron al borde y Alicia barrió la superficie con el haz de la linterna. Una telaraña de algas verdosas se mecía bajo el agua. El hedor provenía de allí. Alicia señaló hacia el fondo de la piscina.

—Hay algo ahí abajo —dijo.

Acercó la linterna a la superficie. El agua adquirió una claridad espectral.

—¿Lo ve? —preguntó Alicia.

Una masa negruzca se mecía en el fondo, arrastrándose muy lentamente. Vargas miró a su alrededor y localizó el palo de lo que parecía un rastrillo o escobón para limpiar la piscina. Todas las hebras se habían desprendido hacía muchos años, pero la traba de metal que las había sostenido seguía adherida al extremo. Vargas hundió el palo en el agua e intentó alcanzar la forma oscura. Al rozarla, giró sobre sí misma y pareció desplegarse con suma lentitud.

—Cuidado —advirtió Vargas.

Sintió que el enganche de metal hacía contacto con algo firme y tiró con fuerza. La sombra inició el ascenso desde el fondo de la piscina. Alicia retrocedió unos pasos. Vargas fue el primero en comprender de qué se trataba.

—Apártese —murmuró.

Antes que nada Alicia reconoció el traje, porque ella le había acompañado a una sastrería de la Gran Vía el día que lo había comprado. El rostro que asomó a la superficie estaba blanco como el yeso y los ojos parecían dos óvalos de mármol pulido surcados de líneas oscuras en una red de capilares en torno a las pupilas. La cicatriz en la mejilla que ella misma le había dejado había devenido una señal púrpura que parecía marcada a fuego. La cabeza se ladeó y el profundo corte que le había rebanado la garganta quedó expuesto.

Alicia cerró los ojos y dejó escapar un sollozo. Sintió la mano de Vargas en el hombro.

—Es Lomana —consiguió articular.

Cuando abrió de nuevo los ojos el cuerpo se estaba hundiendo, hasta que por último quedó suspendido bajo las aguas, girando sobre sí mismo con los brazos en cruz. Alicia se volvió hacia Vargas, que la observaba consternado.

—Vilajuana me dijo que le había enviado aquí —dijo Alicia—. Alguien debió de seguirle.

—O tal vez se encontró con algo que no esperaba.

—No podemos dejarle en este lugar. Así.

Vargas negó.

—Yo me encargaré de eso. De momento, salgamos de aquí.

El policía la tomó del brazo y la guio suavemente hacia la escalera.

—Alicia, ese cuerpo lleva ahí por lo menos dos o tres semanas. Desde antes de que llegase usted a Barcelona.

Ella cerró los ojos y asintió.

—Eso significa que quien fuera que entró en su casa y le robó el libro no era Lomana —completó Vargas.

—Lo sé.

Se disponían a ascender de nuevo cuando Vargas se quedó inmóvil y la sujetó. El ruido de pasos crujiendo en el piso superior reverberó en el eco de la bóveda. Siguieron el rastro de las pisadas con la mirada. El policía escuchaba con mirada impenetrable.

—Hay más de una persona —dictaminó con un hilo de voz.

Por un instante pareció que los pasos se detenían para luego alejarse. Alicia iba a asomarse a la escalera cuando detectó un ruido en lo alto. Oyeron la escalera crujir y el eco de una voz, e intercambiaron una mirada. Alicia apagó la linterna. Cada uno de ellos se hizo a un lado de la puerta y se escondieron en la sombra. Vargas apuntó con el cañón del arma la salida de la escalinata y tensó el percutor. Los pasos se aproximaban. Segundos más tarde una silueta asomó en el umbral. Antes de que pudiera dar un paso más, Vargas posó el cañón de su revólver en la sien del extraño, listo para volarle la cabeza en pedazos.

13

El contacto del cañón de un arma de fuego sobre la piel era como el flan de sobre, algo a lo que, pese a haberlo experimentado en incontables ocasiones, Fermín nunca llegaba a acostumbrarse.

—Vaya por delante que venimos en son de paz —articuló, cerrando los ojos y levantando las manos en señal de rendición incondicional.

—Fermín, ¿es usted? —preguntó Alicia atónita.

Antes de que el susodicho pudiera dar una respuesta, Daniel asomó en el umbral y se quedó petrificado a la vista del arma con que Vargas seguía apuntando a la cabeza de su amigo. El policía dejó escapar un resoplido y bajó el revólver. Fermín exhaló un suspiro angustiado.

—¿Se puede saber qué diantres hacen aquí? —preguntó Alicia.

—Mire por dónde me ha leído usted el pensamiento —respondió Fermín.

Alicia enfrentó las miradas acusadoras de Daniel y Fermín, y calibró sus opciones.

—Ya se lo decía yo, Daniel —dijo Fermín—. Mírela, maquinando maldades como la pérfida lamia que es.

—¿Qué es una lamia? —preguntó Vargas.

—No se ofenda el artillero, pero si gastara menos pistolón y más diccionario a lo mejor no tendría que preguntar —replicó Fermín.

Vargas dio un paso al frente y Fermín cinco en retirada. Alicia alzó las manos en señal de tregua.

—Creo que nos debe usted una explicación, Alicia —dijo Daniel.

Ella lo contempló fijamente a los ojos y asintió al tiempo que desplegaba una mirada dulce capaz de barrer la sospecha del mundo. Fermín propinó un codazo a Daniel.

—Daniel, mantenga el riego sanguíneo por encima del cuello y no se me deje engatusar.

—Aquí nadie quiere engatusar a nadie, Fermín —dijo Alicia.

—Que se lo digan aquí al fiambre flotante —murmuró Fermín señalando las aguas turbias de la piscina—. ¿Conocido suyo?

—Todo esto tiene una explicación —empezó Alicia.

—Alicia... —advirtió Vargas.

Ella hizo un gesto conciliatorio y se aproximó a Fermín y a Daniel.

—Por desgracia no es una explicación sencilla.

—Denos una oportunidad. Somos bastante menos bobos de lo que parecemos, al menos un servidor, porque aquí a mi vera el amigo Daniel aún está luchando por superar la edad del pavo.

—Déjela hablar, Fermín —atajó Daniel.

—Lenguas menos venenosas he visto yo en las cobras que guardan en el zoo.

—¿Por qué no salimos primero de aquí y vamos a algún sitio donde podamos hablar con calma? —propuso Alicia.

Vargas negó por lo bajo e indicó claramente su desaprobación a la sugerencia.

—¿Cómo sabemos que no es una encerrona? —preguntó Fermín.

—Porque ustedes eligen el sitio —dijo Alicia.

Daniel y Fermín intercambiaron una mirada.


Atravesaron el jardín y regresaron al taxi donde Cipriano se había abandonado a una nube de Celtas cortos y a una tertulia radiofónica de hondo calado sobre las cuestiones clave que de verdad concernían a la ciudadanía: la liga de fútbol y la evolución de un juanete en el pie izquierdo de Kubala de cara al Madrid-Barcelona del domingo siguiente. Vargas, por imperativo volumétrico, tomó la plaza del acompañante y los demás se comprimieron tanto como fue posible en el asiento de atrás.

—¿No eran ustedes dos? —preguntó el taxista, cavilando si no se le habría ido la mano con los Celtas.

Vargas respondió con un gruñido. Alicia se había ensimismado en sus misterios, puede que tramando el mayúsculo embuste que iba a intentar endosarles doblado, según sospechó Fermín. Su amigo Daniel parecía demasiado ofuscado por el contacto que el muslo de la taimada fémina establecía con su pierna derecha como para articular pensamiento o palabra alguna. Visto que solo él mantenía el control de sus facultades y el discernimiento, Fermín tomó la voz cantante e impartió las instrucciones de navegación.

—Mire, jefe, tenga usted la bondad de acercarnos al Raval y dejarnos en la puerta de Can Lluís.

La mera mención de su restaurante predilecto en todo el universo conocido y refugio espiritual en momentos de zozobra devolvió el tono vital a Fermín, a quien los roces con agentes del orden en visos de volarle la tapa de los sesos siempre inspiraba una hambruna feroz. Cipriano dio marcha atrás hasta la entrada a la carretera de Vallvidrera y emprendió el regreso a una Barcelona que esperaba tendida a los pies de la colina. Mientras se deslizaban montaña abajo rumbo a la barriada de Sarriá, Fermín estudió sigilosamente el cogote del personaje sentado en el asiento del acompañante que Alicia se había pergeñado a modo de escolta y fuerza bruta. Todo él olía a policía, y de los de alto calibre. Vargas debió de sentir el aguijón de la mirada de Fermín porque se dio la vuelta y le devolvió una de las suyas, de las que aflojaban los intestinos de los infelices que iban a dar con los huesos al calabozo. Aquel hombrecillo al que Alicia denominaba Fermín le parecía escapado de algún romance apócrifo del *Lazarillo de Tormes*.

—No se confíe por mi planta de alfeñique —advirtió Fermín—. Todo lo que ve es músculo e instinto de combate. Piense en mí como en un ninja de paisano.

Uno creía haberlo visto todo en la profesión y entonces Dios Nuestro Señor tenía a bien enviarle un regalito de sorpresa.

—Fermín, ¿verdad?

—¿Quién lo pregunta?

—Llámeme Vargas.

—¿Teniente?

—Capitán.

—Espero que su excelencia no tenga objeciones de tipo religioso al buen yantar y a la cocina catalana —dijo Fermín.

—Ninguna. Y la verdad es que tengo bastante hambre. ¿Es bueno ese Can Lluís?

—Sublime —replicó Fermín—. Como un muslo de Rita Hayworth en media de rejilla.

Vargas sonrió.

—Estos dos ya se han hecho amigos —dijo Alicia—. Los dictados del estómago y las vergüenzas unen al hombre.

—No le haga caso, Fermín. Alicia no come nunca, al menos sólidos —explicó Vargas—. Se nutre sorbiendo el alma de los incautos.

Fermín y Vargas, a regañadientes, intercambiaron una sonrisa de complicidad.

—¿Lo ha oído, Daniel? —dejó caer el primero—. Confirmado por la Dirección General de Policía en grado de capitanía.

Alicia se volvió y encontró a Daniel mirándola de reojo.

—A palabras necias, oídos sordos —dijo ella.

—No tema, no creo que haya registrado nada después de lo del sorber —señaló Fermín.

—¿Por qué no se callan todos y tenemos el viaje en paz? —sugirió Daniel.

—Son las hormonas —disculpó Fermín—. El chico aún está creciendo.

Y así, cada cual en su silencio y a merced de la radio y su relato épico de la liga de fútbol, llegaron a las puertas de Can Lluís.

14

Fermín desembarcó del taxi como un náufrago hambriento al ganar la costa tras semanas aferrado a un madero. El dueño de Can Lluís, viejo amigo de Fermín, le recibió con un abrazo y saludó calurosamente a Daniel. Al reparar en Vargas y en Alicia los miró de reojo, pero Fermín le susurró algo al oído y asintió, invitándolos a pasar.

—Hoy mismo hablábamos de usted con el profesor Alburquerque, que ha venido a comer, y nos preguntábamos en qué aventuras andaría metido.

—Nada, intrigas domésticas de poco vuelo. Uno ya no es el de antes —dijo Fermín.

—Si les parece los pongo en la mesita del fondo y así estarán tranquilos...

Se instalaron en un rincón del comedor, Vargas reservándose por instinto una silla mirando hacia la entrada.

—¿Qué desearán? —preguntó el encargado.

—Sorpréndanos usted, amigo mío. Yo ya he cenado pero con las emociones no le diría que no a un resopón, y aquí el capitán trae cara de apetito carcelario. A los jóvenes les puede poner un par de gaseosas y que se apañen, por sosos —indicó Fermín.

—Una copa de vino blanco para mí, por favor —pidió Alicia.

—Tengo un Panadés buenísimo.

Ella asintió.

—Les sirvo entonces alguna cosita de picar y, si quieren algo más, me van diciendo.

—Moción aprobada por unanimidad —declaró Fermín.

El encargado partió con el pedido rumbo a la cocina y los dejó sin más compañía que un espeso silencio.

—¿Decía usted, Alicia? —invitó Fermín.

—Lo que voy a contarles tiene que quedar entre nosotros —advirtió ella.

Daniel y Fermín la contemplaron fijamente.

—Me van a tener que dar su palabra —insistió Alicia.

—La palabra se le da a quien la tiene —dijo Fermín—. Y usted, con todos los respetos, de momento no nos ha ofrecido prueba alguna de que ese sea el caso.

—Pues van a tener que confiar en mí.

Fermín intercambió una mirada con Vargas. El policía se encogió de hombros.

—A mí no me mire —adujo este—. Lo mismo me dijo hace unos días y aquí me tiene.

Al poco, un camarero apareció con una bandeja y dispuso unos cuantos platillos y un poco de pan sobre la mesa. Fermín y Vargas atacaron sin remilgos la ofrenda mientras Alicia saboreaba su copa de vino blanco con parsimonia y sostenía un cigarrillo entre los dedos. Daniel hundió la mirada en la mesa.

—¿Qué le parece el yantar? —preguntó Fermín.

—Tremendo —convino Vargas—. Como para despertar a los muertos.

—Pues pruebe mi capitán esta ración de fricandó, que va a salir de aquí cantando el *Virolai*.

Daniel observó a aquel par de extrañas figuras, que no podían ser más diferentes entre sí, devorar todo cuanto les habían servido como si fueran leones en una cacería.

—¿Cuántas veces es capaz usted de cenar, Fermín?

—Todas las que se pongan a tiro —replicó él—. Estos jóvenes que no han vivido la guerra en primera fila no lo pueden entender, mi capitán.

Vargas asintió, chupándose los dedos. Alicia, que asistía al espectáculo con la mirada lánguida de quien espera que amaine la lluvia, hizo un gesto al camarero para que le sirviera una segunda copa de vino blanco.

—¿No se le sube eso a la cabeza sin echarle algo sólido? —preguntó Fermín rebañando el plato con un pedazo de pan.

—No me preocupa que se me suba —replicó Alicia—. Me basta con que no se me baje.

Servidos ya los cafés y una batería de chupitos, Fermín y Vargas se reclinaron en sus sillas con aire satisfecho y Alicia apagó el cigarrillo en el cenicero.

—No sé ustedes, pero yo soy todo oídos —dijo Fermín.

Alicia se inclinó hacia adelante y bajó la voz.

—Doy por supuesto que saben ustedes quién es el ministro Mauricio Valls.

—Aquí el amigo Daniel de oídas —indicó Fermín sonriendo con malicia—. Yo he tenido mis roces.

—Habrán advertido entonces, si han prestado atención, que de un tiempo a esta parte apenas se le ha visto en público.

—Ahora que lo menciona... —convino Fermín—. Aunque aquí el experto en Valls es Daniel, que a ratos libres se va a la hemeroteca del Ateneo para indagar sobre la vida y milagros del prohombre, viejo conocido de la familia.

Alicia intercambió una mirada con Sempere.

—Hace ahora unas tres semanas, Mauricio Valls desapareció de su residencia en Somosaguas sin dejar rastro. Partió al amanecer en compañía de su principal guardaespaldas en un coche que fue encontrado abandonado en Barcelona días después. Nadie le ha visto desde entonces.

Alicia estudió el turbio torrente de emociones que encendía la mirada de Daniel.

—La investigación de la policía apunta a que Valls habría sido víctima de una conspiración que buscaba vengar unos supuestos tratos fraudulentos en torno a las acciones de una entidad bancaria.

Daniel la miraba con perplejidad y creciente indignación.

—Cuando dice la «investigación» —intervino Fermín—, ¿a quién se refiere?

—La Dirección General de Policía y otras fuerzas del orden público.

—Al capitán Vargas le ubico en la función, pero a usted, la verdad...

—Yo trabajo, o mejor dicho trabajaba, para uno de esos servicios que han prestado su apoyo a la policía en esta investigación.

—¿Posee algún nombre el servicio? —preguntó Fermín escéptico—. Porque no tiene usted pinta de guardia civil.

—No.

—Ya veo. ¿Y el difunto que hemos tenido el gusto de ver flotar esta noche?

—Antiguo colega mío.

—Supongo entonces que es la aflicción la que le ha quitado el apetito...

—Todo esto es una sarta de mentiras —cortó Daniel.

—Daniel —dijo Alicia, posando una mano sobre la suya con gesto conciliatorio.

Él retiró la mano y se encaró a ella.

—¿A qué viene entonces hacerse pasar por una vieja amiga de la familia, visitando la librería, a mi esposa, a mi hijo y colándose en mi familia?

—Daniel, es complicado, permítame que...

—¿Es Alicia su nombre de verdad? ¿O lo ha tomado prestado de algún viejo recuerdo de mi padre?

Ahora era Fermín quien la observaba fijamente, como si enfrentara un fantasma de su pasado.

—Sí. Mi nombre es Alicia Gris. Y no he mentido sobre quién soy.

—Solo sobre todo lo demás —replicó Daniel.

Vargas se mantenía en silencio, dejando que fuera Alicia quien llevara las riendas de la conversación. Ella suspiró, mostrando un convincente azoramiento y un aura de culpa que Vargas no creyó ni por un segundo que fueran genuinos.

—En el transcurso de la investigación encontramos indicios de que Mauricio Valls habría tenido tratos con su madre, doña Isabella, y con un antiguo preso del penal de Montjuic llamado David Martín. La razón de que los involucrase a ustedes en el asunto fue porque necesitaba eliminar sospechas y asegurarme de que la familia Sempere no había tenido nada que ver con...

Daniel dejó escapar una risa amarga y miró a Alicia con profundo desprecio.

—Usted debe de pensar que soy un imbécil. Y debo de serlo porque hasta ahora no me había dado cuenta de lo que era usted, Alicia o como diablos se llame.

—Daniel, por favor...

—No me toque.

Daniel se levantó y se encaminó hacia la salida. Alicia suspiró y hundió el rostro en las manos. Recabó la mirada de Fermín en busca de complicidad, pero el hombrecillo la observaba como si fuese una carterista sorprendida *in fraganti*.

—Como primer intento lo veo bastante flojo —dictaminó él—. Creo que nos sigue debiendo usted una explicación, y ahora todavía más que antes a la vista del camelo que nos ha pretendido colar. Y eso sin contar la que me debe a mí. Si realmente es usted Alicia Gris.

Ella sonrió, abatida.

—¿No se acuerda usted de mí, Fermín?

El hombrecillo la contemplaba como si fuese una aparición.

—Ya no sé de lo que me acuerdo. ¿Ha vuelto usted de entre los muertos?

—Podría decirse que sí.

—¿Y para qué?

—Solo estoy intentando protegerlos.

—Nadie lo diría...

Alicia se incorporó y miró a Vargas, que hizo un gesto afirmativo.

—Vaya tras él —dijo el policía—. Yo me ocupo de Lomana y le digo algo en cuanto pueda.

Alicia asintió y partió en busca de Daniel. Fermín y Vargas se quedaron a solas, mirándose en silencio.

—Creo que es usted demasiado duro con ella —afirmó este último.

—¿Cuánto hace que la conoce? —preguntó Fermín.

—Unos días.

—Entonces ¿está en condiciones de certificar que es un ser vivo, y no un fantasma?

—Creo que solo lo parece —dijo Vargas.

—Beber, bebe como una esponja, eso es verdad —apuntó Fermín.

—No se hace usted idea.

—¿Carajillito de whisky antes de volverse a la casa del terror? —ofreció Fermín.

Vargas asintió.

—¿Necesita compañía y apoyo logístico para rescatar el fiambre?

—Se agradece, Fermín, pero es mejor que esto lo haga yo solo.

—Dígame entonces una cosa, y por favor no me engañe, que usted y yo ya hemos pasado por muchas corridas como para ir de banderilleros. ¿Soy yo o este asunto es peor de lo que huele?

Vargas dudó.

—Mucho peor —convino al fin el policía.

—Ya. Y ese excremento bípedo de Valls, ¿sigue vivo o cría ya malvas envenenadas?

Vargas, a quien la fatiga de todos aquellos días parecía haberle caído encima de golpe, le miró con aire de derrota.

—Eso, amigo mío, creo que ya es lo de menos...

## 15

La figura de Daniel se perfilaba a lo lejos, una sombra al amparo de las farolas y los callejones del Raval. Alicia apretó el paso tanto como pudo. Al poco empezó a sentir que el dolor en la cadera despertaba. A medida que luchaba por recortar la distancia que la separaba de Daniel sentía que le faltaba el aliento y un punzón se abría camino a través de sus huesos. Al alcanzar las Ramblas, él se volvió y al verla le lanzó una mirada de rabia.

—Daniel, por favor, espéreme —llamó Alicia, aferrándose a una farola.

Él la ignoró y partió a paso ligero. Alicia se arrastró como pudo tras él. El sudor le cubría la frente y todo el costado era ahora una herida abierta a fuego.

Al llegar a la esquina de la calle Santa Ana, Daniel miró por encima del hombro. Alicia seguía allí, cojeando de un modo que le desconcertó. Se detuvo a observarla un instante y vio que ella alzaba la mano, intentando captar su atención. Daniel negó por lo bajo. Se disponía a encaminarse a su casa cuando la vio caer al suelo, como si algo se hubiera quebrado en ella. Esperó unos segundos, pero Alicia no se levantó. Dudó, luego se aproximó a ella y comprobó que se retorcía en el suelo. Avistó su rostro a la luz de la farola y pudo ver que estaba empapado de sudor y sumido en una mueca de dolor. Sintió el impulso de dejarla allí a su suerte, pero se acercó unos pasos y se arrodilló a su lado. Alicia le contemplaba con el rostro cubierto de lágrimas.

—¿Está haciendo teatro? —preguntó Daniel.

Ella extendió la mano hacia él, que la tomó y la ayudó a incorporarse. El cuerpo de Alicia temblaba de dolor bajo sus manos y Daniel sintió un amago de remordimiento.

—¿Qué le pasa?

—Es una vieja herida —jadeó Alicia—. Necesito sentarme, por favor.

Daniel la sujetó de la cintura y la guio hasta un café que quedaba al principio de la calle Santa Ana y cerraba siempre tarde. El camarero le conocía y Daniel supo que al día siguiente todo el barrio iba a tener noticia prolija de su aparición casi a medianoche con una damisela de turbios encantos en los brazos. Llevó a Alicia hasta una mesa junto a la entrada y la ayudó a sentarse.

—Agua —susurró ella.

Daniel se acercó a la barra y se dirigió al camarero.

—Ponme un agua, Manuel.

—¿Solo un agua? —preguntó el hombre guiñándole un ojo con complicidad.

Daniel no se detuvo en explicaciones y regresó a la mesa con una botella de agua y un vaso. Alicia sostenía un pastillero de metal en las manos e intentaba abrirlo. Él lo cogió y lo abrió por ella. Alicia tomó dos pastillas y se las tragó con un sorbo de agua que le resbaló por la barbilla y le descendió por la garganta. Daniel la miraba con preocupación, sin saber qué más hacer. Ella abrió los ojos y le miró, tratando de sonreír.

—Estaré bien enseguida —dijo.

—A lo mejor si come algo le hace efecto más rápido...

Alicia negó.

—Una copa de vino blanco, por favor...

—¿Quiere decir que es una buena idea mezclar alcohol con esas...?

Ella hizo un gesto afirmativo y Daniel fue en busca del vino.

—Manuel. Ponme un vino blanco y algo de picar.

—Tengo unas croquetitas de jamón para chuparse los dedos.

—Lo que sea.

De regreso a la mesa, Daniel insistió hasta que Alicia se comió una croqueta y media para acompañar el vino y lo que fuera que acababa de ingerir en forma de aquellas pastillas blancas. Poco a poco, pareció ir recuperando el control de sí misma y consiguió sonreírle como si no hubiera pasado nada.

—Siento que haya tenido que verme así —dijo.

—¿Se encuentra mejor?

Alicia asintió, aunque sus ojos habían adquirido un tinte vidrioso y líquido que hacía pensar que parte de ella estaba muy lejos de allí.

—Esto no cambia nada —avisó Daniel.

—Lo entiendo.

Daniel advirtió que Alicia hablaba lentamente, como si arrastrase las palabras.

—¿Por qué nos ha mentido?

—No les he mentido.

—Llámelo como quiera. Solo me ha contado una parte de la verdad, lo que viene a ser lo mismo.

—La verdad no la conozco ni yo, Daniel. Todavía no. Aunque quisiera, no podría revelársela.

A su pesar, él se sintió tentado de creerla. A ver si iba a ser todavía más bobo de lo que sospechaba Fermín.

—Pero voy a averiguarla —dijo Alicia—. Voy a llegar al fondo de este asunto y le aseguro que no le voy a ocultar nada.

—Entonces déjeme ayudarla. Por la cuenta que me trae.

Alicia negó.

—Sé que Mauricio Valls asesinó a mi madre —dijo Daniel—. Tengo todo el derecho del mundo a mirarle a la cara y a preguntarle por qué. Más que usted y Vargas.

—Eso es cierto.

—Permítame entonces ayudarla.

Alicia le sonrió con ternura y Daniel desvió la mirada.

—Puede usted ayudarme manteniendo a su familia y a usted seguros y a salvo. Vargas y yo no somos los únicos que estamos siguiendo este rastro. Hay otros. Gente muy peligrosa.

—No tengo miedo.

—Eso es lo que me preocupa, Daniel. Tenga miedo. Mucho miedo. Y déjeme hacer lo que sé hacer.

Alicia buscó su mirada y le tomó la mano.

—Le juro por mi vida que voy a encontrar a Valls y a asegurarme de que usted y su familia estén a salvo.

—Yo no quiero estar a salvo. Deseo saber la verdad.

—Lo que quiere usted, Daniel, es venganza.

—Eso es asunto mío. Y si usted no me cuenta lo que realmente está pasando lo voy a averiguar por mi cuenta. Hablo en serio.

—Lo sé. ¿Puedo pedirle un favor?

Daniel se encogió de hombros.

—Deme veinticuatro horas. Si en veinticuatro horas no he resuelto este asunto, le prometo por lo que usted más quiera que le diré todo lo que sé.

Él la observó con recelo.

—Veinticuatro horas —concedió al fin—. Yo también tengo un favor que pedirle a cambio.

—Lo que sea.

—Cuénteme por qué Fermín dice que le debe usted una explicación a él. ¿Una explicación sobre qué?

Alicia bajó la mirada.

—Hace muchos años, cuando yo era una niña, Fermín me salvó la vida. Fue durante la guerra.

—¿Lo sabe él?

—Si no lo sabe, lo sospecha. Él me había dado por muerta.

—¿Es esa herida que tiene usted de entonces?

—Sí —respondió de un modo que le hizo pensar que aquella era apenas una de las muchas heridas que escondía Alicia.

—Fermín también me ha salvado a mí —dijo Daniel—. Muchas veces.

Ella sonrió.

—En ocasiones la vida nos regala un ángel de la guarda.

Alicia hizo amago de levantarse. Daniel rodeó la mesa para ayudarla, pero ella le detuvo.

—Puedo sola, gracias.

—¿Está segura de que esas pastillas no la han dejado un poco...?

—No se preocupe. Soy una chica mayorcita. Venga, le acompaño hasta su portal. Me va de camino.

Anduvieron hasta la puerta de la vieja librería. Daniel extrajo la llave. Se miraron en silencio.

—Tengo su palabra —dijo Daniel.

Ella asintió.

—Buenas noches, Alicia.

La mujer permaneció allí, contemplándole inmóvil con aquella mirada vidriosa que Daniel no sabía si atribuir al fármaco o al pozo sin fondo que se adivinaba tras aquellos ojos verdes. Cuando él hizo el gesto de retirarse, Alicia se alzó de puntillas y acercó los labios a los de él. Daniel volvió el rostro y el beso le rozó la mejilla. Sin mediar palabra, Alicia se volvió y se alejó, su silueta evaporándose en las sombras.


Bea los había observado desde la ventana. Los había visto salir del café al pie de la calle y aproximarse al portal cuando las campanadas de medianoche repicaron sobre los tejados de la ciudad. En el momento en que Alicia se acercó a Daniel y este permaneció allí quieto, perdido en su mirada, Bea sintió que se le encogía el estómago. La vio auparse de puntillas y disponerse a besarle en los labios. Entonces dejó de mirar.

Regresó muy despacio al dormitorio. Se detuvo un instante frente al cuarto de Julián, que dormía profundamente. Entornó la puerta y volvió a la habitación. Se metió en la cama y esperó a oír la puerta. Los pasos de Daniel recorrieron el pasillo con sigilo. Bea permaneció allí, tendida en la penumbra con la mirada en el cielo raso. Escuchó a Daniel desnudarse al pie del lecho y enfundarse el pijama que ella le había dejado sobre la silla. Sintió su cuerpo deslizarse entre las sábanas. Cuando volvió la vista comprobó que Daniel le daba la espalda.

—¿Dónde estabas? —preguntó.

—Con Fermín.

## 16

Hendaya le ofreció un cigarrillo, pero Fernandito lo rechazó.

—No fumo, gracias.

—Hombre sabio. Por eso no acabo de entender por qué no llamas a tu padre para que venga a buscarte con la documentación y todo esto quede aclarado. ¿O es que ocultas algo?

El chico negó. Hendaya sonrió amigablemente y Fernandito recordó cómo le había visto volarle las rodillas a tiros al chófer hacía un par de horas. La mancha oscura en el cuello de la camisa seguía allí.

—No oculto nada, señor.

—¿Entonces...?

Hendaya empujó el teléfono hacia él.

—Una llamada y serás libre.

Fernandito tragó saliva.

—Quisiera pedirle que no me obligue a hacer esa llamada. Por una buena razón.

—¿Una buena razón? ¿Y cuál es, amigo Alberto?

—Es por mi padre, que está enfermo.

—¿Ah, sí?

—Del corazón. Sufrió un infarto un par de meses atrás y le tuvieron varias semanas en el Clínico. Ahora está en casa, recuperándose, pero está muy delicado.

—Lo lamento.

—Mi padre es un buen hombre, señor. Héroe de guerra.

—¿Héroe de guerra?

—Entró en Barcelona con las tropas nacionales. Hay una foto suya, desfilando por la Diagonal, en la portada de *La Vanguardia*. La tenemos enmarcada en el comedor de casa. Es el tercero por la derecha. Tendría que verlo. Le dejaron ir en primera fila por su comportamiento heroico en la batalla del Ebro. Era cabo primero.

—Debéis de estar todos muy orgullosos de él.

—Lo estamos, pero el pobre no ha vuelto a ser el mismo después de lo de mi madre.

—¿Tu madre?

—Murió hace cuatro años.

—Te acompaño en el sentimiento.

—Gracias, señor. ¿Sabe lo último que me dijo mi madre antes de morir?

—No.

—Cuida de tu padre y no le des disgustos.

—¿Y le hiciste caso?

Fernandito bajó la mirada, compungido. Negó.

—La verdad es que no he sido el hijo que mi madre crio ni el que mi padre merece. Aquí donde me ve soy un tarambana.

—Y yo que te hacía un buen chaval.

—Nada de eso. Un bala perdida, eso soy yo. No hago más que causarle problemas a mi pobre padre, como si no tuviera ya suficiente pena. El día que no me echan del trabajo, salgo por ahí y me olvido la documentación. Ya lo ve. Un padre héroe de guerra y el hijo un perdulario.

Hendaya le estudió con cautela.

—¿Debo entender de todo esto que si llamas a tu padre y le dices que te han retenido en comisaría por no llevar la documentación le darás otro disgusto?

—El último, yo creo. Si le tiene que traer un vecino en la silla de ruedas a buscarme yo creo que se muere de vergüenza y de pena por el desastre de hijo que le ha salido.

Hendaya meditó el asunto.

—Me hago cargo, Alberto, pero entiéndeme tú a mí también. Me pones en un brete.

—Sí, señor, y bastante paciencia que ha tenido usted ya conmigo, que no la merezco. Si fuera por mí le diría que me metiera en el calabozo con la peor escoria para que aprendiese la lección. Pero le suplico que lo reconsidere por mi pobre padre. Yo le escribo aquí mismo mi nombre, apellidos y dirección, y puede usted venir mañana y preguntar por cualquier vecino, a ser posible por las mañanas que es cuando mi padre duerme, por la medicación.

Hendaya tomó el papel que le tendía Fernandito.

—Alberto García Santamaría. Calle Comercio treinta y siete, quinto primera —recitó—. ¿Y si te acompañan ahora unos agentes?

—Si mi padre, que se pasa las noches en vela mirando por la ventana y escuchando la radio, me ve llegar con la policía me echa de casa, que sería merecido, y luego le da el patatús.

—Y no queremos que eso suceda.

—No, señor.

—¿Y cómo sé yo que si te dejo no vas a volver a las andadas?

Fernandito se volvió solemne para contemplar el retrato oficial de Franco que pendía de la pared.

—Porque se lo voy a jurar a usted ante Dios y ante el Generalísimo, y si no es verdad que me caiga muerto ahora mismo.

Hendaya le observó con curiosidad y una pizca de simpatía por espacio de unos instantes.

—Veo que sigues en pie, así que debes de estar diciendo la verdad.

—Sí, señor.

—Mira, Alberto. Me has caído bien y la verdad es que es muy tarde y estoy cansado. Te voy a dar una oportunidad. No debería, porque el reglamento es el reglamento, pero yo también he sido hijo y no siempre el mejor. Puedes irte.

Fernandito miró hacia la puerta del despacho con incredulidad.

—Venga, antes de que cambie de idea.

—Mil gracias, señor.

—Agradéceselo a tu padre. Y que no se repita.

Ni corto ni perezoso, Fernandito se incorporó y secándose el sudor de la frente abandonó el despacho. Cruzó la larga sala de la Brigada Social sin prisa y al pasar junto a los dos agentes que le observaban en silencio correspondió a su saludo.

—Muy buenas noches.

Cuando llegó al corredor apretó el paso y se dirigió a las escalinatas que conducían a la planta baja. No fue hasta cruzar el umbral y pisar Vía Layetana cuando se permitió respirar hondo y bendecir al cielo, al infierno y a todo lo que quedaba entre ambos por su buena fortuna.

Hendaya observó cómo Fernandito cruzaba Vía Layetana y echaba a caminar calle abajo. Oyó los pasos de los dos agentes que le habían custodiado a su espalda.

—Quiero saber quién es, dónde vive y quiénes son sus amigos —dijo sin volverse.

## 17

Una niebla que dejaba briznas de humedad en la ropa anegaba las calles de Vallvidrera cuando Vargas se apeó del taxi y se encaminó hacia las luces del bar que había junto a la estación del funicular. El local estaba desierto a aquella hora de la noche y el cartel de Cerrado pendía de la puerta. Vargas dirigió la mirada al cristal y escrutó el interior. Un camarero pulía vasos con un trapo tras la barra sin más compañía que la radio y un chucho medio tuerto al que no hubiera tocado una pulga ni cobrando. Vargas golpeó el cristal con los nudillos. El camarero levantó la vista de su aburrimiento. Le dedicó una mirada breve y negó lentamente. Vargas extrajo su identificación y llamó de nuevo con más fuerza. El camarero suspiró, rodeó la barra y se acercó a la puerta. El perro, resucitado de su sopor, se arrastró cojeando a modo de escolta.

—Policía —anunció Vargas—. Necesito usar su teléfono.

El camarero abrió la puerta y le dejó entrar. Señaló el teléfono que había junto a la entrada de la barra.

—¿Le sirvo algo, ya puestos?

—Un cortado, si no es mucha molestia.

Mientras el camarero preparaba la cafetera, Vargas tomó el teléfono y marcó el número de la comisaría central. El perro se plantó a su lado y le observó con ojos adormilados y un meneo de rabo de bajo voltaje.

—*Chusco*, no molestes —advirtió el camarero.

Mientras esperaba, Vargas y *Chusco* se calibraron mutuamente, comparando grado de veteranía y desgaste.

—¿Qué edad tiene el perro? —preguntó el policía.

El camarero se encogió de hombros.

—Cuando me traspasaron el bar ya estaba aquí y no se aguantaba ni los pedos. Y de eso hace diez años.

—¿Qué raza es esta?

—*Tutti frutti.*

*Chusco* se dejó caer a un lado y le mostró una panza rosada y pelada. Una voz carraspeó en la línea.

—Páseme con Linares. Soy Vargas, de Jefatura Central.

Al rato oyó un chasquido en la línea y la voz de Linares, tocada de cierta sorna.

—Te hacía ya en Madrid, Vargas, recogiendo medallas.

—Me he quedado unos días más para asistir a algún desfile de gigantes y cabezudos.

—No te me aficiones que aquí ya tenemos todas las plazas reservadas. ¿Qué se te ofrece a estas horas de la noche? No me digas que tienes malas noticias.

—Eso depende. Estoy en Vallvidrera, en el bar junto a la estación del funicular.

—Las mejores vistas de toda Barcelona.

—Ya lo puedes decir. Hace un rato acabo de ver un cadáver en una casa en la carretera de las Aguas.

Vargas saboreó el resoplido de Linares.

—Me cago en diez —resopló Linares—. ¿Hacía falta?

—¿No me vas a preguntar quién es el difunto?

—Tampoco me lo ibas a decir.

—Lo haría si supiera quién es.

—A lo mejor me puedes decir qué hacías a las tantas explorando caserones ahí arriba. ¿Turismo de montaña?

—Atando cabos sueltos. Ya sabes cómo son estas cosas.

—Ya. Y supongo que esperas que saque a un juez de la cama ahora para levantar el cuerpo.

—Si no es mucho pedir.

Linares resopló de nuevo. Vargas le oyó dar voces.

—Dame una hora, hora y media. Y hazme el favor de no encontrar más fiambres, si no te importa.

—A tus órdenes.

Vargas colgó el teléfono y encendió un cigarrillo. Un cortado humeante aguardaba en la barra. El camarero le miraba con vaga curiosidad.

—No ha oído usted nada —le advirtió.

—Descuide, que estoy más sordo que el *Chusco*.

—¿Puedo hacer otra llamada? —preguntó el policía.

El camarero se encogió de hombros. Vargas marcó el número del piso de Aviñón. Tuvo que esperar varios minutos para obtener contestación. Finalmente oyó cómo se levantaba el auricular y el murmullo de una respiración al otro lado.

—Soy yo, Alicia. Vargas.

—¿Vargas?

—No me diga que ya me ha olvidado.

Una larga pausa. La voz de Alicia sonaba como si proviniese del interior de una pecera.

—Pensaba que sería Leandro —dijo al fin, arrastrando las palabras.

—Suena rara. ¿Ha bebido?

—Cuando bebo no sueno rara, Vargas.

—¿Qué se ha tomado?

—Un vasito de leche caliente antes de decir mis oraciones e irme a dormir.

—¿Dónde se había metido? —preguntó él.

—Estaba tomando algo con Daniel Sempere.

Vargas mantuvo un largo silencio.

—Sé lo que me hago, Vargas.

—Si usted lo dice.

—¿Dónde está?

—En Vallvidrera, esperando a la policía y al juez para que hagan el levantamiento del cadáver.

—¿Qué les ha dicho?

—Que he ido a la casa de Mataix intentando acabar de atar algunos cabos sueltos y me he encontrado una sorpresa.

—¿Y se lo han creído?

—No, pero me quedan buenos amigos en Jefatura.

—Y del cuerpo, ¿qué piensa contarles?

—Que no lo reconozco porque no le había visto nunca con anterioridad. Lo cual es técnicamente cierto.

—¿Saben sus amigos que ha sido usted relevado del caso?

—Es probable que se enteraran antes que yo. Aquí el que no corre vuela.

—Tan pronto como identifiquen el cuerpo la noticia llegará a Madrid. Y a Leandro.

—Lo cual nos da unas horas de margen —estimó Vargas—. Eso con suerte.

—¿Le ha dicho algo Fermín? —preguntó Alicia.

—Perlas cultivadas. Y que ustedes dos tienen una conversación pendiente.

—Ya lo sé. ¿Le ha dicho sobre qué?

—Hemos intimado, pero no tanto. Me da que Fermín la toma a usted por alguien de su pasado.

—Y ahora ¿qué?

—Una vez el juez levante acta, voy a acompañar el cuerpo hasta el depósito con el cuento de que podría formar parte de mi investigación. Al forense le conozco de mis años en Leganés. Es una buena pieza. Veré lo que puedo averiguar.

—Va a estar allí por lo menos hasta que salga el sol.

—Por lo menos. Me echaré una cabezadita en la morgue. Seguro que me prestan una mesa de autopsia —bromeó Vargas sin ganas—. Los forenses son todos muy de la guasa.

—Vaya con cuidado. Y llámeme a la que sepa algo.

—Descuide. Usted intente dormir un poco y descansar.

Vargas colgó el teléfono y se acercó a la barra. Tomó el cortado, ya tibio, y lo apuró de un sorbo.

—¿Le pongo otro?

—Casi le diría que un café con leche.

—¿Una pastita para bajarlo todo? Invita la casa. Mañana estarán para tirar.

—Pues venga.

Vargas arrancó un cuerno del estropajoso cruasán y lo examinó al trasluz, debatiendo sobre si la ingesta de semejante artefacto era una buena idea. *Chusco*, con los escasos escrúpulos alimentarios propios de su especie, le observaba fijamente y se relamía con anticipación. Vargas dejó caer el pedazo de pasta y *Chusco* la capturó al vuelo. El perro procedió a devorar el premio con avidez y a dedicarle un jadeo de gratitud eterna.

—Vigile que luego no se lo va a quitar de encima —advirtió el camarero.

Vargas intercambió otra mirada con su nuevo mejor amigo. Le entregó el resto del cruasán y *Chusco* se lo tragó de un bocado. «En este perro mundo —pensó—, cuando te haces viejo y te duele hasta el sentido común, un mendrugo de amabilidad, o de lástima, es un manjar de dioses.»

Los noventa minutos prometidos por Linares se convirtieron en dos horas largas. Cuando avistó las luces del coche de policía y la furgoneta del depósito cortando la niebla en su ascenso por la carretera, Vargas abonó la consumición añadiendo una generosa propina y salió a la calle a esperar cigarrillo en mano. Linares no se apeó. Bajó la ventanilla e hizo señas a Vargas para que se metiera en el automóvil y se acomodara a su lado en el asiento de atrás. Uno de sus hombres iba al volante. Un individuo rechoncho embutido en un abrigo y tocado de una expresión saturnina viajaba en el asiento del acompañante.

—Señoría —saludó Vargas.

El juez no se molestó en saludar o reconocer su presencia.

Linares le dedicó una mirada ácida y sonrió, encogiéndose de hombros.

—¿Adónde vamos? —preguntó.

—Aquí cerca. A la carretera de las Aguas.

Mientras descendían rumbo a la entrada del camino, Vargas miró de reojo a su viejo compañero. Sus veinte años en el Cuerpo habían hecho con Linares lo que habían querido y más.

—Tienes buen aspecto —mintió.

Linares rio por lo bajo. Vargas tropezó con la mirada del juez en el espejo retrovisor.

—¿Viejos amigos? —inquirió este.

—Vargas no tiene amigos —dijo Linares.

—Hombre sabio —sentenció el juez.

Vargas guio al conductor a través de la senda de sombras que describía la carretera hasta que los faros del coche perfilaron la verja de la casa de los Mataix. La furgoneta del depósito los seguía a poca distancia. Se apearon del automóvil y el juez se adelantó unos pasos a contemplar la silueta del caserón entre los árboles.

—El cuerpo está en el sótano —indicó Vargas—. En una piscina. Debe de llevar ahí dos o tres semanas.

—Cágate —dictaminó uno de los mozos del depósito, que tenía aspecto de novato.

El juez se acercó a Vargas y le miró a los ojos.

—¿Dice Linares que lo ha descubierto usted en el curso de una investigación?

—Así es, señoría.

—¿Y que no lo ha podido identificar?

—No, señoría.

El juez dirigió la vista a Linares, que se frotaba las manos para combatir el frío. El segundo mozo del depósito, más veterano y con gesto impenetrable, se aproximó al cortejo y buscó la mirada de Vargas.

—¿Una o varias piezas?

—¿Perdón?

—El finado.

—Una. Creo.

El mozo asintió.

—Manolo, la bolsa grande, el bichero y un par de palas —ordenó a su aprendiz.


Media hora más tarde, mientras los mozos cargaban el cadáver en la furgoneta y el juez completaba la documentación sobre el capó del coche bajo el haz de luz de la linterna que sostenía el subalterno de Linares, Vargas advirtió a su lado la presencia de su antiguo compañero. Observaron en silencio cómo los empleados del depósito se las veían y se las deseaban para aupar el cadáver, más pesado de lo que habían calculado, al interior del furgón. En el trance le propinaron más de uno y de dos porrazos en lo que parecía la cabeza al tiempo que discutían entre ellos y maldecían por lo bajo.

—No somos nada —murmuró Linares—. ¿Uno de los nuestros?

Vargas se aseguró de que el juez estuviera fuera del alcance de su voz.

—Algo así. Voy a necesitar un poco de tiempo.

Linares bajó la mirada.

—Doce horas, como mucho. No te puedo dar más.

—Hendaya... —dijo Vargas.

Linares asintió.

—¿Está Manero en la morgue?

—Esperándote. Ya le he dicho que ibas para allí.

Vargas sonrió en agradecimiento.

—¿Algo que deba saber? —preguntó Linares.

El otro negó.

—¿Qué tal Manuela?

—Gorda como un ceporro, como su madre.

—Como a ti te gusta.

Linares asintió, solemne.

—Ya no se debe de acordar de mí —aventuró Vargas.

—Del nombre no, pero te sigue llamando *el hijo de puta*. Con cariño.

Vargas le ofreció un cigarrillo a su amigo, que declinó.

—¿Qué nos ha pasado, Linares?

Este se encogió de hombros.

—España, supongo.

—Podría ser peor. Podríamos estar en la bolsa.

—Tiempo al tiempo.


# 18


Supo que le estaban dando caza sin necesidad de volver la vista atrás. Al doblar la esquina y enfilar la avenida de la Catedral, Fernandito echó un vistazo por encima del hombro y los vio. Un par de siluetas le iban siguiendo desde que había salido de la comisaría. Apretó el paso y ajustó el rumbo ciñéndose a la sombra de los portales hasta ganar el extremo de la explanada. Allí se detuvo un instante al amparo de la marquesina de un café cerrado y comprobó que los dos esbirros de Hendaya no habían perdido su rastro. No tenía intención de conducirlos hasta su casa ni mucho menos hasta Alicia, así que optó por arrastrarlos a un recorrido turístico por la Barcelona nocturna con la esperanza de que extraviaran al señuelo, ya fuera por fortuna, fatiga o incluso por un golpe de ingenio.

Echó a caminar rumbo a Puertaferrisa por el centro de la calle, tan visible como una diana en un campo de tiro. La vía estaba prácticamente desierta a aquella hora de la noche y Fernandito desfiló sin prisa, cruzándose con algún crápula ocasional, un sereno de guardia y el habitual contingente de almas perdidas que siempre patrullaban las calles de Barcelona hasta bien entrada la madrugada. Cada vez que volvía la vista atrás los perros de presa de Hendaya estaban allí, siempre a la misma distancia caminara más o menos aprisa.

Al llegar a las Ramblas sopesó echar a correr e intentar perderse por las callejas del Raval, pero supuso que esa jugada le delataría y que, dada la pericia de sus perseguidores, sus perspectivas de éxito eran mínimas. Decidió continuar Ramblas abajo hasta llegar a la boca del mercado de la Boquería. Un cortejo de furgones se había congregado a sus puertas. Un nutrido grupo de estibadores faenaban bajo la guirnalda de bombillas prendidas en el interior del mercado descargando cajas y abasteciendo las paradas para el día siguiente. Sin pensarlo dos veces, se coló entre las columnas de cajas. Su silueta se fundió con las de docenas de trabajadores que recorrían los pasillos del mercado. Tan pronto como se sintió a salvo de la mirada de sus perseguidores, Fernandito se puso a trotar en dirección a la parte de atrás del recinto. La inmensa bóveda del mercado se abría a su paso como una catedral consagrada al arte de la fina vianda donde todos los olores y colores del universo se conjuraban en un gran bazar con que aplacar los apetitos de la ciudad.

Sorteó pilas de frutas y verduras, montículos de especias y conservas, arcones repletos de hielo y criaturas gelatinosas que aún se movían. Esquivó cadáveres sanguinolentos colgados de garfios y encajó maldiciones y empujones de carniceros, mozos y verduleras calzadas con botas de goma. Al llegar al extremo del tendido encontró una plaza repleta de pilas de cajas de madera vacías. Corrió a ocultarse tras una columna de arcones y concentró la mirada para escrutar la salida trasera del mercado. Transcurrieron casi treinta segundos sin señal de los dos agentes. Fernandito respiró hondo y se permitió una sonrisa de alivio. Su pausa de sosiego apenas duró un instante. Los dos policías asomaron por la puerta del mercado y se detuvieron a estudiar la plaza. Fernandito se hundió en la sombra. Se deslizó rápidamente hasta una calleja que bordeaba el antiguo hospital de la Santa Cruz en dirección a la calle del Carmen.

Tropezó con ella tan pronto como dobló la esquina: rubia de bote, falda ajustada al punto de explosión y rostro de madona perdida de piedades y carmín infernal.

—Hola, prenda —entonó zalamera—. ¿No tendrías tú que estar preparándote el Cola Cao para ir al colegio?

Fernandito estudió a la fulana y, sobre todo, la promesa de refugio que se abría en el portal a su espalda. El aspecto del inmueble invitaba a todo menos a entrar. Un individuo de tez cetrina hacía las veces de recepcionista y ocupaba una garita del tamaño de un confesionario.

—¿Cuánto? —improvisó Fernandito, oteando el acceso al callejón.

—Eso depende del servicio. Hoy tengo un especial para monaguillos y niños de teta, porque para teta...

—Vale —cortó el chico.

La fulana dio por concluida la presentación de ventas y le asió del brazo, tirando de él hacia la escalera. Al tercer paso el cliente se detuvo a mirar atrás, alertado tal vez por el radar timorato que todo pardillo lleva dentro o por los aromas que exhalaba el interior de la finca. Temiendo una pérdida contable en la que ya de por sí era una noche de sequía, la meretriz le dispensó un fogoso apretón y le susurró al oído con el aliento húmedo y la prosodia de excelsa lagarta que tan buenos resultados le deparaba con los niñatos de disposición flácida.

—Venga, pichón mío, vente que te voy a pegar un viaje de fin de curso que te vas a quedar a cuadros —prometió.

Cruzaron frente a la garita, donde, sin llegar a detenerse, el intendente les entregó el lote logístico, que incluía jabón, gomas y demás utensilios de menester. Fernandito siguió a la Venus de alquiler sin perder de vista la entrada del portal. Una vez rebasada la esquina de la escalera y llegados al rellano de un primer piso que prometía un pasillo cavernoso de habitaciones perfumadas con salfumán, la fulana le dedicó una mirada de inquietud.

—Te veo con mucha prisa —dijo.

Fernandito suspiró y ella buscó sus ojos inquietos. La calle diploma en psicología a marchas forzadas, y la experiencia de campo le había enseñado que, si un cliente no entraba ya en caliente ante la mera promesa de un buen meneo y de su frondoso palmito, era de esperar que se echara atrás al pisar la cochambrosa habitación que tenía por oficina. O, peor, que se dejara el empeño antes de bajarse los calzones y se batiera en retirada sin haber satisfecho expectativas ni honorarios.

—Mira, corazón, la rapidez no es buena consejera para estas cosas, y menos a tu edad, que a más de uno se le ha ido el santo al cielo con un simple roce de esta pechuga serrana. Esto tienes que saborearlo como un pastelito de nata. Bocadito a bocadito.

Fernandito balbuceó lo que la fulana optó por tomar como capitulación ante el irrebatible alegato de sus prietas carnes. La habitación quedaba al final del pasillo. De camino, el chico tuvo ocasión de apreciar el murmullo de jadeos y sacudidas que se filtraban tras las puertas. Algo en su rostro debió de delatar su escaso bagaje cultural.

—¿Primera vez? —preguntó la fulana, abriendo la puerta y cediéndole el paso.

El chico asintió, angustiado.

—Pues no te preocupes, los novatos son mi especialidad. Por mi consulta han pasado la mitad de los señoritos bien de Barcelona para que les enseñara a cambiarse los pañales solitos. Entra.

Fernando echó un vistazo a su refugio temporal. Era peor de lo que había esperado.

La cámara describía un catálogo de miserias y hedores enmarcados en pintura verde desconchada por humedades de origen incierto. El amago de baño, abierto al dormitorio, estaba presidido por un retrete sin tapa, un lavamanos de color ocre y un ventanuco por el que se filtraba una claridad plomiza. Las tuberías susurraban una extraña melodía de borbotones y goteos que inspiraban de todo menos los efluvios del querer. Una palangana de considerables dimensiones a pie del lecho insinuaba misterios que era preferible no desvelar. La cama consistía en un armazón de metal, un colchón que había sido blanco haría unos quince años y almohadas de alto kilometraje.

—Casi es mejor que me vaya a mi casa —argumentó Fernandito.

—Tranquilo, chaval, que ahora empieza lo bueno. A la que te quite los pantalones esto te va a parecer la *suite* nupcial del Ritz.

La fulana condujo a Fernandito hasta el catre y le ayudó a sentarse a empujones. Rendido el cliente a los envites, ella se arrodilló frente a él y le sonrió con una ternura que cortaba el maquillaje y la tristeza que destilaba su mirada. Un barniz mercantil en su gesto arruinó la escasa poesía barriobajera que Fernandito había querido imaginar. La prostituta le miraba expectante.

—Sin mosca no hay paraíso, cariño.

Fernandito asintió. Hurgó en sus bolsillos y sacó la cartera. Los ojos de la fulana se encendieron de ansia. Él tomó el dinero que llevaba y se lo entregó a la mujer sin contarlo.

—Es todo lo que tengo. ¿Está bien?

La meretriz dejó el dinero sobre la mesita y le miró a los ojos con estudiada dulzura.

—Yo soy Matilde, pero puedes llamarme lo que quieras.

—¿Qué le llama la gente?

—Va a gustos. Zorra, puta, guarra o el nombre de su mujer o su madre... Una vez un seminarista arrepentido me llamó *mater*. Yo pensaba que quería decir váter, pero resulta que es *mamá* en latín.

—Yo soy Fernando, pero todo el mundo me llama Fernandito.

—Dime, Fernando, ¿has estado alguna vez con una mujer?

Él asintió con raquítica convicción. Mala señal.

—¿Sabes lo que hay que hacer?

—La verdad es que solo quiero poder pasar aquí un rato. No hace falta que hagamos nada.

Matilde frunció el ceño. Los retorcidos eran los peores. Decidida a enderezar la situación, procedió a desabrocharle el cinturón y empezó a bajarle los pantalones. Fernandito la interrumpió.

—No tengas miedo, cielo.

—No tengo miedo de usted, Matilde —dijo Fernandito.

Ella se detuvo y le miró fijamente.

—¿Te sigue alguien?

Fernandito asintió.

—Ya. ¿Policía?

—Creo que sí.

La mujer se incorporó y se sentó a su lado.

—¿Seguro que no quieres hacer nada?

—Solo estar aquí un rato. Si no le importa.

—¿No te gusto?

—No quería decir eso. Es usted muy atractiva.

Matilde rio por lo bajo.

—¿Tienes una chica que te guste?

Fernando no respondió.

—Seguro que sí. Anda, dime, ¿cómo se llama tu novia?

—No es mi novia.

Matilde le miraba, inquisitiva.

—Se llama Alicia —dijo Fernandito.

La mano de la mujer se posó en su muslo.

—Seguro que yo sé hacer cosas que tu Alicia no sabe.

Fernandito se dio cuenta de que no tenía la más mínima idea de las cosas que Alicia sabía o no hacer, y no por falta de especulación. Matilde le observaba con curiosidad. Se tendió en el lecho y le tomó de la mano. Cuando él la miró a la luz de aquella bombilla anémica que le confería un tinte amarillento, comprendió que Matilde era mucho más joven de lo que había supuesto y que era posible que apenas tuviera cuatro o cinco años más que él.

—Si quieres te puedo enseñar cómo se acaricia a una chica.

Fernandito se atragantó con su propia saliva.

—Ya sé cómo se hace —articuló con escaso brío.

—Ningún hombre sabe cómo se acaricia a una chica, corazón. Hazme caso. Hasta el más pintado tiene dedos de mazorca. Ven, échate a mi lado.

Fernandito dudó.

—Desnúdame. Despacito. Cuanto más despacio se desnuda a una chica más rápido se la conquista. Imagina que soy Alicia. Seguramente hasta me parezco un poco.

Como un huevo a una castaña, pensó Fernandito. Pero, aun así, la imagen de Alicia tendida frente a él en el lecho con los brazos extendidos por encima de los hombros le nubló las retinas. Fernandito apretó el puño para contener el tembleque.

—Alicia no tiene por qué saberlo. Yo te guardo el secreto. Anda.

# 19

Enterrado en una oscura esquina donde la calle Hospital perdía su dulce nombre se alzaba un edificio sombrío al que nunca parecía haber rozado la luz del sol. Un portal de hierro vedaba la entrada y no había cartel o indicación alguna que permitiera adivinar lo que ocultaba en su interior. El coche de la policía se detuvo delante. Vargas y Linares se apearon.

—¿Seguirá aquí ese infeliz? —preguntó Vargas.

—No creo que le lluevan ofertas para irse a otro sitio —dijo Linares llamando al timbre.

Esperaron cerca de un minuto hasta que la puerta se abrió hacia adentro. Los recibió la mirada reptil de un individuo de infausta hechura que les cedió el paso con gesto poco amigable.

—Le hacía a usted muerto —saludó al reconocer a Vargas.

—Yo también le he echado de menos, Braulio.

Los más veteranos sabían de Braulio, homúnculo de piel curtida por el formol y paso quebrado que oficiaba como ordenanza, asistente del forense y alma en pena oficial del lugar. Aseguraban las lenguas maledicentes que malvivía en los sótanos de la morgue haciendo de la cochambre un arte y envejeciendo con mal tiento al abrigo de un camastro sembrado de chinches y una única muda de ropa que ya llevaba cuando ingresó en desafortunadas circunstancias en la institución al cumplir los dieciséis años.

—El doctor los está esperando.

Vargas y Linares le siguieron a través de la letanía de corredores húmedos y tintados de penumbra verdosa que conducían a las entrañas de la morgue. La leyenda negra contaba que Braulio había llegado a aquel lugar hacía treinta años tras ser arrollado por un tranvía frente al mercado de San Antonio mientras huía del escenario de un hurto menor, léase el robo frustrado de una gallina escuálida o un puñado de enaguas, según la versión. El conductor de la ambulancia que le recogió, al ver el amasijo de miembros anudados en un lazo imposible, lo declaró muerto en el acto y, tras cargarlo en el vehículo como si fuese un saco de escombros, se detuvo a catar unos vinos con unos amiguetes en una tasca de la calle Comercio antes de hacer entrega del maltrecho batiburrillo de huesos sanguinolentos en la morgue que mantenía la policía en el Raval, que le iba más de paso que la del hospital Clínico. Cuando el forense en prácticas se dispuso a hincarle el bisturí y a abrirlo en canal, el moribundo abrió unos ojos como platos y revivió de un brinco. El suceso fue declarado un milagro del sistema sanitario nacional y recibió una amplia cobertura en la prensa local porque era pleno verano y los periódicos gustaban de publicar curiosidades y disparates de peso pluma para amenizar la canícula. «Desgraciado revive por ensalmo a un paso de la muerte», rezó *El Noticiero Universal* en portada.

Sin embargo, la fama y la gloria de Braulio resultaron efímeras y a tono con la frivolidad de los tiempos, pues trascendió que el interfecto era feo con ganas y sufría de flatulencia crónica al haber quedado su intestino grueso trenzado como una peineta, por lo que el público lector se vio en el brete de tener que olvidarlo con premura para concentrar de nuevo la atención en la vida de cupleteras y astros del fútbol. El pobre Braulio, habiendo saboreado las mieles de la fama, no llevó bien su regreso al más ignominioso de los anonimatos. Pensó en quitarse la vida mediante una ingesta desmesurada de buñuelos de cuaresma pasados pero, en un momento de misticismo que le sobrevino sentado en el retrete por mor del severo ataque de colitis resultante, vio la luz y comprendió que el Señor, en sus laberínticos designios, había querido para él una existencia entre tinieblas al servicio del *rigor mortis* y sus aledaños.

Con los años y el aburrimiento la mística popular de comisaría urdió un folletín de factura ensortijada en torno a la figura, las andanzas y los milagros de Braulio, que en su tránsito interrumpido entre ambos mundos habría sido adoptado por un ánima malévola que se resistía a descender a los infiernos, más a gusto en aquella Barcelona de los años treinta, que era a juicio de los entendidos lo que más se le parecía.


—¿Y sigue sin echarse novia, Braulio? —preguntó Linares—. Con ese olorcillo a butifarra negra rancia que suelta se las debe de llevar de calle.

—Novias tengo de sobra —replicó Braulio, guiñando un ojo de párpado abatido y morado parecido a un parche—. Y bien quietecitas que se están.

—Deje de decir gorrinadas y traiga el cuerpo, Braulio —ordenó una voz desde la tiniebla.

Al son de la voz de su amo, Braulio partió a escape y Vargas avistó la silueta del doctor Andrés Manero, forense y viejo compañero de fatigas. Manero se adelantó y le ofreció la mano.

—Hay gente que solo se ve en los entierros, pero usted y yo ni eso: solo para las autopsias y otras fiestas de guardar —dijo el doctor.

—Señal de que seguimos vivos.

—Eso usted, Vargas, que está hecho un toro. ¿Cuánto hace de la última vez?

—Lo menos cinco o seis años.

Manero asintió sonriendo. Incluso a la luz mortecina que flotaba en la sala, Vargas advirtió que su amigo había envejecido más allá de lo imprescindible. Al poco se oyó el paso maltrecho de Braulio empujando la camilla. El cuerpo iba cubierto por un lienzo que se había pegado al cadáver y empezaba a transparentar al contacto con la humedad. Manero se aproximó a la camilla y levantó la parte del sudario que cubría el rostro. Su expresión no se inmutó, pero desvió por un momento la mirada hacia Vargas.

—Braulio, déjenos.

El ayudante, contrariado, enarcó las cejas.

—¿No me necesita el doctor?

—No.

—Pero yo creí que le iba a asistir en...

—Ha creído mal. Salga un rato a echar un pitillo.

Braulio lanzó una mirada hostil a Vargas, pues no le quedaba duda de que él debía de ser el culpable de que no pudiera participar del festín en ciernes. Vargas le devolvió el guiño y señaló la salida.

—Aire, Braulio —ordenó Linares—. Ya ha oído al doctor. Y dese un baño bien caliente, procurando a ser posible rasparse la pudenda con fuerza a base de lejía y piedra pómez, que una vez al año no hace daño. ¡Ah! Y le regalo el pareado.

Braulio, visiblemente enojado, partió cojeando y masticando maldiciones. Una vez libres de su presencia, Manero retiró por completo el sudario y encendió la góndola de lámparas regulables que pendía del techo. Una luz pálida, de vapor y hielo, esculpió el contorno del cuerpo. Linares se adelantó y, tras dedicar un vistazo somero al cadáver, dejó escapar un suspiro.

—Santo Dios...

Linares desvió la vista y se aproximó a Vargas.

—¿Es quien parece? —murmuró.

Vargas le sostuvo la mirada sin responder.

—Esto no voy a poder taparlo —dijo Linares.

—Lo entiendo.

Linares bajó la cabeza, negando para sí.

—¿Hay algo más que pueda hacer por ti? —preguntó.

—Siempre puedes quitarme la lapa de encima.

—No te sigo.

—Alguien lo hace. Uno de los tuyos.

Linares le miró fijamente, la sonrisa en retirada.

—No tengo a nadie siguiéndote.

—Habrá sido alguien de arriba entonces.

Linares negó.

—Si hubiese alguien haciéndolo lo sabría. Mío o no.

—Es un tipo joven, bastante malo. Pequeñín. Un novato. Rovira, se llama.

—El único Rovira que hay en Jefatura está en el archivo, tiene sesenta años y suficiente metralla en las piernas como para abrir una ferretería. El pobre no podría ir tras su sombra ni aunque le pagasen.

Vargas frunció el ceño. El rostro de Linares destilaba decepción.

—Seré muchas cosas, Vargas, pero no de los que apuñalan por la espalda a un amigo —dijo.

El otro iba a replicar pero Linares alzó la mano para silenciarle. El mal estaba hecho.

—Tienes hasta media mañana. Después debo dar parte. Esto traerá tela, ya lo sabes —dijo, camino de la salida—. Buenas noches, doctor.

Anclado en las sombras del callejón que bordeaba la morgue, Braulio contempló la silueta de Linares alejándose en la noche. «Ya te pillaré, cabrón», se dijo. Tarde o temprano, todos aquellos gallitos que habían venido al mundo a faltarle al respeto acababan como los demás, un pedazo de carne tumefacta tendida sobre una lámina de mármol a merced del acero bien afilado y el capricho de quien sabía trabajarlo. Y él estaba allí para darles la despedida que merecían. No era la primera vez y no sería la última. Quienes creían que la muerte era la indignidad final que dispensaba la vida se equivocaban. Un amplio catálogo de escarnios y humillaciones esperaba entre bambalinas caído el telón, y el bueno de Braulio siempre estaba allí para quedarse con uno o dos recuerdos para su galería de trofeos y asegurarse de que cada cual cruzase a la eternidad con su justa recompensa. A Linares le tenía pillado el número desde hacía tiempo. Y de su amiguito Vargas tampoco se había olvidado. Nada mantiene mejor la memoria que el resentimiento.

—Te voy a deshuesar como a un jamón y me voy a hacer un llavero con tus huevos, capullo —murmuró—. Antes de lo que te esperas.

Acostumbrado pero nunca aburrido de escucharse, Braulio sonrió complacido y decidió celebrar la buena fortuna de su ingenio con un cigarrillo con que templar el frío que permeaba la calle Hospital a aquellas horas de la madrugada. Palpó los bolsillos de su abrigo, herencia de un difunto de inclinación subversiva que había pasado por taquilla semanas atrás en condiciones que daban fe de que todavía quedaban en Jefatura artistas que los tenían bien puestos. El paquete de Celtas estaba vacío. Braulio hundió las manos en los bolsillos y observó su aliento dibujando volutas en el aire. Con lo que le iba a pagar Hendaya cuando le contase lo que acababa de ver podría comprarse varios cartones de Celtas y hasta un bote de vaselina fina, de aquella perfumada que vendían en la tienda de lavajes de Genaro el Chino. Porque a algunos clientes había que tratarlos con clase.

El eco de unos pasos en la oscuridad le despertó de sus ensoñaciones. Afinó la vista y advirtió que una silueta se formaba entre los pliegues de la neblina y avanzaba en su dirección. Braulio dio un paso atrás y chocó contra la puerta de la entrada. El visitante no parecía mucho más alto que él pero transmitía una extraña calma y determinación que le erizaron los cuatro pelos que le colgaban de la nuca. El tipo se detuvo frente a Braulio y le tendió un paquete de cigarrillos abierto.

—Usted debe de ser el señor don Braulio —dijo.

Nadie le había llamado señor o don en toda su vida y Braulio descubrió que no le gustaba el sonido del tratamiento en labios de aquel extraño.

—Y usted ¿quién es? ¿Le envía Hendaya?

El visitante se limitó a sonreír y alzó el paquete de cigarrillos hasta el rostro de Braulio, que aceptó uno. A continuación extrajo un mechero de gasolina y le brindó la llama abierta.

—Gracias —murmuró él.

—No se merecen. Dígame usted, don Braulio, ¿quién hay ahí dentro?

—Una pila de fiambres, qué va a haber...

—Me refiero a los vivos.

Braulio dudó.

—Entonces le envía Hendaya, ¿no?

El extraño se limitó a mirarle fijamente sin dejar de sonreír. Braulio tragó saliva.

—El forense y un policía de Madrid.

—¿Vargas?

Braulio asintió.

—¿Qué tal?

—¿Perdón?

—El cigarrillo. ¿Qué tal?

—Muy fino. ¿Importado?

—Como todo lo bueno. Tiene usted llaves, ¿verdad, don Braulio?

—¿Llaves?

—Del depósito. Me temo que voy a necesitarlas.

—Hendaya no dijo nada de entregar las llaves a nadie.

El extraño se encogió de hombros.

—Cambio de planes —señaló mientras se enfundaba unos guantes con parsimonia.

—Oiga, ¿qué hace?

El brillo del acero apenas duró un instante. Braulio notó que la hoja del cuchillo, el frío más cortante que había conocido en su miserable existencia, se hundía en sus entrañas. Al principio apenas sintió dolor, tan solo aquella percepción de claridad extrema y de debilidad a medida que la hoja le rebanaba las tripas. Luego, cuando el extraño le hundió de nuevo el cuchillo en el bajo vientre hasta el mango y tiró con fuerza hacia arriba, Braulio sintió que aquel frío se tornaba fuego. Una garra de hierro candente se abrió camino hacia su corazón. La garganta se le inundó de sangre y ahogó sus gritos mientras el extraño le arrastraba al callejón y sustraía el manojo de llaves que llevaba prendido al cinto.

## 20

Recorrió los pasillos en la penumbra hasta enfilar el corredor que conducía a la sala de autopsias. Un halo verdoso se filtraba por las rendijas de la puerta. La voz de los dos hombres podía oírse desde allí. Hablaban como viejos amigos, dejando silencios que no requerían disculpa y bromeando para orillar la tarea a mano. Se aupó hasta el círculo de cristal tintado que coronaba la puerta. Estudió la silueta de Vargas, sentado en una de las placas de mármol, y la del forense, inclinado sobre el cadáver. Escuchó al doctor describir con detalle el fruto de su labor. No pudo evitar sonreír ante el ingenio con que el forense desentrañaba los detalles de los últimos instantes de Lomana sin hacerle ascos a la finura del corte, la precisión con la que había rebanado las arterias y la tráquea de aquel patán para verle morir de rodillas, el pánico en los ojos y la sangre brotando a borbotones por sus manos. Entre maestros era de caballeros el reconocer el trabajo bien hecho.

El forense describió también las puñaladas que le había propinado en el torso cuando Lomana se aferró a sus piernas intentando evitar en vano que le empujase hasta el borde de la piscina. No había agua en sus pulmones, explicó, solo sangre. Lomana se había ahogado en su propia sangre antes de hundirse en las aguas putrefactas. El forense era un hombre experimentado, un profesional que conocía el oficio y cuyo magisterio le inspiraba respeto y admiración. No había muchos como él. Solo por eso, decidió, le perdonaría la vida.

Vargas, zorro viejo, dejaba caer preguntas aquí y allá con notable perspicacia. No se lo iba a negar, pero era obvio que estaba dando palos de ciego y que, más allá de los particulares de la agonía final de Lomana, poco podría sacar en claro de su visita a la morgue. Mientras los escuchaba, debatió la posibilidad de retirarse a descansar unas horas o buscar una fulana que le calentase los pies hasta el amanecer. Parecía claro que las pesquisas de Vargas estaban en vía muerta y que no iba a ser necesario intervenir. Esas eran las órdenes, al fin y al cabo. No mover pieza a menos que no hubiera otro remedio. En el fondo lo lamentaba. Habría sido interesante enfrentarse al viejo policía y ver si aún le quedaban agallas para aferrarse a la vida. Los que se resistían a lo inevitable eran sus preferidos. Y en cuanto a la deliciosa Alicia, a ella le reservaba el honor final. Con ella sí podría tomarse su tiempo y saborear la recompensa a todos sus esfuerzos. Sabía que Alicia no le iba a decepcionar.

Esperó media hora más hasta que el forense concluyó su examen y ofreció a Vargas una copita del licor que guardaba en el armario de los instrumentos. La conversación derivó hacia los tópicos de rigor entre viejos amigos cuyo rumbo se ha separado, panegíricos de escasa originalidad sobre el devenir del tiempo, los caídos por el camino y otras banalidades del envejecer. Aburrido, estaba por retirarse y dejar a Vargas y al forense vagando a la deriva hacia ninguna parte cuando advirtió que el policía extraía un pedazo de papel del bolsillo y lo examinaba bajo las luces que colgaban del techo. Las voces se redujeron a un murmullo y tuvo que pegar el oído a la puerta para discernir sus palabras.

El doctor Manero notó que la puerta de la sala se movía ligeramente.

—Braulio, ¿es usted?

Al no obtener respuesta, el forense suspiró y negó por lo bajo.

—Cuando no le dejo estar presente a veces se esconde detrás de las puertas a escuchar —explicó.

—No sé cómo lo tolera —dijo Vargas.

—Me digo que es casi mejor que esté aquí que rondando por esos mundos. Al menos así le tenemos vigilado. Bueno el traguito, ¿eh?

—¿Qué es? ¿Líquido para embalsamar?

—Ese lo guardo para cuando me toca llevar algo a bodas y comuniones de la familia de mi mujer. ¿Va a contarme algo del caso? ¿Qué hacía el desgraciado de Lomana en la piscina de un caserón abandonado de Vallvidrera?

Vargas se encogió de hombros.

—No lo sé.

—Entonces probaré con los vivos. ¿Qué hace usted en Barcelona? Si mal no recuerdo había prometido no volver nunca más.

—Una promesa que no se rompe no merece tal nombre.

—¿Y eso que tiene ahí? Yo le hacía a usted de letras.

Manero señaló la lista de números que Vargas tenía en la mano.

—A saber. La llevo encima hace días y no sé ni lo que significa.

—¿Puedo verla un momento?

Vargas se la tendió y el forense le echó un vistazo mientras saboreaba el licor.

—Estaba pensando que a lo mejor son números de cuenta —apuntó el policía.

El forense negó.

—Los de la columna derecha no sabría decirle a qué corresponden, pero los de la izquierda son casi con toda seguridad certificados —dijo.

—¿Certificados?

—De defunción.

Vargas le miró sin comprender. Manero señaló la columna a la izquierda.

—¿Ve la numeración? Estos siguen el sistema antiguo. La nueva numeración cambió hace años. Pero en estos se observa todavía el número de expediente, libro y página. Estos últimos los añaden luego, pero aquí generamos números de esos todos los días. Hasta su amigo Lomana va a tener uno para el resto de la eternidad.

Vargas apuró su vaso de un trago y examinó de nuevo la lista como si se tratase de un rompecabezas con el que llevara años batallando y que, súbitamente, empezase a cobrar sentido.

—¿Y los de la columna de la derecha? Parece que van correlacionados, pero la secuencia de numeración es distinta. ¿Podrían ser también certificados?

Manero afinó la mirada y se encogió de hombros.

—Lo parecen, pero no son de mi departamento.

Vargas dejó escapar un suspiro.

—¿Le ayuda esto en algo? —preguntó el forense intrigado.

El policía hizo un gesto afirmativo.

—¿Y dónde puedo encontrar los expedientes a los que corresponden esos números de certificado?

—¿Dónde va a ser? Donde empieza y termina todo en esta vida: en el Registro Civil.

## 21

El hilo de luz que destilaba el ventanuco del baño le indicó que comenzaba a clarear. Fernandito se sentó en el lecho y echó un vistazo a Matilde, que se había quedado adormecida a su lado. Acarició con la mirada el perfil de su cuerpo desnudo y sonrió. Ella abrió los ojos y le miró con expresión serena.

—¿Qué hay, artista? ¿Un poco más tranquilo?

—¿Se habrán ido ya? —preguntó el chico.

Matilde se desperezó y buscó sus ropas esparcidas al pie de la cama.

—Por si las moscas, sal por el tragaluz que da al callejón. Lleva a una de las entradas del mercado.

—Gracias.

—Gracias a ti, prenda. ¿Te lo has pasado un poco bien?

Fernandito se sonrojó, pero asintió mientras se vestía en la penumbra. Matilde alargó el brazo hasta el paquete de tabaco que había dejado en la mesilla y encendió un cigarrillo. Observó a Fernandito enfundarse la ropa a toda prisa, su pudor y apocamiento casi intactos pese a la sesión didáctica que acababa de recibir. Una vez listo, él la miró y señaló el ventanuco.

—¿Por aquí?

Matilde asintió.

—Pero ándate con ojo, no te vayas a romper la crisma. Que quiero que vuelvas de una pieza a verme. Porque vendrás, ¿verdad?

—Claro —mintió Fernandito—. En cuanto me den la paga.

El chico asomó la cabeza por la ventana y estudió el patio interior que conducía al angosto pasaje al que había aludido Matilde.

—No te fíes de la escalera, que va un poco suelta. Más vale que des un salto, tú que eres joven.

—Gracias. Y adiós.

—Adiós, corazón. Suerte.

—Suerte —respondió también Fernandito.

Se disponía a colarse por el ventanuco cuando la voz de Matilde le llamó a su espalda.

—¿Fernando?

—Sí.

—Trátala bien. A tu novia, como se llame. Trátala bien.

Tan pronto como abandonó las dependencias de la morgue, Vargas sintió que revivía tras un largo interludio en el purgatorio. El licor escanciado por el doctor Manero y, sobre todo, la revelación de a qué correspondían la mitad de los números de aquella lista le habían encendido el ánimo. Casi pudo olvidar que no había pegado ojo en demasiadas horas. Su cuerpo delataba el cansancio, y si se hubiera parado a pensarlo habría reparado en el hecho de que le dolían los huesos y hasta la memoria, aunque la esperanza de que aquella brizna de información recién desenterrada pudiera llevarle a algo en claro le mantuvo en pie y a paso firme. Por un instante dudó en acercarse hasta casa de Alicia para compartir la novedad, pero no estando seguro de que la lista con los números de certificados de defunción que Valls había llevado consigo en su viaje secreto desde Madrid pudiera proveer una pista concreta, optó por cerciorarse primero. Puso rumbo a la plaza de Medinaceli, un oasis de palmeras y jardines recortado entre palacios decrépitos y las brumas que soplaban desde la dársena del puerto donde pronto abrirían sus puertas las oficinas del Registro Civil de Barcelona.

De camino, Vargas se detuvo en el hostal Ambos Mundos de la Plaza Real, que despachaba ya desayunos y cafés a los hijos de la noche que recalaban para un último refrigerio. Se sentó a la barra, hizo una seña a un camarero que era todo patillas y quijada, y pidió un bocadillo de jamón serrano, una cerveza y un café doble con un chorrito de coñac.

—Coñac solo me queda del caro —advirtió el camarero.

—Pues que sea doble —replicó Vargas.

—Si está de celebración a lo mejor le apetece un Romeo y Julieta de postre. Me los traen directamente de Cuba. Canela fina, de los que enrollan las mulatitas entre los muslos...

—No le diré que no.

Vargas siempre había oído que el desayuno era la comida más importante del día, al menos hasta que llegaba la hora del almuerzo. Rematarla con un buen habano no podía traer sino buena fortuna. Dejando un halo de humo caribeño, con el estómago lleno y la conciencia en estado de promesa, reemprendió la marcha. El cielo se había teñido de ámbar y la luz de vapor que resbalaba por las fachadas le hizo pensar que aquel sería uno de esos días, contados, en que daría con la verdad, o con algo que se le pareciese lo suficiente. Como cantaría, años por venir, un poeta bregado en aquellas calles, aquel podía ser un gran día.

A una cincuentena de metros a su espalda, al abrigo de un ángulo de sombra que proyectaban las cornisas de un edificio en ruinas, la mirada del observador le seguía sin tregua. Con un puro en los labios, con la panza llena y el ánimo embebido de falsas esperanzas, Vargas le pareció más acabado que nunca. El escaso respeto que había conseguido sentir por él se estaba evaporando como la película de neblina que aún reptaba por el empedrado a sus pies.

Se dijo que él nunca sería así, jamás permitiría que el licor y la complacencia le enturbiasen el juicio ni que su cuerpo deviniera un saco de huesos sin agallas. Los viejos siempre le habían dado asco. Si la gente no tenía la dignidad de saltar de una ventana o tirarse al metro llegada su decrepitud, alguien debería pegarles un tiro de gracia y quitarlos de la circulación como a perros sarnosos en interés del bien público. El observador sonrió, nunca ajeno al gracejo de sus ocurrencias. Él siempre iba a ser joven, porque era más inteligente que los demás. No iba a cometer los errores que dejaban que un hombre con cierto potencial como Vargas acabara por convertirse en un triste reflejo de lo que pudo haber sido. Como aquel patán de Lomana, que había vivido de culo y muerto de rodillas agarrándose el gaznate con dos manos mientras él contemplaba cómo los capilares de sus ojos estallaban bajo la córnea y las pupilas se dilataban en un espejo negro. Otro despojo que no había sabido retirarse a tiempo.

No le tenía miedo. No tenía miedo de lo que pudiera, o creyera, que iba a averiguar. Se mordió la lengua para no reír. Faltaba ya muy poco. Y cuando ya no hubiera necesidad de seguirle los pasos y aquel asunto quedase cerrado, podría saborear al fin su recompensa: Alicia. Ambos a solas, sin prisa, tal y como se lo había prometido el maestro. Con tiempo y artes para enseñarle a aquella zorra de terciopelo que no había ya nada que aprender de ella y que, antes de despacharla al olvido del que nunca debió salir, la iba a trabajar a fondo y a enseñarle lo que era de verdad el dolor.

Cuando Alicia abrió los ojos, la luz del alba iluminaba las ventanas. Ladeó la cabeza y hundió el rostro en el cojín del sofá. Llevaba aún la ropa del día anterior y tenía la boca envenenada con aquel sabor de almendras amargas que dejaban las pastillas bañadas en alcohol. Algo martilleaba en sus oídos. Entreabrió de nuevo los ojos y vio el frasco de píldoras sobre la mesa junto a los restos de una copa de vino blanco tibio que apuró de un trago. Al querer rellenarla descubrió que la botella estaba vacía. Solo al avanzar a tientas hacia la cocina en busca de otra comprendió que aquel martilleo que sentía en las sienes no era ni su pulso ni la estela de migraña que dejaba el fármaco, sino golpes en la puerta. Se apoyó en una silla del comedor y se frotó los ojos. Una voz al otro lado repetía su nombre con insistencia. Se arrastró hasta la entrada y abrió. Fernandito, con aspecto de haber ido al fin del mundo y vuelto, la contemplaba con un gesto más de alarma que de alivio.

—¿Qué hora es? —preguntó Alicia.

—Pronto. ¿Está bien?

Alicia asintió con los ojos medio cerrados y se volvió dando tumbos al sofá. Fernandito cerró la puerta y antes de que pudiera caerse por el camino la sujetó y la ayudó a aterrizar sobre los cojines sana y salva.

—¿Qué es esto que toma? —quiso saber examinando el frasco de píldoras.

—Aspirinas.

—Serán de caballo.

—¿Qué haces aquí tan pronto?

—Estuve anoche en El Pinar. Tengo cosas que contarle.

Alicia palpó la mesa en busca de cigarrillos. Fernandito se los apartó sin que llegara a darse cuenta.

—Soy toda oídos.

—No lo parece. ¿Por qué no se da una ducha mientras preparo café?

—¿Huelo mal?

—No. Pero creo que le irá bien. Venga, la ayudo.

Antes de que Alicia pudiera protestar, Fernandito la aupó del sofá y la condujo hasta el cuarto de baño, donde la sentó en el borde de la bañera y dejó correr el agua, probando la temperatura con una mano y asegurándose con la otra de que ella no se viniera abajo.

—No soy un bebé —alegó Alicia.

—A veces lo parece. Venga, al agua. ¿Se desnuda usted o lo hago yo?

—Ya te gustaría.

Alicia le empujó fuera del baño y cerró la puerta. Dejó caer la ropa al suelo pieza a pieza, como si se desprendiese de escamas muertas, y se miró al espejo.

—Santo Dios —murmuró.

Unos segundos después, un golpe de agua fría le mordió la piel sin contemplaciones y la devolvió al mundo de los vivos. Fernandito, mientras preparaba una cafetera bien cargada en la cocina, no pudo resistir una sonrisa al oír el grito que salía del baño.

Quince minutos más tarde, Alicia escuchó el relato de los sucesos de la noche anterior hundida en un albornoz que le iba grande y con el pelo envuelto en una toalla. Mientras dejaba que Fernandito contase lo ocurrido, iba dando sorbos al tazón de café negro que sostenía con ambas manos. Cuando el chico hubo finalizado la explicación, apuró el café de un trago y le miró a los ojos.

—No tendría que haberte puesto en peligro de esta manera, Fernandito.

—Eso es lo de menos. Ese tipo, Hendaya, no tiene ni idea de quién soy. Pero estoy seguro de que sabe quién es usted, Alicia. Usted es la que está en peligro.

—¿Dónde has estado después de dar esquinazo a los dos policías?

—He encontrado una especie de pensión detrás del mercado de la Boquería donde esperar.

—¿Una especie de pensión?

—Los detalles escabrosos otro día. ¿Qué vamos a hacer ahora?

Alicia se incorporó.

—Tú nada. Ya has hecho suficiente.

—¿Cómo que nada? ¿Después de lo que ha pasado?

Ella se le acercó. Había algo diferente en él, en el modo

en que la miraba y se comportaba. Optó por no tirar del hilo y aguardar a una ocasión más propicia.

—Vas a esperar aquí a que vuelva Vargas y le vas a contar exactamente lo que me has contado a mí. Con pelos y señales.

—Y usted ¿adónde va?

Alicia extrajo el revólver del bolso que había sobre la mesa y comprobó que estuviera cargado. Al ver el arma en sus manos, Fernandito revertió a su estado natural de pasmo.

—Oiga...

## 22

En algún momento de su cautiverio Mauricio Valls había empezado a pensar en la luz como preludio del dolor. En la sombra podía imaginar que aquellos barrotes oxidados no le tenían confinado y que los muros de la celda no rezumaban aquella película de humedad mugrienta que resbalaba como miel negra por la roca y formaba un charco gelatinoso a sus pies. Sobre todo, en la sombra no podía verse a sí mismo.

La penumbra en la que vivía apenas se quebraba cuando, una vez al día, un brazo de claridad se abría en lo alto de la escalinata y Valls podía distinguir aquella silueta recortada en su trazo que le llevaba el cazo de agua sucia y un trozo de pan que devoraba en cuestión de segundos. Había cambiado el carcelero, pero no los modos. Su nuevo custodio nunca se detenía a mirarle a la cara ni le dirigía palabra alguna. Ignoraba sus preguntas, súplicas, insultos o maldiciones. Se limitaba a dejarle la comida y la bebida junto a los barrotes y volvía a marcharse. La primera vez que el nuevo carcelero había bajado hasta allí había vomitado al sentir el hedor que brotaba de la celda y del prisionero. Desde entonces acudía casi siempre con la boca cubierta con un pañuelo y permanecía allí solo el tiempo imprescindible. Valls ya no percibía el olor, como apenas notaba el dolor en el brazo ni el latido sordo de aquellas líneas púrpura que ascendían desde el muñón como una telaraña de venas negras. Le estaban dejando pudrirse en vida y ya no le importaba.

Había empezado a pensar que un día nadie volvería a bajar aquellos peldaños, que aquella puerta no se abriría nunca más y que pasaría el resto de la poca vida que le quedaba en la oscuridad, sintiendo cómo su cuerpo se pudría pedazo a pedazo y se devoraba a sí mismo. Había presenciado aquel ritual muchas veces en sus años de director de la prisión de Montjuic. Con suerte, sería cuestión de días. Había comenzado a fantasear con el estado de debilidad y delirio que se apoderaría de él una vez que la agonía inicial del hambre hubiera quemado todos los puentes. Lo más cruel era la ausencia de agua. Quizá, cuando la desesperación y el tormento mordieran con más fuerza y empezase a lamer las aguas fecales que supuraban por los muros, su corazón dejaría de latir. Uno de los médicos que había trabajado a su servicio en el castillo veinte años atrás siempre decía que Dios se compadece primero de los hijos de puta. Hasta en eso la vida era una grandísima zorra. Tal vez, en el último momento, Dios se apiadaría de él también y la infección que sentía abrirse camino por sus venas le ahorraría lo peor del trance.

Estaba soñando que ya había muerto y que se encontraba en uno de los sacos de lona en los que retiraban los cadáveres de las celdas en el castillo de Montjuic cuando oyó abrirse de nuevo la compuerta en lo alto. Despertó del sopor para descubrir que tenía la lengua hinchada y dolorida. Se llevó los dedos a la boca y sintió que le sangraban las encías y los dientes se movían al tacto como si estuviesen trabados en arcilla blanda.

—¡Tengo sed! —bramó—. Por favor, agua...

Pasos más pesados de lo habitual descendían por la escalera. Allí abajo el sonido era mucho más fiable que la luz. El mundo se había reducido al dolor, a la lenta descomposición de su cuerpo y a los ecos de pisadas y tuberías que susurraban entre aquellos muros. Una luz se encendió en un estruendo de ruido blanco. Valls siguió con el oído la trayectoria de los pasos que se aproximaban. Adivinó una silueta detenida al pie de la escalera.

—Agua, por favor —suplicó.

Se arrastró hasta los barrotes y forzó la mirada. Un haz de luz cegadora le quemó las retinas. Una linterna. Valls se hizo atrás y se cubrió los ojos con la única mano que le quedaba. Incluso así podía sentir la luz recorriendo su rostro y su cuerpo cubierto de excrementos, sangre reseca y harapos.

—Mírame —dijo la voz al fin.

Valls retiró la mano de sus ojos y los abrió muy despacio. Sus pupilas tardaron un rato en adaptarse a la claridad. El rostro del otro lado de los barrotes era diferente pero le resultaba extrañamente familiar.

—Te he dicho que me mires.

Valls obedeció. Una vez que se perdía la dignidad resultaba mucho más fácil hacerlo que dar órdenes. El visitante se acercó a los barrotes y le examinó con atención, paseando el foco de la linterna por sus miembros y por su cuerpo consumido. Solo entonces Valls reparó en por qué le resultaban familiares las facciones de aquella cara que le contemplaba desde el otro lado de los barrotes.

—¿Hendaya? —balbuceó—. Hendaya, ¿es usted?

Hendaya asintió. Valls sintió que se abría el cielo y que respiraba por primera vez en días o semanas. Debía de tratarse de otro sueño. A veces, varado entre tinieblas, mantenía conversaciones con salvadores que acudían a su rescate. Forzó de nuevo los ojos y rio. Era Hendaya. De carne y hueso.

—Gracias a Dios, gracias a Dios —sollozó—. Soy yo, Mauricio Valls. El ministro Valls... Soy yo...

Alargó el brazo hacia el policía, llorando de gratitud, ajeno a la vergüenza de que le viera así, medio desnudo, mutilado y cubierto de mierda y orines. Hendaya dio un paso al frente.

—¿Cuánto tiempo llevo aquí? —preguntó Valls.

Hendaya no contestó.

—¿Está bien mi hija Mercedes?

Hendaya no ofreció respuesta. Valls se incorporó trabajosamente aferrándose a los barrotes hasta quedar a la altura de su mirada. El policía le observaba sin expresión alguna. ¿Estaba soñando de nuevo?

—¿Hendaya?

El aludido extrajo un cigarrillo y lo encendió. Valls sintió el olor a tabaco, el primero que percibía en lo que le parecieron años. Era el perfume más exquisito que jamás había olfateado. Creyó que el cigarrillo era para él hasta que vio cómo Hendaya se lo llevaba a los labios e inhalaba una larga calada.

—Hendaya, sáqueme de aquí —suplicó.

Los ojos del policía brillaban entre las espirales de humo que ascendían de sus dedos.

—Hendaya, es una orden. Sáqueme de aquí.

El otro sonrió y apuró un par más de caladas.

—Tienes malos amigos —dijo al fin.

—¿Dónde está mi hija? ¿Qué le habéis hecho?

—Nada, todavía.

Valls oyó una voz que se alzaba en un alarido desesperado y no se dio cuenta de que era la suya. Hendaya lanzó el cigarrillo al interior de la celda a los pies de Valls. El policía no se inmutó cuando el prisionero, al verle subir la escalera, empezó a gritar y a golpear los barrotes de la celda con las últimas fuerzas que le quedaban hasta caer de rodillas, exánime. La compuerta en lo alto se selló como un sepulcro y la oscuridad se cerró de nuevo sobre él, más fría que nunca.

# 23

Entre las muchas aventuras que esconde el corazón de Barcelona existen lugares inexpugnables, abismos recónditos y, para los valientes todavía hay más, está el Registro Civil. Vargas avistó de lejos la fachada vetusta remozada de carbonilla y suspiró. Tanto los ventanales velados como el semblante de mausoleo crecido de hechuras parecían advertir ya al incauto de que ni se le ocurriese intentar el asalto. Franqueado el portón de roble que mantenía a raya a los mortales, le esperaba un mostrador amurallado tras el cual un hombrecillo con mirada de lechuza contemplaba cómo pasaba la vida sin amago alguno de bienvenida.

—Buenos días —ofreció Vargas en son de paz.

—Lo serían si estuviésemos en horario de atención al público. Como dice el cartel de la calle, de once a una, de martes a viernes. Y hoy es lunes y son las ocho y trece de la mañana. ¿No sabe usted leer?

Vargas, bregado en el arte de lidiar con ese pequeño tirano que más de un numerario en posesión de sello y timbre oficial lleva dentro, dejó caer el gesto amable y plantó su identificación a dos centímetros de las narices del recepcionista. El individuo tragó saliva.

—Usted sí que debe de saber leer.

El recepcionista se tragó la saliva de un mes y su mala disposición.

—A sus órdenes, mi capitán. Disculpe usted el malentendido. ¿En qué puedo ayudarle?

—Quisiera hablar con quien mande aquí, a ser posible no un cretino como usted.

El recepcionista se apresuró a levantar el teléfono y a invocar a una tal señora Luisa.

—Me da lo mismo —murmuró al aparato—. Dile que salga ahora mismo.

Colgó el auricular, se arregló la indumentaria y, una vez recompuesta la planta, miró a Vargas.

—La secretaria del director saldrá a recibirle inmediatamente —anunció.

Vargas tomó asiento en una bancada de madera sin apartar los ojos del recepcionista. A los dos minutos se personó una mujer menuda con el cabello recogido, gafas montadas al aire y mirada penetrante que enarcó una ceja y dedujo al vuelo lo que acababa de suceder sin necesidad de entradillas.

—No se enfade con Carmona, que no da para más. Yo soy Luisa Alcaine. ¿En qué puedo ayudarle?

—Mi nombre es Vargas. Jefatura Superior de Madrid. Necesitaría contrastar unos números de certificados. Es importante.

—No diga que también es urgente, que trae mala suerte en esta casa. A ver esos números.

El policía le tendió la lista. Doña Luisa echó un somero vistazo y asintió.

—¿Los de entrada o los de salida?

—¿Perdón?

—Estos de aquí son certificados de defunción y estos otros son de nacimiento.

—¿Está segura?

—Yo siempre estoy segura. Lo de la corta estatura es para despistar.

Luisa tenía una sonrisa de gata astuta.

—Entonces quisiera ver ambos, si es posible.

—Todo es posible en el prodigioso mundo de la burocracia española. Sígame, si es tan amable, mi coronel —invitó Luisa sosteniendo una puerta tras el mostrador.

—Solo capitán.

—Una pena. Después del susto que le ha dado a Carmona yo le hacía con más rango, fíjese. ¿No conceden ustedes los títulos nobiliarios por orden de estatura?

—Yo hace un tiempo que vengo encogiendo. Es el kilometraje.

—Créame que le entiendo. Yo entré aquí con planta de bailarina y ya me ve.

Vargas la siguió por un corredor de perspectivas infinitas.

—¿Soy yo o este edificio parece más grande por dentro que por fuera? —preguntó.

—No es usted el primero en notarlo. Crece un poco todas las noches. Se rumorea que se nutre de los funcionarios en excedencia y los pasantes que vienen a consultar carpetas y se quedan dormidos en la sala de consultas. Yo que usted no bajaría la guardia.

Al llegar al fondo del corredor, Luisa se detuvo frente a una gran puerta de porte catedralicio. Alguien había colgado del dintel un papel que rezaba:

> *Abandone toda paciencia quien se*
> *aventure más allá de esta puerta...*

Luisa empujó la puerta y le guiñó un ojo.

—Bienvenido al mágico mundo del papel timbrado y la póliza de dos pesetas.

Una vertiginosa colmena de anaqueles, escaleras y archivadores se extendía en perspectiva florentina bajo una bóveda de arcos ojivales, y una tramoya de lámparas destilaba una luz polvorienta que pendía como una cortina raída.

—Virgen santa —murmuró Vargas—. ¿Cómo se puede encontrar algo aquí?

—La idea es que no se encuentre, pero con ingenio y una caña, y la mano experta de una servidora, aquí se encuentra hasta la piedra filosofal. A ver esa lista.

Vargas siguió a Luisa hasta una pared sembrada de carpetas numeradas que ascendía a los cielos. La directora chasqueó los dedos y aparecieron dos empleados de aspecto diligente.

—Voy a necesitar que me bajen los libros de las secciones 1 a 8B de 1939 a 1943 y 6C al 14 del mismo período.

Los dos esbirros partieron en busca de escaleras y Luisa

invitó a Vargas a tomar asiento en uno de los escritorios de consulta que había en el centro de la sala.

—¿1939? —preguntó el policía.

—Todos esos expedientes todavía son de la antigua numeración. El sistema cambió en 1944 con la introducción del documento nacional de identidad. Está usted de suerte, porque muchos de los archivos anteriores a la guerra se perdieron, pero el período entre 1939 y 1944 está todo en una sección aparte que se acabó de ordenar hará un par de años.

—¿Quiere decir que todos estos certificados son de poco después de la guerra?

Luisa asintió.

—Removiendo el pasado, ¿eh? —insinuó la funcionaria—. Le celebro el valor, aunque no sé si la prudencia. No hay mucha gente que tenga el interés o las ganas de hurgar ahí.

Mientras esperaban el retorno de los dos subalternos con los libros solicitados Luisa se dedicó a examinar a Vargas con curiosidad clínica.

—¿Cuántas horas hace que no pega ojo?

Él consultó el reloj.

—Algo más de veinticuatro.

—¿Le pido un cafetito? Esto puede llevar un rato.

Dos horas y media más tarde, Luisa y sus dos ayudantes habían navegado por océanos de papel y completado la travesía para plantar frente a un Vargas que apenas se tenía en pie un pequeño islote de volúmenes. Este consideró la tarea y suspiró.

—¿Haría usted los honores, señora Luisa?

—Faltaría más.

Mientras Vargas ingería su tercera taza de café, Luisa ordenó a sus asistentes que se retiraran y procedió a organizar los libros de registro, formando dos pilas que iban creciendo lentamente.

—¿No me va a preguntar de qué va todo esto? —inquirió Vargas.

—¿Debería?

Él sonrió. Al rato, Luisa dejó escapar un soplido de alivio.

—Bueno, todo tendría que estar aquí. Repasemos de nuevo la lista. A ver.

Cotejando los números, fue seleccionando tomo a tomo. A medida que los examinaba, Vargas advirtió que la secretaria fruncía el ceño.

—¿Qué? —preguntó él.

—¿Está seguro de que estos números son correctos?

—Son los que tengo... ¿Por qué?

Luisa levantó la vista de las páginas y le miró con gesto de extrañeza.

—Por nada. Son todo infantes.

—¿Infantes?

—Niños. Vea.

Luisa dispuso los libros de registro frente a Vargas y fue comparando las cifras una a una.

—¿Ve las fechas?

Vargas intentó descifrar aquel galimatías. Luisa le guio con la punta de un lápiz.

—Van a pares. Por cada certificado de defunción hay uno de nacimiento. Expedidos el mismo día, por el mismo funcionario, en la misma división y a la misma hora.

—¿Cómo lo sabe?

—Por el código de control. ¿Lo ve?

—Y eso ¿qué significa?

—No lo sé.

—¿Es normal que el mismo funcionario tramite dos expedientes simultáneamente?

—No. Y menos de dos departamentos diferentes.

—¿Qué podría haber provocado que así fuera?

—No forma parte del procedimiento. Antes los certificados se apuntaban por distrito. Estos están tramitados todos en la central.

—¿Y eso es irregular?

—Bastante. Es más, estos expedientes, si lo que aquí consta es cierto, se tramitaron todos en un solo día.

—Y eso es raro.

—Más que un perro verde. Pero eso es solo para empezar. Vargas la miró.

—Todas las defunciones están certificadas en el Hospital Militar. ¿Cuántos niños mueren en un hospital militar?

—¿Y los nacimientos?

—En el hospital del Sagrado Corazón. Todos sin excepción.

—¿Podría ser una casualidad?

—Si es usted hombre de fe... Y mire las edades de los niños. También van a pares, como puede ver.

Vargas forzó la vista, pero la fatiga se le estaba comiendo el entendimiento.

—Por cada expediente de defunción hay uno de nacimiento —explicó Luisa.

—No entiendo.

—Los niños. Cada uno de ellos nació el mismo día que uno de los fallecidos.

—¿Podría llevarme prestado todo esto?

—Los originales no pueden salir de aquí. Habría que pedir copias y tardaría lo menos un mes, y eso tirando de todos los hilos.

—¿No habría una vía más rápida?

—¿Y más discreta? —completó Luisa.

—También.

—Hágase a un lado.

Por espacio de una media hora, Luisa tomó papel y pluma y fue anotando en folios un extracto con los nombres, las fechas, los números de certificados y los códigos de cada expediente. Vargas iba siguiendo su caligrafía pulcra y magistral, intentando encontrar la clave que le dijese qué significaba todo aquello. Solo entonces, cuando la vista ya le resbalaba por el sinfín de palabras y números, reparó en los nombres que la funcionaria acababa de escribir.

—Un momento —interrumpió.

Luisa se hizo a un lado. Vargas rebuscó entre los certificados y encontró lo que buscaba.

—Mataix —murmuró.

Luisa se inclinó sobre los documentos que el policía estaba examinando.

—Dos niñas. Fallecidas en un mismo día... ¿Le dice algo eso? —preguntó la secretaria.

Los ojos de Vargas se deslizaron hasta el pie de los certificados.

—¿Qué es esto?

—La firma del funcionario que certifica el expediente.

El trazo era limpio y elegante, la caligrafía de alguien que sabía de apariencias y de protocolo. Vargas formó el nombre en los labios en silencio y sintió que se le helaba la sangre.

## 24

El piso olía a Alicia. Olía a su perfume, a su presencia y a aquel aroma que dejaba el contacto de su piel. Fernandito llevaba sentado en el sofá una eternidad y media sin más compañía que aquella fragancia y una angustia que empezaba a comérselo vivo. Alicia, y su pistola, se habían marchado hacía quince minutos pero la espera se le estaba haciendo interminable. Incapaz de permanecer quieto un segundo más, se incorporó y se acercó a abrir los ventanales que daban a la calle Aviñón en busca de aire fresco. Con suerte aquel aroma turbador se escaparía en busca de otra víctima. Dejó que la brisa helada le aclarase la conciencia y regresó al interior determinado a esperar, tal y como le había pedido Alicia. Su noble empeño sobrevivió unos cinco minutos. Al rato empezó a rondar por el comedor, leyendo los títulos de los libros en los estantes, acariciando los muebles con los dedos al pasar, estudiando objetos en los que no había reparado en visitas previas e imaginando a Alicia siguiendo aquella misma ruta y tocando aquellas mismas cosas. «Vas mal, Fernandito —pensó—. Siéntate.»

Las sillas le rehuían. Cuando ya no le pareció posible encontrar nuevas sendas por el salón, se aventuró por un pasillo al fondo del cual se apreciaban dos puertas. Una daba al cuarto de baño. La otra debía de ser la que conducía al dormitorio. Le asaltó un rubor entre el pudor, la inquietud y la vergüenza y, antes de llegar a la puerta del baño, regresó al comedor. Se sentó en una silla y esperó. Minutos de gelatina se derramaron sin más consuelo que el traqueteo de un reloj de pared. El tiempo, comprendió, siempre fluye con velocidad inversa a la necesidad de quien lo vive.

Volvió a levantarse y se aproximó al ventanal. Ni rastro de Vargas. El mundo transcurría lejano y banal cinco pisos más abajo. Sin saber cómo se encontró de nuevo en el pasillo. Frente a la puerta del baño. Entró y observó su reflejo en el espejo. Un lápiz de labios abierto descansaba sobre una repisa. Lo tomó y lo examinó. Rojo sangre. Lo dejó de nuevo y salió, ruborizado. Al otro lado estaba la puerta del dormitorio. Desde el umbral se podía ver que la cama estaba hecha. Alicia no había dormido allí. Mil ideas le asaltaron y las exterminó todas antes de que pudieran abrirle la boca.

Se adentró unos pasos y contempló el lecho. La imaginó allí tendida y desvió la mirada. Se preguntó cuántos hombres habrían estado allí tumbados a su lado, recorriendo su cuerpo con las manos y los labios. Se acercó al armario y lo abrió. El vestuario de Alicia se entreveía en la penumbra. Rozó los vestidos que colgaban con la punta de los dedos y cerró la puerta. Frente a la cama había una cajonera de madera. Abrió el primer cajón y se encontró con un arsenal de prendas sedosas y de punto perfectamente plegadas. Negro, rojo y blanco. Tardó unos segundos en comprender lo que estaba viendo. Era la ropa interior de Alicia. Tragó saliva. Sus dedos se detuvieron a dos centímetros del tejido. Retiró la mano como si la blonda quemase y cerró el cajón.

—Eres un imbécil —se dijo.

Imbécil o no, abrió el segundo cajón. Contenía medias de seda y algún que otro artilugio de tiras que parecía diseñado para sostenerlas y que le provocó vértigo. Negó despacio y comenzó a cerrar el cajón. Justo en aquel instante el teléfono empezó a sonar con tal furia que Fernandito creyó que el corazón se le desprendía de las vísceras y se disparaba para salirle volando por la boca para estrellarse contra la pared. Cerró el cajón de un golpe y corrió de regreso al comedor sin aliento. El teléfono martilleaba, acusador, como una alarma de incendios.

Fernandito se aproximó a él y lo contempló vibrar sin saber qué hacer. El timbre sonó sin cesar por espacio de un minuto o más. Cuando al final el chico posó la mano temblorosa sobre el auricular y lo levantó, el timbre se silenció. Lo dejó caer y respiró hondo. Se sentó y cerró los ojos. Algo le golpeaba en el pecho. Era su corazón, que palpitaba y parecía haberse quedado atrapado en su garganta. Se rio de sí mismo, encontrando consuelo en lo ridículo de su conducta. Si Alicia le viera...

No servía para aquello, se dijo. Cuanto antes se rindiese a la evidencia, mejor. Los acontecimientos de aquella noche y su breve experiencia al servicio de Alicia le habían demostrado que su camino no estaba en el mundo de la intriga sino en el del comercio y el servicio al público. Tan pronto como volviera Alicia iba a presentar su renuncia. Lo de su visita al santuario de prendas íntimas de su jefa mejor olvidarlo. Hombres de mayor valía se habían arruinado por mucho menos, se dijo.


Iba recuperando la entereza entregado a estos pensamientos edificantes cuando el teléfono estalló de nuevo a su lado y esta vez, en un acto reflejo, lo cogió y contestó con un hilo de voz.

—¿Quién es? —atronó la voz al otro lado de la línea.

Era Vargas.

—Soy Fernandito —contestó.

—Dile a Alicia que se ponga.

—La señorita Alicia ha salido.

—¿Adónde ha ido?

—No lo sé.

Vargas maldijo por lo bajo.

—Y tú ¿qué haces ahí?

—La señorita Alicia me ha ordenado que le aguarde a usted y le explique lo que ha sucedido esta noche.

—¿Qué ha sucedido?

—Creo que es mejor que se lo cuente en persona. ¿Dónde está usted?

—En el Registro Civil. ¿Ha dicho Alicia cuándo volvería?

—No ha dicho nada. Ha cogido una pistola y se ha marchado.

—¿Una pistola?

—Bueno, técnicamente era un revólver, de esos con tambor que...

—Ya sé lo que es —cortó Vargas.

—¿Va a venir usted?

—En un rato. Pasaré un momento por mi habitación a ducharme y a cambiarme de ropa, porque doy verdadero asco, y luego iré al piso.

—Estaré esperándole.

—Más te vale. Ah, y Fernandito...

—Dígame.

—Que no me entere yo de que tocas nada que no tengas que tocar.

El tranvía azul se deslizaba a la velocidad del tedio. Alicia había llegado a la parada justo a tiempo de saltar a bordo cuando el conductor se disponía a iniciar el ascenso por la avenida del Tibidabo. El vagón iba repleto hasta los topes con un grupo de escolares, a todas luces salidos de un internado. Los colegiales viajaban custodiados por un par de curas de gesto severo en lo que Alicia intuyó que era una excursión al templo en lo alto de la montaña. Ella era la única fémina en todo el pasaje. Tan pronto como tomó el asiento que un alumno le cedió a indicación de uno de los curas, la algarabía de la muchachada se silenció hasta que se volvieron audibles el crujir de tripas del pelotón, o tal vez fueran simplemente las hormonas cabalgando desbocadas por sus venas. Alicia decidió bajar la vista y hacer como que viajaba sola. Los internos, que estimó que debían de rondar los trece o catorce años, la observaban de reojo como si nunca hubieran visto una criatura semejante. Uno de ellos, un chaval pelirrojo acribillado de pecas y con más cara de bobo de lo habitual, estaba sentado justo enfrente y parecía hipnotizado por su presencia. Sus ojos se habían quedado encallados en un rebote constante entre sus rodillas y su rostro. Alicia alzó los ojos y le sostuvo la mirada unos segundos. El pobre infeliz pareció atragantarse hasta que uno de los curas le propinó un galletón en el cogote.

—Manolito, no vayamos a tener un disgusto —advirtió el clérigo.

El resto del camino transcurrió entre silencios, miradas furtivas y alguna que otra risita ahogada. «El espectáculo pletórico de la adolescencia es la más eficaz vacuna para la nostalgia», pensó Alicia.

Al llegar al final del trayecto, optó por quedarse sentada mientras los dos curas desalojaban a los internos como si fuesen ganado. Los observó desfilar en turba rumbo a la estación del funicular intercambiando empujones y risotadas soeces. Los más recalentados se volvían para mirarla y compartir comentarios con sus compañeros. Alicia esperó a que los curas los hubiesen metido a todos en la estación del funicular a modo de corral al uso y se apeó. Cruzó la plazoleta, con los ojos fijos en la imponente fachada de El Pinar coronando el montículo al frente. Un par de coches negros estaban aparcados a las puertas del restaurante que quedaba a apenas unos metros de la parada del tranvía, La Venta. Alicia lo conocía bien porque era el predilecto de Leandro en toda Barcelona y en más de una ocasión la había llevado allí para enseñarle los modales y el protocolo de la buena mesa. «Una señorita con clase no coge los cubiertos, los acaricia.» Alicia metió la mano en el bolso, palpó el revólver y quitó el seguro del arma.

La vasta finca de El Pinar disponía de dos entradas. La principal, por donde accedían los vehículos, quedaba en la calle Manuel Arnús, a algo más de un centenar de metros de la plaza siguiendo la ruta que rodeaba el montículo en dirección al extremo norte de la carretera de las Aguas. La segunda, un portón de hierro que se abría a un sendero de escaleras a través del jardín, se encontraba a pocos pasos de la parada del tranvía. Alicia cruzó frente a ella y comprobó que, como había supuesto, estaba cerrada. Siguió bordeando el muro en dirección a la entrada principal. Allí había una segunda casa, presumiblemente la antigua vivienda de los guardas de la finca, que intuyó que estaría vigilada. Al rodear la colina advirtió al menos una silueta en lo alto, vigilando el contorno de la casa. Era posible que Hendaya tuviera más hombres repartidos en el exterior y el interior. Se detuvo a medio camino, en un ángulo en el que no podía ser vista desde la entrada principal, y estudió el muro. No tardó en deducir el lugar por el que la noche anterior Fernandito había accedido al recinto. A plena luz del día no le pareció practicable. Estaba claro que iba a necesitar ayuda. Regresó a la plaza, donde el tranvía iniciaba ya el descenso. Se encaminó a La Venta y entró en el restaurante, que estaba desierto a aquella hora y no abriría las cocinas hasta horas después. Se dirigió a la barra del café bar y tomó asiento en uno de los taburetes. Un camarero asomó tras una cortinilla y se aproximó con una sonrisa cortés.

—Una copa de vino blanco, por favor.

—¿Preferencias?

—Sorpréndame.

El camarero asintió y procedió a asir una copa con mano experta y sin cruzar nunca la mirada con ella.

—¿Puedo usar el teléfono?

—Por supuesto, señorita. Está ahí detrás, al final de la barra.

Alicia esperó a que el camarero desapareciera de nuevo tras la cortina, tomó un sorbo de vino y se dirigió al teléfono.


Fernandito estaba asomado a la ventana intentando vislumbrar la figura de Vargas entre los transeúntes que subían por la calle Aviñón cuando el teléfono sonó de nuevo a su espalda. Esta vez tampoco dudó y contestó.

—¿Dónde se ha metido? ¿No venía ya?

—¿Quién venía? —preguntó Alicia al otro lado de la línea.

—Perdón, creí que era el capitán Vargas.

—¿Le has visto?

—Ha llamado y ha dicho que venía hacia aquí.

—¿Cuánto hace?

—Un cuarto de hora, más o menos. Ha dicho que estaba en el Registro Civil.

Alicia dejó pasar un silencio que Fernandito interpretó como de perplejidad.

—¿Ha dicho qué hacía allí?

—No. ¿Está usted bien?

—Estoy bien, Fernandito. Cuando llegue Vargas primero le cuentas lo que me has contado a mí y luego le dices que le espero en el bar junto a la estación del funicular del Tibidabo.

—Eso está al lado de El Pinar...

—Dile que se dé prisa.

—¿Necesita ayuda? ¿Quiere que me acerque yo?

—Ni se te ocurra. Necesito que esperes ahí a que vaya Vargas y que hagas lo que te he dicho. ¿Me has entendido?

—Sí... ¿Señorita Alicia?

Alicia había colgado. Fernandito se había quedado mirando el auricular cuando advirtió algo con el rabillo del ojo. Detectó movimiento a través de las ventanas que daban a las habitaciones de Vargas, al otro lado de la calle. Supuso que el policía debía de haber subido mientras él estaba al teléfono con Alicia. El chico se acercó a la ventana a echar un vistazo para cerciorarse de que así fuera y entonces avistó a Vargas por la calle aproximándose al portal del Gran Café.

—¡Capitán! ¡Vargas! —llamó a voces.

El policía desapareció dentro del portal. Fernandito miró de nuevo hacia las ventanas al otro lado de la calle, justo a tiempo para vislumbrar una silueta que estaba corriendo las cortinas. Iba a marcar el número que Alicia acababa de darle cuando le asaltó una turbia inquietud. Se dirigió a la puerta y empezó a bajar la escalera, cada vez más rápido.

## 25

Vargas introdujo la llave de su habitación en la cerradura y lo notó al instante. La llave se deslizó con dificultad, como si hubiera tropezado con aristas en el mecanismo y, al girar, el policía sintió que el resorte apenas ofrecía resistencia. La cerradura había sido forzada. Extrajo el arma y empujó suavemente la puerta hacia adentro con el pie. El interior del apartamento, apenas dos habitaciones separadas por una cortina de cuentas, se encontraba en penumbra. Las cortinas estaban corridas. Recordaba haberlas dejado abiertas. Vargas tensó el percutor. La silueta esperaba inmóvil en la esquina. Vargas alzó el arma y apuntó.

—¡Por favor, no dispare! ¡Soy yo!

Vargas avanzó unos pasos y la silueta se adelantó con los brazos en alto.

—¿Rovira? ¿Qué demonios hace usted aquí? He estado a punto de volarle la cabeza.

El pequeño espía, todavía enfundado en su abrigo de medio pelo, le miraba tembloroso.

—Baje las manos —dijo Vargas.

Rovira asintió repetidamente y obedeció.

—Perdone usted, capitán. No sabía qué hacer. Le quería esperar abajo, en la calle, pero me estaban siguiendo, estoy seguro, y entonces he pensado...

—Pare el carro, Rovira. ¿De qué está hablando?

Rovira respiró hondo y gesticuló con las manos, como si no supiera por dónde empezar. Vargas cerró la puerta y lo condujo a un butacón.

—Siéntese.

—Sí, señor.

Vargas tomó una silla y se sentó frente a Rovira.

—Comience por el principio.

El otro tragó saliva.

—Le traigo un mensaje del comisario Linares.

—¿Linares?

Rovira hizo un gesto afirmativo.

—Fue él quien me ordenó que los siguiera a usted y a la señorita Alicia. Aunque le aseguro que he obedecido las instrucciones que usted me dio y me he mantenido lejos para no molestarlos. Y también les he contado lo mínimo para cubrir el expediente.

—¿Qué mensaje? —cortó Vargas.

—El comisario Linares, al llegar a Jefatura, ha recibido una llamada. Alguien de Madrid. De muy arriba. Me ha pedido que le dijese que está usted en peligro, que es mejor que se vayan de la ciudad. Usted y la señorita Alicia. Me ha mandado que le buscara a usted en la morgue y se lo dijese. En la morgue me han señalado que se había marchado usted ya al Registro.

—Siga.

—¿Ha descubierto algo interesante allí? —preguntó Rovira.

—Nada que sea de su incumbencia. ¿Qué más?

—Bueno, pues he ido al Registro pero me han dicho que

se había ido también y entonces me he venido aquí corriendo a esperarle. Y ha sido en ese momento cuando me he dado cuenta de que le vigilaban.

—¿No era ese su trabajo?

—Alguien más aparte de mí.

—¿Quién?

—No lo sé.

—¿Y cómo ha entrado aquí?

—Me he encontrado la puerta abierta. Creo que han forzado el cerrojo. He comprobado que no hubiera nadie dentro escondido, he cerrado otra vez y he corrido las cortinas para que nadie viera que estaba aquí aguardándole.

Vargas le miró en silencio, largamente.

—¿He hecho algo mal? —preguntó Rovira, temeroso.

—¿Por qué no me ha llamado Linares por teléfono a la morgue?

—El comisario ha dicho que los teléfonos de Jefatura no eran seguros.

—¿Y por qué no ha venido él en persona?

—Le tienen reunido con ese oficial que han enviado del ministerio. Un tal Alaya o algo así.

—Hendaya.

Rovira asintió.

—Ese.

El tipo seguía temblando como un cachorrillo.

—¿Me puede dar un vaso de agua, por favor? —imploró.

Vargas dudó un instante. Se aproximó a la cómoda y escanció un vaso de la jarra que había medio llena.

—¿Y la señorita Alicia? —inquirió Rovira a su espalda—. ¿No está con usted?

Vargas advirtió que la voz de Rovira estaba muy cerca y al volverse con el vaso en la mano le encontró a apenas un palmo. Ya no temblaba y su expresión asustadiza se había fundido en una máscara impenetrable.

Nunca llegó a ver la hoja del cuchillo.

Sintió una punzada brutal en el costado, como si alguien le hubiera golpeado las costillas con un martillo, y comprendió que el filo se había hundido hasta perforarle el pulmón. Le pareció que Rovira sonreía y cuando quiso aferrar el revólver le embistió la segunda cuchillada. La hoja se hundió en su cuello hasta el mango y Vargas se tambaleó. La visión se le nubló y se agarró a la cómoda. Una tercera cuchillada le golpeó en el estómago. Se desplomó hasta caer tendido en el suelo. Una sombra se cernía sobre él. Mientras su cuerpo se rendía entre convulsiones, Rovira le arrebató el arma, la estudió con desinterés y luego la abandonó en el suelo.

—Quincalla —dijo.

Vargas se perdió en aquellos ojos sin fondo. Rovira esperó unos segundos y le asestó dos puñaladas más en el vientre, retorciendo el filo al tiempo que lo hacía. El policía escupió un borbotón de sangre e intentó golpear a Rovira, o quien fuera aquella criatura que lo estaba despedazando. Sus puños apenas consiguieron rozarle el rostro. Rovira extrajo el cuchillo impregnado con su sangre y se lo mostró.

—Hijo de puta —balbuceó Vargas.

—Mírame bien, viejo de mierda. Quiero que te mueras sabiendo que con ella no voy a ser tan misericordioso. A ella la voy a hacer durar, y te juro que te va a maldecir por haberle fallado mientras yo le enseño todo lo que sé hacer.

Vargas notó cómo un frío intenso se apoderaba de él y le paralizaba los miembros. El corazón le palpitaba rápidamente y apenas podía respirar. Un lienzo tibio y viscoso se esparcía bajo su cuerpo. Los ojos se le llenaron de lágrimas y le invadió un miedo como nunca había sentido. Su asesino limpió la hoja del cuchillo en sus solapas y lo guardó. Permaneció allí en cuclillas, mirándole a los ojos y saboreando su agonía.

—¿Lo notas ya? —preguntó—. ¿Qué se siente?

Vargas cerró los ojos y conjuró la imagen de Alicia. Falleció con una sonrisa en los labios y cuando el hombre que él había conocido como Rovira lo advirtió experimentó tal rabia que, aun sabiendo que estaba muerto, empezó a golpearle la cara con los puños hasta que tuvo los nudillos en carne viva.

Fernandito escuchaba oculto desde el umbral. Había corrido escaleras arriba y al llegar a la puerta de Vargas se detuvo un instante antes de llamar. El sonido de los golpes secos al otro lado le detuvo. Una voz quebrada profería alaridos de furia mientras se oían aquellos terribles puñetazos descargando sobre lo que parecía carne y hueso. Fernandito intentó forcejear con la puerta, pero estaba cerrada. Al rato los golpes se interrumpieron y oyó pasos en el interior acercándose a la puerta. Le pudo el miedo y, tragándose la vergüenza, se apresuró hacia arriba a esconderse. Se pegó a la pared del rellano del piso superior y oyó abrirse la puerta. Unos pasos empezaron a descender. Fernandito se asomó al hueco de la escalera y vio a aquel hombre de corta estatura que vestía un abrigo negro. Dudó algunos segundos y bajó en silencio hasta la puerta de Vargas. Estaba entreabierta. Se asomó al umbral y vio el cuerpo del policía tendido sobre una lámina negra que parecía un espejo líquido. No supo qué era hasta que lo pisó. Resbaló hasta caer de bruces junto al cuerpo. Vargas, blanco como una figura de mármol, estaba muerto. Por un instante no supo qué hacer. Luego, al ver el arma del policía en el suelo, la recogió y se lanzó escaleras abajo.

# 26

Un sudario de nubes se extendía rápidamente desde el mar sepultando Barcelona. Alicia, sentada a la barra del bar, se volvió al oír el eco del primer trueno. Contempló aquella línea de sombra que avanzaba inexorable sobre la ciudad. Un espasmo eléctrico iluminó el remolino de nubes y, al poco, las primeras gotas de lluvia golpearon los cristales del ventanal. En un par de minutos el aguacero empezó a descargar y el mundo se sumergió en una tiniebla gris e impenetrable.

El estruendo de la tormenta la acompañó mientras abandonaba el restaurante y se dirigía de nuevo al muro de piedra que rodeaba la finca de El Pinar. La cortina de agua desdibujaba los contornos a pocos metros y proporcionaba un manto que velaba sus movimientos. Al cruzar otra vez frente a la entrada al jardín comprobó que apenas se distinguía desde allí la fachada de la casa. Rodeó por segunda vez la finca y trepó el muro por el punto que había elegido previamente. Saltó al otro lado y aterrizó sobre una gruesa capa de hojarasca que ya empezaba a reblandecerse bajo la lluvia y que amortiguó su caída. Cruzó el jardín al abrigo de la arboleda hasta alcanzar el camino principal. Lo siguió hasta ganar la parte de atrás del caserón, donde encontró las ventanas de las cocinas que había referido Fernandito en su relato. La lluvia azotaba con furia y resbalaba por la fachada de la casa. Alicia se asomó a una de las ventanas y oteó el interior. Reconoció la mesa de madera donde Fernandito había visto morir a Valentín Morgado, cubierta de manchas oscuras. No había nadie a la vista. El estruendo de la tormenta hizo retumbar la estructura del edificio. Alicia golpeó la ventana con la culata del revólver y el cristal se hizo añicos. Un segundo más tarde estaba dentro.

Fernandito le seguía de cerca. El extraño caminaba con parsimonia, como si no hubiese acabado de matar a un hombre a sangre fría y hubiera salido solo a dar un paseo. El primer relámpago iluminó las calles y la gente corrió a resguardarse de la lluvia bajo los arcos de la Plaza Real. El asesino no apretó el paso ni hizo amago de buscar refugio. Continuó caminando despacio en dirección a las Ramblas. Al llegar allí se detuvo justo al borde de la acera. Fernandito se fue aproximando a él y se cercioró de que sus ropas estaban empapadas. Por un instante sintió el deseo de sacar el arma de Vargas, que llevaba en el bolsillo, y descerrajarle un tiro por la espalda. El asesino permaneció allí inmóvil, como si presintiera su presencia y estuviese esperándole. Luego, sin más, reemprendió la marcha y cruzó las Ramblas hasta la boca de la calle Conde del Asalto en dirección al corazón del Raval.

Fernandito le siguió y dejó que se adelantara un poco. Le vio torcer a la izquierda en la esquina con la calle Lancaster. El chico corrió hasta allí, justo a tiempo de ver cómo el extraño desaparecía en un portal a media manzana. Esperó unos segundos y se acercó despacio, arrimándose a la pared. El agua sucia que caía desde las cornisas le salpicaba en el rostro y se le colaba por el cuello del abrigo. Se detuvo frente al lugar en el que había visto internase al asesino. De lejos le había parecido la entrada de una escalera, pero comprobó que se trataba de los bajos de un local comercial. Una puerta enrollable de latón herrumbroso sellaba el marco. Una portezuela más pequeña, cortada sobre el metal, estaba apenas entornada. Un cartel desdibujado sobre el dintel anunciaba:

## FÁBRICA DE MANIQUÍS
# HERMANOS CORTÉS
## ARTÍCULOS DE SASTRERÍA
## Y TALLER DE CONFECCIÓN
### Fundada en 1909

El taller llevaba a todas luces años cerrado y parecía abandonado. Fernandito dudó. Todo le pedía a gritos alejarse de allí e ir en busca de ayuda. Había retrocedido casi hasta la esquina cuando la imagen del cuerpo abatido de Vargas y su rostro drenado de sangre le detuvo. Se volvió y regresó hasta la puerta del taller. Introdujo los dedos en el borde de la portezuela y la abrió unos centímetros.

En el interior la oscuridad era absoluta. Abrió la puerta del todo y dejó que la luz mortecina que se filtraba entre la lluvia dibujase un umbral de penumbra dentro. Observó el contorno de lo que le pareció una tienda como las que recordaba de cuando era niño. Mostradores de madera, vitrinas de cristal y algunas sillas caídas. Todo estaba cubierto por lo que al principio tomó por lienzos de seda transparente y solo, tras unos segundos de perplejidad, comprendió que eran telarañas. Un par de maniquís desnudos se alzaban en un rincón envueltos en su abrazo, como si un insecto gigante los hubiese arrastrado hasta allí para devorarlos.

Fernandito oyó un eco metálico que emanaba de las entrañas del local. Forzó la vista y advirtió que tras el mostrador cubierto de polvo había una cortina que daba a la trastienda. Todavía se balanceaba lentamente. Se acercó hasta allí, casi sin aliento, y apartó la cortina apenas un palmo. Un largo corredor se abrió frente a él. De repente notó que la claridad a su espalda se extinguía y se volvió justo a tiempo de ver cómo el viento, o quizá una mano extraña, empujaba la portezuela y la cerraba poco a poco.

Alicia avanzaba a través de las cocinas con la mirada fija en una puerta tras la cual podía percibir el eco de voces ahogado por el martilleo de la lluvia. Oyó pasos al otro lado y el golpe seco de una puerta pesada al cerrarse. Se detuvo y esperó. Mientras lo hacía examinó el contorno de las cocinas. La batería de fogones, hornos y planchas tenía aspecto de no haber sido utilizada en mucho tiempo. Todavía pendían de la pared sartenes, ollas, cuchillos y demás enseres suspendidos de rieles. El metal había adquirido un tono oscuro. Un gran fregadero de mármol estaba repleto de escombros. El centro de la sala lo ocupaba la mesa de madera. Alicia reparó en las cadenas y las correas sujetas a las patas y en la sangre seca que cubría la tabla. Se preguntó qué habrían hecho con el cuerpo del chófer de Sanchís y si su esposa Victoria aún estaría viva.

Se acercó a la puerta y pegó el oído. Las voces parecían provenir de una sala próxima. Se disponía a abrir un par de centímetros para echar un vistazo cuando oyó de nuevo lo que al principio había tomado por el impacto de la lluvia en las ventanas. Era un repiqueteo metálico que parecía provenir de las entrañas de la casa. Contuvo la respiración y lo volvió a oír. Algo o alguien golpeaba un muro o una tubería en algún punto conectado con las cocinas. Se acercó hasta el hueco de un montacargas y allí pudo oírlo con más claridad. El sonido llegaba de abajo. Había algo bajo las cocinas.

Alicia recorrió el perímetro del lugar palpando y golpeando los muros con los nudillos. Las paredes parecían sólidas. Una compuerta metálica asomaba en una esquina. Accionó la palanca de cierre y la abrió. Al otro lado encontró una estancia de unos seis metros cuadrados que tenía las paredes cubiertas de estanterías polvorientas, posiblemente una antigua despensa. El repiqueteo metálico se apreciaba con más claridad allí. Se adentró unos pasos y sintió la vibración en los pies. Entonces lo advirtió: una línea oscura que semejaba una grieta vertical en la pared del fondo de la despensa. Se aproximó y palpó la pared. Presionó con las manos y esta cedió hacia el otro lado. Un intenso hedor animal, a podredumbre y excremento, surgió del interior. Alicia sintió náuseas y se cubrió el rostro con la mano.

Frente a ella se abría un túnel horadado en la piedra que descendía en un ángulo de cuarenta y cinco grados. Una escalinata de peldaños irregulares se perdía en la tiniebla. De repente, el sonido se detuvo. Alicia avanzó hacia el primer peldaño y escuchó. Le pareció oír el susurro de una respiración. Apuntó el revólver hacia delante y bajó otro peldaño.

A un lado, colgado de un gancho metálico en la pared, había un objeto alargado. Una linterna. Alicia la cogió y la encendió haciendo girar el mango. Un haz de luz blanca penetró en la penumbra espesa y húmeda que ascendía del pozo.

—¿Hendaya? ¿Es usted? No me deje aquí...

La voz provenía del fondo del túnel. Estaba quebrada y apenas parecía humana. Alicia descendió los peldaños poco a poco hasta avistar los barrotes. Alzó el haz de luz y barrió el interior de la celda. Al comprender lo que estaba viendo se le heló la sangre.

Parecía un animal herido, cubierto de mugre y harapos. El cabello ensortijado de suciedad y una poblada barba escondían un rostro amarillento y sembrado de arañazos. La criatura se arrastró hasta los barrotes y le tendió una mano en señal de súplica. Alicia bajó el arma y le miró, atónita. El prisionero apoyó el otro brazo entre los barrotes y ella advirtió que le faltaba una mano. Había sido brutalmente amputada a la altura de la muñeca y el muñón estaba recubierto con alquitrán seco. La piel del brazo tenía un aspecto violáceo. Alicia luchó por contener la náusea y se aproximó a los barrotes.

—¿Valls? —preguntó, incrédula—. ¿Es usted Mauricio Valls?

El prisionero abrió la boca como si tratase de articular una palabra pero lo único que escapó de sus labios fue un gemido sobrecogedor. Alicia examinó la cerradura de la celda. Un candado de hierro forjado sellaba un anillo de cadenas en torno a los barrotes. Oyó un rumor de pasos que viajaba por los muros y comprendió que no tenía mucho tiempo. Valls, al otro lado de los barrotes, la miraba con ojos ahogados de desesperación. Sabía que no le podía sacar de allí. Aun suponiendo que pudiera volar aquella cerradura a tiros, calculaba que Hendaya habría dejado por lo menos a dos o tres hombres en la casa. Iba a tener que dejar a Valls en su celda e ir en busca de Vargas. El prisionero pareció leerle el pensamiento. Extendió la mano e intentó agarrarla, pero apenas le quedaba fuerza.

—No me deje aquí —dijo con un tono entre la súplica y la orden.

—Volveré con ayuda —murmuró Alicia.

—¡No! —gritó Valls.

Ella le asió de la mano, ignorando la repugnancia que le

producía el contacto con aquel saco de huesos que alguien había decidido dejar pudrirse en vida en aquel agujero.

—Necesito que no le diga a nadie que he estado aquí.

—Si intentas marcharte, gritaré, puta de mierda, y te meterán aquí conmigo —amenazó Valls.

Alicia le miró a los ojos y por un instante creyó ver al verdadero Valls, o a lo poco que quedaba de él, en aquel cadáver viviente.

—Si hace eso nunca volverá usted a ver a su hija.

El rostro de Valls se deshizo, toda la furia y la desesperación disueltas en un segundo.

—Le prometí a Mercedes que daría con usted —dijo Alicia.

—¿Está viva?

Ella asintió.

Valls apoyó la frente en los barrotes y lloró.

—No deje que la encuentren y le hagan daño —suplicó.

—¿Quiénes? ¿Quién querría hacerle daño a Mercedes?

—Por favor...

Alicia oyó pasos de nuevo por encima de aquella cavidad y se incorporó. Valls le dirigió una última mirada impregnada de resignación y esperanza.

—Corra —gimió.

## 27

Fernandito clavó la mirada en la puerta, que se estaba cerrando lentamente al envite del viento. La oscuridad se solidificó a su alrededor. La silueta de los maniquís y las vitrinas de cristal se desvanecieron en la penumbra. Cuando la abertura de la puerta quedó reducida a apenas una rendija de claridad mortecina, Fernandito respiró hondo y se dijo que había seguido a aquel individuo hasta su guarida con un propósito. Alicia contaba con él. Aferró con fuerza el revólver y se volvió hacia el corredor de sombras que se hundía en el interior del taller.

—No tengo miedo —murmuró.

Un rumor leve llegó hasta sus oídos. Hubiera jurado que era la risa de un niño. Muy cerca. A apenas unos metros de donde se encontraba. Oyó pasos arrastrándose con rapidez hacia él en la oscuridad y le asaltó el pánico. Fernandito alzó el arma y sin saber muy bien lo que hacía apretó el gatillo. Un estruendo ensordecedor le golpeó los tímpanos y los brazos se le fueron hacia arriba, como si alguien le hubiese pegado un martillazo en las muñecas. Un espasmo de luz de azufre iluminó el pasillo por una centésima de segundo y Fernandito le vio. Avanzaba hacia él con el cuchillo en alto y la mirada encendida, el rostro oculto en lo que se le antojó una máscara que parecía hecha de piel.

Fernandito disparó de nuevo una y otra vez hasta que el revólver se le escurrió de las manos y cayó de espaldas. Por un instante creyó que aquella silueta demoníaca que había visto cernirse sobre él estaba a su lado y que sentiría el acero frío en la piel antes de poder recobrar el aliento. Se arrastró hacia atrás y, cuando pudo recuperar el equilibrio, se abalanzó hacia la portezuela, que abrió de un golpe, y fue a dar de bruces a la calle encharcada. Se levantó y, sin mirar atrás, echó a correr como alma que lleva el diablo.


Todos le llamaban Bernal. Aquel no era su verdadero nombre, pero él no se había molestado en corregirlos. Llevaba apenas unos días en aquel caserón que ponía los pelos de punta a las órdenes de Hendaya, pero había visto lo suficiente. Suficiente para saber que cuanto menos supiesen aquel matarife y su cuadriga de carniceros acerca de él, mejor. Le faltaban menos de dos meses para disolverse en la jubilación con una pensión de miseria en recompensa a toda una vida quemada en el Cuerpo General de Policía. A aquellas alturas de la farsa, su gran

sueño era morir solo y olvidado en la habitación oscura y húmeda de una pensión de la calle Joaquín Costa. Prefería fallecer
como una puta vieja que vistiendo galas de héroe a mayor honor
de aquellos niños bonitos que enviaban de Gobernación. Los
nuevos centuriones, todos cortados por el mismo patrón, todos
dispuestos a limpiar las calles de Barcelona de infelices y rojos
de medio pelo que a duras penas podían mear de pie después
de haberse pasado media vida escondidos o emparedados en
cárceles pobladas como colmenas. Hay épocas en que es más
honorable morir en el olvido que vivir en la gloria.

El mal llamado Bernal andaba perdido en aquellos pensamientos cuando abrió la puerta de las cocinas. Hendaya insistía
en hacer rondas de vigilancia por la casa y él cumplía las órdenes al pie de la letra. Esa era su especialidad. Le bastaron tres
pasos para advertir que algo estaba fuera de lugar. Un soplo de
aire húmedo le acarició el rostro. Levantó la mirada hacia el
extremo de las cocinas. El resplandor de un relámpago dibujó
el contorno dentado del cristal roto. Se dirigió al rincón y se
arrodilló frente a los pedazos de vidrio caídos de la ventana.
Un rastro de pisadas se perdía en el polvo. Pies ligeros y suelas
mínimas con el golpe de tacón a juego. Una mujer. El falso
Bernal calibró la evidencia. Se incorporó y se acercó al cuarto
de la despensa. Presionó la pared del fondo y abrió la entrada
al túnel. Descendió unos pasos hasta que el hedor que subía le
aconsejó detenerse. Se volvió, y se disponía a cerrar el acceso
cuando reparó en la linterna colgada del gancho. Se balanceaba ligeramente. El agente cerró la puerta y regresó a la cocina.
Echó un vistazo somero y, tras cavilarlo unos instantes, borró el
rastro de huellas con el pie y empujó los trozos de cristal a un
rincón en sombra. No iba a ser él quien le dijese a Hendaya
cuando volviera que alguien había hecho una visita sorpresa a
la casa. El último infeliz que le había dado malas noticias a
Hendaya había terminado con la mandíbula rota. Y era uno de
sus hombres de confianza. Con él que no contasen. Con suerte,
en siete semanas le entregarían una medallita que pensaba

602

empeñar para costearse los servicios de una fulana con pedigrí con la que despedirse del plano terrenal y, si sobrevivía al trance, ya tendría toda una vejez gris y maldita para olvidar lo que había presenciado aquellos últimos días en El Pinar y convencerse de que todo lo que había hecho en nombre del deber era cosa de aquel Bernal que nunca había sido, y nunca sería, él.

Oculta en el jardín, al otro lado de la ventana, Alicia observó cómo el policía recorría las cocinas con parsimonia, comprobaba la entrada al túnel y luego, incomprensiblemente, borraba el rastro de pisadas que había dejado tras ella. El policía echó un último vistazo y se dirigió de nuevo a la puerta. Aprovechando que la lluvia todavía caía con fuerza, y sin saber a ciencia cierta si aquel agente iba a dar parte de lo que había descubierto a sus superiores, Alicia optó por arriesgarse a cruzar el jardín a toda prisa, descender por la ladera y pasar el muro. En los sesenta segundos que le llevó hacerlo no dejó de esperar un balazo entre los omoplatos que nunca llegó. Saltó a la calle y corrió de regreso a la plaza, donde el tranvía azul iniciaba su descenso en la tormenta. Subió al vagón en marcha e, ignorando la mirada reprobatoria del revisor, se dejó caer en uno de los asientos, empapada y temblando no sabía si de frío o de alivio.

Le encontró sentado bajo la lluvia, acurrucado en el escalón del portal. Alicia se acercó atravesando los charcos que anegaban la calle Aviñón y se detuvo frente a él. Lo supo sin necesidad de que el muchacho dijera nada. Fernandito alzó la vista y la miró con lágrimas en los ojos.

—¿Dónde está Vargas? —preguntó Alicia.

Fernandito bajó la cabeza.

—No suba —murmuró.

Alicia ascendió los peldaños de dos en dos, ignorando el

dolor que le taladraba la cadera y le entumecía el costado. Al llegar al rellano del cuarto piso se detuvo frente a la puerta entreabierta de las habitaciones de Vargas. Un olor dulzón y metálico flotaba en el aire. Empujó la puerta hacia adentro y vio el cuerpo tendido en la sala sobre una lámina oscura y brillante. La invadió un frío que le cortó la respiración y se agarró al marco de la puerta. Le temblaban las piernas cuando se aproximó al cadáver. Vargas tenía los ojos abiertos. Su rostro era una máscara de cera destrozada a golpes que apenas reconoció. Se arrodilló junto a él. Le acarició la mejilla. Estaba frío. Lágrimas de rabia le nublaron la vista y ahogó un gemido.

Junto al cadáver había una silla caída. Alicia la aupó y se sentó en ella a contemplar el cuerpo en silencio. El fuego en la cadera se abría camino por sus huesos. Se golpeó la vieja herida con el puño, con fuerza, y por unos segundos el dolor la cegó y estuvo a punto de caer al suelo. Siguió golpeándose hasta que Fernandito, que había estado presenciando la escena desde el umbral, le sujetó los brazos y la detuvo. La abrazó hasta inmovilizarla. La dejó aullar de dolor hasta que apenas le quedó aliento.

—No es culpa suya —le repetía una y otra vez.

Cuando Alicia dejó de temblar, Fernandito cubrió el cuerpo con una manta que halló en un butacón.

—Busca en sus bolsillos —ordenó Alicia.

El chico registró el abrigo y la chaqueta del policía. Encontró su billetero, unas monedas, un pedazo de papel con una lista de cifras y una tarjeta de visita que rezaba:

---

**María Luisa Alcaine**
Secretaria adjunta
a la Dirección de Archivos y Documentación

Registro Civil de Barcelona

---

Le tendió lo que había encontrado y Alicia lo examinó. Se guardó la lista y la tarjeta. Le devolvió el resto, indicándole que lo colocase de nuevo en el lugar donde lo había hallado. Alicia mantenía la mirada clavada en la silueta de Vargas, que se adivinaba bajo la manta. Fernandito esperó un par de minutos antes de acercarse de nuevo a ella.

—Aquí no podemos quedarnos —dijo al fin.

Alicia le miró, como si no comprendiese o no pudiera oírle.

—Deme la mano.

Ella declinó su oferta de auxilio e hizo amago de incorporarse por su cuenta. Fernandito advirtió el rictus de dolor en su rostro. Rodeó a Alicia con los brazos y la ayudó a levantarse. Una vez estuvo erguida, Alicia dio unos pasos intentando disimular que cojeaba.

—Puedo sola —dijo.

Su voz había adquirido un tono gélido. Su mirada era impenetrable y no delataba ya emoción alguna, tampoco cuando se volvió hacia Vargas por última vez. «Había cerrado las puertas y echado todos los cerrojos», pensó Fernandito.

—Vamos —murmuró, cojeando hacia la salida.

Fernandito la sostuvo por el brazo y la condujo hasta la escalera.


Se instalaron en una mesa en la esquina del fondo del Gran Café. Fernandito pidió dos tazones de café con leche y un vaso de coñac que procedió a vaciar en una de las tazas, que tendió a Alicia.

—Beba. Entrará en calor.

Alicia aceptó la taza y sorbió despacio. La lluvia arañaba el ventanal y dibujaba regueros que velaban el manto gris que se había desplomado sobre la ciudad. Una vez que Alicia hubo recuperado el color, Fernandito le contó todo lo sucedido.

—No tendrías que haberle seguido a ese lugar —dijo ella.

—No iba a dejarle escapar —replicó.

—¿Estás seguro de que está muerto?

—No lo sé. Le he disparado dos o tres veces con el arma del capitán Vargas. No podía estar a más de dos metros. Todo estaba a oscuras...

Alicia posó la mano sobre la de Fernandito y le sonrió débilmente.

—Estoy bien —mintió él.

—¿Aún tienes el arma?

Fernandito negó.

—Se me cayó al huir de allí. ¿Qué vamos a hacer ahora?

Alicia permaneció en silencio unos instantes, la mirada perdida en el cristal. Podía sentir el dolor en la cadera latiendo al ritmo de su corazón.

—¿No debería tomarse una de esas pastillas suyas? —preguntó Fernandito.

—Luego.

—¿Luego de qué?

Alicia le miró a los ojos.

—Necesito que hagas algo más por mí.

Fernandito asintió.

—Lo que sea.

Ella buscó en sus bolsillos y le tendió una llave.

—Es la llave de mi casa. Cógela.

—No la entiendo.

—Quiero que subas al piso. Asegúrate de que no hay nadie dentro antes de entrar. Si la puerta está abierta o la cerradura tiene signos de haber sido forzada, echa a correr y no pares hasta llegar a tu casa.

—¿Usted no viene conmigo?

—Una vez que estés en el comedor, busca debajo del sofá. Encontrarás una caja con documentos y papeles. Dentro de esa caja hay un sobre con un cuaderno dentro. En el sobre pone «Isabella». ¿Me has entendido?

Él hizo un gesto afirmativo.

—*Isabella.*

—Quiero que cojas esa caja y te la lleves. Guárdala. Guárdala donde nadie la pueda encontrar. ¿Podrás hacer eso por mí?

—Sí. No se preocupe. Pero...

—Sin peros. Si me pasa algo...

—No diga eso.

—Si me pasa algo —insistió Alicia—, no puedes acudir ni a la policía. Si yo no vuelvo a recogerlos, deja que transcurran unos días y lleva esos documentos a la librería Sempere e hijos, en la calle Santa Ana. ¿Sabes dónde es?

—La conozco...

—Antes de entrar asegúrate de que nadie vigila la librería. Si algo te despierta la más mínima sospecha, pasa de largo y espera a otro momento. Cuando estés allí pregunta por Fermín Romero de Torres. Repite el nombre.

—Fermín Romero de Torres.

—No te fíes de nadie más. No te puedes fiar de nadie más.

—Me está asustando, señorita Alicia.

—Si me sucede algo, entrégale los documentos. Dile que vienes de mi parte. Cuéntale lo que ha ocurrido. Explícale que entre esos documentos está el diario de Isabella Gispert, la madre de Daniel.

—¿Quién es Daniel?

—Dile a Fermín que lo tiene que leer él y decidir si debe dárselo a Daniel o no. Él será el juez.

Fernandito asintió. Alicia sonrió con tristeza. Tomó la mano del chico y la apretó con fuerza. Él se llevó su mano a los labios y la besó.

—Siento haberte metido en esto, Fernandito. Y dejarte con esta responsabilidad... No tenía derecho.

—Me alegro de que lo haya hecho. No le fallaré.

—Lo sé... Una última cosa. Si no vuelvo...

—Volverá.

—Si no vuelvo no preguntes por mí en hospitales ni en comisarías ni en ningún sitio. Hazte a la idea de que no me has conocido nunca. Olvídame.

—Yo no la voy a olvidar jamás, señorita Alicia. Soy así de bobo...

Ella se incorporó. Era evidente que el dolor la atenazaba, pero sonrió a Fernandito como si no se tratase de más que de una molestia pasajera.

—Va a buscar a ese hombre, ¿verdad?

Alicia no respondió.

—¿Quién es? —preguntó Fernandito.

Alicia conjuró la descripción que Fernandito había dibujado del asesino de Vargas.

—Se hace llamar Rovira —dijo—. Pero no sé quién es.

—Sea quien sea, si es que aún está vivo, es muy peligroso.

Fernandito se levantó, dispuesto a escoltarla. Alicia le retuvo, negando.

—Lo que necesito es que vayas a mi casa y hagas lo que te he pedido.

—Pero...

—No me discutas. Y júrame que harás exactamente lo que te he dicho.

Fernandito suspiró.

—Lo juro.

Alicia ofreció una de sus sonrisas devastadoras, aquellas que tantas veces le habían nublado al chico el poco sentido que Dios le había dado, y se encaminó hacia la salida cojeando. Él la observó alejarse en la lluvia, más frágil que nunca. Esperó a que se hubiera perdido calle arriba y, tras dejar unas monedas en la mesa, cruzó la calle hasta llegar a la escalera de Alicia. Al entrar en el rellano se encontró con la portera, su tía Jesusa, que intentaba contener la lluvia que encharcaba el suelo de la finca con un trapo envuelto en el extremo de una escoba. Al verlo pasar con una llave en la mano, Jesusa frunció el ceño con desaprobación. Fernandito comprendió que la portera, que tenía ojo clínico para el chisme y vista de halcón para todo lo que no le concernía, debía de haber presenciado la escenita en el Gran Café al otro lado de la calle, besamanos incluido.

—No escarmentamos nunca, ¿eh, Fernandito?

—No es lo que parece, tía.

—Lo que parece mejor me lo callo, pero, como tía tuya que soy y la única que parece semeja el sentido común en toda la familia, tengo que decirte lo que te he dicho mil veces.

—Que la señorita Alicia no es mujer para mí —recitó Fernandito de memoria.

—Y que un día te va a romper el corazón, como dicen en la radio —completó Jesusa.

Ese día había quedado atrás hacía ya años, pero Fernandito prefirió no remover el asunto. Jesusa se le aproximó y le sonrió con ternura, estrujándole los mofletes como si todavía tuviese diez años.

—Yo solo quiero que no sufras. Y la señorita Alicia, y mira que la aprecio como si fuera de la familia, es una bomba ambulante: el día menos pensado explotará y se llevará por delante a todo el que tenga cerca, y que Dios me perdone por decirlo.

—Ya lo sé, tía. Ya lo sé. Usted no se preocupe que sé lo que me hago.

—Eso dijo tu tío el día que se ahogó.

Fernandito se inclinó para besarla en la frente y se encaminó escaleras arriba. Entró en el piso de Alicia y dejó la puerta entornada mientras seguía las instrucciones recibidas. Encontró la caja que ella le había descrito bajo el sofá del salón. La abrió y echó un vistazo a la pila de documentos, entre la que asomaba un sobre en el que se leía:

*Isabella*

No se atrevió a abrirlo. Cerró la caja y se preguntó quién sería aquel tal Fermín Romero de Torres que merecía toda la confianza de Alicia y a quien se encomendaba como última salvación. Supuso que, en el desorden de las cosas, había muchos otros personajes en la vida de Alicia que desconocía y que desempeñaban un papel infinitamente más importante que el suyo.

«A ver si te pensabas que eras tú el único...»

Cogió la caja y se encaminó a la puerta. Antes de salir y cerrar contempló por última vez el piso de Alicia, convencido de que nunca más volvería a poner los pies allí. Al llegar al vestíbulo comprobó que su tía seguía intentando mantener a raya la lluvia que se iba filtrando en el portal a golpe de escobón. Se detuvo un instante.

—Cobarde —murmuró para sí—. No tendrías que haberla dejado ir.

Jesusa interrumpió sus empeños y le miró intrigada

—¿Qué dices, prenda?

Fernandito suspiró.

—¿Tía? ¿Le puedo pedir un favor? —inquirió.

—Pues claro. Tú pide por esa boquita de piñón.

—Necesito que me guarde esta caja donde nadie la pueda encontrar. Es muy importante. No le diga a ninguna persona que la tiene. Ni a la policía, si vinieran a preguntar. A nadie.

El rostro de Jesusa se ensombreció. La portera lanzó un vistazo a la caja y se santiguó.

—Ay ay ay... ¿En qué lío os habéis metido?

—Nada que no se pueda arreglar.

—Eso decía siempre el tío.

—Ya lo sé. ¿Me hará ese favor? Es muy importante.

Jesusa asintió, solemne.

—Volveré en un rato.

—¿Me lo juras?

—Claro.

Salió a la calle huyendo de la mirada angustiada de su tía Jesusa y enfrentó la lluvia con tanto miedo en el cuerpo que apenas notó el frío que le calaba los huesos. De camino al que bien podría ser el último día de su corta existencia se dijo que, gracias a Alicia, había aprendido al menos dos cosas útiles que le servirían para siempre, si es que vivía para contarlo. La primera era a mentir. La segunda, y esta aún la sentía en carne viva, era que los juramentos eran un poco como los corazones: roto el primero, los demás resultaban pan comido.

## 28

Alicia se detuvo en la esquina de la calle Lancaster y observó la entrada de la antigua fábrica de maniquís durante un par de minutos. La portezuela por la que había pasado Fernandito seguía entreabierta. El edificio que albergaba el taller era una brecha de piedra oscura que se alzaba dos pisos y estaba cubierto por un tejado abombado. Las ventanas del piso superior estaban tapiadas con tablones de madera y adoquines barnizados de mugre. Una caja de cableado agrietada sobresalía de la fachada y un nudo de hilo telefónico asomaba por dos orificios practicados en la piedra con un taladro. Amén de aquel detalle, el lugar desprendía un aire de abandono, como la mayoría de los antiguos talleres industriales que quedaban en aquella área del Raval.

Alicia se aproximó bordeando la fachada para evitar poder ser vista desde la entrada. El aguacero había dejado las calles desiertas y no tuvo reparo en extraer el arma y acercarse hasta la portezuela apuntando hacia el interior. Empujó la portezuela hasta abrirla por completo y auscultó el túnel de claridad que se proyectaba en el vestíbulo. Penetró con el arma en alto y sujeta con ambas manos. Una leve corriente de aire fluía desde el interior, impregnada con el olor a cañerías viejas y a lo que se le antojó queroseno o algún tipo de combustible.

La entrada daba a lo que debía de haber sido una zona de despacho comercial del taller. Un mostrador, un juego de vitrinas vacías y un par de maniquís envueltos en un manto blanquecino y traslúcido presidían el lugar. Alicia rodeó el mostrador y se aproximó a la entrada de la trastienda, que estaba velada por una cortina de cuentas de madera. Se disponía a cruzarla cuando golpeó un objeto metálico con el pie. Sin bajar el revólver, lanzó una mirada rápida al suelo y avistó el arma de Vargas. La recogió y la guardó en el bolsillo izquierdo de la chaqueta. Apartó la cortina de cuentas y enfrentó un corredor que se hundía en las entrañas del edificio. El olor a pólvora aún flotaba en el aire. Un rastro de reflejos tenues oscilaba del techo. Alicia palpó las paredes hasta dar con un interruptor de rosca. Hizo girar la clavija y una guirnalda de bombillas de bajo voltaje suspendidas de un cable prendieron a lo largo del corredor. La penumbra rojiza que proyectaban desveló un pasillo angosto que descendía en un ángulo leve. A unos metros de la entrada la pared estaba salpicada de manchas oscuras, como si una ráfaga de pintura rojiza hubiese barrido el muro. Al menos una de las balas que había disparado Fernandito había alcanzado su objetivo. Posiblemente más. El rastro de sangre seguía por el suelo y se perdía por el pasadizo. Un poco más allá encontró el cuchillo con el que Rovira había intentado atacar a Fernandito. La hoja estaba manchada de sangre y Alicia comprendió que era la de Vargas. Continuó adelante y no se detuvo hasta que atisbó el halo de luz espectral que emanaba desde el final del túnel.

—¿Rovira? —llamó.

Un baile de sombras y el susurro de algo arrastrándose en la oscuridad se agitaron al fondo del corredor. Alicia procuró tragar saliva, pero tenía la boca seca. No reparó en que desde que se había adentrado en aquel pasillo ya no notaba el dolor en la cadera ni el frío de las ropas empapadas. Solo sentía miedo.

Recorrió la distancia que mediaba hasta el extremo del corredor, ignorando el sonido que arrancaban las suelas de sus zapatos al pisar sobre el firme suelo húmedo y viscoso.

—Rovira, sé que está herido. Salga y hablemos.

El sonido de su propia voz se le antojó frágil y temeroso,

pero la dirección en la que viajaba el eco le servía de guía. Al llegar al final del túnel, Alicia se detuvo. Una gran sala de techos altos se abría en perspectiva. Observó los restos de las mesas de trabajo, las herramientas y la maquinaria que flanqueaban la nave. Un tragaluz de cristal esmerilado al fondo del taller inyectaba una fantasmagoría pálida.

Pendían del techo, sujetos por cuerdas que les conferían el aspecto de cadáveres ahorcados y suspendidos a medio metro del suelo. Hombres, mujeres y niños, maniquís ataviados con galas de otro tiempo que se mecían en la penumbra como almas atrapadas en un purgatorio secreto. Había docenas de ellos. Algunos lucían rostros sonrientes y miradas de cristal, otros estaban inacabados. Alicia podía sentir el palpitar de su corazón en la garganta. Respiró hondo y se adentró entre la jauría de figuras que colgaban. Brazos y manos le acariciaron el pelo y el rostro mientras avanzaba lentamente. Las figuras suspendidas se balanceaban y se agitaban a su paso.

El eco del roce de los cuerpos de madera se esparcía por la nave. Tras él se percibía un rumor mecánico. El olor a queroseno cobraba intensidad a medida que se acercaba al fondo del taller. Alicia dejó atrás el bosque de cuerpos suspendidos y avistó una pieza de maquinaria industrial que vibraba y desprendía halos de vapor. Un generador. A un lado se levantaba una pila de restos y piezas descartadas. Cabezas, manos y torsos desmembrados se fundían en un amasijo que le trajo a la memoria los cuerpos amontonados que había visto en las calles tras los bombardeos aéreos durante la guerra.

—¿Rovira? —llamó de nuevo, más por oír su voz que esperando respuesta.

Tenía la certeza de que la estaba observando desde algún rincón en la sombra. Escrutó la nave con la mirada, intentando leer los relieves que se intuían en la penumbra. No detectó movimiento alguno. Tras la pila de restos de figuras se entreveía una puerta bajo la cual se deslizaban cables conectados al generador. Un aliento de luz eléctrica perfilaba el marco. Alicia suplicó que el cuerpo exánime de Rovira estuviese allí dentro, tendido en el suelo. Se aproximó a la puerta y la abrió de un puntapié.

## 29

La habitación era una cámara rectangular de paredes negras sin ventanas que olía a humedad y semejaba una cripta. El techo estaba perfilado por una hilera de bombillas desnudas que destilaban una luz amarillenta y producían un zumbido leve y chispeante, como si un enjambre de insectos reptasen por los muros. Alicia escrutó cada centímetro del contorno antes de entrar. No había rastro de Rovira.

Un camastro de metal ocupaba un rincón. Un par de mantas viejas lo cubrían y una caja de madera a un lado hacía las veces de mesa de noche. Sobre ella había un teléfono negro, velas y un bote de vidrio repleto de monedas. Bajo el colchón asomaban una vieja maleta, un par de zapatos y un cubo. Junto al lecho había un armario ropero de madera labrada de amplias dimensiones, una pieza de anticuario que uno esperaría encontrar en una residencia de cierto postín y no en un taller industrial. Las puertas del armario estaban casi ajustadas al cierre, pero dejaban un par de centímetros de apertura. Alicia se acercó poco a poco, preparada para vaciar el revólver. Por un segundo imaginó a Rovira, sonriendo en el interior y esperando a que ella bajase la guardia al abrir el armario.

Alicia sostuvo el arma firmemente con las manos y dio una patada a la puerta, que se abrió despacio al rebotar en el marco. El armario estaba vacío. Una barra sostenía una docena de perchas desnudas. Al pie del armario encontró una caja de cartón en la que se podía leer una sola palabra:

**SALGADO**

Tiró de la caja y el contenido se desparramó a sus pies. Joyas, relojes y otros objetos de valor. Fajos de billetes que parecían fuera de curso legal atados con cordeles. Lingotes dorados, forjados aprisa y sin precisión. Alicia se arrodilló y contempló aquel botín, una pequeña fortuna, y supuso que aquel debía de ser el tesoro que Sebastián Salgado, antiguo prisionero del penal de Montjuic y primer sospechoso mencionado en la desaparición de Valls, habría ocultado en las taquillas de la Estación del Norte y soñado con recobrar cuando el ministro tramitó su indulto y puesta en libertad dos décadas más tarde. Salgado nunca consiguió recuperar el fruto de sus crímenes y pillajes. Cuando abrió la taquilla encontró una maleta vacía y murió sabiéndose un ladrón robado. Alguien se le había adelantado. Alguien que era conocedor del botín y la trama de los anónimos que Valls había estado recibiendo durante años. Alguien que llevaba moviendo los hilos de aquel asunto desde mucho antes de que el ministro desapareciese.

Las luces parpadearon un instante y Alicia se volvió sobresaltada. Fue entonces cuando lo vio. Ocupaba una pared entera, de suelo a techo. Se acercó despacio y, al comprender lo que estaba contemplando, sintió que le flaqueaban las rodillas y dejó caer los brazos.

El mosaico estaba formado por docenas, centenares de fotografías, recortes y apuntes. Había sido confeccionado con extraordinaria precisión y con empeño de orfebre. Todas las imágenes, sin excepción, eran de Alicia. Reconoció instantáneas de su primera época en la unidad junto a fotografías antiguas en las que apenas era una niña que databan de sus años en el orfanato del Patronato Ribas. La colección incluía decenas de instantáneas tomadas a distancia en las que se la veía recorriendo las calles de Madrid o Barcelona, a la entrada del hotel Palace, sentada en un café con un libro, bajando los peldaños de la Biblioteca Nacional, comprando en tiendas de la capital e incluso paseando junto al Palacio de Cristal en el parque del Retiro. Una de las fotografías mostraba la puerta de su habitación en el Hispania.

Encontró recortes de diarios donde se detallaban casos en cuya resolución había participado pero que, por supuesto, nunca mencionaban ni a Alicia ni a la unidad y atribuían todo el mérito a la policía o a la Guardia Civil. Al pie del mosaico había una mesa dispuesta a modo de altar sobre la que reconoció toda suerte de objetos relacionados con ella: menús de restaurantes que recordaba haber visitado, servilletas de papel en las que había apuntado algo, notas firmadas de su puño y letra, una copa de vino con una marca de carmín en el borde, una colilla, los restos de su billete de tren de Madrid a Barcelona...

En un extremo de la mesa había una vasija de vidrio en cuyo interior, expuestas como reliquias, se hallaban algunas piezas de ropa interior que había echado a faltar desde la noche en que alguien, o algo, había entrado en su casa mientras se encontraba bajo los efectos de los fármacos. Un par de sus medias estaban muy bien tendidas sobre la mesa y sujetas con alfileres. Junto a ellas reposaba el libro de Víctor Mataix de *El Laberinto de los Espíritus*, sustraído de su vivienda. Le invadió la necesidad de escapar de aquel lugar de pesadilla.

Nunca llegó a ver una figura que, a su espalda, se alzaba lentamente de entre la pila de cuerpos desmembrados al otro lado de la puerta y se dirigía hacia ella.

# 30

Cuando comprendió lo que había sucedido ya era tarde. Oyó una respiración entrecortada tras ella y al volverse no tuvo tiempo de apuntar con el revólver. Un impacto brutal le sacudió las entrañas. El pinchazo le arrebató la respiración y la hizo caer de rodillas. Solo entonces pudo verle con claridad y comprender por qué no le había detectado al entrar. Llevaba una máscara blanca que le cubría el rostro. Estaba desnudo y portaba en la mano un objeto que parecía algún tipo de punzón industrial.

Alicia intentó dispararle, pero Rovira le ensartó la mano con la púa metálica. El revólver rodó por el suelo. El hombre la cogió por el cuello y la arrastró hasta el camastro. La dejó caer allí y se sentó sobre sus piernas, sujetándolas. Le agarró la mano derecha, que había perforado con el punzón, y se inclinó para sujetársela a los barrotes del camastro con alambre. Al hacerlo, la máscara se deslizó y Alicia encontró el rostro desencajado de Rovira a un par de centímetros del suyo. Tenía los ojos vidriosos y la piel de un lado de la cara salpicada por las quemaduras de un disparo a bocajarro. Le sangraba un oído y sonreía como un niño dispuesto a arrancarle las alas a un insecto y a deleitarse con su agonía.

—¿Quién eres? —preguntó Alicia.

Rovira la observó, disfrutando del instante.

—¿Tan lista que te crees y no lo has entendido todavía? Yo soy tú. Todo lo que tú deberías haber sido. Al principio te admiraba. Pero luego me he dado cuenta de que eres débil y que no me queda nada que aprender de ti. Soy mejor que tú. Soy mejor de lo que tú nunca podrías haber sido...

Rovira había dejado el punzón sobre el lecho. Alicia calculó que si le distraía un segundo quizá podría alcanzarlo con la mano izquierda, que le quedaba libre, y clavárselo en el cuello o los ojos.

—No me hagas daño —suplicó—. Haré lo que tú quieras...

Rovira rio.

—Querida, lo que quiero es precisamente hacerte daño. Mucho daño. Me lo he ganado...

Entonces la sujetó por el pelo contra el camastro y le lamió los labios y el rostro. Alicia cerró los ojos, palpando sobre la manta en busca del punzón. Las manos de Rovira le recorrieron el torso y se detuvieron sobre su vieja herida en el costado. Alicia había llegado a rozar el mango cuando Rovira le susurró al oído:

—Abre los ojos, puta. Quiero verte bien la cara cuando lo sientas.

Ella abrió los ojos, sabiendo lo que llegaría después y suplicando perder el sentido al primer golpe. Rovira se enderezó, alzó el puño y lo descargó con toda su fuerza sobre su herida. Alicia dejó escapar un aullido ensordecedor. Rovira, la habitación, la luz y el frío que sentía en las entrañas, todo quedó olvidado. Solo existía el dolor recorriéndole los huesos como una corriente eléctrica que le hizo olvidar quién era y dónde estaba.

Rovira rio al ver su cuerpo tensarse como un cable y sus ojos quedarse en blanco. Le levantó la falda hasta desvelar aquella cicatriz que le cubría la cadera como una telaraña negra, explorando la piel con la punta de los dedos. Se inclinó para besarla en la herida y luego la golpeó una y otra vez hasta destrozarse el puño contra los huesos de su cadera. Finalmente, cuando ya no emergía sonido alguno de la garganta de Alicia, se detuvo. Ella, hundiéndose en un pozo de agonía y oscuridad, se convulsionaba. Rovira recogió el punzón y recorrió con la punta la red de capilares oscuros que se entreveían bajo la piel pálida de la cadera de Alicia.

—Mírame —ordenó—. Yo soy tu sustituto. Y seré mucho mejor que tú. A partir de ahora, yo seré el favorito.

Alicia le miró desafiante. Rovira le guiñó el ojo.

—Esa es mi Alicia —dijo.

Murió sonriendo. No llegó a ver que Alicia alcanzaba el revólver que había guardado en el bolsillo izquierdo de su chaqueta. Cuando él empezaba a hurgar en la herida con el punzón, ella ya le había colocado el cañón bajo la barbilla.

—Chica lista —murmuró.

Un instante después, el rostro de Rovira se pulverizó en una nube de hueso y sangre. El segundo disparo, a quemarropa, le derribó hacia atrás. El cuerpo desnudo cayó de espaldas a los pies del camastro con un orificio humeante en el pecho y el punzón todavía agarrado en la mano. Alicia soltó el arma y forcejeó para liberar su mano derecha sujeta al catre. La adrenalina había tendido un velo sobre el dolor, pero sabía que sería momentáneo y que cuando este regresara, tarde o temprano, le haría perder el sentido. Tenía que salir de aquel lugar cuanto antes.

Consiguió enderezarse y sentarse en el camastro. Intentó incorporarse, pero tuvo que esperar unos minutos porque las piernas le flaqueaban y la estaba invadiendo una debilidad que no acababa de comprender. Sentía frío. Mucho frío. Logró levantarse al fin, casi tiritando, y se sostuvo en pie apoyándose en la pared. Tenía el cuerpo y la ropa manchados con la sangre de Rovira. No notaba la mano derecha más allá de un latido sordo. Examinó la herida que había dejado el punzón. No tenía buen aspecto.

Justo entonces el teléfono que había junto a la cama sonó. Alicia ahogó un grito.

Lo dejó sonar cerca de un minuto, contemplándolo como si se tratase de una bomba que fuera a explotar en cualquier momento. Finalmente levantó el auricular y se lo llevó al oído. Escuchó, conteniendo la respiración. Un largo silencio se hizo en la línea y, tras el zumbido leve de la larga distancia, un aliento pausado.

—¿Estás ahí? —dijo la voz.

Alicia sintió que el auricular le temblaba en las manos.

Era la voz de Leandro.

El teléfono le resbaló de la mano. Tambaleándose, se dirigió hacia la puerta. Al cruzar frente al santuario que Rovira había creado se detuvo. La rabia le dio fuerzas para salir al taller, encontrar uno de los bidones de queroseno que había junto al generador y derramar el contenido por el suelo. La película de líquido viscoso se esparció por la habitación, rodeando el cadáver de Rovira y tendiendo un espejo negro del que ascendían volutas de vapor irisado. Al pasar frente al generador arrancó uno de los cables y lo dejó caer al suelo. Mientras caminaba entre los maniquís suspendidos del techo en dirección al corredor que conducía a la salida oyó el chisporroteo a su espalda. Una súbita corriente de aire sacudió las figuras que la rodeaban cuando prendió la llamarada. Un resplandor ámbar la acompañó al tiempo que recorría el pasillo. Avanzó oscilante y dando tumbos contra los muros para sostenerse en pie. Nunca había sentido tanto frío.

Suplicó al cielo o al infierno que no la dejase morir en aquel túnel, que pudiera llegar al umbral de claridad que se adivinaba al fondo. La huida se le hizo interminable. Sentía que escalaba el intestino de una bestia que la había engullido y trepaba de vuelta hasta las fauces para evitar ser devorada. El calor que penetraba por el túnel desde las llamas a su espalda apenas consiguió quebrar el abrazo gélido que la envolvía. No se detuvo hasta cruzar el vestíbulo y salir a la calle. Respiró de nuevo y sintió la lluvia acariciándole la piel. Una figura se acercaba a toda prisa por la calle.

Se dejó caer en brazos de Fernandito, que la abrazó. Le sonrió, pero el muchacho la observaba aterrorizado. Se llevó la mano al vientre, al lugar donde había notado aquel primer golpe. La sangre tibia se escurría entre sus dedos y se desvanecía en la lluvia. Ya no sentía dolor, solo frío, un frío que le susurraba que se dejase ir, que cerrara los párpados y se abandonase a un sueño eterno que prometía paz y verdad. Miró a los ojos a Fernandito y le sonrió.

—No me dejes morir aquí —musitó.

## 31

La tormenta había barrido las calles de transeúntes y había dejado la librería huérfana de clientes. Habida cuenta del diluvio en curso, Fermín optó por dedicar la jornada a menesteres de intendencia y labores contemplativas. Ajeno al fragor de los relámpagos y al envite de la lluvia, que parecía decidida a derribar el escaparate, Fermín encendió la radio. Con paciencia, como si estuviese seduciendo al cerrojo de una caja fuerte, fue girando el dial hasta que tropezó con el sonido de una gran orquesta que atacaba los compases iniciales de *Siboney*. Al primer redoble de timbal, Fermín empezó a mecerse al ritmo caribeño y se dispuso a reanudar la restauración y puesta a punto de una edición en seis tomos de *Los Misterios de París*, de Eugenio Sue, con Daniel como pinche y ayudante.

—Esto lo bailaba yo con mi mulatita en el Tropicana de La Habana en mis años mozos, cuando aún tenía juego de caderas. Qué recuerdos me trae... Si en vez de esta planta de galán hubiese tenido yo talento para la literatura habría escrito *Los Misterios de La Habana* —proclamó.

—Ganó Eros y perdió el Parnaso —sentenció Bea.

Fermín se dirigió hacia ella con los brazos abiertos marcando el paso y contoneándose a ritmo de clave.

—Señora Bea, venga, que le enseño los pasos básicos del son montuno, que aquí su marido baila como si llevase zuecos de cemento y no sabe usted lo que es el frenesí del *tempo* afrocubano. A *gosar*...

Bea corrió a refugiarse en la trastienda para terminar de cuadrar el libro de cuentas y poner distancia con el baileoteo y el canturreo de Fermín.

—Oiga, su mujer a veces es más sosa que las minutas del catastro municipal.

—Dígamelo a mí —replicó Daniel.

—Que se oye todo —advirtió la voz de Bea desde la trastienda.

Se las prometían ambos muy felices cuando se oyó un frenazo sobre mojado. Al levantar la vista comprobaron que un taxi acababa de detenerse bajo el aguacero frente al escaparate de Sempere e hijos. Un relámpago estalló en lo alto y por un instante el automóvil pareció una carroza de plomo candente humeando en la lluvia.

—Como decían los antiguos, taxista tenía que ser —replicó Fermín.

El resto sucedió a la velocidad del desastre. Un muchacho empapado hasta los huesos y con el rostro allanado por el terror descendió del taxi y, al encontrar la puerta con el cartel de CERRADO, empezó a golpear el cristal con los puños. Fermín y Daniel intercambiaron una mirada.

—Para que luego digan que en este país la gente no tiene ganas de comprar libros.

Daniel se aproximó a la puerta y la abrió. El muchacho, que parecía en un tris de caer desfallecido, se llevó la mano al pecho, respiró hondo y preguntó casi voz en grito:

—¿Quién de ustedes es Fermín Romero de Torres?

Fermín alzó la mano.

—Aquí, el de los músculos.

Fernandito se lanzó a agarrarle del brazo y tiró de él.

—Le necesito —imploró.

—Mire, pollo, no se lo tome a mal, pero hembras imponentes me han dicho lo mismo muchas veces y he sabido resistirme.

—Es Alicia —jadeó Fernandito—. Creo que se está muriendo...

El rostro de Fermín palideció. Lanzó una mirada de alarma a Daniel y, sin mediar palabra, se dejó arrastrar hasta la calle y al interior del taxi, que partió a escape.

Bea, que acababa de asomarse a la cortina de la trastienda y había presenciado la escena, miró a Daniel perpleja.

—¿Y eso?

Su marido suspiró apesadumbrado.

—Malas noticias —murmuró.

Tan pronto como aterrizó en el interior del coche Fermín se tropezó con la mirada del taxista.

—El que faltaba. ¿Adónde vamos ahora?

Fermín intentó hacerse una composición de lugar. Le llevó unos segundos comprender que la figura de piel pálida como la cera y mirada ida que yacía tendida sobre el asiento trasero del taxi era Alicia. Fernandito le sostenía la cabeza con las manos y se esforzaba por contener lágrimas de pánico.

—Usted, vaya tirando —ordenó Fermín al taxista.

—¿Adónde?

—De momento, tire *palante.* Y cagando leches.

Fermín buscó la mirada de Fernandito.

—No sabía qué hacer —balbuceó el muchacho—. No me ha dejado que la lleve a un hospital o a un médico y...

Alicia, en un breve instante de lucidez, contempló a Fermín y le sonrió con dulzura.

—Fermín, usted siempre procurando salvarme.

Al oír su voz quebrada, a Fermín se le encogieron el estómago y todas las vísceras colindantes, lo cual, teniendo en cuenta que había desayunado una bolsa entera de *carquinyolis,* le resultó triplemente doloroso. Alicia flotaba entre la consciencia y el abismo, así que Fermín optó por recabar el testimonio del chavalín, que parecía el más asustado de los tres.

—Tú, ¿cómo te llamas?

—Fernandito.

—¿Se puede saber qué ha pasado?

Fernandito procedió a resumir lo acontecido en las últimas veinticuatro horas con tal atropello y confusión de detalles que Fermín le detuvo y optó por establecer prioridades prácticas. Palpó el vientre de Alicia y examinó sus dedos impregnados de sangre.

—Timonel —ordenó al taxista—. Al hospital Nuestra Señora del Mar. Volando.

—Haber parado un globo. Mire cómo va el tráfico.

—O estamos allí en menos de diez minutos o le quemo la tartana. Tiene mi palabra.

El taxista gruñó y pisó el acelerador. Su mirada recelosa se encontró con la de Fermín en el espejo retrovisor.

—Oiga, ¿usted no es el de la otra vez? ¿No estuvo en una ocasión ya a punto de morírseme en el taxi años ha?

—Como no fuese del pestuzo que suelta no veo cómo podría o querría yo morirme aquí. Antes me tiro del puente de Vallcarca con *La Regenta* atada al cuello.

—Por mí...

—No se peleen —regañó Fernandito—. Que la señorita Alicia se nos va.

—Cagoendiez —maldijo el taxista, sorteando el tráfico de Vía Layetana rumbo a la Barceloneta.

Fermín extrajo un pañuelo del bolsillo y se lo tendió a Fernandito.

—Saca el pañuelo por la ventana —ordenó.

Fernandito asintió e hizo lo que le había indicado. Fermín levantó con cautela la blusa de Alicia y encontró el orificio que había dejado el punzón en su vientre. La sangre manaba a borbotones.

—Jesús, María y José...

Presionó la herida con la mano y escrutó el tráfico. El taxista, gruñidos aparte, ejecutaba malabarismos con coches, autobuses y transeúntes a velocidad de vértigo. Fermín sintió el desayuno escalándole la garganta por momentos.

—A ser posible, la idea sería llegar vivos al hospital. Con una moribunda va que se mata.

—Milagros a los Reyes Magos. Y si no coja usted el volante —replicó el taxista—. ¿Cómo vamos por ahí detrás?

—Podríamos ir mejor.

Fermín acarició el rostro de Alicia y la intentó reanimar palmeándola suavemente. Ella abrió los ojos. Tenía las córneas reventadas de sangre por los golpes.

—Ahora no se me puede dormir, Alicia. Haga un esfuerzo

y manténgase despierta. Hágalo por mí. Si quiere le cuento chistes picantes o le canto éxitos de Antonio Machín.

Alicia ofreció una sonrisa moribunda. Al menos aún oía.

—Piense en el Generalísimo vestido de cacería con el gorrito y las botas, que a mí siempre me provoca pesadillas y no me deja dormir.

—Tengo frío —murmuró con un hilo de voz.

—Ya llegamos...

Fernandito la observaba con consternación.

—La culpa es mía. No paraba de pedir que no la llevase a ningún hospital y me ha dado miedo —dijo—. Aseguraba que la buscarían allí...

—Es al hospital o al cementerio —cortó Fermín.

Fernandito encajó la severidad de su réplica como si le hubiera abofeteado. Fermín recordó que no era más que un chaval y con toda probabilidad tenía más miedo que ninguno de los que viajaban a bordo del taxi.

—No se preocupe, Fernando. Ha hecho usted lo que tenía que hacer. En momentos así a cualquiera se le forma en los calzones un nudo marinero.

Fernandito suspiró, la culpa carcomiéndole por dentro.

—Si le pasa algo a la señorita Alicia me muero...

Ella le cogió la mano y se la apretó con poca fuerza.

—¿Y si la encuentra ese hombre... Hendaya? —susurró Fernandito.

—No la va a encontrar ni la madre que la parió —dijo Fermín—. De eso me encargo yo.

Alicia, con los ojos entreabiertos, intentaba seguir la conversación.

—¿Adónde vamos? —preguntó.

—A Can Solé, que hacen unas gambas al ajillo que levantan a los difuntos. Ya verá qué bien.

—No me lleve a un hospital, Fermín...

—¿Y quién ha dicho nada de hospitales? Si es allí donde se muere la gente. Hospitales, los lugares estadísticamente más peligrosos del mundo. Usted tranquila, que yo a un hospital no llevaría ni a un hatajo de ladillas.

El taxista, en un amago de sortear el tráfico solidificado en el tramo bajo de Vía Layetana, había invadido el carril contrario. Fermín vio pasar un autobús a dos centímetros de la ventana.

—¿Padre, es usted? —llamó la voz de Alicia—. Padre, no me deje...

Fernandito miró a Fermín, aterrado.

—Tú ni caso, chaval. La pobre está delirando y sufre alucinaciones. Es algo habitual en el temperamento español. Jefe, ¿cómo lo lleva ahí delante?

—O llegamos todos vivos o nos quedamos por el camino —dijo el taxista.

—Ahí. Espíritu de equipo.

Fermín comprobó que se aproximaban al paseo de Colón a velocidad de crucero. Una muralla de tranvías, coches y humanidad se levantaba cinco segundos al frente. El taxista agarró el volante con fuerza y masculló un improperio. Fermín se encomendó a la diosa Fortuna o a quien estuviere de guardia y sonrió débilmente a Fernandito.

—Agárrate, pipiolo.

Nunca un objeto a cuatro ruedas había rebanado el tráfico del paseo de Colón con semejante temeridad. Su travesía cosechó un estruendo de bocinazos, improperios y maldiciones. Cruzado el paseo el taxi se sumergió rumbo a la Barceloneta, donde enfiló una calleja estrecha como un túnel de alcantarilla y casi se llevó por delante media escudería de motocicletas aparcadas en el bordillo.

—Torero —coreó Fermín.

Por fin avistaron la playa y un Mediterráneo teñido de púrpura. El taxi encaró la entrada del hospital y se detuvo frente a un par de ambulancias, exhalando un quejido mecánico hondo, de capitulación y desguace. Un velo vaporoso brotó de las comisuras del capó.

—Es usted un artista —declaró Fermín, palmeando el hombro del conductor—. Fernandito, toma el nombre y la licencia de aquí el campeón, que le vamos a enviar una cesta de Navidad con jamón y turrones incluidos.

—Con que no se me vuelvan a subir al taxi me conformo.

Veinte segundos después un escuadrón de enfermeros sacó a Alicia del coche, la colocó en una camilla y se la llevó a toda prisa al quirófano mientras Fermín corría a su lado con las manos presionando la herida.

—Van ustedes a necesitar varios hectólitros de sangre —advirtió—. A mí me pueden sacar la que quieran, porque se me ve magro de carnes pero tengo más reservas naturales que el acuífero de Aigüestortes.

—¿Es usted familiar de la paciente? —preguntó un bedel que le salió al paso a la entrada del servicio de cirugía.

—Padre putativo en grado de tentativa —replicó Fermín.

—Y eso ¿qué significa?

—Que se aparte usted o me veré en la dolorosa necesidad de catapultarle la bolsa escrotal al cogote de un rodillazo. ¿Estamos?

El bedel se hizo a un lado y Fermín acompañó a Alicia hasta que se la arrebataron de las manos y la vio aterrizar en una mesa de quirófano, transparente como un espectro. Las enfermeras le cortaban la ropa con tijeras y su cuerpo maltrecho, cubierto de magulladuras, arañazos y cortes, quedó expuesto desvelando aquella herida de la que manaba sangre sin cesar. Fermín vislumbró la marca oscura que atenazaba una de sus caderas y se extendía por su anatomía como una red que quisiera devorarla. Entonces apretó los puños para evitar que le temblaran las manos.

Alicia le buscaba con la mirada, sus ojos velados de lágrimas y una sonrisa tibia en los labios. Fermín suplicó al diablo cojuelo al que siempre encomendaba sus imposibles que no se la llevara todavía.

—¿Qué grupo sanguíneo tiene usted? —preguntó una voz a su lado.

Fermín, sosteniendo la mirada a Alicia, extendió uno de los brazos.

—Cero negativo, universal y pata negra.

## 32

En aquellos años, la ciencia todavía no había dilucidado el enigma de por qué el tiempo discurre a una fracción de su velocidad de crucero en el interior de los hospitales. Una vez que Fermín hubo evacuado lo que, estimado a ojo, le pareció un tonel de sangre, Fernandito y él acamparon en una sala de espera con vistas a la playa. Desde la ventana se podía ver la ciudadela de barracas del Somorrostro varada entre un mar y un cielo sellados de nubes de plomo. Más allá se alzaba el mosaico de cruces, ángeles y panteones del cementerio del Pueblo Nuevo, que ofrecía un ominoso recordatorio a las almas que purgaban esperas en las hileras de sillas diseñadas para infligir lesiones lumbares en parientes y allegados, generando así clientela fresca entre los visitantes. Fernandito contemplaba el panorama con mirada de condenado mientras Fermín, más prosaico, devoraba un colosal bocadillo de longaniza que había podido encontrar en la cafetería y lo bañaba con una cerveza Moritz.

—No sé cómo puede comer ahora, Fermín.

—Habiendo donado un ochenta por ciento de mi caudal sanguíneo y probablemente el montante total de mis higadillos, preciso regenerarme. Como Prometeo, pero sin los pajarracos.

—¿Prometeo?

—Hay que leer, Fernandito, que no todo en la adolescencia es meneársela como un macaco. Además, como hombre de acción que soy tengo el metabolismo ágil, y necesito ingerir el triple de mi peso en ricas viandas por semana para mantener este cuerpo serrano en perfecta forma.

—La señorita Alicia casi no come nada —aventuró Fernandito—. Beber ya es otra cosa...

—Cada cual lidia con sus apetitos —sentenció Fermín—. Yo, por ejemplo, desde la guerra siempre tengo hambre. Usted es joven y no puede entenderlo.

Fernandito le observó devorar su festín con resignación. Al rato, un individuo con aspecto de procurador de comarcas se asomó a la entrada de la sala portando un portafolios y carraspeó para hacer notar su presencia.

—¿Son ustedes los familiares de la paciente?

Fernandito recabó la mirada de Fermín, que se limitó a posar la mano sobre su hombro dándole a entender que, de allí en adelante, el rol de portavoz recaería de forma exclusiva en su persona.

—La palabra *familiar* no hace justicia al vínculo que nos une a ella —afirmó Fermín sacudiéndose de migas la chaqueta.

—¿Y qué palabra emplearía usted para definirla, si no es mucho preguntar?

Fernandito creía que había empezado a asimilar la ciencia y el arte de urdir embustes hasta que fue testigo del recital que el maestro, Fermín Romero de Torres, tuvo a bien ofrecer allí mismo mientras Alicia descendía a las tinieblas de la cirugía. Tan pronto como el sujeto se presentó como adjunto a la dirección del hospital y evidenció sus intenciones de indagar sobre lo sucedido y pedir documentación, Fermín le largó una rapsodia hilvanada con tal encaje y puntilla que lo dejó de una pieza. Lo primero fue identificarse como hombre de confianza del gobernador civil de Barcelona, niño bonito del régimen en la provincia.

—Toda discreción es poca a tenor de lo que tengo que referirle a vuecencia —entonó.

—Las heridas sufridas por la señorita son de extraordinaria gravedad y de naturaleza claramente violenta. Estoy obligado por ley a dar parte a la policía...

—No lo recomendaría a menos que quiera usted debutar mañana como auxiliar de recepcionista en el dispensario de carretera que hay detrás del matadero de Castellfollit.

—No le entiendo.

—Es simple. Tome asiento y empápese.

Fermín procedió a urdir un relato en el que Alicia, rebautizada en la ficción como Violeta LeBlanc, era una meretriz de alto copete cuyos servicios habían sido requeridos por el gobernador y unos amigotes de Fomento del Trabajo para correrse una juerga a cuenta de las cotizaciones del Sindicato Vertical.

—Ya sabe cómo son estas cosas. Un par de copitas de brandy, unas enaguas de blonda y se vuelven todos como criaturas sin conocimiento. El macho ibérico es mucho macho, y la vertiente de la costa mediterránea ni le cuento.

Fermín sostuvo que en el transcurso de unos juegos de carácter floral y erótico al prohombre se le había ido la mano y la dulce Violeta había resultado herida de gravedad.

—Y es que estas fulanas de ahora no aguantan nada —remató.

—Pero...

—Entre nosotros, huelga decir el escándalo que resultaría si trascendiese semejante desliz. Piense usted que el señor gobernador tiene santa esposa, ocho hijos, cinco vicepresidencias en cajas de ahorro y accionariado mayoritario en tres sociedades constructoras participadas por yernos, primos y allegados de familias de altos cargos de nuestra excelsa administración, como manda el canon de esta nuestra patria tan querida.

—Me hago cargo, pero la ley es la ley y yo me debo...

—Usted se debe a España y al buen nombre de sus mejores, como yo y como aquí mi escudero Miguelito, ese que está ahí sentado con cara de haberse cagado en los pantalones de miedo y que ahí donde le ve es ahijado segundo de nada menos que del marqués de Villaverde. Miguelito, di que sí.

Fernandito asintió repetidamente.

—Y yo ¿qué quiere que haga? —protestó el administrador.

—Mire, yo en estos casos, y créame que tengo práctica, lo que siempre hago es rellenar la documentación con nombres sacados de las obras del insigne Ramón María del Valle Inclán, porque está demostrado que tan fina pluma tiene poca incidencia en la lista de lecturas recomendadas por la Jefatura Superior de la Policía y de esta guisa nadie se percata del cambiazo.

—Pero ¿cómo voy yo a hacer tamaño disparate?

—El papeleo déjemelo a mí. Usted concéntrese en los generosos emolumentos que va a recibir por cumplir con su deber patriótico como un valiente. A España se la salva así, un poco todos los días. Esto no es como Roma. Aquí sí se paga a traidores.

El adjunto a la gerencia, que había adquirido un tono morado y parecía estar desafiando los niveles razonables de presión sanguínea, sacudió la cabeza y adoptó un semblante de indignación de lo más regio.

—Y usted ¿se puede saber cómo se llama?

—Raimundo Lulio, para servirle a usted y a España —replicó Fermín.

—Esto es una vergüenza.

Fermín le miró a los ojos fijamente y asintió.

—Exacto. ¿Y qué hacemos aquí con las vergüenzas sino barrerlas bajo la alfombra y hacer caja con ellas?


Una hora más tarde, Fermín y Fernandito seguían en la sala esperando las noticias del quirófano. A instancias de Fermín, el muchacho había ingerido una taza de cacao caliente y empezaba a revivir y a recobrar cierta calma.

—Fermín, ¿cree usted que se han tragado eso que les ha contado? ¿No se le ha ido la mano con los detalles escabrosos?

—Fernandito, hemos sembrado la duda, que es lo importante. A la hora de mentir lo que hay que tener en cuenta no es la plausibilidad del embuste, sino la codicia, vanidad y estupidez del destinatario. Uno nunca miente a la gente; se mienten a ellos mismos. Un buen mentiroso les da a los bobos lo que quieren oír. Ese es el secreto.

—Eso que insinúa usted es terrible —objetó Fernandito.

Fermín se encogió de hombros.

—Según se mire. En este sainete de monas vestidas de seda que es el mundo, la falsedad es la argamasa que mantiene unidas todas las piezas del pesebre. La gente, ya sea por miedo, interés o papanatería, se acostumbra tanto a mentir y a repetir las mentiras de los demás que acaba mintiendo hasta cuando cree que dice la verdad. Es el mal de nuestro tiempo. La persona sincera y honesta es una especie en vías de extinción, como el plesiosauro o la cupletera, si es que existió alguna vez y no fue como el unicornio.

—No puedo aceptar lo que me está diciendo. La mayoría de la gente es decente y buena. Lo que pasa es que algunas manzanas podridas le dan mala fama al resto. No me cabe duda al respecto.

Fermín le palmeó la rodilla cariñosamente.

—Eso es porque está usted todavía muy verde y es un poco tontaina. Cuando uno es joven ve el mundo como debería ser y cuando uno es viejo lo ve como es en realidad. Ya se le curará.

Fernandito dejó caer la cabeza, abatido. Mientras el muchacho combatía los envites del fatalismo, Fermín oteó el horizonte y avistó un par de enfermeras de uniforme prieto y constitución saludable que se aproximaban por el corredor. Su feliz arquitectura y meneo al caminar le produjo un cosquilleo en la parte baja del alma. A falta de otra empresa de mayor calado con que ocupar la espera, les hizo una experta radiografía. Una de ellas, con aires de novicia y no más de diecinueve años en el contador, le dedicó una mirada al pasar que indicaba que semejante manjar no lo iba a catar un pelagatos como él ni en mil años y se rio. La otra, que parecía más bregada en el trato con el personal ocioso que hacía pasillo, le echó una mirada de censura.

—Marrano —musitó la joven.

—Ay, lo que se van a comer los gusanos —dijo Fermín.

—No sé cómo puede pensar usted en estas cosas mientras la señorita Alicia se debate entre la vida y la muerte.

—¿Habla usted siempre con lugares comunes o es que aprendió prosodia viendo el NoDo? —replicó el asesor bibliográfico de Sempere e hijos.

Medió un largo silencio hasta que Fermín, que empezaba a explorar bajo el algodón sujeto con esparadrapo que le había dejado la extracción de sangre, advirtió que Fernandito le miraba de reojo, temeroso de volver a abrir la boca.

—¿Qué le pasa ahora? —le preguntó—. ¿Tiene pipí?

—Me preguntaba si hace mucho que conoce usted a Alicia.

—Podría decirse que somos viejos amigos.

—Pues ella nunca le había mencionado antes —adujo Fernandito.

—Eso es porque hace más de veinte años que no nos vemos y pensábamos que el otro estaba muerto.

El chico le observaba, perplejo.

—¿Y usted? ¿Pardillo enamoradizo atrapado en la telaraña de la reina de la noche o santurrón voluntarioso?

Fernandito recapacitó.

—Más bien lo primero, supongo.

—No se avergüence, que así es la vida. El aprender a diferenciar entre por qué hace uno las cosas y por qué dice hacerlas es el primer paso para comenzar a conocerse a uno mismo. Y de ahí a dejar de ser un cretino hay un trecho.

—Habla usted como un libro, Fermín.

—Si los libros hablasen no habría tanto sordo por ahí. Lo que tiene que hacer usted, Fernandito, es empezar a evitar que los demás le escriban el diálogo. Use la cabeza que Dios le ha plantado sobre las cervicales y hágase usted mismo el libreto, que la vida está llena de estraperlistas ávidos de rellenarle al respetable los sesos con las bobadas que les convienen para seguir manteniéndose subidos al burro y con la zanahoria en ristre. ¿Lo entiende?

—Creo que no.

—Así le va. Pero bueno, aprovechando que ya está más sereno voy a pedirle que me vuelva a contar todo lo que ha pasado. Esta vez desde el principio, por orden y sin recursos estilísticos de vanguardia. ¿Lo ve factible?

—Lo puedo intentar.

—Ándele pues.

Esta vez Fernandito no dejó ni una gota en el tintero. Fermín le escuchó con consternación, completando las piezas del rompecabezas que empezaba a dibujarse en la mente con hipótesis y especulaciones.

—¿Y dónde están ahora esos documentos y el diario de Isabella que ha mencionado?

—Los dejé con mi tía Jesusa. Es la portera de la finca donde vive la señorita Alicia. Es de fiar.

—No lo dudo, pero vamos a tener que encontrar una ubicación más segura. En el acervo de la intriga policial es bien sabido que las porterías de los inmuebles ofrecen muchas facilidades, pero la confidencialidad no es una de ellas.

—Como usted diga.

—Y voy a pedirle que todo esto que me ha contado quede entre nosotros. Al señor Daniel Sempere, ni palabra.

—Entendido. Lo que usted diga.

—Así me gusta. Oiga, ¿lleva algo de dinero encima?

—Unas monedas, creo...

Fermín plantó la palma abierta, reclamando los fondos.

—Tengo que hacer una llamada.

Daniel contestó al primer timbrazo.

—Por el amor de Dios, Fermín, ¿dónde se ha metido?

—Hospital del Mar.

—¿Hospital? ¿Qué ha pasado?

—Han intentado asesinar a Alicia.

—¿Qué? ¿Quién? ¿Por qué?

—Haga el favor de tranquilizarse, Daniel.

—¿Cómo me voy a tranquilizar?

—¿Está por ahí Bea?

—Claro, pero...

—Que se ponga.

Una pausa, voces discutiendo y finalmente el tono sereno de Bea al aparato.

—Dígame, Fermín.

—No tengo tiempo de entrar en detalles, pero Alicia ha estado a punto de morir. Ahora mismo se encuentra en el quirófano y estamos esperando a que nos digan algo.

—¿Estamos?

—Yo y un chaval llamado Fernandito que parece que trabajaba para Alicia como subalterno y correveidile. Ya sé cómo suena, pero tenga paciencia.

—¿Qué necesita, Fermín?

—He procurado contener el asunto con retórica fina, pero me da que no podremos quedarnos aquí mucho más tiempo. Si Alicia sale de esta no creo que el hospital sea un lugar seguro. Alguien podría intentar rematar la faena.

—¿Qué propone?

—Tan pronto como sea posible, llevarla a un sitio donde nadie pueda encontrarla.

Bea dejó transcurrir un largo silencio.

—¿Estamos pensando lo mismo?

—Los grandes intelectos siempre coinciden en las grandes ideas.

—¿Y cómo planea sacarla del hospital y llevarla hasta allí?

—Ahora mismo estoy formulando una estrategia.

—Dios nos coja confesados.

—Mujer de poca fe.

—¿Qué tengo que hacer?

—Recabar los servicios del doctor Soldevila —dijo Fermín.

—El doctor Soldevila está retirado y hace al menos un par de años que no ejerce. ¿No sería mejor...?

—Necesitamos a alguien de confianza —replicó Fermín—. Además, Soldevila es una eminencia y se las sabe todas. Seguro que estará encantado si le dice que se lo he pedido yo.

—Lo último que le oí decir fue que era usted un sinvergüenza, que estaba hasta el gorro de que les pellizcara el culo a sus enfermeras y que no quería volver a verle ni en pintura.

—Agua pasada. Él me aprecia mucho.

—Si usted lo dice... ¿Qué más hace falta?

—Suministros como mínimo para una semana para una paciente que acaba de sobrevivir a una puñalada en el vientre, otra en la mano y una paliza que hubiera dejado fuera de combate a un levantador de pesos vasco.

—Dios mío... —murmuró Bea.

—Concéntrese, Bea. Suministros. El doctor sabrá lo que es menester.

—No le va a gustar nada todo esto.

—Ahí entran su encanto y su poder de persuasión —sugirió Fermín.

—Muy bonito. Supongo que precisará ropa limpia y cosas así.

—Cosas así. A su certero criterio lo dejo. ¿Sigue Daniel por ahí?

—Con la oreja pegada. ¿Quiere que se lo envíe para allí?

—No. Que se quede quietecito y se tranquilice. Los volveré a llamar cuando sepa más.

—Aquí estaremos.

—Lo que digo siempre, si uno quiere que las cosas salgan bien hay que poner a una mujer al mando.

—No me haga la pelota, Fermín, que le veo venir. ¿Algo más?

—Ándense con ojo. No me extrañaría que la librería estuviese vigilada.

—Lo que faltaba. Entendido. ¿Fermín?

—Mande usted.

—¿Está seguro de que esa mujer es de fiar?

—¿Alicia?

—Si ese es su verdadero nombre...

—Lo es.

—¿Y lo demás? ¿También es verdadero?

Fermín suspiró.

—Vamos a darle una oportunidad. ¿Hará usted eso por mí, Bea?

—Claro, Fermín. Lo que usted diga.

Este colgó el teléfono y regresó a la sala. Fernandito le observaba, nervioso.

—¿Con quién hablaba?

—Con el sentido común.

Fermín tomó asiento y contempló a aquel muchacho que de tanto recordarle a Daniel en sus años mozos empezaba a caerle hasta bien.

—Es usted un buen tipo, Fernandito. Alicia estará orgullosa de usted.

—Eso si vive.

—Vivirá. Yo ya la he visto volver de entre los muertos una vez y el que se aprende el truco luego no lo olvida. Hablo por experiencia. Resucitar es un poco como ir en bicicleta o desabrocharle el sujetador a una chavala con una sola mano. Todo es pillarle el qué.

Fernandito sonrió débilmente.

—Y eso ¿cómo se hace?

—No me diga que no sabe usted ir en bicicleta.

—Me refiero a lo de desabrochar un sujetador con una sola mano —precisó Fernandito.

Fermín le palmeó la rodilla con un guiño de complicidad.

—Usted y yo tenemos mucho de que hablar...

Quiso el destino que, antes de que Fermín pudiera impartir a Fernandito la primera lección de su curso acelerado de verdades de la vida, se asomara el cirujano en el umbral de la sala y, soltando un largo suspiro, se dejase caer en una de las sillas, exhausto.

## 33

El cirujano era uno de esos hombres jóvenes que empiezan a perder el pelo antes de la treintena de tanto pensar. Era alto y delgado, con perfil de lápiz y una mirada inteligente que peinaba el panorama tras unas gafas de las que en la época se apodaban Truman en honor al presidente estadounidense con la mano floja para soltar bombas atómicas del tamaño de marracos sobre el Imperio del sol.

—Hemos podido estabilizarla, cerrar la herida y controlar la hemorragia. De momento no hay infección, aunque la tengo con antibióticos para curarnos en salud. La herida era más profunda de lo que parecía. No le ha rebanado la femoral de milagro, pero la sutura ha sido muy complicada y al principio no aguantaba. Seguirá aguantando si le baja la inflamación, no hay infección y tenemos suerte. Dios dirá.

—Pero ¿saldrá de esta, doctor?

El cirujano se encogió de hombros.

—Todo dependerá de cómo evolucione en las próximas cuarenta y ocho horas. La paciente es joven y su corazón es fuerte. Alguien más débil no hubiera sobrevivido a la operación, pero eso no significa que haya salido del túnel ni mucho menos. Y si hay infección...

Fermín asintió, absorbiendo el parte. Los ojos del cirujano le observaban con curiosidad quirúrgica.

—¿Puedo preguntar de dónde proviene la herida que tiene la paciente en la cadera derecha?

—Un accidente de infancia. En la guerra.

—Ya... Tiene que causarle dolores terribles.

—Ella es muy sufrida, aunque a veces es verdad que le afecta al carácter.

—Si sale de esta yo podría ayudarla. Ahora hay procedimientos de reconstrucción que hace veinte años ni se conocían, y quizá le aliviarían el dolor. Nadie debería vivir así.

—Será lo primero que le comente a Violeta cuando se despierte.

—¿Violeta? —preguntó el doctor.

—La paciente —precisó Fermín.

El cirujano, que tendría pocos pelos pero de tonto ninguno, le miró de reojo.

—Mire, no es asunto mío, y no sé qué cuento le han endosado ustedes al papanatas de Coll, pero alguien ha golpeado brutalmente y casi matado a esa mujer. Quien sea que haya...

—Lo sé —atajó Fermín—. Créame que soy consciente de ello. ¿Cuándo piensa que la podremos sacar de aquí?

El cirujano alzó las cejas atónito.

—¿Sacarla de aquí? En el mejor de los casos la paciente tiene por delante un mes de reposo absoluto. Violeta, o como se llame, no se va a ningún sitio a menos que quiera usted montarle un funeral exprés. Lo digo en serio.

Fermín estudió el rostro del cirujano.

—¿Y trasladarla a otro lugar?

—Tendría que ser a otro hospital. Pero no lo recomendaría.

Fermín asintió con gravedad.

—Gracias, doctor.

—No se merecen. En un par de horas, si todo va bien, la subiremos a planta. Hasta entonces no la podrán ver. Lo digo por si desean salir y airearse un rato. O por si tienen que arreglar algún asunto, ya me entiende. Por el momento, ya le digo, la paciente está estable y el pronóstico es moderadamente optimista.

—¿Moderadamente?

El cirujano le ofreció una sonrisa ambigua.

—Si quiere que le dé mi opinión personal y no la de cirujano, esta chica no desea morirse todavía. A veces hay gente que sobrevive de pura rabia.

Fermín hizo un gesto afirmativo.

—Las mujeres son así. Se les mete alguna cosa en la cabeza y...

Fermín esperó a que el cirujano los dejase a solas para asomarse al pasillo a otear la situación. Fernandito se unió a él. Dos figuras ataviadas con un uniforme muy poco sanitario avanzaban por el fondo del corredor con parsimonia.

—Oiga, ¿eso no son dos guindillas?

—¿Cómo dice? —preguntó Fernandito.

—Policías. ¿Usted no lee tebeos o qué?

—Ahora que lo dice, sí que parecen...

Fermín gruñó y empujó a Fernandito de nuevo al interior de la sala.

—¿Piensa que el administrador ha alertado a la policía? —preguntó el chico.

—Esto va a ser más complicado de lo que creía. No hay tiempo que perder. Fernandito, va a tener usted que echarme una mano.

—Yo le echo dos si hace falta. Ordene usted.

—Necesito que vuelva a la librería Sempere e hijos y hable con Bea.

—¿Bea?

—La mujer de Daniel.

—¿Y cómo sabré...?

—No tiene pérdida. Es la más lista de toda la concurrencia y además es un bombonazo, pero recatado, no se vaya usted a pensar.

—¿Y qué le digo?

—Que vamos a tener que hacer gambito de dama antes de lo previsto.

—¿Gambito de dama?

—Ella lo entenderá. Y que envíe a Daniel a avisar a Isaac.

—¿Isaac? ¿Qué Isaac?

Fermín resopló, exasperado ante la lentitud de reflejos de Fernandito.

—Si le parece Isaac Monturiol, inventor del submarino. Isaac a secas. ¿Hace falta que se lo apunte?

—No, lo tengo todo grabado.

—Pues ponga pies en polvorosa que ya llegamos tarde.

—Y usted ¿adónde va?

Fermín le guiñó un ojo.

—Una guerra no se gana sin infantería...

## 34

El temporal había pasado ya de largo cuando Fermín abandonó el hospital y se adentró en la playa rumbo al Somorrostro. El viento soplaba de levante arrastrando olas que rompían en la orilla a pocos metros de la ciudadela de chabolas que se extendía hasta donde alcanzaba la vista contra los muros del cementerio del Pueblo Nuevo. Incluso los muertos disponían de mejor domicilio que aquel tropel de almas sin nombre que malvivía a orillas del mar, se dijo Fermín.

Un coro de miradas recelosas le recibió al enfilar el primer callejón flanqueado por barracas. Niños harapientos, mujeronas de rostro oscurecido por la miseria y hombres envejecidos antes de hora le observaban al pasar. Al poco le salió al encuentro un cuarteto de jóvenes de gesto hostil que le rodearon y le vedaron el paso.

—¿Te has perdido, payo?

—Busco a Armando —dijo Fermín sin mostrar señal alguna de inquietud ni temor.

Uno de los jóvenes tenía la cara marcada por una cicatriz que le recorría la frente y la mejilla. Se adelantó con una sonrisa amenazadora y le miró a los ojos, desafiante. Fermín le sostuvo la mirada.

—Armando —repitió—. Soy amigo suyo.

El joven calibró a su oponente, a quien hubiera podido despachar de un manotazo sin más, y sonrió al fin.

—¿Tú no eras el muerto? —preguntó.

—Cambié de idea a última hora —dijo Fermín.

—En la playa —indicó el joven, señalando con la cabeza.

Fermín hizo un gesto de agradecimiento y los jóvenes se hicieron a un lado. Luego siguió el callejón durante un centenar de metros, su presencia ya ignorada por las gentes del lugar. Allí el pasaje se torcía hacia el mar y Fermín oyó voces y risas infantiles que provenían de la playa. Se encaminó hacia allí y al poco se percató de la escena que había congregado a los niños en la orilla.

El temporal había empujado un viejo carguero que había quedado varado a pocos metros de la playa. El casco había escorado a babor y la quilla y las hélices asomaban entre la espuma. Las olas habían derribado buena parte de la carga, que flotaba en la marea. Una bandada de gaviotas revoloteaba entre los restos del naufragio mientras la tripulación intentaba salvar lo que podía y los niños celebraban la fiesta del desastre. Más allá se alzaba un bosque infinito de chimeneas y fábricas bajo un cielo sembrado de nubes que se deslizaban portando el eco de truenos y el resplandor de la tormenta.

—Fermín —dijo una voz grave y serena a su lado.

Se volvió para encontrar a Armando, príncipe de los gitanos y emperador de aquel mundo olvidado. Vestía un traje negro impecable y sostenía sus zapatos de charol en la mano. Se había subido las perneras del pantalón para caminar en la arena húmeda y contemplar a los niños jugar entre las olas. Señaló a la estampa del naufragio y asintió.

—La desgracia de unos es la bonanza de otros —sentenció—. ¿Qué le trae por estos lares, amigo mío, desgracia o bonanza?

—Desesperación.

—Nunca una buena consejera.

—Pero muy convincente.

Armando sonrió, asintiendo. Encendió un cigarrillo y le ofreció el paquete a Fermín, que declinó la invitación.

—Me cuentan que le han visto salir del Hospital del Mar —dijo Armando.

—Tiene usted ojos en todas partes.

—Sospecho que lo que usted necesita son las manos, no los ojos. ¿En qué puedo ayudarle?

—A salvar una vida.

—¿La suya?

—Esa ya se la debo, Armando. La que me trae aquí es una que debería haber salvado yo hace muchos años. El destino la puso en mis manos y le fallé.

—El destino nos conoce mejor de lo que nos conocemos a nosotros mismos, Fermín. No creo que le haya fallado usted a nadie. Pero intuyo que hay prisa. Deme los detalles.

—Puede ser complicado. Y peligroso.

—Si fuese fácil y seguro ya sé que no me insultaría viniendo a recabar mi ayuda. ¿Cómo se llama?

—Alicia.

—¿Un amor?

—Una deuda.


Hendaya se arrodilló junto al cuerpo y retiró la manta que lo cubría.

—¿Es él? —preguntó.

Al no obtener respuesta se volvió. Linares, a su espalda, contemplaba el cadáver de Vargas como si acabaran de abofetearle.

—¿Es o no es? —insistió Hendaya.

Linares asintió, cerrando brevemente los ojos. Hendaya cubrió de nuevo el rostro del policía muerto y se incorporó.

Recorrió con parsimonia la sala, examinando las ropas y los objetos desperdigados sin prestar mucha atención. Amén de Linares, dos de sus hombres esperaban pacientes y en silencio.

—Me dicen que antes de volver aquí Vargas estuvo en la morgue con usted —dijo Hendaya—. ¿Me pone en antecedentes?

—El capitán Vargas había encontrado un cuerpo la noche anterior y me llamó para dar parte.

—¿Dijo en qué circunstancias encontró el cuerpo?

—En el curso de una investigación que llevaba entre manos. No discutió detalles del caso conmigo.

—¿Y usted no le preguntó?

—Supuse que Vargas me informaría de los particulares cuando fuese el momento.

—¿Tanto confiaba en él? —quiso saber Hendaya.

—Como en mí mismo —replicó Linares.

—Interesante analogía. Nada como tener buenos amigos en Jefatura. Y, dígame, ¿pudieron ustedes identificar el cuerpo?

Linares dudó unos instantes.

—Vargas sospechaba que se trataba de un tal Ricardo Lomana. Le sonará. Era colega suyo, creo.

—Mío no. Pero sí, me suena. ¿Informó usted de los hechos a las instancias pertinentes?

—No.

—¿Y eso?

—Estaba pendiente de confirmación por parte del forense.

—Pero pensaba hacerlo.

—Claro.

—Claro. Entretanto, ¿comentó con alguien en comisaría las sospechas de Vargas sobre la identidad de Lomana?

—No.

—¿No? —insistió Hendaya—. ¿Ningún subalterno?

—No.

—¿Alguien más aparte del forense y su personal, el juez y los agentes que le acompañaron a usted está al corriente del levantamiento del cadáver?

—No. ¿Qué insinúa?

Hendaya le guiñó el ojo.

—Nada. Le creo.

—¿Y sabe usted adónde se dirigió Vargas al salir de la morgue?

Linares negó.

—Al Registro Civil —dijo Hendaya.

Linares frunció el ceño.

—¿No lo sabía?

—No —replicó Linares—. ¿Por qué iba a saberlo?

—¿No se lo comentó Vargas?

—No.

—¿Seguro? ¿No le llamó Vargas desde el registro para hacerle una consulta?

Linares le sostuvo la mirada. Hendaya sonreía, disfrutando del juego.

—No.

—¿Le suena a usted el nombre de Rovira?

—Es un apellido bastante común.

—¿Lo es en comisaría?

—Creo que hay una persona que lleva ese nombre. Trabaja en el archivo y está a punto de jubilarse.

—¿Alguien le ha preguntado recientemente por él?

Linares negó de nuevo.

—¿Se puede saber de qué estamos hablando?

—De un crimen, amigo Linares. Un crimen cometido contra uno de los nuestros, de los mejores. ¿Quién podría haber hecho algo así?

—Por supuesto, un profesional.

—¿Está seguro? A mí me parece más obra de un ratero.

—¿Un ratero?

Hendaya asintió con convicción.

—Este barrio no es de fiar, y sabe Dios que estos catalanes son capaces de robarle las bragas a su madre en el lecho de muerte mientras aún están calientes. Lo llevan en la sangre.

—Ningún ratero de tres al cuarto hubiera tenido la más mínima oportunidad frente a Vargas —arguyó Linares—. Lo sabe usted tan bien como yo. Esto no lo ha hecho un aficionado.

Hendaya le dedicó una mirada larga y serena.

—Vamos, Linares. Hay rateros profesionales. Gente dura, sin escrúpulos. Ya lo sabe. Y su amigo Vargas, reconozcámoslo, ya no estaba en forma. Los años son los años.

—Eso lo tendrá que determinar la investigación.

—Lamentablemente no la va a haber.

—Porque usted lo diga —espetó Linares.

Hendaya sonrió, complacido.

—No, porque *yo* lo diga, no. Yo no soy nadie. Pero si sabe lo que le conviene no esperará a que se lo diga nadie más.

El otro se mordió la lengua.

—Eso no se lo voy a aceptar. Ni a usted ni a nadie.

—Lleva una buena carrera, Linares. No nos engañemos. No ha llegado a donde está jugando a Roberto Alcázar y Pedrín. Los héroes se quedan por el camino. No empiece a hacer el tonto ahora, a dos minutos de un retiro dorado. Los tiempos están cambiando. Y sabe que se lo digo por su bien.

Linares le dedicó una mirada de desprecio.

—Lo que sé es que es usted un hijo de puta y me importa una mierda para quién trabaje —dijo—. Esto no va a quedar así. Llame a quien tenga que llamar.

El otro se encogió de hombros. Linares dio media vuelta y se dirigió hacia la salida. Hendaya captó la mirada de uno de sus hombres y asintió. El agente partió tras los pasos de aquel. El otro se aproximó y Hendaya le miró de forma inquisitiva.

—¿Alguna pista de esa zorra?

—En el almacén solo había un cuerpo. Ni rastro de ella. Hemos registrado el piso al otro lado de la calle. Nada. Ningún vecino la ha visto y la portera asegura que la vio por última vez ayer, cuando salía.

—¿Dice la verdad?

—Yo creo que sí, pero si quiere la podemos apretar un poco.

—No hará falta. Peinad hospitales y dispensarios. Si está en alguno se habrá registrado con nombre falso. No puede andar muy lejos.

—¿Y si llaman de Madrid?

—Ni una palabra hasta que la encontremos. Hagamos el mínimo ruido posible.

—Sí, señor.

# 35

Fue el mejor sueño de su vida. Alicia despertó en una sala de paredes blancas que olía a alcanfor. Un rumor de voces lejanas iba y venía en una marea de susurros. Antes de nada percibió la ausencia de dolor. Por primera vez en veinte años no lo sufría. Había desaparecido completamente, llevándose con él ese mundo en el que había habitado durante casi toda la vida. En su lugar encontró un espacio donde la luz viajaba a través del aire como un líquido espeso que chocaba con las motas de polvo que flotaban en el ambiente y formaba destellos irisados. Alicia rio. Podía respirar y sentir su cuerpo en reposo. Notaba los huesos limpios de agonía y el espíritu liberado de aquella tenaza de metal mordiente que la había aprisionado desde siempre. El rostro de un ángel se inclinó sobre ella y la miró a los ojos. El ángel era muy alto, vestía bata blanca y no tenía alas. Por no tener, apenas tenía pelo, pero portaba una jeringuilla en las manos y cuando ella le preguntó si estaba muerta y aquello era el infierno, el ángel sonrió y le dijo que según se mirase, aunque no debía preocuparse. Sintió una pequeña punzada y un torrente de felicidad líquida se esparció por sus venas dejando un rastro cálido de paz. Tras el ángel apareció un diablillo enjuto asido a una nariz mayúscula, una nariz que hubiera inspirado comedias a Molière y gestas a Cervantes.

—Alicia, nos vamos a casa —anunció el diablillo con una voz que le resultaba extrañamente familiar.

Le acompañaba un espíritu de cabello negro azabache y facciones tan perfectas que Alicia sintió el deseo de besarle los labios, pasarle los dedos por aquella cabellera de leyenda y enamorarse de él aunque solo fuese un rato, lo suficiente para pensar que estaba despierta y se había tropezado con la felicidad que a algún incauto se le había caído por el camino.

—¿Puedo acariciarle? —preguntó ella.

El príncipe oscuro, porque tenía que ser un príncipe como poco, miró al diablillo dudando. Este hizo un gesto para indicar que no le hiciese caso.

—Eso es mi sangre circulándole por las venas, que le ha hecho perder por un momento la vergüenza y la ha dejado un poco ligera de cascos. No se lo tenga en cuenta.

A una señal del príncipe se materializaron una banda de enanitos, solo que no eran enanos y vestían todos de blanco. Entre los cuatro la levantaron de la cama tirando de las sábanas y la colocaron en una camilla. El príncipe le cogió la mano y se la apretó. Seguro que era un padre magnífico, pensó Alicia. Aquel apretón de mano, aquel tacto de terciopelo lo confirmaba.

—¿Le apetecería tener un hijo? —inquirió.

—Tengo diecisiete, mi alma —dijo el príncipe.

—Alicia, duérmase, que me está avergonzando —pidió el diablillo.

Pero no se durmió. De la mano de su galán y a bordo de la camilla mágica siguió soñando y recorrió un sinfín de corredores perfilados por una cresta de luces blancas. Navegaron por ascensores, túneles y salas embrujadas de lamentos hasta que Alicia sintió que el aire se enfriaba y los techos pálidos daban paso a una bóveda de nubes enrojecidas al roce de un sol de algodón. El diablillo le colocó una manta por encima y los enanitos, siguiendo instrucciones del príncipe, la auparon hasta un carruaje de aspecto incongruente para tratarse de un cuento porque no llevaba corceles al frente ni volutas de cobre sino un críptico mensaje al costado que rezaba:

**EMBUTIDOS**
## LA PONDEROSA
**Venta al por mayor
y entregas a domicilio**

Estaba el príncipe cerrando las compuertas del carruaje cuando Alicia oyó voces y alguien que les daba el alto y profería amenazas. Por espacio de unos minutos se quedó sola mientras sus campeones se enfrentaban a una conjura de villanía, pues el aire se llenó del inconfundible eco de sopapos y garrotazos. Cuando el diablillo regresó a su lado portaba el pelo erizado, un labio partido y una sonrisa victoriosa. El vehículo inició su traqueteo y Alicia tuvo la extraña sensación de que podía oler a longaniza de la barata.

La cabalgata se le hizo eterna. Surcaron avenidas y callejas, retorcieron el mapa del laberinto, y cuando se abrieron las puertas y los enanitos, que habían crecido y ya parecían hombres corrientes, la sacaron en camilla, Alicia advirtió que el carruaje se había convertido de forma milagrosa en furgoneta y se encontraban en una calle angosta y oscura que trazaba una brecha en las tinieblas. El diablillo, que repentinamente exhibía las inconfundibles facciones de Fermín en el rostro, le anunció que casi estaba a salvo. La acercaron a un portón de roble labrado del que asomó un hombre de cabello ralo y mirada rapaz que miró a ambos lados de la calle y susurró un «pasen».

—Aquí es donde me despido yo —anunció el príncipe.

—Deme al menos un beso —musitó Alicia.

Fermín, que puso los ojos en blanco, conminó al noble caballero:

—Dele el beso que pide de una puñetera vez o no acabaremos nunca.

Y el príncipe Armando la besó con toda su oscuridad. Tenía los labios de canela y a todas luces sabía cómo se besa a una mujer, con arte, temple y la larga experiencia de un artista que se enorgullece del oficio. Alicia dejó que la recorriese un escalofrío que agitó rincones de su cuerpo que tenía olvidados y cerró los ojos, sellando las lágrimas.

—Gracias —murmuró.

—Parece mentira —dijo Fermín—. Ni que tuviera quince años. Menos mal que no está aquí su padre para verlo.

Un mecanismo de carrillón catedralicio cerró el portón. Recorrieron un largo corredor palaciego poblado con frescos de criaturas fabulosas que aparecían y se desvanecían al paso del farol de aceite que portaba el guardián del lugar. El aire olía a papel y a magia, y cuando el pasillo se abrió a una gran bóveda Alicia avistó la estructura más prodigiosa que jamás había visto, o que quizá recordaba en sueños.

Un laberinto de trazo delirante ascendía hacia una inmensa cúpula de cristal. La luz de la luna, descompuesta en mil cuchillas, se derramaba desde lo alto y perfilaba la geometría imposible de un sortilegio concebido a partir de todos los libros, todas las historias y todos los sueños del mundo. Alicia reconoció el lugar con el que tantas veces había soñado y alargó los brazos para tocarlo, temiendo que se esfumase en el aire. A su lado asomaron los rostros de Daniel y Bea.

—¿Dónde estoy? ¿Qué es este lugar?

Isaac Monfort, el guardián que les había abierto las puertas y al que Alicia identificó después de tantos años, se arrodilló a su lado y le acarició el rostro.

—Alicia, bienvenida de nuevo al Cementerio de los Libros Olvidados.

# 36

Valls empezaba a sospechar que lo había imaginado. Las visiones se desvanecían y ya no estaba seguro de si había soñado a aquella mujer que había descendido por la escalera hasta la puerta de la celda y le había preguntado si era el ministro Valls. A ratos dudaba de que lo fuera. Tal vez lo había soñado. Tal vez no era más que otro despojo pudriéndose en las celdas del castillo de Montjuic que, presa del delirio, había llegado a creer que era su carcelero y no quien era de verdad. Le parecía recordar un caso así. Mitjans, se llamaba. Mitjans, que había sido un dramaturgo celebrado en los años de la República y por quien Valls siempre había sentido un infinito desprecio porque había recibido de la vida todo lo que él ansiaba y no era capaz de conseguir. Mitjans, que como tantos otros que habían sido objeto de su envidia había acabado sus días en el castillo, sin saber ya ni quién era, en la celda número 19.

Pero Valls sabía quién era porque recordaba. Y, como le había dicho alguna vez el endemoniado David Martín, uno es lo que recuerda. Por eso sabía que aquella mujer, fuera quien fuese, había estado allí y que algún día ella, o alguien como ella, regresaría para liberarle y sacarle de allí. Porque él no era como Mitjans ni como todos aquellos desgraciados que habían muerto bajo su mandato. Él, Mauricio Valls, no iba a morir en aquel lugar. Se lo debía a su hija Mercedes, porque ella era quien le había mantenido vivo todo aquel tiempo. Quizá por eso, cada vez que oía la compuerta del sótano abrirse y los pasos descender en la penumbra levantaba la mirada llena de esperanza. Porque aquel podría ser el día.

Debía de ser de madrugada, porque había aprendido a distinguir las horas del día en función del frío. Supo que había algo diferente porque nunca bajaban de madrugada. Oyó la compuerta y los pasos, pesados. Sin prisa. Una silueta se materializó en la tiniebla. Portaba una bandeja que desprendía el aroma más delicioso que había olfateado jamás. Hendaya dejó la bandeja en el suelo y prendió una vela que procedió a colocar en un candelabro.

—Buenos días, ministro —anunció—. Te traigo el desayuno.

Hendaya acercó la bandeja a las rejas y alzó la tapa de un plato. El espejismo tenía aspecto de un jugoso filete bañado en cremosa salsa de pimienta e iba guarnecido de patatas al horno y verduras salteadas. Valls sintió que se le llenaba la boca de saliva y el estómago le daba un vuelco.

—Al punto —dijo Hendaya—. Como te gusta.

En la bandeja había una cesta con panecillos finos, cubertería de plata y servilletas de lino. La bebida, un Rioja exquisito, reposaba en una copa de cristal de Murano.

—Hoy es un gran día, ministro. Te lo mereces.

Hendaya deslizó la bandeja bajo los barrotes. Valls ignoró la cubertería y la servilleta, y agarró el pedazo de carne con la mano. Se lo llevó a su desdentada boca y empezó a devorarlo con una ferocidad que no reconocía en sí mismo. Engulló la carne, las patatas y el pan. Lamió el plato hasta dejarlo reluciente y apuró aquel vino delicioso hasta que no dejó ni una gota. Hendaya le observaba con calma, sonriendo afablemente y saboreando un cigarrillo.

—Tengo que pedirte disculpas porque encargué un postre y no me lo han traído.

Valls apartó la bandeja vacía y se aferró a los barrotes, los ojos clavados en Hendaya.

—Te veo sorprendido, ministro. No sé si será por el menú de fiesta o porque esperabas a otra persona.

Los placeres del festín se batían en retirada. Valls se dejó caer de nuevo al fondo de la celda. Hendaya permaneció allí unos minutos, hojeando un periódico y terminando su cigarrillo. Al acabar, arrojó la colilla al suelo y dobló el diario. Al ver que Valls tenía la mirada prendida en el periódico comentó:

—¿Te apetece a lo mejor algo de lectura? Un hombre de letras como tú lo debe de echar en falta.

—Por favor —imploró Valls.

—¡Cómo no! —dijo Hendaya aproximándose a los barrotes.

Valls tendió la mano que le quedaba, una súplica en el rostro.

—De hecho hoy trae buenas noticias. A decir verdad, ha sido al leerlo esta mañana cuando he pensado que te merecías una celebración como Dios manda.

Hendaya lanzó el periódico al interior de la celda y se encaminó escaleras arriba.

—Todo tuyo. Puedes quedarte la vela.

Valls se abalanzó sobre el diario y lo agarró. Las páginas habían quedado enmarañadas al tirarlo Hendaya y le costó volver a ponerlo en orden con una sola mano. Cuando lo hubo conseguido, acercó la vela y deslizó la mirada por la portada.

Al principio no podía descifrar las letras. Hacía demasiado tiempo que sus ojos estaban confinados en aquel lugar. Lo que sí reconoció fue la fotografía a toda página. Era una instantánea tomada en el palacio de El Pardo en la que había posado frente a un gran mural con el traje azul marino de rayas blancas que se había hecho confeccionar en Londres hacía tres años. Era la última foto oficial que había distribuido el ministerio de Mauricio Valls. Las palabras emergieron lentamente, como un espejismo bajo las aguas.

España entera ha amanecido hoy conmocionada por la noticia de la inconmensurable pérdida de uno de sus hijos predilectos, don Mauricio Valls y Echevarría, ministro de Educación Nacional. La tragedia sobrevino esta madrugada cuando el vehículo en el que viajaba el ministro en compañía de su chófer y escolta colisionó en el kilómetro cuatro de la carrete-

654

ra de Somosaguas mientras se encontraba de camino a su residencia particular, tras una reunión mantenida hasta altas horas en El Pardo con otros miembros del gabinete. Los primeros informes apuntan a que el accidente tuvo lugar cuando un camión cisterna que viajaba en dirección contraria sufrió un reventón de una rueda y al perder su conductor el control invadió el carril colisionando con el coche del ministro, que se desplazaba a gran velocidad. El camión transportaba en aquel momento un cargamento de combustible y el choque ocasionó una gran explosión que alertó a los vecinos de la zona, que dieron parte inmediatamente de lo acontecido. El ministro Valls y su escolta fallecieron en el acto.

El conductor del camión cisterna, Rosendo M. S., natural de Alcobendas, falleció antes de que los servicios de socorro pudieran reanimarle. Tras el impacto se produjo un incendio de grandes proporciones y los cuerpos del ministro y su escolta resultaron carbonizados.

El Gobierno ha convocado esta misma mañana un gabinete de emergencia y el Jefe del Estado ha anunciado que emitirá un comunicado oficial al mediodía en una comparecencia desde el palacio de El Pardo.

Mauricio Valls tenía cincuenta y nueve años, y había dedicado más de dos décadas al servicio del régimen. Su desaparición deja huérfanas las letras y la literatura españolas, tanto en su labor al frente del ministerio como en su distinguida carrera como editor, escritor y académico. Altos cargos de todas las instituciones públicas y las más eminentes figuras de nuestras letras y nuestra cultura han acudido esta misma mañana al ministerio para expresar su consternación y dejar muestras de la admiración y el respeto que don Mauricio inspiró en todos aquellos que le conocieron.

Don Mauricio Valls deja esposa e hija. Fuentes gubernamentales informan de que la capilla ardiente permanecerá abierta al público que desee dar su último adiós a este español universal a partir de las cinco de esta tarde en el palacio de

Oriente. La dirección y los trabajadores de este diario desean expresar asimismo la profundísima conmoción y tristeza que supone para todos la pérdida de don Mauricio Valls, ejemplo vivo de lo más alto a lo que puede aspirar un ciudadano de nuestra nación.

¡Viva Franco! ¡Arriba España! Don Mauricio Valls, ¡presente!

# AGNUS DEI

Enero de 1960

# 1

Victoria Sanchís despertó entre sábanas de lino planchadas y perfumadas con lavanda. Vestía un pijama de seda perfectamente entallado. Se llevó la mano al rostro y notó que su piel olía a sales de baño y que tenía el pelo limpio aunque no recordaba habérselo lavado. No se acordaba de nada.

Se incorporó hasta quedar sentada contra una cabecera aterciopelada e intentó dilucidar dónde se encontraba. El lecho, una cama grande con almohadas que invitaban al abandono, presidía un dormitorio amplio y decorado en un estilo elegante y opulento. Una luz tenue se filtraba por un ventanal de cortinas blancas y desvelaba una cómoda sobre la que había un jarrón con flores frescas. A su lado vislumbró un tocador dispuesto frente a un espejo y un escritorio. Las paredes estaban recubiertas con papel pintado de relieves y cuadros con acuarelas de escenas pastorales enmarcadas con cierta pompa. Apartó las sábanas y se sentó en el borde de la cama. La alfombra a sus pies era de colores pastel coordinados al detalle con el resto de la habitación. El escenario estaba dispuesto con gusto profesional y mano experta, cálido e impersonal a un tiempo. Victoria se preguntó si aquello era el infierno.

Cerró los ojos e intentó comprender cómo había llegado hasta allí. Lo último que recordaba era la casa de El Pinar. Las imágenes volvieron poco a poco. Las cocinas. Estaba atada con alambre de pies y manos a una silla. Hendaya se arrodillaba frente a ella y la interrogaba. Ella le escupía a la cara. Una bofetada brutal la derribaba al suelo. Uno de los hombres de Hendaya levantaba la silla. Otros dos llevaban a Morgado y le sujetaban a una mesa. Hendaya le preguntaba de nuevo. Ella guardaba silencio. Luego el policía cogía un arma y le volaba la rodilla a Morgado de un tiro a quemarropa. Los gritos del chófer le encogían el alma. Nunca había oído aullar de dolor a un hombre de ese modo. Hendaya volvía a preguntarle, sereno. Ella había enmudecido y temblaba aterrorizada. Hendaya se encogía de hombros, rodeaba la mesa y posaba el cañón del revólver sobre la otra rodilla del chófer. Uno de los esbirros del capitán le sujetaba la cabeza para que no pudiera apartar los ojos. «Mira lo que le pasa a la gente que me toca los huevos, puta.» Hendaya apretaba el gatillo. Una nube de sangre y hueso pulverizado le salpicaba el rostro. El cuerpo de Morgado se convulsionaba como si le estuviese atravesando una corriente de alta tensión, pero ya no emergía sonido alguno de su voz. Victoria cerraba los ojos. Al poco llegaba un tercer disparo.

La náusea la asaltó de golpe y saltó de la cama. Una puerta entreabierta conducía a un baño. Se desplomó de rodillas frente al inodoro y vomitó bilis. Las arcadas se sucedieron hasta que ya no pudo echar ni una gota de saliva y se apoyó contra la pared, sentada en el suelo, jadeando. Miró a su alrededor. El baño, una pieza maestra en mármol rosado, estaba agradablemente caldeado. Un altavoz empotrado en la pared destilaba el murmullo de una orquesta de cuerda interpretando una versión almibarada de un adagio de Bach.

Victoria recuperó el aliento y se levantó, apoyándose en las paredes. La cabeza le daba vueltas. Se aproximó al lavamanos y dejó correr el agua. Se lavó la cara y se quitó el regusto ácido de la boca. Se secó con una toalla suave y mullida que soltó y fue a parar a sus pies. Se tambaleó de regreso a la habitación y se dejó caer de nuevo en la cama. Intentó borrar las imágenes de su mente, pero el rostro punteado de sangre de Hendaya parecía quemado a fuego en su retina. Victoria contempló aquel extraño lugar en el que había despertado. No sabía cuánto tiempo llevaba allí. Si aquello era el infierno, y merecía serlo, tenía el aspecto de un hotel de lujo. Al poco se durmió de nuevo, rogando no volver a despertar nunca más.

## 2

Cuando abrió de nuevo los ojos la cegó el resplandor del sol tras las cortinas. Olía a café. Victoria se incorporó y encontró una bata de seda a juego con su pijama y zapatillas al pie de la cama. Oyó una voz al otro lado de una puerta que parecía conducir a otra sala de la *suite*. Se acercó hasta allí y escuchó. El suave tintineo de una cucharilla en una taza de porcelana. Victoria abrió la puerta.

Un pasillo corto llevaba a una sala oval en cuyo centro estaba dispuesta una mesa para dos, donde había un servicio de desayuno con una jarra de zumo de naranja, una cesta de bollería fina, un surtido de mermeladas, crema, mantequilla, huevos revueltos, bacon crujiente, champiñones salteados, té, café, leche y azucarillos de dos colores. El aroma que todo desprendía era exquisito y, a su pesar, empezó a salivar.

Un hombre de mediana edad, mediana estatura, mediana calvicie y mediana medianez estaba sentado a la mesa. Al verla entrar se levantó, cortés, le sonrió de modo afable y procedió a ofrecerle la silla que había frente a él. Vestía un traje negro de tres piezas y lucía la palidez de quienes viven de puertas adentro. Si se lo hubiera cruzado por la calle apenas habría reparado en él, o le habría tomado por un funcionario ministerial de rango medio o tal vez por un notario de provincias de visita en la capital para ir al Museo del Prado y al teatro.

Solo cuando uno se detenía a examinarle con detenimiento reparaba en sus ojos claros, penetrantes y cristalinos. Su mirada parecía envuelta en un perpetuo cálculo y la observaba sin apenas pestañear tras unos lentes que aumentaban el tamaño de sus ojos enmarcados en una montura de concha demasiado grande que le confería un aire vagamente afeminado.

—Buenos días, Ariadna —dijo—. Por favor, toma asiento.

Victoria miró a su alrededor. Agarró un candelabro que encontró en una repisa y lo blandió de forma amenazadora. El hombre, sin inmutarse, alzó la tapa de una de las bandejas y olfateó su perfume.

—Huele de maravilla. Seguro que tendrás apetito.

El hombre no hizo amago de aproximarse pero Victoria mantuvo el candelabro en alto.

—No creo que vayas a necesitar eso, Ariadna —dijo con calma.

—Mi nombre no es Ariadna. Mi nombre es Victoria. Victoria Sanchís.

—Siéntate, por favor. Aquí estás a salvo y no tienes nada que temer.

Victoria se perdió en aquella mirada hipnótica. El aroma del desayuno le llegó de nuevo. Comprendió que aquel dolor feroz que sentía en las entrañas era simplemente hambre. Bajó el candelabro y lo dejó en la repisa. Se acercó muy despacio a la mesa. Tomó asiento, sin apartar los ojos del hombre, que esperó a que ella estuviera sentada para servirle una taza de café con leche.

—Ya me dirás cuántas cucharaditas de azúcar. A mí me gusta muy dulce, aunque el médico me dice que no me conviene.

Le observó preparar la taza de café.

—¿Por qué me ha llamado Ariadna?

—Porque es tu verdadero nombre. Ariadna Mataix. ¿No es así? Aunque si lo prefieres, puedo llamarte Victoria. Yo soy Leandro.

Leandro se incorporó brevemente y le ofreció la mano. Victoria no la estrechó. Él, cordial, volvió a sentarse.

—¿Huevos revueltos? Los he probado y no están envenenados. Espero.

Victoria deseó que aquel hombre dejase de sonreír de aquel modo que la hacía sentir culpable de no corresponder a su exquisita amabilidad.

—Es broma. Por supuesto que no hay nada envenenado. ¿Huevos y bacon?

Victoria se sorprendió a sí misma asintiendo. Leandro sonrió satisfecho y le sirvió, espolvoreando una pizca de sal y pimienta sobre la pequeña pila humeante de los huevos. Su anfitrión se desenvolvía con la mano experta de un chef.

—Si prefieres cualquier otra cosa la pedimos. El servicio de cocina aquí es excelente.

—Está bien así, gracias.

Casi se mordió la lengua al decir «gracias». ¿Gracias de qué? ¿A quién?

—Los cruasanes son buenísimos. Pruébalos. Los mejores de la ciudad.

—¿Dónde estoy?

—Estamos en el hotel Palace.

Victoria frunció el ceño.

—¿En Madrid?

Leandro asintió y le tendió la cesta de bollería. Ella dudó.

—Están recién hechos. Coge alguno o me los acabaré yo todos, y tengo que hacer dieta.

Victoria alargó el brazo para coger un cruasán y al hacerlo reparó en las marcas de punzadas que tenía en el antebrazo.

—Tuvimos que sedarte, lo siento. Después de lo sucedido en El Pinar...

Victoria retiró el brazo de golpe.

—¿Cómo he llegado aquí? ¿Quién es usted?

—Soy tu amigo, Ariadna. No temas. Aquí estás a salvo. Ese hombre, Hendaya, ya no podrá hacerte daño. Nadie podrá hacerte daño nunca más. Te doy mi palabra.

—¿Dónde está Ignacio, mi marido? ¿Qué han hecho con él?

Leandro la contempló con ternura y sonrió débilmente.

—Anda, primero come algo para recuperar las fuerzas. Después te contaré todo lo que ha pasado y contestaré a todas tus preguntas. Te doy mi palabra. Confía en mí y estate tranquila.

Leandro tenía una voz melosa y construía frases de arquitectura relajante. Escogía las palabras como un perfumista mezcla las fragancias con las que prepara sus fórmulas. Victoria, a su pesar, descubrió que se iba tranquilizando y que el miedo que la había atenazado se estaba desvaneciendo. La comida, caliente y deliciosa, el aire tibio que destilaba la calefacción y la presencia serena, relajada y paternal de Leandro la inducían a un estado de calma y abandono. «Ojalá todo esto fuera verdad.»

—¿Tenía razón o no? De los cruasanes, digo.

Victoria asintió con timidez. Leandro se limpió los labios con la servilleta, la dobló con parsimonia y pulsó un timbre de campanilla que había sobre la mesa. Al instante se abrió una puerta y apareció un camarero que procedió a retirar el servicio sin mirar en ningún momento a Victoria o pronunciar palabra alguna. Cuando estuvieron de nuevo solos, Leandro adoptó un semblante compungido, cruzó las manos sobre el regazo y bajó los ojos.

—Me temo que tengo malas noticias, Ariadna. Tu marido, Ignacio, ha fallecido. Lo siento muchísimo. Llegamos tarde.

Ariadna sintió que se le llenaban los ojos de lágrimas. Eran lágrimas de rabia, porque sabía que Ignacio estaba muerto sin necesidad de que nadie se lo dijera. Apretó los labios y miró a Leandro, que parecía estar calibrando su entereza.

—Dígame la verdad —consiguió articular.

Leandro asintió repetidamente.

—Esto no va a ser fácil, pero te pido que me escuches. Luego podrás preguntarme todo lo que desees. Pero primero quiero que veas algo.

Leandro se incorporó y fue a recoger un periódico que estaba doblado sobre una mesita de té en un rincón del salón. Regresó a la mesa y se lo tendió a Victoria.

—Ábrelo.

Ella tomó el periódico sin comprender. Lo desdobló y examinó la primera página.

## MUERE EL MINISTRO
# MAURICIO VALLS
## EN UN ACCIDENTE DE TRÁFICO

Victoria dejó escapar un grito ahogado. El periódico se le cayó de las manos y empezó a sollozar y a gemir de forma incontrolada. Leandro, con suma delicadeza, se aproximó y la rodeó suavemente con los brazos. Victoria se dejó abrazar y se refugió en aquel extraño, temblando como una niña. Leandro permitió que apoyase la cabeza contra su hombro y le acarició el pelo mientras ella derramaba las lágrimas y el dolor que había acumulado durante toda una vida.

3

—Hacía tiempo que investigábamos a Valls. Abrimos el caso después de que un informe de la comisión de valores del Banco de España detectase irregularidades en las transacciones del llamado Consorcio Financiero de Reagrupamiento Nacional, que había presidido Miguel Ángel Ubach, tu padre... O debería decir el hombre que se hacía pasar por tu padre. Hacía tiempo que sospechábamos que el consorcio no era más que una cortina de humo con sello gubernamental para que todo lo que había sido expropiado, o solo robado, durante y después de la guerra fuera repartido entre unos cuantos. La guerra, como todas las guerras, arruinó al país y enriqueció a unos pocos que ya eran ricos antes de empezarla. Para eso se hacen las guerras. En este caso, el consorcio se utilizó también para pagar favores, traiciones, servicios y comprar silencios y complicidades. Fue un mecanismo de ascenso para muchos. Entre ellos, Mauricio Valls. Sabemos lo que Valls hizo, Ariadna. Lo que te hizo a ti y a tu familia. Pero con eso no basta. Necesitamos tu ayuda para llegar al fondo de este asunto.

—¿Para qué? Valls está muerto.

—Para hacer justicia. Valls está muerto, sí, pero muchos de los centenares de personas cuyas vidas destruyó siguen vivas y merecen justicia.

Victoria lo miraba con recelo.

—¿Es eso lo que buscan? ¿Justicia?

—Buscamos la verdad.

—¿Y quiénes son ustedes, exactamente?

—Somos un grupo de ciudadanos que ha jurado servir al país para hacer de España un lugar más justo, más honesto y más abierto.

Victoria rio. Leandro la contemplaba, serio.

—No espero que me creas. No todavía. Pero te voy a demostrar que somos quienes estamos intentando cambiar las cosas desde dentro del régimen, porque no hay otra manera de cambiarlas. Para regenerar este país y devolvérselo a la gente. Somos quienes nos estamos jugando la vida para que lo que os pasó a ti y a tu hermana, lo que les pasó a tus padres, nunca más vuelva a suceder, y para que quienes cometieron esos crímenes paguen por ellos y se conozca la verdad, porque sin verdad no hay justicia, y sin justicia no hay paz. Estamos por el cambio y por un impulso hacia el progreso. Somos los que estamos por acabar con un Estado que solo sirve a unos pocos que han utilizado las instituciones para blindar sus privilegios a costa de la gente trabajadora y desfavorecida. Y no porque seamos héroes, sino porque alguien tiene que hacerlo. Y no hay nadie más. Por eso necesitamos tu ayuda. Porque si nos unimos, será posible.

Se miraron durante un largo silencio.

—¿Y si no quiero ayudarlos?

Leandro se encogió de hombros.

—Nadie puede obligarte a hacerlo. Si decides que no quieres unirte a nosotros y que no te importa que otros que han sufrido tu mismo destino no encuentren justicia, yo no voy a ser quien te fuerce a hacer lo que no quieras. Está en tu mano. Valls está muerto. Lo más fácil para una persona en tu situación sería dejar todo esto atrás y empezar una nueva vida. Quién sabe, quizá yo en tu lugar también lo haría. Pero creo que tú no eres esa persona. Creo que en el fondo no te importa la venganza, sino la justicia y la verdad. Tanto o más que a nosotros. Creo que deseas que los culpables paguen por sus crímenes y que sus víctimas puedan recuperar sus vidas y tener la certeza de que quienes perdieron la vida por ellos no lo hicieron en vano. Pero está en tu mano. Yo no voy a retenerte. Ahí tienes la puerta. Puedes salir de aquí cuando te apetezca. La única razón de que te hayamos traído a este sitio es porque aquí estás segura y a salvo. Aquí podemos protegerte mientras intentamos llegar al fondo de este asunto. Depende de ti.

Victoria dirigió la mirada hacia la puerta de la habitación. Leandro se sirvió otra taza de café, disolvió cinco azucarillos en ella y lo saboreó con calma.

—Cuando lo pidas, un coche te recogerá y te llevará a donde quieras. Nunca más volverás a verme o a saber de nosotros. Solo tienes que pedirlo.

Victoria sintió que se le encogían las entrañas.

—No tienes por qué decidirlo ahora. Sé por lo que has pasado y sé que estás confundida. Que no confías en mí ni en nadie. Y es perfectamente comprensible. Tampoco yo lo haría en tu lugar. Pero no tienes nada que perder por darnos una oportunidad. Un día más. O unas horas. En cualquier instante, sin darle explicaciones a nadie, puedes irte. Pero espero, te ruego, que no lo hagas. Que nos des esa oportunidad de ayudar a otros.

Victoria advirtió que le temblaban las manos. Leandro le sonrió con infinita delicadeza.

—Por favor...

En algún momento, entre lágrimas, asintió.

# 4

Por espacio de hora y media Leandro reconstruyó lo que habían podido averiguar.

—Llevo tiempo procurando recomponer los hechos. Lo que voy a hacer es resumirte lo que sabemos, o creemos saber. Verás que hay lagunas y que seguramente estamos equivocados en algunas cosas. O en muchas. Ahí es donde entras tú. Si te parece, yo te iré diciendo lo que me parece que pasó y tú me vas corrigiendo donde no tenga razón. ¿De acuerdo?

Leandro tenía una voz que arrullaba e invitaba a la rendición. Deseó cerrar los ojos y quedarse a vivir una temporada al abrazo de aquella voz, al contorno aterciopelado de palabras que cobraban sentido sin importar su significado.

—De acuerdo —convino ella—. Lo intentaré.

El hombre sonrió con una gratitud y una calidez que la hicieron sentirse segura y amparada de cuanto acechaba más allá de los muros de aquel lugar. Poco a poco, sin prisa, le narró una historia que conocía demasiado bien. El relato empezaba cuando, siendo ella apenas una niña, su padre, Víctor Mataix, conoció a un hombre llamado Miguel Ángel Ubach, un poderoso financiero cuya esposa era lectora habitual de sus libros y que, persuadido por ella, había decidido contratarle para que escribiese una supuesta autobiografía del banquero a cambio de una suma considerable.

Su padre, que estaba pasando apuros económicos, aceptó el encargo. Finalizada la guerra, inesperadamente, el banquero y su esposa les hicieron un día una visita en la casa donde los Mataix vivían junto a la carretera de las Aguas en Vallvidrera. La señora de Ubach, bastante más joven que su esposo, era una belleza de las que solo se veían en las revistas. No quería arruinar su magnífica figura trayendo una criatura al mundo, pero le gustaban los niños, o la idea de tenerlos para que los criasen los sirvientes, casi tanto como los gatitos falderos y los Vodka Martini. Los Ubach pasaron el día con los Mataix. Para entonces sus padres le habían dado una hermana pequeña, Sonia, que apenas era un bebé. La señora de Ubach, al despedirse, besó a las niñas y declaró que eran una preciosidad. Días después unos hombres armados regresaron a su casa de Vallvidrera. Detuvieron a su padre para encerrarlo en la prisión de Montjuic y se las llevaron a su hermana y a ella, dejando a su madre malherida y creyéndola muerta.

—¿Hasta ahí voy bien? —preguntó Leandro.

Victoria asintió, secándose las lágrimas de rabia.

Aquella misma noche esos hombres las separaron, y ella nunca volvió a ver a Sonia. Le dijeron que si no quería que matasen a su hermana pequeña debía olvidarse de sus padres, porque eran unos criminales, y que su nombre a partir de entonces ya no sería Ariadna Mataix sino Victoria Ubach. Le explicaron que sus nuevos papás eran don Miguel Ángel Ubach y su esposa Federica, y que tenía mucha suerte. Viviría con ellos en la casa más bonita de toda Barcelona, una mansión llamada El Pinar. Allí dispondría de criados y de todo lo que pudiera desear. Ariadna tenía diez años.

—A partir de aquí la historia es confusa —advirtió Leandro.

Explicó que habían averiguado que Víctor Mataix fue fusilado en el castillo de Montjuic, como tantos otros, por orden del entonces director de la prisión, Mauricio Valls, aunque en el informe oficial se dijo que se había suicidado. Leandro creía que Valls había vendido a Ariadna a los Ubach a cambio de favores para ascender en el régimen y de un paquete de acciones de un banco recién constituido mediante el expolio del patrimonio de centenares de gentes encarceladas, expropiadas y en muchos casos ejecutadas poco después del final de la guerra.

—¿Sabes qué fue de tu madre?

Victoria hizo un gesto afirmativo, apretando los labios.

Leandro relató que, hasta donde sabían, su madre, Susana, al día siguiente de que su esposo y sus hijas fuesen raptados, logró reunir fuerzas y cometió el error de acudir a la policía a denunciar lo sucedido. Fue detenida en el acto e internada en el manicomio de Horta, donde se la mantuvo aislada en una celda de confinamiento y donde fue sometida a tratamientos de electroshock durante cinco años, hasta que decidieron abandonarla en un descampado de las afueras de Barcelona al comprobar que ya no recordaba ni cuál era su nombre.

—O eso creyeron.

Leandro explicó que Susana había sobrevivido en las calles de Barcelona mendigando, durmiendo al raso y robando en la basura para comer, en la esperanza de poder recuperar a sus hijas algún día. Aquella esperanza fue lo que la mantuvo viva. Años después, Susana encontró entre los escombros de un callejón del Raval un periódico en el que aparecía retratado Mauricio Valls con su familia. Por entonces era un hombre muy importante que había dejado su pasado de carcelero atrás. En la fotografía, Valls posaba con una niña, Mercedes.

—Mercedes no era otra que tu hermana pequeña, Sonia. Tu madre la reconoció porque Sonia había nacido con una marca que nunca había podido olvidar.

—Una marca en forma de estrella en la base del cuello —Victoria se oyó decir a sí misma.

Leandro sonrió y asintió.

—La mujer de Valls sufría una enfermedad crónica que le impedía tener hijos. Valls decidió quedarse con tu hermana y criarla como propia. La llamó Mercedes, en recuerdo de su madre. Robando lo que podía, Susana consiguió reunir el dinero para viajar a Madrid en tren y una vez allí pasó meses espiando los patios de colegios de toda la ciudad, confiando en localizar a tu hermana. Para entonces se había construido una nueva identidad. Vivía en un cuarto mísero en una pensión en el barrio de Chueca y por las noches trabajaba como costurera en un taller. Durante el día, recorría los colegios de Madrid. Y cuando ya creía haber perdido la esperanza, la encontró. La vio de lejos y supo que era ella. Empezó a acudir allí todas las mañanas. Se acercaba a la verja del patio e intentaba llamar su atención. Logró hablar con la pequeña un par de veces. No la quería asustar. Al comprobar que Mercedes..., que Sonia ya no la recordaba, tu madre estuvo a punto de quitarse la vida. Pero no se rindió. Seguía acudiendo allí todas las mañanas con la esperanza de verla aunque fuera unos segundos o de que se acercase a la verja y hablara con ella. Un día decidió que debía contarle la verdad. Fue sorprendida por los guardaespaldas de la escolta de Valls en la verja de la escuela, cuando charlaba con tu hermana. Le volaron la cabeza de un tiro delante de la niña. ¿Quieres que paremos un rato?

Victoria negó.

Leandro prosiguió relatando lo que él sabía acerca de cómo Victoria había crecido en la prisión de oro de El Pinar. Con el tiempo, Miguel Ángel Ubach fue llamado por el Caudillo para capitanear a un grupo de banqueros y notables que habían financiado a su ejército y le encargó el diseño de la nueva estructura económica del Estado. Ubach abandonó Barcelona y se trasladó con su familia a la gran casa de Madrid que ella siempre odió y de la que se escapó, desapareciendo durante meses hasta que se la localizó en extrañas circunstancias en la playa de un pueblo a unos cien kilómetros de Barcelona, San Feliu de Guíxols.

—Esta es una de las grandes lagunas en la composición que hemos hecho —dijo Leandro—. Nadie sabe dónde estuviste durante esos meses ni con quién. Cuanto sabemos es que, al poco de regresar tú a Madrid, la casa de los Ubach fue consumida por un terrible incendio que la redujo a cenizas una noche de 1948, un incendio en el que murieron el banquero y su esposa Federica.

Leandro buscó su mirada, pero Victoria no despegó los labios.

—Entiendo que es muy difícil y doloroso hablar de esto, pero es importante que sepamos qué sucedió durante aquellos meses en que estuviste desaparecida.

Ella apretó los labios y Leandro asintió, paciente.

—No hace falta que sea hoy.

El hombre continuó el relato.

Huérfana y heredera de una gran fortuna, Victoria quedó bajo la tutela de un joven abogado llamado Ignacio Sanchís, que había sido nombrado albacea testamentario de los Ubach. Sanchís era un hombre brillante que Ubach había tomado bajo su protección desde muy joven. Era huérfano y había estudiado con una beca de la Fundación Ubach. Se rumoreaba que era en realidad hijo ilegítimo del banquero, fruto de una relación ilícita mantenida con una conocida actriz de la época.

La pequeña Victoria siempre sintió una conexión especial con él. Ambos estaban rodeados de todos los lujos y privilegios que el imperio Ubach podía comprar y sin embargo estaban solos en el mundo. Ignacio Sanchís visitaba a menudo la casa familiar para despachar asuntos con el banquero en el jardín. Victoria le espiaba desde las ventanas de la buhardilla. Un día que la sorprendió bañándose en la piscina, Sanchís le reveló que nunca había conocido a sus padres y que había crecido en un orfanato de La Navata. A partir de entonces, siempre que Sanchís acudía a la mansión, Victoria ya no se escondía y bajaba a saludarle.

A la señora Ubach no le caía bien Ignacio y le tenía prohibido a su hija que hablase con él. Era un pelagatos, decía. La matriarca mataba el aburrimiento encontrándose con sus amantes veinteañeros en hoteles de lujo de Madrid o durmiendo la mona en su habitación del tercer piso. Nunca llegó a saber que Victoria y el joven abogado se habían hecho buenos amigos, que compartían libros y una complicidad que nadie en el mundo, ni siquiera el señor Ubach, podría haber imaginado.

—Un día le dije que éramos iguales —confesó Victoria.

Tras la trágica muerte de los Ubach en el incendio que devastó su casa, Ignacio Sanchís se convirtió en su tutor legal hasta que, al cumplir ella la mayoría de edad, pasó a ser su marido. Hubo muchas murmuraciones, por supuesto. Algunos calificaron el matrimonio como el braguetazo del siglo. Victoria sonrió amargamente al oír aquellas palabras.

—Ignacio Sanchís nunca fue un esposo para ti, no al menos en el sentido que todo el mundo creía —dijo Leandro—. Era un hombre bueno que había averiguado la verdad y se casó contigo para protegerte.

—Yo le quería.

—Y él a ti. Dio su vida por ti.

Victoria se sumió en un largo silencio.

—Durante muchos años intentaste hacer justicia por tu cuenta con la ayuda de Ignacio y de Valentín Morgado, que había estado con tu padre en la cárcel y a quien tu esposo contrató para que trabajase para vosotros como chófer. Juntos urdisteis un plan para tender una trampa a Valls y lograsteis capturarlo. Lo que no sabías es que alguien os vigilaba. Alguien que no podía permitir que se desvelase la verdad.

—¿Por eso mataron a Valls?

Leandro hizo un gesto afirmativo.

—¿Hendaya? —preguntó Victoria.

Él negó.

—Hendaya es un simple peón. Buscamos a quien mueve sus hilos.

—¿Y quién es? —dijo Victoria.

—Yo creo que tú sabes quién es.

Victoria negó lentamente, confundida.

—Tal vez no eres consciente de ello ahora.

—Si lo supiese habría acabado en la misma celda que Valls.

—Tal vez entonces lo podamos averiguar juntos. Con tu ayuda y nuestros recursos. Tú ya has sufrido y has arriesgado suficiente. Ahora nos toca a nosotros. Porque tú y tu hermana no erais las únicas. Lo sabes. Hay muchos, muchos más. Muchos que ni siquiera tienen idea de que su vida es una mentira, que les robaron todo...

Ella asintió.

—¿Cómo os enterasteis? ¿Cómo llegasteis a la conclusión de que tú y tu hermana no habíais sido las únicas?

—Conseguimos una lista con números de expedientes. Números de partidas de nacimiento y de defunción falsificadas por Valls.

—¿A quién pertenecían? —preguntó Leandro.

—A hijos de presos que habían estado encerrados en el castillo de Montjuic después de la guerra, cuando él era el director de la prisión. Todos desaparecidos. Lo que Valls hacía era primero encarcelar y asesinar a los padres. Luego se quedaba con sus hijos. Extendía un certificado de defunción al mismo tiempo que un certificado de nacimiento falso con una identidad nueva para los niños y luego los vendía a familias bien colocadas dentro del régimen a cambio de influencias, dinero y poder. Era un plan perfecto, porque una vez que los nuevos padres se quedaban con los niños robados eran cómplices y tenían que guardar silencio para siempre.

—¿Sabes cuántos casos como esos hubo?

—No. Ignacio sospechaba que quizá había centenares.

—Estamos hablando de una operación muy compleja. Valls no podría haber hecho todo eso por sí solo...

—Ignacio creía que había contado con un cómplice, o varios cómplices.

—Estoy de acuerdo. Es más, me atrevería a decir que es posible que Valls fuera un simple instrumento en la red. Tenía el acceso, la oportunidad y la codicia para actuar. Pero me cuesta creer que pudiera idear una trama de semejante complejidad.

—Eso decía Ignacio.

—Alguien más, alguien a quien no hemos descubierto todavía, es el cerebro de toda esta operación.

—La mano negra —dijo Victoria.

—¿Perdón?

Ella sonrió débilmente.

—Es de un cuento que me contaba mi padre cuando era niña. La mano negra. El mal que siempre se mantiene en la sombra y mueve los hilos...

—Tienes que ayudarnos a encontrarle, Ariadna.

—¿Cree que Hendaya está entonces a las órdenes del socio de Valls?

—Es lo más probable, sí.

—Eso significa que ha de ser alguien de dentro del régimen. Alguien poderoso.

Leandro asintió.

—Por eso es tan importante no precipitarse y actuar con toda cautela. Si queremos capturarle es necesario saber primero toda la verdad, con nombres, fechas y detalles, descubrir quién conocía este asunto y quién está implicado. Solo si averiguamos quién estaba al tanto todo esto podremos ir a por la cabeza.

—¿Qué puedo hacer yo?

—Como te he dicho, ayudarme a reconstruir tu historia. Estoy convencido de que si juntamos todas las piezas del rompecabezas encontraremos al cerebro de la trama. Hasta entonces, no estarás a salvo. Por eso tienes que quedarte aquí y dejar que te protejamos. ¿Lo harás?

Victoria dudó para asentir al fin. Leandro se inclinó hacia adelante y tomó las manos de ella entre las suyas.

—Necesito que sepas que te agradezco tu valor y tu coraje. Sin ti, sin tu lucha y tu sufrimiento, nada de esto que estamos intentando hacer sería posible.

—Solo quiero que se haga justicia. Nada más. En toda mi vida he pensado que lo que quería era venganza. La venganza no existe. Lo único que importa es la verdad.

Leandro la besó en la frente. Era un beso paternal, de protección y nobleza, que la hizo sentirse menos sola, aunque fuese por un instante.

—Creo que por hoy hemos hecho ya mucho. Tienes que descansar. Nos espera una tarea ardua.

—¿Se marcha? —preguntó Victoria.

—No temas. Estaré muy cerca. Y has de saber que estás vigilada y protegida. Te voy a pedir permiso para que nos dejes cerrar esta puerta. No es para mantenerte encerrada aquí dentro sino para evitar que nadie que no deba trate de entrar. ¿Crees que podrás hacerlo?

—Sí.

—Si precisas cualquier cosa solo tienes que hacer sonar este timbre y en unos segundos alguien acudirá. Lo que sea.

—Me gustaría tener algo para leer. ¿Sería posible conseguir algunos libros de mi padre?

—Por supuesto. Haré que te los suban. Ahora tienes que intentar descansar y dormir.

—No sé si voy a ser capaz de dormir.

—Si quieres te ayudaremos...

—¿Sedarme otra vez?

—Es solo una ayuda. Te hará sentir mejor. Pero solo si tú quieres.

—De acuerdo.

—Yo volveré mañana por la mañana. Empezaremos a reconstruir todo lo que ha sucedido poco a poco.

—¿Cuánto tiempo voy a tener que permanecer aquí?

—No mucho. Unos días. Una semana a lo sumo. Hasta que sepamos quién está detrás de todo esto. Hasta que el culpable haya sido detenido no estarás segura en ningún otro lugar. Hendaya y sus hombres te están buscando. Conseguimos rescatarte de El Pinar, pero ese hombre no va a rendirse. Nunca se rinde.

—¿Cómo fue...? No lo recuerdo.

—Estabas aturdida. Dos de los nuestros perdieron la vida para sacarte de allí.

—¿Y Valls?

—Ya era tarde. Ahora no pienses en eso. Descansa, Ariadna.

—Ariadna —repitió ella—. Gracias.

—Gracias a ti —dijo Leandro dirigiéndose hacia la puerta.

Tan pronto como se quedó a solas la invadió una desazón y un vacío que no alcanzaba a explicar. No había un solo reloj en toda la habitación y al acercarse a las cortinas y descorrerlas comprobó que las ventanas, trabadas, estaban cubiertas por fuera con un papel blanco traslúcido que dejaba pasar la claridad pero velaba completamente la visión.

Comenzó a vagar por la habitación sin rumbo, luchando por no presionar aquel timbre de campanilla que Leandro había dejado en la mesa del salón. Por fin, exhausta de explorar los confines de la *suite*, regresó al dormitorio. Se sentó en el tocador y examinó su reflejo en el espejo. Se sonrió a sí misma.

—La verdad —se oyó murmurar.

# 5

Leandro estudió el rostro pálido y compungido al otro lado del espejo. Ariadna desprendía aquel perfume de las almas rotas que se han extraviado por el camino y creen avanzar hacia alguna parte. Siempre le había fascinado cómo, si uno sabía leer el lenguaje de las miradas y del tiempo, podía adivinar en un rostro el semblante del niño que había sido y saborear el momento en que el mundo le había clavado su dardo envenenado y su espíritu había empezado a envejecer. Las personas eran como los títeres o los juguetes de cuerda, tenían todas un resorte oculto que permitía mover sus hilos y hacerlas correr en la dirección que uno deseaba. El placer, o quizá fuera tan solo el sustento, provenía de aquella entrega, aquel deseo turbio al que tarde o temprano sucumbían para rendirse a su voluntad, recibir su bendición y ofrecerle su alma a cambio de una sonrisa de aprobación y de una mirada que les hiciera creer.

Hendaya, sentado a su lado, la contemplaba con recelo.

—Me parece que estamos perdiendo el tiempo, señor —dijo—. Si me da una hora con ella le sacaré todo lo que sabe.

—Ya has tenido horas de sobra. No todo es charcutería. Tú haz tu trabajo y yo haré el mío.

—Sí, señor.

Al poco apareció en escena el doctor. Leandro le había escogido con sumo cuidado. Tenía aquel aspecto bonancible de médico de cabecera, de afable sesentón tocado de lentes y bigote de sabio que podría ser un tío o un abuelo dulce como la miel, ante el cual no sentían pudor para desnudarse ni las beatas que dejaban que sus manos tibias les palpasen las vergüenzas mientras alzaban la mirada al cielo y susurraban «qué manos tiene, doctor».

El doctor no era médico, pero nadie lo hubiera dicho al verle ataviado con su traje gris, su maletín y su cojera de veterano. Era químico. Y de los mejores. Leandro contempló cómo ayudaba a Ariadna a tenderse en el lecho, le descubría el brazo y le buscaba el pulso. La jeringuilla era pequeña y la aguja tan fina que ni se inmutó. Leandro sonrió para sí al ver cómo la mirada de Ariadna se deshacía y su cuerpo perdía aquella rigidez. En unos segundos estaba sumida en el sopor químico que la mantendría allí por lo menos dieciséis horas, posiblemente más al tratarse de una mujer de constitución frágil. Flotaría en una calma sin sueños, un estado de suspensión y placer absolutos que iría clavando poco a poco sus garras en sus vísceras, venas y cerebro. Día a día.

—¿No va a matarla eso? —preguntó Hendaya.

—No con la dosis adecuada —dijo Leandro—. Al menos de momento.

El doctor guardó sus instrumentos en el maletín, tapó a Ariadna y salió del dormitorio. Al cruzar frente al espejo hizo una señal de asentimiento respetuosa y deferencial. Leandro podía oír la respiración impaciente de Hendaya a su espalda.

—¿Algo más? —preguntó Leandro.

—No, señor.

—Entonces te agradezco que la hayas traído sana y salva, pero aquí ya no tienes nada que hacer. Regresa a Barcelona y encuentra a Alicia Gris.

—Lo más probable es que esté muerta, señor...

Leandro se volvió.

—Alicia está viva.

—Con el debido respeto, ¿cómo puede saberlo?

Leandro le miró como se mira a una bestia de establo cuyo entendimiento alcanza donde alcanza.

—Porque lo sé.

# 6

Alicia abrió los ojos a la tenue claridad de las velas. Lo primero que advirtió fue que para estar muerta tenía demasiada sed. Lo segundo, el rostro de un hombre de cabello y barba canos sentado a su lado que la observaba tras un par de lentes redondos y diminutos. Sus facciones le recordaron vagamente a la figura de Dios que aparecía en uno de los libros de catecismo de sus años en el orfanato.

—¿Es usted del cielo? —preguntó Alicia.

—No se haga ilusiones. Soy de Matadepera.

El doctor Soldevila le tomó la muñeca y le palpó el pulso, consultando con su reloj.

—¿Cómo se encuentra? —quiso saber.

—Tengo mucha sed.

—Ya lo sé —dijo Soldevila, sin hacer ademán alguno de ofrecerle nada para beber.

—¿Dónde estoy?

—Buena pregunta.

El doctor apartó las sábanas y Alicia sintió sus manos sobre la pelvis.

—¿Nota la presión?

Ella asintió.

—¿Dolor?

—Sed.

—Ya lo sé. Pero tiene que esperar.

Antes de cubrirla, el doctor Soldevila posó la mirada sobre la cicatriz negra que abrazaba su cadera. Alicia pudo leer el horror que disimulaban sus ojos.

—Le dejaré algo para eso, pero vaya con cuidado. Aún está muy débil.

—Estoy acostumbrada al dolor, doctor.

El doctor Soldevila suspiró y la tapó de nuevo.

—¿Voy a morir?

—Hoy no. Ya sé que le sonará a tontería, pero intente relajarse y descansar.

—Como si estuviera de vacaciones.

—Algo así. Al menos inténtelo.

El doctor Soldevila se incorporó y Alicia oyó cómo murmuraba unas palabras. Se acercaron unos pasos y un círculo de figuras se asomaron en torno al camastro. Reconoció a Fermín, a Daniel y a Bea. Con ellos había un hombre de cabello ralo y mirada aguileña al que tenía la sensación de conocer de toda la vida pero cuya identidad no atinaba a situar. Fermín cuchicheaba con el doctor Soldevila. Daniel sonreía, aliviado. Bea, a su lado, la miraba fijamente a los ojos con una expresión de recelo. Fermín se arrodilló junto a ella y le posó la mano en la frente.

—Ya van dos veces que casi se me muere y empiezo a estar

hasta la coronilla. Tiene usted cara de muerta, muy cierto, pero por lo demás la veo como una rosa. ¿Cómo se encuentra?

—Tengo sed.

—Pues no me lo explico. Se ha tragado por lo menos el ochenta por ciento de mi caudal sanguíneo.

—Hasta que elimine del todo la anestesia no puede beber —dijo el doctor Soldevila.

—Eso es pan comido, ya lo verá —comentó Fermín—. La anestesia se elimina como los años de seminarista: meneando un poco las vergüenzas.

El doctor Soldevila le lanzó una mirada sulfúrica.

—Intente no agotar a la paciente diciendo guarradas, si no es mucho pedir.

—Seré una tumba —declaró entonces Fermín, santiguándose al efecto.

El doctor Soldevila gruñó.

—Volveré mañana por la mañana. Hasta entonces, mejor túrnense. Al menor síntoma de fiebre, inflamación o infección vengan a buscarme. A la hora que sea. ¿Quién va a hacer el primer turno? Usted no, Fermín, que le veo venir.

Bea se adelantó.

—Me quedo yo —dijo en un tono que dejaba claro que no invitaba al debate—. Fermín, he llevado a Julián con Sofía, pero no me fío porque se la torea como quiere. He llamado a la Bernarda para que se acerque a casa a vigilar al niño. Pueden usar el dormitorio. He dejado sábanas limpias en la cómoda y la Bernarda sabe dónde está todo. Daniel dormirá en el sofá.

Este lanzó una mirada a su mujer, pero no abrió la boca.

—Descuide. Le pondré a dormir al benjamín como un lirón. Un chorrito de coñac con miel en la leche es mano de santo.

—Ni se le ocurra alcoholizar a mi hijo. Y haga el favor de no hablarle de política al niño, que luego lo repite todo.

—A sus órdenes. Apagón informativo decretado *sine die*.

—Bea, acuérdese de la inyección de antibióticos. Cada cuatro horas —dijo el doctor.

Fermín le dedicó una sonrisa blanca a Alicia.

—No tema, que doña Bea, aunque hoy la vea un tanto sargenta, pone las inyecciones igual que un ángel. Como su señor padre es diabético, y eso que de dulce tiene poco, ella tiene una mano para el aguijonazo que ya quisiera para sí el mosquito pantera del Nilo o como sea que llamen a los bichos que haya por allí. Aprendió de niña porque nadie más de la familia se atrevía y ahora nos pincha a todos, a mí incluido, y mire que soy paciente difícil porque poseo nalgas de acero y doblo las agujas a fuerza de tensión muscular.

—¡Fermín! —clamó Bea.

Este realizó un saludo militar y guiñó el ojo a Alicia.

—Bueno, mi querida vampiresa, se queda usted en buenas manos. Intente no morder a nadie. Yo volveré mañana. Haga caso de todo lo que diga la señora Bea y a ser posible mire de no morirse.

—Haré lo que pueda. Gracias por todo, Fermín. Otra vez.

—No me lo recuerde. Venga, Daniel, que poner cara de pasmo no acelera el cicatrizado.

Fermín partió llevándose a Daniel a rastras.

—Todo claro entonces —dijo el doctor—. Ahora, ¿cómo se sale de aquí?

—Yo le acompaño —ofreció el guardián.

Se quedaron a solas. Bea tomó una silla y se sentó junto a Alicia. Se miraron en silencio. Alicia aventuró una sonrisa de gratitud. Bea la observaba, impenetrable. Al rato, el guardián asomó por el umbral de la habitación en la que se encontraban y sopesó la situación.

—Doña Beatriz, cualquier cosa que necesite ya sabe dónde estoy. Le he dejado unas mantas y los medicamentos con las instrucciones del doctor en la repisa.

—Gracias, Isaac. Buenas noches.

—Buenas noches, entonces. Buenas noches, Alicia —dijo el guardián.

Sus pasos se alejaron por el corredor.

—Todo el mundo parece conocerme por aquí —dijo Alicia.

—Sí, todos parecen conocerla. Lástima que nadie sepa muy bien quién es usted en realidad.

Alicia asintió, ofreciendo otra sonrisa dócil a la que Bea tampoco correspondió. Un espeso y largo silencio se desplomó entre ambas. Alicia paseó la mirada por las paredes, cubiertas de libros de suelo a techo. Sabía que los ojos de Bea seguían clavados en ella.

—¿Se puede saber de qué se ríe? —inquirió Bea.

—Tonterías. Antes he soñado que besaba a un hombre muy guapo y no sé quién era.

—¿Tiene usted la costumbre de besar a extraños o es solo cuando le ponen anestesia?

El tono cortaba como una cuchilla y tan pronto como las palabras escaparon de sus labios Bea se arrepintió.

—Lo siento —murmuró.

—No lo sienta. Me lo merezco —dijo Alicia.

—En algo más de tres horas le toca el antibiótico. ¿Por qué no intenta dormir un rato como le ha indicado el doctor?

—No creo que pueda. Me da miedo.

—Pensaba que a usted nada le daba miedo.

—Disimulo muy bien.

Bea iba a decir algo pero se mordió la lengua.

—¿Bea?

—¿Qué?

—Ya sé que no tengo derecho a pedirle perdón, pero...

—Olvídese de eso ahora. No tiene que pedirme perdón por nada.

—Y si se lo pidiera ¿me lo daría?

—Su amigo Fermín suele decir que el que quiera perdón que vaya al confesionario o se compre un perro. Por una vez, y sin que me oiga, le voy a dar la razón.

—Fermín es un hombre sabio.

—Tiene sus momentos. Pero no se lo cuente o no habrá quien le aguante. Ahora duerma.

—¿Puedo cogerle la mano? —preguntó Alicia.

Bea dudó un instante, pero al final aceptó la mano de Alicia. Permanecieron en silencio un largo rato. Alicia cerró los ojos y empezó a respirar lentamente. Bea contempló a aquella extraña criatura que le inspiraba temor y compasión a un tiempo. Al poco de llegar, cuando Alicia aún estaba delirando, el doctor la había examinado y Bea le había ayudado a desnudarla. Aún tenía grabada en la mente la imagen de aquella estremecedora herida que le mordía el costado.

—Daniel es un hombre afortunado —murmuró Alicia.

—¿Me está tirando los tejos?

—Casada y madre. Nunca me atrevería.

—Creí que estaba dormida —dijo Bea.

—Yo también.

—¿Le duele?

—¿Se refiere a la cicatriz?

Bea no respondió. Alicia seguía con los ojos cerrados.

—Solo un poco —contestó—. La anestesia la ha adormecido.

—¿Cómo se lo hizo?

—Fue durante la guerra. En los bombardeos.

—Lo siento.

Alicia se encogió de hombros.

—Me sirve para ahuyentar a los pretendientes.

—Imagino que debe de tener usted un montón.

—Ninguno que valga la pena. Los mejores hombres se enamoran de mujeres como usted. A mí solo me quieren para fantasear.

—Si lo que pretende es que le tenga lástima va lista.

Alicia sonrió.

—No se crea que conmigo no fantasean —aventuró Bea, riendo por lo bajo.

—No tengo la menor duda.

—¿Por qué son tan bobos a veces? —preguntó Bea.

—¿Los hombres? Quién sabe. A lo mejor es porque la naturaleza es madre, aunque cruel, y los atonta de nacimiento. Pero algunos no están tan mal.

—Eso dice la Bernarda —convino Bea.

—¿Y su Daniel?

Bea afiló la mirada.

—¿Qué pasa con mi Daniel?

—Nada. Parece un buen chico. Un alma blanca.

—Tiene su lado oscuro, no crea.

—¿Por lo que le pasó a su madre? ¿A Isabella?

—¿Qué sabe usted de Isabella?

—Muy poco.

—Mentía usted mucho mejor sin anestesia.

—¿Puedo confiar en usted?

—No veo que le quede otro remedio. La cuestión es si yo puedo confiar en usted.

—¿Lo duda?

—Absolutamente.

—Hay cosas sobre Isabella, sobre su pasado... —empezó Alicia—. Creo que Daniel tiene derecho a saberlas, pero no sé si en el fondo sería mejor que nunca las supiera.

—¿Alicia?

Esta abrió los ojos y se encontró con el rostro de Bea a un palmo del suyo. Sintió que le apretaba la mano con fuerza.

—Sí.

—Voy a pedirle una cosa. Solo se lo diré una vez.

—Lo que sea.

—No se le ocurra hacerle daño ni a Daniel ni a mi familia.

Alicia sostuvo aquella mirada, que se le hizo tan imponente que apenas se atrevió a respirar.

—Júremelo.

Alicia tragó saliva.

—Se lo juro.

Bea asintió y volvió a reclinarse en la silla. Alicia la observó entornar los ojos.

—¿Bea?

—¿Qué pasa ahora?

—Hay algo... La otra noche, cuando acompañé a Daniel hasta su portal...

—Cállese y duerma.

# 7

La tormenta del día anterior había pintado Barcelona con el azul eléctrico que solo se saborea algunas mañanas de invierno. El sol había echado las nubes a patadas y una luz limpia flotaba en el aire, una luz líquida y digna de embotellarse. El señor Sempere, que había amanecido con el optimismo a flor de piel e, ignorando los consejos del médico, había apurado un tazón de café negro que sabía a gloria y a rebelión, decidió que aquella iba a ser una jornada para el recuerdo.

—Hoy vamos a hacer más caja que El Molino por Cuaresma —anunció—. Ya veréis.

Mientras retiraba el cartel de CERRADO de la puerta de la librería advirtió que Fermín y Daniel estaban cuchicheando en un rincón.

—Y vosotros ¿qué andáis tramando?

Ambos se volvieron y le dedicaron esa mirada boba que denotaba una conspiración en ciernes. Tenían aspecto de no haber pegado ojo en una semana y, si no le fallaba la memoria al librero, llevaban exactamente la misma ropa del día anterior.

—Comentábamos que cada día se le ve a usted más joven y gallardo —dijo Fermín—. Las chavalas en edad de merecer se le tienen que tirar a los pies.

Antes de que el librero pudiera replicar se oyó el tintineo de la campanilla que había en la puerta. Un caballero de vestimenta impecable y mirada cristalina se aproximó al mostrador y sonrió con placidez.

—Buenos días, caballero, ¿en qué podemos atenderle?

El visitante procedió a desenfundarse los guantes sin prisa.

—Confiaba en que pudieran ustedes responder a unas preguntas —dijo Hendaya—. Policía.

El librero frunció el ceño y lanzó una mirada a Daniel, que había palidecido hasta adquirir el tono vital del papel biblia en que se imprimían los recopilatorios de Obras Completas de los clásicos universales.

—Usted dirá.

Hendaya sonrió cortés y extrajo una fotografía que dejó sobre el mostrador.

—Si son tan amables de acercarse y echar un vistazo.

Los tres se congregaron tras el mostrador y procedieron a examinar la fotografía. En ella aparecía una Alicia Gris unos cinco años más joven, sonriendo a cámara y afectando un aire de inocencia que no hubiera comprado ni un lactante.

—¿Reconocen ustedes a esta señorita?

El señor Sempere tomó la fotografía y la examinó con atención. Se encogió de hombros y se la pasó a Daniel, que repitió el ritual. El último que la inspeccionó fue Fermín, quien, después de alzarla al trasluz como si se tratase de un billete falso, negó y se la devolvió a Hendaya.

—Me temo que no conocemos a esta persona —dijo el librero.

—Hay que decir que tiene un poco cara de golfilla, pero no me suena —corroboró Fermín.

—¿No? ¿Están ustedes seguros?

Los tres negaron al unísono.

—¿No están seguros o no la han visto?

—Sí y no —contestó Daniel.

—Ya.

—¿Puedo preguntarle quién es? —inquirió el librero.

Hendaya guardó de nuevo la fotografía.

—Su nombre es Alicia Gris y es una fugitiva de la justicia. Ha cometido tres asesinatos, que sepamos, en estos días. El más reciente ayer, de un capitán de la policía llamado Vargas. Es muy peligrosa y posiblemente vaya armada. Se la ha visto por el barrio en los últimos días y algunos vecinos afirman que ha entrado en la librería. Una de las dependientas del horno de la esquina declara haberla visto en compañía de un empleado de este establecimiento.

—Se habrá equivocado —respondió el señor Sempere.

—Es posible. ¿Trabaja alguien más en la librería aparte de ustedes tres?

—Mi nuera.

—¿Quizá ella la recuerde?

—Se lo preguntaré.

—Si se acuerdan ustedes de algo, o si lo hace su nuera, le ruego que me llamen a este número de teléfono. No importa la hora. Hendaya.

—Así lo haremos.

El policía asintió con amabilidad y partió hacia la salida.

—Gracias por su ayuda. Que tengan un buen día.

Permanecieron tras el mostrador en silencio observando cómo Hendaya cruzaba sin prisa la calle hasta detenerse ante el café de enfrente. Allí se le aproximó un individuo enfundado en un abrigo negro y ambos conversaron por espacio de un minuto. El individuo asintió y Hendaya partió calle abajo. El hombre del abrigo negro dirigió una mirada a la librería y entró en el café. Ocupó una mesa junto a la ventana y permaneció allí, vigilante.

—¿Se puede saber qué está pasando? —inquirió el señor Sempere.

—Es complicado —aventuró Fermín.

En estas el librero avistó a su sobrina Sofía, que regresaba de acompañar a Julián al parque y sonreía de oreja a oreja.

—¿Y quién era ese pedazo de hombre que acaba de salir? —dijo desde la puerta—. ¿Qué pasa? ¿Se ha muerto alguien?

El cónclave tuvo lugar en la trastienda. Fermín tomó las riendas del tema sin dilación.

—Sofía, ya sé que ustedes las adolescentes mantienen el cerebro en barbecho a la espera de que amaine el maremoto hormonal, pero si el apuesto cabestro que acaba de ver salir de la librería, o algún otro sujeto usando cualquier pretexto, aparece y le pregunta si ha visto, conoce, ha oído hablar o tiene la más mínima idea sobre la existencia de la señorita Alicia Gris, le va usted a mentir con esa gracia napolitana que Dios le ha dado y le dirá que no, que no la ha visto ni en pintura, y lo hará poniendo cara de *bleda* como si fuera su vecina la Merceditas o le juro que, aunque no soy su padre ni su tutor legal, la meteré en un convento de clausura del que no la dejen salir hasta que le parezca guapo Gil Robles. ¿Estamos?

Sofía asintió, compungida.

—Ahora vaya al mostrador y simule que hace algo útil.

Una vez que se hubieron librado de Sofía, el señor Sempere se encaró a su hijo y a Fermín.

—Todavía estoy esperando que me expliquen qué diantres está pasando.

—¿Ha tomado ya la medicación para lo de las pulsaciones?

—Con el café.

—Qué gran idea. Solo le falta mojar un cartucho de dinamita como si fuera un melindro y estaremos al cabo de la calle.

—No cambie de tema, Fermín.

Este señaló a Daniel.

—De esto me encargo yo. Usted salga ahí fuera y compórtese como si fuera yo.

—Y eso ¿qué significa?

—Que no haga el bobo. Esos capullitos de alhelí tienen vigilado el local y estarán a la espera de que demos un paso en falso.

—Iba a relevar a Bea...

—¿Relevar a Bea? —preguntó el señor Sempere—. ¿Relevarla de qué?

—Temas diversos —cortó Fermín—. Daniel, usted no se mueva de aquí. Ya iré yo, que tengo experiencia en cuestiones de inteligencia militar y me escurro como una anguila. Ande, váyase. Que no parezca que estamos aquí conspirando.

Daniel cruzó la cortinilla de la trastienda a regañadientes, dejándolos a solas.

—¿Y bien? —preguntó el señor Sempere—. ¿Va a decirme de una puñetera vez qué está pasando aquí?

Fermín sonrió dócil.

—¿Le apetece un Sugus?

# 8

El día se le hizo eterno. Daniel arrastró las horas esperando el retorno de Bea y dejando que su padre atendiese a la mayoría de los clientes. Fermín se había escurrido poco después de colocarle a su padre uno de sus híbridos de embuste monumental y confidencia a media vela a fin de acallar, al menos durante unas horas, sus preguntas y su alarma.

—Conviene que parezcamos más normales que nunca, Daniel —le había dicho antes de colarse por la trastienda a un ventanuco que daba a la plaza de la iglesia de Santa Ana para no ser visto por el agente que Hendaya había dejado vigilando la librería.

—¿Y cuándo hemos sido nosotros normales?

—Ahora no se me ponga existencial. Tan pronto como vea que no hay moros en la costa, me escabulliré y relevaré a Bea.

Bea apareció al fin cerca del mediodía, cuando Daniel empezaba ya a criar canas y se había mordido las uñas hasta los codos.

—Fermín me lo ha contado todo —dijo.

—¿Ha llegado bien?

—Ha parado por el camino a comprar unos dulces a los que no se ha podido resistir porque dice que los llaman *pets de monja* y vino blanco.

692

—¿Vino blanco?

—Para Alicia. El doctor Soldevila se lo ha confiscado.

—¿Cómo está ella?

—Estable. El doctor dice que aún está débil, pero no hay infección y no tiene fiebre.

—¿Ha dicho algo más? —insistió Daniel.

—¿De qué?

—¿Por qué tengo la sensación de que todo el mundo me está ocultando algo?

Bea le acarició el rostro.

—Nadie te está ocultando nada, Daniel. ¿Y Julián?

—En el parvulario. Lo ha llevado Sofía.

—Lo iré a buscar yo esta tarde. Hay que mantener una apariencia de normalidad. ¿Y tu padre?

—Ahí detrás, echando humo.

Bea bajó la voz.

—¿Qué le habéis contado?

—Fermín le ha endosado uno de sus poemas épicos.

—Ya. Me voy a acercar al mercado de la Boquería a comprar alguna cosa. ¿Quieres algo?

—Una vida normal.

A media tarde su padre le dejó solo en la librería. Bea aún no había regresado y Daniel, preocupado y con un humor de perros al sentirse engañado, había optado por subir al piso con la excusa de echar una cabezadita. Llevaba ya días albergando la sospecha de que Alicia y Fermín le ocultaban algo. Y ahora, al parecer, se les había unido Bea. Se pasó un par de horas dando vueltas al asunto, apretando las tuercas y carcomiéndose el alma. La experiencia le había enseñado que en estos casos lo más aconsejable era hacerse el tonto y fingir que no se había dado cuenta. Ese era al fin y al cabo el papel que siempre le otorgaban en la función. Nadie esperaba que el bueno de Daniel, el pobre huérfano y perpetuo adolescente de conciencia clara, se enterara de las cosas. Para eso estaban los demás, que siempre parecían llevarle las respuestas escritas, cuando no hasta las preguntas. Nadie allí daba la impresión de haber reparado en que hacía años que no usaba pantalón corto. A veces hasta el pequeño Julián le miraba de reojo y se reía, como si su padre hubiese venido al mundo a hacer de tontaina y a poner cara de asombro cuando los demás le desvelaban los misterios.

«Yo también me reiría de mí si pudiera», pensaba Daniel. No hacía tanto había sido capaz de burlarse de su propia sombra, de seguirle la corriente a Fermín y sus pullas, y de encarnar al eterno pardillo adoptado por su quijotesco ángel de la guarda. Había sido un buen papel en el que se había sentido cómodo. De buen grado hubiera continuado siendo aquel Daniel que veían todos los demás a su alrededor, y no el Daniel que, de madrugada, cuando Bea y Julián dormían, bajaba a tientas a la librería y se refugiaba en la trastienda para apartar aquel viejo radiador que ya no funcionaba y tras el cual había un panel de yeso que cedía empujándolo.

Allí, en el fondo de una caja, cubierto por dos palmos de libros viejos y polvorientos, estaba el álbum repleto de recortes de prensa sobre Mauricio Valls que había ido sustrayendo de sus visitas a la hemeroteca de la biblioteca del Ateneo. La vida pública del ministro estaba registrada en aquellas páginas, año á año. Conocía cada una de aquellas noticias y notas de prensa al dedillo. La última, la de su fallecimiento en un accidente de tráfico, era la más dolorosa.

Valls, el hombre que le había robado a su madre, se le había escapado.


Daniel había aprendido a odiar aquel rostro que tanta afición había tenido a dejarse fotografiar en poses de gloria. Había llegado a la conclusión de que uno no sabe quién es de verdad hasta que aprende a odiar. Y cuando uno odia de verdad, cuando se abandona a esa rabia que quema por dentro, que consume lentamente lo poco bueno que uno pensaba que llevaba de equipaje, lo hace en secreto. Daniel sonrió con amargura. Nadie le creía capaz de guardar un secreto. Nunca había sido capaz de hacerlo. Ni de niño, cuando guardar secretos es un arte y una forma de mantener el mundo y su vacío a raya. Ni siquiera Fermín o Bea sospechaban que ocultaba allí aquella carpeta en que se había refugiado tantas veces para alimentar la oscuridad que había crecido en su interior desde que había descubierto que el gran Mauricio Valls, la esperanza blanca del régimen, había envenenado a su madre. Todo eran conjeturas, le decían. Nadie podía saber de verdad lo que sucedió. Daniel había dejado las sospechas atrás y vivía en un mundo de certezas.

Y la peor de todas, la más difícil de contemplar, era que nunca se haría justicia.

Nunca llegaría aquel día con el que había soñado y envenenado su alma, el día en que encontraría a Mauricio Valls, le miraría a los ojos y le dejaría que viera en ellos el odio que había alimentado. Luego cogería aquella arma que había comprado a un estraperlista que a veces despachaba negocios en Can Tunis y que guardaba envuelta en trapos en el fondo de la caja. Era un arma vieja, de los años de la guerra, pero la munición era nueva y el estraperlista le había enseñado a usarla.

—Primero le disparas en las piernas, por debajo de las rodillas. Y esperas. Le ves arrastrarse. Luego le pegas un tiro en las tripas. Y esperas. Que se retuerza. Luego le disparas otro tiro en el lado derecho del pecho. Y esperas. Esperas a que se le llenen los pulmones de sangre y se ahogue en su propia mierda. Solo entonces, cuando parezca que ya ha muerto, le vacías los tres tiros restantes en la cabeza. Uno en la nuca, uno en la sien y uno debajo de la barbilla. El arma la tiras al río Besós, cerca de la playa, para que se la lleve la corriente.

Tal vez entonces la corriente también se llevaría para siempre la rabia y el dolor que ahora se pudrían en su interior.

—¿Daniel?

Este levantó la mirada y encontró a Bea. No la había oído entrar.

—Daniel, ¿te encuentras bien?

Él asintió.

—Estás blanco. ¿Seguro que te encuentras bien?

—Perfectamente. Un poco cansado, de no dormir. Nada más.

Daniel mostró su sonrisa bendita, la que arrastraba desde sus años de colegial y por la que le conocían en el barrio. El bueno de Daniel Sempere, el yerno que toda madre de bien desearía para su hija. El hombre que no albergaba sombras en su corazón.

—Te he comprado naranjas. Que no las vea Fermín o se las comerá todas de una sentada, como la última vez.

—Gracias.

—Daniel, ¿qué pasa? ¿No me lo vas a contar? ¿Es por lo de Alicia? ¿Por ese policía?

—No pasa nada. Estoy un poco preocupado. Es normal. Pero hemos salido de apuros peores. Saldremos de este.

Daniel nunca había sabido mentirle: Bea le miró a los ojos. Hacía meses ya que lo que veía en ellos le daba miedo. Se acercó a él y le abrazó. Daniel se dejó rodear por sus brazos, pero no dijo nada, como si no estuviese allí. Bea se retiró despacio. Puso la bolsa de la compra sobre la mesa y bajó la mirada.

—Voy a ir a recoger a Julián.

—Aquí estaré.

# 9

Habrían de transcurrir cuatro días antes de que Alicia pudiera levantarse de la cama sin la ayuda de nadie. El tiempo parecía haberse detenido al vuelo desde su llegada a aquel lugar. Pasaba la mayor parte del día suspendida entre la vigilia y el sueño sin salir de la estancia en la que la habían instalado. Allí había un brasero que Isaac alimentaba cada pocas horas y una penumbra tenue apenas quebrada por la lumbre de una vela o de un farol de aceite. La medicación que el doctor Soldevila había dejado para paliar el dolor la sumía en un sopor gelatinoso del que emergía de forma ocasional para encontrarse a Fermín o a Daniel velándola. El dinero no dará la felicidad, pero la química a veces nos aproxima a ella.

Cuando recobraba un vago sentido de quién era y dónde estaba, intentaba articular algunas palabras. La mayoría de sus preguntas eran contestadas antes de que pudiera formularlas. No, nadie la iba a encontrar allí. No, la temida infección no se había producido y el doctor Soldevila estimaba que Alicia evolucionaba correctamente, aunque aún estaba débil. Sí, Fernandito estaba sano y salvo. El señor Sempere le había ofrecido un empleo a tiempo parcial haciendo entregas y recogiendo lotes de libros comprados a particulares. Preguntaba mucho por ella, pero a decir de Fermín, la verdad era que algo menos desde que se había tropezado con Sofía en la librería y había logrado batir lo que parecía imposible: su propio récord de embobamiento. Alicia se alegró por él. Puestos a sufrir, que lo hiciera por alguien que lo mereciese.

—Mire que es enamoradizo el pobre —decía Fermín—. Padecerá horrores en esta vida.

—Más sufre el que es incapaz de enamorarse —dejó caer Alicia.

—Creo que esta medicación le está afectando al cerebelo, Alicia. Como coja una guitarra y empiece a cantar canciones de catequesis tendré que pedirle al galeno que le rebaje el rancho al grado de aspirina para niños.

—No me quite lo poco bueno que me queda.

—Qué viciosa llega a ser usted, madre mía.

La virtud del vicio estaba infravalorada. Alicia echaba en falta sus copas de vino blanco, sus cigarrillos importados y su espacio de soledad. Los medicamentos la mantenían lo suficientemente aturdida como para que los días pasaran en la tibia compañía de aquella buena gente que había conspirado para salvarle la vida y que parecía más preocupada por su supervivencia que ella misma. A veces, cuando se hundía en aquel bálsamo químico, se decía que lo mejor sería llegar hasta el fondo y quedarse allí en un perpetuo letargo. Pero tarde o temprano volvía a despertar y a recordar que solo merecen morir los que han saldado todas sus cuentas.

En más de una ocasión, se había despertado entre tinieblas para encontrar a Fermín sentado en una silla frente a ella, pensativo.

—¿Qué hora es, Fermín?

—La hora de las brujas. O sea, la suya.

—¿Usted no duerme nunca?

—Jamás he sido de siestas. Lo mío es el insomnio elevado a arte. Cuando me muera ya me pondré al día en horas de sueño.

Fermín la observaba con una mezcla de ternura y recelo que le resultaba exasperante.

—¿Todavía no me ha perdonado, Fermín?

—Recuérdeme qué tengo que perdonarle, que ahora no caigo.

Alicia suspiró.

—Que le dejase creer que había muerto aquella noche en la guerra. Que le dejase vivir con la culpa de pensar que nos había fallado usted a mí y a mis padres. Que regresara a Barcelona y, cuando me reconoció en la Estación de Francia, fingiese que no le conocía y permitiese que creyera usted que se estaba volviendo loco o viendo fantasmas...

—Ah, eso.

Fermín le ofreció una sonrisa ácida pero los ojos le brillaban de lágrimas a la luz de las velas.

—¿Va a perdonarme, entonces?

—Voy a meditarlo.

—Necesito que me perdone. No me quiero morir con ese peso encima.

Se observaron en silencio.

—Es usted una pésima actriz.

—Soy una actriz excelente. Lo que ocurre es que con todas las porquerías que me está recetando el doctor se me olvida el papel.

—Sepa que no me da ninguna pena.

—No quiero que me tenga lástima, Fermín. Ni usted ni nadie.

—Prefiere que le tengan miedo.

Alicia sonrió mostrando los dientes.

—Pues tampoco se lo tengo —sentenció él.

—Eso es porque me conoce poco.

—Me gustaba más usted antes, cuando iba de pobrecita moribunda.

—Entonces ¿me perdona?

—¿Qué más le da?

—No me gusta pensar que es por mi culpa que va usted por ahí ejerciendo de ángel de la guarda de la gente, de Daniel y de su familia.

—Soy asesor bibliográfico de Sempere e hijos. Los atributos angelicales se los inventa usted.

—¿Está seguro de que no cree que si salva a alguien decente salvará al mundo, o al menos la posibilidad de que quede algo bueno en él?

—¿Quién le ha dicho que es usted alguien decente?

—Hablaba de los Sempere.

—¿No hace usted lo mismo, en el fondo, mi querida Alicia?

—Yo no pienso que haya nada decente en el mundo que salvar, Fermín.

—Eso no se lo cree ni usted. Lo que pasa es que le da miedo constatar que sí lo haya.

—O a usted lo contrario.

Fermín soltó un gruñido y hundió la mano en el bolsillo de su gabardina en busca de golosinas.

—Mejor no nos pongamos cursis —concluyó—. Usted siga con el nihilismo y yo con los Sugus.

—Dos valores seguros.

—Allí donde los haya.

—Ande, deme un beso de buenas noches, Fermín.

—¡Cómo estamos con los besos!

—En la mejilla.

Fermín dudó, pero finalmente se inclinó y le rozó la frente con los labios.

—Duérmase de una puñetera vez, súcubo.

Alicia cerró los ojos y sonrió.

—Le quiero mucho, Fermín.

Cuando le oyó llorar en silencio, extendió la mano hasta encontrar la suya y así, cogidos, se durmieron al calor de una vela que se extinguía.

## 10

Isaac Monfort, el guardián del lugar, le portaba una bandeja dos o tres veces al día con un vaso de leche, tostadas untadas con mermelada y mantequilla, y algo de fruta o un dulce de la pastelería Escribá de los que se compraba los domingos, porque él tenía también sus vicios más allá de la literatura y la vida eremita, sobre todo si llevaban piñones y crema. Después de muchos ruegos, Isaac empezó a llevarle periódicos atrasados, pese a que el doctor Soldevila no lo veía con buenos ojos. Pudo así leer todo lo que la prensa había publicado sobre la muerte de Mauricio Valls y sentir que le hervía de nuevo la sangre. «Eso es lo que te ha salvado, Alicia», pensó ella para sí.

El bueno de Isaac era un hombrecillo de aspecto feroz pero disposición tierna en el que se había despertado una debilidad por Alicia que apenas conseguía disimular. Decía que le recordaba a una hija suya fallecida. Nuria, se llamaba. Llevaba siempre encima dos retratos de ella: en uno aparecía una mujer de aspecto enigmático y mirada triste, en otro una niña sonriente abrazando a un hombre en el que Alicia reconoció a un Isaac varias décadas más joven.

—Se me fue sin que ella llegara a saber lo mucho que la quería —decía.

A veces, cuando le daba la bandeja de la comida y Alicia se esforzaba en ingerir dos o tres bocados, Isaac se perdía en un pozo de recuerdos y empezaba a hablarle de su hija Nuria y de sus remordimientos. Alicia le escuchaba. Sospechaba que el anciano no había compartido aquel pesar con nadie y que la providencia había querido enviarle a aquella extraña que se parecía a lo que más había amado para que ahora, cuando ya era tarde, cuando ya no servía para nada, pudiera encontrar el consuelo en intentar salvarla y entregarle un cariño que no le pertenecía. A veces, hablando de su hija y vencido por los recuerdos, el anciano comenzaba a llorar. Entonces se retiraba y no regresaba durante horas. El dolor más sincero se vive a solas. Alicia, en secreto, sentía alivio cuando Isaac se llevaba su infinita tristeza a un rincón para ahogarse en ella porque el único dolor que no había aprendido a tolerar era el de ver llorar a los viejos.


Todos se turnaban para vigilarla y acompañarla. A Daniel le gustaba leerle páginas de libros que tomaba prestados del laberinto, en particular los de un tal Julián Carax, por quien sentía una especial predilección. La pluma de Carax le hacía pensar a Alicia en música y en pasteles de chocolate. Los ratos que pasaba con Daniel cada día escuchándole leer las páginas de Carax le permitían perderse en un bosque de palabras e imágenes que siempre lamentaba abandonar. Su favorita era una novela breve titulada *Nadie*, cuyo último párrafo llegó a aprenderse de memoria y que susurraba en voz baja cuando intentaba conciliar el sueño:

*En la guerra hizo fortuna y en el amor lo perdió todo. Estaba escrito que no había nacido para ser feliz y que nunca podría llegar a saborear el fruto que aquella primavera tardía había llevado a su corazón. Supo entonces que viviría el resto de sus días en el otoño perpetuo de la soledad sin más compañía ni recuerdo que el anhelo y el remordimiento, y que, cuando alguien preguntara quién había construido aquella casa y quién había vivido en ella antes de que se convirtiera en un embrujo de ruinas, las gentes que la habían conocido y sabían de su historia maldita bajarían la mirada y dirían, con voz leve y rogando que sus palabras se las llevase el viento: nadie.*

Pronto descubrió que no podía hablar de Julián Carax con casi nadie, y menos con Isaac. Los Sempere tenían cierta historia compartida con Carax, y Alicia creyó oportuno no hurgar en las sombras de la familia. Isaac, en particular, no podía oír aquel nombre sin ponerse morado de furia, porque, según le contó Daniel, su hija Nuria había estado enamorada del tal Carax. El anciano creía que todas las desgracias que le habían sobrevenido a su pobre hija y la habían conducido a una trágica muerte se debían a Carax, un extraño personaje que, supo, había intentado una vez quemar todos los ejemplares existentes de sus libros y que, de no haber sido porque el guardián había jurado el puesto, hubiera contado con la ayuda entusiasta de Isaac.

—A Isaac es mejor no mentarle a Carax —decía Daniel—. Bien pensado, mejor no se lo mencione a nadie.

La única entre todos que la veía tal cual era y que no albergaba ni ensoñaciones ni reparos era la esposa de Daniel. Bea la bañaba, la vestía, la peinaba, le administraba la medicación y le transmitía con la mirada aquel imperativo que presidía la relación que ambas habían establecido de forma tácita. Bea la cuidaría, la ayudaría a sanar y a recuperarse para que, tan pronto como fuera posible, Alicia saliera de sus vidas y desapareciese para siempre antes de que pudiera hacerles daño.

Bea, la mujer que Alicia hubiera querido ser y que cada día que pasaba con ella entendía que nunca sería. Bea, que decía poco y preguntaba aún menos, pero era quien mejor la comprendía. Alicia nunca había sido de abrazos y aspavientos, pero en más de una ocasión sentía el impulso de abrazarla. Afortunadamente se contenía en el último segundo. Le bastaba intercambiar una mirada con ella para saber que aquello no era una función parroquial de *Mujercitas* y que ambas tenían un cometido que cumplir.

—Creo que pronto se podrá librar de mí —decía Alicia.

Bea nunca picaba el anzuelo. Nunca se quejaba. Nunca le hacía reproches. Le cambiaba las vendas con infinito cuidado. Le aplicaba un ungüento en la vieja herida que el doctor Soldevila había hecho elaborar a su boticario de confianza y que calmaba el dolor sin emponzoñarle la sangre. Cuando lo hacía no le mostraba ni lástima ni compasión. Era la única persona, a excepción de Leandro, en cuyos ojos no había vislumbrado horror o aprensión al verla desnuda y comprobar el alcance de las heridas que habían destrozado parte de su cuerpo durante la guerra.

El único tema de conversación en el que podían encontrarse en son de paz y sin sombras en el horizonte era el pequeño Julián. Sus charlas más largas y pacíficas solían tener lugar cuando Bea la bañaba con jabón de pastilla y jarros de agua tibia que preparaba Isaac en un hornillo que tenía en un cuarto que le servía de oficina, cocina y dormitorio. Bea adoraba al renacuajo con una devoción que Alicia sabía que nunca podría ni siquiera empezar a comprender.

—El otro día dio a entender que cuando sea mayor se quiere casar con usted.

—Supongo que como buena madre ya le advirtió que en el mundo hay chicas malas que no le convienen nada.

—De las cuales usted debe de ser la reina.

—Eso han dicho siempre todas mis suegras en potencia. Y con razón.

—En estas cosas el tener la razón es lo de menos. Vivo rodeada de varones y sé desde hace tiempo que la mayoría son inmunes a la lógica. Lo único de lo que aprenden, y aun así no todos, es de la ley de la gravedad. Hasta que se dan el batacazo, no despiertan.

—Esa máxima me suena a Fermín.

—Todo se pega, y ya son muchos años de escucharle recitar perlas cultivadas.

—¿Qué más dice Julián?

—Su última ocurrencia es que quiere ser novelista.

—Precoz.

—No se hace usted idea.

—¿Va a tener más?

—¿Hijos? No lo sé. Me gustaría que Julián no creciese solo. Que tuviera una hermanita...

—Otra mujer en la familia.

—Fermín dice que eso ayudaría a diluir el exceso de testosterona que tiene atontado al clan. Menos la suya, que alega que no es soluble ni en aguarrás.

—Y Daniel ¿qué dice?

Bea guardó un largo silencio y se encogió de hombros.

—Daniel dice menos cosas cada día.


Pasaban las semanas y Alicia podía sentir que iba recobrando las fuerzas. El doctor Soldevila la examinaba todos los días dos veces. Soldevila no era hombre de muchas palabras y las pocas que empleaba las dedicaba a los demás. A veces Alicia le sorprendía mirándola de reojo, como si se preguntara quién era aquella criatura y no estuviese seguro de querer conocer la respuesta.

—Tiene usted marcas de muchas heridas antiguas. Algunas serias. Debería ir pensando en cambiar de hábitos.

—No tema por mí, doctor. Tengo más vidas que un gato.

—No soy veterinario, pero la teoría es que los gatos tienen solo siete, y a usted la veo apurando el depósito.

—Con una más me bastará.

—Algo me dice que no la va a dedicar usted a obras de beneficencia.

—Todo depende de cómo se mire.

—No sé qué me preocupa más, si su salud o su alma.

—Además de médico, sacerdote. Es usted un partido envidiable.

—A mi edad, la diferencia entre la medicina y el confesionario se vuelve borrosa. Sin embargo creo que soy demasiado joven para usted. ¿Cómo lleva el dolor? El de la cadera, quiero decir.

—El ungüento ayuda.

—Pero no como lo que estaba tomando antes.

—No —admitió Alicia.

—¿Por qué dosis iba?

—Cuatrocientos miligramos. A veces más.

—Santo Dios. No puede seguir tomando eso. Lo sabe, ¿no?

—Deme una buena razón.

—Pregúntele a su hígado, si es que todavía se hablan.

—Si no me confiscase usted el vino blanco podría invitarle a una copita y discutirlo con él.

—No tiene usted remedio.

—En eso estamos los tres de acuerdo.


Quien más quien menos empezaba a hacer planes para su funeral, pero Alicia sabía que había salido del purgatorio, aunque fuera con un permiso de fin de semana. Lo sabía porque iba recuperando su visión tenebrosa del mundo y perdiendo la apreciación por las escenas conmovedoras y tiernas de los últimos días. El aliento oscuro de antaño volvía a teñir las cosas y las punzadas de dolor en la cadera taladrando sus huesos con hierro le recordaban que su papel de Dama de las Camelias ya estaba en sus últimas representaciones.

Los días habían retomado su ritmo habitual y las horas que se le escurrían en recuperarse sabían ya a tiempo perdido. Quien más consternado por ella se mostraba era Fermín, que alternaba entre hacer de plañidera temprana y ejercer como telépata aficionado.

—Le recuerdo que ya dijo el poeta que la venganza es un plato que se saborea mejor frío —entonaba Fermín, leyéndole los malos espíritus.

—Se confundiría con el ajoblanco, porque los poetas suelen ser unos muertos de hambre y de gastronomía no tienen ni puñetera idea.

—Dígame que no está usted pensando en hacer ninguna tontería.

—No estoy pensando en hacer ninguna tontería.

—Lo que quiero es que me lo asegure.

—Tráigame un notario y lo formalizamos.

—Con Daniel y sus recién adquiridas inclinaciones criminales ya tengo suficiente. ¿Se puede creer que le he encontrado una pistola escondida? Santa Madre de Dios. Si hasta hace dos días se comía los mocos y ahora me esconde pistolones como si fuera un fantoche de la FAI.

—¿Qué ha hecho con la pistola? —preguntó Alicia con una sonrisa que le puso los pelos de punta a Fermín.

—¿Qué iba a hacer? La he vuelto a esconder. Donde nadie la pueda encontrar, claro está.

—Tráigamela —susurró Alicia, seductora.

—Ni hablar, que nos vamos conociendo. A usted no le traía ni una pistola de agua, porque sería capaz de llenarla de ácido sulfúrico.

—No tiene usted ni idea de lo que yo soy capaz —cortó ella.

Fermín la miró con consternación.

—Empiezo a imaginármelo, mujer cocodrilo.

Alicia volvió a blandir su sonrisa inocente.

—Ni usted ni Daniel saben utilizar un arma. Démela a mí antes de que vayan a lastimarse.

—¿Para que sea usted la que le lastime a alguien?

—Digamos que le prometo que no lastimaré a nadie que no se lo merezca.

—Ah, bueno, si me lo pone así le traigo una metralleta y algunas granadas. ¿Tiene predilección por algún calibre?

—Hablo en serio, Fermín.

—Por eso mismo. Usted lo que tiene que hacer es curarse.

—Lo único que va a curarme es hacer lo que debo hacer. Y es lo único que va a garantizar que todos ustedes estén a salvo. Y lo sabe.

—Alicia, lamento decirle que cuanto más la oigo menos me gustan el tono y el tenor de su conversación.

—Tráigame el arma. O yo conseguiré una.

—¿Para volver a morirse en un taxi, pero esta vez de verdad? ¿O tirada en un callejón? ¿O en una celda a manos de carniceros que la hagan pedacitos para divertirse?

—¿Es eso lo que le preocupa? ¿Que me torturen o que me maten?

—Se me ha pasado por la cabeza, sí. Mire, entre nosotros, y no se lo tome a título personal, estoy hasta los mismísimos de que se me vaya muriendo por ahí. ¿Cómo voy yo a traer hijos al mundo y ser un padre decente si soy incapaz de mantener viva a la primera criatura de la que me hice responsable?

—Ni soy ya una criatura ni es usted responsable de mí, Fermín. Además, es usted un as en lo de mantenerme viva y ya me ha salvado dos veces.

—A la tercera va la vencida.

—No habrá una tercera vez.

—Ni va a haber arma. Hoy mismo pienso destruirla. La machacaré y esparciré los trozos por la dársena del puerto para que se los coman los peces basurero, esos tripudos que se ven a ras del agua y que se ponen morados de bazofia.

—Ni usted puede impedir lo inevitable, Fermín.

—Es una de mis especialidades. La otra es el baile agarrado. Se acabó el debate. Y ya puede mirarme con esos ojos de tigre, que no me asusta. No soy Fernandito ni ninguno de esos pardillos que se torea usted tirando de medias negras.

—Usted es el único que puede ayudarme, Fermín. Y más ahora, que llevamos la misma sangre en las venas.

—Que a este paso le va a durar a usted lo que a un gorrino por San Martín.

—No sea así. Ayúdeme a salir de Barcelona y proporcióneme un arma. Lo demás corre de mi cuenta. Usted sabe que en el fondo es lo que le conviene. Bea me daría la razón.

—Pídale la pistola a ella, a ver qué le contesta.

—Bea no se fía de mí.

—¿Y por qué será?

—Estamos perdiendo un tiempo valioso, Fermín. ¿Qué me dice?

—Que se vaya a la mierda, y no digo al infierno porque ahí va usted de cabeza.

—Así no se le habla a una señorita.

—Usted tiene de señorita lo que yo de pelotari. Tómese uno de esos lingotazos y vuelva a su ataúd a dormir la mona antes de que haga alguna maldad.

Cuando Fermín se cansaba de discutir la dejaba sola. Alicia cenaba algo con Isaac, escuchaba sus historias de Nuria y, en cuanto el viejo guardián se retiraba, se servía una copa de vino blanco (había descubierto un par de días atrás el rincón donde Isaac escondía las botellas confiscadas por el doctor) y salía de la habitación. Recorría el pasillo hasta la gran bóveda y allí, al aliento de la luz nocturna que se filtraba en una cascada desde lo alto de la cúpula, contemplaba el espejismo del gran laberinto de los libros.

Luego, con la ayuda de un farol, se adentraba por los corredores y túneles. Ascendía por la estructura catedralicia cojeando, sorteando salas, bifurcaciones y puentes que conducían a cámaras ocultas atravesadas por escaleras en espiral o pasarelas suspendidas que trazaban arcos y contrafuertes. Por el camino acariciaba los cientos de miles de libros que esperaban hallar su lector. A veces se quedaba dormida en alguna silla de las salas que encontraba en su camino. Cada noche su ruta era diferente.

El Cementerio de los Libros Olvidados tenía su propia geometría y resultaba casi imposible pasar por el mismo lugar dos veces. En más de una ocasión se había perdido en el interior y había tardado un rato en dar con el camino de descenso a la salida. Una noche, cuando el soplo del alba empezaba a alumbrar en lo alto, Alicia emergió en la cúspide del laberinto y se descubrió en el mismo lugar en el que había aterrizado tras caer por la cúpula quebrada aquella noche de los bombardeos aéreos de 1938. Al asomarse al vacío, vislumbró la diminuta figura de Isaac Monfort al pie del laberinto. El guardián seguía allí cuando llegó abajo.

—Creía que era el único que tenía insomnio —dijo él.

—Dormir es para los soñadores.

—He preparado una manzanilla, que me ayuda a dormir. ¿Le apetece una taza?

—Si le echamos un chorrito de algo.

—Lo único que me queda es un brandy viejo que no utilizaría ni para desatascar tuberías.

—No tengo manías.

—¿Y qué dirá el doctor Soldevila?

—Lo que dicen todos los médicos, que lo que no mata, engorda.

—A usted no le iría mal engordar un poco.

—Lo tengo en la agenda.

Siguió al guardián hasta su estancia y se sentó a la mesa mientras Isaac preparaba dos tazas con la infusión y, tras olfatear la botella de brandy, escanciaba unas gotas en cada una.

—No está mal —dijo Alicia saboreando el cóctel.

Sorbieron la manzanilla en paz y silencio, como viejos amigos que no necesitan palabras para disfrutar de la compañía.

—Tiene usted buen aspecto —dijo al fin Isaac—. Supongo que eso significa que pronto nos dejará.

—No hago bien a nadie permaneciendo aquí, Isaac.

—El sitio no está mal —aseguró él.

—Si no tuviese asuntos que resolver, ningún otro lugar en el mundo me parecería mejor que este.

—Está invitada a volver siempre que quiera, aunque algo me dice que el día que se vaya será para no regresar.

Alicia se limitó a sonreír.

—Necesitará usted ropa nueva y todo eso. Fermín afirma que su casa está vigilada, así que de allí no creo que sea buena idea sacar nada. Por aquí tengo algunas prendas de Nuria que a lo mejor le sientan bien —señaló el anciano.

—No quisiera...

—Para mí sería un honor que aceptase las cosas de mi hija. Y creo que a mi Nuria le gustaría que usted las tuviera. Además, me parece que deben de tener la misma talla.

Isaac se acercó a un armario y extrajo una maleta que arrastró hasta la mesa. La abrió y Alicia echó un vistazo. Había vestidos, zapatos, libros y otros objetos cuya visión le produjo una inmensa tristeza. Aunque nunca había llegado a conocer a Nuria Monfort, había empezado a acostumbrarse a su presencia, que embrujaba aquel lugar, y a escuchar a su padre hablar de ella como si todavía estuviese a su lado. Al ver el naufragio de una vida contenido en una vieja maleta que un pobre anciano había preservado para así salvar el recuerdo de su hija muerta, no atinó a encontrar palabras y se limitó a asentir.

—Son de buena calidad —dijo Alicia, que tenía ojo clínico para las etiquetas y el tacto de los tejidos.

—Mi Nuria se lo gastaba todo en libros y ropa, pobrecita. Su madre siempre decía que parecía una artista de cine. Si la hubiera visto usted. Gozo daba...

Alicia separó algunos de los vestidos que había en la maleta y advirtió que algo asomaba entre los pliegues. Parecía una figura blanca de unos diez centímetros de altura. La cogió y la examinó a la luz de la lámpara. La figura estaba hecha de yeso pintado y representaba un ángel con las alas desplegadas.

—Hacía muchos años que no veía eso. No sabía que Nuria lo hubiera guardado. Era de uno de sus juguetes favoritos, de cuando era niña —explicó Isaac—. Me acuerdo del día que lo compramos en la feria de Santa Lucía, junto a la catedral.

El torso de la figura parecía estar horadado y hueco. Al pasar el dedo por encima, se abrió una diminuta compuerta y Alicia comprobó que en el interior tenía un compartimento oculto.

—A Nuria le gustaba dejarme mensajes secretos dentro del ángel. Lo escondía por la casa y yo tenía que encontrarlo. Era un juego que compartíamos.

—Es precioso —dijo Alicia.

—Quédeselo.

—No, de ninguna manera...

—Por favor. Hace mucho que ese ángel no entrega mensajes. Usted sabrá darle buen uso.

Fue así cómo, por primera vez, Alicia empezó a dormir con un pequeño ángel de la guarda al que le rogaba que muy pronto pudiera salir de allí y dejar a aquellas almas limpias para emprender el camino que sabía que la esperaba de regreso al corazón de las tinieblas.

—Allí no podrás acompañarme —le murmuró al ángel.

## 11

Leandro acudía puntualmente todos los días a las ocho y media de la mañana. La esperaba en la sala con el desayuno recién servido y un jarrón en el que siempre había flores frescas. Para entonces Ariadna Mataix ya llevaba despierta una hora. El encargado de despertarla era el médico, que ya entraba en el dormitorio sin llamar a la puerta y había aparcado las formalidades. Le acompañaba siempre una enfermera a la que nunca le había oído la voz. Lo primero era la inyección de la mañana, la que le permitía abrir los ojos y acordarse de quién era. Luego la enfermera la levantaba, la desnudaba, la llevaba al baño y la tenía bajo la ducha diez minutos. La vestía con ropas que recordaba y que creía haber comprado en alguna ocasión. Nunca repetía vestuario. Mientras el doctor le tomaba el pulso y la presión, la enfermera la peinaba y la maquillaba, porque a Leandro le gustaba que estuviese guapa y presentable. Para cuando se sentaba a la mesa con él, el mundo había regresado a su lugar.

—¿Has pasado una buena noche?

—¿Qué es lo que me están dando?

—Un sedante suave, ya te lo dije. Si lo prefieres le diré al doctor que no te lo administre más.

—No. No, por favor.

—Como tú quieras. ¿Te apetece comer algo?

—No tengo hambre.

—Un poco de zumo de naranja, al menos.

A veces, Ariadna vomitaba la comida o se hundía en una náusea profunda que le hacía perder el sentido y desplomarse de la silla. Cuando eso sucedía, Leandro llamaba al timbre y en cuestión de segundos aparecía alguien que la levantaba y la lavaba de nuevo. En esos casos el médico solía ponerle una inyección que le inducía un estado de calma gélida que ella anhelaba hasta el punto de tener la tentación de fingir que se desmayaba para conseguir que le dieran una dosis. Ya no sabía cuántos días llevaba allí. Medía el tiempo por el espacio entre las inyecciones, el bálsamo de un sueño sin consciencia y el despertar. Había adelgazado y la ropa se le caía. Cuando se veía desnuda en el espejo del baño se preguntaba quién era aquella mujer. A todas horas ansiaba que Leandro diera por concluida la sesión del día y el médico regresara con su maletín mágico y sus pócimas del olvido. Aquellos instantes en que sentía arder la sangre hasta que perdía la consciencia eran lo más parecido a la felicidad que recordaba haber experimentado en toda su vida.

—¿Cómo te encuentras esta mañana, Ariadna?

—Bien.

—He pensado que hoy podríamos hablar de los meses en que estuviste desaparecida, si te parece bien.

—Ya hablamos de eso el otro día. Y el otro.

—Sí, pero creo que poco a poco van saliendo detalles nuevos. La memoria es así. Le gusta hacer trucos con nosotros.

—¿Qué quiere saber?

—Me gustaría que volviéramos al día en que te escapaste de casa. ¿Te acuerdas?

—Estoy cansada.

—Aguanta un poquito. El doctor vendrá enseguida y te dará un tónico para que te sientas mejor.

—¿Puede ser ahora?

—Primero hablemos y luego podrás tomar tu medicina.

Ariadna asintió. Cada día se repetía el mismo juego. Ya no se acordaba de lo que le había contado o no. Tanto daba. Ya no tenía sentido intentar ocultarle nada. Todos habían muerto. Y ella nunca iba a salir de allí.

—Era el día antes de mi cumpleaños —empezó—. Los Ubach habían organizado una fiesta para mí. Todas mis compañeras del colegio estaban invitadas.

—¿Tus amigas?

—No eran amigas mías. Era compañía comprada, como todo en aquella casa.

—¿Fue esa noche cuando decidiste huir?

—Sí.

—Pero alguien te ayudó, ¿no es así?

—Sí.

—Háblame de ese hombre. David Martín, ¿verdad?

—David.

—¿Cómo le conociste?

—David había sido amigo de mi padre. Habían trabajado juntos.

—¿Habían escrito algún libro juntos?

—Seriales para la radio. Habían escrito uno que se titulaba *La Orquídea de Hielo*. Era una historia de misterio ambientada en la Barcelona del siglo XIX. Mi padre no me dejaba escucharlo porque decía que no era para niñas, pero yo me escabullía y lo ponía en la radio que había en el salón de la casa de Vallvidrera. Muy bajito.

—Según mis informes, David Martín fue encarcelado en 1939, cuando intentaba cruzar la frontera para regresar a Barcelona a finales de la guerra. Pasó un tiempo preso en el castillo de Montjuic, donde coincidió con tu padre, y luego fue declarado muerto hacia finales de 1941. Tú me estás hablando del año 1948, varios años después de eso. ¿Estás segura de que el hombre que te ayudó a escapar era Martín?

—Era él.

—¿No podría haber sido alguien que se hiciera pasar por él? Al fin y al cabo hacía muchos años que no le veías.

—Era él.

—De acuerdo. ¿Cómo volviste a reencontrarle?

—Doña Manuela, mi tutora, solía llevarme todos los sábados al parque del Retiro. Al Palacio de Cristal, que era mi lugar favorito.

—También es el mío. ¿Fue allí donde encontraste a Martín?

—Sí. Le había visto varias veces. De lejos.

—¿Crees que fue una casualidad?

—No.

—¿Cuándo hablaste por primera vez con él?

—Doña Manuela llevaba siempre una botella de anisete en el bolso y a veces se dormía.

—¿Y entonces David Martín se acercaba?

—Sí.

—¿Y qué te decía?

—No me acuerdo.

—Sé que es difícil, Ariadna. Haz un esfuerzo.

—Quiero la medicina.

—Antes dime qué te decía Martín.

—Me hablaba de mi padre. Del tiempo que habían pasado juntos en prisión. Mi padre le había hablado de nosotras. De lo que había ocurrido. Creo que habían hecho algún tipo de pacto. El primero que consiguiera salir de allí ayudaría a la familia del otro.

—Pero David Martín no tenía familia.

—Tenía gente a la que quería.

—¿Te dijo cómo había logrado escapar del castillo?

—Valls había hecho que dos de sus hombres se lo llevasen a un caserón que había junto al parque Güell para asesinarle. Solían matar a gente allí y los enterraban en el jardín.

—¿Y qué pasó?

—David dijo que había alguien más allí, en la casa, que le ayudó a escapar.

—¿Un cómplice?

—Él le llamaba el patrón.

—¿El patrón?

—Tenía un nombre extranjero. Italiano. Me acuerdo porque era el mismo nombre de un compositor famoso que les gustaba mucho a mis padres.

—¿Te acuerdas del nombre?

—Corelli. Se llamaba Andreas Corelli.

—Ese nombre no aparece en ninguno de mis informes.

—Porque no existía.

—No te entiendo.

—David no estaba bien. Imaginaba cosas. A gente.

—¿Quieres decir que David Martín había imaginado a ese tal Andreas Corelli?

—Sí.

—¿Cómo lo sabes?

—Porque lo sé. David había perdido la razón, o la poca

que le quedaba, en la cárcel. Estaba muy enfermo y no se daba cuenta.

—Te refieres a él siempre como David.

—Éramos amigos.

—¿Amantes?

—Amigos.

—¿Qué te dijo aquel día?

—Que llevaba tres años intentando tener acceso a Mauricio Valls.

—¿Para vengarse de él?

—Valls había asesinado a alguien a quien él había querido mucho.

—Isabella.

—Sí, Isabella.

—¿Te dijo cómo creía que Valls la había asesinado?

—La había envenenado.

—¿Y por qué fue a buscarte a ti?

—Para cumplir la promesa que le había hecho a mi padre.

—¿Y nada más?

—Y porque pensaba que si yo le facilitaba el acceso a la casa de mis padres tarde o temprano Mauricio Valls aparecería por allí y él podría matarle. Valls visitaba a Ubach a menudo. Tenían negocios juntos. Acciones del banco. De otro modo era imposible llegar a Valls, porque siempre iba escoltado o estaba protegido.

—Pero eso no llegó a suceder.

—No.

—¿Por qué?

—Porque le dije que si intentaba hacerlo le matarían.

—Eso ya se lo debía de imaginar. Tuvo que haber algo más.

—¿Algo más?

—Algo más que tú le dijeras para que cambiase de planes.

—Necesito la medicina. Por favor.

—Dime qué le dijiste a David Martín para que cambiase de idea, para que abandonase el plan que le había traído a Madrid a vengarse de Valls y decidiera por el contrario ayudarte a escapar.

716

—Por favor...

—Solo un poco más, Ariadna. Luego te daremos tu medicina y podrás descansar.

—Le dije la verdad. Que estaba embarazada.

—No entiendo. ¿Embarazada? ¿De quién?

—De Ubach.

—¿Tu padre?

—No era mi padre.

—Miguel Ángel Ubach, el banquero. El hombre que te había adoptado.

—El hombre que me había comprado.

—¿Qué pasó?

—Muchas noches venía a mi habitación, bebido. Me decía que su mujer no le quería, que tenía amantes, que ya no compartían nada. Se echaba a llorar. Luego me forzaba. Cuando se cansaba me decía que era culpa mía, que yo le tentaba, que era una puta como mi madre. Me pegaba y me aseguraba que si le contaba algo a alguien haría que matasen a mi hermana, porque él sabía dónde estaba y con una sola llamada suya la enterrarían viva.

—¿Y qué hizo David Martín al oír eso?

—Robó un coche y me sacó de allí. Necesito la medicina, por favor...

—Claro. Ahora mismo. Gracias, Ariadna. Gracias por tu sinceridad.

## 12

—¿Qué día es hoy?

—Martes.

—Ayer también era martes.

—Era otro martes. Háblame de tu fuga con David Martín.

—David tenía un coche. Lo había robado y lo escondía en un garaje de Carabanchel. Aquel día me dijo que lo llevaría a una de las entradas del parque a las doce del mediodía del siguiente sábado. Cuando doña Manuela se durmiera, yo debía echar a correr y encontrarme con él en el acceso frente a la Puerta de Alcalá.

—¿Y lo hicisteis?

—Nos subimos al automóvil y nos escondimos en el garaje hasta el anochecer.

—La policía acusó a tu tutora de haber sido cómplice en tu secuestro. La interrogaron durante cuarenta y ocho horas y luego fue hallada en una cuneta de la carretera de Burgos. Le habían roto las piernas y los brazos y tenía un tiro en la nuca.

—No espere que me dé pena.

—¿Sabía ella que Ubach abusaba de ti?

—A ella fue a la única a la que se lo conté.

—¿Y qué te dijo?

—Que me callara. Que los hombres importantes tenían sus necesidades y que con el tiempo me daría cuenta de que Ubach me quería mucho.

—¿Qué pasó aquella noche?

—David y yo salimos del garaje con el coche y estuvimos toda la noche en la carretera.

—¿Adónde os dirigíais?

—Estuvimos de viaje un par de días. Esperábamos a que se hiciera de noche y luego íbamos por carreteras comarcales o caminos rurales. David me hacía estirarme en el asiento de atrás cubierta con mantas para que no se me pudiera ver cuando parábamos en las gasolineras. A veces me dormía y en cuanto me despertaba le oía hablar como si alguien estuviese sentado con él en el asiento del acompañante.

—¿El tal Corelli?

—Sí.

—¿Y no te daba miedo?

—Me daba pena.

—¿Adónde te llevó?

—A un lugar del Pirineo donde se había ocultado unos días al regresar a España a finales de la guerra. Bolvir, se llamaba. Estaba muy cerca de un pueblo llamado Puigcerdá, casi tocando a la frontera con Francia. Allí había un caserón abandonado que había sido un hospital durante la guerra. La Torre del Remei, creo que se llamaba. Pasamos varias semanas en aquel sitio.

—¿Te dijo por qué te llevaba allí?

—Dijo que era un lugar seguro. Allí había un viejo amigo de David que había hecho al cruzar la frontera, un escritor local que nos ayudó con víveres y ropa, Alfons Brosel. Sin él nos hubiéramos muerto de hambre y frío.

—Martín elegiría ese lugar por algún otro motivo.

—El pueblo le traía recuerdos. David nunca me dijo qué había sucedido allí, pero sé que poseía un significado especial para él. David vivía en el pasado. Cuando llegó lo peor del invierno, Alfons nos aconsejó que nos fuésemos y nos dio algo de dinero para continuar el viaje. La gente del pueblo había empezado a murmurar. David conocía un enclave en la costa donde otro antiguo amigo suyo, un hombre rico llamado Pedro Vidal, tenía una casa que pensaba que podría ser un buen escondite, al menos hasta el verano. David conocía bien la casa. Creo que había estado allí antes.

—¿Era ese el pueblo donde te encontraron meses después? ¿San Feliu de Guíxols?

—La vivienda quedaba a unos dos kilómetros del pueblo, en un lugar llamado S'Agaró, junto a la bahía de San Pol.

—Lo conozco.

—La casa estaba entre las rocas, en un sitio que llamaban el Camino de Ronda. Nadie vivía allí en invierno. Era una especie de urbanización de grandes mansiones de verano propiedad de familias adineradas de Barcelona y Gerona.

—¿Es allí donde pasasteis aquel invierno?

—Sí. Hasta que llegó la primavera.

—Cuando te encontraron estabas sola. Martín no estaba contigo. ¿Qué fue de él?

—No quiero hablar de eso.

—Si lo deseas hacemos una pausa. Puedo decirle al doctor que te dé algo.

—Quiero irme de aquí.

—Ya hemos comentado eso, Ariadna. Aquí estás segura. Protegida.

—¿Quién es usted?

—Yo soy Leandro. Ya lo sabes. Tu amigo.

—Yo no tengo amigos.

—Estás nerviosa. Creo que lo mejor es que lo dejemos por hoy. Descansa. Le diré al doctor que venga.


Siempre era martes en la *suite* del hotel Palace.

—Tienes muy buen aspecto esta mañana, Ariadna.

—Me duele mucho la cabeza.

—Es por el tiempo. La presión está muy baja. A mí también me ocurre. Tómate esto y se te pasará.

—¿Qué es?

—Es solo una aspirina. Nada más. Por cierto, hemos estado comprobando lo que me explicaste acerca de la casa de S'Agaró. Era efectivamente propiedad de don Pedro Vidal, miembro de una de las familias de mayor posición en Barcelona. Según hemos podido averiguar, había sido una suerte de mentor para David Martín. El informe de la policía especifica que David Martín le asesinó en su casa de Pedralbes en 1930 porque Vidal se había casado con la mujer que él quería, una tal Cristina.

—Eso es mentira. Vidal se suicidó.

—¿Es eso lo que te contó David Martín? Parece que en el fondo era un hombre muy vengativo. Valls, Vidal... La gente hace locuras por celos.

—A quien David quería era a Isabella.

—Eso me has contado. Pero no me acaba de cuadrar con la documentación. ¿Qué le unía a Isabella?

—Había sido su aprendiza.

—No sabía que los novelistas tuviesen aprendices.

—Isabella era muy tozuda.

—¿Te contó eso Martín?

—David hablaba mucho de ella. Es lo que le mantenía vivo.

—Pero Isabella llevaba muerta casi diez años.

—A veces se le olvidaba. Por eso había vuelto allí.

—¿A la casa de S'Agaró?

—David ya había estado allí. Con ella.

—¿Sabes cuándo fue eso?

—Justo antes de que empezara la guerra. Antes de tener que huir a Francia.

—¿Es esa la razón de que regresara a España aunque sabía que le buscaban? ¿Por Isabella?

—Creo que sí.

—Háblame de vuestro tiempo allí. ¿Qué hacíais?

—David estaba ya muy enfermo. Para cuando llegamos a la casa apenas distinguía entre la realidad y lo que creía ver y oír. La casa le traía muchos recuerdos. Yo opino que en el fondo regresó allí a morir.

—¿Está muerto entonces David Martín?

—¿A usted qué le parece?

—Dime la verdad. ¿Qué hiciste durante aquellos meses?

—Cuidar de él.

—Creí que era él quien tenía que cuidar de ti.

—David ya no podía cuidar de nadie, y menos de sí mismo.

—Ariadna, ¿mataste tú a David Martín?

## 13

—No había pasado un mes de nuestra llegada a la mansión cuando David empeoró. Yo había salido a buscar algo de comida. Unos payeses acudían todas las mañanas hasta un lugar al pie de la playa, La Taberna del Mar, con un carromato con comestibles. Al principio era David quien iba allí, o al pueblo, a conseguir víveres, pero llegó un momento en que no podía salir de la casa. Sufría unos dolores de cabeza terribles, fiebre, náuseas... Casi todas las noches vagaba por la casa, delirando. Creía que Corelli iría a por él.

—¿Viste tú alguna vez a Corelli?

—Corelli no existía. Era algo que vivía solo en su imaginación.

—¿Cómo puedes estar segura?

—Los Vidal habían hecho construir un pequeño muelle de madera que se adentraba en el mar desde la cala que había bajo la casa. A menudo David iba hasta allí y se sentaba en la punta, mirando el mar. Allí es donde mantenía sus conversaciones imaginarias con Corelli. Algunas veces yo también me acercaba al muelle y me acomodaba a su lado. David no se daba cuenta de que estaba allí. Le oía hablar con Corelli, como lo había hecho en el coche cuando huimos de Madrid. Luego despertaba de su trance y me sonreía. Un día empezó a llover y, cuando le cogí de la mano para llevarle de nuevo a la casa, me abrazó llorando y me llamó Isabella. A partir de entonces ya no me reconoció y pasó los dos últimos meses de su existencia convencido de que vivía con Isabella.

—Debió de ser muy duro para ti.

—No. Los meses que estuve cuidando de él fueron los más felices, y tristes, de mi vida.

—¿Cómo murió David Martín, Ariadna?

—Una noche le pregunté quién era Corelli y por qué le tenía tanto miedo. Me dijo que Corelli era un alma negra, esas fueron sus palabras. David había hecho un trato con él para escribir un libro por encargo, pero le había traicionado y había destruido el libro antes de que cayese en manos de Corelli.

—¿Qué clase de libro?

—No lo sé muy bien. Una especie de texto religioso o algo parecido. David lo llamaba *Lux Aeterna.*

—Entonces, David creía que Corelli quería vengarse de él.

—Sí.

—¿Cómo, Ariadna?

—Qué más da eso. No tiene nada que ver con Valls ni con nada.

—Todo está conectado, Ariadna. Por favor, ayúdame.

—David estaba convencido de que el bebé que yo llevaba en el vientre era alguien a quien él había conocido y perdido.

—¿Dijo quién?

—Le llamaba Cristina. Casi no hablaba de ella. Pero cuando la mencionaba se le encogía la voz de remordimiento y culpabilidad.

—Cristina era la esposa de Pedro Vidal. La policía también le acusó de su muerte. Aseguraron que la había ahogado en el lago de Puigcerdá, muy cerca del caserón en el Pirineo al que te llevó.

—Mentiras.

—Tal vez. Pero me explicas que cuando hablaba de ella mostraba signos de culpabilidad...

—David era un hombre bueno.

—Pero tú misma me has dicho que había perdido completamente el juicio, que imaginaba cosas y personas que no estaban allí, que creía que tú eras su antigua aprendiza, Isabella, muerta diez años atrás... ¿No temías por ti? ¿Por tu bebé?

—No.

—No me digas que no se te pasó por la cabeza abandonarle en aquella casa y huir de allí.

—No.

—De acuerdo. ¿Qué sucedió entonces?

# 14

—Fue a finales de marzo, creo. David llevaba unos días mejor. Había encontrado un pequeño bote de madera en un cobertizo al pie del acantilado y casi todas las mañanas, pronto, salía a remar mar adentro. Yo estaba ya de siete meses y me pasaba el día leyendo. La casa tenía una biblioteca enorme y había ejemplares de casi todas las obras del escritor favorito de David Martín, un autor del que nunca había oído hablar llamado Julián Carax. Al atardecer encendíamos la chimenea en el salón y yo le leía en voz alta. Las leímos todas. Aquellas dos últimas semanas las pasamos con la última novela de Carax, titulada *La Sombra del Viento*.

—No la conozco.

—Casi nadie la conoce. Creen que sí, pero no es así. Una noche terminamos el libro a altas horas de la madrugada. Me fui a dormir y a las dos horas sentí las primeras contracciones.

—Te faltaban dos meses...

—Empecé a notar un dolor terrible, como si me hubiesen apuñalado en el vientre. Me entró el pánico. Llamé a David a voces. Cuando apartó las sábanas para cogerme en brazos y llevarme al médico estaban empapadas de sangre...

—Lo siento.

—Todo el mundo lo siente.

—¿Llegasteis al médico?

—No.

—¿Y el bebé?

—Era una niña. Nació muerta.

—Lo siento mucho, Ariadna. Quizá sea mejor que paremos ahora y que llame al doctor para que te dé algo.

—No. No quiero parar ahora.

—De acuerdo. ¿Qué sucedió entonces?

—David...

—Tranquila, a tu ritmo.

—David tomó el cadáver en sus brazos y se puso a gemir como un animal herido. La niña tenía la piel azulada y parecía una muñeca rota. Quise levantarme y abrazarlos, pero estaba muy débil. Al amanecer, cuando empezaba a clarear, David cogió a la niña, me miró por última vez y me pidió perdón. Luego salió de la casa. Me arrastré hasta la ventana. Le vi bajar por la escalinata entre las rocas hasta el muelle. El bote de madera estaba amarrado en la punta. Se subió a él con el cuerpo de la niña envuelto en unos trapos y comenzó a remar mar adentro, mirándome todo el rato. Yo alcé la mano, esperando que me viera, que volviese. Siguió remando hasta que se detuvo a un centenar de metros de la costa. El sol ya asomaba sobre el mar, que parecía un lago de fuego. Vi la silueta de David incorporarse y recoger algo del suelo del bote. Se puso a golpear la quilla de la embarcación una y otra vez. Tardó en hundirse apenas un par de minutos. David permaneció allí, inmóvil, con la niña en los brazos y contemplándome hasta que el mar se los tragó para siempre.

—¿Qué hiciste entonces?

—Había perdido sangre y estaba muy débil. Pasé un par de días con fiebre, creyendo que todo había sido una pesadilla y que en cualquier momento David volvería a entrar por la puerta. Después de eso, cuando pude levantarme y caminar, empecé a ir todos los días a la playa. A esperar.

—¿A esperar?

—Que regresaran. Pensará usted que estaba tan loca como David.

—No. No pienso eso para nada.

—Los payeses que acudían con su carromato todos los días me habían visto allí y se acercaron a preguntarme si estaba bien y me regalaron algo de comer. Me dijeron que no tenía buen aspecto y se ofrecieron para llevarme al hospital de San Feliu. Debieron de ser ellos quienes alertaron a la Guardia Civil. Una patrulla me encontró dormida en la playa y me llevó al hospital. Tenía hipotermia, un principio de bronquitis y una hemorragia interna que de no haberme ingresado en el hospital se me habría llevado en menos de doce horas. No les dije quién era, pero no les costó averiguarlo. Había órdenes de búsqueda con mi imagen en todas las comisarías y cuarteles. Me ingresaron en el hospital y pasé allí dos semanas.

—¿No fueron a verte tus padres?

—No eran mis padres.

—Me refiero a los Ubach.

—No. Cuando por fin me dieron el alta, dos policías y una ambulancia me recogieron y me trasladaron de regreso al palacete de los Ubach en Madrid.

—¿Qué dijeron los Ubach al verte?

—La señora, porque así era como le gustaba que la llamase, me escupió en la cara y me soltó que era una zorra de mierda desagradecida. Ubach me llamó a su despacho. En todo el tiempo que estuve allí ni se molestó en levantar la vista del escritorio. Me explicó que me iban a internar en un colegio próximo a El Escorial y que podría regresar a casa unos días por Navidad siempre y cuando me comportase. Al día siguiente me llevaron allí.

—¿Cuánto tiempo pasaste en el internado?

—Tres semanas.

—¿Por qué tan poco tiempo?

—La dirección del internado averiguó que le había contado lo sucedido a mi compañera de dormitorio, Ana María.

—¿Qué le contaste?

—Todo.

—¿Incluido lo del robo de niños?

—Todo.

—¿Y te creyó?

—Sí. A ella le había pasado algo parecido. Casi todas las chicas del internado tenían una historia similar.

—¿Qué ocurrió?

—La encontraron ahorcada unos días después en el desván del internado. Tenía dieciséis años.

—¿Suicidio?

—¿Usted qué cree?

—Y a ti, ¿qué te hicieron?

—Me llevaron de vuelta a la casa de los Ubach.

—¿Y...?

—Ubach me pegó una paliza y me encerró en mi habitación. Me dijo que si volvía a contar mentiras sobre él me metería en un manicomio para el resto de mi vida.

—¿Y qué le dijiste?

—Nada. Esa misma noche, mientras dormían, me escabullí de mi dormitorio por la ventana y cerré con llave el cuarto donde dormían los Ubach, en el tercer piso. Luego bajé a las cocinas y abrí las espitas del gas. En el sótano guardaban bidones de queroseno para el generador. Recorrí todo el primer piso rociando suelo y paredes con él. Luego prendí fuego a las cortinas y salí al jardín.

—¿No huiste?

—No.

—¿Por qué?

—Porque quería verlos arder.

—Entiendo.

—No creo que lo entienda. Pero le he contado toda la verdad. Ahora dígame usted una cosa.

—Claro.

—¿Dónde está mi hermana?

# 15

—Tu hermana se llama ahora Mercedes y está en un lugar seguro.

—¿Como este?

—No.

—Quiero verla.

—Pronto. Primero háblame de tu esposo, Ignacio Sanchís. No acabo de comprender cómo Miguel Ángel Ubach, que tenía a su servicio a los más exclusivos bufetes de abogados del país, decidió nombrar como albacea testamentario a un joven prometedor pero con poca experiencia. ¿Se te ocurre por qué?

—¿No es obvio?

—No.

—Ignacio era hijo de Ubach. Lo tuvo con una corista del Paralelo a la que frecuentaba de joven. Dolores Ribas, se llamaba. Como la señora no quería tener hijos para no perder su figura, Ubach lo mantuvo en secreto. Le pagó sus estudios y se aseguró de que disfrutara de oportunidades y que entrase a trabajar en un despacho de abogados al que luego contrató.

—¿Sanchís lo sabía? ¿Sabía que Ubach era su verdadero padre?

—Claro.

—¿Por eso se casó contigo?

—Se casó conmigo para protegerme. Era mi único amigo. Era un hombre honesto y decente. El único que he conocido.

—¿Fue entonces un matrimonio ficticio?

—Fue el matrimonio más real que he visto en mi vida, pero si se refiere a eso, no, nunca me puso la mano encima.

—¿Cuándo empezaste a tramar tu venganza?

—Ignacio, a través de su acceso a toda la documentación de los Ubach, ató cabos respecto a Valls. La idea fue suya. Rastreando la historia de mi verdadero padre, Víctor Mataix, supimos de algunos de sus compañeros en prisión, desde David Martín hasta Sebastián Salgado o Morgado, a quien contrató como chófer y guardaespaldas. Pero ya hemos hablado de esto... ¿no?

—No importa. ¿Fue suya también la idea de usar el fantasma de David Martín para sembrar el temor en Valls?

—Fue mía.

—¿Quién escribía las cartas que le enviabais a Valls?

—Yo.

—¿Qué sucedió en noviembre de 1956 en el Círculo de Bellas Artes de Madrid?

—Las cartas no estaban alcanzando el objetivo esperado. La idea había sido ir sembrando el miedo en Valls y hacerle creer que existía una conspiración orquestada por David Martín para vengarse de él y desvelar la verdad acerca de su pasado.

—¿Con qué fin?

—Conseguir que diera un paso en falso y regresara a Barcelona para enfrentarse a Martín.

—Cosa que lograsteis.

—Sí, pero fue necesario aplicar más presión.

—¿Y ese fue el intento de asesinato en 1956?

—Entre otras cosas.

—¿Quién lo perpetró?

—Morgado. No se suponía que debía matarle, solo asustarle y convencerle de que no estaba seguro ni en su propio búnker y que nunca lo estaría hasta que acudiese en persona a Barcelona para silenciar a David Martín de una vez por todas.

—Pero nunca le podría encontrar, porque estaba muerto.

—Exactamente.

—¿Qué otras cosas, como decías, hicisteis para presionarle?

—Ignacio pagó a un miembro del servicio de su casa para que dejase en el despacho de Valls uno de los libros de mi padre, *Ariadna y el Príncipe Escarlata*, la noche del baile de máscaras en Villa Mercedes. El libro llevaba una nota y la lista con los números de expedientes falsificados que habíamos descubierto hasta entonces. Fue la última que recibió. Ya no pudo aguantar más.

—¿Por qué nunca acudisteis a la policía o a la prensa?

—No me haga reír.

—Me gustaría que volviéramos al tema de la lista.

—Ya le he dicho todo lo que sabía. ¿Por qué es tan importante esa lista para usted?

—Se trata de llegar al fondo de este asunto. Para poder

hacer justicia. Para hallar al verdadero arquitecto de toda esta pesadilla que tú y tantos otros habéis vivido.

—¿Al socio de Valls?

—Sí. Por eso tengo que insistir.

—¿Qué quiere saber?

—Te pido que hagas un esfuerzo e intentes recordar. La lista, ¿dices que solo incluía números? ¿No los nombres de los niños?

—No. Solo los números.

—¿Recuerdas cuántos? Aproximadamente.

—Debían de ser unos cuarenta.

—¿Cómo conseguisteis esos números? ¿Qué os hizo pensar que había más casos de niños robados a padres asesinados por orden de Valls?

—Morgado. Cuando Valentín empezó a trabajar para la familia, nos contó que había oído hablar de familias enteras desaparecidas. Muchos de sus antiguos compañeros de prisión que habían muerto en el castillo. Sus esposas y los niños, desvanecidos sin rastro. Ignacio le dijo que le diese una lista de nombres y contrató al abogado Brians para que, de forma discreta, indagara en el registro qué había sucedido con todas aquellas personas. Lo más fácil de encontrar fueron los certificados de defunción. Cuando vio que la mayoría estaban expedidos el mismo día, sospechó y consultó partidas de nacimiento con la misma fecha.

—Qué ingenioso, el abogado Brians. No a todo el mundo se le hubiese ocurrido hacer eso...

—Al descubrir todo aquello empezamos a pensar que si Valls había hecho lo que parecía que había hecho en aquellos casos, podían existir muchos más. En otras prisiones. En familias que no conocíamos por todo el país. Centenares. Tal vez miles.

—¿Le contasteis a alguien esas sospechas?

—No.

—¿Y no llegasteis a investigar más allá de esos casos?

—Ignacio tenía intención de hacerlo. Pero fue detenido.

—¿Y qué fue de la lista original?

—Se la quedó ese hombre, Hendaya.

—¿Existen copias?

Victoria negó.

—¿No hicisteis tú o tu esposo al menos una? ¿Por seguridad?

—Las que había estaban en casa. Hendaya las encontró y las destruyó allí mismo. Tenía claro que era lo mejor. Lo único que quería saber era dónde habíamos ocultado a Valls.

—¿Estás segura?

—Por completo. Ya se lo he dicho varias veces.

—Lo sé, lo sé. Y, aun así, por algún motivo no consigo creerte del todo. ¿Me has mentido, Ariadna? Dime la verdad.

—Yo le he dicho la verdad. Lo que no sé es si usted también me la habrá dicho.

La mirada de Leandro, desprovista de expresión, se posó en ella como si acabase de detectar su presencia. Sonrió débilmente y se inclinó hacia adelante.

—No sé a qué te refieres, Ariadna.

Ella sintió que se le llenaban los ojos de lágrimas. Las palabras le resbalaron de los labios antes de que se diera cuenta de que las estaba pronunciando.

—Yo creo que sí lo sabe. Usted estaba en el coche, ¿verdad? El día que vinieron a detener a mi padre y además se nos llevaron a mi hermana y a mí. Usted era el socio de Valls... La mano negra.

Leandro la contempló con tristeza.

—Creo que me confundes con otra persona, Ariadna.

—¿Por qué? —preguntó ella con apenas un hilo de voz.

Leandro se incorporó y se aproximó a ella.

—Has sido muy valiente, Ariadna. Gracias por tu ayuda. No quiero que te preocupes por nada. Ha sido un privilegio conocerte.

Ariadna alzó el rostro y enfrentó la sonrisa de Leandro, un bálsamo de paz y misericordia. Quiso perderse en ella y nunca más volver a despertar. Leandro se inclinó y la besó en la frente.

Tenía los labios fríos.

Aquella noche, mientras la pócima mágica del doctor se abría camino por sus venas por última vez, Ariadna soñó con el Príncipe Escarlata de los cuentos que su padre había escrito para ella y recordó.

Habían pasado muchos años y apenas conseguía acordarse ya del rostro de sus padres o su hermana. Solo podía hacerlo en sueños. Unos sueños que siempre la trasladaban al día en que aquellos hombres llegaron para llevarse a su padre y raptarlas a ella y a su hermana, dejando a su madre moribunda en la casa de Vallvidrera.

Aquella noche soñó que oía de nuevo el rumor del coche acercándose entre la arboleda. Recordó el eco de la voz de su padre en el jardín. Se asomó a la ventana de su dormitorio y vio la carroza negra del Príncipe Escarlata detenerse frente a la fuente. La puerta de la carroza se abrió y la luz se hizo sombra.

Ariadna sintió el contacto de unos labios de hielo sobre la piel y la voz silenciosa se filtró como veneno sangrando a través de las paredes. Quiso correr a ocultarse con su hermana al fondo de un armario, pero la mirada del Príncipe Escarlata lo veía todo y lo sabía todo. Acurrucada en la oscuridad, escuchó cómo los pasos del arquitecto de todas las pesadillas se aproximaban lentamente.

# 16

Un aroma a colonia pungente y tabaco rubio le precedía. Valls oyó sus pasos al descender por la escalera pero se negó a darle la satisfacción. En las batallas perdidas, la última defensa es la indiferencia.

—Sé que estás despierto —dijo Hendaya al fin—. No me hagas echarte un cubo de agua fría.

Valls abrió los ojos a la penumbra. El humo del cigarrillo emergía de las sombras y trazaba figuras de gelatina en el aire. El brillo de la brasa prendía en la mirada de Hendaya.

—¿Qué quiere?

—Había pensado que podíamos conversar.

—No tengo nada que decir.

—¿Te apetece fumar? Dicen que acorta la vida.

Valls se encogió de hombros. Hendaya sonrió, encendió un cigarrillo y se lo tendió a través de los barrotes. Valls lo aceptó con dedos temblorosos y aspiró una calada.

—¿De qué quiere hablar?

—De la lista —dijo Hendaya.

—No sé a qué lista se refiere.

—La que encontraste dentro de un libro en el despacho de tu casa. La que llevabas contigo la noche que te capturaron. La que contenía unos cuarenta números de certificados de nacimiento y defunción. Ya sabes *qué* lista.

—Ya no la tengo. ¿Es eso lo que busca Leandro? Porque es para él para quien trabaja, ¿no?

Hendaya se acomodó de nuevo en los escalones y le dedicó una mirada de desinterés.

—¿Hiciste alguna copia?

Valls negó.

—¿Estás seguro? Piénsalo bien.

—Tal vez hice una copia.

—¿Dónde está?

—La tenía Vicente. Mi guardaespaldas. Antes de llegar a Barcelona nos detuvimos en una gasolinera. Le pedí a Vicente que comprase un cuaderno e hice una copia de los números para que la guardase también él, por si sucedía algo y debíamos separarnos. Él contaba con alguien de confianza en la ciudad a quien iba a pedir que localizara esos expedientes y los destruyese una vez que nos hubiésemos desecho de Martín y averiguado a quién más le había entregado esa información. Ese era el plan.

—¿Y dónde está ahora esa copia?

—No lo sé. La llevaba Vicente encima. No sé qué han hecho con su cuerpo.

—¿Existe alguna otra copia aparte de la que llevaba Vicente?

—No.

—¿Estás seguro ahora?

—Sí.

—Ya sabes que si me mientes, o me ocultas algo, te voy a tener aquí por tiempo indefinido.

—No le miento.

Hendaya asintió y se sumió en un largo silencio. Valls temió que se fuera y le dejase solo de nuevo durante doce horas o más. Había llegado a aquel punto en que las breves visitas de Hendaya eran el único aliciente del día.

—¿Por qué no me han matado ya?

Hendaya sonrió como si hubiera estado esperando la pregunta, para la cual llevaba una respuesta perfectamente ensayada.

—Porque no te lo mereces.

—¿Tanto me odia Leandro?

—El señor Montalvo no odia a nadie.

—¿Qué tengo que hacer para merecerlo?

Hendaya le observaba con curiosidad.

—Según mi experiencia, los que más fanfarronean con su deseo de morir en el último minuto se vienen abajo cuando le ven los dientes al lobo y suplican como nenazas.

—Son las orejas.

—¿Cómo?

—El dicho, *las orejas al lobo*. No los dientes.

—Siempre me olvido de que tenemos a un insigne hombre de letras como huésped.

—¿Es eso lo que soy? ¿Uno de los *huéspedes* de Leandro?

—Tú ya no eres nada. Y cuando el lobo vaya a por ti, que irá, lo hará con los dientes.

—Estoy listo.

—No te culpo. No pienses que no me hago cargo de tu situación y de lo que debes de estar pasando.

—Un carnicero compasivo.

—Cree el ladrón que todos son de su condición. Ya ves que también sé de refranes. Te propongo un trato. Entre tú y yo. Si te portas bien y me ayudas, yo mismo te mataré. Será limpio. Un tiro en la nuca. Ni te darás cuenta. ¿Qué dices?

—¿Qué tengo que hacer?

—Acércate. Quiero enseñarte algo.

Valls se aproximó a los barrotes de la celda. Hendaya estaba buscando algo en el interior de su chaqueta y por un segundo Valls rogó que fuera un revólver y que le volase la cabeza allí mismo. Lo que sacó fue una fotografía.

—Sé que alguien estuvo aquí. No te molestes en negarlo. Quiero que mires bien esta fotografía y me digas si esta es la persona que viste.

Hendaya le mostró la imagen. Valls asintió.

—¿Quién es?

—Se llamaba Alicia Gris.

—¿Llamaba? ¿Está muerta?

—Sí, aunque todavía no lo sabe —replicó guardando la instantánea.

—¿Me la puedo quedar?

Hendaya alzó las cejas, sorprendido.

—No te creía un sentimental.

—Por favor.

—Echas en falta compañía femenina, ¿eh?

Hendaya sonrió magnánimo y lanzó la fotografía al interior de la celda con desprecio.

—Toda tuya. La verdad es que es una monada, a su manera. Así te la podrás mirar todas las noches y pelártela a dos manos. Perdón, a una.

Valls le miró sin expresión alguna en los ojos.

—Sigue portándote bien y haciendo puntos. Te reservaré una bala de punta hueca como obsequio de despedida y recompensa por todos los servicios prestados a la patria.

Valls esperó a que Hendaya hubiera desaparecido escaleras arriba para arrodillarse a recoger la fotografía.

## 17

Ariadna supo que aquel era el día en que iba a morir. Lo supo tan pronto como despertó en la *suite* del hotel Palace y abrió los ojos para descubrir que uno de los esbirros de Leandro había dejado un paquete envuelto con un lazo sobre el escritorio mientras dormía. Apartó las sábanas y fue tambaleándose hasta la mesa. La caja era grande, blanca y tenía grabada la leyenda PERTEGAZ en letras doradas. Bajo la cinta del lazo encontró un sobre que llevaba su nombre escrito a mano. Al abrirlo halló un tarjetón que decía así:

*Querida Ariadna:*

*Hoy es el día en que podrás finalmente reunirte con tu hermana. He pensado que querrías estar guapa y celebrar que por fin se va a hacer justicia y que nunca más tendrás que temer a nada ni a nadie. Espero que te guste. Lo he elegido en persona para ti.*

*Afectuosamente,*

*Leandro*

Ariadna acarició el perfil de la caja antes de abrirla. Por un segundo imaginó una serpiente venenosa reptando por sus paredes, lista para saltarle al cuello tan pronto como levantase la tapa. Sonrió. El interior estaba recubierto de papel sedoso. Apartó una primera capa para encontrar un conjunto completo de ropa íntima de seda blanca, medias incluidas. Bajo la ropa interior había un vestido de lana de color marfil, zapatos y bolso de piel a juego. Y un pañuelo. Leandro la enviaba a la muerte vestida de virgen.

Se lavó a solas, sin la ayuda de las enfermeras. Luego, sin prisa, se enfundó las prendas que Leandro había escogido para el último día de su vida y se contempló al espejo. Solo le faltaba el ataúd blanco y el crucifijo en las manos. Se sentó a esperar, preguntándose cuántas vírgenes blancas se habían purificado en aquella celda de lujo antes que ella, cuántas cajas con lo mejor de Pertegaz había encargado Leandro para despedirse de sus doncellas con un beso en la frente.

No tuvo que aguardar mucho. No había pasado ni media hora cuando oyó el ruido de la llave penetrando en la cerradura. El mecanismo cedió con suavidad y el buen doctor, con su semblante afable de médico de familia de toda la vida, asomó con aquella sonrisa mansa y compasiva que siempre le acompañaba, al igual que su maletín de las maravillas.

—Buenos días, Ariadna. ¿Cómo se encuentra esta mañana?

—Muy bien. Gracias, doctor.

Él se aproximó poco a poco y dejó el maletín sobre la mesa.

—La veo muy guapa y elegante. Tengo entendido que hoy es un gran día para usted.

—Sí. Hoy voy a reunirme con mi familia.

—Qué bien. La familia es lo más importante que hay en esta vida. El señor Leandro me ha pedido que le transmita su sentida disculpa por no poder acudir a saludarla en persona. Un asunto urgente le ha hecho ausentarse temporalmente. Le diré que estaba usted resplandeciente.

—Gracias.

—¿Le ponemos un tónico para darle un poco de vigor?

Ariadna tendió su brazo desnudo, sumisa. El doctor sonrió,

abrió el maletín negro y extrajo una funda de piel que desplegó sobre la mesa. Ariadna reconoció la docena de frascos numerados sujetos con elásticos y el estuche metálico de la jeringuilla. El doctor se inclinó sobre ella y le tomó el brazo con delicadeza.

—Con permiso.

Empezó a tantearle la piel, que estaba sembrada de las marcas y los moretones que habían dejado incontables inyecciones. Mientras exploraba el anverso de su antebrazo, la muñeca, el espacio entre los nudillos e iba dando golpes suaves con el dedo en la piel, le sonreía. Ariadna le miró a los ojos y levantó la falda del vestido para mostrarle los muslos. También allí había marcas de pinchazos, pero más espaciadas.

—Si quiere puede pincharme aquí.

El doctor afectó una modestia infinita y asintió, pudoroso.

—Gracias. Creo que será mejor.

Le contempló preparar la inyección. Había elegido el frasco número nueve. Nunca le había visto escoger ese frasco con anterioridad. Una vez que la jeringuilla estuvo lista, el doctor buscó un punto sobre la cara interior de su muslo izquierdo, justo donde acababa la media de seda recién estrenada.

—Puede que le duela un poquito al principio y sienta frío. Serán solo unos segundos.

Ariadna observó al doctor concentrar la vista y acercar la jeringuilla a su piel. Cuando la punta de la aguja estuvo a un centímetro de su muslo habló.

—Hoy no me ha pasado el algodón con alcohol, doctor.

El hombre, sorprendido, alzó la mirada brevemente y le sonrió confundido.

—¿Tiene usted hijas, doctor?

—Dos, Dios las bendiga. El señor Leandro es su padrino.

Ocurrió en apenas un segundo. Antes de que el doctor acabase de pronunciar aquellas palabras y pudiera regresar a su tarea, Ariadna le agarró la mano con fuerza y le clavó la jeringuilla en la garganta. Una mirada de perplejidad inundó los ojos del buen doctor. Se le cayeron los brazos desplomados y empezó a temblar con la jeringuilla clavada en el cuello. La solución contenida en el émbolo se tiñó con su sangre. Ariadna le sostuvo la mirada, aferró la jeringuilla y le vació el contenido en la yugular. El doctor abrió la boca sin emitir sonido alguno y cayó de rodillas al suelo. Ella se sentó de nuevo en la silla y le contempló morir. Tardó entre dos y tres minutos.

Luego se inclinó sobre él, extrajo la jeringuilla y limpió la sangre en la solapa de su chaqueta. La guardó de nuevo en el estuche metálico, devolvió el frasco número nueve a su lugar y dobló la funda de piel. Se arrodilló junto al cuerpo, palpó los bolsillos y encontró un billetero del que sacó una docena de billetes de cien pesetas. Se enfundó la exquisita chaqueta del traje y el sombrero que iba a juego. Por último recogió las llaves que había dejado el doctor sobre la mesa, la funda con los frascos y la jeringuilla, y las metió en el bolso blanco. Se anudó el pañuelo en la cabeza y, con el bolso bajo el brazo, abrió la puerta y salió del dormitorio.

La sala de la *suite* estaba vacía. Un jarrón con rosas blancas reposaba sobre la mesa en la que había compartido tantos desayunos con Leandro. Se aproximó a la puerta. Estaba cerrada. Fue probando una a una las llaves del doctor hasta dar con la que abrió. El corredor, una amplia galería alfombrada y flanqueada de cuadros y estatuas, hacía pensar en un gran crucero de lujo. Estaba desierto. Un eco a música de fondo y el rumor de una aspiradora en el interior de una *suite* cercana flotaban en el aire. Ariadna caminó despacio. Cruzó frente a una puerta abierta donde había un carro de la limpieza y vio a una doncella recogiendo toallas en el interior. Al llegar al vestíbulo de ascensores se encontró con una pareja madura y vestida de gala que interrumpió su conversación tan pronto como reparó en su presencia.

—Buenos días —dijo Ariadna.

La pareja se limitó a asentir levemente y clavó la mirada en el suelo. Esperaron en silencio. Cuando las puertas del ascensor se abrieron por fin, el caballero le cedió el paso y obtuvo una mirada acerada de su acompañante. Iniciaron el descenso.

La dama la examinaba de reojo, calibrándola y escrutando su atuendo con un deje rapaz. Ariadna le sonrió, cortés, y la dama le devolvió una sonrisa fría y cortante.

—Se parece usted a Evita —dijo.

El tono mordaz dejaba claro que la apreciación no era un cumplido. Ariadna se limitó a bajar la mirada con modestia. Cuando las puertas se abrieron en el vestíbulo de la planta baja, la pareja no se movió hasta que ella abandonó el ascensor.

—Probablemente una puta cara —oyó murmurar al caballero a su espalda.

El vestíbulo del hotel estaba repleto de gente. Ariadna avistó una *boutique* de artículos de lujo a escasos metros y se refugió allí. Al verla entrar, una dependienta solícita la contempló de arriba abajo y al presupuestar el coste de cuanto llevaba puesto le sonrió como si fuera una vieja amiga. Cinco minutos más tarde, Ariadna abandonaba la tienda luciendo unas llamativas gafas de sol que le cubrían medio rostro y los labios encendidos del carmín más estridente que pudo encontrar. De la virgen a la cortesana de lujo solo mediaban unos complementos.

De esta guisa descendió las escalinatas que conducían a la salida mientras se enfundaba los guantes y sentía las miradas de huéspedes, conserjes y personal del hotel radiografiando cada centímetro de su cuerpo. «Despacio», se dijo. Al aproximarse a la salida se detuvo y el portero que le sostenía la puerta la observó con una mezcla de codicia y complicidad.

—¿Taxi, guapa?

# 18

Una vida entera dedicada a la medicina había enseñado al doctor Soldevila que la enfermedad más difícil de curar es la costumbre. Aquella tarde, como todas las tardes desde que en maldita hora se le había ocurrido cerrar la consulta y rendirse a la segunda plaga más mortífera conocida por el hombre, la jubilación, el buen doctor asomó la nariz al balcón de su piso en la calle Puertaferrisa y comprobó que la jornada, como casi todo en el mundo, iba ya de capa caída.

Las calles vestían farolas y el cielo lucía el mismo tinte rosáceo que tenían aquellos benditos cócteles del Boadas con los que el doctor compensaba de vez en cuando a su hígado por una vida predicando con el ejemplo. Era la señal. Soldevila se armó de abrigo, bufanda y maletín y, al amparo de su sombrero de señor de Barcelona, salió a la calle rumbo a su diario encuentro con aquel extraño espíritu llamado Alicia Gris que las intrigas de Fermín y los Sempere habían puesto en su camino. Y por la que sentía una infinita curiosidad y una debilidad que le hacía olvidar, en sus largas noches de insomnio, que llevaba treinta años sin ponerle la mano encima a una fémina en buen estado de salud.

Deambulaba Ramblas abajo ajeno al trasiego de la ciudad, dándole vueltas a la certeza de que, por suerte para ella y por desgracia para él, la señorita Gris se había recuperado de sus heridas con una celeridad que no atribuía a su maestría medicinal sino a la malicia concentrada que corría por las venas de aquella criatura de sombras. En breve, lamentaba, tendría que darle el alta.

Siempre podía intentar convencerla de que se pasara de vez en cuando por su consulta para aquello que los profesionales llaman «una visita de control», pero sabía que semejante empeño sería tan fútil como pedirle a un tigre de Bengala al que uno acabara de liberar de su jaula que volviera cada semana los domingos por la mañana antes de misa para beberse su platito de leche. Probablemente lo mejor para todos, excepto para la propia Alicia, era que la joven desapareciese de sus vidas cuanto antes. Le bastaba mirarla a los ojos para hacer aquel diagnóstico y saber que era el más certero de cuantos había hecho en su larga carrera.

Tal era la melancolía que embargaba al viejo doctor ante la idea de despedirse de la que habría de ser, a buen seguro, su última paciente, que no fue consciente cuando se adentraba en el túnel de tinieblas de la calle Arco del Teatro de que entre las sombras que se cernían sobre él había una que desprendía un peculiar perfume a colonia pungente y tabaco rubio importado.

En la última semana ya había aprendido a encontrar el portón de aquel lugar cuya existencia había tenido que jurar no desvelar ni al Espíritu Santo so pena de que Fermín se presentase a merendar todos los días en su casa para contarle chistes picantes. «Mejor que vaya usted solo, doctor», le habían dicho. Motivos de seguridad, alegaban los Sempere, a los que nunca hubiera sospechado capaces de embrollarse en intrigas bizantinas de aquel calibre. Se pasaba uno la vida revolviéndole las vísceras a la gente para darse cuenta después de que apenas los conocía. La vida, como la apendicitis, era un misterio.

Y así, perdido en sus pensamientos y en el empeño de sumergirse de nuevo en aquella casa misteriosa a la que todos llamaban el Cementerio de los Libros Olvidados, el doctor Soldevila puso los pies en el escalón del viejo palacio y agarró el aldabón en forma de diablillo dispuesto a llamar al portón. Iba a dar el primer golpe cuando la sombra que iba siguiéndole desde que había salido de su portal se materializó a su lado y le posó el cañón de un revólver en la sien.

—Buenas noches, doctor —dijo Hendaya.


Isaac contemplaba a Alicia con una pizca de recelo. Poco inclinado a las fruslerías, hacía días que había advertido no sin cierta alarma que en las últimas semanas había permitido crecer en su interior algo demasiado parecido al afecto por la joven. Culpaba a los años, que lo reblandecían todo. La presencia de Alicia durante aquellas semanas le había forzado a calibrar de nuevo la soledad escogida de su retiro entre libros. Viéndola recuperarse y volver a la vida, Isaac había sentido que se reavivaba en él la memoria de su hija Nuria, que lejos de desvanecerse se había ido afilando con el tiempo hasta que la llegada de Alicia a aquel lugar había abierto otra vez heridas que ni siquiera sabía que llevaba dentro.

—¿Por qué me mira así, Isaac?

—Porque soy un viejo tonto.

Alicia sonrió. Isaac había advertido que al hacerlo la joven enseñaba los dientes y destilaba un aire malévolo.

—¿Un tonto que se vuelve viejo o un viejo que se atonta?

—No se ría de mí, Alicia, aunque me lo merezca.

Ella le miró con ternura y el viejo guardián tuvo que apartar la vista. Cuando Alicia se desprendía de aquel velo oscuro, aunque solo fuera por unos instantes, le recordaba tanto a Nuria que se le encogía la garganta y se quedaba sin aliento.

—¿Qué es eso que lleva ahí?

Isaac le mostró un estuche de madera.

—¿Es para mí?

—Mi regalo de despedida.

—¿Ya se quiere librar de mí?

—Yo no.

—¿Y por qué piensa que me voy ya?

—¿Me equivoco?

Alicia no respondió, pero aceptó el estuche.

—Ábralo.

En su interior encontró un plumín dorado unido a un mango de caoba y un frasco con tinta azul que brillaba a la lumbre del candil.

—¿Era de Nuria?

Isaac asintió.

—Fue el regalo que le hice cuando cumplió los dieciocho años.

Alicia examinó el plumín, una verdadera pieza de artesanía.

—Hace años que nadie escribe con él —dijo el guardián.

—¿Por qué no lo hace usted?

—Yo no tengo nada que escribir.

Alicia iba a discutirle la afirmación cuando dos golpes secos se esparcieron con un eco por el palacio. Tras una pausa de cinco segundos, siguieron dos golpes más.

—El doctor —dijo Alicia—. Ya se ha aprendido el código.

Isaac asintió y se incorporó.

—¿Quién dice que no se le pueden enseñar nuevos trucos a un perro viejo?

El guardián tomó una de las lámparas de aceite y partió rumbo a la galería que conducía a la entrada.

—Vaya probándola —dijo—. Ahí tiene papel en blanco.

Isaac recorrió el largo corredor curvado que llevaba a la entrada portando el farol en la mano. Solo lo utilizaba cuando iba a recibir a alguien. Cuando estaba solo no lo necesitaba. Conocía aquel lugar al dedillo y prefería caminar por sus entrañas al aliento de la perpetua penumbra que flotaba en su interior. Se detuvo frente al portón, dejó el farol en el suelo y agarró la manivela que activaba el mecanismo del cerrojo con ambas manos. Había advertido que empezaba a costarle más esfuerzo del habitual y que al hacerlo sentía una presión en el pecho que antes no experimentaba. Quizá sus días como guardián estaban ya contados.

El engranaje de la cerradura, que era tan viejo como aquel lugar, se componía de un sistema alambicado de resortes, palancas, poleas y ruedas dentadas que tardaba entre diez y quince segundos en destrabar todos sus puntos de anclaje. Una vez que el portón quedó liberado, Isaac tiró de la barra que activaba el sistema de contrapesos y permitía mover la pesada estructura de roble labrado con apenas un soplo. Alzó el farol para recibir al médico y se apartó un poco para cederle el paso. La silueta del doctor Soldevila se recortó en el umbral.

—Puntual como siempre, doctor —empezó Isaac.

Un segundo después, el cuerpo del médico cayó de bruces hacia el interior y una figura alta y angulosa bloqueó el acceso.

—¿Quién...?

Hendaya le apuntó con el revólver entre los ojos y empujó el cuerpo de una patada.

—Cierre la puerta.


Alicia humedeció el plumín en el tintero y lo deslizó sobre el papel trazando una línea de color azul brillante. Escribió su nombre y contempló cómo la tinta se secaba poco a poco. El placer de la página en blanco, que al principio siempre olía a misterio y a promesa, se desvaneció por ensalmo. Tan pronto como uno empezaba a colocar las primeras palabras comprobaba que en la escritura, como en la vida, la distancia entre intenciones y resultados iba pareja con la inocencia con que se acometían unas y se aceptaban los otros. Se dispuso a escribir una frase que recordaba de uno de sus libros favoritos cuando se detuvo y dirigió la mirada a la puerta. Dejó el plumín sobre el papel y escrutó el silencio.

Supo al instante que algo andaba mal. La ausencia del murmullo que desprendía la conversación habitual entre veteranos de Isaac y el doctor Soldevila, el eco incierto de pasos irregulares y aquel silencio envenenado que sentía en el aire le erizaron el vello de la nuca. Miró a su alrededor y maldijo su suerte. Siempre había pensado que moriría de otro modo.

# 19

En cualquier otra circunstancia, Hendaya habría liquidado de un disparo a los dos ancianos en cuanto hubiera ganado el acceso al interior del edificio, pero no quería alertar a Alicia. El doctor Soldevila había quedado prácticamente inconsciente tras recibir el golpe en la nuca que le había derribado. La experiencia le decía que no tendría que preocuparse por él al menos en media hora.

—¿Dónde está? —preguntó en un hilo de voz al guardián.

—¿El qué?

Le golpeó el rostro con el revólver y oyó crujir un hueso. Isaac cayó de rodillas y luego se derrumbó a un lado, gimiendo. Hendaya se agachó, le agarró por el cuello y tiró de él.

—¿Dónde está? —repitió.

La nariz del anciano sangraba en abundancia. Hendaya le colocó el cañón del arma bajo la barbilla y le miró a los ojos fijamente. Isaac le escupió en la cara. «Un valiente», pensó Hendaya.

—Venga, abuelo, no me montes un numerito que se te ha pasado ya el arroz para ir de héroe. ¿Dónde está Alicia Gris?

—No sé de qué me habla.

Hendaya sonrió.

—¿Quieres que te rompa las piernas, abuelo? A tu edad una fractura de fémur no vuelve a soldarse...

Isaac no despegó los labios. Hendaya le sujetó por la nuca y le arrastró hacia el interior. Recorrieron una amplia galería que describía una curva tras la que se intuía un resplandor evanescente. Las paredes estaban recubiertas de frescos con escenas fantásticas. Hendaya se preguntó qué clase de lugar era aquel. Al llegar al final del corredor se enfrentó a una gigantesca bóveda que se alzaba hacia el infinito. La estampa que le recibió le hizo bajar el revólver y dejar caer al anciano como un peso muerto.

Se le antojó una aparición, una visión de ensueño que flotaba en una nube de luz espectral. Un vasto laberinto arremolinado sobre sí mismo crecía en una conspiración de túneles, pasarelas, arcos y puentes. La estructura parecía brotar del mismo suelo para escalar una geometría imposible que llegaba a arañar la gran cúpula de cristal opaco que coronaba la bóveda. Hendaya sonrió para sí. Oculta en las tinieblas de un viejo palacio de Barcelona existía una ciudad prohibida de libros y palabras a la que, tras hacer pedazos a la deliciosa Alicia Gris, iba a prender fuego. Era su día de suerte.

Isaac se arrastraba por el pavimento dejando un rastro de sangre. Quería alzar la voz pero no podía articular más que un gemido y a duras penas conseguía mantener la consciencia. Oyó los pasos de Hendaya aproximarse de nuevo y sintió cómo le colocaba el pie entre los hombros y le aplastaba contra el suelo.

—Quieto ahí, abuelo.

Hendaya le agarró de la muñeca y le arrastró hasta una de las columnas que sostenían la bóveda. Un trío de cañerías finas descendían sujetas a la piedra con ganchos de metal. Hendaya extrajo unas esposas, asió una anilla a una de las tuberías y cerró la otra en torno a la muñeca de Isaac hasta que sintió que le mordía la carne. El guardián dejó escapar un grito sordo.

—Alicia ya no está aquí —jadeó—. Está perdiendo el tiempo...

Hendaya ignoró al anciano y escrutó la penumbra. El marco de una puerta de la que emanaba la claridad de una vela se adivinaba en un rincón. El policía sujetó el arma con ambas manos y se deslizó hasta allí arrimándose contra la pared. La ansiedad en la mirada del anciano le confirmó que la pista era correcta.

Entró en la estancia con el arma en alto. En el centro de la habitación había un camastro con las sábanas echadas a un lado y, junto a la pared, una cómoda cubierta de medicamentos y otros utensilios. Hendaya examinó esquinas y zonas en sombra antes de adentrarse en la cámara. El aire olía a alcohol, a cera y a algo dulce y harinoso que le hizo salivar. Se aproximó a una mesita que había al lado del camastro en la que reposaba una vela. Encontró un tintero abierto y un fajo de folios. Sobre el primero de ellos, en una caligrafía inclinada y ágil, leyó:

## *Alicia*

Hendaya sonrió y regresó al umbral de la habitación. Dirigió la mirada hacia el guardián, que seguía forcejeando con las esposas que le sujetaban a la tubería. Más allá, a la entrada del laberinto de libros, percibió una leve fluctuación de penumbras, como si una gota de lluvia hubiera impactado en la superficie de un estanque dejando un rastro de ondulaciones esparcidas sobre el agua. Al cruzar frente a Isaac recogió el farol de aceite del suelo sin molestarse en posar los ojos en el guardián. Tiempo habría para ajustar cuentas con él.

Al llegar a los pies de la gran estructura, Hendaya se detuvo para contemplar la basílica de libros que se alzaba delante y escupió a un lado. Luego, tras comprobar que el cargador del arma estaba lleno y que había una bala en la recámara, se adentró en el laberinto siguiendo el aroma y el eco de los pasos de Alicia.


## 20

El túnel describía una leve curva ascendente que se internaba en el centro de la estructura y se estrechaba a medida que Hendaya iba dejando atrás el umbral. Los muros estaban alineados de suelo a techo con lomos de libros. Un artesonado forjado con viejas cubiertas de piel sobre las que todavía podían leerse títulos en decenas de idiomas sellaba el conducto. Al rato alcanzó un rellano octogonal en cuyo centro había una mesa repleta de volúmenes abiertos, atriles y una lámpara en la que brillaba una luz dorada muy tenue. Diversos corredores se abrían en direcciones opuestas, algunos descendiendo y otros ascendiendo por la estructura. Hendaya se detuvo a escuchar el sonido que producía el laberinto, una suerte de murmullo de maderas viejas y papel que parecía estar en perpetuo, y casi imperceptible, movimiento. Había decidido tomar uno de los pasillos descendentes, imaginando que Alicia estaría buscando otra salida con la esperanza de que él se perdiera en el interior y eso le permitiese ganar tiempo para huir. Es lo que él hubiera hecho en su lugar. Un segundo antes de penetrar en el corredor, sin embargo, lo advirtió. Un libro colgaba de uno de los estantes, como si alguien lo hubiera retirado justo hasta el punto previo a su caída. Hendaya se aproximó y leyó el título sobre la cubierta:

## ALICIA A TRAVÉS DEL ESPEJO
### Lewis Carroll

—¿Tiene ganas de jugar la niña? —preguntó en voz alta. Su voz se perdió por la madeja de túneles y salas sin obtener respuesta. Hendaya empujó el libro contra la pared y continuó por el pasillo, que iniciaba un ascenso más pronunciado y empezaba a formar escalones a sus pies cada cuatro o cinco pasos. A medida que se adentraba en el laberinto iba experimentando la sensación de que recorría las entrañas de una criatura legendaria, un leviatán de palabras que era perfectamente consciente de su presencia y de cada paso que daba. Alzó el farol hasta donde le permitía la bóveda y siguió adelante. Diez metros más allá, se detuvo en seco al tropezar con la figura de un ángel de mirada canina. Una fracción de segundo antes de descerrajarle un tiro, comprobó que la figura era de cera y que sostenía en las manos, grandes como tenazas, un libro del que nunca había oído hablar:

## EL PARAÍSO PERDIDO
### John Milton

El ángel custodiaba otra sala oval, el doble de amplia que la anterior. La estancia estaba flanqueada de vitrinas, estanterías curvadas y hornacinas dispuestas en una catacumba de libros. Hendaya suspiró.

—¿Alicia? —llamó—. Déjese de chiquilladas y salga a dar la cara. Solo quiero hablar con usted. De profesional a profesional.

Hendaya cruzó la sala y auscultó el umbral de los corredores que partían de allí. Una vez más, junto a la curva donde la penumbra se desdibujaba, asomaba un libro del estante en uno de los pasillos. Hendaya apretó los dientes. Si la puta de Leandro quería jugar al ratón y al gato iba a llevarse la sorpresa de su vida.

—Tú misma —dijo tomando ese corredor, que ascendía en una pendiente muy pronunciada.

No se molestó en ver qué obra había elegido esta vez Alicia en su rastro hacia el corazón del laberinto. Por espacio de casi veinte minutos Hendaya fue escalando aquella gigantesca tramoya. A su paso encontró salones y balaustradas suspendidas entre arcos y pasarelas desde las cuales pudo comprobar que había subido bastante más de lo que había calculado. La figura de Isaac, esposado a la tubería abajo de todo, se le aparecía ya diminuta. Cuando levantaba la vista hacia la cúpula, la estructura seguía creciendo y arremolinándose en un trazado cada vez más alambicado. Siempre que creía haber perdido la pista, atinaba a localizar el lomo de un libro asomando de un estante a la entrada de un nuevo túnel que le conducía a otra sala desde la que el camino se bifurcaba en múltiples arabescos.

La naturaleza del laberinto iba mutando a medida que ascendía hacia la cúspide. La complejidad del trazado, cada vez más caprichosa, aprovechaba arcos y respiraderos de luz para permitir la entrada de haces de claridad vaporosa. Un sortilegio de espejos angulados administraban la tiniebla que flotaba en el interior. Cada nueva sala que hallaba estaba más poblada por figuras, cuadros y artilugios que a duras penas conseguía identificar. Algunas de las figuras parecían autómatas inacabados, otras esculturas de papel o yeso que pendían del techo o estaban encajadas en los muros como criaturas ocultas en sarcófagos hechos de libros. Una vaga sensación de vértigo e inquietud fue apoderándose de Hendaya, que pronto advirtió que el arma resbalaba entre sus dedos empapados de sudor.

—Alicia, si no sale usted de ahí voy a prenderle fuego a este montón de mierda y voy a verla achicharrarse viva. ¿Es eso lo que quiere?

Oyó un ruido a su espalda y se volvió. Un objeto que al principio tomó por una pelota o una esfera del tamaño de un puño rodaba escalones abajo desde uno de los túneles. Se arrodilló para recogerlo. Era la cabeza de una muñeca de sonrisa inquietante y ojos de cristal. Un instante después el aire se llenó con el tintineo de una melodía metálica que recordaba a una canción de cuna.

—Hija de puta —masculló.

Se lanzó escaleras arriba con el pulso golpeándole las sienes. El eco de la música le condujo hasta una sala circular en cuyo extremo se abría una balaustrada por la que penetraba un gran brazo de luz. La lámina de cristal de la cúpula se veía al otro lado y Hendaya comprendió que había alcanzado la cima. La música provenía del fondo de la sala. A ambos lados del umbral había sendas figuras blanquecinas encajadas entre los libros como cuerpos momificados abandonados a su suerte. El suelo estaba repleto de volúmenes abiertos que Hendaya pisoteó hasta llegar a la zona opuesta de la estancia. Allí había un pequeño armario empotrado en la pared con aspecto de relicario. La música procedía de dentro. Hendaya abrió despacio la portezuela.

Una caja de música hecha con espejos tintineaba en la base del armario. En su interior, la figura de un ángel de alas desplegadas giraba lentamente en un trance hipnótico. El sonido se fue extinguiendo a medida que al mecanismo se le agotaba la cuerda. El ángel quedó suspendido a medio vuelo. Fue entonces cuando advirtió el reflejo en una de las láminas espejadas de la caja de música.

Una de las figuras que se le habían antojado cadáveres de yeso al entrar se había movido. Hendaya sintió que se le erizaban los pelos de la nuca. Se volvió con rapidez y disparó tres veces a la figura que se recortaba en el haz de luz. Las capas de papel y yeso que formaban la efigie se quebraron y dejaron una nube de polvo suspendida en el aire. El policía bajó el arma unos centímetros y forzó la vista. Solo entonces percibió el suave movimiento en el aire a su lado. Se volvió y, al tensar de nuevo el percutor del arma, reconoció el brillo de una mirada oscura y penetrante que emergía de las sombras.

La punta del plumín le perforó la córnea y atravesó su cerebro hasta arañar el hueso al fondo del cráneo. Hendaya se desplomó al instante como un títere al que acabaran de cortar los hilos. El cuerpo quedó tendido sobre los libros, temblando. Alicia se arrodilló junto a él, le arrebató el arma que aún sostenía en la mano y empujó el cuerpo hasta la balaustrada con los pies. Luego, de un puntapié, le desplazó hasta el borde y le vio precipitarse al abismo, aún vivo, y estrellarse contra el suelo de piedra con un eco sordo y húmedo.

## 21

Isaac la vio salir del laberinto. Cojeaba ligeramente y sujetaba un arma en la mano con una naturalidad que le heló la sangre. La observó aproximarse al lugar donde el cuerpo de Hendaya había impactado contra el suelo de mármol. Iba descalza, pero no dudó en cruzar pisando el charco de sangre que se esparcía en torno al cuerpo. Se inclinó sobre el cadáver y buscó en sus bolsillos. Extrajo una cartera, que examinó. Se quedó con un fajo de billetes y dejó caer el resto. Palpó los bolsillos de la chaqueta y encontró unas llaves, que se guardó. Tras contemplar con frialdad el cadáver unos instantes, Alicia agarró algo que sobresalía del rostro de Hendaya y tiró con fuerza. Isaac reconoció el plumín con que la había obsequiado apenas una hora atrás.

Alicia se acercó a él despacio. Se arrodilló a su lado y le liberó de las esposas. Isaac, que no se había dado cuenta de que tenía los ojos inundados de lágrimas y que estaba temblando, buscó su mirada. Alicia le observaba sin expresión alguna, como si deseara evidenciar la realidad ante aquel pobre anciano iluso que había querido ver en ella una reencarnación de su hija perdida. Alicia limpió el plumín en el faldón de su camisón y se lo tendió.

—Yo nunca podría ser como ella, Isaac.

El guardián, mudo, se secó las lágrimas. Alicia le ofreció la mano y le ayudó a incorporarse. Luego se dirigió al pequeño baño que quedaba junto al dormitorio del guardián. Isaac oyó correr el agua.

Al rato apareció el doctor Soldevila, tambaleándose. Isaac le hizo una seña con la mano y el doctor se acercó.

—¿Qué ha pasado? ¿Quién era ese hombre?

Isaac señaló con la cabeza el nudo de miembros incrustados en el suelo a una veintena de metros.

—Santo Dios... —murmuró el médico—. ¿Y la señorita...?

Alicia emergió del baño envuelta en una toalla. La vieron entrar en la habitación de Isaac. El doctor dirigió al guardián una mirada inquisitiva. Este se encogió de hombros. Soldevila se aproximó hasta la puerta de la habitación y se asomó. Alicia se estaba enfundando algunas de las prendas de Nuria Monfort.

—¿Está usted bien? —preguntó el doctor.

—Perfectamente —replicó Alicia sin apartar los ojos del espejo.

El doctor Soldevila aparcó su asombro, se sentó en una silla y la observó en silencio mientras ella exploraba un antiguo neceser de la hija de Isaac y elegía algunos cosméticos. Se maquilló a conciencia, perfilándose los labios y los ojos con precisión y construyendo una vez más un personaje que encajaba mucho más con el escenario de sus actos que aquel cuerpo desvalido al que se había acostumbrado a administrar cuidados en las últimas semanas. Cuando cruzó la mirada con ella en el espejo, Alicia le guiñó el ojo.

—En cuanto me haya ido, van a tener ustedes que avisar a Fermín. Díganle que hay que hacer desaparecer el cuerpo. Que vaya a ver de mi parte al taxidermista de la Plaza Real. Él tiene los productos químicos necesarios.

Alicia se incorporó, giró sobre sí misma calibrando su apariencia en el espejo y, tras guardar el arma y el dinero sustraídos al cadáver de Hendaya en un bolso negro, se dirigió hacia la puerta.

—¿Quién es usted? —preguntó el doctor Soldevila al verla pasar.

—El demonio —contestó Alicia.

## 22

Tan pronto como Fermín vio entrar al buen doctor por la puerta de la librería supo que se había abierto la veda de los espantos. Soldevila evidenciaba signos inequívocos de haber recibido en plena cara un mamporro administrado muy profesionalmente. Daniel y Bea, que estaban tras el mostrador intentando cuadrar las cuentas del mes, se quedaron boquiabiertos y corrieron en su auxilio.

—¿Qué ha pasado, doctor?

El doctor Soldevila dejó escapar un resoplido que sonó a globo ametrallado y bajó la cabeza abatido.

—Daniel, saque la botella de coñac peleón que esconde su señor padre detrás de los libros de texto de Formación del Espíritu Nacional —ordenó Fermín.

Bea acompañó al doctor a una silla y le ayudó a sentarse.

—¿Está usted bien? ¿Quién le ha hecho esto?

—Sí y no lo tengo muy claro —respondió—. Por este orden.

—¿Y Alicia? —preguntó Bea.

—Por ella no me preocuparía, la verdad...

Fermín suspiró.

—¿Ha echado a volar? —quiso saber.

—Envuelta en una nube de azufre —replicó el doctor.

Daniel le tendió un vaso de coñac al que el médico no opuso resistencia. Lo engulló de un trago y dejó que el mejunje obrara su alquimia.

—Otro, por favor.

—¿E Isaac? —preguntó Fermín.

—Se ha quedado meditando.

Fermín se agachó junto al doctor y le buscó la mirada.

—A ver, eminencia, desembuche, a ser posible sin editorializar.


Al término de su relato, el doctor solicitó otra copa a modo de resopón. Bea, Daniel y Fermín, circunspectos, se le unieron. Pasado un prudencial silencio, Daniel abrió el turno de debate.

—¿Adónde habrá ido?

—Imagino que a desfacer el entuerto —replicó Fermín.

—Hablen en cristiano vuesas mercedes, que en la facultad esto de los misterios de la familia Sempere no entraba en el temario —apuntó el doctor.

—Créame que le hago un favor al sugerirle que se vaya a casa, se coloque un solomillo de ternera por boina y deje que nosotros desentrañemos este embolado —aconsejó Fermín.

El doctor asintió.

—¿Tengo que esperar a más pistoleros? —preguntó—. Lo digo para estar preparado.

—Por el momento creo que no —respondió Fermín—. Pero a lo mejor no estaría de más que se ausentase de la ciudad y se fuera un par de semanitas a un balneario de Mongat en compañía de alguna viuda efusiva a trabajarse la eliminación de la piedra del riñón o cualquier otro corpúsculo que hubiere podido quedársele trabado en las vías urinarias.

—Por una vez, no le diría que no —convino el doctor.

—Daniel, ¿por qué no hace usted el favor de acompañar

al doctor a su casa y asegurarse de que llegue entero? —sugirió Fermín.

—¿Por qué yo? —protestó Daniel—. ¿Otra vez se me quiere quitar de en medio?

—Si lo prefiere envío a su hijo Julián, aunque para la misión creo más indicado a alguien que ya haya hecho la Primera Comunión.

Daniel asintió a regañadientes. Fermín advirtió que la mirada de Bea se le clavaba en el cogote, pero prefirió ignorarlo de momento. Antes de despedir al doctor le sirvió una última copa de coñac y, viendo que quedaba un dedo de licor en la botella, apuró el resto a gollete. Libres ya del doctor y de Daniel, Fermín se dejó caer en la silla y se llevó las manos al rostro.

—¿Y todo eso que ha dicho el doctor del taxidermista y de hacer desaparecer un cuerpo? —inquirió Bea.

—Menester escabroso que por desgracia habrá que solucionar —dijo Fermín—. Una de las dos peores cosas de Alicia es que no suele andar desencaminada.

—¿Cuál es la otra?

—Que no perdona. ¿Le dijo a usted algo estos días que permitiese adivinar qué le rondaba la cabeza? Piénselo bien.

Bea dudó, pero negó al fin. Fermín asintió lentamente y se incorporó. Recogió su abrigo del perchero y se preparó para lanzarse a la travesía de una tarde de invierno que no auguraba buenos vientos.

—Más vale entonces que me vaya a ver al taxidermista ese. A ver qué se me ocurre por el camino...

—¿Fermín? —llamó Bea antes de que pudiera llegar a la puerta.

Este se detuvo, pero evitó volverse.

—Hay algo que Alicia no nos contó, ¿verdad?

—Sospecho que hay muchas cosas, doña Bea. Y creo que lo hizo por nuestro bien.

—Pero hay algo que tiene que ver con Daniel. Algo que le puede hacer mucho daño.

Fermín entonces se volvió y sonrió con tristeza.

—Pero para eso estamos usted y yo, ¿cierto?, para evitar que algo así pueda pasar.

Bea le miró fijamente.

—Vaya con mucho cuidado, Fermín.

La mujer le vio partir en el azul de un crepúsculo que amenazaba aguanieve. Se quedó contemplando el desfilar de la gente que andaba escondida entre bufandas y sayos por la calle Santa Ana. Algo le dijo que el invierno, el de verdad, acababa de desplomarse sobre ellos sin aviso. Y que esta vez dejaría huella.

## 23

Fernandito yacía tendido en la cama de su dormitorio con la vista perdida en el ventanuco del tragaluz. El cuarto, o cuartucho a decir de todos, compartía pared con el lavadero y siempre le había recordado las escenas de submarinos que veía en sesiones matinales del cine Capitol, pero más lúgubre y menos acogedor. Aun así, aquella tarde, Fernandito, por obra y gracia de una maniobra hormonal que él daba por espiritual y mística, estaba en la gloria. El Amor, con mayúscula y falda entallada, había llamado a su puerta. Técnicamente no había llamado a la puerta, más bien desfilado por delante, pero él creía que el destino, como el dolor de muelas, no le dejaba a uno ir hasta que se encaraba con dos arrestos. Y más en materia de amoríos.

La epifanía que había conseguido exorcizar de una vez por todas el fantasma de la pérfida Alicia y aquellos encantos espectrales que habían embrujado su primera adolescencia había tenido lugar días atrás. Un amor, aunque fallido, lleva a otro. Eso decían los boleros, que no por más endulzados que un rosco de crema dejaban de llevar casi siempre la razón en las ciencias del querer. Su amor fatuo e iluso por la señorita Alicia le había conducido, en aquella estación de sobresaltos y peligros, a dar con la familia Sempere y a obtener un empleo ofrecido por el buen librero. Y de allí al paraíso solo había mediado la oportunidad.

Había sucedido una mañana en que se había personado para emprender sus funciones de repartidor de pedidos en la librería. Una criatura de turbadores encantos y acento resbaladizo correteaba por el establecimiento. Atendía, a tenor de la conversación de los Sempere, al nombre de Sofía, y pudo saber Fernandito tras diversas pesquisas que la susodicha era la sobrina del librero Sempere y prima de Daniel. Al parecer, la madre de Daniel, Isabella, era de ascendencia italiana y Sofía, natural de la ciudad de Nápoles, estaba pasando con los Sempere una temporada mientras estudiaba en la Universidad de Barcelona y perfeccionaba su español. Todo esto, por supuesto, eran tecnicismos.

Un ochenta y cinco por ciento de la masa cerebral de Fernandito, por no hablar de otras vísceras menores, estaba consagrado a la contemplación y adoración de Sofía. La joven debía de rondar los diecinueve años, uno más, uno menos. La naturaleza, con esa infinita crueldad para con los muchachos apocados en edad de merecer, había querido dotarla de un juego de turgencias, trayectorias oblicuas y andares prietos cuya mera contemplación inducía en Fernandito un estado cercano al paro respiratorio. Sus ojos, el perfil de sus labios y aquellos dientes blancos y la lengua rosada que se entreveía cuando sonreía obnubilaban al pobre chico, que podía pasar horas imaginando sus dedos acariciando aquella boca renacentista y descendiendo por la garganta pálida rumbo al valle del paraíso que enfatizaban aquellos suéteres de lana ajustada que gastaba la joven y que evidenciaban que los italianos siempre habían sido maestros de la arquitectura.

Fernandito entornó los ojos y olvidó el ruido de la radio en el comedor de la casa y los gritos del vecindario para conjurar la imagen de una Sofía tendida lánguidamente en un lecho de rosas, o cualquier otro vegetal con pétalos al uso, que se le ofrecía en su más tierna primavera para que él, con mano firme y experta en todo tipo de cierres, cremalleras y otros misterios del eterno femenino, la deshojase a besos, cuando no a mordiscos, y acabara por tender el rostro en aquel incomparable remanso de perfección que el cielo había tenido a bien ubicar entre el ombligo y la entrepierna de toda mujer. Allí quedó Fernandito en sueños y convencido de que si Dios Nuestro Señor le fulminaba en aquel mismo instante con un rayo destructor por cochino habría valido la pena.

A falta de rayo purificador, sonó el teléfono. Pasos de excavadora se aproximaron por el pasillo y la puerta del camarote se abrió de golpe para desvelar la corpulenta silueta de su padre, que, luciendo camiseta, calzones y bocadillo de chorizo en mano, le anunció:

—Levanta, inútil, que es para ti.

Arrancado de las garras del paraíso, Fernandito se arrastró hasta el final del pasillo. Allí quedaba un escaso recoveco donde yacía el teléfono bajo un Santo Cristo de plástico que su madre había comprado en Montserrat y que, cuando se pulsaba el interruptor, se le encendían los ojos y le confería un brillo sobrenatural que a Fernandito le había costado años de pesadillas. Tan pronto como recogió el auricular, su hermano Fulgencio asomó la cabeza para cotillear y hacer carotas, su gran talento.

—¿Fernandito? —preguntó la voz en la línea.

—Al habla.

—Soy Alicia.

El corazón le dio un vuelco.

—¿Puedes hablar? —preguntó ella.

Fernandito lanzó una alpargata a la cara de Fulgencio, que se refugió en su cuarto.

—Sí. ¿Está usted bien? ¿Dónde está?

—Escúchame bien, Fernandito. Tengo que ausentarme durante una temporada.

759

—Qué mal suena eso.

—Necesito que me hagas un favor. Es importante.

—Lo que usted diga.

—¿Tienes todavía los papeles que estaban en aquella caja que te dije que recuperases de mi casa?

—Sí. Están en un lugar seguro.

—Quiero que busques un cuaderno escrito a mano que pone *Isabella* en la portada.

—Ya sé cuál es. No lo he abierto, ¿eh? No vaya a pensar.

—Sé que no lo has hecho. Lo que quiero pedirte es que se lo entregues a Daniel Sempere. Y solo a él. ¿Me has entendido?

—Sí...

—Explícale que yo te he dicho que se lo entregaras. Que le pertenece a él y a nadie más.

—Sí, señorita Alicia. ¿Dónde está usted?

—No importa.

—¿Está en peligro?

—No te preocupes por mí, Fernandito.

—Claro que me preocupo...

—Gracias por todo.

—Eso suena a despedida.

—Tú y yo sabemos que solo se despiden los cursis.

—Y usted nunca podría ser cursi. Aunque lo intentara.

—Eres un buen amigo, Fernandito. Y un buen hombre. Sofía es una mujer afortunada.

Fernandito se sonrojó al punto de brasa.

—¿Cómo sabe usted...?

—Me alegra que por fin hayas encontrado a alguien que te merezca.

—Nadie será nunca como usted, señorita Alicia.

—¿Harás lo que te he pedido?

—Descuide.

—Te quiero, Fernandito. Quédate con las llaves del piso. Es tu casa. Sé feliz. Y olvídame.

Antes de que él pudiera pronunciar palabra, Alicia ya había colgado. Fernandito tragó saliva y, secándose las lágrimas, colgó a su vez el teléfono.

## 24

Alicia abandonó la cabina telefónica. El taxi la esperaba a unos metros. El conductor había abierto la ventanilla y estaba saboreando un cigarrillo, pensativo. Al verla aproximarse se dispuso a tirar la colilla.

—¿Nos vamos ya?

—Solo un momento. Acábese el cigarrillo.

—Cierran las puertas en diez minutos... —dijo el taxista.

—En diez minutos estamos fuera —replicó Alicia.

Se encaminó colina arriba y encaró el gran bosque de mausoleos, cruces, ángeles y gárgolas que cubría la ladera de la montaña. El crepúsculo había arrastrado un sudario de nubes rojas sobre el cementerio de Montjuic. Una cortina de aguanieve se mecía en la brisa y tendía un velo de motas de cristal a su paso. Alicia se adentró por un sendero y ascendió una escalinata de piedra que conducía a una balaustrada poblada por tumbas y esculturas de figuras espectrales. Allí, recortándose contra la lámina de luz del Mediterráneo, se levantaba una lápida levemente inclinada a un lado.

### ISABELLA SEMPERE
#### 1917-1939

Alicia se arrodilló frente a la tumba y posó la mano sobre la lápida. Rememoró el rostro que había visto en las fotos en casa del señor Sempere y el retrato que el abogado Brians había conservado de su antigua clienta y, con toda probabilidad, su amor inconfesable. Recordó las palabras que había leído en el cuaderno y supo que, aunque no la había conocido, nunca se había sentido tan cerca de nadie como de aquella mujer cuyos restos yacían a sus pies.

—Quizá lo mejor sería que Daniel nunca supiera la verdad, que nunca pudiera encontrar a Valls ni la venganza que ansía. Pero yo no puedo decidir por él —dijo—. Perdóname.

Alicia abrió entonces el abrigo que había tomado prestado del viejo guardián y extrajo del bolsillo la figura tallada que él le había regalado. Examinó el pequeño ángel de alas desplegadas que Isaac había comprado para su hija en un mercadillo de figuras de Navidad tantos años atrás y en cuyo interior ella había ocultado mensajes y secretos para su padre. Destapó la cavidad y contempló la nota que había escrito en un pedazo de papel de camino al cementerio.

*Mauricio Valls*
*El Pinar*
*Calle Manuel Arnús*
*Barcelona*

Enrolló la nota y la introdujo en el interior del hueco. Cerró la tapa y colocó la figura del ángel al pie de la lápida, entre los jarrones de flores secas.

—Que decida el destino —murmuró.

Cuando regresó al taxi, el conductor la esperaba apoyado contra el coche. Le abrió la puerta y regresó al volante. La observó por el retrovisor. Alicia parecía perdida en sí misma. La vio abrir el bolso y sacar un frasco de píldoras blancas. Se tragó un puñado y las masticó. El conductor le tendió una cantimplora que llevaba en el asiento del pasajero. Alicia bebió. Finalmente alzó la mirada.

—Usted dirá —dijo el taxista.

Ella le mostró un fajo de billetes.

—Ahí hay al menos cuatrocientos duros —aventuró él.

—Seiscientos —precisó Alicia—. Son suyos si llegamos a Madrid antes del amanecer.

## 25

Fernandito se detuvo al otro lado de la calle y contempló a Daniel a través del escaparate de la librería. Había empezado a nevar al salir de su casa y las calles estaban ya casi desiertas. Observó a Daniel durante unos minutos, esperando para asegurarse de que estaba solo en la librería. Cuando este se acercó a la puerta para colgar el cartel de cerrado, Fernandito emergió de la sombra y se plantó frente a él con una sonrisa congelada en el rostro. Daniel le miró sorprendido y abrió la puerta.

—¿Fernandito? Si buscas a Sofía, esta noche se quedaba en casa de una amiga en Sarriá porque tenían que terminar un trabajo o...

—No. Le buscaba a usted.

—¿A mí?

El chico asintió.

—Pasa.

—¿Está usted solo?

Daniel le observó con extrañeza. Fernandito entró en la librería y aguardó a que Sempere hubiera cerrado la puerta.

—Tú dirás.

—Traigo una cosa de parte de la señorita Alicia.

—¿Sabes dónde está?

—No.

—¿Qué es?

Fernandito dudó un instante y luego extrajo lo que parecía un cuaderno escolar del interior de su chaqueta. Se lo tendió. Daniel lo aceptó, sonriendo ante la aparente ingenuidad de toda aquella aura de misterio. Tan pronto como leyó la palabra en la cubierta del cuaderno su sonrisa se desvaneció.

—Bueno... —dijo Fernandito—. Le dejo. Buenas noches, don Daniel.

Daniel asintió sin levantar la mirada del cuaderno. Una vez que Fernandito hubo abandonado la librería, apagó las luces y se refugió en la trastienda. Se sentó al viejo escritorio que ya había sido de su abuelo, encendió el flexo y cerró los ojos unos segundos. Sintió cómo el pulso se le aceleraba y le temblaban las manos.

Las campanadas de la catedral repiqueteaban a lo lejos cuando abrió el cuaderno y empezó a leer.

# EL CUADERNO
# DE ISABELLA

## 1939

*Mi nombre es Isabella Gispert y nací en Barcelona en el año 1917. Tengo veintidós años y sé que nunca cumpliré los veintitrés. Escribo estas líneas en la certeza de que apenas me quedan unos días de vida y que pronto abandonaré a quienes más debo en este mundo: mi hijo Daniel y mi esposo Juan Sempere, el hombre más bondadoso que he conocido, quien me ha brindado una confianza, amor y devoción que moriré sin haber merecido. Escribo para mí misma, llevándome secretos que no me pertenecen y sabiendo que nunca nadie leerá estas páginas. Escribo para rememorar y aferrarme a la vida. Mi única ambición es poder recordar y comprender quién fui y por qué hice lo que hice mientras aún tenga la capacidad de hacerlo y antes de que la consciencia que ya siento debilitarse me abandone. Escribo aunque me duela porque la pérdida y el dolor son lo único que me mantiene ya viva y me da miedo morir. Escribo para contarles a estas páginas lo que no puedo contar a quienes más quiero a riesgo de herirlos y poner su vida en peligro. Escribo porque mientras sea capaz de recordar estaré con ellos un minuto más...*

# 1

*La imagen de mi cuerpo deshaciéndose en el espejo de este dormitorio me hace difícil poder creerlo, pero una vez, mucho tiempo atrás, fui una niña. Mi familia tenía una tienda de ultramarinos junto a la iglesia de Santa María del Mar. Vivíamos en una finca que había detrás de la tienda. Allí teníamos un patio desde el cual se veía la cresta de la basílica. De niña me gustaba imaginar que era un castillo encantado que salía de paseo todas las noches por Barcelona y regre-*

saba al amanecer a dormir al sol. La familia de mi padre, los Gispert, provenía de una larga dinastía de comerciantes barceloneses y la de mi madre, los Ferratini, de un linaje de marinos y pescadores napolitanos. Yo heredé el carácter de mi abuela materna, una mujer de temperamento un tanto volcánico a la que apodaban la Vesubia. Éramos tres hermanas, aunque mi padre aseguraba que tenía dos hijas y una mula. Quise mucho a mi padre, pese a lo infeliz que le hice. Era un hombre bueno que se manejaba mejor con los ultramarinos que con las niñas. El cura confesor de la familia solía decir que todos venimos al mundo con un propósito y que el mío era llevar la contraria. Mis dos hermanas mayores eran más dóciles. Tenían claro que su objetivo era conseguir un buen matrimonio y progresar en el mundo según los dictados de la etiqueta social. Yo, para desgracia de mis pobres padres, me declaré en rebeldía a los ocho años y anuncié que no me casaría nunca, que no me pondría un delantal ni ante un pelotón de fusilamiento y que quería ser escritora o submarinista (Julio Verne me tuvo confundida un tiempo a este respecto). Mi padre les echaba la culpa a las hermanas Brontë, a las que yo siempre invocaba con veneración. Él pensaba que se trataba de un hatajo de monjas libertarias atrincheradas junto al portal de Santa Madrona que habían perdido la razón durante los disturbios de la Semana Trágica y ahora fumaban opiáceos y bailaban agarrado entre ellas pasada la medianoche. «Esto no habría ocurrido nunca si la hubiéramos llevado a las Teresianas», se lamentaba. Confieso que nunca supe ser la hija que hubieran deseado mis padres, ni la jovencita que esperaba el mundo en que nací. O mejor debería decir que no quise. Siempre le llevé la contraria a todo el mundo, a mis padres, a mis maestros y, cuando todos se cansaron ya de batallar conmigo, a mí misma.

No me gustaba jugar con las otras niñas: mi especialidad era decapitar muñecas con un tirachinas. Prefería jugar con los niños, que se dejaban mandar con facilidad, aunque tarde o temprano descubrían que yo los ganaba siempre y tuve que empezar a apañármelas sola. Creo que me acostumbré entonces a aquella sensación de estar en todo momento lejos y aparte de los demás. En eso me parecía a mi madre, que solía decir que en el fondo siempre estábamos todos solos, sobre todo la que nacía mujer. Mi madre era una persona melancólica con la que nunca me llevé bien, tal vez porque era la única que me entendía un poco de la familia. Murió cuando yo era una niña. Mi padre volvió a casarse con una viuda de Valladolid a la que nunca le caí bien y que, cuando estábamos las dos a solas, me llamaba «zorrita».

No me di cuenta de lo mucho que echaba de menos a mi madre hasta después de que muriera. Quizá por eso empecé a visitar la biblioteca de la universidad, para la que mi madre me había conseguido un carnet antes de morir sin decírselo a mi padre, quien estimaba que solo me correspondía estudiar el catecismo y leer vidas de santos. Mi madre adoptiva detestaba los libros. Le ofendía su presencia y los escondía en el fondo de los armarios para que no enturbiasen la decoración de la casa.

En la biblioteca fue donde cambió mi vida. El catecismo no lo rocé ni por casualidad y la única vida santa que leí con fruición fue la de santa Teresa, intrigadísima con aquellos éxtasis misteriosos que yo asociaba con prácticas inconfesables que no me atrevo ni a contarles a estas páginas. En la biblioteca leí todo lo que me dejaron leer y sobre todo lo que algunos me decían que no debía leer. Doña Lorena, una bibliotecaria sabia que rondaba por allí por las tardes, siempre me preparaba una pila de libros que denominaba «las lecturas que toda señorita debe leer y que nadie quiere que lea». Doña Lorena decía que el nivel de barbarie de una sociedad se mide por la distancia que intenta poner entre las mujeres y los libros. «Nada asusta más a un cafre que una mujer que sabe leer, escribir, pensar y encima enseña las rodillas.» Durante la guerra la metieron en la cárcel de mujeres y dijeron que se había ahorcado en su celda.

Supe desde el principio que quería vivir entre libros y empecé a soñar con que algún día mis propias historias pudieran acabar en uno de aquellos tomos que tanto veneraba. Los libros me enseñaron a pensar, a sentir y a vivir mil vidas. No me avergüenza reconocer que, tal y como había predicho doña Lorena, llegó un día en que también comenzaron a gustarme los chicos. Demasiado. A estas páginas se lo puedo contar y reírme del tembleque de piernas que me daba cuando veía pasar a algunos de los mozos que trabajaban descargando cajas en el Borne y me miraban con una sonrisa hambrienta, sus torsos cubiertos de sudor y la piel bronceada que yo imaginaba que debía de saber a sal. «Lo que yo te daría, guapa», me dijo uno una vez antes de que mi padre me encerrase en casa durante una semana, semana que dediqué a fantasear con lo que me quería dar aquel bravo y a sentirme un poco como santa Teresa.

A decir verdad, los chicos de mi edad no me interesaban demasiado, y además me tenían un poco de miedo porque les había ganado a todo menos a sus concursos de a ver quién llegaba más lejos orinando al viento. A mí, como a casi todas las chicas de mi edad, lo admitieran o no, me gustaban los chicos mayores, y sobre todo los que encajaban en la categoría definida por todas las madres del mundo como «los que no te convienen». Yo no sabía arreglarme ni sacarme partido, al menos al principio, pero pronto aprendí a reconocer cuándo les hacía gracia. La mayoría de los chicos resultaron ser todo lo contrario de los libros: eran simples y se les podía leer al instante. Supongo que nunca fui lo que se dice una buena chica. No voy a mentirme a mí misma. ¿Quién quiere ser una buena chica por voluntad propia? Yo no. Arrinconaba a los chicos que me gustaban en un portal y los conminaba a que me besaran. Como muchos se morían de miedo o no sabían ni por dónde empezar, los besaba yo. Mis andanzas llegaron a oídos del párroco del barrio, que estimó preciso realizar un exorcismo de inmediato ante mis claros signos de posesión. Mi madre adoptiva sufrió una crisis nerviosa fruto de la vergüenza que le había hecho pasar que le duró un mes. Tras aquel episodio declaró que yo iba por lo menos para cabaretera o directa «al arroyo», su expresión favorita. «Y luego no te querrá nadie, zorrita.» Mi padre, que no sabía ya qué hacer conmigo, inició los trámites para meterme en un internado religioso muy severo, pero mi reputación me precedió y en cuanto supieron que se trataba de mí, se negaron a admitirme por temor a que contaminase a las otras internas. Escribo todo esto sin rubor porque creo que si de algo pequé en mi adolescencia fue simplemente de demasiado inocente. Rompí algún corazón, pero nunca con malicia, y para entonces seguía creyendo que jamás nadie me lo rompería a mí.

Mi madrastra, que se había declarado muy devota de la Virgen de

Lourdes, no perdía la esperanza y le rezaba sin pausa para que algún día yo sentase la cabeza, o para que me atropellase un tranvía y me quitase de en medio de una vez. Mi salvación, a sugerencia del párroco, pasaba por canalizar mis turbios instintos por vía católica y apostólica. Se ideó un plan urgente para comprometerme a las buenas o a las malas con el hijo de unos pasteleros que había al pie de la calle Flassaders, Vicentet, que a ojos de mis padres era un buen partido. Vicentet tenía el alma blanda como el azúcar en polvo y era tierno y mullido como las magdalenas que hacía su madre. Yo me lo habría comido en media mañana y el pobre lo sabía, pero a nuestras respectivas familias les parecía que aquella unión constituiría un modo de matar dos pájaros de un tiro. Colocar al nen y encarrilar a la zorrita de Isabella.

Vicentet, bendito sea entre todos los confiteros, me adoraba. Me consideraba lo más bello y puro del universo, pobrecito, y me miraba al pasar con cara de cordero degollado soñando con nuestro banquete nupcial en Las Siete Puertas y un viaje de novios a bordo de las Golondrinas hasta el final del espigón del puerto. Yo, por supuesto, le hice tan infeliz como pude. Para desgracia de todos los Vicentets del mundo, que no son pocos, el corazón de una chica es como un puesto de petardos al sol de verano. Pobre Vicentet, lo que llegó a sufrir por mi culpa. Me dijeron que se casó por fin con una prima segunda de Ripoll que iba para novicia y que se habría casado con la estatua del soldado desconocido si eso la hubiera salvado del convento. Juntos siguen trayendo al mundo criaturas y magdalenas. De la que se libró.

Yo, como era previsible, seguí en mis trece y acabé haciendo lo que mi padre siempre había temido aún más que a la posibilidad de que la abuela Vesubia se mudara a vivir con ellos. Su peor pesadilla era que, habiendo los libros envenenado mi cerebro calenturiento, me enamorase de la peor clase de criatura que existe en el universo, el ser más pérfido, cruel y malévolo que ha pisado la tierra y cuyo principal propósito en la vida, amén de satisfacer su infinita vanidad, es hacer infelices a los pobres que cometen el craso error de quererle: un escritor. Y, ya puestos, no un poeta, variedad que mi padre pensaba que era más o menos lo que él llamaba un inofensivo somiatruites al que se le podía persuadir para que se buscase un empleo honrado en un colmado de legumbres y dejara los versos para las tardes de domingo al volver de misa, no, sino la peor variedad de la especie: un novelista. Esos no tenían arreglo y ya no los querían ni en el infierno.

El único escritor de carne y hueso que existía en mi mundo era un individuo un tanto extravagante, por decir algo amable, que corría por el barrio. Mis pesquisas revelaron que vivía en un caserón a pocos metros de la pastelería de la familia de Vicentet en la calle Flassaders, un lugar con mala fama porque, según rumoreaban las viejas, los registradores de la propiedad y un sereno muy cotilla que se llamaba Soponcio y se sabía todos los chismes del barrio, estaba embrujado y su ocupante estaba un poco tocado del ala. Se llamaba David Martín.

Yo no le había visto nunca porque se suponía que solo salía de noche y frecuentaba ambientes y lugares no aptos para señoritas ni gente decente. Yo no me consideraba ni una cosa ni la otra, así que urdí un plan para que nuestros destinos colisionasen como dos trenes sin control. David Martín, único novelista vivo en un radio de cinco calles de mi casa, no lo sabía todavía pero muy pronto su vida iba a cambiar. A mejor. El cielo o el infierno le iban a enviar justo lo que necesitaba para enderezar su existencia disoluta: una aprendiza, la gran Isabella.

## 2

El relato de cómo llegué a ser la aprendiza oficial de David Martín es largo y prolijo. Conociéndole, no me extrañaría que el propio David hubiera dejado un recuento de su puño y letra en algún sitio en el que, a buen seguro, mi personaje no será precisamente el de heroína. El caso es que, pese a su férrea resistencia, conseguí colarme en su casa, en su extraña vida y en su conciencia, que era una casa embrujada en sí misma. Tal vez fue el destino, tal vez fue el hecho de que, en el fondo,

*David Martín era un espíritu atormentado que, sin saberlo, me nece-*
*sitaba a mí mucho más que yo a él. «Almas perdidas que se encuentran*
*a medianoche», escribí yo por entonces en un amago de poema melo-*
*dramático en prácticas que mi nuevo mentor declaró de alto riesgo para*
*diabéticos. Él era así.*

*Muchas veces he pensado que David Martín fue el primer amigo*
*de verdad que tuve en esta vida después de doña Lorena. Casi me*
*doblaba la edad y a veces me parecía que había vivido cien vidas antes*
*de conocerme, pero, aun cuando rehuía mi compañía o nos peleábamos*
*por cualquier tontería, me sentía tan próxima a él que incluso a mi*
*pesar comprendía que, como él bromeaba en alguna ocasión, el «in-*
*fierno los cría y ellos se conjuran». Igual que muchas personas de*
*buena pasta, David gustaba de esconderse en un caparazón cínico y*
*arisco aunque, pese a las muchas pullas que me lanzaba (no más de*
*las que yo le lanzaba a él, para ser justos) y por mucho que intentara*
*disimularlo, siempre tuvo conmigo paciencia y mostró generosidad.*

*David Martín me enseñó muchas cosas: a crear una frase, a pen-*
*sar en el lenguaje y todos sus artificios como en una orquesta dispues-*
*ta frente a una página en blanco, a analizar un texto y entender cómo*
*está construido y por qué... Me enseñó de nuevo a leer y a escribir, pero*
*esta vez sabiendo lo que hacía, por qué y para qué. Y sobre todo cómo.*
*No se cansaba de decirme que en literatura solo existía un tema de*
*verdad: no lo que se narraba, sino el cómo se narraba. Lo demás,*
*decía, era artesonado. También me explicó que la de escritor era una*
*profesión que se tenía que aprender pero que era imposible enseñar. «El*
*que no entiende ese principio más vale que se dedique a otra cosa, que*
*en este mundo hay mucho que hacer.» Él opinaba que yo tenía menos*
*futuro como escritora que España como nación razonable, pero él era*
*un pesimista nato, o lo que él llamaba un «realista informado», así*
*que, fiel a mí misma, le llevé la contraria.*

*Con él aprendí a aceptarme tal y como era, a pensar por mi cuen-*
*ta e incluso a quererme un poco. En aquel tiempo que pasé viviendo*
*en su caserón encantado nos hicimos amigos, buenos amigos. David*

Martín era un hombre solitario que quemaba sus puentes con el mundo sin darse cuenta, o quizá lo hacía de forma deliberada porque pensaba que casi nada bueno podía cruzarlos. La suya era un alma rota, una pieza quebrada que llevaba así desde la niñez y que nunca pudo llegar a recomponer. Empecé fingiendo detestarle, luego disimulando que le admiraba y al final me esforcé para que no se percatara de que le tenía lástima, algo que a él le enfurecía. Cuanto más intentaba alejarme David, y nunca dejó de intentarlo, más cerca de él me sentía. Entonces dejé de llevarle la contraria en todo y solo quería protegerle. La ironía de nuestra amistad es que yo llegué a su vida como aprendiza y como estorbo, pero en el fondo es como si él siempre me hubiera estado esperando. Para salvarle, tal vez, de sí mismo o de todo aquello que llevaba atrapado dentro y le devoraba en vida.

Uno solo se enamora de verdad cuando no se da cuenta de que lo está haciendo. Y yo me enamoré de aquel hombre roto y profundamente infeliz mucho antes de comenzar a sospechar ni siquiera que me gustaba. Él, que siempre me leyó como a un libro abierto, temía por mí. Fue idea suya que trabajara en la librería Sempere e hijos, de la que él era cliente de toda la vida. Y fue idea suya convencer a Juan, que acabaría siendo mi esposo y que por entonces era Sempere «hijo», de que me cortejase. Juan era en aquellos días tan tímido como David podía ser descarado. En cierto modo eran como la noche y el día, y nunca mejor dicho, porque en el corazón de David siempre era de noche.

Por entonces yo ya había empezado a comprender que nunca iba a ser escritora, ni siquiera submarinista, y que las hermanas Brontë tendrían que esperar a otra candidata más afín para sucederlas. También había empezado a comprender que David Martín estaba enfermo. Un abismo se había abierto en su interior y, después de toda una existencia luchando por mantener la cordura, cuando yo llegué a su vida David ya había perdido la batalla consigo mismo y estaba perdiendo la razón como si fuese arena que intentara sujetar entre las manos. Si hubiera escuchado al sentido común habría echado a correr, pero para entonces ya le había pillado el gusto a llevarme la contraria a mí misma.

Con el tiempo se dijeron muchas cosas acerca de David Martín y se le atribuyeron crímenes terribles. Yo, que creo que le conocí mejor que nadie, tengo el convencimiento de que los únicos crímenes que cometió fueron contra sí mismo. Por ese motivo le ayudé a huir de Barcelona, después de que la policía le hubiera acusado de asesinar a su protector Pedro Vidal y a su esposa Cristina, de la que creía estar enamorado de esa manera tonta y fatal en que algunos hombres imaginan haberse enamorado de mujeres que no saben distinguir de un espejismo. Y por eso recé para que no regresara nunca a esta ciudad y para que encontrase la paz en algún lugar lejano y yo pudiera olvidarle, o convencerme con el tiempo de que lo había hecho. Dios solo escucha cuando uno suplica lo que no necesita.

Pasé los cuatro años siguientes intentando olvidarme de David Martín y pensando que casi lo había conseguido. Abandonados mis sueños de escribir, había hecho realidad el de vivir entre libros y palabras. Trabajaba en la librería Sempere e hijos, donde Juan, al fallecer el abuelo, había pasado a ser «el señor Sempere». El nuestro fue un noviazgo de los de antes de la guerra, con un cortejo modesto, roces en las mejillas, paseos los domingos por la tarde y besos robados bajo las carpas de las fiestas de Gracia cuando no había familiares al acecho. No había trembleques en las rodillas, pero tampoco hacía falta. No se puede vivir toda la vida como si se tuviesen aún catorce años.

Juan no tardó en proponerme matrimonio. Mi padre aceptó su propuesta en tres minutos, rendido de gratitud a santa Rita, patrona de los imposibles, al vislumbrar la improbable estampa de su hija vestida de blanco inclinándose ante un cura y obedeciendo. Barcelona, ciudad de milagros. Cuando le dije que sí lo hice convencida de que aquel era el mejor hombre que iba a conocer, que no le merecía y que había aprendido a quererle no solo con el corazón, sino también con la cabeza. El mío no fue el sí de una jovencita. Qué sabia me sentí. Mi madre hubiera estado orgullosa. Todos aquellos libros habían servido de algo. Acepté su mano segura de que lo que más deseaba en el mundo era hacerle feliz y formar una familia con él. Y, durante un tiempo, llegué a creer que así sería. Seguía siendo una ingenua.

# 3

*Las esperanzas las guardan las personas, pero el destino lo reparte el diablo. La boda iba a celebrarse en la capilla de Santa Ana, en la plazoleta que quedaba justo detrás de la librería. Las invitaciones estaban enviadas, el convite contratado, las flores compradas y el coche que debía llevar a la novia a la puerta de la iglesia reservado. Yo me decía todos los días que me sentía ilusionada y que por fin iba a ser feliz. Recuerdo un viernes de marzo, un mes exacto antes de la ceremonia, en que me había quedado sola en la librería porque Juan había ido a Tiana a entregar un pedido a un cliente importante. Oí la campanilla de la puerta y al levantar la vista le vi. Apenas había cambiado.*

*David Martín era uno de esos hombres que no envejecen, o que solo lo hacen por dentro. Cualquiera hubiera bromeado con que debía de haber hecho un pacto con el diablo. Cualquiera menos yo, que sabía que en la fantasmagoría de su alma él estaba convencido de que así era, aunque su diablo particular fuera un personaje imaginario que vivía en la trastienda de su cerebro con el nombre de Andreas Corelli, editor parisino y personaje tan siniestro que parecía salido de su propia pluma. En su cabeza, David estaba seguro de que Corelli le había contratado para escribir un libro maldito, texto fundacional de una nueva religión de fanatismo, ira y destrucción que habría de prender fuego al mundo por siempre jamás. David llevaba a cuestas aquel y otros delirios, y creía a pies juntillas que su diablillo literario le estaba dando caza porque él, genio y figura, no había tenido mejor ocurrencia que traicionarle, romper su acuerdo y destruir el* Malleus Maleficarum *de turno en el último momento, quizá porque la bondad luminosa de su insoportable aprendiza le había hecho ver la luz y el error de sus designios. Y para eso estaba yo, la gran Isabella, que por no creer no creía ni en los billetes de lotería y había pensado que el perfume de mi encanto juvenil y el dejar de respirar durante una temporada el aire* viciado de Barcelona (donde además lo buscaba la policía) iba a ser suficiente para curarle de sus locuras. Tan pronto como le miré a los ojos supe que cuatro años vagando por sabe Dios qué mundos no le habían curado un ápice. En cuanto me sonrió y me dijo que me había echado de menos se me rompió el alma, me puse a llorar y maldije mi suerte. A la que me rozó la mejilla comprendí que continuaba enamorada de mi Dorian Gray particular, mi loco preferido y el único hombre que siempre deseé que hiciese conmigo lo que quisiera.

No recuerdo las palabras que intercambiamos. Aquel momento aún está borroso en mi memoria. Creo que todo cuanto había construido en mi imaginación durante aquellos años de su ausencia se me cayó encima en cinco segundos y cuando atiné a salir de los cascotes no fui capaz más que de pergeñar una nota dirigida a Juan que dejé junto a la caja registradora diciendo,

Tengo que irme. Perdóname, amor mío.
Isabella

Sabía que la policía le seguía buscando porque no había mes en que no apareciese por la librería algún miembro del Cuerpo para preguntar si habíamos tenido noticias del fugitivo. Abandoné la librería con David del brazo y me lo llevé a rastras hasta la Estación del Norte. Él parecía encantado de haber regresado a Barcelona y lo miraba todo con la nostalgia de un moribundo y la inocencia de un niño. Yo estaba muerta de miedo y solo pensaba en dónde esconderle. Le pregunté si había algún sitio donde nadie pudiera encontrarlo y donde a nadie se le ocurriera buscarle.

«El Saló de Cent del ayuntamiento», dijo.

«Hablo en serio, David.»

Siempre fui mujer de grandes ocurrencias, y aquel día tuve una de las más sonadas. David me había contado en una ocasión que su antiguo mentor y amigo, don Pedro Vidal, disponía de una casa junto al mar en un rincón remoto de la Costa Brava llamado S'Agaró.

La casa le había servido en su día a modo de esa institución de la burguesía catalana, el picadero, o lugar al que llevarse a señoritas, a meretrices y a otras candidatas al amor breve para desfogar el brío propio de los caballeros de buena cuna sin mancillar el inmaculado vínculo matrimonial.

Vidal, que disponía de varios locales al uso dentro de la comodidad de la ciudad de Barcelona, siempre le había ofrecido a David su guarida frente al mar para lo que quisiera, porque él y sus primos solo la utilizaban en verano, e incluso entonces solo durante un par de semanas. La llave estaba siempre oculta tras una piedra en un relieve junto a la entrada. Con el dinero que había sacado de la caja registradora de la librería compré dos billetes hasta Gerona y de allí otros dos hasta San Feliu de Guíxols, localidad que quedaba a dos kilómetros de la bahía de San Pol en la que se encontraba el enclave de S'Agaró. David no opuso resistencia alguna. Por el camino se apoyó en mi hombro y se durmió.

«Hace años que no duermo», dijo.

Llegamos al anochecer, con lo puesto. Una vez allí, aprovechando el manto de la noche, preferí no tomar un carromato frente a la estación e hicimos el camino a pie hasta la villa. La llave seguía allí. La casa llevaba años cerrada. Abrí todas las ventanas de par en par y las dejé así hasta que amaneció sobre el mar al pie del acantilado. David había dormido como un niño toda la noche y cuando el sol le rozó la cara abrió los ojos, se incorporó y se me acercó. Me abrazó con fuerza y cuando le pregunté por qué había vuelto me contestó que había comprendido que me quería.

«No tienes derecho a quererme», le dije.

Tras años de inactividad me salió la Vesubia que siempre había llevado dentro y empecé a gritarle y a sacar toda la rabia, toda la tristeza y todo el anhelo con que me había dejado. Le aseguré que conocerle era lo peor que me había pasado en la vida, que le odiaba, que no quería volver a verle nunca más y que deseaba que se quedase en aquella casa y se pudriera allí para siempre. David asintió y bajó la mirada. Supongo que fue entonces cuando le besé, porque siempre era yo la que tenía que besar primero, y pulvericé en un segundo el resto *de mi vida. El cura de mi infancia se había equivocado. No había venido al mundo a llevar la contraria, sino a cometer errores. Y aquella mañana, en sus brazos, cometí el mayor de cuantos podría haber cometido.*

# 4

*Uno no se da cuenta del vacío en el que ha dejado pasar el tiempo hasta que vive de verdad. A veces la vida, no los días quemados, es solo un instante, un día, una semana o un mes. Uno sabe que está vivo porque duele, porque de repente todo importa y porque cuando ese breve momento se acaba, el resto de su existencia se transforma en un recuerdo al que intenta regresar en vano mientras le queda aliento en el cuerpo. Para mí ese momento fueron las semanas que viví en aquel caserón frente al mar en compañía de David. Debería decir en compañía de David y de las sombras que él llevaba dentro y que convivían con nosotros, pero entonces tanto me daba. Le habría acompañado al infierno si me lo hubiera pedido. Y supongo que, a mi manera, acabé haciéndolo.*

*Al pie del acantilado había una cabaña con un par de botes de remos y un muelle de madera que se adentraba en el mar. Casi todas las mañanas, al amanecer, David se sentaba en el extremo para ver salir el sol. A veces me unía a él y nos bañábamos en la cala que formaba el acantilado. Era el mes de marzo y el agua aún estaba fría, pero al rato corríamos de vuelta a la casa y nos sentábamos frente al fuego de la chimenea. Luego dábamos largos paseos por el camino que bordeaba los acantilados y conducía hasta una playa desierta que los lugareños llamaban Sa Conca. En la arboleda de detrás de la playa había un poblado gitano en el que David compraba víveres. De vuelta en casa, él cocinaba y después cenábamos al atardecer mientras escuchábamos algunos de los discos viejos que Vidal había dejado. Muchas noches, cuando se ponía el sol, el viento de tramuntana se levantaba* con fuerza, soplaba entre los árboles y golpeaba los postigos. Entonces teníamos que cerrar las ventanas y encender velas por toda la casa. Luego yo tendía unas mantas frente a las brasas del fuego y cogía a David de la mano, porque aunque me doblaba la edad y había vivido lo que yo no podía empezar a imaginar, conmigo se mostraba tímido y era yo quien tenía que guiar sus manos para que me desnudase despacio, como a mí me gustaba. Supongo que debería avergonzarme de escribir estas palabras y conjurar esos recuerdos, pero no me quedan pudor ni vergüenza que ofrecerle al mundo. El recuerdo de aquellas noches, de sus manos y sus labios explorando mi piel y de la felicidad y el placer que viví entre aquellas cuatro paredes es, junto con el nacimiento de Daniel y los años que le he tenido a mi lado y le he visto crecer, lo más hermoso que me llevo.

Sé ahora que el verdadero propósito de mi vida, el que nadie pudo prever, ni siquiera yo, fue el de concebir a mi hijo Daniel durante aquellas semanas que pasé con David. Y sé que el mundo me juzgaría y me condenaría a gusto por haber querido a aquel hombre, por haber concebido un hijo en pecado y a escondidas, y por mentir. El castigo, justo o no, no se hizo esperar. En esta vida nadie es feliz de balde, ni aunque sea por un instante.

Una mañana, mientras David bajaba al muelle, me vestí y me acerqué a un lugar llamado La Taberna del Mar que quedaba al pie de la bahía de San Pol. Desde allí llamé a Juan. Hacía dos semanas y media que había desaparecido.

«¿Dónde estás? ¿Estás bien, a salvo?», me preguntó.

«Sí.»

«¿Vas a volver?»

«No lo sé. No sé nada, Juan.»

«Yo te quiero mucho, Isabella. Y siempre te querré. Vuelvas o no.»

«¿No me preguntas si te quiero yo a ti?»

«No tienes que darme explicaciones de nada si no te apetece. Yo te esperaré. Siempre.»

Aquellas palabras se me clavaron como un puñal y cuando regresé a casa todavía estaba llorando. David, que me esperaba en la puerta del caserón, me abrazó.

«No puedo seguir aquí contigo, David.»

«Ya lo sé.»

Dos días después, uno de los gitanos de la playa se acercó para avisarnos de que la Guardia Civil había preguntado por un hombre y una chica a los que se había visto por la zona. Tenían un retrato de David, al que dijeron buscar por asesinato. Aquella fue la última noche que pasamos juntos. Al día siguiente, cuando me desperté entre las mantas frente al fuego, David se había ido. Había dejado una nota en la que me decía que regresara a Barcelona, que me casara con Juan Sempere y que fuese feliz por los dos. La noche anterior le había confesado que Juan me había pedido en matrimonio y yo había aceptado. Todavía hoy no sé por qué le conté aquello. Si quería alejarle o quería que él me rogase que nos escapáramos juntos en su descenso a los infiernos. Él decidió por mí. Cuando le había dicho que no tenía derecho a quererme me había creído.

Supe que no tenía sentido esperarle. Que no iba a retornar ni aquella tarde ni al día siguiente. Limpié la casa, cubrí de nuevo los muebles con sábanas y cerré todas las ventanas. Dejé la llave tras la piedra en el muro y me encaminé hacia la estación del tren.

Supe que llevaba a su hijo en las entrañas tan pronto como abordé el tren en San Feliu. Juan, al que había llamado desde la estación antes de salir, acudió a recogerme. Me abrazó y no quiso preguntarme dónde había estado. Yo no me atrevía ni a mirarle a los ojos.

«No merezco que me quieras», le confesé.

«No digas tonterías.»

Fui cobarde y tuve miedo. Por mí. Por el hijo que sabía que llevaba dentro de mí. Una semana después, contraje matrimonio con Juan Sempere en la capilla de Santa Ana, el día previsto. La noche de bodas la pasamos en la fonda España. A la mañana siguiente, cuando me desperté, oí a Juan llorando en el baño. Qué hermosa sería la vida si fuésemos capaces de querer a quien lo merece.

Daniel Sempere Gispert, mi hijo, nació nueve meses después.

# 5

*Nunca entendí bien por qué David decidió regresar a Barcelona du-
rante los últimos días de la guerra. La mañana que desapareció del
caserón de S'Agaró creí que nunca más volvería a verle. Cuando nació
Daniel dejé atrás a la muchacha que había sido y el recuerdo del tiempo que habíamos pasado juntos. He vivido estos años sin más horizonte que cuidar de Daniel, ser para él la madre que debía ser y protegerle
de un mundo que he aprendido a ver con los ojos con los que lo veía
David. Un mundo de tinieblas, de rencor y envidia, de mezquindad y
odio. Un mundo en el que todo es falso y todos mienten. Un mundo
que no merecería sobrevivir pero al que ha llegado mi hijo y del que
debo protegerle. Nunca quise que David conociera la existencia de
Daniel. El día en que nació mi hijo me juré que jamás sabría quién
había sido su padre, porque su padre de verdad, el hombre que le entregó la vida y que lo crio a mi lado, Juan Sempere, era el mejor padre
que nunca podría tener. Lo hice convencida de que si algún día Daniel
averiguaba, o sospechaba, la verdad, no me lo perdonaría nunca. Y
aun así lo volvería a hacer. David Martín nunca debió retornar a
Barcelona. En el fondo de mi alma creo que si lo hizo fue porque, de
algún modo, intuía la verdad. Tal vez ese fue el verdadero castigo que
el diablo que llevaba en el alma le había reservado. Tan pronto como
cruzó la frontera, nos condenó a ambos.*

*Fue detenido hace unos meses al cruzar el Pirineo, y trasladado a
Barcelona, donde se reabrió el sumario de los cargos que tenía pendientes. Se le añadió el de subversión, traición a la patria y a saber qué
otras majaderías, y se le encerró en la Modelo junto con otros miles de
presos. En estos días se asesina y se encarcela a escala industrial en
las grandes ciudades de España, y más en Barcelona. Se ha levantado
la veda de la venganza y la revancha, el aniquilar al adversario, esa
gran vocación nacional. Como era de esperar, los nuevos y flamantes
cruzados del régimen salen de debajo de las piedras y corren a tomar*

posiciones en el nuevo orden de las cosas para escalar en la nueva sociedad. Muchos de ellos han atravesado las líneas y cambiado de bando una o varias veces por conveniencia e interés. Nadie que haya vivido una guerra con los ojos abiertos puede volver a creer que las personas somos mejores que cualquier otro animal.

Se diría que las cosas no podían ir a peor, pero no hay listón lo bastante bajo para la mezquindad cuando se le dan riendas. Apareció pronto en el horizonte un personaje que parecía venido al mundo para encarnar el espíritu de los tiempos y el lugar. Imagino que hay muchos como él entre esa escoria que siempre sale a flote cuando todo zozobra. Se llama Mauricio Valls y, como todos los grandes hombres en tiempos pequeños, es un don nadie.

# 6

*Supongo que algún día todos los diarios de este país publicarán grandes alabanzas de don Mauricio Valls y cantarán sus glorias a los cuatro vientos. Nuestra tierra es fértil en personajes de su calaña, a los que nunca les falta un séquito de aduladores que se arrastran para recoger los mendrugos que dejan caer de su mesa cuando llegan a la cima. Por ahora, antes de que llegue ese momento, que llegará, Mauricio Valls es todavía uno entre tantos, un aspirante aventajado. Durante estos últimos meses he aprendido muchas cosas acerca de él. Sé que empezó como otro de los letraheridos de tertulia de café. Un hombre mediocre, sin talento ni oficio que, como suele suceder, compensaba sus miserias con una infinita vanidad y un ansia voraz de reconocimiento. Intuyendo que sus merecimientos nunca le granjearían ni un real ni la posición que codiciaba y estaba convencido de meritar, optó por hacer carrera en el compadreo y cultivar una camarilla de otros de su misma calaña para intercambiar prebendas y excluir a quienes envidiaba.*

*Sí, escribo con rabia y rencor, y me avergüenzo porque ya no sé ni me importa si mis palabras son justas o no, si juzgo a inocentes o si la furia y el dolor que me queman por dentro me ciegan. En estos últimos meses he aprendido a odiar, y me aterra pensar que moriré con esta amargura en el corazón.*

*Oí su nombre por primera vez poco después de tener noticia de que David había sido capturado y encarcelado. Mauricio Valls era por entonces un cachorro del nuevo régimen, un fiel adepto que se había hecho un nombre al contraer matrimonio con la hija de un potentado del entramado empresarial y financiero que había apoyado al bando nacional. Valls había empezado sus días como aspirante a literato, pero su gran acierto fue seducir y llevar al altar a una pobre infeliz que había nacido con una cruel enfermedad que le estaba deshaciendo los huesos y la había postrado ya en una silla de ruedas en su adolescencia. Rica heredera incasable, oportunidad de oro.*

*Valls debió de imaginar que aquella jugada le iba a catapultar a la cima del Parnaso nacional, a un puesto destacado en la academia o a alguna posición de prestigio en la corte de las artes y la cultura españolas. No incluyó en sus cálculos que, como él, había muchos que cuando ya se veía venir que un bando iba a ganar la guerra empezaron a brotar como flores tardías y a hacer cola para el día de gloria.*

*Llegado el reparto de las recompensas y el botín, Valls recibió la suya, que iba con una lección sobre las reglas del juego. El régimen no necesitaba poetas sino carceleros e inquisidores. Y así, sin esperarlo, recibió un nombramiento que consideraba indigno y muy por debajo de su nivel intelectual: el de director de la prisión del castillo de Montjuic. Claro que alguien como Valls no desaprovecha oportunidades, y ha sabido rentabilizar este giro del destino para hacer méritos, preparar su futuro ascenso y de paso encarcelar, exterminar a cuantos adversarios, reales o imaginarios, tenía en su larga lista así como disponer a su antojo de ellos. Cómo acabó en ella David Martín es algo que nunca llegaré a comprender, aunque no fue el único. Por algún motivo, su fijación por él ha sido obsesiva y enfermiza.*

*Tan pronto como supo que David Martín había ingresado en la cárcel Modelo solicitó su traslado al castillo de Montjuic y no cesó* hasta verlo tras los barrotes de una de sus celdas. Mi esposo Juan conocía a un joven abogado, cliente de la librería, llamado Fernando Brians. Acudí a verle para que me dijera qué podía hacer para ayudar a David. Nuestros ahorros eran prácticamente inexistentes y Brians, un buen hombre que ha llegado a ser un gran amigo en estos meses tan difíciles, se avino a trabajar sin cobrar. Brians contaba con contactos en la prisión de Montjuic, en particular uno de los vigilantes, llamado Bebo, y pudo averiguar que Valls tenía alguna suerte de plan respecto a David. Conocía su obra y, aunque no se cansaba de calificarlo como «el peor escritor del mundo», estaba intentando persuadirle para que escribiera, o reescribiera, un pliego de páginas en su nombre con las que Valls confiaba establecer su reputación como literato con la ayuda de su nueva posición en el régimen. Puedo imaginarme lo que David debió de responderle.

Brians lo intentó todo, pero los cargos que pesaban sobre David eran demasiado graves y lo único que quedaba era suplicar la clemencia de Valls para que el trato que recibiera en el castillo no fuese el que todos imaginábamos. Desoyendo los consejos de Brians, acudí a visitar a Valls. Ahora sé que cometí un error, un gravísimo error. Y que al hacerlo, aunque solo fuese porque Valls vio en mí una posesión más del objeto de su odio, David Martín, me convertí en el foco de su codicia.

Valls, como muchos de su condición, estaba aprendiendo rápido a comerciar con las ansias de los familiares de los presos que tenía en su poder. Brians siempre me advirtió. Juan, que intuía que mi relación y devoción por David iban más allá de una noble amistad, veía con recelo mis visitas a Valls en el castillo. «Piensa en tu hijo», me decía. Y tenía razón, pero fui egoísta. No podía abandonar a David en aquel lugar si había algo que pudiera hacer. No era ya una cuestión de dignidad. Nadie sobrevive una guerra civil con un ápice de dignidad del que presumir. Mi equivocación fue no comprender que lo que Valls deseaba no era poseerme ni humillarme. Quería destruirme, porque había entendido al fin que ese era el único modo que tenía de verdad de doblegar y hacer daño a David.

Todo mi empeño, toda la ingenuidad con la que intenté persuadirle se volvió contra nosotros. No importaba cuánto le adulase, cuánto fingiese respetarle y temerle, cuánto me humillase ante él suplicando misericordia para con su prisionero. Todo lo que hacía era leña que avivaba el fuego que Valls llevaba dentro. Sé ahora que en mi intento de ayudar a David acabé por condenarle.

Cuando comprendí eso ya era muy tarde. Valls, aburrido de su labor, de sí mismo y de la lentitud con que la gloria le llegaba, llenaba su tiempo con fantasías. Una de ellas fue que se había enamorado de mí. Yo quise creer que si le convencía de que su fantasía tenía algún futuro, quizá Valls se mostraría magnánimo. Pero también se hartó de mí. Desesperada, le amenacé con desenmascararle, con hacer público quién era en realidad y hasta dónde llegaba su mezquindad. Valls se rio de mí y de mi ingenuidad, pero quiso castigarme. Para herir a David y asestarle el golpe definitivo.

Hace apenas una semana y media, Valls me citó en el Café de la Ópera de las Ramblas. Acudí al encuentro sin decirle nada a nadie, ni siquiera a mi esposo. Estaba segura de que aquella era la última oportunidad que me quedaba. Fallé. Aquella misma noche supe que algo había salido mal. Una náusea me despertó de madrugada. Vi en el espejo que tenía los ojos amarillentos y que me habían salido manchas en la piel alrededor del cuello y el pecho. Al amanecer empecé a vomitar sangre. Entonces comenzó el dolor. Un dolor frío, como el de un cuchillo que corta las entrañas por dentro y se va abriendo camino. Tenía fiebre y era incapaz de retener líquidos o alimentos. El pelo se me caía a puñados. Los músculos de todo el cuerpo se me tensaban como cables y me hacían gritar de dolor. Me sangraban la piel, los ojos y la boca.

Los médicos y los hospitales no han podido hacer nada. Juan cree que he contraído una enfermedad y que hay esperanza. No puede concebir la idea de perderme y yo no puedo concebir la idea de que voy a dejarlos solos a él y a mi hijo Daniel, a quien he fallado como madre al permitir que mi deseo, mi anhelo de salvar al que quise creer que era el amor de mi vida, estuviera por encima de mi deber.

Sé que Mauricio Valls me envenenó aquella noche en el Café de la Ópera. Sé que lo hizo para herir a David. Sé que me quedan apenas unos días de vida. Todo ha sucedido muy rápido. Mi único consuelo es el láudano, que adormece el dolor en las entrañas, y este cuaderno *ante el cual he querido confesar mis pecados y faltas. Brians, que me visita todos los días, sabe que escribo para seguir viva, para contener este fuego que me está devorando. Le he pedido que a mi muerte destruya estas páginas y que no las lea. Nadie debe leer lo que he explicado aquí. Nadie debe saber la verdad, porque he aprendido que en este mundo la verdad solo hace daño y que Dios ama y ayuda a quien miente.*

*No me queda ya a quién rezar. Todo en cuanto creía me ha abandonado. A veces no me acuerdo de quién soy y solo releer este cuaderno me permite comprender lo que está sucediendo. Escribiré hasta el final. Para recordar. Para intentar sobrevivir. Me gustaría poder abrazar a mi hijo Daniel y hacerle comprender que pase lo que pase nunca le abandonaré. Que estaré con él. Que le quiero. Dios mío, perdóname. No sabía lo que hacía. No quiero morir. Dios mío, déjame vivir un día más para que pueda sostener en mis brazos a Daniel y pueda decirle lo mucho que le quiero...*

Aquella madrugada, como tantas otras, Fermín había salido a caminar por las calles desiertas de una Barcelona sembrada de escarcha. Remigio, el sereno del barrio, ya le conocía y al verle pasar siempre le preguntaba por su insomnio. Había aprendido aquella palabra en un consultorio radiofónico sentimental para señoras que escuchaba en secreto, porque se sentía identificado con casi todas las penas allí expuestas, incluida la referida con otro término que le tenía intrigadísimo, la menopausia, que él creía que se curaba raspándose las vergüenzas con piedra pómez.

—¿Por qué llamarlo insomnio cuando quieren decir conciencia?

—¡Qué místico es usted, Fermín! Si tuviera yo una mujer como la suya esperándome calentita entre las sábanas, a buenas horas era yo el único que se quedaba sin dormir. Y abríguese, que este año el invierno habrá llegado tarde pero trae ganas.

Una hora bregando con aquella brisa cortante que barría las calles de aguanieve le convenció de encaminar sus pasos rumbo a la librería. Tenía faena pendiente y había aprendido a disfrutar de aquellos momentos a solas en la tienda antes de que saliera el sol o bajase Daniel a abrir. Enfiló el corredor de azul que tendía la calle Santa Ana y vislumbró de lejos la brizna de claridad que teñía los cristales del escaparate. Se aproximó lentamente, escuchando el eco de sus pasos, y se detuvo a unos metros, resguardándose del viento en un portal. Demasiado pronto incluso para Daniel, pensó. A ver si aquello de la conciencia iba a resultar que era contagioso.

Andaba debatiéndose entre regresar a casa y despertar a la Bernarda con una vigorosa demostración de virilidad ibérica o entrar en la librería e interrumpir a Daniel en lo que fuese que estaba haciendo (más que nada para asegurarse de que no incluía armas de fuego u objetos punzantes) cuando avistó a su amigo cruzando el umbral del establecimiento y saliendo a la calle. Se hundió en el portal hasta sentir que se le clavaba el aldabón en los riñones y comprobó que Daniel echaba la llave y partía rumbo a Puerta del Ángel. Iba en mangas de camisa y portaba algo bajo el brazo, un libro o un cuaderno. Fermín suspiró. Aquello no podía ser bueno. La Bernarda tendría que esperar para enterarse de lo que valía un peine.

Por espacio de casi media hora le siguió por el nudo de calles que descendían hasta el puerto. No le hizo falta finura o disimulo, porque Daniel parecía absorto en sus pensamientos y no habría advertido que alguien iba tras él aunque se tratase de un cuerpo de bailarinas de claqué. Fermín, que tiritaba de frío y lamentaba haber forrado el abrigo con la prensa deportiva, porosa y poco fiable en estos lances, en vez de con el gramaje extra de los dominicales de *La Vanguardia*, se sintió tentado de llamar a su amigo. Pero se lo pensó mejor. Daniel avanzaba en trance, ajeno a la neblina de aguanieve que se le prendía en el cuerpo.

Al final se abrió ante ellos el paseo de Colón y, más allá, la fantasmagoría de tinglados, mástiles y bruma que custodiaba la dársena del puerto. Daniel cruzó el paseo y bordeó un par de tranvías varados en espera del alba. Se adentró por los angostos pasajes entre los tinglados, naves catedralicias que albergaban toda suerte de cargamento, y llegó hasta el dique de la dársena, donde unos pescadores que preparaban redes y aparejos para salir a la mar habían encendido una hoguera en un bidón de gasoil vacío para entrar en calor. Daniel se aproximó a ellos y, al divisarle, se hicieron a un lado. Algo le habrían visto en la cara que no invitaba a la conversación. Fermín se apresuró y al acercarse pudo ver que Daniel entregaba a las llamas de la hoguera el cuaderno que llevaba bajo el brazo.

Fermín se aproximó a su amigo y le sonrió débilmente desde el otro lado del bidón. Los ojos de Daniel brillaban a la luz del fuego.

—Si lo que busca es pillar una pulmonía, le advierto que el Polo Norte está justo en dirección contraria —aventuró Fermín.

Daniel ignoró sus palabras y permaneció contemplando el fuego al devorar las páginas, que se arrugaban entre las llamas como si una mano invisible las hiciera pasar de una en una.

—Bea estará preocupada, Daniel. ¿Por qué no volvemos?

Daniel alzó la vista y observó a Fermín sin expresión alguna, como si nunca le hubiera visto antes.

—¿Daniel?

—¿Dónde está? —preguntó este, la voz fría y carente de inflexión.

—¿Perdón?

—La pistola. ¿Qué ha hecho con ella, Fermín?

—Donarla a las Hermanitas de la Caridad.

Una sonrisa helada afloró en los labios de Daniel. Fermín, que sentía que nunca había estado tan a punto de perderlo para siempre, se acercó a él y le rodeó con el brazo.

—Vamos a casa, Daniel. Por favor.

Él asintió al fin y, poco a poco, hicieron el camino de vuelta en silencio absoluto.


Amanecía cuando Bea oyó abrirse la puerta del piso y los pasos de Daniel en el vestíbulo. Llevaba horas sentada en una butaca del comedor con una manta sobre los hombros. La silueta de Daniel se perfiló en el pasillo. Si la vio no dio muestra alguna de ello. Pasó de largo y se dirigió al dormitorio de Julián, que quedaba en la parte de atrás y daba a la plazoleta de la capilla de Santa Ana. Bea se incorporó y le siguió. Encontró a Daniel en el umbral de la habitación, contemplando al pequeño, que dormía en silencio. Bea posó la mano sobre su espalda.

—¿Dónde estabas? —murmuró.

Daniel se volvió y la miró a los ojos.

—¿Cuándo va a acabar todo esto, Daniel? —musitó Bea.

—Pronto —dijo él—. Pronto.

# LIBERA ME

Madrid

Enero de 1960

# 1

Al alba, gris y metálica, Ariadna enfiló el largo camino flanqueado de cipreses. Portaba un ramo de rosas rojas en la mano que había comprado a la puerta de un camposanto de camino hacia allí. El silencio era absoluto. No se oía ni el canto de un pájaro ni un soplo de brisa que se atreviera a acariciar el manto de hojarasca que cubría los adoquines. Sin más compañía que el rumor de sus pasos, Ariadna recorrió el trayecto hasta la gran verja de lanzas que custodiaba la entrada a la finca coronada por la leyenda:

## VILLA MERCEDES

El palacio de Mauricio Valls se alzaba tras una Arcadia de jardines y bosques. Torres y mansardas serraban un cielo de ceniza. Ariadna, una mota de blanco en la sombra, escrutó la silueta de la casa que se entreveía entre estatuas, setos y fuentes. Le pareció una criatura monstruosa que se había arrastrado hasta aquel rincón del bosque, herida de muerte. La verja estaba entreabierta. Ariadna entró.

A su paso vislumbró un trazado de raíles que recorría los jardines dibujando el perímetro de la finca. Un tren en miniatura, con locomotora de vapor y dos vagones, aparecía varado entre los arbustos. Siguió avanzando por la senda empedrada que conducía hasta la casa principal. Las fuentes estaban secas, sus ángeles de piedra y madonas de mármol ennegrecidos. Las ramas de los árboles estaban llenas de infinidad de crisálidas blanquecinas que habían eclosionado como pequeños sepulcros tejidos con hilo de azúcar. Un enjambre de arañas pendía de hilos colgados en el aire. Ariadna cruzó el puente suspendido sobre la gran piscina oval. Las aguas, verdosas y recubiertas de un fino velo de algas brillantes, estaban sembradas con los cadáveres de pequeñas aves que parecían haber caído del cielo por obra de una maldición. Más allá se veían las cocheras, vacías, y las dependencias del servicio sumidas en la sombra.

Ariadna ascendió por la escalera que conducía hasta la puerta principal. Golpeó la puerta tres veces hasta que comprendió que también estaba abierta. Volvió la vista atrás y saboreó el aire de descuido y ruina que respiraba la finca. Caído el emperador y sus prebendas, los sirvientes habían abandonado palacio. Ariadna empujó la puerta y penetró en la casa, que olía ya a mausoleo y a olvido. Una penumbra de terciopelo atenazaba la red de corredores y escaleras que se abrían al frente. Permaneció allí inmóvil, un espectro blanco a las puertas del purgatorio, contemplando el difunto esplendor con que Mauricio Valls había disfrazado sus días de gloria.

Llegó entonces a sus oídos un lamento débil y lejano que semejaba el quejido de un animal moribundo y llegaba del primer piso. Subió por la escalinata sin prisa. Los muros mostraban los perfiles de cuadros sustraídos. A ambos lados de la escalinata había pedestales vacíos donde aún podían verse las marcas que figuras y bustos habían dejado tras el saqueo. Al llegar al primer piso se detuvo y oyó de nuevo el gemido. Determinó que provenía de una estancia en el extremo del corredor. Se encaminó hacia allí lentamente. La puerta estaba entreabierta. El intenso hedor que emanaba del interior le acarició el rostro.

Ariadna cruzó la tiniebla que permeaba la habitación y se aproximó a una cama con dosel que en la penumbra le pareció una carroza funeraria. Un arsenal de máquinas e instrumental yacían inertes a un lado del lecho, desconectados y apartados contra la pared. La alfombra estaba cubierta de escombros y de tanques de oxígeno abandonados. Ariadna sorteó esos obstáculos y apartó el velo que rodeaba el lecho. Al otro lado encontró una figura retorcida sobre sí misma, como si sus huesos se hubieran disuelto en gelatina y la tensión de la piel y el dolor hubiesen redibujado su anatomía. Sus ojos, agrandados sobre un rostro esquelético e inyectados en sangre, la observaban con recelo. Aquel gemido gutural, entre la asfixia y el llanto, emergió de nuevo de su garganta. La señora de Valls había perdido el pelo, las uñas y la mayoría de los dientes.

Ariadna la contempló sin misericordia. Se sentó a un lado de la cama y se inclinó sobre ella.

—¿Dónde está mi hermana? —preguntó.

La esposa de Valls intentó formar unas palabras. Ariadna ignoró el hedor que desprendía y acercó el rostro a sus labios.

—Mátame —la oyó suplicar.

## 2

Escondida en su casa de muñecas, Mercedes la había visto cruzar la verja de la villa. Vestía de blanco espectral y avanzaba muy despacio en línea recta portando un manojo de rosas en la mano. Mercedes sonrió. Hacía días que la esperaba. Había soñado con ella muchas veces. La muerte, vestida de Pertegaz, visitaba por fin Villa Mercedes antes de que el infierno se la tragase y dejara en su lugar una tierra baldía donde nunca más crecería el césped ni soplaría el viento.

Estaba aupada en una de las ventanas del pabellón de las muñecas, al que se había trasladado desde que el servicio había abandonado la casa al poco de trascender la noticia de la muerte de su padre. Al principio doña Mariana, la secretaria de su padre, había intentado detenerlos, pero al anochecer llegaron unos hombres de negro que se la llevaron a rastras. Oyó disparos detrás de las cocheras. No quiso ir a mirar. Durante varias noches se llevaron los cuadros, las estatuas, los muebles, la ropa, la cubertería y todo cuanto quisieron. Llegaban al crepúsculo como una jauría hambrienta. Se llevaron también los coches y destrozaron los muros de los salones buscando tesoros secretos que no hallaron. Luego, cuando ya no quedaba nada, se marcharon para no volver.

Un día vio entrar dos coches de la policía. Iban acompañados de algunos de los guardaespaldas que recordaba de la escolta de su padre. Por un instante dudó si salir a su encuentro y decirles todo lo que había sucedido, pero cuando los observó subir al despacho de su padre en la torre para desvalijarlo todo volvió a esconderse entre las muñecas. Allí, entre los cientos de figuras que miraban al vacío con ojos de cristal, nadie la localizó. A la señora la dejaron a su suerte tras desconectar las máquinas que la mantenían en estado de eterno tormento. Llevaba días aullando pero aún no había muerto. Hasta ese día.

Ese día la muerte visitaba Villa Mercedes y pronto la muchacha tendría las ruinas de la casa para ella sola. Sabía que todos le habían mentido. Creía que su padre estaba vivo y a salvo en algún lugar y que tan pronto como pudiera regresaría a su lado. Lo sabía porque Alicia se lo había prometido. Le había prometido que encontraría a su padre.

Al ver a la muerte subir los escalones hasta la entrada de la casa y acceder al interior le asaltó una duda. Tal vez se había equivocado. Tal vez aquella figura blanca que había tomado por la parca no era sino Alicia, que había vuelto a por ella para conducirla junto a su padre. Era lo único que tenía sentido. Sabía que Alicia nunca la iba a abandonar.

Salió del pabellón de las muñecas y se dirigió hacia la casa principal. Al entrar oyó pisadas en el piso superior y corrió escaleras arriba justo a tiempo de verla entrar en la habitación de la señora. El hedor que inundaba el corredor era terrible. Se tapó la boca y la nariz con la mano y se aproximó hasta el umbral de la puerta. La figura de blanco estaba inclinada como un ángel sobre el lecho de la señora. Mercedes contuvo la respiración. Entonces la figura tomó uno de los cojines y, cubriendo el rostro de la señora, apretó con fuerza mientras su cuerpo se agitaba en sacudidas hasta quedar inerme.

La figura se volvió poco a poco y Mercedes sintió que la invadía un frío como nunca había sentido. Se había equivocado. No era Alicia. La muerte vestida de blanco se acercó lentamente y sonrió. Le ofreció una rosa roja, que Mercedes aceptó con manos temblorosas, y le preguntó:

—¿Sabes quién soy?

Mercedes asintió. La muerte la abrazó con infinito cariño y dulzura. La joven se dejó acariciar, conteniendo las lágrimas.

—Shhhh —susurró la muerte—. Ya nadie nos va a separar nunca más. Nadie nos hará más daño. Estaremos siempre juntas. Con papá y mamá. Siempre juntas. Tú y yo...

# 3

Alicia despertó en el asiento trasero del taxi. Se incorporó y comprobó que estaba sola. Los cristales estaban velados de vaho. Limpió el cristal con la manga y vio que se habían detenido en una gasolinera. Una farola proyectaba un haz de luz amarillenta que vibraba cada vez que los camiones pasaban a toda velocidad por la carretera. Más allá se extendía un amanecer de plomo que sellaba el cielo sin dejar resquicio. Se frotó los ojos y bajó la ventanilla. Una bocanada de aire helado le arrancó de golpe la somnolencia. Una punzada de dolor le atravesó la cadera. Dejó escapar un gemido y se agarró el costado. Al poco el dolor se redujo a un palpitar sordo, un aviso de lo que se avecinaba. Lo más sabio hubiera sido tomar una o dos pastillas antes de que el sufrimiento fuera a más, pero quería mantenerse alerta. No tenía otra alternativa. Al cabo de unos minutos, la silueta del taxista emergió del bar de la gasolinera portando dos vasos de papel y una bolsa con manchas grasientas. La saludó con la mano y rodeó el coche a paso ligero.

—Buenos días —dijo al sentarse de nuevo al volante—. Hace un frío que da miedo. Le he traído algo de desayuno. Más mesetario que continental, pero al menos está caliente. Café con leche y unas porras que tenían buena pinta. Al café les he pedido que le echaran un chorrito de coñac para levantar la moral.

—Gracias. Ya me dirá qué le debo.

—Va todo incluido en el taxi, pensión completa. Ande, coma algo. Le sentará bien.

Desayunaron en silencio en el interior del vehículo. Alicia no tenía hambre pero sabía que necesitaba comer. Cada vez que pasaba otro de aquellos camiones de alto tonelaje el espejo retrovisor vibraba y todo el coche se sacudía.

—¿Dónde estamos?

—A diez kilómetros de Madrid. Un par de conductores de reparto me han dicho que hay varios controles de la Guardia Civil a las entradas de casi todas las carreteras nacionales que provienen del este, así que he pensado que podíamos dar un rodeo y llegar por la carretera de la Casa de Campo o por Moncloa —dijo el taxista.

—¿Y por qué íbamos a hacer eso?

—No sé. Se me ha ocurrido que un taxi de Barcelona entrando en Madrid a las siete de la mañana a lo mejor llama la atención. Por el amarillo, nada más. Y usted y yo hacemos una pareja un poco rara, no lo tome a mal. Pero usted manda.

Alicia apuró el café con leche de un trago. El coñac quemaba como gasolina, pero les devolvió algo de calor a los huesos. El taxista la contemplaba de reojo. Alicia no le había prestado demasiada atención hasta aquel momento. Era un hombre más joven de lo que aparentaba, de cabello rojizo y tez pálida. Portaba unas gafas sujetas sobre el puente de la nariz con cinta aislante y aún conservaba una mirada de adolescente.

—¿Cómo se llama? —preguntó Alicia.

—¿Yo?

—No. El taxi.

—Ernesto. Me llamo Ernesto.

—¿Se fía usted de mí, Ernesto?

—¿Es usted de fiar?

—Hasta cierto punto.

—Ya. ¿Le importa que le haga una pregunta de índole personal? —dijo el taxista—. No tiene por qué responder si no quiere.

—Dispare.

—A eso iba. Antes, al salir de Guadalajara, hemos cogido una curva cerrada y todo lo que llevaba en el bolso se ha desparramado en el asiento. Como estaba dormida no he querido molestarla y lo he metido todo...

Alicia suspiró, asintiendo.

—Y ha visto que llevo una pistola.

—Pues sí. Y no parecía de agua, aunque yo la verdad no entiendo.

—Si se queda más tranquilo puede dejarme aquí. Le pago lo acordado y luego le pido a uno de sus amigos camioneros de ahí adentro que me acerquen a Madrid. Seguro que alguno se anima.

—De eso no me cabe duda, pero no me quedaría yo tranquilo.

—Por mí no se preocupe. Sé manejarme.

—No, si casi me preocupan más los camioneros que usted, fíjese lo que le digo. La llevo yo, que es lo que habíamos convenido, y no se hable más.

Ernesto puso en marcha el motor y plantó las dos manos sobre el volante.

—¿Adónde vamos?


Encontraron una ciudad sepultada en la niebla. Una marea de bruma se arrastraba sobre las torres y cúpulas que coronaban las cornisas de la Gran Vía. Velos de vapor metálico barrían el pavimento y envolvían los coches y autobuses que intentaban abrirse camino con luces que apenas conseguían arañar la tiniebla. El tráfico avanzaba lento, a tientas, y las figuras de los transeúntes semejaban espectros congelados en las aceras.

Al cruzar frente al Hispania, su domicilio oficial durante los últimos años, Alicia levantó la vista para contemplar la que había sido su ventana. Recorrieron el centro de la ciudad bajo aquel sudario de oscuridad hasta que la silueta de la fuente de Neptuno se perfiló delante.

—Usted dirá —dijo Ernesto.

—Continúe hasta Lope de Vega, gire a la derecha y luego suba por Duque de Medinaceli, que es la primera —indicó Alicia.

—¿No iba al Palace?

—Vamos a la parte de atrás. La entrada de las cocinas.

El taxista asintió y siguió las instrucciones. Las calles estaban casi desiertas. El hotel Palace ocupaba todo un bloque de forma trapezoidal que constituía una ciudad en sí mismo. Rodearon el perímetro hasta llegar a una esquina donde Alicia le pidió que estacionase, justo detrás de una furgoneta de la que unos operarios estaban descargando cajas con barras de pan, frutas y otros víveres.

Ernesto inclinó la cabeza y echó un vistazo a la fachada monumental.

—Aquí tiene. Lo prometido —dijo ella.

El chófer se volvió y se encontró con un fajo de billetes en la mano de Alicia.

—¿No prefiere que la espere?

Alicia no respondió.

—Porque va a volver, ¿no?

—Coja el dinero.

El taxista dudó.

—Me está haciendo perder el tiempo. Coja el dinero.

Ernesto aceptó el pago.

—Cuéntelo.

—Me fío.

—Usted sabrá.

Ernesto la observó extraer algo del bolso y luego introducírselo en la chaqueta del vestido. Apostó a que no era un pintalabios.

—Oiga, esto no me gusta. ¿Por qué no nos vamos?

—El que se va es usted, Ernesto. Tan pronto como me baje, vuelva a Barcelona y olvídese de que me ha visto.

El taxista sintió que se le encogía el estómago. Alicia le puso la mano en el hombro, apretó afectuosamente y descendió del coche. Unos segundos después, Ernesto la vio desaparecer en el interior del hotel Palace.

# 4

Las entrañas del gran hotel estaban ya funcionando a toda máquina para navegar el primer turno de desayunos. Un ejército de cocineros, pinches, mozos y camareros entraba y salía de cocinas y túneles portando carros y bandejas. Alicia bordeó el estruendo bañado en olor a café y mil delicias, encajando alguna mirada sorprendida pero demasiado ocupada para detenerse en lo que a todas luces era una huésped perdida o, más probablemente, una cortesana de lujo deslizándose con discreción al término de su turno de trabajo. En la etiqueta de todo hotel de lujo existe la ciencia de lo invisible, y Alicia jugó aquella carta sin pudor hasta ganar la zona de los ascensores de servicio. Abordó el primero, que compartió con una doncella que llevaba toallas y jabones y la contemplaba de arriba abajo con una mezcla de curiosidad y envidia. Alicia le sonrió de forma amigable, dando a entender que ambas caminaban por el mismo lado de la calle.

—¿Tan pronto? —preguntó la doncella.

—A quien madruga, Dios le ayuda.

La doncella asintió, tímida. Descendió en el cuarto piso. Cuando se cerraron las puertas y el ascensor prosiguió hasta la última planta, Alicia extrajo el manojo de llaves del bolso y buscó la de color dorado que Leandro le había entregado dos años atrás. «Es una llave maestra. Abre todas las habitaciones del hotel. Incluida la mía. Haz buen uso de ella. Nunca entres en un sitio en el que no sabes lo que te espera.»

El ascensor de servicio abrió las puertas a un pequeño pasillo que quedaba oculto junto a los armarios de limpieza y lavandería. Alicia lo recorrió a paso ligero y abrió unos centímetros la puerta que daba al corredor principal que rodeaba toda la planta. La *suite* de Leandro quedaba en una de las esquinas suspendidas sobre la plaza de Neptuno. Salió al corredor y se dirigió hacia allí. De camino se cruzó con un huésped que regresaba a su habitación presumiblemente después de desayunar y que le sonrió con amabilidad. Alicia le correspondió. Al doblar el pasillo avistó la puerta de la *suite* de Leandro. No se veía a ningún miembro de la escolta apostado en la entrada. Leandro detestaba aquel tipo de ceremonial y primaba ante todo la discreción y la ausencia de melodrama. Pero Alicia sabía que al menos dos de sus hombres tenían que estar cerca, bien en un cuarto próximo o recorriendo el hotel en aquel mismo instante. Calculó que en el mejor de los casos tenía entre cinco y diez minutos.

Se detuvo ante la puerta de la *suite* y miró a ambos lados. Introdujo la llave con sigilo y la hizo girar con suavidad. La puerta se abrió y Alicia se coló en el interior. La cerró a su espalda y permaneció apoyada contra la puerta unos segundos. Un pequeño recibidor conducía a un corredor tras el cual se abría la sala oval que quedaba bajo la cúpula de una de las torres. Leandro llevaba viviendo allí desde que ella tenía memoria. Se deslizó hasta la sala y posó la mano sobre el arma que llevaba al cinto. El salón estaba en penumbra. La puerta que daba al dormitorio de la *suite* estaba entreabierta y proyectaba un ángulo de luz. Alicia oyó correr el agua y un silbido que conocía muy bien. Cruzó la sala hasta la puerta y la abrió por completo. La cama, vacía y deshecha, se podía ver al fondo. A la izquierda quedaba la puerta del baño, que estaba abierta. Un halo de vapor perfumado de jabón emanaba del interior. Alicia se detuvo en el umbral.

Leandro, de espaldas a ella, se estaba afeitando escrupulosamente frente al espejo. Vestía un albornoz escarlata y zapatillas a juego. La bañera, repleta y humeante, aguardaba a un lado. Una radio susurraba una melodía que Leandro silbaba. Alicia cruzó la mirada con él en el espejo y él sonrió con calidez, sin amago alguno de sorpresa.

—Te esperaba hace ya días. Habrás visto que les he dicho a los chicos que se quitaran de en medio.

—Gracias.

Leandro se volvió y se limpió la espuma del rostro con una toalla.

—Lo he hecho por su bien. Sé que nunca te ha gustado el trabajo en equipo. ¿Has desayunado? ¿Te pido algo?

Alicia negó. Extrajo la pistola y le apuntó al vientre. Leandro escanció un chorro de loción de afeitado y se masajeó el rostro con las manos.

—Supongo que es el arma del pobre Hendaya. Bien pensado. Imagino que es inútil que te pregunte dónde podemos encontrarle. Más que nada lo digo porque tenía mujer e hijos.

—Pruebe en una lata de comida para gatos.

—Qué poco familiar eres, Alicia. ¿Nos sentamos?

—Aquí estamos bien.

Leandro se apoyó contra la repisa del tocador.

—Como gustes. Tú dirás.

Alicia dudó unos segundos. Lo más sencillo sería disparar ahora. Vaciar el cargador e intentar salir de allí con vida. Con suerte llegaría hasta la escalera de servicio. Quién sabía, quizá conseguía ver el *lobby* antes de que la derribasen. Leandro, como siempre, le leía el pensamiento y le dirigió una mirada de conmiseración y afecto paternal al tiempo que negaba poco a poco.

—Nunca debiste dejarme —dijo—. No sabes lo que me dolió tu traición.

—Yo nunca le he traicionado.

—Por favor, Alicia. Sabes perfectamente que siempre has sido mi predilecta. Mi obra maestra. Tú y yo estamos hechos el uno para el otro. Somos el equipo perfecto.

—¿Por eso envió a esa alimaña a que me matase?

—¿Rovira?

—¿Es así como se llamaba?

—A veces. Se suponía que debía ser tu sustituto. Le envié tan solo a que aprendiera de ti y te vigilase. Él te admiraba mucho. Llevaba dos años estudiándote. Cada dosier. Cada caso. Decía que eras la mejor. El error fue mío al creer que a lo mejor podía ocupar tu lugar. Ahora he comprendido que nadie puede sustituirte.

—¿Ni Lomana?

—Ricardo nunca entendió bien su cometido. Empezaba a hacer juicios de valor y a hurgar donde no debía cuando lo único que se requería de él era su fuerza bruta. Confundió sus lealtades. Nadie sobrevive en este negocio sin tener claras cuáles son.

—¿Y cuáles son las suyas?

Leandro sacudió la cabeza.

—¿Por qué no vuelves conmigo, Alicia? ¿Quién te va a cuidar como yo? Si te conozco como si fueras de mi carne. Me basta con mirarte para ver que ahora mismo se te está comiendo viva el dolor pero que no has querido tomar nada para estar alerta. Te miro a los ojos y veo que tienes miedo. Miedo de mí. Y eso me duele. Me duele tanto...

—Si quiere una pastilla, o mejor el bote entero, suyo es.

Leandro sonrió con tristeza, negando por lo bajo.

—Reconozco que me he equivocado. Y te pido disculpas. ¿Es eso lo que quieres? Porque si hace falta me arrodillo. No tengo pudor. Tu traición me hizo mucho daño y me cegó. Yo, que siempre te he enseñado que nunca hay que tomar decisiones desde el rencor, el dolor o el miedo. Ya ves, yo también soy humano, Alicia.

—Estoy a punto de echarme a llorar.

Leandro sonrió con malicia.

—¿Ves como en el fondo somos iguales? ¿Dónde vas a estar mejor que a mi lado? Tengo grandes planes para nosotros. He pensado mucho estas últimas semanas y he entendido por qué quieres dejar esto. Es más, he comprendido que yo también quiero dejarlo. Estoy harto de solucionarles la papeleta a incompetentes y necios. Tú y yo estamos llamados a otros asuntos.

—¿Ah, sí?

—Pues claro. ¿O creías que íbamos a estar siempre bregando con la porquería de los demás? Eso se ha acabado. Tengo las miras puestas en algo mucho más importante. Yo también dejo todo esto. Y necesito que estés a mi lado y me acompañes. Sin ti no puedo hacerlo. Sabes de lo que te hablo, ¿verdad?

—No tengo la menor idea.

—Estoy hablando de política. Este país va a cambiar. Más pronto o más tarde. El General no durará para siempre. Hace falta sangre nueva. Gente con ideas. Gente que sepa manejar la realidad.

—Como usted.

—Como tú y como yo. Tú y yo, juntos, podemos hacer grandes cosas por este país.

—¿Como asesinar a inocentes y robarles a sus hijos para venderlos?

Leandro suspiró con expresión de disgusto.

—No seas ingenua, Alicia. Aquellos eran otros tiempos.

—¿Fue idea suya o de Valls?

—¿Importa eso?

—Me importa a mí.

—No fue idea de nadie. Es sencillamente como sucedieron las cosas. Ubach y su esposa se encapricharon de las hijas de los Mataix. Valls vio una oportunidad. Y luego vinieron otras. Era una época de oportunidades. Y no hay oferta sin demanda. Yo me limité a hacer lo que tenía que hacer y a asegurarme de que a Valls no se le fuera el asunto de las manos.

—Parece que no lo consiguió.

—Valls es un hombre codicioso. Por desgracia, los codiciosos nunca saben cuándo ha llegado el momento de dejar de abusar de su posición y fuerzan las cosas hasta sacarlas de quicio. Por eso, tarde o temprano, caen.

—¿Sigue vivo entonces?

—Alicia... ¿Qué es lo que quieres de mí?

—La verdad.

Leandro rio levemente.

—¿La verdad? Tú y yo sabemos que no existe tal cosa. La verdad es un acuerdo que permite que los inocentes no tengan que convivir con la realidad.

—No he venido a que me saque el libro de citas.

La mirada de Leandro se endureció.

—No. Has venido a hurgar donde sabes que no hay que hurgar. Como siempre. A complicarlo todo. Porque así es como tú lo haces todo. Por eso me dejaste. Por eso me traicionaste. Por eso ahora vienes aquí hablándome de la verdad. Porque deseas que te diga que sí, que eres mejor que yo, mejor que todo esto.

—Yo no soy mejor que nadie.

—Por supuesto que lo eres. Por eso siempre has sido mi favorita. Por eso te quiero a mi lado otra vez. Porque este país necesita que haya gente como tú y como yo. Gente que sepa controlarlo. Que sepa mantenerlo a raya y en calma para que no vuelva todo a transformarse en un saco de ratas que viven para alimentar sus odios, envidias y rabias mezquinas y que se comen vivos unos a otros. Sabes que tengo razón. Que, aunque siempre se nos eche la culpa de todo, sin nosotros este país se iría al infierno. ¿Qué me dices?

Leandro la miró a los ojos largamente y, al no obtener respuesta, se dirigió hacia la bañera. Le dio la espalda y se desprendió del albornoz. Alicia le contempló desnudo, pálido como el vientre de un pez. El hombre se aferró a la barra dorada que emergía de la pared de mármol y se introdujo poco a poco en la bañera. Una vez tendido en el agua y con el vapor acariciándole el rostro, abrió los ojos y la observó con un deje melancólico.

—Todo tendría que haber sido diferente, Alicia, pero somos hijos de nuestro tiempo. En el fondo, casi es mejor así. Siempre supe que serías tú.

Alicia dejó caer el arma.

—¿A qué esperas?

—No voy a matarle.

—¿Y a qué has venido entonces?

—No lo sé.

—Claro que lo sabes.

Leandro alargó el brazo hasta la extensión de teléfono que pendía de la pared de la bañera. Alicia volvió a apuntarle.

—¿Qué hace?

—Ya sabes cómo es esto, Alicia... Operadora. Sí. Póngame con el Ministerio de Gobernación. Gil de Partera. Sí. Leandro Montalvo. Espero. Gracias.

—Cuelgue ahora mismo. Por favor.

—No puedo hacer eso. El encargo nunca fue salvar a Valls. El encargo era encontrarle y silenciarle para evitar que todo este triste asunto saliera a la luz. Y a punto estuvimos, una vez más, de coronar la misión con éxito. Pero no me escuchaste. Por eso ahora voy a tener, a mi pesar, que ordenar la muerte de todos aquellos a los que has implicado en tu aventura. La de Daniel Sempere, su esposa y toda su familia, incluidos ese tarado que trabaja para ellos y todos aquellos a los que, en tu cruzada de redención, has tenido la infausta idea de contarles lo que nunca debieron saber. Tú lo has querido así. Afortunadamente nos has conducido a todos ellos. Como siempre, aun cuando no quieres, eres la mejor. ¿Operadora? Sí. Señor ministro. Igualmente. Así es. Tengo noticias...

Bastó un solo disparo. El auricular le resbaló de la mano y cayó al suelo junto a la bañera. Leandro ladeó la cabeza y le obsequió con una mirada envenenada de afecto y anhelo. Una nube escarlata se esparcía bajo el agua, velando el reflejo de su cuerpo. Alicia permaneció inmóvil, contemplando cómo se desangraba a cada palpitar hasta que las pupilas de sus ojos se dilataron y su sonrisa quedó congelada en una mueca burlona.

—Te esperaré —susurró Leandro—. No tardes.

Un instante después, el cuerpo se deslizó poco a poco y el rostro de Leandro Montalvo se hundió bajo las aguas ensangrentadas con los ojos abiertos.

# 5

Alicia recogió el auricular del suelo y se lo llevó al oído. La línea no estaba conectada. Leandro no había llamado a nadie. Extrajo el frasco de pastillas y se tragó un par, masticándolas y bañándolas con un sorbo del brandy caro que Leandro guardaba en un pequeño armario de la sala. Antes de abandonar la *suite*, limpió a conciencia el arma de Hendaya y la dejó caer sobre la alfombra.

El camino hasta el pasillo de servicio se le hizo infinito. Dos de los ascensores estaban subiendo y optó por tomar la escalera y descender tan aprisa como pudo. Cruzó de nuevo la madeja de corredores en torno a las cocinas hasta enfilar el último trecho que conducía a la salida, creyendo que en cualquier momento sentiría el impacto de una bala en la espalda y se precipitaría de bruces para morir como una rata en los túneles del sótano del Palace, la corte del Príncipe Escarlata. Cuando ganó la calle, un soplo de aguanieve le rozó el rostro.

Se detuvo un instante a recuperar el aliento y avistó entonces al taxista, que esperaba ansioso en pie junto al coche en el mismo sitio que la había dejado. Tan pronto como Ernesto la vio aparecer corrió hasta ella y, sin decir palabra, la agarró del brazo y la acompañó hasta el automóvil. La sentó en el asiento del pasajero y se apresuró a instalarse delante del volante.

Sonaban ya sirenas en la distancia cuando el motor se puso en marcha y el taxi se deslizó rumbo a la carrera de San Jerónimo. Al cruzar frente a la entrada principal del Palace, Ernesto contó al menos tres coches negros parados a las puertas del hotel y varios hombres que corrían hacia el interior apartando a quienes se encontraban en su camino. El taxista procedió con calma, puso el intermitente y se fundió en el tráfico que se desplazaba pendiente abajo rumbo a Recoletos. Una vez allí, ocultos en un enjambre de automóviles, autobuses y tranvías que se arrastraban en la niebla, el taxista dejó escapar un suspiro de alivio y se atrevió a mirar por primera vez a Alicia. Tenía el rostro surcado de lágrimas y le temblaban los labios.

—Gracias por esperarme —dijo ella.

—¿Se encuentra bien?

Alicia no respondió.

—¿Nos vamos a casa? —preguntó Ernesto.

La mujer negó.

—Todavía no. Me queda una última parada...

# 6

El coche se detuvo frente a la verja de lanzas. Ernesto paró el motor y contempló la silueta de Villa Mercedes asomando entre la arboleda. Alicia también estaba escrutando la casa sin decir palabra. Permanecieron allí por espacio de un minuto dejando que el silencio que envolvía aquel lugar calase poco a poco.

—Parece que aquí no hay nadie —dijo el taxista.

Alicia abrió la puerta del coche.

—¿La acompaño? —preguntó Ernesto.

—Espéreme aquí.

—No me voy a ninguna parte.

Alicia descendió del taxi y se aproximó a la verja. Antes de entrar se volvió para mirar a Ernesto, que le sonrió débilmente y la saludó con la mano, muerto de miedo. Se coló por los barrotes y se dirigió hacia la casa a través de los jardines. De camino vislumbró la silueta del tren de vapor entre los árboles. Cruzó el jardín de estatuas. El único sonido era el de sus pasos sobre la hojarasca. Durante un par de minutos atravesó la finca sin apreciar más señal de vida que una marea de arañas negras que pendían de crisálidas adheridas a las hojas de los árboles y correteaban a sus pies.

Al llegar a la escalinata principal y advertir que la puerta de la casa estaba abierta se detuvo. Miró a su alrededor y pudo comprobar que las cocheras estaban vacías. Villa Mercedes desprendía un inquietante aire de desolación y abandono, como si todos cuantos habían formado parte de aquel lugar hubieran partido en mitad de la noche huyendo de una maldición. Ascendió despacio la escalera hasta el umbral de la casa y entró en el vestíbulo.

—¿Mercedes? —llamó.

El eco de su voz se perdió en una letanía de salones y corredores desiertos. Un abanico de pasillos sombríos se abrían a los flancos. Alicia se acercó al pórtico de un gran salón de baile en cuyo interior había penetrado la hojarasca, impulsada por el viento. Los cortinajes ondeaban en la corriente y el manto de insectos había reptado desde el jardín y se esparcía ahora por las baldosas de mármol blanco.

—¿Mercedes? —llamó una vez más.

Su voz se extravió de nuevo en las entrañas de la casa. Percibió entonces el hedor dulzón que provenía de lo alto de la escalera e inició el ascenso. El rastro la condujo hasta la habitación al fondo del corredor. Penetró en la cámara pero se detuvo a medio camino. Un manto de arañas negras recubría el cadáver de la señora de Valls. Habían empezado a devorarla.

Alicia corrió de regreso al pasillo y abrió una de las ventanas que daban al patio interior para buscar una bocanada de aire fresco. Al asomar la cabeza al atrio advirtió que todas las ventanas que se abrían a aquel patio estaban cerradas excepto una, en un extremo del tercer piso. Se encaminó otra vez a la escalinata principal y subió hasta el tercer piso. Un largo corredor se hundía en la penumbra. Al fondo, se podía ver una doble puerta de color blanco entreabierta.

—Mercedes, soy Alicia. ¿Estás ahí?

Avanzó despacio, escrutando los relieves tras los cortinajes y las sombras que se perfilaban entre las puertas que flanqueaban el corredor. Al llegar al final del pasillo posó las manos sobre la puerta y se detuvo.

—¿Mercedes?

Empujó hacia el interior.

Las paredes estaban pintadas de azul celeste y lucían una constelación de dibujos inspirados en cuentos y leyendas. Un castillo, un carruaje, una princesa y toda suerte de criaturas fantásticas surcaban un cielo de estrellas incrustadas en plata sobre la bóveda del techo. Alicia comprendió que se trataba de una habitación de juegos, un paraíso para infantes privilegiados donde podían encontrarse cuantos juguetes pudiera desear un niño. Las dos hermanas estaban esperando al fondo de la sala.

El lecho era blanco y estaba coronado por una cabecera de madera labrada en forma de ángel de alas desplegadas que contemplaba la estancia con devoción infinita. Ariadna y Mercedes estaban vestidas de blanco, tendidas sobre la cama cogidas de una mano y sosteniendo una rosa roja sobre el pecho con la otra. Un estuche con una jeringuilla y frascos de cristal reposaba sobre la mesita de noche, junto a Ariadna.

Alicia sintió que le temblaban las piernas y se agarró a una silla. Nunca supo cuánto tiempo había permanecido allí, si fue apenas un minuto o una hora, y solo pudo recordar que cuando descendió por la escalera y llegó a la planta baja sus pasos la condujeron al salón de baile. Allí se dirigió a la chimenea. Encontró una caja con fósforos largos sobre la repisa. Encendió uno y empezó a recorrer el perímetro de la mansión prendiendo fuego a cortinajes y lienzos. Al poco sintió las llamas rugir a su espalda y abandonó aquella casa de la muerte. Cruzó de nuevo el jardín sin volver la vista atrás mientras Villa Mercedes ardía y una pira negra se alzaba hacia el cielo.

# IN PARADISUM

Barcelona
Febrero de 1960

# 1

Como todos los domingos desde que se había quedado viudo, más de veinte años atrás, Juan Sempere se levantaba temprano, se preparaba un café bien cargado y se enfundaba su traje y su sombrero de señor de Barcelona para bajar a la iglesia de Santa Ana. El librero nunca había sido un hombre religioso, a menos que don Alejandro Dumas contara como miembro excátedra del santoral. Le gustaba instalarse en la última bancada y presenciar el rito en silencio. Se ponía de pie y se sentaba cuando el sacerdote así lo indicaba por respeto, pero no tomaba parte en los cánticos, las plegarias o la comunión. Desde que Isabella había muerto, el cielo y él, nunca los más animados contertulios, tenían poco que decirse.

El párroco, que estaba al corriente de sus convicciones, o de la ausencia de ellas, siempre le daba la bienvenida y le recordaba que aquella era su casa, creyera en lo que creyese. «Cada cual vive la fe a su manera —le decía—. Pero no me cite o me enviarán a misiones a ver si se me come una anaconda.» El librero siempre le respondía que él no tenía fe, pero que en aquel lugar se sentía más cerca de Isabella, quizá porque en aquella capilla se había casado con ella y había celebrado su funeral con solo cinco años de diferencia, los únicos que recordaba felices de su vida.

Aquella mañana de domingo, Juan Sempere se sentó igual que siempre en el último banco a oír la misa y a contemplar cómo los madrugadores del barrio, un batiburrillo de beatas y pecadores, gentes solas, insomnes, optimistas y jubilados de la esperanza se reunían a suplicarle a Dios para que, en su infinito silencio, se acordara de ellos y de sus efímeras existencias. Podía ver el aliento del párroco dibujar plegarias de vapor en el aire. La concurrencia se escoraba hacia la única estufa de butano que permitía el presupuesto de la parroquia y que, pese al concurso de vírgenes y santos ejerciendo desde sus hornacinas, no obraba el milagro.

Se disponía el párroco a consagrar la sagrada forma y a beber de aquel vino al que, con tanto frío, no le hubiera dicho que no, cuando captó con el rabillo del ojo que una figura se deslizaba por el banco y tomaba asiento a su lado. Sempere se volvió para encontrar a su hijo Daniel, a quien no había visto en una capilla desde el día de su boda. Solo le faltaba ver entrar a Fermín con un misal en la mano para decidir que en realidad el despertador se había declarado en rebeldía y que todo aquello era parte del sueño plácido de un domingo de invierno.

—¿Todo bien? —preguntó Juan.

Daniel asintió con una sonrisa mansa y dirigió la mirada al párroco, que empezaba a repartir la comunión entre los feligreses mientras el organista, un profesor de música que hacía doblete en varias iglesias del barrio y era cliente de la librería, tocaba lo mejor que podía.

—A juzgar por los crímenes perpetrados contra don Juan Sebastián Bach, el maestro Clemente debe de tener los dedos congelados esta mañana —añadió.

Daniel se limitó a asentir de nuevo. Sempere observó a su hijo, que hacía ya días que estaba ensimismado. Daniel llevaba en su interior un mundo de ausencias y silencios en el que nunca había podido adentrarse. A menudo se acordaba de aquel amanecer, quince años atrás, cuando se había despertado gritando porque ya no podía recordar el rostro de su madre. Aquella mañana el librero le había acompañado por primera vez al Cementerio de los Libros Olvidados, quizá en la esperanza de que aquel lugar y lo que significaba pudieran cubrir el vacío que la pérdida había dejado en sus vidas. Le había visto crecer y convertirse en un hombre, casarse y traer un hijo al mundo, y aun así se levantaba cada mañana temiendo por él y deseando que Isabella estuviera a su lado para decirle las cosas que él nunca podría decir. Un padre nunca ve envejecer a sus hijos, y a sus ojos siempre se aparecen como aquellos niños que un día le miraban con veneración, convencidos de que tenía las respuestas a todos los enigmas del universo.

Aquella mañana, sin embargo, bajo la media luz de una capilla lejos de Dios y del mundo, el librero contempló a su hijo y por primera vez creyó que el tiempo había empezado a correr para él también y que ya nunca más podría ver al niño que vivía para recordar el rostro de una madre que no habría de volver. Sempere intentó encontrar palabras para decirle que lo entendía, que no estaba solo, pero aquella negrura que pendía sobre su hijo como una sombra envenenada le dio miedo. Daniel se volvió hacia su padre y Sempere leyó en sus ojos una rabia y una ira que no había visto ni en la mirada de viejos a los que la vida había condenado ya a la miseria.

—Daniel... —susurró.

Su hijo le abrazó entonces con fuerza, silenciándole y sujetándole como si temiera que algo pudiera arrebatárselo. El librero no podía ver su rostro, pero sabía que su hijo estaba llorando en silencio. Y por primera vez desde que Isabella los había dejado rezó por él.

## 2

El autobús los dejó a las puertas del cementerio de Montjuic poco antes del mediodía. Daniel aupó a Julián en sus brazos y esperó a que Bea descendiese primero. Nunca hasta entonces habían llevado al niño a aquel lugar. Un sol frío había quemado las nubes y el cielo proyectaba una lámina de azul metálico que desentonaba con el escenario. Cruzaron las puertas de la ciudad de los muertos e iniciaron el ascenso. El camino que discurría por la ladera de la montaña bordeaba la parte antigua del camposanto, construida a finales del siglo XIX, y estaba flanqueado por mausoleos y tumbas de arquitectura melodramática que invocaban ángeles y espectros en extravagantes babeles, a mayor gloria de las grandes fortunas y las familias de la ciudad.

Bea siempre había detestado la ciudad de los muertos. Detestaba visitar aquel recinto en el que no veía nada más que una escenificación mórbida de la muerte y un amago de convencer a los aterrados visitantes de que la alcurnia y el buen nombre se mantenían hasta en la oscura eternidad. Deploraba la idea de que un ejército de arquitectos, escultores y artesanos hubieran vendido su talento para construir una suntuosa necrópolis y poblarla de estatuas donde espíritus de la muerte se inclinaban a besar la frente de infantes de antes de los tiempos de la penicilina, donde doncellas espectrales quedaban atrapadas en conjuras de eterna melancolía y donde ángeles desconsolados lloraban tendidos sobre lápidas de mármol la pérdida de algún indiano carnicero que había hecho fortuna y gloria en la trata de esclavos y el azúcar ensangrentado en las islas del Caribe. En Barcelona, hasta la muerte se vestía de domingo. Bea detestaba aquel lugar, pero nunca se lo podría decir a Daniel.


El pequeño Julián contemplaba todo aquel carnaval dantesco con ojos abiertos como platos. Señalaba las figuras y las estructuras laberínticas de los panteones con una mezcla de temor y de asombro.

—Son solo estatuas, Julián —le dijo su madre—. No te pueden hacer nada porque aquí no hay nada.

Tan pronto como pronunció estas palabras se arrepintió. Daniel no dio muestras de haberlas oído. Apenas había despegado los labios desde que había vuelto a casa de madrugada sin dar explicaciones de dónde había estado. Se había tendido a su lado en la cama en silencio pero no había dormido ni un minuto.

Al alba, cuando Bea le preguntó qué le pasaba, Daniel la observó sin decir nada. Luego la desnudó con rabia. La tomó a la fuerza, sin mirarla a la cara, sujetándole los brazos por encima de la cabeza con una mano y abriéndole las piernas con la otra sin contemplaciones.

—Daniel, me estás haciendo daño. Para, por favor. Para.

Él ignoró sus protestas y la embistió con una furia que Bea no recordaba hasta que ella liberó las manos y le clavó las uñas en la espalda. Daniel gimió de dolor y ella le empujó a un lado con todas sus fuerzas. Tan pronto como se hubo librado de él, Bea saltó del lecho y se cubrió con una bata. Quiso gritarle, pero contuvo las lágrimas. Daniel se había encogido en un ovillo sobre la cama y evitaba sus ojos. Bea respiró hondo.

—No vuelvas a hacer eso, Daniel. Nunca. ¿Me has entendido? Mírame a la cara y responde.

Él alzó el rostro y asintió. Bea se encerró en el baño hasta que oyó la puerta del piso. Daniel regresó una hora después. Había comprado flores.

—No quiero flores.

—Había pensado en ir a ver a mi madre —dijo Daniel.

Sentado a la mesa y sosteniendo un tazón de leche, el pequeño Julián observó a sus padres y detectó que algo no andaba bien. Se podía engañar a todo un mundo, pero nunca a Julián, pensó Bea.

—Entonces iremos contigo —replicó.

—No hace falta.

—He dicho que iremos contigo.


Al llegar al pie del montículo sobre el que se abría una balaustrada que miraba al mar, Bea se detuvo. Sabía que Daniel quería visitarla a solas. Este hizo amago de entregarle a Julián, pero el niño se resistió a abandonar los brazos de su padre.

—Llévale contigo. Yo os esperaré aquí.

# 3

Daniel se arrodilló frente a la lápida y dejó las flores sobre la tumba. Acarició las letras grabadas en la piedra:

## ISABELLA SEMPERE
### 1917-1939

Permaneció allí con los ojos cerrados hasta que Julián empezó a balbucear en aquel tono incomprensible que adoptaba cuando algo le rondaba la cabeza.

—¿Qué pasa, Julián?

Su hijo estaba señalando algo al pie de la lápida. Daniel descubrió una pequeña figura que asomaba entre los pétalos de unas flores secas a la sombra de una vasija de cristal. Parecía una estatuilla de yeso tallado. Daniel tuvo la certeza de que no estaba allí la última vez que había visitado la tumba de su madre. La recogió y la examinó. Un ángel.

Julián, que observaba la figurilla con fascinación, se inclinó e intentó arrebatársela de las manos. Al hacerlo, el ángel se le resbaló y se precipitó sobre el mármol, quebrándose. Fue entonces cuando Daniel advirtió que algo sobresalía de una de las dos mitades. Un pliego de papel enrollado. Dejó a Julián en el suelo y tomó la figura. Desenrolló el pliego y reconoció la caligrafía de Alicia Gris.

> *Mauricio Valls*
> *El Pinar*
> *Calle Manuel Arnús*
> *Barcelona*

Julián le miraba con atención. Daniel guardó el papel en su bolsillo y le ofreció una sonrisa que no pareció convencer al niño, que observaba a su padre del mismo modo que solía hacerlo cuando se tendía con fiebre en el sofá. Daniel dejó una rosa blanca sobre la lápida y tomó a su hijo de nuevo en brazos.

Bea los esperaba al pie del montículo. Al llegar a su lado, Daniel la abrazó en silencio. Quería pedirle perdón, por lo de aquella mañana y por todo, pero no daba con las palabras. La mirada de Bea le encontró.

—¿Estás bien, Daniel?

Él se ocultó en aquella sonrisa que no había convencido a Julián y menos a Bea.

—Te quiero —dijo.

Aquella noche, después de acostar a Julián, hicieron el amor despacio y a media luz. Daniel recorrió su cuerpo con los labios como si temiera nunca más poder volver a hacerlo. Luego, abrazados bajo las mantas, Bea le susurró al oído:

—Me gustaría que tuviéramos otro hijo. Una niña. ¿Te gustaría?

Daniel hizo un gesto afirmativo y la besó en la frente. Siguió acariciándola hasta que Bea se durmió. Entonces esperó a que su respiración se tornarse lenta y profunda. Se levantó con sigilo, recogió su ropa y se vistió en el comedor. Antes de salir se detuvo frente a la habitación de Julián y entreabrió la puerta. Su hijo dormía plácidamente abrazado a un cocodrilo de peluche que le había regalado Fermín y que medía dos como él. Julián lo había bautizado *Carlitos* y no había modo de que se durmiera sin él, pese a todos los intentos de Bea por sustituirlo por algo más manejable. Se resistió a entrar en el dormitorio y besar a su hijo. Julián tenía un sueño ligero y un radar especial para los movimientos de sus padres por la casa. Al cerrar la puerta del piso se preguntó si volvería a verle.

# 4

Abordó el tranvía nocturno que salía de la plaza de Cataluña justo cuando empezaba a deslizarse sobre los raíles. En el interior no viajaban más de media docena de pasajeros encogidos de frío que se mecían al traqueteo del tranvía con los ojos entrecerrados, ajenos al mundo. Nadie recordaría haberle visto allí.

Por espacio de media hora el tranvía escaló la ciudad sin apenas cruzarse con tráfico. Pasaban de largo las paradas desiertas dejando un rastro de chispazos azules en el cableado y un olor a electricidad y madera requemada. De vez en cuando alguno de los pasajeros volvía a la vida, se tambaleaba hasta la salida de atrás y se apeaba sin esperar a que se hubiera detenido el coche. El último tramo del ascenso, desde la esquina de Vía Augusta y Balmes hasta la avenida del Tibidabo, lo hizo sin más compañía que la de un revisor letárgico que dormitaba apoyado en su taburete a popa y el conductor, un homúnculo unido al mundo por un cigarro que desprendía plumas de humo amarillento que olían a gasolina.

Al llegar a la parada término, el conductor soltó una bocanada celebratoria e hizo sonar la campana. Daniel se bajó y dejó atrás la burbuja de luz ámbar que envolvía el tranvía. Al frente se abrían en fuga la avenida del Tibidabo y la sucesión de mansiones y palacios que escalaban la falda de la montaña. En lo alto, un centinela silencioso vigilando la ciudad, se apreciaba la silueta de El Pinar. Daniel sintió que se le aceleraba el pulso. Se ajustó el abrigo y echó a caminar.

Al atravesar frente al número 32 de la avenida alzó la mirada para contemplar la antigua casa de los Aldaya desde la verja y le asaltaron los recuerdos. En aquel viejo caserón había encontrado y casi perdido la vida hacía una eternidad, es decir, unos pocos años. A buen seguro, de haber estado Fermín a su lado habría hallado el modo de hilvanar alguna ironía respecto a cómo aquella avenida parecía describir su destino y cómo solo a un necio se le ocurriría perpetrar lo que llevaba en mente mientras su esposa y su hijo dormían su última noche de paz en la Tierra. Tal vez debería haberle llevado consigo. Fermín habría hecho lo imposible por detenerle y no le hubiera permitido cometer una locura. Fermín se habría interpuesto entre él y su deber, o simplemente su oscuro deseo de venganza. Por eso sabía que, aquella noche, debía enfrentarse a su destino a solas.

Al llegar a la plazoleta que coronaba la avenida, Daniel se ciñó a las sombras y se encaminó hacia la calle que rodeaba la colina sobre la que se alzaba la silueta sombría y angulosa de El Pinar. De lejos, la casa parecía suspendida del cielo. Solo al aproximarse a sus pies cobraba uno consciencia del tamaño de la finca que la rodeaba y de la escala catedralicia de la estructura. La parcela, una montaña ajardinada, estaba rodeada por un muro que bordeaba la calle y su entrada principal custodiada por una villa anexa tocada con un torreón. Esta lucía una verja reticulada de la época en que la metalurgia todavía era un arte. Más abajo había un segundo acceso, un pórtico de piedra practicado en el muro con un dintel que anunciaba el nombre de la mansión y tras el cual se intuía un largo ascenso por un laberinto de escalinatas a través de los jardines. La verja parecía tan sólida como la principal. Daniel concluyó que la única alternativa era trepar la pared, saltar al interior y ganar acceso a la casa cruzando la arboleda mientras confiaba en no ser visto. Se preguntó si habría perros o guardias ocultos. Desde fuera no se apreciaba luz alguna. El Pinar desprendía un aire fúnebre de soledad y abandono.

Un par de minutos de observación le llevaron a decidirse por un punto en el muro que parecía más resguardado por los árboles. La piedra de este estaba húmeda y resbaladiza, y fueron precisos varios intentos hasta que pudo alcanzar la parte alta del mismo y saltar al otro lado. Tan pronto como aterrizó en el manto de pinaza y ramas caídas sintió que descendía la temperatura a su alrededor, como si acabase de penetrar en un subterráneo. Inició el ascenso del montículo con sigilo, deteniéndose cada pocos metros a escuchar el aire, el rumor de la brisa entre las hojas. Al poco tropezó con un camino empedrado que provenía de la entrada a la finca y conducía hasta la explanada que bordeaba la casa. Lo siguió hasta que la fachada se alzó al frente. Miró a su alrededor. Le envolvieron el silencio y la densa penumbra. Si había alguien más en aquel lugar, no tenía intención de evidenciar su presencia.

El edificio estaba sumido en sombras, con los ventanales oscuros, y el único sonido perceptible era el de sus pisadas y el viento silbando entre los árboles. Incluso en la tenue luz de la luna se apreciaba que El Pinar llevaba años prácticamente abandonado. Daniel lo contempló, desconcertado. Había esperado guardas, perros o algún tipo de vigilancia armada. Tal vez, en secreto, la había deseado. Alguien que pudiera, o quisiera, detenerle. No había nadie.

Se acercó a uno de los ventanales y pegó el rostro contra el cristal agrietado. Un recinto de tinieblas se entreveía en el interior. Rodeó la estructura y llegó a una suerte de patio que daba a una galería acristalada. Examinó el interior y no detectó luz o movimiento algunos. Agarró una piedra y golpeó el vidrio de una puerta. Introdujo la mano por el hueco y abrió la puerta desde dentro. El olor de la casa le abrazó como un espíritu viejo y malévolo que hubiera estado esperándole con ansia. Se adentró unos pasos y se dio cuenta de que estaba temblando y de que todavía sostenía la piedra en la mano. No la soltó.

La galería conducía a una sala rectangular que debía de haber sido en su día un comedor de gala. La cruzó hasta alcanzar un salón de grandes ventanales de corte arabesco desde los que se podía contemplar toda Barcelona, más lejana que nunca. Fue explorando la casa y sintiendo que recorría el casco de un buque hundido. El mobiliario estaba cubierto de un sudario de tiniebla blanquecina, las paredes oscurecidas, los cortinajes raídos o caídos. En el centro de aquel lugar encontró un atrio interior que se alzaba hasta una techumbre quebrada por la que penetraban los haces de claridad como sables de vapor. Oyó un aleteo y un rumor en lo alto. A un lado se abría una suntuosa escalinata de mármol que parecía más propia de un teatro de la ópera que de una residencia particular. Junto a esta había una antigua capilla. El rostro de un Cristo clavado en la cruz se entreveía en la penumbra, surcado de lágrimas de sangre y con mirada acusadora. Más allá, tras las puertas de varias estancias cerradas, un portón abierto parecía hundirse en las entrañas de la casa. Daniel se aproximó hasta allí y se detuvo. Una leve corriente de aire le acarició la cara y con ella le llegó un olor. Cera.

Se adelantó unos pasos a través de un corredor y encontró una escalera de aspecto más mundano, que intuyó que debían de haber sido las reservadas al servicio. Unos metros más allá se abría una sala amplia en cuyo centro había una mesa de madera y unas sillas caídas. Daniel comprendió que estaba en las antiguas cocinas. El olor a cera provenía de allí. Un suave resplandor parpadeante dibujaba los contornos de las paredes. Daniel advirtió que la mesa estaba recubierta por una mancha negruzca que se había desbordado hasta salpicar el suelo como un charco de sombra líquida. Sangre.

—¿Quién va? —dijo una voz, que sonaba casi más atemorizada que el propio Daniel.

Este se detuvo y buscó refugio en la sombra. Oyó pasos aproximándose muy lentamente.

—¿Quién va?

Daniel aferró la piedra con fuerza y contuvo la respiración. Una silueta con una vela en una mano y un objeto brillante en la otra se acercaba. De repente se paró, como si intuyera su presencia. Estudió la sombra que proyectaba. La figura sostenía un arma con pulso tembloroso. Se deslizó unos pasos y en un instante Daniel vio la mano que portaba la pistola cruzar frente al umbral tras el cual se había ocultado.

Su temor se tornó rabia y, antes de darse cuenta de lo que estaba haciendo, se lanzó sobre la figura y le golpeó la mano con la piedra con todas sus fuerzas. Oyó huesos quebrándose y un aullido. El arma cayó al suelo. Daniel se precipitó sobre su portador y descargó en él toda la ira que llevaba dentro. Lo golpeó con los puños desnudos en el rostro y el torso. La figura trataba de cubrirse la cara con los brazos y gritaba como un animal preso de pánico. La vela caída había formado un charco de cera que prendió en llama. Fue aquella luz ámbar la que desveló el rostro aterrorizado de un hombre de aspecto frágil. Daniel se detuvo, desconcertado. El hombre, respirando entrecortadamente y con la cara ensangrentada, le miraba sin comprender. Daniel agarró la pistola y presionó el cañón contra uno de sus ojos. El tipo dejó escapar un gemido.

—No me mate, por favor... —suplicó.

—¿Dónde está Valls?

El hombre continuaba sin entender.

—¿Dónde está Valls? —repitió Daniel, sintiendo en su voz un tono acerado e impregnado de un odio que no reconocía.

—¿Quién es Valls? —balbuceó el hombre.

Daniel hizo amago de golpearle el rostro con la pistola y el otro cerró los ojos, temblando. Daniel se dio cuenta de que estaba apalizando a un anciano. Se echó atrás y se sentó con la espalda contra la pared. Respiró hondo e intentó recobrar el control de sí mismo. El anciano se había encogido en un ovillo y lloriqueaba.

—¿Quién es usted? —consiguió articular Daniel tras exhalar un suspiro—. No voy a matarle. Solo quiero saber quién es usted y dónde está Valls.

—El guarda —gimió—. Soy el guarda.

—¿Qué hace aquí?

—Me dijeron que volverían. Que le diera de comer y que los esperase.

—¿Que le diera de comer a quién?

El anciano se encogió de hombros.

—¿Valls?

—No sé cómo se llama. Me dejaron esa pistola y me ordenaron que si no regresaba en tres días que le matara y le echase al pozo. Pero yo no soy un asesino...

—¿Cuánto hace de eso?

—No lo sé. Hace ya días.

—¿Quién le dijo que volvería?

—Un capitán de la policía. No me facilitó su nombre. Me dio dinero. Es suyo si quiere.

Daniel negó.

—¿Dónde está ese hombre? Valls.

—Abajo... —informó señalando hacia una puerta metálica en el extremo de las cocinas.

—Deme las llaves.

—¿Ha venido usted a matarle entonces?

—Las llaves.

El anciano buscó en sus bolsillos y le tendió un manojo de llaves.

—¿Está usted con ellos? ¿Con la policía? Yo he hecho todo lo que me dijeron, pero no podía matarle...

—¿Cómo se llama usted?

—Manuel. Manuel Requejo.

—Váyase a su casa, Manuel.

—No tengo casa... Vivo en un cobertizo, ahí atrás, en el bosque.

—Váyase de aquí.

El anciano asintió. Se incorporó trabajosamente y se aferró a la mesa para sostenerse en pie.

—No quería hacerle daño —aseguró Daniel—. Creí que era usted otra persona.

El hombre evitó su mirada y se arrastró hacia la salida.

—Le va a hacer usted un favor —dijo.

# 5

Tras la puerta de metal había una estancia donde encontró varias estanterías con latas de conserva. La pared al fondo mostraba una abertura detrás de la cual se adivinaba un túnel excavado en la piedra que descendía en un ángulo muy pronunciado. Tan pronto como Daniel se asomó al umbral le golpeó el intenso hedor que ascendía desde el subterráneo. Era un hedor animal, a excrementos, sangre y miedo. Se tapó el rostro con la mano y escuchó las sombras. Advirtió que, colgada del muro, había una linterna. La encendió y proyectó el haz hacia el túnel. Una escalinata esculpida sobre la roca se perdía en un pozo de negrura.

Descendió lentamente. Los muros rezumaban humedad y el suelo era resbaladizo. Calculó que había bajado una decena de metros cuando avistó el fin de la escalera. Allí el túnel se ensanchaba y se abría a una oquedad del tamaño de una habitación. El hedor era tan intenso que nublaba los sentidos. Al barrer la tiniebla con el haz de la linterna vio los barrotes que separaban en dos mitades la cámara horadada en la piedra. Recorrió el interior de la celda con la luz sin comprender. Estaba vacía. Hasta que oyó el rumor de una respiración trabajosa y advirtió un rincón de sombras que se desplegaban en una silueta esquelética arrastrándose hacia la luz no entendió que se había equivocado. Había algo allí atrapado, algo que le costó identificar como un hombre.

Ojos quemados por la oscuridad, ojos que parecían no ver y estaban velados por una capa blanquecina. Esos ojos le buscaban. La silueta, un amasijo de harapos que cubrían una bolsa de huesos rodeada de sangre seca, mugre y orines, se aferró a uno de los barrotes e intentó incorporarse. Solo le quedaba una mano. En el lugar donde debería haber estado la otra no había más que un muñón supurante quemado a fuego. La criatura se pegó a los barrotes como si quisiera olerle. De repente sonrió y Daniel comprendió que había visto la pistola que sostenía en la mano.

Daniel tanteó entre el manojo de llaves hasta encontrar la que encajaba con el cerrojo. Abrió la celda. La criatura en el interior le miraba, expectante. Daniel reconoció en él un pálido reflejo del hombre al que había aprendido a odiar durante los últimos años. Nada quedaba de su semblante regio, de su porte soberbio y de su presencia altiva. Alguien o algo le había arrancado cuanto podía arrancársele a un ser humano hasta dejar en él apenas un anhelo de oscuridad y olvido. Daniel levantó el arma y le apuntó al rostro. Valls rio de gozo.

—Tú mataste a mi madre.

Valls asintió repetidamente y se abrazó las rodillas. Buscó el arma con la única mano que le quedaba y se la llevó a la frente.

—Por favor, por favor —imploró entre lágrimas.

Daniel tensó el percutor. Valls cerró los ojos y apretó la cara con fuerza contra el cañón.

—Mírame, hijo de puta.

Valls abrió los ojos.

—Dime por qué.

Valls sonrió sin entender. Había perdido varios dientes y le sangraban las encías. Daniel apartó el rostro y sintió que la náusea le ascendía por la garganta. Cerró los ojos y conjuró el rostro de su hijo Julián dormido en su habitación. Alejó el arma de sí y abrió el tambor. Dejó caer las balas al suelo encharcado y apartó a Valls de un empujón.

Valls le contempló, primero con desconcierto y luego con pánico, y empezó a recoger las balas, una a una, para ofrecérselas con mano temblorosa. Daniel lanzó el arma al fondo de la celda y agarró a Valls por el cuello. Un brote de esperanza iluminó su mirada. Daniel lo aferró con fuerza y lo arrastró fuera de la celda y escaleras arriba. Al llegar a las cocinas abrió la puerta a patadas y salió al exterior sin soltar en momento alguno a Valls, que se tambaleaba a su espalda. No le miró ni le dirigió la palabra. Se limitó a arrastrarlo a través de los senderos del jardín hasta que llegaron al portón de metal. Una vez allí buscó la llave en el manojo que le había entregado el guarda y lo abrió.

Valls había empezado a gemir, aterrado. Daniel lo lanzó a la calle de un empujón. El hombre cayó al suelo y él lo sujetó de nuevo del brazo y le obligó a incorporarse. Valls dio unos pasos y se detuvo. Daniel le propinó una patada y le forzó a continuar. Le empujó hasta que alcanzaron la plaza donde esperaba el primer tranvía azul. Empezaba a clarear y el cielo se abría en una telaraña rojiza que se esparcía sobre Barcelona e incendiaba el mar a lo lejos. Valls se postró de rodillas ante Daniel, implorando.

—Eres libre —dijo Daniel—. Largo de aquí.

Don Mauricio Valls, luz de su tiempo, se alejó cojeando avenida abajo. Daniel permaneció allí hasta que su silueta se fundió en el gris del alba. Buscó refugio en el tranvía, que esperaba vacío. Subió y tomó asiento en uno de los bancos al fondo. Apoyó el rostro contra el cristal y cerró los ojos. Al rato se rindió al sueño y cuando el revisor le despertó un sol limpio ya barría las nubes y Barcelona olía a limpio.

—¿Adónde va usted, jefe? —preguntó el revisor.

—A casa —dijo Daniel—. Me voy a casa.

Al rato, el tranvía inició el descenso y Daniel abandonó la mirada al horizonte que se dibujaba a los pies de la gran avenida sintiendo que ya no le quedaba más rencor en el alma y que por primera vez en muchos años había despertado con el recuerdo que le acompañaría por el resto de sus días: el rostro de su madre, una muchacha a la que ya superaba en edad.

—Isabella —murmuró para sí—. Ojalá hubiera podido conocerte.

# 6

Dicen que le vieron llegar a la boca del metro y que descendió escaleras abajo buscando los túneles como si quisiera regresar al infierno. Dicen que la gente al fijarse en sus harapos y sentir el hedor que desprendía se hizo a un lado y fingió no verlo. Dicen que abordó uno de los trenes y que buscó refugio en un rincón del vagón. Nadie se le acercó, nadie le miró y nadie quiso admitir luego que le había visto.

Dicen que el hombre invisible lloraba y gritaba en el vagón implorando que alguien se apiadara de él y le matase, pero nadie quiso ni siquiera intercambiar una mirada con semejante despojo. Dicen que vagó durante todo el día por los túneles del metro, cambiando de tren, esperando en el andén a que otro vagón le llevase a través de la madeja de túneles oculta bajo el laberinto de Barcelona, y de ese a otro, y a otro y a otro más que conducía a ninguna parte.

Dicen que al final de aquella tarde uno de aquellos trenes malditos quedó varado en la estación término de la línea y que cuando el mendigo se negó a bajarse y no dio muestras de oír las órdenes que le proferían el revisor y el jefe de estación, estos llamaron a la policía. En cuanto llegaron los agentes, entraron en el vagón y se aproximaron al indigente, que tampoco respondió a sus órdenes. Solo entonces uno de los policías se acercó a él, cubriéndose la nariz y la boca con la mano. Le empujó suavemente con el cañón de su arma. Dicen que entonces el cuerpo se desplomó exánime al suelo y que los harapos que le cubrían se abrieron para desvelar lo que les pareció un cadáver que hubiera ya empezado a descomponerse.

Por toda identificación llevaba en la mano una fotografía en la que aparecía una mujer joven de identidad desconocida. Uno de los agentes se guardó el retrato de Alicia Gris y durante años lo tuvo en el interior de su taquilla en la casa cuartel, creyendo que no era sino la muerte, que había dejado su tarjeta de visita en manos de aquel pobre diablo antes de enviarle a su eterna condenación.

Los servicios funerarios recogieron el cuerpo, que fue trasladado al depósito en el que acababan todos los indigentes, los cuerpos sin identificar y las almas abandonadas que la ciudad dejaba atrás todas las noches. Al crepúsculo, dos mozos lo metieron en una bolsa de lona que hedía a los cientos de cuerpos que habían hecho su último viaje en su interior y lo auparon a la parte de atrás del camión. Ascendieron la vieja carretera que bordeaba el castillo de Montjuic, perfilado contra un mar de fuego y las mil siluetas de ángeles y espíritus en la ciudad de los muertos que parecían haberse congregado allí para escupirle su último insulto de camino a la fosa común donde el mendigo, el hombre invisible, en otra vida, había enviado a tantos cuyos nombres apenas recordaba.

Al llegar al borde de la fosa, un pozo infinito de cuerpos cubiertos de cal, los dos mozos abrieron la bolsa y dejaron que don Mauricio Valls se deslizara por la ladera de cadáveres hasta llegar al fondo. Dicen que cayó boca arriba con los ojos abiertos y que lo último que vieron los mozos antes de alejarse de aquel lugar fue cómo un pájaro negro se posaba sobre el cuerpo y se los arrancaba a picotazos mientras las campanas de toda Barcelona resonaban en la distancia.

# BARCELONA

23 de abril de 1960

# 1

Llegó el día.

Poco antes del alba Fermín se había despertado en celo. En su ímpetu, había dejado a la Bernarda baldada para una semana merced a uno de sus prontos de amoríos matinales que descolocó el mobiliario del dormitorio y concitó las protestas enérgicas de los vecinos del otro lado de la pared.

—Es por la luna llena —se disculpó luego Fermín a la vecina al saludarla por el tragaluz que daba al lavadero—. No sé qué pasa, que me transformo.

—Sí, pero en vez de lobo se transforma usted en cerdo. A ver si se controla, que aquí viven criaturas que todavía no han hecho la Primera Comunión.

Como siempre que Fermín obedecía a la llamada del semental primigenio que llevaba dentro, luego le entraba un hambre de tigre. Se preparó una tortilla de cuatro huevos con tropezones de jamón y queso que se ventiló con una barra de medio y un benjamín de champán. Satisfecho, lo coronó todo con una copita de orujo y procedió a calzarse la indumentaria prescrita para enfrentar una jornada que se las prometía complicada.

—¿Se puede saber por qué te has vestido de buzo? —preguntó la Bernarda desde el umbral de la cocina.

—Por precaución. En realidad es una gabardina vieja forrada con ejemplares del *ABC*, que no dejan pasar ni el agua bendita. Algo en la tinta que le echan. Parece avecinarse una gorda.

—¿Hoy, para Sant Jordi?

—Los designios del Señor serán insondables, pero acostumbran a tocar la pera siempre que pueden —refrendó Fermín.

—Fermín, en esta casa no se blasfema.

—Perdón, mi amor. Ahora me tomo la pastilla para el agnosticismo y se me pasa.

Fermín no mentía. Hacía días que se pronosticaba una jornada de desastres bíblicos sin cuento que habrían de azotar Barcelona, ciudad de libros y rosas, en el día de la más bella de todas sus celebraciones. La conjura de los expertos concurría en pleno: el Servicio Nacional de Meteorología, Radio Barcelona, *La Vanguardia* y la Guardia Civil. La última gota antes del proverbial diluvio la había puesto la célebre pitonisa Madame Carmanyola. La pitonisa era famosa por dos cosas. Una era su condición de nínfula de trazo grueso que disimulaba que en realidad era un fornido señor de Cornellá llamado Cucufate Brotolí, renacido a una hirsuta feminidad tras una larga carrera como notario para descubrir que lo suyo, en el fondo, era vestirse de zorrona y mover la grupa al ritmo sensual de los palmeros. Otra eran sus infalibles pronósticos climáticos. Calidades y tecnicismos aparte, el caso es que todos estaban de acuerdo. Aquel Sant Jordi prometía ser un día de perros.

—Pues entonces casi mejor que no saques la parada a la calle —aconsejó la Bernarda.

—Ni hablar. No murieron en vano don Miguel de Cervantes y su colega don Guillermo de Shakespeare técnicamente en el mismo día, un 23 de abril. Si ambos la palmaron con tal precisión en una misma jornada no vamos a ser menos los libreros y amilanarnos. Hoy salimos a unir libros y lectores aunque el general Espartero bombardee desde el castillo de Montjuic.

—¿Me traerás al menos una rosa?

—Te traeré un carromato entero de las más turgentes y olorosas, capullito mío.

—Y acuérdate de darle una a la señora Bea, porque Danielito es un desastre y seguro que a última hora se olvida.

—Son muchos años cambiándole los proverbiales pañales al muchacho como para olvidarme hoy de detalles estratégicos de esa envergadura.

—Prométeme que no te mojarás.

—Si me mojo, más fecundo y fértil volveré.

—Ay, Señor, que vamos a ir al infierno.

—Razón de más para llegar bien servidos.

Tras una somanta de besos, pellizcos en el culo y arrumacos a su adorada Bernarda, Fermín salió a la calle convencido de que, en el último momento, se produciría un milagro y luciría un sol de cuadro de Sorolla.

De camino le robó el diario a la portera, por chafardera y falangista, y confirmó los últimos pronósticos. Se esperaban rayos, truenos, relámpagos, tormenta de granizo del calibre de castañas confitadas y vientos huracanados que iban a llevarse en volandas por lo menos un millón de libros y rosas que acabarían por amerizar y formar una ínsula Barataria allí donde el horizonte perdía su dulce nombre.

—Ya veremos —dictaminó Fermín, donando el diario a un infeliz que dormía la mona empotrado en una silla junto al quiosco de Canaletas.

No era el único que compartía aquel sentir. El barcelonés es una criatura que no desperdicia oportunidad alguna de llevar la contraria a clásicos como el mapa isobárico o la lógica aristotélica. Aquella mañana, que había amanecido con cielo color a trompetas de la muerte, todos los libreros de la ciudad se levantaron bien temprano dispuestos a sacar sus puestos de libros a la calle y enfrentar si hacía falta tornados y tifones. Al ver el despliegue de *esprit de corps* por las Ramblas, Fermín sintió que aquel día iban a triunfar los optimistas.

—Así me gusta. Con dos pares de narices. Ya pueden llover chuzos de punta, que no nos moverán.

Los floristas, armados de un océano de rosas rojas, no habían sido menos. Llegadas las nueve en punto, las calles del centro de Barcelona estaban engalanadas para la gran jornada de los libros en la esperanza de que las turbias profecías no asustaran a los enamorados, a los lectores y a todos los despistados que se congregaban puntualmente el 23 de abril de cada año desde 1930 para celebrar la, en opinión de Fermín, mejor fiesta del universo conocido. A las nueve horas y veinticuatro minutos se produjo, como no era de esperar, el milagro.

# 2

Un sol sahariano taladró cortinas y persianas en el dormitorio y abofeteó a Daniel. Abrió los ojos y presenció el prodigio, incrédulo. A su lado yacía la espalda desnuda de Bea, que procedió a recorrer de arriba abajo de un lametón que la hizo despertarse a risas y darse la vuelta de un brinco. Daniel la abrazó y la besó en los labios despacio, como si quisiera bebérsela. Luego apartó la sábana y se deleitó en la contemplación, acariciándole el vientre con la yema de los dedos hasta que ella le atrapó la mano entre los muslos y le lamió los labios con ganas.

—Es Sant Jordi. Vamos a llegar tarde.

—Seguro que Fermín ya ha abierto.

—Quince minutos —concedió Bea.

—Treinta —replicó Daniel.

El saldo fueron cuarenta y cinco, minuto más minuto menos.

Las calles se empezaron a animar a media mañana. Un astro de terciopelo y un cielo azul eléctrico tapizaban la ciudad mientras miles de barceloneses salían al sol a pasear entre los centenares de puestos de libros que remataban aceras y paseos. El señor Sempere había determinado que plantarían su puesto frente a la librería en plena calle Santa Ana. Varias mesas repletas de libros lucían al sol. Tras ellas, asistiendo a lectores, envolviendo o simplemente viendo pasar al gentío, estaba la escudería Sempere al completo. Fermín abría formación, ya desprovisto de su gabardina y en mangas de camisa. A su lado, Daniel y Bea, que controlaba las cuentas y la caja.

—¿Y el diluvio prometido? —preguntó Daniel al incorporarse a filas.

—Camino de Túnez, donde hace más falta. Oiga, Daniel,

qué cara de golfo lleva esta mañana. Se conoce que la primavera la sangre altera...

El señor Sempere, en compañía de don Anacleto, que siempre se les unía como tropa de apoyo y tenía la mano rota para envolver libros, ocupaban sendas sillas y recomendaban títulos a los indecisos. Sofía encandilaba a jovencitos que se acercaban al puesto a echarle el ojo y terminaban por comprar alguna cosa. A su lado Fernandito ardía de celos, y un poco de orgullo. Incluso el relojero del barrio, don Federico, y su intermitente *paramour*, la Merceditas, se habían apuntado a ayudar.

Quien más lo disfrutaba, sin embargo, era el pequeño Julián, que contemplaba el espectáculo de las gentes portando libros y rosas con deleite. Aupado en una caja junto a su madre, la ayudaba a contar las monedas y se iba puliendo sin freno la reserva de Sugus que había encontrado en los bolsillos de la gabardina de Fermín. En algún momento del mediodía, Daniel se le quedó mirando y sonrió. Hacía mucho que Julián no veía de tan buen humor a su padre. Tal vez ahora aquella sombra de tristeza que le había acompañado durante tanto tiempo se marcharía, como aquellas nubes de tormenta de las que todo el mundo hablaba y a las que nadie había visto. A veces, cuando los dioses no miran y el destino se pierde por el camino, incluso la buena gente tiene un poco de suerte en la vida.

3

Vestía de negro de pies a cabeza y ocultaba la mirada tras unas gafas de sol en las que se reflejaba la fuga de una calle Santa Ana abarrotada de gente. Alicia se adelantó unos pasos y se refugió bajo los arcos de un portal. Desde allí, a hurtadillas, contempló cómo la familia Sempere despachaba libros, conversaba con los paseantes y disfrutaba de la jornada como ella sabía que nunca podría hacerlo.

Sonrió al ver a Fermín arrebatarles libros de las manos a lectores incautos y sustituirlos por otros; a Daniel y a Bea rozarse e intercambiar miradas en un lenguaje que la llenaba de celos pero que sabía que no merecía; a Fernandito embelesado con su Sofía, y al abuelo Sempere contemplar con satisfacción a su familia y a sus amigos. Le habría gustado poder aproximarse y saludarlos. Decirles que ya no tenían nada que temer y darles las gracias por haberle permitido, aunque fuera por muy poco tiempo, cruzarse en su camino. Le habría gustado, más que nada en el mundo, ser uno de ellos, pero le bastaba llevarse aquel recuerdo para saberse afortunada. Se disponía a marcharse de allí cuando advirtió una mirada que detuvo el tiempo.

El pequeño Julián la observaba fijamente, una sonrisa triste en el rostro, como si pudiera leerle el pensamiento. El niño alzó la mano y la saludó, diciendo adiós. Alicia le devolvió el gesto. Un instante después, había desaparecido.

—¿A quién saludas, cariño? —preguntó Bea al ver que su hijo clavaba la vista en el gentío hipnotizado.

Julián se volvió para mirar a su madre y le tomó la mano. Fermín, que se había acercado a repostar en la reserva de Sugus que creía con ingenuidad que le quedaba en la gabardina, se encontró con los bolsillos vacíos. Se volvió hacia Julián, dispuesto a soltarle un broncazo, cuando advirtió también el gesto del niño y siguió su mirada cautiva.


*Alicia.*

La sintió en su ausencia, sin necesidad de verla, y bendijo al cielo, o a quien fuese que se hubiera llevado aquellas nubes a otros pastos, por habérsela devuelto una vez más. Tal vez la Bernarda tenía razón después de todo y en este perro mundo, a ratos, algunas cosas terminaban como tenían que terminar.

Agarró la gabardina y se inclinó hacia Bea, que estaba acabando de cobrar una colección de sir Arthur Conan Doyle a un chaval con gafas de telescopio.

—Oiga, jefa, que aquí el chiquilín se me ha ventilado toda la munición y empiezo a notarme más bajo de azúcar que después de escuchar un discurso de La Pasionaria. Habida cuenta de que aquí, salvo la tonta de la Merceditas, están todos sobrecualificados para el empeño, voy a ver si encuentro alguna confitería de calidad para proceder al reavituallamiento y de paso le compro alguna rosa a la Bernarda.

—Tengo rosas reservadas en la floristería de la iglesia —replicó Bea.

—En lo que usted no piense...

Bea le vio partir con prisa y frunció el ceño.

—¿Adónde va Fermín? —preguntó Daniel.

—Sabe Dios...

# 4

La encontró al final del muelle, sentada sobre una maleta. Fumaba al sol mientras contemplaba cómo la tripulación cargaba baúles y cajas en aquel crucero que pintaba de blanco las aguas del puerto. Fermín se instaló a su lado. Permanecieron un rato en silencio, disfrutando de la compañía sin necesidad de decir nada.

—Maleta grande —dijo al fin él—. Y yo que pensaba que entre todas las mujeres usted sería la única que sabía viajar ligero.

—Es más fácil dejar atrás malos recuerdos que buenos zapatos.

—Yo, como solo tengo un par...

—Es usted un asceta.

—¿Quién se los ha recogido? ¿Fernandito? El muy granuja, cómo va aprendiendo a no soltar prenda.

—Le hice jurar que no diría nada.

—¿Cómo le sobornó? ¿Beso de tornillo?

—Fernandito solo tiene besos para Sofía, como debe ser. Le he donado las llaves del piso para que viva allí.

—Dejaremos ese fragmento de información lejos del alcance del señor Sempere, tutor legal de la chica.

—Buena idea.

Alicia le miró. Fermín se perdió en aquellos ojos felinos, profundos e insondables. Un pozo de oscuridades. Ella le tomó la mano y se la besó.

—¿Dónde se había metido? —preguntó Fermín.

—Aquí y allá. Atando cabos.

—¿Alrededor del cuello de quién?

Alicia le ofreció una sonrisa glacial.

—Había cosas que resolver. Historias que hilvanar. He estado haciendo mi trabajo.

—Creí que se había retirado.

—Solo quería dejar mi escritorio limpio y en orden —dijo ella—. No me gusta que queden los asuntos a medias.

—¿Y no pensaba despedirse?

—Ya sabe que lo mío no son las despedidas, Fermín.

—Hubiera estado bien saber que seguía usted viva y de una pieza.

—¿Acaso lo dudaba?

—Tuve mis momentos de flaqueza. Es la edad. Uno se va acojonando a medida que le va viendo las orejas al lobo. Lo llaman templanza.

—Pensaba enviarle una postal.

—¿Desde dónde?

—No lo he decidido todavía.

—Me da como que este crucero no va a la Costa del Sol.

Alicia negó.

—No. Va algo más lejos.

—Ya me lo parecía. Mucha eslora le veo yo. ¿Puedo hacerle una pregunta?

—Mientras no tenga relación con el rumbo...

—¿Está segura la familia Sempere? ¿Daniel, Bea, el abuelo, Julián?

—Ahora sí.

—¿Y a qué infiernos ha tenido usted que descender para asegurarse de que los inocentes pueden vivir en paz, o al menos en una plácida ignorancia?

—A ninguno que no me viniera ya de camino, Fermín.

—Esos cigarrillos huelen bien. Parecen caros. Natural. A usted siempre le han gustado las cosas bonitas y finas. Yo soy más de batalla y de economizar los recursos.

—¿Le apetece uno?

—¿Por qué no? En ausencia de Sugus, algo hay que echarle a la bestia. Lo cierto es que no me fumaba uno desde los tiempos de la guerra, cuando los hacían con restos de colillas y hierbajos meados. Seguro que el género ha vivido una mejora.

Alicia prendió un cigarrillo y se lo pasó. Fermín admiró la marca de carmín en el filtro antes de dar una calada.

—¿Piensa contarme lo que realmente ha pasado?

—¿De verdad quiere saberlo, Fermín?

—Tengo la manía de querer saber la verdad en todo momento. No sabe la de desengaños que se lleva uno, con lo bien que se vive atontado.

—Es una historia larga y tengo un barco que coger.

—Algo de tiempo dispondrá para iluminar la ignorancia de un pobre tonto antes de soltar amarras.

—¿Está seguro de que quiere que se lo explique?

—Yo soy así.

Por espacio de casi una hora Alicia procedió a referirle cuanto recordaba, desde sus días en el orfanato y en la calle hasta sus comienzos a las órdenes de Leandro Montalvo. Le habló de sus años de servicio, de cómo había acabado por creer que se había dejado un alma por el camino que nunca sospechó que llevaba guardada en la recámara, y de su renuncia a continuar trabajando para Leandro.

—El caso de Valls se suponía que iba a ser mi pasaporte a la libertad, mi último servicio.

—Pero nunca hay tal cosa, ¿verdad?

—No, claro que no. Uno solo es libre hasta donde desconoce la verdad.

Alicia le habló de la reunión en el Palace con Gil de Partera y del encargo que habían recibido ella y su colega a la fuerza, el capitán Vargas, de ayudar a encontrar las piezas de una investigación que no iba a ninguna parte.

—Mi error fue no entender que el encargo era un engaño. Desde el principio. En realidad nadie quería salvar a Valls. Había hecho demasiados enemigos. Había cometido demasiadas torpezas. Había roto las reglas del juego abusando de sus privilegios y comprometiendo la seguridad de sus cómplices. Cuando el rastro de sus crímenes volvió a por él, le dejaron solo. Valls opinaba que existía una conspiración para asesinarle y no iba del todo desencaminado. Pero había dejado tanta sangre por el camino que ya no sabía por dónde le saldría la liebre. Durante años pensó que los fantasmas de su pasado habían regresado para ajustar cuentas con él. Salgado o su Prisionero del Cielo, David Martín, y tantos otros. Lo que no sospechaba era que quienes de verdad querían acabar con él eran aquellos que él creía que eran sus amigos y protectores. En el poder las puñaladas nunca llegan de frente, siempre por la espalda y con un abrazo. Nadie en la cúpula deseaba salvarle ni encontrarle. De lo que querían asegurarse era de que desapareciese y que el rastro de cuanto había hecho quedara borrado para siempre. Había excesivas manos implicadas. Vargas y yo éramos simples herramientas. Por eso también, al final, debíamos desaparecer.

—Pero mi Alicia tiene más vidas que un gato y supo burlar a la parca una vez más...

—Por los pelos. Creo que ya he gastado todas las vidas que me quedaban, Fermín. Es hora de que yo también salga de la escena.

—¿Puedo decirle que la echaré de menos?

—Si se va a poner sentimental le tiro al agua.

El barco hizo sonar la bocina y su eco se esparció por todo el puerto. Alicia se incorporó.

—¿Puedo ayudarla con la maleta? Prometo quedarme en tierra. La navegación me trae malos recuerdos.

La acompañó hasta la pasarela por la que desfilaban ya los últimos pasajeros. Una vez allí Alicia mostró su pasaje al contramaestre y, merced a una generosa propina, este indicó a un mozo que llevase el equipaje de la señora a su camarote.

—¿Volverá algún día a Barcelona? Esta ciudad es bruja, ¿sabe usted? Se le mete a uno en la piel y nunca le deja ir...

—Tendrá que cuidarla usted por mí, Fermín. Y a Bea, y a Daniel y al señor Sempere y a la Bernarda, y a Fernandito y a Sofía, y sobre todo a usted mismo y al pequeño Julián, que algún día nos hará a todos inmortales.

—Eso me gusta. Lo de ser inmortal, especialmente ahora que me empieza crujir todo.

Alicia le abrazó con fuerza y le besó en la mejilla. Fermín supo que estaba llorando y no quiso mirarla a la cara. Ninguno de los dos iba a perder la dignidad justo cuando estaban a punto de librarse por los pelos.

—No se le ocurra quedarse aquí a despedirme desde el muelle —advirtió Alicia.

—Descuide.

Fermín bajó la mirada y escuchó los pasos de Alicia al perderse pasarela arriba. Se volvió sin levantar los ojos del suelo y echó a caminar con las manos en los bolsillos.

Le encontró al pie de muelle. Daniel estaba sentado en el borde con las piernas colgando. Intercambiaron una mirada y Fermín suspiró. Se sentó a su lado.

—Creía que le había dado esquinazo —dijo Fermín.

—Es la colonia esa nueva que gasta. Se puede rastrear incluso a través de la lonja de pescado. ¿Qué le ha contado?

—¿Alicia? Historias para no dormir.

—A lo mejor le apetece compartirlas.

—Otro día. Yo ya tengo experiencia en esto del insomnio y no se lo recomiendo.

Daniel se encogió de hombros.

—Me parece que el aviso me pilla algo tarde —dijo.

El eco de una bocina de vapor inundó el puerto. Daniel señaló con la cabeza el barco que soltaba amarras y empezaba a separarse del muelle.

—Esos son los que van a América.

Fermín asintió.

—Fermín, ¿se acuerda de hace años, cuando veníamos aquí a sentarnos y arreglábamos el mundo a martillazos?

—Eso era cuando aún creíamos que tenía arreglo.

—Yo sigo pensándolo.

—Porque en el fondo sigue siendo usted un pardillo, aunque ya se afeite.

Permanecieron allí, contemplando el crucero atravesar el reflejo de toda Barcelona sobre las aguas del puerto y deshacer el mayor espejismo del mundo en una estela blanca. Fermín no apartó la mirada hasta que la popa del buque se perdió en la calima que barría la bocana del puerto, escoltada por una bandada de gaviotas. Daniel le observaba, pensativo.

—¿Está bien, Fermín?

—Como un toro bravo.

—Pues creo que nunca le había visto tan triste.

—Eso es que ya le toca graduarse la vista.

Daniel no insistió.

—¿Qué me dice? ¿Vamos tirando? ¿Qué tal si le invito a unos espumosos en El Xampanyet?

—Gracias, Daniel, pero hoy casi le diré que no.

—¿No se acuerda usted? ¡Que nos espera la vida!

Fermín le sonrió y, por primera vez, Daniel se dio cuenta de que a su viejo amigo no le quedaba un pelo en la cabeza que no fuera gris.

—Eso a usted, Daniel. A mí ya solo me espera la memoria.

Daniel le apretó el brazo cariñosamente y le dejó a solas con sus recuerdos y su conciencia.

—No tarde —le dijo.

1964

Cada vez que su hijo Nicolás le preguntaba cómo llegaba uno a convertirse en un buen periodista, Sergio Vilajuana le respondía con la misma máxima.

—Un buen periodista es como un elefante: tiene buena nariz, buenas orejas y, sobre todo, nunca olvida.

—¿Y los colmillos?

—Esos tiene que cuidarlos, porque siempre hay alguien armado con ganas de quitárselos.

Aquella, como todas las mañanas, Vilajuana había acompañado a su hijo menor al colegio antes de encaminarse a la redacción de *La Vanguardia*. El paseo le servía para pensar y ordenar ideas antes de sumergirse en la jungla de la redacción y lidiar con los temas del día. Al llegar a la sede del diario en la calle Pelayo, le salió al encuentro Jenaro, un ordenanza de segunda que llevaba quince años intentando persuadir al director para que le admitiese de meritorio en la sección de deportes a ver si por fin pisaba el palco presidencial del Barça, la gran aspiración de su existencia.

—Eso será el día que aprenda usted a leer y a escribir, Jenaro, que milagros ya no se hacen ni en Fátima, y a este paso como no vaya usted a pasar el mocho no le dejarán pisar el palco ni para una eliminatoria de infantiles —le decía siempre Mariano Carolo, el director.

Tan pronto como Jenaro le vio entrar por la puerta se le acercó con gesto circunspecto.

—Señor Vilajuana, que está aquí el censor del ministerio esperándole... —murmuró.

—¿Otra vez? ¿No tendrá esta gente nada peor que hacer?

Vilajuana oteó la sala de redacción desde el umbral y localizó la silueta inconfundible de su censor favorito, un tipo de pelo engominado y planta de pera limonera que hacía guardia junto a su escritorio.

—Ah, por cierto, le ha llegado un paquete —dijo Jenaro—. No creo que sea una bomba, porque se me ha caído al suelo y seguimos enteros.

Vilajuana recogió el paquete y optó por dar media vuelta y eludir la visita del censor, un cenizo que llevaba semanas intentando pillarle *in fraganti* para reprenderle por un artículo que había publicado sobre los hermanos Marx y que creía que constituía una apología de la masonería internacional.

Se acercó hasta una cafetería que quedaba en las sombras *de profundis* de la calle Tallers, apodada El Hediondo por los periodistas, las cabareteras y demás fauna del extremo norte del Raval que la frecuentaban. Pidió un café y se refugió en una mesa al fondo, donde jamás rayo solar alguno había penetrado. Una vez allí examinó el paquete. Se trataba de un sobre abultado reforzado con cinta de embalar que portaba su nombre y la dirección de *La Vanguardia*. El sello del franqueo, medio borrado por el trasiego, era de los Estados Unidos de América. El remite decía simplemente

*A. G.*

Junto al nombre había un dibujo idéntico a la escalera de caracol que aparecía grabada en todas las portadas de las novelas de Víctor Mataix de la serie *El Laberinto de los Espíritus*. Abrió el sobre y extrajo un fajo de documentos atado con cordeles. Bajo el nudo vio un tarjetón con el membrete del hotel Algonquin de Nueva York que decía lo siguiente:

*Un buen periodista sabrá encontrar la historia*
*que hace falta contar...*

Vilajuana frunció el ceño y deshizo el nudo. Desplegó el amasijo de papeles que contenía sobre la mesa e intentó descifrar el galimatías resultante compuesto de listas, recortes, fotografías y notas a mano. Le llevó un par de minutos comprender lo que estaba mirando.

—Santo Dios —murmuró.

Aquella misma tarde, Vilajuana dio aviso de que había contraído un virus altamente infeccioso que transformaba el sistema digestivo en un campo de minas y que no podría acudir a la redacción en toda la semana so pena de condenar a todo el equipo a una peregrinación constante al retrete. Llegado el jueves, el director del diario, Mariano Carolo, que se olía algo, se presentó en su casa portando un rollo de papel higiénico.

—Hombre prevenido vale por dos —dijo.

Vilajuana suspiró y le dejó pasar. El director se adentró en el piso hasta llegar a la sala. Al ver una pared entera cubierta de papeles, Carolo se aproximó e hizo un reconocimiento sumario.

—¿Es esto lo que parece? —preguntó al rato.

—Es solo el principio, diría yo.

—¿Y cuál es tu fuente?

—No sabría ni por dónde empezar.

—Ya. ¿Es fiable al menos?

—Yo creo que sí.

—Supongo que eres consciente de que si publicamos algo de esto nos cerrarán el diario, tú y yo acabaremos dando clases de prosodia en el Cerro Muriano y nuestro querido propietario tendrá que exiliarse a algún país montañoso y de difícil acceso.

—Me hago cargo.

Carolo le dedicó una mirada angustiada al tiempo que se frotaba el estómago. Desde que era director del periódico le crecían úlceras hasta en sueños.

—Con lo bien que me iba a mí siendo el Noel Coward catalán —murmuró.

—La verdad es que no sé qué hacer —dijo Vilajuana.

—¿Tienes por dónde seguir?

—Tengo una pista, sí.

—Diré que estás preparando una serie de reportajes sobre las labores secretas, pero excelsas, del Generalísimo en su poco explorada faceta de guionista cinematográfico.

—Lo que Hollywood se perdió.

—Qué gran titular. Mantenme informado. Te doy dos semanas.

Vilajuana pasó el resto de la semana analizando los documentos y organizándolos en un diagrama en árbol. Cuando lo contemplaba era como si el árbol fuera solo uno entre tantos y que lo que le esperaba más allá de las cuatro paredes de la sala fuera un bosque poblado de ellos. Una vez digeridas la documentación y sus implicaciones, la cuestión era si seguir la pista o no. Alicia le había proporcionado casi todas las piezas del rompecabezas. A partir de ahí, dependía de él. Un par de noches en vela decidieron por él. Su primera parada fue el Registro Civil, un edificio cavernoso varado frente al puerto que ofrecía un purgatorio de archivos y burócratas que habían llegado a fundirse en perfecta simbiosis. Pasó varios días allí buceando en una sima de carpetas sin encontrar nada. Empezaba a pensar que la pista que Alicia le había facilitado era falsa cuando, al quinto día, se tropezó con un antiguo conserje al borde de la jubilación que vivía colgado de un transistor en el que escuchaba partidos de liga y consultorios sentimentales con avidez instalado en un cuartucho de fregonas y suministros. La nueva hornada de funcionarios se referían a él como Matusalén porque era el único que había sobrevivido a la última purga administrativa. Los nuevos centuriones, más pulidos y formados que sus predecesores, eran doblemente herméticos y ninguno de ellos se avino a explicarle por qué, por mucho que lo intentara, no encontraba libros de registro de defunción o nacimiento en la ciudad de Barcelona anteriores al año 1944.

—Eso es de antes del cambio del sistema —le ofrecían por toda respuesta.

Matusalén, que siempre se las arreglaba para pasarle el escobón bajo los pies mientras procuraba navegar por carpetas y cajas de expedientes, se apiadó al fin de él.

—¿Qué busca usted, hombre de Dios?

—Empiezo a pensar que la Sábana Santa.

Merced a propinas y a esa complicidad que genera el ostracismo, Matusalén acabó por informarle de que en realidad lo que buscaba no eran papeles, sino a una persona.

—Doña María Luisa. Eran otros tiempos cuando ella era la que organizaba las cosas en esta casa. Qué le voy a contar.

Los intentos por encontrar a la tal doña María Luisa se estrellaron contra el mismo muro.

—Esa persona se jubiló —le comunicó el nuevo director de la casa en un tono que daba a entender que un hombre sabio dejaría el tema allí y se iría a pasear por la Barceloneta.

Le llevó un par de semanas dar con ella. María Luisa Alcaine residía en un piso diminuto en lo alto de una escalera sin ascensor ni esperanza de tenerlo cerca de la Plaza Real, rodeada de palomares, azoteas a medio acabar y cajas de papeles apiladas del suelo al techo. Los años de retiro no habían sido amables con ella. La mujer que le abrió la puerta se le antojó una anciana.

—¿Doña María Luisa Alcaine?

—¿Quién es usted?

Vilajuana había anticipado la pregunta y llevaba preparada una respuesta que confiaba que mantendría abierta aquella puerta, aunque solo fuera unos segundos.

—Mi nombre es Sergio Vilajuana y soy periodista de *La Vanguardia*. Me envía una amiga de un viejo conocido suyo. Un tal capitán Vargas. ¿Le recuerda usted?

Doña María Luisa dio un profundo suspiro y se volvió, dejando la puerta abierta a su espalda. La mujer vivía sola en aquel agujero y se estaba muriendo de cáncer, o de olvido. Fumaba empalmando los cigarrillos como si fuesen bengalas de San Juan y cuando tosía parecía que fuera a echar el alma a trozos.

—Ahora ya tanto da —justificaba—. Siéntese. Si encuentra dónde.

Aquella tarde María Luisa le contó cómo hacía años, cuando ella era todavía la secretaria general, había acudido a visitar el Registro Civil un capitán de policía llamado Vargas.

—Un hombre apuesto, de los que ya no hay.

Vargas le había mostrado una lista con números de expedientes de defunción y nacimiento que aparecían correlacionados. La misma que Vilajuana había recibido nítidamente mecanografiada años después.

—¿Se acuerda usted entonces?

—Claro que me acuerdo.

—¿Sabe dónde podría localizar yo los libros de registro con esos expedientes anteriores a 1944?

Luisa encendió otro cigarrillo, dio una calada que Vilajuana creyó que se la iba a llevar por delante y, al emerger de una nube de humo que creaba la ilusión de que algo había explotado en su interior, le indicó que la siguiera.

—Ayúdeme —dijo señalando una montaña de cajas apiladas en una alacena en la cocina—. Son las dos del fondo. Me las traje a casa para evitar que las destruyeran. Pensaba que algún día Vargas volvería a por ellas y, con suerte, a por mí. Después de cuatro años me imagino que el bueno del capitán se me adelantó en la carrera al paraíso.

María Luisa le explicó que tan pronto como Vargas se hubo marchado aquel día del registro ella había empezado a atar cabos. Revolviendo en los expedientes fue hallando más y más números cruzados y casos en los que estaba claro que se había manipulado el procedimiento.

—Cientos de criaturas. Robadas a sus padres, a los que presumiblemente asesinaron o encarcelaron hasta que se pudrieron en vida. Y eso es solo hasta donde fui capaz de llegar en unos días. Me traje lo que pude a casa, porque tan pronto como comenzaron a preguntar por el capitán y su visita me lo vi venir. Esto es lo que pude salvar. Una semana después de que Vargas acudiera a indagar al registro se declaró un incendio en el archivo. Se perdió todo lo anterior a 1944. A mí me despidieron dos días más tarde, responsabilizándome del desastre. Si hubieran sabido que me traje todos estos expedientes a casa, a saber lo que hubieran hecho conmigo. Pero creyeron que todo el archivo había quedado destruido en el incendio. El pasado no desaparece, por mucho que se esfuercen los necios en olvidarlo y los embaucadores en falsificarlo para venderlo otra vez como si fuera nuevo.

—¿Qué ha hecho usted todos estos años?

—Morirme. En este país a la gente decente la matan poco a poco. La muerte rápida se la reservan a los sinvergüenzas. A las personas como yo nos matan ignorándonos, cerrándonos todas las puertas y haciendo ver que no existimos. Vendí lotería de tapadillo en los túneles del metro un par de años hasta que se enteraron y también me quitaron eso. No fui capaz de conseguir nada más. Desde entonces he vivido de la caridad de los vecinos.

—¿No tiene familia?

—Tenía un hijo, pero le dijeron que su madre era una roja de mierda y hace años que no le veo.

María Luisa le contemplaba con una sonrisa difícil de descifrar.

—¿Puedo hacer algo por usted, doña María Luisa?

—Puede contar la verdad.

Vilajuana suspiró.

—Para serle sincero, no sé si podré hacer eso.

—¿Tiene usted hijos?

—Cuatro.

Vilajuana se perdió en la mirada de aquella moribunda. No había dónde esconderse.

—Hágalo por ellos. Cuente la verdad por ellos. Cuando pueda y como pueda. Pero no nos deje morir. Ya somos muchos. Alguien tiene que prestarnos la voz.

Vilajuana asintió. María Luisa le ofreció la mano y él se la estrechó.

—Haré lo que pueda —dijo.


Aquella noche, mientras arropaba a Nicolás, su hijo se le quedó mirando fijamente, intuyendo que los pensamientos de su padre andaban vagando por algún punto lejano de la geografía celestial.

—¿Papá?

—Dime.

—Una pregunta de elefantes.

—A ver.

—¿Por qué te hiciste periodista? Mamá dice que el abuelo quería que fueras otra cosa.

—Tu abuelo quería que fuese abogado.

—¿Y no le hiciste caso?

—En ocasiones, ninguna de las cuales debe afectarte ni ahora ni en el futuro inmediato, vaya eso por delante, a un padre hay que desobedecerle.

—¿Y por qué?

—Porque algunos padres, no el tuyo, se equivocan al juzgar lo que es mejor para sus hijos.

—Me refería a que por qué querías ser periodista.

Vilajuana se encogió de hombros.

—Por los sueldos millonarios y los horarios fijos.

Nicolás rio.

—No, en serio. ¿Por qué?

—No sé, Nico. Hace muchos años de eso. A veces, cuando se hace uno mayor, lo que parecía muy claro al principio no lo es tanto.

—Pero el elefante no olvida. Ni aunque le quieran cortar los colmillos.

—Supongo que no.

—¿Entonces...?

Vilajuana asintió, rendido.

—Para contar la verdad. Por eso me hice periodista.

Nicolás calibró la solemne respuesta, pensativo.

—¿Y qué es la verdad?

Vilajuana apagó la luz y besó en la frente a su hijo.

—Eso se lo vas a tener que preguntar a tu madre.

*Una historia no tiene principio ni fin, tan solo puertas de entrada.*

*Una historia es un laberinto infinito de palabras, imágenes y espíritus conjurados para desvelarnos la verdad invisible sobre nosotros mismos. Una historia es, en definitiva, una conversación entre quien la narra y quien la escucha, y un narrador solo puede contar hasta donde le llega el oficio y un lector solo puede leer hasta donde lleva escrito en el alma.*

*Esa es la regla maestra que sostiene todo artificio de papel y tinta, porque cuando se apagan las luces, se silencia la música y se vacía el patio de butacas, lo único que importa es el espejismo que ha quedado grabado en el teatro de la imaginación que alberga todo lector en su mente. Eso y la esperanza que todo hacedor de cuentos lleva dentro: que el lector haya abierto su corazón a alguna de sus criaturas de papel y le haya entregado algo de sí mismo para hacerla inmortal, aunque solo sea por unos minutos.*

*Y dicho esto con más solemnidad de la que probablemente merece la ocasión, más vale aterrizar a ras de página y pedirle al amigo lector que nos acompañe al cierre de esta historia y nos ayude a encontrar lo más difícil para un pobre narrador atrapado en su propio laberinto: la puerta de salida.*

Preludio de
*El Laberinto de los Espíritus*
(*El Cementerio de los Libros Olvidados*, Volumen IV),
de Julián Carax.
Éditions de la Lumière, París, 1992. Edición a cargo de
Émile de Rosiers Castellaine

# EL LIBRO
# DE JULIÁN

# 1

Siempre supe que algún día acabaría escribiendo esta historia. La historia de mi familia y la de aquella Barcelona embrujada de libros, recuerdos y secretos en la que crecí y que me ha perseguido toda la vida, aun a sabiendas de que probablemente nunca fue más que un sueño de papel.

Mi padre, Daniel Sempere, lo intentó antes que yo, y casi se dejó la juventud en el empeño. Durante años, al caer la madrugada, el buen librero se escurría de puntillas cuando creía que mi madre había sucumbido a los brazos de Morfeo y bajaba a la librería para encerrarse en la trastienda a la luz de un candil. Allí blandía una estilográfica de mercadillo y se batía en un duelo interminable con un pliego de cientos de páginas hasta el amanecer.

Mi madre nunca se lo reprochó y fingió, como se fingen tantas cosas en un matrimonio para mantenerlo en aguas mansas, que no se daba cuenta. Le preocupaba aquella obsesión casi tanto como a mí, que empezaba a temer que mi padre estaba perdiendo la chaveta como Don Quijote pero a la inversa, no de tanto leer sino de tanto escribir. Ella sabía que mi padre necesitaba hacer aquella travesía en solitario, no porque albergara ambiciones literarias, sino porque enfrentarse a las palabras era su modo de descubrir quién era de verdad y de tratar de recuperar así la memoria y el espíritu de la madre que había perdido a los cinco años.

Recuerdo un día en que me desperté de golpe poco antes del alba. El corazón me latía con rabia y sentí que me faltaba el aire. Había soñado que mi padre se desvanecía en la niebla y que le perdía para siempre. No era la primera vez. Salté de la cama y bajé corriendo a la librería. Le encontré en la trastienda todavía en estado sólido, un océano de folios arrugados tendido a sus pies. Tenía los dedos manchados de tinta y los ojos enrojecidos. Sobre el escritorio había colocado el viejo retrato de Isabella a los diecinueve años que todos sabíamos que llevaba siempre encima porque le aterraba olvidar su rostro.

—No puedo —murmuró—. No puedo devolverle la vida.

Contuve las lágrimas y le miré a los ojos.

—Yo lo haré por ti —le dije—. Te lo prometo.

Mi padre, a quien mis ocasionales arrebatos de solemnidad le despertaban una sonrisa, me abrazó. Al soltarme y ver que seguía allí y que lo decía en serio, me ofreció su estilográfica.

—Necesitarás esto. Yo ya no sé ni por qué lado escribe...

Estudié aquel artilugio de bajos vuelos y negué lentamente.

—Yo escribiré a máquina —declaré—. En una Underwood, la elección del profesional.

Aquello de «la elección del profesional» lo había visto en un anuncio en el periódico y me había impresionado. Quién iba a decir que bastaba con disponer de uno de aquellos armatostes del tamaño y tonelaje de una locomotora de vapor para pasar de ser un plumilla de fin de semana a convertirse en un redactor profesional. Mi declaración de intenciones debió de pillar a mi padre por sorpresa.

—¿Ahora quieres ser un escritor profesional? ¿Con Underwood y todo?

«Ya puestos, con oficina en lo alto de un rascacielos gótico, cigarrillos importados, un Martini seco en la mano y una musa maquillada con carmín sangriento y enfundada con lencería cara sentada en el regazo», propuso mi lóbulo izquierdo. Así al menos era cómo imaginaba yo por entonces a los profesionales, como mínimo los que creaban aquellas novelas policíacas que me tenían sorbido el sueño, el alma y alguna cosa más. Pero, grandes esperanzas aparte, no se me escapó el leve tinte de ironía que subyacía bajo el tono amable de mi progenitor. Si iba a cuestionar mi vocación no tendríamos la fiesta en paz.

—Sí —repliqué en seco—. Como Julián Carax.

«Chúpate esa», pensé.

Mi padre enarcó las cejas. El golpe le había descolocado.

—¿Y cómo sabes tú con qué escribe Carax, por no decir quién es?

Adopté aquella mirada misteriosa que había patentado para dar a entender que sabía más de lo que todo el mundo sospechaba.

—Yo sé la tira —insinué.

En casa el nombre de Julián Carax siempre se había susurrado a puerta cerrada, amparado en miradas veladas y lejos del alcance de los niños, como si fuese una de aquellas medicinas que iban etiquetadas con una calavera escoltada por dos huesos cruzados. Poco sospechaban mis padres que con ocho años yo ya había descubierto que en el último cajón del armario del comedor, al que accedía merced al concurso de una silla y una caja de madera, había oculta, tras dos latas de galletas de Camprodón (que me pulí en su integridad) y un botellón de moscatel que por poco me sume en un coma etílico a la tierna edad de nueve años, una colección de novelas de Julián Carax que habían sido reeditadas por un amigo de la familia, don Gustavo Barceló.

Para cuando cumplí los diez años me las había leído todas dos veces y, aunque seguramente no las debí de entender, había quedado prendado de aquella prosa forjada con luz que me había incendiado la imaginación con imágenes, mundos y personajes que no iba a olvidar en toda mi vida. Llegado hasta aquel punto de intoxicación sensorial, ya tenía claro que mi aspiración era aprender a hacer lo que hacía Carax y convertirme en su sucesor más aventajado en el arte de contar historias. Pero intuía que para conseguirlo primero debía averiguar quién era y por qué mis padres siempre habían preferido que yo no supiera nada acerca de él.

Por suerte mi tío honorario, Fermín Romero de Torres, no compartía la política informativa de mis padres. Por aquella época Fermín ya no trabajaba en la librería. Nos visitaba a menudo, pero siempre había un aura de misterio sobre cuál era su nueva ocupación que ni Fermín ni ningún miembro de mi familia se avenía a aclarar. De lo que no había duda era de que, fuera cual fuese su nuevo trabajo, le había granjeado un montón de tiempo para leer. Entre sus últimas lecturas se encontraban numerosos manuales de antropología que le habían llevado a formular teorías especulativas al uso, práctica que según él le ayudaba a evitar cólicos nefríticos y le facilitaba la expulsión por vía urinaria de piedras renales del tamaño de un hueso de níspero *(sic)*.

Una de aquellas peculiares teorías sostenía que la evidencia forense acumulada durante siglos mostraba que, tras milenios de supuesta evolución, la humanidad no había conseguido mucho más que eliminar algo de vello corporal, perfeccionar el taparrabos y sofisticar el mamporro de sílex. De esta premisa, inexplicablemente, se infería una segunda parte del teorema, que sostenía algo así: lo que dicha evolución de baratillo no había logrado ni por asomo era registrar el hecho de que cuanto más se le intenta ocultar algo a un niño, más empeño pone este en encontrarlo, ya sea un dulce o una postal de coristas descocadas dándoles vuelo a sus encantos.

—Y menos mal que es así, porque el día que esa chispa del querer saber se nos acabe y los jóvenes se contenten con la bazofia vestida de oropeles que les vendan los mercachifles del momento, tanto si es un electrodoméstico en miniatura como un orinal a pilas, y sean incapaces de comprender nada que quede más allá de sus posaderas, volveremos a la era de la babosa.

—Eso es apocalíptico —reía yo, sacando lustre a una palabra que había aprendido de Fermín y cuya mención siempre me granjeaba un Sugus.

—Así me gusta —decía Fermín—. Mientras haya chavales en pantalón corto que sepan manejar esdrújulas habrá esperanza.

Quizá fueron las malas influencias de Fermín, o las argucias aprendidas en todas aquellas novelas de intriga que devoraba como si fuesen peladillas, pero pronto el enigma de quién había sido Julián Carax y de por qué mis padres habían decidido bautizarme con su nombre fue desvaneciéndose en virtud de mi afición por atar cabos, captar conversaciones furtivas, hurgar en cajones prohibidos y, sobre todo, leerme todas las páginas que mi padre creía que acababan en la papelera. Y allí adonde no llegaban mis dotes de detección y deducción, llegaban Fermín y sus opúsculos informativos, que me suministraban de tapadillo las claves para resolver el misterio y conectar las diferentes líneas del relato.

Aquella mañana mi padre, por si no tenía ya suficientes preocupaciones, recibió la doble noticia de que su hijo de diez años quería ser un literato *profesional* y que además estaba al corriente de toda la turba de secretos que llevaba intentando ocultarle desde tiempo inmemorial, quizá más por pudor que por otra cosa. En su honor debo decir que lo encajó todo bastante bien y en vez de echarse a gritar y amenazarme con encerrarme en un internado o apuntarme de peón a una cantera, el pobre se me quedó mirando sin saber qué decir.

—Yo pensaba que querrías ser librero, como yo, como tu abuelo, y como mi abuelo antes que él, y como casi todos los Sempere desde tiempo inmemorial...

Viendo que lo había pillado desprevenido decidí apuntalar mi posición.

—Yo voy a ser escritor. Novelista. Para más *inri*, creo que se dice.

Lo último lo dejé caer a modo de cojín humorístico, pero claramente mi padre no le vio la gracia. Se cruzó de brazos, se reclinó en la silla y me estudió con cautela. El cachorro estaba mostrando una vena díscola que no le complacía. «Bienvenido a la paternidad —pensé—. Trae criaturas al mundo para esto.»

—Eso ha dicho siempre tu madre, pero yo pensaba que lo decía para pincharme.

Más a mi favor. El día que mi señora madre se equivocase en algo sería el día que el Juicio Final caería en la jornada de los Santos Inocentes. Alérgico de nacimiento a la resignación, mi padre seguía anclado en su postura admonitoria y temí que se avecinase un discurso disuasorio.

—Yo a tu edad también pensaba que tenía madera para ser escritor —empezó.

Se le veía venir como a un meteorito envuelto en llamas. Si no lo desarmaba ahora, aquello podía convertirse en una homilía sobre los peligros de consagrarle la vida a la literatura, que, como a menudo había oído jurar a más de un autor hambriento de los que visitaban la librería, y a los que siempre había que fiar cuando no invitar a merendar, sentía por sus fieles seguidores la misma devoción que una mantis religiosa por su consorte. Antes de que mi padre se sobrecalentase esparcí una melodramática mirada sobre la escabechina de folios desperdigados por el suelo y posé los ojos en mi progenitor sin decir nada.

—Como dice Fermín, errar es de sabios —concedió.

Me di cuenta entonces de que mi contraargumento podía funcionar como puente a su premisa principal, la de que los Sempere no teníamos sangre de escribientes y que uno servía igualmente a la literatura como librero y no se exponía a la ruina absoluta y al abismo tenebroso. Dado que en el fondo sospechaba que el buen hombre tenía más razón que un santo, pasé a la ofensiva. En un duelo retórico nunca hay que ceder la iniciativa, y menos cuando el oponente lleva las de ganar.

—Lo que dice Fermín es que los sabios reconocen cuando a veces se equivocan pero que los cretinos se equivocan todo el rato aunque nunca lo admiten y siempre creen llevar la razón. Lo llama su Principio Arquimédico de Imbecilidades Comunicantes.

—¿Ah, sí?

—Sí. Según él un imbécil es un animal que no sabe o puede cambiar de idea —acribillé.

—Muy versado te veo yo en la filosofía y la ciencia de Fermín.

—¿Acaso no tiene razón?

—Lo que tiene es una afición desmedida a hablar fuera de cátedra.

—¿Y eso qué significa?

—Mear fuera del tiesto.

—Pues en una de esas, meando fuera de cátedra, me dijo también que hay algo que tienes que enseñarme hace tiempo.

Mi padre se quedó momentáneamente descolocado. Todo asomo de sermón se había ya evaporado y ahora se tambaleaba sin saber por dónde llegaría el siguiente envite.

—¿Dijo el qué?

—Algo de libros. Y de muertos.

—¿Muertos?

—No sé qué de un cementerio. Lo de los muertos lo pensé yo.

De hecho lo que yo había elucubrado era que el asunto tenía que ver con Carax, que en mi canon personal combinaba al dedillo la noción de libro y de muerto. Mi padre consideró la cuestión. Un brillo le cruzó la mirada como siempre que tenía una idea.

—Supongo que ahí a lo mejor sí tiene razón —admitió.

Olfateé el dulce aroma a victoria aflorando por algún sitio.

—Anda, sube a casa y vístete —dijo mi padre—. Pero no despiertes a tu madre.

—¿Vamos a algún sitio?

—Es un secreto. Te voy a enseñar algo que cambió mi vida, y que quizá cambie también la tuya.

Me di cuenta de que había perdido la iniciativa y el tablero había girado.

—¿A estas horas?

Mi padre sonrió de nuevo y me guiñó el ojo.

—Hay cosas que solo pueden verse entre tinieblas.


# 2


Aquel amanecer mi padre me llevó por primera vez a visitar el Cementerio de los Libros Olvidados. Corría el otoño de 1966 y una llovizna había pintado las Ramblas de pequeños charcos que brillaban a nuestro paso como lágrimas de cobre. La neblina con la que tantas veces había soñado nos acompañó, pero alzó el vuelo al enfilar la calle Arco del Teatro. Se abrió ante nosotros una brecha de sombras entre las que, al poco, emergió un gran palacio de piedra ennegrecida. Mi padre llamó al portón con un aldabón en forma de diablillo. Para mi sorpresa, quien acudió a abrirnos no fue otro que Fermín Romero de Torres, que al verme sonrió con malicia.

—Ya era hora —dijo—. Tanto misterio y disimulo me estaban produciendo una úlcera.

—¿Es aquí donde trabaja usted ahora, Fermín? —pregunté intrigado—. ¿Es esto una librería?

—Algo así, aunque algo floja en la sección de tebeos... Ande, pasen.

Fermín nos acompañó a través de una galería curvada cuyos muros estaban pintados con frescos de ángeles y criaturas de leyenda. Huelga decir que llegado aquel punto yo había entrado en trance. Poco sabía que los prodigios no habían hecho más que empezar.

La galería nos condujo hasta el umbral de una bóveda que ascendía en la infinidad bajo una cascada de luz pavorosa. Alcé la mirada y, como si emergiera de un espejismo, se materializó ante mis ojos una estructura laberíntica. La torre se elevaba en una perpetua espiral y semejaba un arrecife en el que hubiesen naufragado todas las bibliotecas del mundo. Boquiabierto, avancé despacio hacia aquel castillo tramado con todos los libros jamás escritos. Me sentí como si hubiera penetrado en las páginas de una de las historias de Julián Carax y temí que, si me atrevía a dar un paso más, aquel instante se convertiría en polvo y yo despertaría en mi habitación. Mi padre apareció a mi lado. Le miré y le cogí la mano, aunque solo fuera para convencerme de que estaba despierto y que aquel lugar era real. Mi padre sonrió.

—Julián, bienvenido al Cementerio de los Libros Olvidados.

Tardé un buen rato en recuperar el pulso y reintegrarme

a la ley de la gravedad. Una vez que me serené, mi padre me susurró entre tinieblas:

—Este lugar es un misterio, Julián, un santuario. Cada libro, cada tomo que ves, tiene alma. El alma de quien lo escribió, y el alma de quienes lo leyeron y vivieron y soñaron con él. Cada vez que un libro cambia de manos, cada vez que alguien desliza la mirada por sus páginas, su espíritu crece y se hace fuerte. Hace ya muchos años, cuando el abuelo me trajo por primera vez aquí, este lugar ya era viejo. Quizá tan viejo como la misma ciudad. Nadie sabe a ciencia cierta desde cuándo existe, o quiénes lo crearon. Te diré lo que el abuelo me dijo a mí. Cuando una biblioteca desaparece, cuando una librería cierra sus puertas, cuando un libro se pierde en el olvido, los que conocemos este lugar, los guardianes, nos aseguramos de que llegue aquí. En este lugar, los libros que ya nadie recuerda, los libros que se han perdido en el tiempo, viven para siempre, esperando llegar algún día a las manos de un nuevo lector, de un nuevo espíritu. En la tienda nosotros los vendemos y los compramos, pero en realidad los libros no tienen dueño. Cada libro que ves aquí ha sido el mejor amigo de alguien. Ahora solo nos tienen a nosotros, Julián. ¿Crees que podrás guardar este secreto?

Mi mirada se extravió en la inmensidad de aquel lugar y en su luz encantada. Asentí y mi padre sonrió. Fermín me ofreció un vaso de agua y se me quedó mirando.

—¿Sabe el chaval las normas? —preguntó.

—A ello iba —dijo mi padre.

Mi padre me detalló entonces las reglas y responsabilidades que debía aceptar todo nuevo ingreso en la cofradía secreta del Cementerio de los Libros Olvidados, incluido el privilegio de poder adoptar un libro a perpetuidad y convertirse en su protector de por vida.

Mientras le escuchaba, empecé a sospechar si no existiría un motivo ulterior para que hubiera elegido precisamente aquel día para dinamitarme las retinas y los sesos con aquella visión. Tal vez, como último recurso, el buen librero confiaba en que la contemplación de aquella ciudad poblada por cientos de miles de tomos abandonados, por tantas vidas, ideas y universos olvidados, constituiría una metáfora del futuro que me esperaba si persistía en mi obstinación de creer que algún día podría llegar a ganarme la vida con la literatura. Si aquel era su propósito, la visión obró en mí el efecto contrario. Mi vocación, que hasta entonces había sido una mera ensoñación infantil, quedó ese día grabada en mi corazón. Y nada de lo que pudiera decir mi padre, ni nadie, lograría hacerme cambiar de idea.

El destino, supongo, eligió por mí.

En mi largo periplo a través de los túneles del laberinto escogí un libro titulado *La Túnica Carmesí*, una novela perteneciente a un ciclo llamado *La Ciudad de los Malditos* cuyo autor era un tal David Martín, de quien hasta entonces nunca había oído hablar. O tal vez debería decir que el libro me escogió a mí, porque cuando al final posé los ojos sobre la cubierta tuve la extraña sensación de que el ejemplar llevaba allí esperándome un tiempo, como si supiese que aquel amanecer yo iba a tropezarme con él.

Cuando por fin salí de la estructura y mi padre observó la obra que portaba en las manos palideció. Por un instante pareció que fuera a caerse redondo.

—¿Dónde has encontrado ese libro? —balbuceó.

—En una mesa en una de las salas... Estaba puesto de pie, como si alguien lo hubiera dejado para que lo hallase.

Fermín y él intercambiaron una mirada impenetrable.

—¿Pasa algo? —pregunté—. ¿Elijo otro?

Mi padre negó.

—Es el destino —murmuró Fermín.

Sonreí, excitado. Era exactamente lo que yo había pensado, aunque no sabía muy bien por qué.

Pasé el resto de la semana en trance leyendo las aventuras relatadas por David Martín, saboreando cada escena como si contemplase un gran lienzo en el que cuanto más exploraba más detalles y relieves descubría. Mi padre se perdió a su vez en su propio ensueño, aunque sus inquietudes parecían de todo menos literarias.

Como muchos hombres, mi padre empezaba a sospechar por entonces que había dejado de ser un hombre joven y a menudo revisitaba escenarios de su primera juventud buscando respuestas a preguntas que todavía no terminaba de comprender muy bien.

—¿Qué le ocurre a papá? —le pregunté a mi madre.

—Nada. Que está creciendo.

—¿No se le ha pasado ya la edad de crecer?

Mi madre suspiró, paciente.

—Los hombres sois así.

—Yo creceré deprisa y así no tendrás que preocuparte.

Mi madre sonrió.

—No tenemos prisa, Julián. Deja que la vida se encargue de eso.

En uno de sus misteriosos viajes al centro de su ombligo, mi padre regresó de correos portando un paquete que venía de París. Contenía un libro titulado *El Ángel de las Brumas*. Cualquier cosa que llevase ángeles y nieblas tenía todos los números para captar mi interés, así que decidí investigar, aunque solo fuera por la cara que mi padre había puesto al abrir el paquete y mirar la cubierta del libro. Mis pesquisas concluyeron que se trataba de una novela escrita por un tal Boris Laurent, que, supe después, no era sino un seudónimo del mismísimo Julián Carax. El libro llevaba una dedicatoria que hizo llorar a mi madre, que no era de llanto fácil, y que acabó de convencer a mi padre de que el destino nos tenía a todos cogidos por algún sitio que no quiso explicar, pero que intuí que requería manejo delicado.

Debo confesar que, con todo, el más sorprendido fui yo. Por alguna razón, siempre había supuesto que Carax estaba muerto desde tiempo inmemorial (período histórico que comprendía todo aquello sucedido antes de mi nacimiento). Siempre había pensado que Carax era otro de los muchos fantasmas del pasado que acechaban en aquel palacio embrujado que era la memoria oficial de la familia. Al comprender que me había equivocado y que Carax estaba vivo, coleando y escribiendo en París, tuve una epifanía.

Al acariciar las páginas de *El Ángel de las Brumas* comprendí de repente lo que debía hacer. Así nació el plan que habría de permitirme cumplir con aquel destino que, por una vez, había decidido realizar una visita a domicilio y que, muchos años después, alumbraría este libro.

# 3

La vida fue transcurriendo a velocidad de crucero entre revelaciones y quimeras, como es su costumbre, sin prestar demasiada atención a todos los que viajamos colgados de su estribo. Disfruté de dos infancias: una bastante convencional, si es que existe tal cosa, la que veían los demás; y otra imaginaria, la que vivía yo. Hice algunos buenos amigos, la mayoría de ellos libros. En el colegio me aburría soberanamente y adquirí el hábito de pasar mis horas en los pupitres de los padres jesuitas con la cabeza en las nubes, costumbre que todavía conservo. Tuve la fortuna de encontrarme con algunos buenos maestros que me trataron con paciencia y se avinieron al hecho de que el que yo siempre fuera diferente a los demás no tenía por qué implicar un mal a combatir. De todo tenía que haber en el mundo, incluso algún que otro Julián Sempere.

Es probable que aprendiera más acerca del mundo leyendo entre las cuatro paredes de la librería, visitando bibliotecas por mi cuenta o escuchando a Fermín, que siempre tenía alguna teoría, consejo o admonición práctica que ofrecer, que en todos mis años de escolarización.

—En el colegio dicen que soy un poco raro —le confesé un día a Fermín.

—Pues es una suerte. Empiece a preocuparse el día que le digan que es usted normal.

Para bien o para mal, nunca nadie me acusó de serlo.


Supongo que mi adolescencia ofrece algo más de interés biográfico, porque al menos viví más parte de ella fuera de mi cabeza. Mis sueños de papel y mis ambiciones de devenir un guerrero de la pluma y no caer en el empeño cobraban fuerza. Templadas, todo cabe decirlo, por cierta dosis de realismo adquirida a medida que pasaba el tiempo e iba viendo cómo funcionaban los engranajes del mundo. A media travesía ya había comprendido que mis sueños estaban forjados de imposibles, pero que si los abandonaba antes de saltar al campo de batalla nunca ganaría la guerra.

Seguía confiando en que algún día los dioses del Parnaso se apiadarían de mí y me permitirían aprender a contar historias. Entretanto, hacía acopio de munición de materia prima a la espera del día en que pudiera estrenar mi propia factoría de sueños y pesadillas. Fui recopilando poco a poco, con buenas o malas artes pero con notable consistencia, todo lo relativo a la historia de mi familia, sus muchos secretos y las mil y una tramas que conformaban el pequeño universo de los Sempere, un imaginario que yo había dado en bautizar como *La saga del Cementerio de los Libros Olvidados*.

Amén de averiguar todo lo averiguable y lo que se resistía a ser averiguado sobre mi familia, dos eran mis grandes pasiones por entonces: una mágica y etérea, la lectura, y otra terrenal y previsible, los amoríos juveniles.

En lo referente a mis ambiciones literarias, mis éxitos iban de magros a inexistentes. En aquellos años empecé a escribir cien novelas execrables que murieron por el camino, centenares de relatos, obras de teatro, seriales de radio e incluso poemas que no dejaba leer a nadie, por su bien. Me bastaba con leerlas yo y constatar lo mucho que me quedaba por aprender y lo poco que progresaba pese a las ganas y el entusiasmo que le ponía. Releía sin parar las novelas de Carax y las de mil y un autores que tomaba prestadas de la librería de mis padres. Intentaba desarmarlas como si fueran un transistor o el motor de un Rolls Royce en la esperanza de que así conseguiría averiguar cómo estaban construidas y cómo y por qué funcionaban.

Había leído en un periódico un reportaje acerca de unos ingenieros en Japón que practicaban algo denominado *ingeniería inversa*. Al parecer, estos hacendosos nipones desmontaban hasta la última pieza de una máquina, analizaban la función de cada una de ellas, la dinámica del conjunto y el diseño interno del ingenio en cuestión para de este modo deducir la matemática que sustentaba su funcionamiento. Mi madre tenía un hermano que trabajaba como ingeniero en Alemania, así que me dije que en mis genes debía haber algo que me permitiese hacer lo mismo con un libro o con una historia.

Cada día estaba más convencido de que la buena literatura tenía poco o nada que ver con quimeras triviales como «la inspiración» o «el tener algo que contar» y más con la ingeniería del lenguaje, con la arquitectura de la narración, con la pintura de las texturas, los timbres y los colores de la construcción, con la fotografía de las imágenes y con la música que podía producir una orquesta de palabras.

Mi segunda gran ocupación, o debería decir la primera, daba mucho más de sí para la comedia, y a ratos rozaba el sainete. Hubo un tiempo en que me enamoraba cada semana, algo que, con la perspectiva de los años, no recomiendo. Me enamoraba una mirada, una voz y sobre todo lo que iba pegado y prieto bajo aquellos vestidos de lana fina que llevaban las jovencitas de mi época.

—Lo suyo no es amor, es calentura —precisaba Fermín—. A su edad es químicamente imposible percibir la diferencia.

La madre naturaleza requiere de estas argucias para repoblar el planeta, por eso inyecta hormonas y bobería a tutiplén en las venas de los jóvenes, para que haya carne de cañón dispuesta a reproducirse como un conejo al tiempo que se inmola en nombre de lo que le digan banqueros, clérigos e iluminados de la revolución que precisan de idealistas y demás plagas para impedir que el mundo pueda evolucionar y se mantenga siempre en las mismas.

—Pero, Fermín, ¿qué tiene que ver eso con las inquietudes del corazón?

—No me venga con boleros, que nos conocemos. El corazón es una víscera que bombea sangre, no sonetos. Con suerte algo de ese riego llega a la cabeza, pero mayormente va a parar a la tripa y, en su caso, a las vergüenzas, que como se descuide usted le harán las veces de córtex cerebral hasta que cumpla las veinticinco primaveras. Mantenga la masa testicular alejada del timón y arribará a puerto. Haga el tonto y se le pasará la vida sin haber hecho nada de provecho.

—Amén.

Entre romances a la sombra de portales, exploraciones más o menos afortunadas bajo blusas y faldas en la última fila de algún cine de barrio, guateques en La Paloma y paseos por el rompeolas de la mano de *innamoratas* de fin de semana, transcurrían mis horas libres. No entro en detalles porque no hubo lance notable alguno que merezca reportarse hasta que cumplí los diecisiete años y choqué de frente con una criatura que llevaba por nombre Valentina. Todo navegante que se precie tiene un iceberg en su destino; el mío se llamaba Valentina. Tenía tres años más que yo (que a efectos prácticos parecían diez) y me dejó en estado catatónico durante varios meses.

La conocí una tarde de otoño en que había ido a parar a la vieja librería Francesa del paseo de Gracia para resguardarme de la lluvia. La vi de espaldas y algo me hizo aproximarme y echarle un vistazo de refilón. Estaba hojeando una novela de Julián Carax, *La Sombra del Viento,* y si me atreví a acercarme y a abrir la boca fue porque en aquella época me sentía indestructible.

—Yo también he leído ese libro —dije, luciendo un nivel de ingenio que demostraba más allá de toda duda las teorías circulatorias de Fermín.

Me miró con unos ojos verde esmeralda que cortaban como cuchillas y pestañeó tan lentamente que creí que se había detenido el tiempo.

—Mejor para ti —contestó.

Devolvió el ejemplar al estante, se dio la vuelta y se encaminó hacia la salida. Me quedé allí parado unos segundos, lívido. Cuando recobré la movilidad, rescaté el libro del estante, lo llevé a la caja, pagué y salí corriendo a la calle esperando que mi iceberg no se hubiera hundido bajo las aguas para siempre.

El cielo se había teñido de acero y caían gotas como perlas. La alcancé mientras aguardaba en el semáforo para cruzar la calle Rosellón, ajena a la lluvia.

—¿Hace falta que avise a la policía? —preguntó sin apartar la vista del frente.

—Espero que no. Yo soy Julián.

Valentina resopló. Se volvió y me clavó de nuevo aquel par de ojos de mirada afilada. Sonreí como un idiota y le tendí el libro. Arqueó una ceja y, tras dudar un instante, lo aceptó.

—¿Otro Julián? ¿Tenéis una hermandad o algo así?

—Mis padres me pusieron el nombre en honor al autor de este libro, que era amigo suyo. Es el mejor que he leído nunca.

Mi suerte la decidió la escenografía, como acostumbra a suceder en estos lances. Un relámpago tiñó las fachadas del paseo de Gracia de plata y el rumor de la tormenta se arrastró sobre la ciudad con aire de pocos amigos. El semáforo cambió a verde. Antes de que Valentina pudiera enviarme a paseo o avisar a un guardia quemé mi último cartucho.

—Diez minutos. Un café. Si en diez minutos no me lo he ganado, me desintegraré y nunca más volverás a verme. Lo prometo.

Valentina me miró, dudando y reprimiendo una sonrisa. La lluvia tuvo la culpa de todo.

—Vale —dijo.

Y yo que creía que mi vida había cambiado el día que decidí ser novelista.


Valentina vivía sola en un sobreático de la calle Provenza. Desde allí se podía contemplar toda Barcelona, cosa que rara vez hice porque prefería contemplarla a ella en los diferentes estadios de desnudez a los que de forma invariable intentaba reducirla. Su madre era holandesa y su padre había sido un abogado barcelonés de prestigio cuyo apellido había oído incluso yo. Al morir él, su madre había decidido volver a su tierra, pero Valentina, ya mayor de edad, había preferido quedarse en Barcelona. Hablaba cinco idiomas y trabajaba para el bufete de abogados fundado por su padre traduciendo sumarios de demandas y casos millonarios entre grandes empresas y familias de las que habían tenido palco en el Liceo durante cuatro generaciones. Cuando le pregunté qué quería hacer con su vida, me devolvió aquella mirada que siempre me desarmó y dijo «viajar».

Valentina fue la primera persona a quien permití leer mis modestos intentos. Tenía cierta tendencia a reservar su ternura y sus efusiones de cariño a la porción más prosaica de nuestra relación. Cuando se trataba de brindarme su opinión sobre mis pinitos literarios, solía decir que de Carax solo me había quedado el nombre. Como yo en el fondo estaba de acuerdo, no lo tomé a mal. Tal vez por eso, porque creía que nadie mejor en el mundo podría entender el plan que llevaba años incubando, un día en que me sentía particularmente preparado para encajar bofetadas le conté lo que tenía en mente hacer tan pronto como cumpliera dieciocho años.

—Espero que no sea pedirme que me case contigo —comentó Valentina.

Supongo que tendría que haber sabido interpretar la pista que me insinuaba el destino, porque todas mis grandes escenas con Valentina siempre empezaron con la lluvia pisándome los talones o arañando las ventanas. Aquella no fue diferente.

—¿Cuál es el plan? —me dijo por fin.

—Escribir la historia de mi familia.

Llevábamos casi un año juntos, si a aquel desfile de tardes entre las sábanas de su estudio en las nubes podía llamársele estar juntos, y, aunque yo me había aprendido su piel de memoria, todavía no acertaba a leer sus silencios.

—¿Y...? —preguntó.

—¿Te parece poco?

—Todo el mundo tiene una familia. Y todas las familias tienen una historia.

Con Valentina siempre había que ganárselo todo a pulso. Lo que fuera que había que ganar. Se dio la vuelta y fue así como, dirigiéndome a aquella exquisita espalda desnuda, formulé en voz alta por primera vez la idea que llevaba años rondándome la cabeza. No fue una exposición brillante, pero necesitaba escucharla de mis propios labios para darle crédito.

Tenía por donde empezar: un título. *El Cementerio de los Libros Olvidados*. Durante años había llevado encima un cuaderno en blanco en cuya portada, en letras de molde y con gran pompa caligráfica, había escrito:

*El Cementerio
de los Libros Olvidados*

*Una novela en cuatro tomos*

*por*

*Julián Sempere*

Un día Fermín me había sorprendido pluma en mano contemplando embobado la primera página en blanco del cuaderno. Inspeccionó la portada y, tras proferir un sonido que podría describirse como un cruce entre un gruñido y una ventosidad, entonó:

—Malaventurados sean aquellos cuyos sueños están forjados de papel y tinta, pues suyo será el purgatorio de las vanidades y los desengaños.

—Con la venia, ¿tendría su excelencia la bondad de traducirme al cristiano tan solemne aforismo? —pregunté.

—Va a ser que la bobería me pone bíblico —replicó Fermín—. Usted es el que va de poetiso. Barrunte la semántica.

Había calculado que aquel *magnum opus* producto de mi calenturienta imaginación juvenil alcanzaría unas dimensiones diabólicas y una masa corpórea colindante en la quincena de kilos. Tal y como yo la soñaba, la narración estaría dividida en cuatro volúmenes interconectados que obrarían a modo de puertas de entrada a un laberinto de historias. A medida que el lector se adentrase en sus páginas sentiría que el relato se ensamblaba como un juego de muñecas rusas en el que cada trama y cada personaje conducía a otro y este, a su vez, a otro más y así sucesivamente.

—Suena como las instrucciones para armar un mecano o un tren eléctrico.

Mi dulce Valentina, siempre tan prosaica.

—Algo de mecano tiene —admití.

Había procurado venderle aquella altisonante declaración de intenciones sin rubor porque era, letra por letra, la que había redactado con dieciséis años convencido de que en ella ya tenía la mitad del trabajo acabado. El que hubiera copiado de forma descarada aquella noción de la novela que había regalado a Valentina el día que la conocí, *La Sombra del Viento,* era lo de menos.

—¿No había hecho Carax eso antes ya? —preguntó Valentina.

—Todo en la vida lo ha hecho alguien antes, al menos lo que vale la pena hacer —dije—. El truco está en tratar de hacerlo un poco mejor.

—Y ahí llegas tú, con la modestia de la juventud.

Acostumbrado ya a los jarrones de agua helada de mi adorable iceberg, proseguí con mi exposición con la determinación de un soldado que salta de la trinchera y avanza contra las ametralladoras a grito limpio.

Según mi infalible plan, el primer tomo se centraría en la historia de un lector, en este caso mi padre, y de cómo en sus años mozos descubría el mundo de los libros, y por extensión la vida, a través de una novela enigmática escrita por un autor desconocido que escondía un misterio sin cuento de aquellos que secaban la baba. Todo ello daría pie para, de un plumazo, construir una novela que combinase todos los géneros habidos y por haber.

—Ya de paso podría curar también la gripe y el resfriado común —apuntó Valentina.

El segundo tomo, empapado en un regusto mórbido y siniestro que aspiraba a buscarles las cosquillas a los lectores de buenas costumbres, relataría la macabra peripecia vital de un novelista maldito, cortesía de David Martín, que plasmaría en primera persona cómo perdía la razón y nos arrastraba en su descenso a los infiernos de su propia locura para devenir un narrador menos fiable que el príncipe de los infiernos, que también se pasearía por sus páginas. O tal vez no, porque todo era un juego en el que sería el lector el que completaría el rompecabezas y decidiría qué libro estaba leyendo.

—¿Y si te dejan plantado en el altar y a nadie le apetece entrar en ese juego?

—Habrá valido la pena igualmente —dije—. Siempre habrá alguien que participe.

—Escribir es cosa de optimistas —sentenció Valentina.

El tercer tomo, suponiendo que el lector hubiera sobrevivido a los dos primeros y no hubiera optado por subirse a otro tranvía rumbo a los finales felices, nos rescataría de forma momentánea del averno y nos ofrecería la historia de un personaje, el personaje por excelencia y la voz de la conciencia oficial de la historia, es decir, mi tío adoptivo Fermín Romero de Torres. Su relato nos mostraría con espíritu picaresco cómo llegaba a convertirse en quien era, y sus muchas desventuras en los años más turbios del siglo desvelarían las líneas que conectaban todas las partes del laberinto.

—Al menos ahí nos reiremos.

—Fermín al rescate —convine.

—¿Y cómo acaba esta monstruosidad?

—Con fuegos artificiales, una gran orquesta y la potencia de la tramoya a toda máquina.

La cuarta entrega, virulentamente morrocotuda y especiada con los perfumes de todas las anteriores, nos conduciría por fin al centro del misterio y nos desvelaría todos los enigmas de la mano de mi ángel de las tinieblas favorito, Alicia Gris. La saga contendría villanos y héroes, y mil túneles a través de los cuales el lector podría explorar una trama caleidoscópica que semejase aquel espejismo de perspectivas que había descubierto con mi padre en el corazón del Cementerio de los Libros Olvidados.

—¿Y tú no sales? —preguntó Valentina.

—Solo al final y muy poquito.

—Qué modesto.

Por el tono ya adiviné lo que se me venía encima.

—Lo que no entiendo es por qué, en vez de hablar tanto de esa historia, no la escribes ya.

Me había hecho esa pregunta unas tres mil veces en los últimos años.

—Porque hablar de ella me ayuda a imaginármela mejor. Y sobre todo porque no sé cómo hacerlo. De ahí mi plan.

Valentina se volvió y me miró sin comprender.

—Creí que ese era el plan.

—Esa es la ambición. El plan es otro.

—¿Cuál?

—Que Julián Carax la escriba por mí —desvelé.

Valentina se quedó contemplándome con aquella mirada que le abría a uno túneles de ventilación en el alma.

—¿Y por qué iba a hacer eso?

—Porque en el fondo también es su historia, y la de su familia.

—Creí que Carax estaba en París.

Asentí. Valentina entrecerró los ojos. Gélida e inteligente, mi adorada Valentina.

—O sea que tu plan es ir a París, encontrar a Julián Carax, suponiendo que esté vivo, y convencerle para que escriba en tu nombre una novela de tres mil páginas con esa historia que se supone que es tan importante para ti.

—Más o menos —admití.

Le sonreí, dispuesto a recibir el golpe. Ahora me diría que era un iluso, un inconsciente o un ingenuo. Estaba preparado para encajar cualquier envite menos el que me deparó, que, por supuesto, era el que merecía.

—Eres un cobarde.

Se levantó, recogió su ropa y se vistió frente a la ventana. Luego, sin mirarme, encendió un cigarrillo y dejó la vista perdida en el horizonte de tejados del Ensanche bajo la lluvia.

—Me gustaría estar sola —dijo.

Cinco días después ascendí de nuevo la escalera que conducía a la buhardilla de Valentina para encontrar la puerta abierta, la estancia vacía y una silla desnuda frente a la ventana en la que había un sobre con mi nombre. Lo abrí. En el interior había veinte mil francos franceses y una nota que decía:

*Bon voyage et bonne chance.*

*V.*

Cuando salí a la calle empezaba a llover.


Tres semanas después, una tarde en que habíamos reunido a lectores y a habituales de la librería para celebrar la publicación de la primera novela de un buen amigo de Sempere e hijos, el profesor Alburquerque, se produjo el suceso que muchos venían esperando hacía tiempo y que iba a alterar la historia del país, o por lo menos a devolverla al presente.

Era casi la hora de cerrar cuando don Federico, relojero del barrio, entró azorado en la librería acarreando un artilugio que resultó ser un televisor portátil que se había comprado en Andorra. Lo plantó encima del mostrador y nos miró a todos con solemnidad.

—Rápido —dijo—. Necesito un enchufe.

—Usted y todo el mundo en este país, porque si no nadie llega a ninguna parte —bromeó Fermín.

Algo en el semblante de don Federico daba a entender que el relojero no estaba para tonterías. El profesor Alburquerque, que ya sospechaba de qué iba el asunto, le ayudó a conectar el televisor y el relojero procedió a encender el aparato. Una pantalla de ruido gris se materializó, proyectando un halo de luz parpadeante por toda la librería.

Mi abuelo, alertado por el revuelo, se asomó desde la trastienda y nos miró a todos, inquisitivo. Fermín se encogió de hombros.

—Avisen a todo el mundo —ordenó don Federico.

Mientras este orientaba antenas e intentaba sintonizar la emisión, nos fuimos congregando frente al televisor como si de una liturgia se tratase. Fermín y el profesor Alburquerque empezaron a colocar sillas. Pronto mis padres, mi abuelo, Fermín, don Anacleto (que volvía de su paseo de la tarde y al ver el resplandor creyó que nos habíamos apuntado a la moda yeyé y entró a fisgonear), Fernandito y Sofía, la Merceditas y los clientes que habían acudido al brindis en honor al profesor Alburquerque nos encontramos rellenando aquel improvisado patio de butacas en espera de no se sabía bien el qué.

—¿Me da tiempo de ir a hacer un pipí y comprar palomitas? —preguntó Fermín.

—Yo que usted me aguantaba las ganas —advirtió el profesor Alburquerque—. Me da que esto va a ser muy gordo.

Al final don Federico dio un vuelco de antenas y aquella ventana de estática se deshizo en un encuadre lúgubre del glorioso y aterciopelado blanco y negro que Televisión Española destilaba en aquellos días. El rostro de un individuo que semejaba un cruce entre un procurador de provincias y Súper Ratón apareció, lloroso y compungido. Don Federico subió el volumen.

—Franco ha muerto —anunció entre sollozos el por entonces presidente del Gobierno, Arias Navarro.

Se desplomó del cielo, o de algún sitio, un silencio de tonelaje insondable. Si el reloj que pendía de la pared todavía estuviera funcionando el péndulo se habría detenido en pleno vuelo. Lo que viene sucedió más o menos simultáneamente.

La Merceditas se echó a llorar. Mi abuelo se quedó pálido como un merengue, supongo que temiendo que de un momento a otro empezase a oírse el ronroneo de los tanques enfilando la Diagonal y se declarase otra guerra. Don Anacleto, tan dado a la rapsodia y el verso, se quedó mudo y comenzó a visualizar quemas de conventos y otros festejos. Mis padres se miraron, confundidos. El profesor Alburquerque, que no fumaba, tomó prestado un pitillo del relojero y lo encendió. Fernandito y Sofía, ajenos a la conmoción, se sonrieron como si volvieran a su país de las hadas y siguieron haciendo manitas. Algún que otro lector de los que se habían congregado se santiguó y partió despavorido.

Busqué con la vista a algún adulto en posesión de sus facultades y tropecé con Fermín, que seguía el discurso del presidente con frío interés y calma absoluta. Me coloqué a su lado.

—Mírelo, pequeñín y lloriqueando como si no hubiera roto un plato en la vida y ahí donde le ve este ha firmado más sentencias de muerte que Atila —comentó.

—Y ahora ¿qué va a pasar? —pregunté inquieto.

Fermín me sonrió con serenidad y me palmeó la espalda. Me ofreció un Sugus, peló el suyo, que era de limón, y lo rechupeteó con gusto.

—Usted tranquilo, que aquí no va a pasar nada. Escaramuzas, teatrillos y fariseísmos a granel durante un tiempo, eso sí, pero nada serio. Con mala suerte a algún mamarracho se le irá la mano, pero quien tira de la correa no dejará que la cosa se desmadre. No saldría a cuenta. Habrá mucho ruido y alguna que otra nuez, en su mayoría podridas. Se batirán récords en la especialidad olímpica de cambio de chaqueta y veremos héroes que emergen de debajo del sofá. Lo de rigor en estos casos. Esto va a ser como un largo estreñimiento. Costará, pero irá saliendo el zurullo, o al menos la parte que no se haya metabolizado ya. Y al final la sangre no llegará al río, ya lo verá. Por el simple motivo de que no le conviene a nadie. Al fin y al cabo todo esto es un mercadillo de intereses mejor o peor disfrazados para consumo del boberío popular. Numeritos de marionetas aparte, lo único que cuenta es quiénes mandan, quiénes tienen la llave de la caja y cómo se reparten el dinero de los demás. De camino al botín le lavarán a todo la cara, que buena falta hace. Aparecerán nuevos pillos, nuevos caudillos y un orfeón de inocentes sin memoria saldrán a la calle dispuestos a creerse lo que quieren o necesitan oír. Seguirán al flautista de Hamelín de turno que más les halague y les prometa un paraíso de trapo. Esto es lo que es, Julianito, con sus grandezas y sus miserias, y da para lo que da, que no es poco. Hay quien ve venir la jugada y se marcha lejos, como nuestra Alicia, y hay quienes nos quedamos con los pies en el fango porque tampoco tenemos otro sitio mejor al que ir. Pero por el circo no tema, que ahora viene el tiempo de los payasos, y los trapecistas aún tardarán en llegar. Quizá es lo mejor que podía pasarnos a todos. Yo, por la cuenta que me trae, lo celebro.

—¿Y cómo sabe usted que Alicia se fue tan lejos?

Fermín sonrió con picardía.

—*Touché.*

—¿Qué es lo que no me ha contado?

Fermín me agarró del brazo y me llevó a un rincón.

—Otro día. Hoy estamos de luto nacional.

—Pero...

Me dejó con la palabra en la boca y regresó con la congregación, que todavía estaba bajo los efectos de la noticia del fallecimiento del que había sido Jefe del Estado durante las cuatro últimas décadas.

—¿Va a proponer un brindis? —preguntó don Anacleto.

Fermín negó.

—Yo no brindo por la muerte de nadie —dijo—. No sé ustedes, pero yo me voy a casa a buscar a la Bernarda y, Dios mediante, a intentar hacerle otro hijo. Les sugiero que, en la medida en que la logística se lo permita, hagan lo propio. Y si no lean un buen libro, como el de aquí el buen amigo Alburquerque. Mañana ya será otro día.

Y llegó otro día y luego otro, y transcurrieron así varios meses en los que Fermín se escabulló con todas sus artes y me dejó en blanco respecto a sus insinuaciones sobre Alicia Gris. Intuyendo que me contaría lo que tuviera que contarme llegado el momento, o cuando le diese la gana, recuperé aquellos francos que me había dejado Valentina y compré un billete para París. Corría el año 1976 y yo había cumplido los diecinueve.

Mis padres desconocían el auténtico propósito de mi viaje, que atribuí a un deseo de ver mundo, aunque mi madre siempre sospechó mis intenciones reales. Nunca fui capaz de ocultarle la verdad porque, como ya le había dicho en una ocasión a mi padre, con ella no tenía secretos. Mi madre sabía de mis andanzas con Valentina y de mis ambiciones, que apoyó siempre, incluso cuando en horas bajas juré que las abandonaba por falta de talento y arrestos.

—Nadie triunfa sin fracasar antes —me aseguró.

Me constaba que mi padre estaba molesto, aunque no me lo quería decir. No veía con buenos ojos mi viaje a París. Según él, lo que debía hacer era aclararme y dedicarme de una vez a lo que fuera que tuviese que hacer. Si lo que quería era ser escritor, más valía que me pusiera a escribir en serio. Y si lo que deseaba era ser librero, o domador de periquitos, o cualquier otra cosa, lo mismo.

Ignoraba cómo explicarle que lo que necesitaba era ir a París y encontrar a Carax porque sabía que no tenía sentido alguno. No contaba con argumentos para defender aquella idea, simplemente la sentía. No quiso acompañarme a la estación alegando que debía ir a Vic a reunirse con su distinguido colega, el señor Costa, decano del gremio y posiblemente el más sabio practicante en el ramo del libro antiguo. Al llegar a la Estación de Francia me topé con mi madre sentada en un banco del andén.

—Te he comprado unos guantes —dijo—. Dicen que en París hace un frío que pela.

La abracé.

—¿Tú también crees que me equivoco?

Mi madre negó.

—Uno tiene que cometer sus propios errores, no los de los demás. Haz lo que tengas que hacer, y vuelve pronto. O cuando puedas.

En París encontré el mundo. Mi escaso presupuesto me permitió alquilar una buhardilla del tamaño de un cenicero en lo alto de un edificio esquinero de la rue Soufflot que era el equivalente arquitectónico de un solo de Paganini. Mi atalaya estaba suspendida sobre la plaza del Panteón. Desde allí podía contemplar todo el Barrio Latino, los terrados de la Sorbona y la otra orilla del Sena.

Supongo que la alquilé porque me recordaba a Valentina. Al asomarme por primera vez a la cresta de mansardas y chimeneas que rodeaban el sobreático me sentí el hombre más afortunado del planeta. Pasé mis primeros días recorriendo un mundo prodigioso de cafés, librerías y calles sembradas de palacios, museos y gentes que respiraban un aire a libertad que deslumbró a un pobre novicio como yo, que provenía de la Edad de Piedra con un montón de pájaros en la cabeza.

La Ciudad de la Luz me concedió un dulce aterrizaje. En mis idas y venidas entablé innumerables conversaciones en un francés macarrónico y un lenguaje de gestos con jóvenes, viejos y criaturas de otro mundo. No faltó alguna que otra beldad con minifalda que se rio de mí con ternura y me dijo que, pese a que estaba más verde que una lechuga, le parecía *très adorable*. Pronto empecé a pensar que el universo, que no era más que una pequeña parte de París, estaba lleno de Valentinas. En mi segunda semana como parisino de adopción persuadí a una de ellas, sin grandes esfuerzos, para que me acompañase a apreciar las vistas desde mi buhardilla bohemia. No tardé en descubrir que París no era Barcelona y que allí las reglas del juego resultaban muy diferentes.

—Fermín, lo que se ha perdido usted por no hablar francés...

—*Qui est Fermín?*

Tardé un tiempo en despertar del encantamiento de París y sus espejismos. Gracias a una de mis Valentinas, Pascale, una pelirroja tocada con corte de pelo y aire a lo Jean Seberg, conseguí un empleo de media jornada como camarero. Trabajaba por las mañanas y los mediodías en un café ubicado frente a la universidad llamado Le Comptoir du Pantheon en el cual comía gratis al terminar el turno. El dueño, un caballero afable que no acababa de comprender cómo era posible que siendo español no me dedicase al toreo o al zapateado flamenco, me preguntó si había ido a París a estudiar, en pos de fortuna y gloria o a perfeccionar mi francés, que más que perfeccionamiento precisaba una cirugía a corazón abierto y un trasplante de cerebro.

—He venido buscando a un hombre —confesé.

—Y yo que pensaba que a usted lo que le iba eran las señoritas. Hay que ver cómo se nota que Franco ha muerto... Dos días sin dictador y ustedes los españoles ya se han hecho bisexuales. Bien por usted. Hay que vivir, que son dos días. *Vive la différence!*

Aquello me recordó que había ido a París por una razón, y no a escapar de mí mismo. Así que al día siguiente inicié mi búsqueda de Julián Carax. Empecé por recorrer todas las librerías que iluminaban las aceras del bulevar Saint Germain preguntando por él. Pascale, con la que había acabado por trabar una buena amistad aunque me había dejado claro que lo nuestro entre las sábanas no tenía futuro (al parecer yo era *trop doux* para su gusto), trabajaba como correctora en una editorial y conocía a mucha gente en el gremio literario parisino. Todos los viernes acudía a una tertulia en un café del barrio literario frecuentada por escritores, traductores, editores, libreros y toda la fauna y flora que habita en la jungla de los libros y sus aledaños. La concurrencia iba cambiando según la semana, pero se mantenía la regla de fumar y beber más de la cuenta, discutir de forma acalorada de libros e ideas, y lanzarse a la yugular del oponente como si la vida le fuera a uno en ello. Yo, mayormente, escuchaba y me sumergía en una humareda alucinógena mientras intentaba deslizar la mano bajo la falda de Pascale, que encontraba esta afectación *gauche*, *bourgeoise* y propia de paletos.

Allí tuve la suerte de conocer a algunos de los traductores de Carax, que habían viajado a la ciudad con motivo de un simposio de traducción que se celebraba en La Sorbona. Una novelista inglesa llamada Lucía Hargreaves, que había crecido en Mallorca y regresado a Londres por amor, me contó que hacía mucho que no sabía nada de Carax. Su traductor al alemán, un caballero de Zúrich que prefería latitudes más templadas y se movía por París en una bicicleta plegable, *herr* Peter Schwarzenbeld, me explicó que sospechaba que Carax se dedicaba ahora en exclusiva a componer sonatas para piano y que había adoptado otro nombre. Su traductor al italiano, *signor* Bruno Arpaiani, me confesó que hacía años que le llegaban rumores de que pronto aparecería una nueva novela de Carax, pero que no se los creía. En definitiva, nadie sabía nada en concreto acerca del paradero de Julián Carax o de la suerte que había corrido.

En una de aquellas tertulias conocí por casualidad a un señor de fino ingenio llamado François Maspero que había sido librero y editor, y en esos momentos traducía novelas con mano maestra. Maspero había sido el mentor de Pascale a su llegada a París y se avino a invitarme a un café en Les Deux Magots, donde pude contarle las líneas generales de mi idea.

—Un plan muy ambicioso, jovenzuelo, y aún más complicado, pero...

Días después, me tropecé con *monsieur* Maspero por el barrio. Me dijo que quería presentarme a una señorita alemana de temple acerado y cerebro acelerado que vivía entre París y Berlín, hablaba más idiomas de los que yo podía nombrar y se dedicaba a descubrir maravillas y secretos literarios que procedía a colocar en diferentes editoriales europeas. Se llamaba Michi Strausmann.

—Tal vez ella sepa algo de Carax...

Pascale, que me confesó que de mayor quería ser como ella, me advirtió que *fräulein* Strausmann no tenía carácter de florecilla tierna y que no se andaba con tonterías. *Monsieur* Maspero hizo los honores y nos reunió a los cuatro en una mesa de un café en el barrio de Le Marais, no muy lejos de la que había sido la casa de Víctor Hugo.

—*Fräulein* Strausmann es una experta en la obra de Carax —dijo a modo de introducción—. Cuéntele lo que me contó a mí.

Así lo hice. Por toda respuesta obtuve una mirada que hubiera hundido al suflé más pintado.

—¿Es usted idiota? —preguntó *fräulein* Strausmann en perfecto español.

—En prácticas —admití.

Al rato la valquiria ablandó su corazón y admitió que había

sido demasiado severa conmigo. Me confirmó que, como todo el mundo, hacía mucho que no sabía nada de Carax, a su pesar.

—Hace tiempo que Julián no escribe —me dijo—. Tampoco contesta las cartas. Le deseo suerte con su propuesta, pero...

—¿Tiene usted alguna dirección a la que le pueda escribir? *Fräulein* Strausmann negó.

—Pruebe con Currygan y Coliccio. Ahí es adonde le enviaba yo el correo y donde perdí su pista hace años.

Pascale se encargó de explicarme que *madame* Currygan y Tommaso Coliccio habían sido los agentes literarios de Julián Carax durante más de veinticinco años, y se comprometió a conseguir que me recibieran.


*Madame* Currygan tenía sus oficinas en la rue de Rennes. La leyenda entre el gremio apuntaba a que con los años había convertido su despacho en un exquisito jardín de orquídeas, y Pascale me aconsejó que le llevase un nuevo ejemplar para su colección a modo de ofrenda. Pascale era amiga de las integrantes de la llamada *Brigade Currygan*, un formidable cuarteto de féminas literarias de diferentes nacionalidades que trabajaban a las órdenes de *madame* y cuyos buenos auspicios me consiguieron audiencia con la agente de Carax.

Maceta en mano, me planté en sus oficinas. Las integrantes de la *Brigade Currygan* (Hilde, Claudia, Norma y Tonya) me tomaron por el chico de los recados del florista de la esquina. Tan pronto como abrí la boca, empero, mi identidad quedó desvelada. Una vez solventado el equívoco, me condujeron al despacho donde esperaba *madame* Currygan. Al entrar avisté una vitrina con las obras completas de Julián Carax y un jardín botánico de categoría superior. *Madame* Currygan me escuchó pacientemente mientras saboreaba un cigarrillo con el que sembró de telarañas flotantes la sala.

—La verdad es que alguna vez oí a Julián hablar de Daniel y Bea —dijo—. Pero de eso hace tiempo. Hace ya mucho que no tengo noticias de Julián. Antes solía visitarme a menudo, pero...

—¿Enfermó?

—Podría decirse que sí, supongo.

—¿De qué?

—De melancolía.

—Tal vez el *signor* Coliccio sepa algo de él.

—Lo dudo. Hablo con Tommaso cada semana por asuntos de trabajo y por lo que me ha llegado tampoco él ha tenido noticias de Julián desde hace por lo menos tres años. Pero puede usted probar. Avíseme si averigua algo.

Su colega don Tommaso vivía en una barcaza a orillas del Sena repleta de libros y anclada a medio kilómetro al este de la Île de la Cité en compañía de su esposa, una editora llamada Elaine que me recibió a pie de muelle con una calurosa sonrisa.

—Usted debe de ser el muchacho de Barcelona —dijo.

—El mismo.

—Suba a bordo. Tommaso está leyendo un original infumable y agradecerá la interrupción.

El *signor* Coliccio tenía aspecto de lobo marino y llevaba gorra de capitán de barco. Lucía cabello plateado pero conservaba cierta mirada de picardía infantil. Tras escuchar mi historia se quedó un rato pensativo antes de pronunciarse.

—Mire, joven. Hay dos cosas que son casi imposibles de encontrar en París. Una de ellas es una pizza decente. La otra es a Julián Carax.

—Digamos que renuncio a la pizza y me conformo con Carax —aventuré.

—Nunca renuncie a una buena pizza —aconsejó—. ¿Qué le hace pensar que Julián, suponiendo que siga vivo, querrá hablar con usted?

—¿Por qué iba a estar muerto?

Don Tommaso me ofreció una mirada impregnada de melancolía.

—La gente se muere, sobre todo los que más valdría que continuaran vivos. A lo mejor es que Dios necesita hacer sitio para la cantidad de hijos de perra con que tanto le divierte seguir sazonando el mundo...

—Necesito creer que Carax está vivo —repliqué.

Tommaso Coliccio sonrió.

—Hable con Rosiers.

Émile de Rosiers había sido el editor de Julián Carax durante muchos años. Poeta y escritor a ratos libres, Rosiers había desarrollado una larga carrera como editor de éxito en diversas empresas parisinas. A lo largo de su vida laboral, también había publicado tanto en español como en su traducción al francés la obra de algunos autores españoles proscritos por el régimen o que vivían en el exilio, así como la de notables escritores latinoamericanos. Don Tommaso me explicó que no hacía mucho Rosiers había sido nombrado director editorial de un sello pequeño pero con solera, Éditions de la Lumière. Sus oficinas no quedaban lejos y me encaminé hacia allí.

Émile de Rosiers disponía de poco tiempo libre pero tuvo la amabilidad de invitarme a comer en un café que quedaba a la vuelta de la esquina de la editorial, en la rue du Dragon, y escucharme.

—Me gusta la idea de su libro —dijo, tal vez por cortesía o por genuino interés—. *El Cementerio de los Libros Olvidados* es un gran título.

—Es lo único que tengo —confesé—. Para el resto necesito a *monsieur* Carax.

—Hasta donde yo sé Julián está retirado. Publicó una novela con seudónimo hace un tiempo, aunque no conmigo, y después nada. Silencio absoluto.

—¿Cree que sigue en París?

—Me extrañaría. Habría oído algo o sabido de él. El mes pasado estuve con su antigua editora en Holanda, mi amiga Nelleke, que me dijo que alguien le había contado en Ámsterdam que Carax se había embarcado hacia las Américas dos años atrás y había muerto a media travesía. Días después otra persona le dijo que Carax sí que había llegado a tierra firme y que ahora se dedicaba a escribir seriales de televisión bajo seudónimo. Elija usted mismo la versión que más le guste.

Rosiers debió de leer la desesperanza en mi rostro después de tropezar día tras día con callejones sin salida.

—¿Quiere un consejo? —inquirió.

—Por favor.

—Es un consejo práctico, que doy a todos los autores que empiezan y me preguntan qué deben hacer. Si quiere usted ser escritor, escriba. Si tiene usted una historia que contar, cuéntela. O inténtelo.

—Si para ser escritor bastase con disponer de una historia que narrar todo el mundo sería novelista.

—Imagínese qué horror, un mundo lleno de novelistas. El fin de los tiempos —bromeó Rosiers.

—Posiblemente lo último que necesita el mundo es uno más.

—Deje usted que el mundo decida eso —aconsejó de nuevo Rosiers—. Y si no se tercia, no se preocupe. Mejor para usted, según todas las estadísticas. Pero si algún día consigue atrapar en papel con cierto oficio algo parecido a la idea que me ha explicado, venga a verme. A lo mejor estaré interesado.

—¿Y hasta entonces?

—Hasta entonces, olvídese de Carax.

—Los Sempere nunca olvidan. Es una enfermedad congénita.

—En ese caso los compadezco.

—Pues oficie un acto de caridad.

Rosiers dudó.

—Julián tenía un buen amigo. Era su mejor amigo, creo. Se llamaba Jean-Raymond Planaux. No tenía nada que ver con este mundillo absurdo nuestro. Un tipo inteligente y sano, sin tonterías. Si alguien sabe algo de Julián, será él.

—¿Dónde puedo encontrarle?

—En las catacumbas.

Tendría que haber empezado por allí. Tratándose de Carax, parecía inevitable que si alguna esperanza quedaba de hallar su rastro en la faz de la tierra esta pasaba por un escenario que parecía robado de uno de sus libros: las catacumbas de París.

Jean-Raymond de Planaux Flavieu era un hombretón de sólida planta cuyo aspecto intimidaba a primera vista pero que enseguida ofrecía una disposición amable y propensa a la broma. Trabajaba en la oficina comercial de la compañía que administraba las catacumbas de París y se encargaba de su mantenimiento, explotación turística y todo lo relacionado con aquel particular extremo del más allá.

—Bienvenido al mundo de la muerte, pollo —dijo ofreciendo un apretón de manos que me hizo crujir los huesos—. ¿Qué puedo hacer por usted?

—Me preguntaba si podría usted ayudarme a encontrar a un amigo suyo.

—¿Está vivo? —Rio—. Yo esto de los vivos lo tengo muy olvidado.

—Julián Carax.

Tan pronto como pronuncié aquel nombre *monsieur* Planaux frunció el ceño, canceló su semblante afable y se inclinó hacia adelante con aire amenazador y protector, arrinconándome contra la pared.

—¿Quién diantre es usted?

—Julián Sempere. Mis padres me pusieron el nombre en honor de *monsieur* Carax.

—Por mí como si le bautizaron en honor del inventor del orinal público.

Temí por mi integridad física e intenté dar un paso atrás. Un muro, probablemente conectado a las catacumbas, me lo impidió. Me vi empotrado allí a perpetuidad entre cien mil calaveras.

—Mis padres conocieron a *monsieur* Carax. Daniel y Bea —dije conciliador.

La mirada de Planaux me taladró durante unos segundos. Calculé que había un cincuenta por ciento de posibilidades de que me partiese la cara. El otro cincuenta por ciento resultaba incierto.

—¿Usted es el hijo de Daniel y Beatriz?

Asentí.

—¿De la librería Sempere?

Asentí de nuevo.

—Demuéstrelo.

Por espacio de casi una hora procedí a recitar el mismo discurso que había empleado con los antiguos agentes literarios y el editor de Carax. Planaux me escuchó con atención y me pareció entrever en él un aire de tristeza que se fue acentuando a medida que iba desgranando mi relato. Al término del mismo, Planaux extrajo un habano de la chaqueta y lo encendió formando una humareda que amenazó con sepultar todo París.

—¿Sabe cómo nos conocimos Julián y yo?

Negué.

—En mis años mozos trabajamos juntos en una editorial de medio pelo. Eso fue antes de comprender que esto de la muerte tiene mucho más futuro que la literatura. Yo era uno de los comerciales y salía a vender la bazofia que mayormente publicábamos. Carax trabajaba a sueldo escribiendo relatos de terror para nosotros. La de puros como este que nos habíamos fumado en el café que había debajo de la editorial, a medianoche, viendo pasar a las mozas en edad de merecer. Qué tiempos aquellos. No sea tonto y no se haga viejo, que no aporta ni nobleza, ni conocimiento, ni mierda pinchada en un palo que valga. Creo que esa es una expresión de su tierra que le oí alguna vez a Julián y que me pareció acertadísima.

—¿Sabe usted dónde podría encontrarle?

Planaux se encogió de hombros.

—Julián se marchó de París hace tiempo.

—¿Sabe adónde fue?

—No lo dijo.

—Pero usted se lo imagina.

—Es usted un lince.

—¿Adónde? —insistí.

—¿Dónde se esconde uno cuando se hace viejo?

—No lo sé.

—Entonces nunca encontrará a Julián.

—¿En los recuerdos? —aventuré.

Planaux me ofreció una sonrisa herida de melancolía.

—¿Quiere decir que regresó a Barcelona? —pregunté.

—A Barcelona no, a lo que quería.

—No lo entiendo.

—Él tampoco. Al menos no durante muchos años. Le llevó la vida entera comprender qué era lo que más había querido.

Todos aquellos años escuchando historias sobre Carax y me sentía tan perdido como el día que llegué a París.

—Si es usted quien dice que es, tendría que saberlo —afirmó Planaux—. Y como diga «la literatura» le giro la cara de un soplamocos, aunque no creo que sea usted tan tonto.

Tragué saliva.

—Creo que ya sé a qué se refiere. O a quién.

—Entonces ya sabe lo que tiene que hacer.


Aquel atardecer me despedí de París, de Pascale, de mi fulgurante carrera en el ramo de la hostelería y de mi nido entre las nubes para encaminarme a la estación de Austerlitz. Gasté todo lo que me quedaba en un billete de tercera y abordé el tren nocturno de regreso a Barcelona. Llegué al amanecer después de haber sobrevivido al viaje gracias a la caridad de una pareja de jubilados de Lyon que volvía de visitar a su hija y que compartió conmigo las ricas viandas que había comprado aquella tarde en el mercado de la rue Mouffetard mientras les relataba mi historia de madrugada. «*Bonne chance* —me dijeron al apearse—. *Cherchez la femme...*»

A mi regreso y durante unos días todo me pareció pequeño, cerrado y gris. La luz de París había quedado prendida en mi memoria y el mundo se había hecho de pronto grande y lejano.

—¿Qué, ya ha visto *Emmanuelle?* —preguntó Fermín.

—Un guion impecable —dije.

—Lo que suponía. Ya quisieran Billy Wilder y compañía. Y dígame, ¿encontró al Fantasma de la Ópera?

Fermín sonrió como un diablillo. Debería haber supuesto que sabía muy bien por qué había viajado a París.

—No exactamente —admití.

—O sea, que no va a contarme nada jugoso.

—Creí que el que tenía que contarme algo jugoso era usted. ¿Se acuerda?

—Primero resuelva usted su misterio y luego ya veremos.

—Me parece injusto.

—Bienvenido al planeta Tierra —replicó Fermín—. A ver, impresióneme. Diga algo en francés. *Bonjour* y *oh la là* no valen.

—*Cherchez la femme* —recité.

Fermín frunció el ceño.

—La máxima clásica de toda intriga que se precie... —aventuró.

—*Voilà...*


La tumba de Nuria Monfort está situada en un promontorio rodeado de árboles en la parte antigua del cementerio de Montjuic desde el que se contempla el mar, no muy lejos del sepulcro de Isabella. Fue allí donde un atardecer de verano de 1977, tras recorrer en vano todos los rincones de una Barcelona que empezaba a desvanecerse en el tiempo, encontré a Julián Carax. Había dejado unas flores sobre la lápida y tomado asiento en un banco de piedra frente al sepulcro. Permaneció allí por espacio de casi una hora, hablando a solas. No me atreví a interrumpirle.

Volví a hallarlo en el mismo lugar al día siguiente, y al otro. Julián Carax había comprendido demasiado tarde que lo que más quería en el mundo, la mujer que había dado la vida por él, ya nunca podría oír su voz. Acudía allí todos los días y se sentaba frente a la tumba para hablar con ella y pasar lo que le quedaba de vida en su compañía.

Fue él quien un día se me aproximó y se me quedó mirando en silencio. La piel que había perdido en el incendio había vuelto a crecer y le había conferido un rostro sin edad ni expresión que ocultaba bajo una barba poblada y un sombrero de ala ancha.

—¿Quién es usted? —inquirió sin hostilidad alguna en la voz.

—Mi nombre es Julián Sempere. Soy el hijo de Daniel y Bea.

Asintió lentamente.

—¿Están bien?

—Sí.

—¿Saben que está usted aquí?

—No lo sabe nadie.

—¿Y puedo preguntarle por qué está usted aquí?

No sabía ni por dónde empezar.

—¿Puedo invitarle a un café?

—No tomo café —dijo—. Pero puede usted invitarme a un helado.

Mi rostro debió de traicionar la sorpresa.

—Cuando yo era joven casi no había helados. Los he descubierto tarde, como tantas cosas...

Fue así como, aquel lento atardecer de verano, tras haber soñado con aquel momento desde que era niño y haber revuelto París y Barcelona tratando de dar con él, acabé por compartir mesa en una horchatería de la Plaza Real con Julián

Carax, a quien invité a un helado de fresa de dos bolas y un barquillo. Yo pedí un granizado de limón, porque empezaba a amenazar aquel calor húmedo que impregna los veranos de Barcelona como una maldición.

—¿Qué puedo hacer por usted, señor Sempere?

—Si se lo digo me tomará por un necio.

—Tengo la impresión de que lleva usted un tiempo buscándome, así que ya que al final me ha encontrado solo le tomaría por un necio si no me lo dijera.

Me bebí medio granizado de un trago, para recabar fuerzas, y le conté mi idea. Me escuchó con atención, sin dar muestra alguna de desaprobación o reserva.

—Muy ingenioso —concluyó al término de mi discurso.

—No se ría de mí.

—No se me ocurriría. Le digo lo que pienso.

—¿Qué más piensa?

—Que esa historia la debería escribir usted. Le pertenece.

Negué despacio.

—No sé cómo hacerlo. No soy escritor.

—Cómprese una Underwood.

—No tenía idea de que ese anuncio también había salido en Francia.

—Salió en todas partes. No se fíe de los anuncios. Una Olivetti también le serviría.

Sonreí. Por lo menos compartía con Carax el sentido del humor.

—Déjeme que le enseñe algo —ofreció Carax.

—¿A escribir?

—A eso tendrá que aprender usted por su cuenta —replicó—. Escribir es un oficio que se aprende, pero que nadie puede enseñar. El día que entienda usted lo que eso significa será cuando empiece a aprender a ser escritor.

Se abrió la americana de lino negro que vestía y extrajo un objeto brillante. Lo colocó encima de la mesa y lo empujó hacia mí.

—Cójala —invitó.

Era la pluma más fabulosa que había visto jamás, la reina de todas las Montblanc. La pieza estaba tocada de un plumín de oro y platino del que, de haber sido todavía un niño, hubiera pensado que solo podían brotar obras maestras.

—Originalmente dicen que perteneció a Víctor Hugo, aunque eso yo me lo tomaría solo a título metafórico.

—¿Existía ya la estilográfica en tiempos de Víctor Hugo? —pregunté.

—La primera estilográfica de émbolo la patentó en 1827 un rumano llamado Petrache Poenaru, pero no fue hasta los años ochenta del siglo XIX cuando se perfeccionó y empezó a ser comercializada a gran escala.

—O sea, que habría podido ser de Víctor Hugo.

—Si usted se empeña... Digamos que de manos de *monsieur* Hugo pasó a las no menos ilustres y más probables de un tal Daniel Sempere, buen amigo mío. Con el tiempo se cruzó en mi camino y llevo guardándola todos estos años al tiempo que espero el día que alguien, alguien como usted, venga a recogerla. Ya era hora.

Negué con energía, empujando la pluma de nuevo a sus manos.

—De ninguna manera. No puedo aceptarla. Es suya.

—Una pluma no es de nadie. Es un espíritu libre que se queda con uno mientras se le necesita.

—Eso decía un personaje en una de sus novelas.

—Siempre me acusan de repetirme. Es un mal que afecta a todos los novelistas.

—Yo nunca lo he contraído. Señal de que no lo soy.

—Tiempo al tiempo. Cójala.

—No.

Carax se encogió de hombros y guardó la pluma.

—Eso es que no está usted preparado todavía. Una pluma es como un gato, solo se va detrás de quien puede alimentarla. Y tal como viene, se va.

—¿Qué me dice de mi propuesta?

Carax apuró la última cucharada de su helado.

—Haremos una cosa. Lo escribiremos a medias. Usted pondrá la fuerza de la juventud y yo pondré los trucos de perro viejo.

Me quedé petrificado.

—¿Lo dice en serio?

Se levantó de la mesa y me palmeó el hombro.

—Gracias por el helado. La próxima invito yo.


Hubo una próxima y muchas más. Carax siempre pedía un helado de fresa de dos bolas, ya fuera verano o invierno, pero nunca se comía el barquillo. Yo le llevaba las páginas que había escrito y él las repasaba, marcaba, tachaba y recomponía.

—No estoy seguro de que este principio sea el principio correcto —decía yo.

—Una historia no tiene principio ni fin, solo puertas de entrada.

En cada uno de nuestros encuentros, Carax leía con atención las páginas nuevas que yo le daba. Desenfundaba su pluma e iba haciendo anotaciones que luego utilizaba para señalarme con infinita paciencia lo que había hecho mal, que era casi todo. Punto por punto me iba indicando lo que no funcionaba, me explicaba la razón y me detallaba cómo se podía arreglar. Su análisis era extraordinariamente meticuloso. Por cada error que yo creía haber cometido me mostraba quince que ni siquiera sospechaba que existieran. Desarmaba cada palabra, cada frase y cada párrafo, y los volvía a reconstruir como un orfebre trabajando con lupa. Lo hacía sin condescendencia alguna, como si fuera un ingeniero que le explicase a un aprendiz cómo funciona un motor de combustión o una máquina de vapor. En ocasiones cuestionaba giros e ideas que yo consideraba lo único salvable de la jornada, la mayoría de los cuales los había copiado de él.

—No intente imitarme. Imitar a otro autor es una muleta.

Sirve para aprender y para encontrar un registro propio, pero es cosa de principiantes.

—Y yo ¿qué soy?

Jamás supe dónde pasaba sus noches o el tiempo que no compartía conmigo. Nunca me lo dijo y nunca osé preguntárselo. Quedábamos siempre en cafés y bares de la ciudad vieja. La única condición era que sirviesen helado de fresa. Me constaba que cada tarde acudía a su cita con Nuria Monfort. Cuando leyó por primera vez la sección en la que aparecía ella como personaje sonrió con una tristeza que aún me embarga. Julián Carax había perdido los lagrimales en el incendio en el que había quedado desfigurado y no podía llorar, pero jamás he conocido a nadie en mi vida que respirase aquella sombra de pérdida.

Quiero pensar que llegamos a ser buenos amigos. Al menos en lo que a mí concierne, nunca he tenido uno mejor y no creo que lo tenga jamás. Quizá por el afecto que sentía por mis padres, quizá porque aquel extraño ritual de reconstruir el pasado le ayudaba a reconciliarse con el dolor que había consumido su vida o quizá porque simplemente veía en mí algo de él mismo, estuvo a mi lado guiando mis pasos y mi pluma durante todos los años que tardé en escribir aquellas cuatro novelas, corrigiendo, tachando y recomponiendo hasta el final.

—Escribir es reescribir —me recordaba siempre—. Se escribe para uno mismo y se reescribe para los demás.

Por supuesto, había vida más allá de la ficción. Fue mucho lo que sucedió en aquellos años que consagré a reescribir una y mil veces cada página de la saga. Fiel a mi promesa de no continuar los pasos de mi padre al frente de la librería (al fin y al cabo él y mi madre se bastaban y se sobraban), había conseguido un empleo en una agencia de publicidad que, en otro giro del destino, estaba ubicada en la avenida del Tibidabo número 32, el viejo caserón de los Aldaya donde mis padres me habían concebido en una lejana noche de tormenta de 1955.

Mis obras en el peculiar género de los anuncios nunca me parecieron particularmente memorables, pero para mi sorpresa mi sueldo aumentaba mes a mes y mi cotización como mercenario de las palabras y las imágenes estaba en alza. Pasaban los años e iba dejando un considerable rastro de anuncios de televisión, radio y prensa, a mayor gloria de automóviles caros que hacían salivar a los ejecutivos prometedores, de bancos siempre empeñados en hacer realidad los sueños del pequeño ahorrador, de electrodomésticos que auguraban la felicidad, de perfumes que abocaban a una vida de desenfreno carnal y del sinfín de dádivas que prosperaban en aquella España que, en ausencia del antiguo régimen, o al menos de sus más visibles censores, se modernizaba a la velocidad del dinero y crecía trazando a su paso un rastro de gráficos bursátiles que dejaban en pañales a los Alpes suizos. Mi padre, al saber de la cuantía de mi salario, me preguntaba si lo que hacía era legal.

—Legal sí. Ético, ya es otro cantar.

Fermín no mostraba remilgos en relación con mi prosperidad y estaba encantado.

—Mientras no se lo crea usted y no pierda el rumbo, haga dinero ahora que es joven, que es cuando sirve para algo. Y un soltero de oro como usted, no le cuento. La de chavalas imponentes con que deben de contar ustedes en este negocio de la publicidad donde todo es bonito y reluciente. Ya me hubiera gustado a mí catar todo esto en la mierda aquella de posguerra que nos tocó en suerte, donde hasta las vírgenes tenían bigote. Usted a lo suyo. Disfrute ahora que es el momento, córrase aventuras, ya me entiende, excédase todo lo excedible y acuérdese de saltar a tiempo del tren, porque hay profesiones que son solo para los jóvenes y, a menos que sea usted accionista mayoritario del chiringuito, cosa en la que no le veo porque los dos sabemos que tiene usted asuntos pendientes con las letras menos remuneradas, más allá de los treinta quedarse en semejante polvorín sería de locos.

A mí, en secreto, me avergonzaba lo que hacía y la obscena cantidad de dinero que me pagaban por hacerlo. O tal vez eso me gustaba creer. Lo cierto es que aceptaba mi nómina astronómica de buena gana y la dilapidaba tan pronto como aterrizaba en mi cuenta corriente.

—No hay nada vergonzoso en ello —argumentaba Carax—. Al contrario, es una profesión de ingenio y oportunidades que le permitirá a usted, si sabe jugar sus cartas, comprarse libertad y algo de tiempo para, una vez que la deje, convertirse en quien es de verdad.

—¿Y quién soy yo de verdad? ¿El inventor de los anuncios de refrescos, tarjetas de crédito y automóviles de lujo?

—Usted será quien usted crea que es.

A mí, en el fondo, me importaba menos quién era que quién creía Carax que yo era, o podía ser. Seguía trabajando en nuestro libro, como a mí me gustaba llamarlo. Aquel proyecto se había convertido en mi segunda vida, un mundo a cuyas puertas colgaba el disfraz con el que circulaba por todas partes para empuñar la pluma o la Underwood o lo que fuese y sumergirme en una historia que era para mí infinitamente más real que mi próspera existencia terrenal.

Aquellos años nos habían cambiado a todos un poco la vida. Un tiempo después de que Alicia Gris fuera su huésped, Isaac Monfort había anunciado que había llegado el momento de retirarse y había propuesto a Fermín, que por entonces ya había estrenado su paternidad, que tomase el relevo como guardián del Cementerio de los Libros Olvidados.

—Ya es hora de poner a un sinvergüenza al mando —dijo.

Fermín le había pedido permiso a la Bernarda, que acabó por consentir que se mudaran a una planta baja que quedaba justo al lado del Cementerio de los Libros Olvidados. Fermín había construido allí una compuerta secreta que conducía a los túneles del palacio que lo albergaba y había convertido las antiguas habitaciones de Isaac en su nueva oficina.

Aprovechando que en aquella época yo hacía los anuncios de una conocida marca de electrónica japonesa, le regalé a Fermín un colosal televisor en color de lo que entonces empezaba a denominarse *alta gama*. Fermín, que antaño consideraba la televisión como el anticristo, había modificado su dictamen porque había descubierto que emitía películas de Orson Welles —«ese sí que sabe, el muy golfo», decía— y, sobre todo, de Kim Novak, cuyos *brassières* en punta seguían alimentando su fe en el futuro de la humanidad.

Mis padres, tras algunos años de zozobra en los que llegué a pensar que su matrimonio se iría a pique, remontaron unos escollos de los que ninguno quiso darme explicaciones y, para asombro de todos, me obsequiaron con una hermana tardía a la que bautizaron como Isabella. El abuelo Sempere llegó justo a sostenerla en sus brazos antes de morir días después de un fulminante ataque al corazón que le sorprendió mientras levantaba una caja con las obras completas de Alejandro Dumas. Le enterramos junto a Isabella y en compañía de un ejemplar de *El Conde de Montecristo*. Perder a su padre hizo que el mío envejeciese de golpe por todos nosotros y nunca volviera a ser el mismo. «Yo creía que el abuelo viviría para siempre», me dijo el día que lo encontré llorando escondido en la trastienda de la librería.

Fernandito y Sofía se casaron, como todo el mundo había previsto, y se mudaron al antiguo piso de Alicia Gris en la calle Aviñón, en cuyo lecho y en secreto Fernandito ya se había graduado con Sofía y aplicado todo el magisterio que en su día le había impartido Matilde. Con el tiempo, Sofía decidió abrir por su cuenta una pequeña librería especializada en literatura infantil a la que bautizó como La pequeña Sempere. Fernandito entró a trabajar en unos grandes almacenes de los que con los años llegaría a ser el director de la sección de librería.

En 1981, poco después del fallido golpe de Estado que por poco devuelve a España a la Edad de Piedra o de algo peor, Sergio Vilajuana publicó una serie de reportajes en *La Van-*

que Julián Carax no estaba bien. Había adquirido el hábito de pensar que no tenía edad y que nada podía sucederle. Había empezado a pensar en él como se piensa en un padre, alguien que nunca te va a abandonar. *Pensaba que iba a vivir para siempre.*

Julián Carax ya no pedía helados de fresa en nuestros encuentros. Cuando le solicitaba su consejo, apenas hacía ya tachones o correcciones. Él me decía que ya había aprendido a volar solo, que me había ganado mi Underwood y que ya no le necesitaba. Tardé mucho en querer darme cuenta, pero al final no pude seguir engañándome y comprendí que aquella tristeza monstruosa que siempre había llevado dentro había vuelto para rematarle.

Una noche soñé que le perdía en la niebla. Salí a buscarle de madrugada. Recorrí sin descanso todos los lugares en los que nos habíamos reunido a lo largo de aquellos años. Le encontré tendido sobre la tumba de Nuria Monfort al amanecer del 25 de septiembre de 1991. En la mano llevaba un estuche que contenía la pluma que había sido de mi padre y una nota:

*Julián:*

*Estoy orgulloso de haber sido tu amigo y de todo lo que he aprendido de ti.*

*Siento no poder estar a tu lado para verte triunfar y conseguir lo que yo nunca pude ni supe alcanzar, pero me queda la tranquilidad de tener la certeza de que, aunque al principio te cueste creerlo, ya no me necesitas, como no me necesitaste nunca. Voy a reunirme con la mujer a quien nunca debí abandonar. Cuida de tus padres y de todos los personajes de nuestra narración. Cuéntale al mundo nuestras historias y jamás olvides que existimos mientras alguien nos recuerda.*

*Tu amigo,*

JULIÁN CARAX

Aquella tarde me enteré de que el espacio que había junto a la tumba de Nuria Monfort pertenecía, me dijeron, al ayuntamiento de Barcelona. La voracidad recaudatoria de las instituciones españolas nunca desfallece y así, tirando del hilo, llegamos a una cifra astronómica que pagué en el acto, dando por una vez un buen uso a aquellos abundantes dineros que había obtenido en la épica de los coches deportivos y los anuncios navideños de cava poblados con más bailarinas que el subconsciente de Busby Berkeley.

Enterramos a mi maestro, a Julián Carax, un sábado a finales de septiembre. Me acompañaba mi hija Alicia, que al ver las dos tumbas una al lado de la otra me apretó la mano y me dijo que no me preocupase, que ahora mi amigo ya nunca más estaría solo.

Me resulta difícil hablar de Carax. A veces me pregunto si no habrá algo en mí de mi otro abuelo, el infortunado David Martín, y no le habré inventado como él inventó a su *monsieur* Corelli para poder narrar lo que nunca sucedió. Un par de semanas después del entierro, escribí a *madame* Currygan y al *signor* Coliccio en París para informarlos de su fallecimiento. En mi carta les pedía que, a su criterio, hicieran partícipe de la noticia a su amigo Jean-Raymond y a quienes considerasen oportuno. *Madame* Currygan me contestó, agradeciéndome mi carta y diciéndome que, poco antes de morir, Carax le había escrito para hablarle del manuscrito en el que habíamos trabajado juntos todos aquellos años. Me pidió que, tan pronto como lo tuviese terminado, se lo hiciera llegar. Carax me enseñó que un libro no se acaba nunca y que, con suerte, es él quien nos abandona para que no pasemos el resto de la eternidad reescribiéndolo.

A finales de 1991 hice una copia del manuscrito, de casi dos mil folios mecanografiados, esta vez sí, con una Underwood, y la envié a los antiguos agentes de Carax. La verdad es que no pensaba volver a tener noticias suyas. Empecé a trabajar en una nueva novela siguiendo, una vez más, uno de los consejos de mi maestro. «*A veces es mejor poner el cerebro a trabajar y agotarlo que dejarlo en reposo para que, cuando se aburra, le empiece a devorar a uno vivo.*»

Pasaron los meses entre la escritura de aquella novela que no tenía título y largos paseos por Barcelona con Alicia, que había empezado a querer saberlo todo.

—¿El libro nuevo es sobre Valentina?

Alicia nunca se refería a ella como su madre, sino por su nombre de pila.

—No. Es sobre ti.

—Mentiroso.

En aquellas caminatas aprendí a redescubrir la ciudad a través de los ojos de mi hija y comprendí que la Barcelona tenebrosa que habían vivido mis padres había clareado lentamente, sin que nos diéramos ni cuenta. Aquel mundo que había imaginado recordar yacía ahora desmantelado en un decorado perfumado y alfombrado para los turistas y esas buenas gentes amigas del sol y la playa que, por mucho que mirasen, se resistían a contemplar el ocaso de una época que más que desplomarse se deshizo en una fina película de polvo que aún se respira en el aire.

La sombra de Carax continuó siguiéndome a todas partes. Mi madre venía a menudo a casa y traía a la pequeña Isabella para que mi hija le enseñase todos sus juguetes y todos sus libros, que eran muchos pero no incluían una sola muñeca. Y es que mi hija Alicia detestaba las muñecas y les volaba la cabeza con un tirachinas en el patio del colegio. Ella siempre me preguntaba si estaba bien, sabiendo que la respuesta era «no», y si había tenido noticias de Valentina, sabiendo también que la respuesta era la misma.

Nunca quise contarle a mi madre nada acerca de Carax, de los misterios y silencios de todos aquellos años. Algo me decía que se lo imaginaba, porque jamás tuve secretos para mi madre más allá de los que ella fingió aceptar.

—Tu padre te echa de menos —me decía—. Deberías pasarte por la librería más a menudo. Hasta Fermín me dijo el otro día si te habías metido a monje cartujo.

—He estado ocupado intentando acabar un libro.

—¿Durante quince años?

—Ha resultado ser más difícil de lo que esperaba.

—¿Lo podré leer?

—No estoy seguro de que te vaya a gustar. De hecho no sé si es una buena idea que trate de publicarlo.

—¿Puedo saber de qué va?

—De nosotros. De todos nosotros. Es la historia de la familia.

Mi madre me miró en silencio.

—A lo mejor debería destruirlo —ofrecí.

—La historia es tuya. Puedes hacer con ella lo que creas oportuno. Y ahora que el abuelo ya no está y las cosas han cambiado, no creo que a nadie le importen nuestros secretos.

—¿Y a papá?

—Probablemente a él será a quien mejor le sentará leerla. No vayas a pensar que no nos imaginábamos todos lo que estabas haciendo. No somos tan tontos.

—¿Tengo tu permiso entonces?

—El mío no lo necesitas. Y el de tu padre, si es que lo quieres, tendrás que pedírselo a él.

Visité a mi padre una mañana a primera hora, cuando sabía que estaría a solas en la librería. Ocultó la sorpresa al verme y cuando le pregunté qué tal iba el negocio no quiso contarme que las cuentas de Sempere e hijos hacían agua y que ya había recibido más de dos ofertas para comprarle la librería y poner una tienda de *souvenirs* que vendiera figuritas de la Sagrada Familia y camisetas del Barça.

—Fermín me ha advertido que si acepto se quemará a lo bonzo ahí enfrente.

—Todo un dilema —apunté.

—Te echa de menos —me dijo, de aquella manera que tenía de atribuir a los demás los sentimientos que era incapaz de reconocer en sí mismo.

»Y a ti ¿cómo te van las cosas? Me dice tu madre que has dejado eso de los anuncios y que ahora solo te dedicas a escribir. ¿Cuándo habrá algo que pueda vender yo por aquí?

—¿Te ha contado ella qué clase de libro es?

—He dado por supuesto que habrás cambiado los nombres y algún que otro detalle escabroso, aunque solo sea por no escandalizar a los vecinos.

—Por descontado. El único que aparece enseñando las vergüenzas es Fermín, que ya le va. Le van a salir más fans que al Cordobés.

—Entonces ¿voy haciendo sitio en el escaparate?

Me encogí de hombros.

—Esta mañana he recibido una carta de dos agentes literarios a los que envié el manuscrito. Es una serie de cuatro novelas. Un editor de París, Émile de Rosiers, se ha interesado en publicarlas y otra editora alemana, Michi Strausmann, también ha hecho una oferta por los derechos. Me dicen los agentes que creen que habrá más propuestas, aunque primero tengo que acabar de pulir un millón de detalles. Yo puse dos condiciones: la primera, que debía tener el permiso de mis padres y de mi familia para contar esa historia. La segunda, que la novela se publicaría con el nombre de Julián Carax como autor.

Mi padre bajó la mirada.

—¿Cómo está Carax? —preguntó.

—En paz.

Asintió.

—¿Tengo tu permiso?

—¿Te acuerdas, cuando eras pequeño, de aquel día en que me prometiste que tú contarías la historia por mí?

—Sí.

—Durante todos estos años no he dudado un solo día que lo harías. Estoy orgulloso de ti, hijo.

Mi padre me abrazó como no lo hacía desde mi infancia.

Visité a Fermín en sus dependencias del Cementerio de los Libros Olvidados en agosto de 1992, el día en que se iban a inaugurar los Juegos Olímpicos. Barcelona se había vestido de luz y flotaba en el aire un aura de optimismo y esperanza como no la había sentido jamás y como, posiblemente, nunca volvería a vivirla en las calles de mi ciudad. En cuanto llegué, Fermín sonrió y me ofreció un saludo militar. Le vi ya muy anciano, aunque no quise decírselo.

—Le hacía muerto —afirmó.

—En ello estamos. A usted le veo hecho un toro.

—Son los Sugus, que me tienen caramelizado.

—Eso será.

—Me ha dicho un pajarito que nos va usted a hacer famosos —dejó caer Fermín.

—Sobre todo a usted. Cuando le hagan ofertas para protagonizar campañas publicitarias no dude en consultarme, que de eso aún entiendo.

—Solo pienso aceptar las que sean de ropa interior masculina —replicó Fermín.

—¿Tengo entonces su permiso?

—Tiene mi bendición *urbi et orbe*. Pero no creo que venga solo por eso.

—¿Por qué siempre me atribuye motivos ocultos, Fermín?

—Porque tiene usted la mente retorcida como un muelle. Lo digo como un cumplido.

—¿Y por qué cree que he venido entonces?

—Probablemente a disfrutar de mi fino verbo, y, tal vez, por una cuenta que aún tenemos pendiente.

—¿Cuál de ellas?

Fermín me condujo a una sala que siempre tenía cerrada con llave para protegerla de las cruzadas de sus múltiples vástagos. Me invitó a sentarme en un butacón de almirante que había comprado en el mercadillo de los Encantes. Él ocupó una silla a mi lado. Cogió una caja de cartón y la colocó sobre sus rodillas.

—¿Se acuerda de Alicia? —preguntó—. Es una pregunta retórica.

Sentí que el corazón me daba un vuelco.

—¿Está viva? ¿Ha sabido algo de ella?

Fermín abrió la caja y extrajo un puñado de cartas.

—Nunca se lo dije, porque creí que era lo mejor para todos, pero Alicia regresó a Barcelona en 1960 antes de irse para siempre. Era un día de Sant Jordi. 23 de abril. Volvió a despedirse, a su manera.

—Lo recuerdo perfectamente. Yo era muy pequeño.

—Y sigue siéndolo.

Nos miramos en silencio.

—¿Adónde se marchó?

—La despedí a pie de muelle y la vi abordar un barco que partía rumbo a las Américas. Desde entonces, cada Navidad, he estado recibiendo una carta sin remite.

Fermín me tendió el fajo con más de treinta cartas, una por año.

—Puede abrirlas.

Todos los sobres contenían una fotografía. El franqueo indicaba que cada una había sido enviada desde un lugar diferente: Nueva York, Boston, Washington D. C., Seattle, Denver, Santa Fe, Portland, Filadelfia, Key West, Nueva Orleans, Santa Mónica, Chicago, San Francisco...

Miré a Fermín, atónito. Él empezó a tararear el himno estadounidense, que en sus labios sonaba a sardana. Cada una de las fotografías estaba hecha con el sol a espaldas y mostraba una sombra, la silueta de una mujer, recortada contra una panorámica de parques, rascacielos, playas, desiertos o bosques.

—¿No había nada más? —pregunté—. ¿Una nota? ¿Algo?

Fermín negó.

—No hasta la última. Llegó la pasada Navidad.

Fruncí el ceño.

—¿Cómo sabe que era la última?

Él me tendió el sobre.

El sello de la estafeta indicaba que había sido enviada desde Monterrey, California. Extraje la fotografía y me perdí en ella. En la imagen, y por una vez, no aparecía solo una sombra. Allí estaba Alicia Gris, treinta años después, mirando a la cámara y sonriendo desde lo que me pareció el lugar más bello del mundo, una suerte de península de acantilados y bosques espectrales que se adentraba en el mar entre la niebla del océano Pacífico. A un lado, en un cartel, podía leerse: POINT LOBOS.

Giré la fotografía y me encontré con la caligrafía de Alicia.

*El fin del camino. Valió la pena. Gracias de nuevo por salvarme, Fermín, una y tantas veces. Sálvese usted también y dígale a Julián que nos haga a todos inmortales, que siempre contamos con ello.*

*Le quiere,*

*Alicia*

Se me llenaron los ojos de lágrimas. Quise creer que en aquel lugar de ensueño tan lejos de nuestra Barcelona Alicia había encontrado su paz y su destino.

—¿Puedo quedármela? —pregunté con la voz quebrada.

—Suya es.

Supe entonces que por fin había hallado la última pieza de mi historia y que, a partir de aquel momento, me esperaban la vida y, con suerte, la ficción.

# EPÍLOGO

Barcelona
9 de agosto de 1992

Un hombre joven, tocado ya de algunas canas, camina por las calles de una Barcelona de sombras bajo la luna que se derrama sobre la Rambla de Santa Mónica en una cinta de plata que guía sus pasos. Lleva de la mano a una niña de unos diez años, la mirada embriagada de misterio ante la promesa que su padre le ha hecho al atardecer, la promesa del Cementerio de los Libros Olvidados.

—Alicia, lo que vas a ver esta noche no se lo puedes contar a nadie. A nadie.

—Entonces será nuestro secreto —dice ella a media voz.

Su padre suspira, amparado en esa sonrisa triste que le persigue por la vida.

—Claro que sí. Será nuestro secreto para siempre.

Es entonces cuando el cielo prende en un sauce de luz y los fuegos artificiales de la ceremonia de clausura congelan por un instante la noche de una Barcelona que nunca volverá.

Al poco, figuras de vapor, padre e hija se confunden entre el gentío que inunda las Ramblas, sus pasos por siempre perdidos en el laberinto de los espíritus.

Ilustración inspirada en una imagen
del interior de la Sagrada Familia,
fotografiada por Francesc Català-Roca.